HEYNE BÜCHER

Vom gleichen Autor erschienen außerdem als Heyne-Taschenbücher

Ein guter Polizist · Band 01/6122
Der müde Bulle · Band 01/6221
Die Chorknaben · Band 01/6321
Tod im Zwiebelfeld · Band 01/6416
Nachtstreife · Band 01/6470

JOSEPH WAMBAUGH

DER HOLLYWOOD-MORD

Roman

WILHELM HEYNE VERLAG
MÜNCHEN

HEYNE ALLGEMEINE REIHE
Nr. 01/6566

Titel der amerikanischen Originalausgabe
THE GLITTER DOME
Deutsche Übersetzung von Inge und Friedhelm Werremeier

Printed in Germany 1985
Umschlagfoto: Zefa / Damm, Düsseldorf
Umschlaggestaltung: Atelier Ingrid Schütz, München
Gesamtherstellung: Elsnerdruck, Berlin

ISBN 3-453-02146-0

Ein böses Dankeschön all denen im Busineß,
die den Autor in Hollywood
während einer zweijährigen Durchreise
mit soviel Gift tränkten,
daß er dieses Buch schreiben konnte.

Und ein demütiges Dankeschön an
Jay Allen, Harold Becker, Jeanne Bernkopf,
Jack Herron, John Sturgeon,
die dem Autor halfen, die Durchreise
relativ intakt hinter sich zu bringen.

In Hollywood!

Wo ist die Stadt, die sie alle lockt, wo?
's ist Hollywood.
Jack wie Jill, Bruce und Bill, Farrah und Bo
gehn nach Hollywood.
Das da unten am Boulevard, Samstagnacht,
das sahst du noch nie, diese Farbenpracht,
doch sieh nach: deine Fenster hast du ja dichtgemacht
in Hollywood.

Wo sind diese zahllosen Stars, gedopt?
In Hollywood.
Am Bordstein stehn sie, die Wagen gestoppt –
das ist Hollywood.
Sirenen, hörst du, heuln jeden Moment;
fahr den Cops nach – und du siehst schnell, wer brennt,
nämlich wieder mal jemand, den jedermann kennt
in Hollywood.

Geh doch wie vor dir Millionen Marines
nach Hollywood.
Geh, und pack alles in hautenge Jeans,
nach Hollywood.
Geh auf den Boulevard, frei ne Stunde,
melk den lüsternsten Greis in der Runde,
denn n paar Jahr danach, dann bist DU doch der Kunde –
Das ist Hollywood!

NACH EINEM SONG VON IAN WHITCOMB

I

Der Glitter Dome

Das Ding war sechs Zoll lang, gut fünfzehn Zentimeter. Er schlug dagegen, aber es klang nicht, wie es klingen sollte: nach Erotik, Umsturz, Faszination, *Terror*. Er hatte gelesen, wie es von hundert Selbstmördern in ihren melodramatischen und pathetischen Abschiedsbriefen beschrieben worden war. Die moderne Technik hatte sogar vor Todesbotschaften nicht haltgemacht: in diesem Jahr waren vier letzte Grüße auf Tonbandkassetten übermittelt worden, ein allerletzter Beweis für das Ende der Fähigkeit, zu schreiben.

Es war dunkel und kalt in der winzigen Küche. Der Kunststofftisch war schmierig und naß von verschüttetem Tullamore Dew, irischem Whiskey. Er schlug nochmals gegen das Ding. Es hatte zu lange an seinem Körper gehangen. Mehr Schwanz als der richtige. Er gebrauchte es einmal im Monat, wie es vom Los Angeles Police Department verlangt wurde. Er hatte *versucht*, das richtige Ding gerade in dieser Nacht zu gebrauchen. Die fünfte Flasche Tullamore Dew war fast leer. Er müßte eigentlich bewußtlos sein. Er war fast gestorben, und er konnte an nichts anderes mehr als an seinen Schwanz denken. Aber die Erinnerung an den Fehlschuß tat *weh*.

Sogar der Pazifik war diese Nacht ins Schwitzen geraten. Der Wind vom Land war heiß und feucht. Er hätte sich umdrehen und den Glitter Dome, diese glitzernde Kneipe, in dem Moment verlassen sollen, in dem er reinkam. Es war gerade neun Uhr, aber da waren sie schon da, aufgereiht an der langen Bar wie die Hühner oder die Sturmschwalben.

In Chinatown bekam er Kopfschmerzen, vor allem in den beiden Nächten im Monat, in denen sich die Hühner im Glitter Dome drängten, und doch war er genau deshalb hier. Zahltag bei der Polizei.

Er hatte sich an den Busen der Cop-»Familie« geflüchtet. In den Glitter Dome, den glitzernden Dom. In die kaleidoskopischen Farben: die Grüns, Gelbs, Rots, all die, die er haßte. Unter die chaotisch blinkenden Lichter, ins Neonzwielicht. Zu den augenzwinkernden Groupies (ihn meinten sie selten) und den lüsternen Cops, die die Hühner an der langen, langen Bar von den Stangen zu reißen versuchten.

Die Hysterie war greifbar. Der Glitter Dome war gerammelt voll, verräuchert, laut. Ein Dutzend Pärchen knallten auf einem Tanzparkett zusammen, das kaum größer war als ein französisches Bett. Und es hätte ebensogut ein Bett sein können: drei sich betatschende, ableckende und aneinander reibende Polizisten-Hühnerpaare machten alles außer Reinstecken.

Er hätte sich sagen müssen, daß er wieder gehen sollte. Er hatte sogar darüber nachgedacht. Aber die Beine taten ihm weh nach einem Handballspiel an der Polizeischule. *Seine* verdammte Idee, zu versuchen, seinem Partner Martin Welborn hier die Ablenkung zu verschaffen, die er fürchterlich dringend brauchte, weil er nach der Trennung von seiner Frau mürrisch, verschlossen, ausgebrannt, *unheimlich* geworden war. Seit drei Jahren waren sie Partner, und er machte sich plötzlich Sorgen um Martin Welborn.

Also, wenn nicht seine Freundschaft mit Martin Welborn und das Handballspiel und seine schmerzenden Beine gewesen wären, hätte er in dieser Nacht nicht fast *sterben* müssen. Er war auf dem besten Wege zu gehen, als eins von den Hühnern (in dem Fall mehr ein Geier) von einem Cop, den er kannte, vom Hocker gezerrt wurde, einem Straßenmonster namens Buckmore Phipps, der auf dem Hollywood Boulevard mit der Rücksichtnahme eines russischen Kanonenboots patrouillierte.

»Wassehichda, wassagichda?« Buckmore Phipps grinste, wobei er zweiunddreißig Zähne seines Pferdegebisses entblößte, alle noch erstaunlich intakt, bezeichnend für die Art, in der dieses Straßenmonster auf dem Boulevard seinen Job machte. »Wenn das nicht Aloysius Mackey ist. Willkommen in der Schweinebucht!«

Dann war Buckmore Phipps in Richtung Tanzfläche verschwunden mit seinem besoffenen Geier, wahrscheinlich einer Tippse. Al Mackey hatte es gelernt, die Tippsen von den Telefonmiezen zu unterscheiden, noch bevor sie den Mund aufmachten. Die Polizistinnen waren am leichtesten zu erkennen: Sie versprühten denselben Zynismus wie ihre männlichen Kollegen.

Also gab's da jetzt einen leeren Barhocker, und seine Beine taten ihm weh, und er hatte plötzlich einen heftigen Jibber nach einem drei Finger hoch eingeschenkten Tullamore Dew. Er zeigte auf die Whiskeyflasche und nickte Wing, dem Besitzer, zu. Mit seinem überlangen Hals, den hohlen, tiefliegenden Augen und dem kleinen Kopf mit den spärlichen Büscheln fettiger Haare, die an beiden Seiten wie Antennen abstanden, sah Wing eindeutig wie eine Gottesanbeterin aus, wenn er hinter der langen Bar herumhüpfte, die knochigen Arme weit aus der smaragdgrünen Mandarinjacke herausgestreckt. Wing war Amerikaner in dritter Generation, der für die Tagestouristen stets einen chinesischen Akzent und ein unterwürfiges Gehabe vortäuschte. Nichts war echt in diesem Glitter Dome.

»Doppelt?« Wing zwinkerte, als er einen Dreistöckigen einschenkte.

Bevor die Nacht vorbei war, würde er dem Polizisten sowieso mehr berechnet als eingetrichtert haben. Es gab nun mal nichts umsonst im Glitter Dome. Das perfekte Abbild der Welt für Al Mackey. Gott sei Dank war Marty Welborn nicht hergekommen. Er war wahrscheinlich nach Hause gegangen und lutschte an seinem Smith & Wesson. Der Glitter Dome war die Art von Kneipe, die man sich als allerletztes wünschte.

Al Mackey kippte den Schnaps sofort hinunter, und Wing schenkte den nächsten ein. Drei dreistöckige Tullamore Dews, und der Gebieter des Glitter Domes konnte dem Kriminalbeamten unwidersprochen auf zehn herausgeben und den Rest seines Zwanzigers in den geheimnisvollen Kasten aus Affenfell werfen, der neben einer Rechenmaschine stand und die »Tips« aufnahm, die niemals durch die Kasse gingen. Wing nannte die »Tips« einen Tribut an seine ehrenwerten Vorfahren, die einst, in Massen zusammengepfercht, an diese goldene Küste kamen und ihr Glück machten. Der Kasten trug vorn eine amerikanische Flagge und auf der Rückseite chinesische Schriftzeichen. Roh übersetzt hieß die Botschaft: »Uncle Sams Steuern saugen dich aus. Jeder Chinese denkt an sich selbst.«

Eine andere Sache, die Al Mackey am Glitter Dome haßte, war die Flut der klebrigen Drinks, die sie an der langen Bambusbar ausschenkten: Scorpione, Zombies, Fog Cutters. Man bekam eine schleimige Kehle davon und einen Kater von Weltklasse. Und sie waren teuer.

»In welcher Abteilung arbeitest du?«

Sie war verhältnismäßig jung, irgendwas zwischen einem Huhn und einem Geier. Aber warum hatten sie alle so komisch lackierte Fingernägel? Die eine, die von Buckmore Phipps vom Bambus gepflückt worden war, hatte tatsächlich Kratzspuren auf der lackierten Barplatte zurückgelassen.

»Hollywood Detectives.« Er sagte es zum Tullamore Dew, wobei er sich vorstellte, daß der Flirt in dem Moment vorbei sein würde, in dem großmäulig einer dieser männlichen, gesunden, jungen Autoritätsträger vom Zentralen Streifendienst hereinkäme, voll von Saft, Kraft und Hoffnung, mit dem ganzen Gewicht eines Gehaltsschecks der City von Los Angeles, der die *andere* Schwellung in seinen Jeans verursachte. Wir sind vielleicht nicht die besten Cops der Welt, Honey, aber wir sind die bestbezahlten!

Und schon kamen sie herein. Alle gleich aussehend. Polyesterhemden, enge Hosen, die Haare gerade so kurz geschnitten, daß es die Sergeants bei Laune hielt, die unvermeidlichen Koteletten und Schnurrbärte. Warum liebten alle Cops außer Al Mackey und Marty Welborn überlange Koteletten? Mein Gott, das war so uniform, wenn auch nicht ganz so uniform wie die Begrüßung in der Kneipe:

»Appell!« brüllte ein junger Polizist, als er einen Haufen Kumpel und befreundeter Groupies entdeckte. »Marcus!«

»Hier!« rief eine Stimme aus der verräucherten Dunkelheit. Der verdammte Raum roch plötzlich nach Weihrauch. In Al Mackeys Schläfen pochte es. Eine pervertierte chinesische Kirche.

»Cedric!« brüllte der junge Cop, und eine Stimme antwortete: »Anwesend!«

»Zuckerpuppen!« schrie der Cop, und drei Hühner aus der Ecke gickelten und gackelten. »Hier! *Hier* hinten!«

Der Hühner-Geier neben ihm überraschte ihn, weil er nicht locker ließ.

»Ich bin Telefonistin.«

»Hätt ich fast vermutet.«

»Wieso?«

»So ne nette Stimme«, sagte er. Fetter Hintern, dachte er.

»Ich heiße Grace«, sagte sie, »ein paar von den Jungs nennen mich Amazing Grace.«

»Al Mackey«, sagte er, während er ihre feuchtkalte Hand schüttelte. Streß. Spannung. So vertraut alles. Déjà vu – *Wie gehabt*.

Er wurde noch depressiver, als die Tür schon wieder aufflog. (*Nie* kamen sie ohne einen Tusch herein.) Noch drei zweiundzwanzigjährige Vaterfiguren, frisch vom nächtlichen Streifenwageneinsatz, kamen großmäulig durch die Plastikvorhänge und ließen die Reihe der verwaisten Glitter-Dome-Schwalben für einen Moment erstarren.

Für Al Mackey sahen sie alle aus wie John Travolta. Wiedersehn, Telefonistin. Deine Nummer krieg ich ein andermal. Vielleicht so um zwei Uhr früh, wenn du kein Nest gefunden hast und reif bist für die in die Jahre gekommenen Gelegenheitsliebhaber, die noch hysterischer sind als du selber. Die Sorte, mit denen du in einem China-Motel aufwachst (die *Wände* sind gelb, grün und rot), sauer und sturzbesoffen in einem zerwühlten Bett, und du hast verzweifelte Kratzspuren auf dem Hintern eines traurigen, heruntergekommenen Fremden hinterlassen.

Genau hier hatte Al Mackey die bittersüße Idee, nach Hause zu gehen und sich zu erschießen. Da staunst du, Marty! Der alte Kamikaze Mackey hat dich abgehängt!

Er wußte, daß er sternhagelvoll war in dieser Nacht. Der Hühner-Geier erschien ihm plötzlich schutzbedürftig und liebenswert. Er wollte so gern ihre Hand berühren. Da tat sie den Mund auf.

»Wiiirklich, ich mag erwachsene Detectives, im Gegensatz zu diesen aufgeblasenen jungen Blauröcken. Im Grunde *ver-*

achte ich die sogar. Meine Freundin sagt, wenn die nicht ständig Negerinnen vernaschen könnten, würden die weißen Mädchen Prämien kriegen müssen.«

Sie kicherte in ihren Mai-Tai, genau, wie er in seinen Tullamore Dew geredet hatte. Bis jetzt hatten sie noch nicht mal versucht, miteinander zu reden. Vielleicht würden sie es nie tun. Wo ist der Unterschied? Das Klirren von Gläsern klang wie Glockengeläut. Ein düsteres Omen. Er sah, daß sie mindestens so betrunken war wie er selbst.

»Ich hasse diesen betrügerischen Chinesen«, sagte er zu seinem irischen Whiskey. »Er ist ein Dieb!«

Dann winkte Al Mackey dem Dieb, der sofort die lange Bar heruntergehüpft kam und Al Mackeys Herz erwärmte, indem er ihm *vier* Finger breit einschenkte, ohne ihm diesmal zu wenig Wechselgeld herauszugeben.

»Ich werd dir erzählen, wen ich noch mehr hasse als alle Chinesen zusammen«, sagte sie zu ihrem Mai-Tai. Dann saugte sie so laut an dem leeren Strohhalm, daß sie die Musik von Fleetwood Mac aus alten Tagen übertönte.

Al Mackey kapierte den Hinweis und nickte zum stets wachsamen Wing hinüber, der sofort mit einem fertig gemixten 3,50-Dollar-Special herbeihoppelte. Diesmal schnorrte Wing fünfzig Cents von Al Mackeys Wechselgeld.

Amazing Grace bedankte sich nicht mal bei Al Mackey. Offensichtlich war die Information, wen sie noch mehr haßte als alle Chinesen, in ihren Augen dreieinhalb Piepen wert. »Ich hasse diesen großen, widerlichen Cop, mit dem du geredet hast, als du reinkamst. Weißt du, wie der heißt, der mit den großen Zähnen?«

»Phipps. Er heißt Buckmore Phipps.«

»Yeah, dieses Miststück. Ich hasse ihn. Das einzig Gute an ihm ist, daß er son Schluckspecht ist, daß seine Leber so groß wie sein Arsch ist. Kann nicht mehr lange dauern, so wie er das macht. Ungefähr n Jahr. Von der Gehaltsliste gestrichen. Ende der Fahnenstange. Bye, bye, Bucko.« Dann hörte sie zum ersten Mal auf, mit ihrem Mai-Tai zu reden. Sie wandte sich an Al Mackey: »Weißt du, daß er n tropfenden Zapfhahn hat?«

»Einen was?« Al Mackey versuchte, sich auf ihre tanzenden Augenbrauen zu konzentrieren. War sie eine Blondine? War sie grau? Er sah nach unten und sah, daß ihr Arsch *größer* war als Buckmore Phipps Leber. Im Grunde wirkte sie irgendwie abstoßend. Es erregte ihn.

»Ich weiß zufällig, daß die Hollywoodstreife im Moment so häufig Tripper hat wie Schnupfen. Dein Freund, Buckmore Phipps...«

»Er ist *nicht* mein Freund«, protestierte Al Mackey betrunken. »Ich hasse ihn auch.«

Wing, der immer mitkriegte, wenn sich eine Unterhaltung aufheizte, rutschte mit einem neuen dreistöckigen Tullamore Dew heran, kassierte von Al Mackey den korrekten Betrag und brachte es fertig, von Amazing Graces Bargeld einen Dollar zu klauen, bevor er davonwieselte.

»Dein Freund Buckmore... entschuldige.« Sie stieß feucht auf und wischte sich den Mund mit einer klebrigen Cocktailserviette, wobei sie orangefarbenen Lippenstift über ihr Kinn verschmierte. »Der würde am liebsten auf meinen Knochen rumspringen wie auf nem neuen Trampolin. Hat versucht, mich hier eines Nachts mitten im Glitter Dome durch die Hose zu bumsen! Son Tier is das.«

»Ich hasse ihn«, sagte Al Mackey aus tiefster Seele, »ich hasse ihn wirklich.«

»Und ich will dir noch was erzählen.« Sie lehnte sich dichter an ihn. »Zufällig weiß ich, daß er praktisch Filzläuse *züchtet*. Eine Stenotypistin, die bei der Hollywoodnachtschicht arbeitet, hat's mir erzählt. Er hat sie sogar in den Achselhöhlen.«

»Eine gottverdammte Filzlausranch«, sagte Al Mackey, und er sah vor der strammen Telefonistin plötzlich zwei Mai-Tais stehen, obgleich die Logik ihm sagte, daß es einer war. Er sah doppelt, und das hieß jetzt oder nie.

»Sag, hör mal...« Er erinnerte sich nicht an ihren Namen. »Hör mal... Miss...«

»Das ist nett«, sagte sie. »Ich hab dir gesagt, daß ich Grace heiße. Aber du kannst auch Miss zu mir sagen. So was Höfliches hörst du nicht von diesen jungen Blauröcken. Ich find das wahnsinnig süß, Art.«

»Al.«

»Das ist süß, Al.«

»Grace, wie wär's, wenn ich dich jetzt nach Hause bring?«

»Ich hab ein Auto.«

»Okay, dann bringst du *mich* nach Hause.« Al Mackey berührte ihre Hand.

»Wo wohnst du, Al?« Sie schlug auf seinen Finger. Sofort wurde es heißer. Wing glitt von der Seite heran und schnappte sich ungestraft zwei Vierteldollars.

»Ich wohn nicht weit, Grace«, murmelte Al Mackey. Ihre Gesichter waren nur Zentimeter voneinander entfernt.

»Wo wohnst du, Al?« rülpste sie.

»Im Chinatown-Motel.«

»Oh, Al«, quäkte sie, »das ist lustig!« Grace stieß ihn scherzhaft an, und prompt fiel er samt Barhocker hintenüber. Nur die Rückkehr von Buckmore Phipps bewahrte ihn davor, mit dem Schädel auf den Boden zu krachen.

»Nun mal langsam, Aloysius.« Buckmore Phipps fing den mageren Detective mühelos mitten im Flug auf. »Verdammt, Mackey, meine Wasserski sind dicker als du. Du wirst immer dünner, und bald biste *unsichtbar*.«

Als Al Mackey wieder sicher auf seinem Hocker saß und Amazing Grace ihm verzweifelt Zeichen gab, indem sie immer wieder Luft durch den leeren Strohhalm sog, sagte Buckmore Phipps: »Das ist diese Glitter-Dome-Pisse, die du da trinkst. Irischer Whiskey, oje. Wing hat den Schnaps an den Ufern des Mojavesees von einer Bande Alkoholschmuggler brennen lassen. Aus dem Zeug, das sie nicht brennen können, machen sie Schiffstaue.«

»Mein rechtes Auge ist gerade zugeknallt. Mir stinkt's hier«, sagte Buckmore Phipps' Geier, während sie sich an die Riesenschulter des Cops schmiegte. »Wir verduften jetzt, oder?«

»Klar tun wir das, Zuckermäuschen«, gurrte der große Cop. »Daddy wird sein Zuckermäuschen nach Hause bringen, und dann werden wir... dann sehen wir mal... dann werden wir erst mal *kämpfen*!«

»Oh, Daddy, Daddy!« quietschte sie, und Al Mackeys Depression verschlimmerte sich. Das Geschwätz dieser Vaterfiguren!

»Zuckermäuschen haut Daddy eins aufs Maul und schlägt ihm die Zähne kaputt und schoooon ist der Kampf vorbei. Dann wird gebumst.« Er machte mit Fingern, dick wie Schrotpatronen, ein Friedenszeichen.

»Was für ein Prachtstück!« Der Geier fuhr mit den Klauen über die Brust des großen Cops und durchstöberte das offenstehende Nylonhemd.

»Hör mal zu, Grace«, sagte Al Mackey, »was hältste davon, wenn wir beide ...«

Aber es hatte keinen Zweck. Die rumgefüllte Telefonistin starrte auf Buckmore Phipps' hundsgemeinen, massigen Körper, während der andere Geier ihm in die Schulter biß und sagte: »Wird Daddy seinem Zuckermäuschen auch Räuber-und-Gendarm-Geschichten erzählen?«

Buckmore Phipps war bisher ein- oder zweimal hier gewesen. »Klar, werd ich, Zuckermäuschen. Ich werd dir erzählen, wie ich letztes Jahr angeschossen worden bin. Kriegte ne Kugel in die Blase, die schwamm dann eine Woche in der Pisse, bevor sie das Blei rausholten. Die haben mir dann aber total neue Leitungen gelegt. Jetzt schieß ich mit *Leuchtspurmunition*. Heiß, heiß, heiß!«

Und so weiter. Die Zuckermaus hörte nicht auf, ihn zu befummeln, als sie sich durch die Menge boxten. Al Mackey hörte Buckmore Phipps' überflüssige Abschiedsbemerkung. Der große Cop sagte zu seinem Geier: »Ich bin der *Allergrößte* in diesem Saloon!«

Amazing Grace seufzte und beobachtete Buckmore Phipps auf dem ganzen Weg durch die Perlenvorhänge. Trotz Filzlausranch und überhaupt.

»Na gut, sie kann ihn haben«, verkündete Amazing Grace, nachdem sie verschwunden waren. »Wie der schon mit Damen redet. Er findet die blödesten Namen für sie. Die würd noch mitlaufen, wenn er sagt, er fährt direkt nach Hawaii. Huh! Der Allergrößte in diesem Saloon. Ja, ja.«

»Ich bin wahrscheinlich der Siebzehntgrößte in diesem Saloon«, sagte Al Mackey ernsthaft. Ehrlichkeit *könnte* heute am längsten währen.

Aber Ehrlichkeit gab am Ende gar nicht den Ausschlag. Geld entscheidet die Dinge. Er war gar nicht mehr so mager wie vor ihrem fünften Mai-Tai. Und er war tatsächlich herrlich jung. Nicht älter als sechsundvierzig, siebenundvierzig vielleicht. Wahrscheinlich einer von diesen Jungs, die schon in der High-School alt aussehen. Wahrscheinlich überhaupt kein Arsch, aber ein netter Typ. Dieser Al Mackey war wiiiirklich n netter Typ. Das Geld. Angebot und Nachfrage.

Zehn Minuten später stützten sie sich gegenseitig und boxten sich durch die wildgewordene Menge, sehr zum Kummer von Wing, der es haßte, wenn betrunkene Gäste davongingen, bevor sie den allerletzten Cent verjubelt hatten.

Für Al Mackey kam der zweittraurigste Moment des Abends, als er am anderen Ende der langen Bar den Fetzen eines Gesprächs aufschnappte, während er gerade am armen, alten Cal Greenberg vorbeischwankte, einem Detective mit fünfunddreißig Dienstjahren aus seiner Abteilung, der verzweifelt versuchte, einem gelangweilten jungen Polizisten aus der Newton-Street-Station seine Meinung über das Getöse dieses verdammten Hard Rock zu sagen, dem das aber völlig schnuppe war.

»Ich hätt nichts dagegen«, schrie der arme alte Cal Greenberg, »wenn das wenigstens Musik wär, hätt ich nichts dagegen. Nennst du das Musik?«

»Kennst du die Tippse, die bei Badcat Detail arbeitet«, gab der junge Cop zurück. »Maggie Soundso? Titten von hier bis San Diego? Die, die ich mein?«

»Also, wirklich? Nennst du das wirklich Musik?«

»Titten von hier bis Texas? Maggie?«

»Titten! Mehr verlangst du nicht vom Leben. Hättste lieber n Gehirn oder Titten?« fragte der arme Cal Greenberg nochmals.

»Scheiße«, sagte der junge Cop trocken. »Wenn ich was auf m Kasten hab, kann ich mir die Titten kaufen.«

»Aber du nennst das Musik?« drängte der arme alte Cal Greenberg weiter. »Das ist *keine* Musik. Hast du jemals Glenn Miller gehört? *Er* hat Musik gemacht. Glenn Miller. Hast du je was von ihm *gehört*?«

Wing machte dem ständigen Geschrei des armen, alten Cal Greenberg ein Ende, indem er ihm einen Doppelten einschenkte. Verstohlen ließ er den smaragdgrünen Ärmel über den Haufen Geldscheine gleiten, die vor dem alten Detective lagen. Wing gelang es, wieder zwei Dollar zu stehlen, als er für den Doppelten kassierte, um sie in seinem Kasten für schmutziges Geld verschwinden zu lassen.

»Sag's ihm, Wing«, flehte der arme alte Cal Greenberg. »Sag's diesem Bürschchen. Glenn Miller war ein Held.«

»Ein Held, oje«, kicherte Wing und drehte den Hard Rock zwei Dezibel lauter. »Er konnte nicht mal *fliegen.*«

Wing warf seine Beute in den Kasten aus Affenfell, gab der Rechenmaschine einen kräftigen Stoß und hüpfte die Bar hinunter zu einem volltrunkenen jungen Cop aus Hollenbeck, der noch mindestens dreißig Dollar vor sich liegen hatte.

Vielleicht war Al Mackeys Fehlschuß im Chinatown-Motel unvermeidlich. Ihr Fleisch fiel herunter, als sie den Büstenhalter und den Hüftgürtel ablegte. Sie zerfiel in mehrere Teile: gallertartige Oberschenkel, krampfadrige grünliche Waden, den Bauch überzogen von einem Netz aus Falten und Überdehnungsmarken. Der Bauch eines alten Seehunds.

»Also, verdammt!« sagte sie schließlich, schweißgebadet und keuchend, nicht vor Lust, sondern vor Erschöpfung. »Bist du n Schwuler oder was sonst? Ich saug mir hier fast die verdammten Zähne locker. Wofür?«

»Tut mir leid«, rülpste er. Die Kombination von Sauferei und Nervosität hatte ihn unglaublich aufgebläht.

»Du brauchst ne steife Rute, um den *großen* Fisch zu fangen, Junge!«

»Ich weiß. Ich *weiß*!«

»Was fürn gottverdammtes Glück! Die ganze Bar voll richtiger Männer, und ich fang mir irgendne Art *Homo*!«

»Vielleicht sollten wir gehen.« Er versuchte sich aufzusetzen, aber die Zimmerdecke drehte sich. Nicht in derselben Richtung, in der sie sich drehte, als er sich hingelegt hatte. Soweit er sich erinnern konnte, war es das erste Mal, daß die Decke sich in verschiedene Richtungen drehte. Amazing Grace, erstaunlicher Engel. Er brauchte einen rettenden Engel!

»Okay, okay«, sagte sie besänftigend. »Ich hab's nicht so gemeint. Das war echt n Fehler, daß ich das gesagt hab. Herrgott, was ist bloß mit mir? Du hast n kleines Problem, und ich sag, du bist n Schwuler! Herrgott, was ist mit mir los? Ich sollte dir *helfen.*«

»Es ist meine Schuld. Es liegt nicht an dir.«

»Nein, nein, Süßer. Hier, komm zu Mama.« Sie zog den mageren Detective an ihre weichen Hängebrüste und schob ihm eine davon in den Mund. »Hier, komm. Du bist sofort okay. Es war nicht schön, daß Mama so geschimpft und schmutzige Wörter gebraucht hat. Da, da.«

Speichel sabberte aus Al Mackeys Mundwinkel. Sein rechtes Auge war geschlossen, das linke fast so gut wie. Er spürte nicht, daß sie seinen schlaffen Hammer streichelte. Er spürte nicht mehr, daß er eingeschlafen war. *Sie* spürte nicht, daß er eingeschlafen war. Dann fiel's ihr auf.

Al Mackeys Ellbogen krachte gegen den Nachttisch, als sein Körper auf den Boden prallte wie ein Sack Holz.

»Ich saug mir die Zähne locker!« Amazing Grace kreischte. »Für was? Fürn Homoficker!«

Al Mackey wußte nicht mehr, ob sie ihn zurück in den Glitter Dome geschafft hatte. Er wußte nicht, wie spät es war. Er wußte nicht, *wo* er war, außer daß er seinen fünf Jahre alten Pinto über den Hollywood Freeway steuerte. Was er als nächstes tatsächlich *wußte*, war, daß etwas Seltsames passierte: ein motorisierter Streifenpolizist der kalifornischen Highway Patrol fuhr neben ihm auf der Fahrerseite und machte Al Mackey Zeichen, ihm zu folgen.

Al Mackey dachte, daß es außerordentlich gefährlich für den Motorrad-Cop war, so dicht neben seinem Wagen zu fahren, darum hielt er das Steuer fest in der rechten Hand und versuchte vergeblich, mit der linken das Fenster herunterzukurbeln. Er konnte nicht verstehen, was der Kerl wollte. Vielleicht sollte er besser anhalten.

Dann passierte was total Verrücktes. Der Typ brüllte ihn so laut an, daß es weh tat. Der Motorrad-Cop sagte: »Raus aus dem verdammten Wrack, Arschloch!«

Al Mackey beschloß, an die Seite zu fahren. Er konnte den Freeway vorn kaum erkennen. Wo waren seine Scheinwerfer? Plötzlich merkte er, daß Autos an ihm vorbeifuhren, als ob er still stände.

Er *stand* still.

Die Wagentür wurde von dem wütenden Typ aufgerissen,

er packte den Detective am zerrissenen Mantelärmel und zerrte ihn aus dem Wagen. Al Mackey stieß sich den Kopf an. Das Wagendach schien niedriger geworden zu sein.

Das Wagendach *war* niedriger geworden.

Al Mackey stand auf dem Freeway. Hinter ihm wurden Stimmen laut, und mehrere Neugierige wollten anhalten, um zu sehen, was passiert war. Der Motorrad-Cop winkte sie vorbei, während er Al Mackey am Genick hochhielt. Ein Los-Angeles-Streifenwagen rollte neben sie. Zwei Cops kamen mit Taschenlampen näher.

»Brauchste Hilfe?« fragte der jüngere den Motorrad-Cop, der endlich seinen Griff lockerte und Al Mackey gegen den demolierten Pinto fallen ließ.

»Ich fahr so vor mich hin, als ich plötzlich diesen Besoffenen die Böschung raufrasen seh«, sagte der Typ. »Sein Pinto klettert die Böschung hoch, *nachdem* er drei Fahrspuren gekreuzt hat. Dann überschlägt er sich und dreht sich um hundertachtzig Grad und kommt auf den Rädern wieder runter. Als ich zu dem Wagen komme, denkt er, er fährt immer noch.«

Al Mackey kam allmählich ein bißchen zu sich und spürte, daß er Ärger hatte. Er ging ein paar Schritte vom Pinto weg und sah ihn sich genauer an. Das Wagendach war rundherum fünfzehn Zentimeter niedriger. Der ganze Wagen war mehr als dreißig Zentimeter niedriger, denn alle vier Reifen waren platt. Alle Fenster waren zertrümmert, und die Windschutzscheibe war herausgeflogen. Die Beifahrertür lag im Grün neben dem Freeway. Al Mackey war unverletzt bis auf die Prellung am Kopf, die er sich zugezogen hatte, als der Motorrad-Cop ihn aus dem Auto gezerrt hatte.

»Hey! Das ist Sergeant Mackey!« sagte der jüngere Polizist. Er drehte sich zu seinem Kollegen um. »Ron, das ist Mackey von der Kripo!«

»Oh, Scheiße. Ein Cop.« Der Motorrad-Cop drehte die Augen unter seinem Helm zum Himmel. Er war schließlich zuerst hier gewesen. Déjà vu – wie gehabt. Al Mackey konnte einfach nicht mehr alles zusammenkriegen. Es war so, als ob man gerade aus einem Traum aufwacht. Die Dinge ergaben einen Sinn und doch wieder nicht. Die Wirklichkeit war weniger greifbar als sonst in solchen Situationen.

»Ich glaub, ich kann das erklären«, begann Al Mackey, aber er kam nicht weiter. Jeder Schritt, den er machte, ging ihm durch und durch. Es knirschte und klingelte, wenn er sich bewegte. Die winzigen Scherben der Windschutzscheibe rieselten wie Schnee aus seinen Kleidern. Sein Haar war voller Glassplitter. Selbst seine Hosentaschen waren voll.

»Hör zu«, sagte der junge Blaurock zu dem Typ, »wir rufen den Abschleppdienst und bringen ihn nach Hause. Der Bursche ist okay. Gibste ihm ne Chance?«

»Arschloch!« sagte der Motorrad-Cop zu Al Mackey, dann rannte er zu seiner Maschine und bearbeitete den Kickstarter mit seinen Nagelstiefeln. Er schlug mit der Faust auf den Sattel, bevor er sich draufschwang und davondonnerte.

Al Mackey war felsenfest überzeugt, daß sich alles erklären ließe, wenn sie ihm nur ein paar Augenblicke Zeit geben würden, um alles in die Reihe zu kriegen.

Noch einmal schlug er dagegen. Das hier war der *echte* Hammer. Dieser, den er in der Hand hielt, nicht der, der im Chinatown-Motel versagt hatte. Und sieh ihn dir an, die Trommel so voll von Pulverspuren, daß sie kaum noch zu drehen ist. Er konnte sich nicht mal erinnern, wann er diesen unfehlbaren Ersatzschwanz zuletzt gereinigt hatte. Trotzdem versagte dieses Baby *nie*. Wenn er das andere so behandeln würde, was würde wohl passieren? Endstation Krätze? Wahrscheinlicher eine Behandlung durch irgendeinen chinesischen Quacksalber ohne Lizenz (auf Empfehlung von Wing nach einem anständigen Trinkgeld), damit ihn die Abteilung nicht wegen unwürdigen Verhaltens drankriegen konnte, weil er mit irgendeiner Variation der Geschlechtskrankheit Roter Tod aufkreuzte. Aber das konnte nicht passieren. Regelmäßig wurde der Versager von ihm gesäubert und geölt und gestreichelt.

Das Glas war leer. Er wußte nicht mal, daß er es ausgetrunken hatte. Er legte den Sechs-Zoll-Smith-&-Wesson-Dienstrevolver vor sich auf den Tisch. Eine Menge Leute machen sich Sorge um ihre Pimmel. Er machte sich nur Gedanken über den, der *nicht* funktionierte. Marty Welborn hatte zugegeben, daß seiner in letzter Zeit gelegentlich nicht funktionierte. Bei Marty lag es wahrscheinlich nicht am Saufen, sondern an der Religion. Vielleicht war's ein und dasselbe? Jedenfalls hatte er vor dem Ersatz auf dem Tisch keine Angst. Zu lange hatte er ihn getragen.

Al Mackey kam schwankend auf die Beine. Die Beule auf seinem Kopf war jetzt groß wie ne Murmel. Er schwankte mühsam durch die Küche und das enge, winzige Wohnzimmer. Er bahnte sich mühsam einen Weg durch die Unordnung: Zeitungen, Magazine, eine leere Flasche Tullamore Dew auf dem dreibeinigen Couchtisch, der durchhing und gestützt wurde von einem Stapel nutzloser Bücher über Kriminalrecht, Kriminalermittlung und Kriminalverfahren. Bücher, die er in all den Jahren nicht durchgearbeitet hatte, in all den Jahren, in denen er sich nicht die Mühe gemacht hatte, das Lieutenantsexamen zu machen.

Er schaute auf die Bücher, die zum erstenmal nützlich waren, denn sie stützten den Tisch, den er vor zwei Wochen kaputtgemacht hatte, als er, noch betrunkener als in dieser Nacht, über die verdammte Katze gestolpert war.

Wie er diesen häßlichen Tisch haßte. Wie er diese Bücher haßte, die er nie gelesen hatte. Wie er es gehaßt hätte, Lieutenant zu werden, an einem Schreibtisch zu sitzen und irgendeinem Captain in den Arsch zu kriechen. Wie er die Demütigung gehaßt hätte, durchs Lieutenantsexamen zu rasseln. Gott, wie er diese verdammte *Katze* haßte.

Der Kater stand oben auf der Couch und zischte ihn an, so verschlagen und boshaft wie immer – ohne zu blinzeln, mit eiskaltem Blick. Dann drehte sich das namenlose Vieh weg und fing an, an der schon zerfetzten Rückenlehne des Sofas die Krallen zu schärfen, so wie jeden Tag seit jener Regennacht vor fünf Monaten, seit der Detective dieses häßliche, lauernde Straßentier in einem Anfall von betrunkener, weihnachtlicher Rührseligkeit mit nach Hause genommen hatte.

Al Mackey beobachtete die Katze und grinste bösartig. Geradezu perfekt. Es paßte in die Stimmung, diese zur Schau gestellte Zerstörungswut.

»Vielleicht willst du *mit* mir kommen?« sagte Al Mackey zu der Katze, die aufschaute und ihre Krallen frech noch tiefer in den Stoff schlug. Schon flogen kleine Baumwollbüschel durch die Luft. Al Mackey drehte sich weg und wankte die paar Schritte zurück in die Küche. Als er in das verwüstete Wohnzimmer zurückkam, richtete er den Smith-&-Wesson-Sechszöller auf die leuchtenden gelben Augen.

»Haarscharf zwischen deine verdammten Hörner«, sagte Al Mackey.

Die gelben Augen des gestreiften, perlenfarbenen Katers verengten sich, und er reagierte nur, indem er seine Krallen unverschämt noch tiefer in den Stoff des Sofas grub.

»Du miese Ratte!« sagte Al Mackey.

Die Katze *gähnte*. Das war zuviel.

Al Mackey trat gegen die Gesetzbücher unter dem Couchtisch. Die Katze machte einen Buckel und schrie. Die Flasche Tullamore Dew flog durch die Luft. Al Mackey trat nochmals gegen den kaputten Tisch, und diesmal segelte die Katze davon.

Al Mackey sah, wie die Reste des irischen Whiskeys auf die filzige, schmierige Orientbrücke tropften, die, wie alles in dieser Junggesellenbehausung, der Vermieterin gehörte. Al Mackey hörte, wie die Katze sich laut schimpfend auf ihr Lager in der Ecke des Badezimmers zurückzog.

Al Mackey war bereit, es der Welt zu zeigen. Er ging aufrecht zu seinem Schrank. Er warf ein Trainingshemd und zwei Paar Joggingschuhe auf den Fußboden. In den letzten zwei Jahren war er nie mehr gelaufen. Er kickte die Joggingschuhe quer durchs Zimmer. Er fühlte das Leder. Er holte sie wieder vom Regal und torkelte zurück in die Küche, an den Kunststofftisch.

Das hier war nicht der Schwanz von *irgendeinem*. Er zog den zweizölligen Colt-Revolver aus dem schwarzen, ledernen Halfter, seine andere Kanone.

Eine »Freizeitkanone«. Es war das erste Ding, mit dem sie alle vor zweiundzwanzig Jahren herumgemacht hatten, all die durchtrainierten, geschrubbten, muskelharten Polizeirekruten mit ihren großen Augen, den kurzgeschnittenen Haaren und großen Erwartungen. Dodge City. Das John-Wayne-Syndrom. Sie rannten los und kauften »Freizeitkanonen«. Sie wären in keinen Lebensmittelladen gegangen, ohne daß sie ihre Freizeitkanone in der Tasche oder unter der Achsel oder am Fußknöchel festgeschnallt oder wenigstens unter dem Sitz ihres Kombis gehabt hätten. Immer darauf gefaßt, sie könnten einen Handtaschenräuber bei der Arbeit treffen. Oder einen nächtlichen Einbrecher, der aus dem Fenster eines Nachbarn kletterte. Oder (durften sie es hoffen?) einen Banditen, der gerade den Kassierer der örtlichen Bank überfiel, während sie am Nebenschalter in Zivil ihren Los-Angeles-Gehaltsscheck einwechselten. Dann eine Schießerei! (Sie gewinnen natürlich.) Die *Los Angeles Times*. Ein Fernsehinterview. Die Verdienstmedaille vielleicht? Eine beschleunigte Versetzung zur Geheimpolizei. *Ruhm*.

Das Syndrom verschwand schnell. Die Freizeitkanone wurde verkauft oder gegen einen brauchbareren Revolver eingetauscht oder weggepackt in den Schrank der Jugendträume.

Al Mackey war ein so schlechter Schütze, daß er die Pistolenschußweite auf dem Schießstand immer mit seinem Sechszöller schoß. Und obgleich der sehr sperrig war, trug er immer den bei sich in all den Jahren als Detective. Nicht, daß er immer noch auf phantastische Schußwechsel wartete – er haßte sie einfach, diese schweinerüsseligen, ungenauen, kugelspritzenden Freizeitkanonen, die tatsächlich jede Menge von Los-Angeles-Cops in den Bars und Betten zwischen Sunland und San Pedro in zahllose Schwierigkeiten gebracht hatten.

Plötzlich zielte er damit auf sein eigenes Gesicht. Das ist nicht der Schwanz von *irgendeinem*. Versuch nicht, auf *diesem* Baby herumzulutschen. Dies *war* nicht vertraut, dies war eine brandgefährliche *Maschine*, die, wenn sie richtig benutzt werden würde, ein drei Zoll großes Stück glänzende Schädeldecke quer durch die Küche direkt aufs Fensterbrett katapultieren könnte. Ob die dreckige Katze sein Blut trinken würde?

Seine Hand begann zu zittern. Das war's, warum die, die es wirklich ernst meinten, ihn sich zwischen die Zähne steckten. Friß ihn. *Kau* dran rum. Steck ihn dir in den Mund, weil deine Hand zu stark zittert, um ins Auge oder auf die Schläfe zu zielen. Aber ziel nach oben. Er konnte sich an so viele Fehlschüsse erinnern: Kugeln, die im weichen Gaumen steckengeblieben waren, im Kieferknochen, im Genick, im Ohr. An jeder verdammten Stelle, bloß nicht im Gehirn, wo sie hin sollten. Dann: Todesqualen, Lähmung, Verblödung. *Totaler* Fehlschuß.

Er machte den Mund auf. Er brachte den Zweizöller dichter ran. Kau auf *diesem* Baby rum. Aber die Kugeln sind zweiundzwanzig Jahre alt. Er hatte nie daran gedacht, sie auszutauschen. Er hatte die Kanone nie gebraucht. Sie war verstaubt. Die Trommel konnte festgerostet sein. Er hatte sie von Zeit zu Zeit abgewischt, aber nie abgefeuert. Die Kugeln waren zweiundzwanzig Jahre alt! Wahrscheinlich würden sie nicht losgehen. Der Abzugshahn würde nur ein nettes großes Loch in eine Blindgängerpatrone schlagen. Die würden doch niemals losgehen. Er spielte nur ein *Spiel*.

Okay, versuchs. *Drück ab*. Er war klitschnaß. Der Schweiß lief ihm über die Wangen. Al Mackey war erst dreiundvierzig Jahre alt, aber seine Wangen waren grau, hohl, eingefurcht. Die fettigen Rinnsale suchten sich einen Weg durch die Falten seines Gesichts. Seine Hand zitterte nicht mehr so stark. Er überlegte, ob er den Hahn spannen sollte. Nein, mach's mit beiden Händen, genau wie auf dem Schießstand. Es sind nur ein paar Pfund Abzugsgewicht. Er gebrauchte seinen Daumen. Diese uralten Kugeln würden nicht losgehen. Möglicherweise.

Beiß drauf! Friß es! Barmherzigkeit!

Dann fühlte er es. Der Colt fiel ihm aus der Faust und klapperte auf den Kunststofftisch. Eine warme Pfütze unter seinem Hintern. Entsetzt sprang er auf.

»Ich hab mir in die Hosen gepißt!« jammerte er.

Die Katze zischte. Das Telefon klingelte.

»Ich hab mir in die Hosen gepißt!« schrie er, beschämt, gedemütigt, *ungläubig*.

Das Telefon klingelte und klingelte. Allmählich hörte er es. Er torkelte ins Bad. Der Kater lag im Korb und leckte sich die Eier. Das veranlaßte Al Mackey, auf seinen eigenen triefenden Schwanz zu sehen.

Er begab sich ins Schlafzimmer in der Frankenstein-Gangart eines Menschen, der sich in die Hosen gepißt hat, in Zeitlupe hin zu diesem erbarmungslosen Telefon.

»Sergeant Mackey!« schrie ihm die Vermieterin ins Ohr. »Es ist vier Uhr morgens!«

»Bitte, Missis Donatello.« Er konnte nur leiernd und monoton reden.

»Ich dachte, ich könnte wenigstens von einem Polizisten erwarten, daß er mein Eigentum schont!«

»Bitte, Missis Donatello.«

»Es wär ja nicht mal so schlimm, wenn Sie n Schürzenjäger oder n Schwuler oder so was wären, aber Sie! Sie machen soviel Lärm und zerstören mein Eigentum, obwohl Sie ganz allein sind! So was hab ich noch nie erlebt! Geraten da in diese schrecklichen Kämpfe mit sich selber!«

»Bitte, Missis Donatello.«

»Ich sag Ihnen eins, Sergeant Mackey. Sie tun mir leid. Ich habe Sie gebeten, zu den Versammlungen der Anonymen Alkoholiker zu gehen. Die können Alkoholikern helfen.«

»Ich glaub nicht, daß ich Alkoholiker bin, Missis Donatello.«

»Sie sind Alkoholiker, Sergeant Mackey. Sie sind der vierte Detective, an den ich vermiete. Drei von ihnen waren Alkoholiker. Nie wieder Cops!«

»Ja, Missis Donatello.«

»Was haben Sie diesmal kaputtgemacht?«

»Ich hab grade wieder den Couchtisch kaputtgemacht.«

»Da muß man ja geradezu dankbar sein. Sind Sie wieder hingefallen?«

»Ja, ich bin hingefallen.«

»Soll ich den Arzt rufen?«

»Nein, vielleicht einen Exorzisten.«

»Was?«

»Nichts.«

»Ich will Sie raushaben, Sergeant Mackey. Ihr Apartment ist dreckig. Und ich erlaube keine Katzen. Sie haben zu viele Flöhe und Läuse in Ihrem Apartment.«

»Wie viele Flöhe und Läuse darf ich denn haben, Missis Donatello?«

»Was?«

»Nichts, Missis Donatello.«

»Ich gebe Ihnen dreißig Tage, sich ein anderes Apartment zu suchen. Dreißig Tage sind Zeit genug.«

»Alle Zeit der Welt, Missis Donatello. Mehr Zeit, als *ich* brauchen werde, das ist sicher.«

Dann staute sich in der Kehle ein riesiger, nasser Kloß von einem Schluchzer. Der explodierte dann. Er legte den Hörer auf und begann abgrundtief zu stöhnen. Seine schmalen, hängenden Schultern bebten und zuckten. Er sah aus wie ein Mann ohne Arme, der zu schwimmen versucht. Er schluchzte fürchterlich, unfähig, den nächsten riesigen nassen Kloß zurückzuhalten. Jeder Kloß explodierte. Die Tränen brannten.

Er zog seine Hosen aus. Der Urin fing an, alles wundzuscheuern und zu verbrennen. Er trug keine Unterwäsche.

»Wo ist meine Unterwäsche!« schrie Al Mackey. »Ich hab meine Unterwäsche in Chinatown verloren!« Sing *das* mal, Tony Bennett! O Gott, ein Mann, der seine Unterwäsche verliert!

Die Katze sah ihn verblüfft an. Fast genauso, wie Wing den armen alten Cal Greenberg angeguckt hatte, der ihnen nicht begreiflich machen konnte, daß Glenn Miller *Musik* gemacht hatte. Die schamlose Katze leckte ihre Genitalien in aller Gemütsruhe und würdigte den heulenden Mann keines Blikkes mehr. Auch dann nicht, als er so heftig schluchzte, daß er sich in sein Badewasser erbrach.

2

Der Meßdiener

Die letzten Sonnenstrahlen stachen durch die bunten Glasfenster wie ehrwürdige Schwerter, zogen sich aber vor den frevelhaft kupferfarbenen Gewitterwolken schnell wieder zurück. Der durchdringende Geruch von Weihrauch und Holzkohle ekelte ihn an. Ihm war ziemlich mulmig, so beißend war die Rauchwolke aus dem Weihrauchfaß während der Prozession. Pater Dominic liebte viel Rauch. Es war leicht, den Wein über die schmalen Fingerspitzen in den Abendmahlskelch zu gießen, aber schwer, die Holzkohle ins Weihrauchfaß zu bringen. Dem Meßdiener wurde jedesmal schwindlig, wenn er auf die Kohlen pusten mußte, um sie zum Glühen zu bringen, bis aus dem durchbrochenen Deckel die Rauchwolken aufstiegen. Aber noch schlimmer als die Prozession durch das dunkle Seitenschiff war das Knien während der Vierzigstundenandacht, in einer leeren Kirche, kalt und schattenverwoben, in den Stunden der Dämmerung, wenn die verwundeten, gefolterten Heiligen und Märtyrer sich wie blutige Phantome in der Dunkelheit abzeichneten. Gleichgültig, wieviel eigene Schmerzen der Meßdiener in den Stunden auf den hölzernen Bänken ertrug, er könnte natürlich niemals abschätzen, welche schrecklichen Qualen diese Heiligen erlitten hatten, die für alle Zeiten in Farbe, Gips und Bleiglas verewigt waren.

Und jedesmal, wenn er sich einen Augenblick lang hinsetzte, um sich von den Muskelkrämpfen zu erholen, würden sofort Schwester Helen oder Pater Dominic in ihren schwarzen Gewändern auftauchen und ihn an die besondere Verpflichtung eines Meßdieners erinnern, den Schmerz zu ertragen und diese winzigen, unbedeutenden Momente des Lei-

dens unserem Herrn und seiner Mutter als besonderes Opfer darzubringen. Qualen waren ein Privileg, wenn sie klaglos ertragen und ihnen dargebracht wurden.

Der große Priester, zerbrechlich wie ein hochbeiniger afrikanischer Steppenvogel, pflegte mit seinem knochigen Finger auf die blutenden Märtyrer zu zeigen, die einst ins Feuer geworfen, gehäutet, in Stücke gerissen, geblendet, verstümmelt und lebendig begraben worden waren. Erinnerst du dich an die Erzählung der Mutter Oberin von der Leiche eines Kandidaten für die Heiligsprechung, die vom Vatikan wieder ausgegraben wurde, auf der Suche nach wunderbaren Zeichen? Sie fanden Haare in den Händen des Skeletts! Der Beweis dafür, daß er sich, nachdem er lebendig begraben worden war, verzweifelt die eigenen Haare vom Kopf gerissen hatte, statt heiter zu sterben, sechs Fuß unter der schwarzen Erde, und voller Triumph auf den letzten Atemzug und die garantierte Erlösung zu warten. Aber sie fanden Haare in den Händen des Skeletts. Nicht nur, daß er deshalb niemals heiliggesprochen werden würde, sondern die Mutter Oberin sorgte sich sogar noch um die wirkliche Erlösung dieses Kleingläubigen.

»Qualen sind ein Privileg, Martin.« Der durchdringende Tenor des Priesters hallte furchterregend durch die ständig dunkle Kirche. »Du solltest dankbar sein, Martin. Begreifst du das, Martin? Ja? Tatsächlich? Richtig? Martin? Martin?«

»Martin! Martin! Gottverdammt, Martin!«

Al Mackey löste Schnallen und Gurte, die den schweren Körper seines Partners nach unten zerrten. »Martin, du gottverdammter Idiot!«

Dann lag Martin Welborn auf dem Fußboden seines Schlafzimmers, unfähig, den Kopf auch nur ein Stückchen zu heben.

Er wußte nicht, wo er war. Er wußte nicht, wer er war. Es konnte ein Traum sein oder nicht, dieser schwebende Geist, der ihn in eine sitzende Position zerrte.

Am Ende lächelte Martin Welborn. »Sag mal, Al, bin ich ein Mensch, der träumt, er wär ein Schmetterling, oder ein Schmetterling, der träumt, er wär ein Mensch?«

»Du bist n Riesenidiot, Marty, das bist du. Gottverdammt!«

»Das ist sehr gut möglich«, antwortete Martin Welborn.

»Was, zum Teufel, machste hier eigentlich?«

Der magere Detective griff dem nackten Mann unter die Arme und stellte ihn wieder auf die Füße. Martin Welborn streckte die Hände aus, um sich gegen die Wand zu stützen, unterschätzte aber die Entfernung, geriet ins Taumeln und setzte sich auf Bett.

»Marty, was ist das fürn Ding?« fragte Al Mackey und deutete auf die Aluminiumstangen, Netze und baumelnden Gurte, eine Art Galgen in Martin Welborns ordentlich aufgeräumtem Schlafzimmer.

»Das ist ein Wirbelsäulenstreckapparat. Wie du weißt, hab ich Probleme mit dem Rücken.«

»Probleme mit dem Rücken. Marty, du hast Probleme mit dem *Kopf*. Noch schlimmer, als ich dachte.«

»Al, Al« – Martin Welborn grinste fröhlich, stand auf und schlüpfte in seine Unterwäsche und die Hose, die ordentlich auf dem Bett gelegen hatte – »das war irrsinnig gut für meine Lendenwirbel. Ich hänge zweimal am Tag mit dem Kopf nach unten, morgens und abends. Das streckt meine Wirbelsäule, und ich brauch vor den Rückenschmerzen keinen Moment mehr Angst zu haben.«

»Marty, ich hab bald *fünf* Minuten lang an deine Tür gehämmert. Ich hab die Dusche gehört und dachte, du bist vielleicht in die Wanne gefallen. Himmel Herrgott, ich hab das Schloß geknackt!« Al Mackey zeigte ihm seinen beschichteten Polizeiausweis, dessen Ecken das Schnappschloß angekratzt hatte.

»Diese Karten sind wenigstens für etwas gut«, sagte Martin Welborn und nahm ein gestärktes weißes Hemd aus der Mahagonikommode. Seine Baumwolloberhemden, sauber gewaschen und gebügelt, lagen dort gefaltet und ordentlich übereinandergestapelt.

Mit den Polizeiausweisen konnte man nicht mal einen Scheck einlösen. *Tut mir leid, Sir, mein Boß sagt, das geht nur mitm Führerschein.* Aber mit ihnen konnte man ein Schloß wenigstens besser als mit einem Dietrich aufkriegen. Al Mackeys Hände zitterten. Er konnte seine Kennkarte kaum in die Brieftasche zurückstecken. »Weißt du nicht, daß du weggetreten warst? Dein Gesicht sah aus wie n rohes Steak. Wenn ich nicht gekommen wär...«

»Du hastn Hang zu Übertreibungen, Al, Kumpel.« Martin Welborn grinste.

Immer »mein Kumpel, mein Sohn, mein Junge«, obgleich Martin Welborn nur zwei Jahre älter war als Al Mackey. Er holte seine Socken aus der zweiten Schublade. Die Sockenpaare lagen nach Farben gestapelt. Martin Welborn mußte die Stapel mit einem Zollstock mit Millimetereinteilung ausgerichtet haben. Wann hatte er mit diesem Mist angefangen? Marty war vorher nie so ordentlich gewesen. *Niemand* war so ordentlich. Unheimlich. Es wurde immer unheimlicher.

Und das berührte Al Mackey zutiefst. *Er* hatte sich betrunken und auf seinem Revolverlauf rumgekaut! Al Mackey bekam das Frösteln und zitterte beachtlich.

»Seit wann hast du dieses Folterinstrument, Marty?«

»Es ist ein Wirbelsäulenstreckapparat. Sie verkaufen ihn an Leute mit krankem Rücken.«

»Yeah, haste schon gesagt. Ich sage dir, sie sollen so was besser in diesen Freak-Shops auf dem Hollywood-Boulevard zusammen mit Ledermasken, Ketten und Daumenschrauben verkaufen. Verdammt, Marty, wenn ich nicht reingekommen wär...«

»Al, ich hab genau drei Minuten gehangen. Ich hab die Zeit auf der Uhr neben meinem Bett genau kontrolliert.«

»Ich war fast *fünf* Minuten an der Tür.«

»Du siehst schrecklich aus, Al. Warst du gestern wieder im Glitter Dome?«

»Herrgott, du kriegst grad erst wieder Farbe.«

»Du solltest den Glitter Dome links liegen lassen, Al.« Martin Welborn machte einen tadellosen Knoten in seinen karierten Schlips. »Kannst du nicht irgendwo saufen, wo's erfreulicher zugeht?«

Am Ende gab Al Mackey es auf. Er wußte, daß diese Art, aneinander vorbeizureden, so lange weiterlief, bis er aufgab. Er ging in die Küche der Zwei-Zimmer-Wohnung und machte den Kühlschrank auf. Zitternd nahm er eine Flasche Orangensaft und drei Eier heraus. Er hatte keinen Hunger, aber sein vitaminentwöhnter, whiskygeschockter Körper verlangte nach Nahrung. Das war alles andere als ein normales Hungergefühl, sondern mehr ein wütendes Verlangen. Er schlug drei Eier auf, ließ eins in den Ausguß fallen, aber die anderen beiden landeten glücklich in einem Glas Orangensaft.

Al Mackey zog eine Schublade auf, um einen Löffel zu finden. Herrgott! Jede Schublade war durch Plastikfächer unterteilt. Jeder Löffel lag an seinem vorgeschriebenen Platz. Ebenso die Gabeln und Buttermesser. Al Mackey öffnete die Messerschublade: eine Reihe Steakmesser zeigte zur Wand. Größere Messer lagen in Richtung Gasherd. Löffel und Schöpfkellen Richtung Wand. Winzige kleine Holzpflöcke hielten jedes Utensil am vorgesehenen Platz.

Al Mackey riß in dieser peinlich sauberen kleinen Küche jeden Schrank auf. Jedes Glas war poliert. Nirgendwo ein angetrockneter Tropfen. Alles stand in Reih und Glied, vom größten Wasserglas bis zu den gedrungenen Whiskygläsern. Die Gewürzgläser im Regal waren nach der Größe geordnet. Die Symmetrie war perfekt.

Martin Welborn spazierte frisch und munter in die Küche. Er trug einen grauen, dreiteiligen Anzug zu schwarzen Mokassins und grauen Socken. Winzige rote Muster in der grausilber karierten Krawatte waren die einzige Ausnahme in der strengen Farbwahl. Sein dichtes schwarzes Haar war aus der noch faltenlosen Stirn zurückgebürstet.

»Mein neuer Anzug, Al. Gefällt er dir? Glitzert er, wenn ich gehe?«

»Du glitzerst, Marty.« Al Mackey trank seinen Orangen-Eier-Mix aus und dachte über Martin Welborns Gemütsruhe nach. *Ich hab die Uhr im Auge gehabt, Al.*

Ein Tropfen Saft glitzerte auf Al Mackeys Kinn. Martin Welborn ging zur Anrichte, öffnete eine Schublade und zog eine Papierserviette heraus. Die Eß- und Cocktailservietten waren nach Größe und Farbe geordnet.

Martin Welborn wischte den Safttropfen von Al Mackeys Kinn. Dann schenkte er Al Mackey sein nettes, jungenhaftes Lächeln und sagte: »Wir sollten uns besser beeilen, Junge. Captain Woofer ist zur Zeit n bißchen reizbar.«

Captain Woofer hatte allen Grund mürrisch zu sein. In mancher Beziehung war's ein sehr schlimmes Jahr. Ein Los-

Angeles-Polizist war im Ausland eingesperrt worden, verhaftet wegen Kokainschmuggels. Ein anderer war angeschossen worden, aber nicht von einem Ganoven. Der verletzte Cop *war* der Ganove und niedergeschossen worden, als er versuchte, sich seiner Festnahme zu entziehen. Dann gab's einen neuen Skandal, in den Vice Cops, Sittenpolizisten, verwickelt waren; sie sollten illegale Buchmachergeschäfte gegen Bestechungsgelder gedeckt haben. Und nicht zuletzt gab's eine ungewöhnlich hohe Zahl von umstrittenen Fällen, in denen die Polizei auf unbewaffnete Verdächtige geschossen hatte, außerdem Schießereien, in denen es falsch identifizierte Personen erwischt hatte.

Das war die angeblich professionellste Polizeitruppe von Amerika. Zeitungen und Fernsehen forderten Erklärungen. Deputy Chief Julian Francis glaubte, die Erklärung zu kennen, wenigstens die für die Korruption bei der Polizei. Er hatte beschlossen, jede einzelne Polizeistation von Los Angeles persönlich zu besuchen, um seine Vermutung sowohl bei der uniformierten als auch der nicht uniformierten Beamtenschaft zu testen, bevor er den Super Chief um die Erlaubnis bitten wollte, eine Pressekonferenz einzuberufen.

Deputy Chief Francis war kurz davor zu explodieren, als Al Mackey und Marin Welborn auf Zehenspitzen in den Mannschaftsraum der Hollywood Detectives schlichen, fünf Minuten zu spät.

»Die Ursache für unser Mißgeschick ist offensichtlich«, sagte Deputy Chief Francis gerade. »Der Niedergang der Familie, der Kirche, des Patriotismus ist die Wurzel *all* dieses Mißgeschicks.«

Während also dreißig Detectives ihre Kinnladen aufs Schlüsselbein sinken ließen oder vergeblich versuchten, ihre Augäpfel daran zu hindern, in die schmerzgepeinigten Köpfe zurückzurollen (dreizehn von ihnen hatten einen Mordskater, gestern war Zahltag gewesen), schlichen Al Mackey und Martin Welborn an den Tisch des Mord-und-Totschlag-Teams und konzentrierten sich auf die Familie-Kirche-Vaterland-Rede.

Deputy Chief Francis dachte nicht daran, sie jemals zu ändern. Seit neunundzwanzig Jahren hielt er dieselbe Rede. Sie hatte einst die Auswahlkommission beeindruckt, als er sich darum bewarb, Polizist zu werden, und ebenso jede Beförderungskommission, seit er vor einundzwanzig Jahren seinen Sergeant gemacht hatte, ohne jemals länger als zwei Monate auf der Straße gewesen zu sein. Es war gar nicht so einfach gewesen, ein Triumvirat von zigarrekauenden, fettbäuchigen Inspectors in damaligen Tagen davon zu überzeugen, daß er Vorgesetzter der Straßen-Cops werden sollte, auch nicht dadurch, daß er schon als Redenschreiber für den Polizeichef einige der schärfsten Hölle-und-Schwefel-Tiraden im Stil von J. Edgar Hoover verfaßt hatte. Doch sogar bei diesen hart trinkenden Beförderungskommissionen vergangener Tage hatte die Familie-Kirche-Vaterland-Beredsamkeit nie ihre Wirkung verfehlt. Sie trieb Männern einen Kloß in den Hals und Tränen in die Augen, oder irgend so was, davon war zumindest Deputy Chief Francis überzeugt.

Der arme alte Cal Greenberg hätte sich mittlerweile am liebsten übergeben. Sein Katzenjammer war schlimmer als der von Al Mackey. Der alte Detective vom Einbruchsdezernat hielt seinen Kopf in beiden Händen und starrte am Deputy Chief Francis vorbei. Der Fluch des Glitter Domes. Cal Greenberg war wirklich ein Bild des Jammers. Al Mackey langte zu ihm rüber und schlug ihm aufmunternd auf die Schulter. Halt durch.

Der offenbar bewußtlose Polizist spürte es nicht mehr. Er lauschte seinem privaten Glenn-Miller-Konzert. Er brauchte nur mit den Augen zu zwinkern, um von *String of Pearls* auf *Little Brown Jug* umzuschalten.

Die einzige Variation in der Rede von Deputy Chief Francis war in diesem Jahr das Schlagwort »Auswirkungen«. Alles hatte entweder seine »Auswirkungen auf« oder war eine »Auswirkung von«. Die Unmoral der kriminellen Polizisten, die von den Medien derart ausgeschlachtet wurde, war ein direktes Resultat des Familien-, Kirchen-, Vaterlandsverfalls, dessen *Auswirkungen* auch Polizisten unterliegen mußten. Und so fort.

Immerhin hatte sich auch die Kleidung des Deputy Chief in diesem Jahr etwas geändert. Gewöhnlich bevorzugte er es, sich wie ein Bankier zu kleiden, ziemlich ähnlich dem Stil, den Martin Welborn schätzte. Aber diesmal hatte er sich bewußt für die Dienstkleidung des Detectives entschieden, bis er seine Serie von moralstärkenden Ansprachen beendet hatte. Die Kleiderwahl des Deputy Chief Francis war perfekt: doppelt genähte Tuchhosen – natürlich ausgestellt, obgleich ausgestellte Beine gerade out und enge in waren, aber ein Detective hinkte der Mode immer drei Jahre hinterher. Ein hellblaues Sportjackett aus Polyester mit extrabreitem Revers, ein dunkelbraunes Frackhemd mit abgesteppptem Kragen, aufgemotzt mit einem schweren, gelb bedruckten Halstuch. Er hatte sorgsam darauf geachtet, daß die doppelt genähte Hose einen Zoll zu kurz war, und er trug grüne und gelbe Socken, um die Sache auf die Spitze zu treiben. Er ließ seine Koteletten länger wachsen, seit er diese Tournee durch die Polizeistationen geplant hatte. Er hatte sogar an einen Schnurrbart gedacht, aber da *waren* ihm Grenzen gesetzt. Schließlich krönte er seinen Aufzug noch mit einer messingfarbenen Krawattennadel in Form einer 187, der Nummer des Mordparagraphen im kalifornischen Strafgesetzbuch. Eine perfekte Show. Für jedermann sah er aus wie ein Mordpolizist im Dienst.

Der Deputy Chief Julian Francis wußte auch, daß sich einige der älteren Zuhörer an seinen verhaßten Spitznamen Hosenscheißer erinnerten, der ihm 1965 während der damaligen Negerkrawalle verpaßt worden war, nachdem er in dem Chaos von Feuer und Plünderungen in der Central Avenue von seinem Fahrer und Leibwächter getrennt worden war. Es ging das Gerücht, daß er damals ein Taschentuch geschwenkt und versucht hatte, sich in der Nähe der 92. Straße einer kleinen Truppe von Plünderern mit den Worten zu *ergeben*, er sei immer nett zu den Schwarzen gewesen. Das war eine gemeine Story, die nie nachgeprüft wurde, aber er fühlte, daß die 187-Krawattennadel viel dazu beitrug, das Gerücht zu zerstreuen und den Eindruck zu erwecken, er sei eben doch einer von den Jungs.

Zwei bärtige Detectives vom Rauschgiftdezernat, angezogen wie Freizeitradfahrer und wegen ihrer aalglatten Art, das Wiesel und das Frettchen genannt, begannen damit, Zettel durch die Reihen kursieren zu lassen. Tatsächlich waren es Wettscheine. Sie boten Drei-zu-eins-Wetten an, daß Hosenscheißer Francis das Wort »Auswirkungen« während seiner restlichen moralstärkenden Ansprache noch zwölfmal verwenden würde. Das schien stark übertrieben, selbst im Fall des Deputy Chief Francis, darum wurden unter dem Tisch sofort mehrere Scheine an die jungen Rauschgiftfahnder zurückgereicht. Die beiden waren von der Rauschgiftabteilung im Stadtzentrum von Los Angeles für drei Monate an Captain Woofer ausgeliehen worden, um das abscheuliche Rauschgiftproblem lösen zu helfen, über das sich Hollywoods Geschäftsleute immer öfter beschwerten.

Deputy Chief Francis schloß mit den Worten: »Wir brauchen einen starken religiösen Glauben, um das Los Angeles Police Department *und* die Vereinigten Staaten von Amerika gegen den Feind zu stärken, der im Inneren des menschlichen Herzens lauert.«

Captain Roger (Einpeitscher) Woofer war zutiefst bewegt. Er begann heftig zu *applaudieren.*

Das Wiesel und das Frettchen waren außer sich. Es waren nur elf »Auswirkungen« zustande gekommen. Eine weniger also!

Das Wiesel hob verzweifelt die Hand. »Sir! Chief!« schrie das Wiesel. »Welche Einflüsse hat die Vietnam-Generation unter den Polizisten auf den allgemeinen Niedergang der Moral unter den Officers von heute gehabt?«

Die anderen Spieler wußten natürlich, worauf das Wiesel hinauswollte. Der arme alte Cal Greenberg sprang auf. Er hatte einen Wettschein über zwei Dollar. (Alles, was Wing ihm letzte Nacht nicht gestohlen hatte.)

»Hör mal ne gottverdammte Minute zu, Wiesel! Er ist *fertig!«* Dann wandte er sich an den erschrockenen Deputy Chief. »Sie sind doch fertig, oder nicht... Sir?«

»Also...«, stammelte der Deputy Chief. Der schmierige Radfahrer in Leder erschreckte ihn. (*Er* verkörpert genau das, was heute aus der Behörde geworden ist.) Aber der um sich fuchtelnde alte Detective mit den starren, blutunterlaufenen Augen war noch bedrohlicher.

Captain Woofer wurde blaß und brüllte: »Greenberg! Was, zum Teufel, ist mit Ihnen los?«

»Nichts, Captain«, schrie der arme alte Cal Greenberg. »Es ist nur, wir sollten den Chef hier nicht den ganzen Tag aufhalten. Er hat andere Pflichten und...«

Das beruhigte den Deputy Chief Francis. Er lächelte und

breitete die Hände aus. »Gentlemen«, sagte er, »ich habe den ganzen Tag Zeit. Meine Zeit ist Ihre Zeit.«

»Oh, Gottverdammich!« stöhnte der arme alte Cal Greenberg, während seine blutunterlaufenen Augen unter die geäderten Lider rollten. Meine Zeit ist Ihre Zeit! Verfügen Sie über mich!

»Greenberg, *was*, zum Teufel, fehlt Ihnen?« fragte Captain Woofer nochmals.

»Er ist krank«, meldete sich Al Mackey. »Er fühlt sich nicht gut. Vielleicht sollten wir den armen alten Cal n Augenblick an die frische Luft bringen?« Al Mackey hatte drei Dollar eingesetzt. »Vielleicht sollten wir den Chief gehen lassen?«

Aber alles war vergebens. Deputy Chief Francis lächelte väterlich und sagte: »Sie sind n verdammt aufmerksames Publikum gewesen. Und ich sollte die Frage des ... Officers beantworten.« Es war schon idiotisch, einen schmierigen Hippie als *Officer* anzusprechen. »Ja, ich bin tatsächlich der Meinung, daß der Zustrom der Vietnam-Veteranen, die den vielen unmoralischen Einflüssen, denen sie in jenem unglücklichen Teil der Welt ausgeliefert waren, vielleicht nicht ausreichend widerstehen konnten, seine verheerenden *Auswirkungen* auf die...«

Er konnte den Satz nicht beenden. Einundzwanzig Männer und Frauen (alle diejenigen, die ihren Einsatz verloren hatten) brüllten los wie Rindviecher, während das Wiesel und das Frettchen wie Hyänen grinsten. Sie hatten dreiunddreißig Dollar gewonnen.

Das Stöhnen und Brüllen der Verlierer erschreckte den Officer vom Dienst ein Stockwerk tiefer, der gerade einen Bericht über ausländische Terroristen gelesen hatte, die Police Departments mit Nervengas überfielen, das bei den Opfern unwillkürliches Stöhnen auslöste, bevor es sie lähmte. Der von plötzlicher Panik gepackte Officer war drauf und dran, Alarm auszulösen.

Captain Woofer entschuldigte sich bei Deputy Chief Francis für das seltsame Benehmen einiger seiner Detectives. Es sei nur so zu erklären, daß die Vielzahl schwerer Verbrechen, in die Los Angeles Officers verwickelt waren, inzwischen auch auf das sittliche Verhalten altgedienter Kollegen wie den armen alten Cal Greenberg abgefärbt habe. Deputy Chief Francis war ganz seiner Meinung. Dann schüttelte er freundlich eine Anzahl von Händen und nannte Captain Woofer »Roger«, genau wie in den alten Zeiten, in denen sie beide noch Sergeant waren und für die Polizei Reklame machten. Captain Woofer errötete und antwortete sanft »Danke... Julian«, so leise, daß es keiner von den anderen hörte.

Außer dem Frettchen, das die beiden anschaute und sagte: »Einpeitscher Woofer biedert sich beim Hosenscheißer an. Ich glaub, das sind schwule Bullen.«

Dann nahm das Wiesel dem armen alten Cal Greenberg die letzten beiden Dollars ab und sagte: »Hosenscheißer kommt nicht aus der Tür. Immer, wenn er stehenbleibt, kriegt er die Schnauze voll Scheiße. Amtsärsche, wenn du mich fragst.«

Das Frettchen, feige schielend wie ein Kojote, zählte seine Beute und sagte: »Das brauch ich dringend. Gestern nacht bin ich in ne Würfelrunde geraten und hab in einer Runde dreimal Mist gebaut. Ich war den ganzen Morgen sauer.«

Der arme alte Cal Greenberg suchte in seiner Schublade nach einer Schachtel Abführmittel, denn in seinem Bauch ging es drunter und drüber. »In meinem Alter bin ich zufrieden, wenn ich in einer Runde *einmal* verlier.«

Fünf Minuten später wurden Al Mackey und Martin Welborn zu einem vertraulichen Gespräch zu Captain Woofer gerufen, der noch verstopfter war als der arme alte Cal Greenberg.

3

Das Busineß

Der Grund für Captain Woofers gestörtes Innenleben war der seit vier Wochen ungeklärte Mord an Nigel St. Claire, dem Präsidenten der Filmabteilung in einem der großen Studios, der, wie jeder, der jemand war im Showbusineß, niemals östlich vom La Cienega Boulevard tot aufgefunden worden wäre, wenn er nicht Geschäfte mit Goldwyn, Paramount oder Hollywood General gemacht hätte.

Immerhin mußte man sich im Busineß, wie die Branche sich selbst nannte, nach Hollywood selbst begeben und seinen Lunch im St. Germaine nehmen oder im Ma Maison zu Abend speisen, weil die Gegend richtig »in« war, seit Araber, Iraner, Texaner und andere Ölfritzen Beverly Hills mit ihren Dollarmillionen überrannt hatten. (Ein Öl-Multi konnte plötzlich genauso akzeptiert werden wie ein deutscher Stahlexporteur oder italienischer Schiffsmagnat, sobald er die Frage aller Fragen in dieser Gegend mit »könnte sein« beantwortete. Die Frage aller Fragen konnte sich während der Cocktailstunde in der Polo-Lounge-Bar des Beverly Hills Hotels oder beim Lunch oder Dinner in einem der sechs berühmten Restaurants stellen.) Es gab niemals mehr als ein halbes Dutzend echter »In«-Restaurants gleichzeitig, nicht, weil die wahrhaft Erfolgreichen des Busineß die Zahl mit Gewalt kleinhalten wollten, sondern weil die wahrhaft Erfolgreichen eine viel zu kleine, inzestuöse Gruppe bildeten, als daß mehr als ein halbes Dutzend Restaurants von ihr hätte leben können.

Die Frage aller Fragen, die sogar erschöpfte Oberkellner in der Bewegung erstarren, jedes Gespräch versanden und jedes

Gestreichel von Oberschenkeln sofort aufhören ließ, wurde jeweils durch zusammengebissene Zähne gepreßt, damit der Mund nicht zitterte. Sie lautete: »Nachdem ich Ihnen nun dieses unglaubliche Filmprojekt erläutert habe, wären Sie vielleicht daran interessiert, in die Sache einzusteigen, einen großzügigen Anteil unseres eher bescheidenen Budgets von... *acht Millionen* zu übernehmen?« Und wenn der Araber, Iraner, Texaner oder sonstige Ölfritze einfach »könnte sein« antwortete, war er, der Ausländer, schon aus der Masse der Ungewaschenen herausgehoben worden und für einen »B«-Tisch in einem der sechs berühmten Restaurants akzeptabel geworden. (Der »A«-Tisch stand ihm zu, wenn die Dreharbeiten tatsächlich anfingen. Worte wurden zunächst geringer honoriert.)

Das alles wurde von Captain Woofer zwar nur vage begriffen, hatte aber indirekt zu seiner Verstopfung geführt. Denn der verstorbene Nigel St. Claire war auf einem Bowlingbahnparkplatz nahe beim Sunset Boulevard mitten in Hollywood um 23 Uhr erschossen aufgefunden worden. Jeder hatte gewußt, daß ein Mann wie Nigel St. Claire, ein wahrhaft Erfolgreicher im Busineß, eigentlich nicht an einer solchen Stelle zu einer solchen Zeit tot aufgefunden werden durfte. Aber er *war* tot aufgefunden worden, das stand riesig auf den Titelseiten der Zeitungen, und es war schuld an Captain Woofers Innenblockade.

Sowohl Al Mackey als auch Martin Welborn hielten es für klüger, Captain Woofer erst mal ein bißchen Zeit zu lassen, ehe er zum Thema kam, und er nahm sie sich auch. Er machte es sich bequem auf dem Gummiringkissen, das er wegen seiner entzündeten Hämorrhoiden benutzte, zündete sich seine Bruyère-Pfeife an und saugte dreißig Sekunden an ihr, um sie zum Kochen zu bringen. Dann fummelte er in dem Papierstapel in seinem Eingangskorb herum und spielte mit einem Plastikbriefbeschwerer von der Größe eines Ziegelsteins, in den ein Satz goldener Captainspangen eingelassen war. (Es wurde behauptet, daß selbst Mrs. Woofer Captain zu ihm sagte.)

Endlich sah er die beiden Polizisten an und sagte: »Ich nehme an, ihr wundert euch, weil ich euch reingerufen habe?«

O Gott! Al Mackeys Kater war einfach zu grauenhaft für diesen Scheiß. Erst Hosenscheißer Francis mit seinem Vortrag, dann die verdammte Wette gegen das Wiesel, die ihn harte Dollars gekostet hatte, und dazu die fürchterliche Vorstellung von Marty, der wie ein riesiger toter Fisch an den Haken baumelte. *Drei Minuten, Al.* Klar. Und er selber war kaum in der Lage, seine nächtliche Katastrophe zu vergessen. Wenn er anfinge, über die vergangene Nacht nachzudenken, gäb's bestimmt eine erfolgreiche Wiederholung, und Mrs. Donatello müßte sich weniger über die Flöhe und Läuse aufregen, sondern sich darüber Gedanken machen, wie sie Al Mackeys Gehirn am besten mit einem Kittmesser von der Tapete kratzte.

Aber schließlich war er seit zweiundzwanzig Jahren Polizist. Und irgendwas in seinem Inneren sagte ihm, daß er einem Mann im Rang eines Captain eine Antwort schuldig war, selbst einem Mann wie Einpeitscher Woofer. Darum nickte er kurz und sagte: »Ja, Captain, ich *hab* mich gefragt, warum Sie uns reingerufen haben.«

Captain Woofer saugte wieder ein paarmal an seiner Pfeife und legte dann *äußerst* sorgfältig die Beine auf den Schreibtisch, denn hochgelegte Beine waren gut für die Hämorrhoiden eines einfachen Cops, aber schmerzhaft für dickbäuchige Polizisten.

»Es geht um Nigel St. Claire«, sagte er.

»Das ist nicht unser Fall, Sir«, antwortete Martin Welborn höflich.

»Bisher nicht gewesen.« Captain Woofer nickte. »Aber der läuft jetzt seit vier Wochen. Schultz und Simon haben keine einzige heiße Spur. Sie haben mehr als fünfzig Leute vernommen.«

»Wir wissen nur das über den Fall, was in den Zeitungen gestanden hat.« Al Mackey sah zu Martin Welborn rüber und zuckte die Schultern. »Schultz und Simon sind nicht gerade die Geschwätzigsten. Sie haben uns nie um Hilfe gebeten.«

»Aber *ich* bitte Sie um Hilfe«, sagte Captain Woofer und nahm die Pfeife aus den Zähnen. Er war in letzter Zeit ziemlich gealtert. Seine Glatze hatte sich ausgedehnt, er selbst war ein bißchen eingeschrumpft.

»Was genau wollen Sie, Skipper?« fragte Martin Welborn.

»Ich brauch Sie beide, um den Fall zu übernehmen«, sagte Captain Woofer. »St. Claire war ein berühmter Mann. Dieser Fall bleibt in den Schlagzeilen. So lange kriegt das Department Prügel. Fragwürdige Schießereien. Kriminelle Polizisten. Diese drittklassige Fernsehstation hat uns die ganze Zeit im Visier. Ich geh im September in Pension. Glauben Sie, daß ich in meinem Alter soviel Ärger vertragen kann? Jeden Tag ein neuer Tritt vors Schienbein, wenn *diese* Fernsehstation einen Bericht über Fortschritte in der Mordsache verlangt. Ich muß mich ständig zwingen, freundlich zu bleiben.« Captain Woofers Augen blickten sanft und feucht. Er sah außerordentlich klein und alt aus.

»Aber wir sind keine Superspürhunde«, sagte Al Mackey.

»Was würden Schultz und Simon sagen, wenn wir ihren Fall übernehmen?« fragte Martin Welborn.

»Ich weiß nur *zu* gut, daß Ihr keine Superspürhunde seid«, erinnerte Captain Woofer sie. »Und ich scheiß drauf, was Schultz und Simon denken. Die haben ihre Chance gehabt. Und es gibt nur noch ein verfügbares Mordteam, das sind Sie. Außerdem sind Sie für diesen Fall das *ideale* Team.«

Bevor einer der verblüfften Detectives fragen konnte, warum, wurden Captain Woofers Augen zu schmalen Schlitzen, und er sagte: »Sie haben den Mord an Clyde Barrington aufgeklärt, oder etwa nicht?« Captain Woofer warf ihnen seinen gerissensten Blick zu, kaute auf seinem Pfeifenstiel und ließ die Detectives auf seiner Bemerkung herumbeißen.

Der Charakterschauspieler Clyde Barrington stammte aus dem Showbusineß, okay, aber wo gab's sonst noch Ähnlichkeiten? Al Mackey sagte: »Skipper, Clyde Barrington wurde nicht ermordet. Wir haben seinen Fall nicht *aufgeklärt*, weil's gar kein Mordfall war. Wir haben nur festgestellt, daß er seine Freundin getötet hatte und dann Selbstmord beging.«

»Niemand bittet hier irgend jemanden, irgendwas zu *klären*. Mir gefällt's einfach, wie Sie beide jeden Mordfall *durchsichtig* machen, der mir mehr...« Er seufzte und sparte sich den Rest. In diesem Moment litt er genauso wie der arme alte Cal Greenberg, allerdings ohne Glenn-Miller-Konzert.

Sie sollten also das Verbrechen nicht *aufklären*, sondern nur aus der Welt schaffen? Al Mackey und Martin Welborn sahen sich abermals an.

»Captain«, begann Al Mackey, »hier liegen die Dinge anders. Es ist ziemlich schwierig, von Selbstmord zu sprechen, wenn in einem Gesicht zwei Kugeln, Kaliber 38, stecken und weit und breit keine Kanone gefunden worden ist.«

»Ihr einfallsreichen Burschen habt doch vor zwei Jahren den Fall behandelt, in dem ein Kokaindealer sich selbst mit einem Beil umgebracht hat, oder?« Captain Woofer sah sie wieder prüfend an. »Ihr habt es doch nicht verlernt, euch was einfallen zu lassen, oder?«

»Nein, nein, Sir«, sagte Al Mackey, »aber das Beil lag direkt daneben.«

Bei einer auf Video aufgezeichneten Demonstration hatte Al Mackey die Tat mit dieser »Selbstmord«-Waffe vor der Kamera überzeugend rekonstruiert. Und er hatte auch den stets leicht zu überzeugenden Captain Woofer davon überzeugt, daß ein normal kräftiger Mann wie der Kokaindealer Dilly O'Rourke, äußerste Entschlossenheit zur Selbstzerstörung vorausgesetzt, sich tatsächlich selbst einen tödlichen Schlag auf den Vorderschädel beibringen konnte. Das hatte ihn einige Mühe gekostet, eingeschlossen die Einholung eines Expertengutachtens bei einem Pathologen über die Zerbrechlichkeit des menschlichen Schädels im Moment eines gewaltsamen Kontakts mit einem Beil.

Das weiche Loch in seinem *Hinterkopf* war eine andere Story. Martin Welborn, in seiner Jugend Schüler eines Jesuitenseminars, hatte nach drei ergebnislosen Ermittlungswochen seltsamerweise vorgeschlagen, um die Antwort zu *beten*. Und sieh an, innerhalb einer Stunde wurden ihre Gebete erhört, nicht vom Gott der durchgefallenen Jesuitenschüler, aber immerhin von Herrn Buddha.

Während sie Dillys ehemalige Bude zum dreizehnten Mal auf den Kopf stellten, kam eine Sandwichverkäuferin vom Hollywood-Boulevard hereingetrippelt, die Haare voller Löwenzahnblüten. Sie schleppte in ihren zerstochenen, kleinen Armen einen dreißigpfündigen Messingbuddha mit sich herum. Sie entschuldigte sich, daß sie ihn in der Nacht, in der Dilly O'Rourke emporgehoben wurde, um ein Teil der ewigen Kraft zu werden, mitgenommen hatte. Jemand hatte ihr gesagt, sie könne Schwierigkeiten kriegen und solle ihn deshalb lieber zurückbringen.

Sie wurde plötzlich von ihrem Platz im Nirwana aufgeschreckt, als die beiden Detectives sie mit meilenbreitem Grinsen packten und niedersetzten und ihre versiegten Quellen der Erinnerung anzapften, bis ihr wieder einfiel, daß Herr Buddha immer da drüben auf dem Wahrsagebrett gehockt hatte, wo Dillys Leiche erst mal von jedem kokainsüchtigen Bewohner des Mietshauses besichtigt worden war, bevor jemand das Mantras-Singen beendete und die Polizei rief.

Al Mackeys Rekonstruktion war eine Glanznummer. Das Videoband zeigte ihn, wie er den selbst beigebrachten Schlag auf den Vorderschädel mimte, anschließend das Beil fallen ließ, den Handrücken auf die Stirn preßte wie eine Naive im Kino, und dann genau neun Fuß fünf Zoll weit durchs Zimmer taumelte, umkippte und eine knochenbrechende Kollision mit dem harten Messingglatzkopf der pausbäckigen Gottheit durchspielte.

Martin Welborn pfiff durch die Zähne, klatschte und jubelte ihm zu, als die Vorführung zu Ende war.

Captain Woofer zeigte das Videoband auch dem Commander und nahm sein Lob mit angemessener Demut entgegen. Wieder ein Krimi *geklärt*. Dilly O'Rourke hatte dieses Tal der Tränen mit eigener Kraft verlassen.

Die tätowierte Drogensüchtige mit dem Kopf voller Löwenzähne versäumte es seither nie, den Detectives zuzuwinken, wenn sie sie auf dem Hollywood-Boulevard erspähte, wo sie Avocados verkaufte, um Heroin kaufen zu können – ein Tauschgeschäft, so nannten sie es, von vergänglichen Früchten gegen verfängliche Früchte. Sie schenkte den Detectives Vollkornsandwiches mit Petersilie und Erdnußbutter als Dank dafür, daß sie seinerzeit nicht alle Mieter und Kunden jenes blutsaugenden, kokainklauenden kleinen Arschlochs ausgequetscht hatten. Inzwischen gab sie auch zu, daß Mieter und Kunden überglücklich gewesen waren, als sie ihn tot in seinem Blut liegen sahen.

Was Einpeitscher Woofer mit solchen Geschichten meinte, wurde mit jedem Zug aus seiner häßlichen alten Pfeife deutlicher: Denken Sie an den Fall von Plato Jones. *Lassen Sie sich etwas einfallen.*

Es war ein besonders schwieriger Mordfall für Captain Woofer gewesen. Plato Jones hatte in der Plattenbranche dreimal ein Vermögen gemacht und wieder verloren, und sich dann abermals aufs hohe Roß geschwungen. In früheren Zeiten hatte er seine außerhalb der Stadt lebenden Kunden jahrelang mit Mädchen (und, von Fall zu Fall, auch Jungen) und mindestens zwei Tonnen reinem Haschisch zufriedengestellt, und dadurch war er prompt in die Polizeiakten von Los Angeles gekommen.

Aber kaum war er mit Schwung und Energie abermals dick drin im Millionengeschäft, wie man so sagt, als er in Stadt und Land die Wahlkampfkampagnen der Favoriten unterstützte. Von den wahrhaft Erfolgreichen im Busineß wurde er regelrecht verhätschelt. Er wurde zu den meisten »B«-Premieren geladen und war bei allen »A«-Wohltätigkeitsveranstaltungen. Bei Jachtrennen segelte er im Boot eines US-Senators mit. Er schmierte Lobbyisten aus Sacramento. Er liebte und kämpfte für Robbenbabys und Wale und amerikanische Indianer. Er haßte Öl-Multis und Kernkraftwerke. Alles in allem *hatte* der Bursche ein paar schlechte Manieren, aber wer wollte hier den ersten Stein werfen?

Immerhin gab's ein erstaunliches Gekicher, Gewisper und Gewieher im Umkreis der Hollywood-Station, als sie Plato Jones mit einem Einschuß in der Schläfe tot auffanden, in einer Absteige in der Nähe von Sunset und La Brea, die Todeswaffe neben sich. Natürlich war weit und breit keine Hure zu sehen, als seine Leiche gefunden wurde. Da gab's nicht mal den Fingerabdruck einer Hure oder sonst einer Person – und das, obgleich ein halb ausgetrunkenes Glas Pouilly-Fiussé neben seiner Leiche stand, ebenfalls *ohne* Fingerabdrücke. Dadurch geriet die Selbstmordtheorie erheblich ins Wanken, mehr noch durch die ausgeworfene Patronenhülse aus der todbringenden 32er Automatik. Die Patronenhülse wurde auf einem sieben Fuß hohen Schrank gefunden, einem französischen Stück aus dem 18. Jahrhundert, wie man es selten in einer Absteige findet. Immerhin hatte Plato Jones Stil gehabt, wenn er überhaupt was gehabt hatte, und auf seiner Beerdigung kam glatt so was wie Sentimentalität auf unter den zwei Kongreßabgeordneten, drei Stadtratsmitgliedern, einem Verbraucherfunktionär, zwei Dutzend Plattenstars, einem libanesischen Opiumschmuggler und dreizehn Huren.

Nach sechswöchigen Ermittlungen, die allen an den Nerven zerrten, vor allem Captain Woofer, weil er ununterbrochen von einem Abgeordneten aus dem Rathaus angerufen wurde, der sich um eine 10000-Dollar-Wahlkampfspende von Plato Jones Sorgen machte und diesen verdammten Fall endlich *gelöst* sehen wollte, wurde der Fall dem eingespielten und cleveren Team Al Mackey und Martin Welborn übergeben, mit dem Befehl, die Untersuchungsergebnisse der erfolglosen Kollegen Schultz und Simon Schritt für Schritt zu überprüfen.

Dazu brauchten Al Mackey und Martin Welborn genau drei Tage. Zuerst einmal war das halbleere Weinglas eine handfeste Spur. Drei von Platos Huren wurden von einem Polizeispitzel aufgestöbert, und sie gaben zu, in der fraglichen Nacht in der Absteige ein und aus gegangen zu sein. Zwei von ihnen wußten's nicht mehr genau, sagten aber, es »könnte« durchaus das eine oder andere Gläschen Wein getrunken worden sein. Und, dem Himmel sei Dank, Plato Jones, stellte sich heraus, hatte irgendwann mal entdeckt, daß schwarze Handschuhe die Freier unheimlich antörnten. Ergo, da das zur Mode geworden war, *keine* Fingerabdrücke! Kein Lippenstift auf dem Glas? Baby, denkste, du hast auch noch *ne Spur* von Lippenstift am Mund, wenn du dir bei drei oder vier von diesen aufgetakelten Fettsäcken aus Brentwood mit ihren schlappen Schwänzen die Augen aus dem Kopp gelutscht hast? (Die Erinnerung an diese Bemerkung traf Al Mackey an seiner empfindlichsten Stelle.)

Das eigentliche Problem war, daß die abgefeuerte 32er Patronenhülse senkrecht oben auf dem Schrank gestanden hatte. Die Erleuchtung kam Al Mackey wie ein Blitz. Der *Beweis* für die Erleuchtung war nach drei zermürbenden Stunden gefunden worden, in denen er genau da stand, wo Plato Jones einen Schuß durch die rechte Schläfe eingefangen hatte. Martin Welborn filmte Al Mackey mit der Videokamera, wie er so dastand, die Tatwaffe in Höhe der Schläfe, wie er eine leere Patrone abfeuerte, die dann aber keineswegs direkt in die Zimmerecke, sondern hoch in die Luft flog, um dann, *voilà!*, genau auf dem Schrank zu landen, in aufrechter Position, als ob jemand sie dort hingestellt hätte.

Was das Videoband *nicht* zeigte, waren die 231 Versuche,

bei denen die Patrone abgefeuert wurde, die Hülse aber alles *andere* als senkrecht gelandet war. Bei genauerer Prüfung hätte man zehnmal mehr Schnitte in den Videobändern als in den Tonbändern, die man Ex-Präsident Nixon in die Schuhe schob, erkennen können. Al Mackey und Martin Welborn beschlossen gemeinsam und für sich, die Chancen würden 231 zu 1 stehen, daß der Zuhälter sich das Gehirn selbst aus dem Kopf gepustet hatte. Das war reichlich kühn. Aber statistisch viel besser als die Gewinnchancen, die Plato Jones jemals zu Lebzeiten seinen Kunden eingeräumt hatte. Der Deputy Chief war glücklich. Captain Woofer war regelrecht high. Der Abgeordnete aus dem Rathaus geriet in Ekstase. Der Fall war geklärt.

»Ich möchte, daß Sie den Nigel-St.-Claire-Fall übernehmen. Ich hab Schultz und Simon heute morgen schon informiert, bevor Sie kamen. *Zehn Minuten zu spät.*«

»Ärger mit dem Auto, Cap«, sagte Al Mackey.

»Warum sollten Sie Ärger mit dem Auto haben? Das Department hat Mechaniker, wie Sie wissen. Was meinen Sie, warum dürfen Sie Ihren Dienstwagen mit nach Hause nehmen? Wissen Sie eigentlich, wieviel Benzinkosten Sie sparen, wenn Sie den Dienstwagen mitnehmen dürfen?« Captain Woofer hatte heute seinen besonders weinerlichen Tag.

»Nun ja, wir *sind* ja auch rund um die Uhr abrufbereit, Skipper«, meinte Al Mackey.

»Von Mordermittlern wird *verlangt*, daß sie immer abrufbereit sind, Mackey.« Captain Woofer wälzte sich schmerzgepeinigt auf dem Gummiringkissen hin und her.

Martin Welborn sagte nichts. Er saß nur da und lächelte fröhlich vor sich hin, seine etwas leeren Augen suchten keinen Kontakt. Al Mackey beobachtete Martys abwesende braune Augen mehr, als er Captain Woofer beachtete, der zu jeder Zeit wachsam war. Captain Woofer hatte in diesem Jahr zwei Beförderungen sabotiert und einen Detective versetzt wegen schleppender Ermittlungsarbeit, die sich zu lange hingezogen und dem Captain eine Niederlage beschert hatte. Einpeitscher Woofer konnte ein richtiger mieser Eiertreter sein, wurde gesagt. Aber Martin Welborn schien das alles überhaupt nicht zu interessieren, worüber sich Al Mackey um so größere Sorgen machte.

»Wir *haben* allerdings noch n paar andere Fälle, an denen wir arbeiten, Captain.« Das war Al Mackeys letzter Versuch.

»Was zum Beispiel?«

»Nu ja, da gibt's diese Kubanerin, die von ihrem Mann mit diesem alten englischen 45er Armeerevolver acht Fuß weit aus der Perücke gepustet wurde. Da arbeiten wir immer noch dran«, sagte Al Mackey.

»Eine Frau aus *Kuba*«, seufzte Captain Woofer.

»Dann ist da dieses koreanische Mädchen, das als Zufallsopfer erschossen wurde. Als diese Motorgang im Auto mit ner anderen Bande abrechnen wollte und auf der Straße rumballerte. Und sie steigt zufällig an der falschen Haltestelle aus dem Bus.«

»Ein *koreanisches* Mädchen«, erwiderte Captain Woofer.

»Es war ein Doppelmord«, erinnerte ihn Al Mackey. »Die Kugel ging erst durch das Baby, das sie in ihren Armen trug, bevor sie selbst getötet wurde.«

»Ein *koreanisches* Baby«, stöhnte Captain Woofer auf und veränderte seine Sitzposition.

Es hatte also keinen Zweck. Captain Woofer war wild entschlossen. Sie würden einen Mordfall mit denkbar schlechten Erfolgschancen erben, und obgleich Al Mackey, was seine Beförderungschancen betraf, längst keine Illusionen mehr hatte, so hatte er sich doch immer gewünscht, seine Karriere hier bei den Hollywood Detectives zu beenden. Er war einfach zu alt, um sich noch in die Eier treten und versetzen zu lassen.

Und dann erwischte Captain Woofer Martin Welborn auch noch auf dem Bein, das nach der unumstößlichen Überzeugung von Al Mackey absolut das *falsche* war. Captain Woofer sagte: »Ich sehe nichts, was Ihre Zeit noch besonders in Anspruch nimmt. Der Meadows-Fall dürfte wohl abgeschlossen sein, oder?«

Al Mackey warf Martin Welborn einen schnellen Blick zu. Martys abwesende braune Augen fielen tiefer in ihre Höhlen zurück. Sein Blick wurde ziellos. Sein heiteres Grinsen verschwand. Er war sichtlich konfus.

»Danny Meadows ist nicht abgeschlossen«, wiederholte Martin Welborn.

»Ja, aber was fehlt denn da noch?« fragte Captain Woofer.

»Ich hab gedacht, Mami und Papi wollen sich schuldig bekennen?«

»Danny Meadows ist nicht abgeschlossen«, wiederholte Martin Welborn.

»Verdammt, ich sitz einfach nicht bequem«, jammerte Captain Woofer. Er merkte immer noch nicht, daß Martin Welborn merkwürdig schräg guckte. »Müssen Sie noch weitere Beweise ranschaffen, oder was sonst?«

»Danny Meadows ist nicht abgeschlossen«, beharrte Martin Welborn.

»Die Leute lassen sich Zeit«, sagte Al Mackey schnell und warf Marty aufmunternde Blicke zu. »Ich mein, sicher werden sie sich schuldig bekennen. Wahrscheinlich Bewährung für Mama, n bißchen Knast für Paps.«

»Aber damit ist der Fall doch abgeschlossen?« sagte Captain Woofer, während er Martin Welborns Blick suchte.

»Ja, Captain, er *ist* abgeschlossen«, sagte Al Mackey zu Martin Welborn, der ihn aber nicht zu hören schien.

»War ja sowieso kein besonderer Mordfall«, bemerkte Captain Woofer. »Das Kind wär besser dran gewesen, wenn's richtiger Mord *gewesen* wär. Aber was soll's, ich meine, Sie sollten Ihre laufenden Fälle in Ordnung bringen und mit Schultz und Simon über den Kuddelmuddel reden, den die in der St.-Claire-Sache angerichtet haben. Ich hab da einige Theorien, daß...«

Danny Meadows ist nicht abgeschlossen.

Martin Welborn konnte Captain Woofer kaum hören. Seine Stimme kam wie aus einer Höhle irgendwo weit weg. Wie aus einer Katakombe. Im Jesuitenseminar hatten sie ihm erzählt, daß sich in Katakomben oft die seltsamsten Dinge ereignet hatten. Stimmen hatten ihren Klang verloren, man hatte den Eindruck, als kämen sie aus einer anderen Welt oder mischten sich mit den Stimmen der verstorbenen Heiligen in den Grabkammern.

Das war wirklich kein besonderer Mordfall, hatte Captain Woofer gesagt.

Es war überhaupt kein Mord. Und sie, als altgediente Mordspezialisten, hätten ihn überhaupt nicht übernehmen müssen, als die Nachricht über Sprechfunk kam. Es war nicht mal ein Code-drei-Ruf gewesen, nicht mal ein Mord-Code.

Die Nachbarin, die den Jungen an der Verandatür hatte wimmern hören, war selbst viel zu hysterisch, um noch hysterisch auf sie reagieren zu können. Sie hatte der Telefonistin in der Zentrale nur mitgeteilt, daß jemand mit dem Messer verletzt worden war und daß sofort eine Ambulanz kommen sollte und die Polizei. Dann hatte sie aufgelegt und nicht mehr aufgehört zu kreischen, selbst als die Polizei längst da war.

Martin Welborn konnte sich noch gut daran erinnern, worüber er und Al gerade redeten, als die Nachricht kam. Sie hatten darüber diskutiert, daß Paula einverstanden war, die Scheidung nicht einzureichen und somit auch seine Ehefrau und Erbin zu bleiben, soweit es das Department anging. Er war bereit, ihr weit mehr zu zahlen, als sie nach der gesetzlichen Unterhaltspflicht zu beanspruchen hatte. Eine Ehe war nicht tot ohne einen amtlichen Stempel. Nicht in den Augen der Menschen. Gott war sowieso längst aus dem Spiel. Aber ein bitterer Anruf von Paula, sie wolle noch mehr Geld haben, hatte ihm eine entsetzliche Nacht bereitet. Martin Welborn hatte kein Auge zugetan. Immer wieder hatte er sich traurige und glückliche und verletzende Szenen ins Gedächtnis zurückgerufen. Meistens hatte er an seine beiden Töchter gedacht, Sally und Babs. Al Mackey hatte das schon zweimal mitgemacht und gesagt, beim zweiten Mal wär's nicht leichter. Al sagte, sie wären statistische Nummern in einem scheidungsverseuchten Beruf, in einer scheidungsverseuchten Stadt, in einem scheidungsverseuchten Land.

Vielleicht, wenn Paula nicht in der Nacht zuvor angerufen hätte. Das hatte ihn sowohl körperlich als auch seelisch erschöpft. Er war nicht in der Verfassung, die Begegnung mit Danny Meadows verkraften zu können.

Vielleicht, wenn die Nachricht über Sprechfunk nicht ausgerechnet in diesem Moment gekommen wäre. Zwei Minuten später wären sie schon wieder zurück auf dem Revier gewesen. Das Verbrechen war nicht mal in ihrem Gebiet verübt worden. Man hätte es anderen Detectives gegeben. Martin Welborn erinnerte sich Wort für Wort an das, was er gesagt hatte, als Al Mackey gefragt hatte, ob er hinfahren sollte, weil es ganz in der Nähe war. Er hatte gesagt »Ich bin müde, Al. Mach, was du willst.« Die Worte waren jetzt noch so scharfkantig wie die Nadelspuren bei einer Stahlgravierung. Er erinnerte sich präzise. Was wäre gewesen, wenn er den letzten Teil seines Satzes weggelassen hätte? Al Mackey wäre mit einem Achselzucken zur Dienststelle gefahren, und Danny Meadows wäre nie zu einem erbarmungslosen kleinen Gespenst geworden, das nachts aufstand, um Martin Welborn zu quälen.

Captain Woofer und Al Mackey starrten ihn an. Al Mackey sah sehr beunruhigt aus.

»Ich fragte, ob Sie sich okay fühlen, Welborn«, sagte Captain Woofer. »Sie schwitzen und zittern wie ne Kuh beim Gewitter. Haben Sie die Grippe?«

»Offenbar kriegt er sie gerade«, sagte Al Mackey schnell. »Ich hab's ihm schon heute morgen auf dem Weg zum Dienst angesehen. Geh doch n bißchen vor die Tür, Marty, schnapp mal frische Luft. Wenn du dich nicht gut fühlst, meld dich lieber krank.«

Martin Welborn starrte beide einen Moment an und konzentrierte sich dann auf Al Mackeys hageres Gesicht.

»Ich sagte, mach n Spaziergang und schnapp frische Luft, Marty«, wiederholte Al Mackey.

Martin Welborn nickte, stand auf und verließ das Büro des Captains. Er sah sich eine Weile um und verließ dann den Mannschaftsraum.

»Ihr Partner ist etwas wacklig auf den Beinen«, sagte Captain Woofer, während er seine Bruyère-Pfeife zum drittenmal anzündete.

»Muß doch wohl Grippe sein«, sagte Al Mackey. »Außerdem hat er sich gerade von seiner Frau getrennt.«

»Haben wir das nicht schon alle durchgemacht?« Captain Woofer winkte ab. »Wenn ich für jeden geschiedenen Cop einen Dollar kriegen würde, hätt ich mich schon zehn Jahre früher zurückziehen können, statt meine Gesundheit zu ruinieren, bloß, um dreißig Jahre vollzukriegen.«

»Vielleicht schuftet Marty zu viel. Vielleicht...«

»Er sollte mal Urlaub machen.« Captain Woofer nickte. »Sofort, *nachdem* Sie beide den Nigel-St.-Claire-Mord geklärt haben.«

»Vielleicht sollt er den Urlaub *jetzt* machen, Cap.«

»Nein, hinterher. Er hat Ärger, Sie haben Ärger, ich hab Ärger. Es ist nun mal ne ärgerliche Welt.« Plötzlich sah der

Captain gar nicht mehr so alt aus. Er lächelte, als die Pfeife endlich brannte.

Und Al Mackey kam wieder mal zu dem Schluß, daß Einpeitscher Woofer wirklich die gerissenen Reptilienaugen eines *ausgekochten* Eiertreters hatte. Der Detective seufzte und sagte: »Sie sind der Boß... Boß.«

Martin Welborn kehrte wieder auf seinen Stuhl an den Tisch der Mord-und-Totschlag-Teams zurück. Er wirkte gelassen, als er die Berichte der letzten Nacht las, unbeeindruckt von den finsteren Gesichtern von Schultz und Simon.

Al Mackey kam mit versöhnlich ausgestreckten Armen an den Tisch. Al Mackey war ein As in Körpersprache.

»Hört zu, wir haben uns nicht darum gerissen«, sagte er, weil er wußte, wie den beiden riesigen Detectives zumute war, die gerade dabei waren, ihre Aktennotizen und Berichte in die Hülle mit der Aufschrift Nigel St. Claire zu stopfen.

»Klar«, sagte Schultz. »Wir sind Unterstufe, das ist es, was wir sind. Na schön, viel Glück.«

»Hier ist er, Mackey, der ganze Kram«, sagte Simon. »Die Berichte sind auf dem letzten Stand: Verdächtiger unbekannt, Ermittlungen dauern an, Verhaftung steht kurz bevor. Mehr haben wir nicht rausgekriegt. Viel Glück für die Besseren und hol euch der Teufel.«

»Wir haben wirklich nicht drum gebeten«, sagte Al Mackey achselzuckend und mit vielen bedeutenden Gesten. »Denkt ihr wirklich, wir hätten den Fall haben wollen?«

Das Wiesel und das Frettchen waren noch ganz aufgekratzt über ihren Riesengewinn, und darum freuten sie sich besonders, daß Schultz und Simon so leiden mußten. Die riesigen Mord-Detectives waren wahrscheinlich die einzigen Officers in der Los-Angeles-Polizei, die die Haare immer noch kurz trugen. Sie mußten immer den ganzen Weg zur City Hall mitten in der Stadt fahren, um einen Friseur zu finden, der sich erinnerte, wie man so was schnitt. Gelegentlich, wenn Schultz sich besonders militant fühlte, verlangte er sogar eine Art Militärhaarschnitt, ausrasiert bis über die Schläfen, und kam heraus wie ein Panzerkommandant der *Wehrmacht*. Das Wiesel sagte, die beiden Ärsche verdunkelten die Sonne, wenn sie in den Squadroom kämen. Das Frettchen sagte, die beiden Saurier trieben die offizielle Richter-Erdbebenskala auf Stärke 5,3, wenn sie die Treppe runtergingen.

Um endlich das Fluchen und Stöhnen darüber, daß Al Mackey den Nigel-St.-Claire-Fall übernommen hatte, zu stoppen, sagte das Wiesel: »Ich weiß nicht, warum ausgerechnet Mackey und Welborn diesen heißen Mord bearbeiten sollen. Alles in allem haben Schultz und Simon im letzten Monat dreieinhalb Mordfälle gelöst.«

»Was meinst du mit dreieinhalb?« fragte das Frettchen, immer darauf bedacht, dem Wiesel die richtigen Stichworte zu geben.

»Der vierte weigerte sich, zu sterben.«

»Yeah, aber wenn er gestorben wär, wer hätte dann Schultz und Simon erzählen können, wer ihn totgemacht hätte?«

»Das ist wahr. Die beiden hätten ja bis heute noch *keinen* Verbrecher gefangen, wenn nicht immer jemand mit m Finger draufgezeigt hätt.«

Und so weiter. Aber auch, wenn das Frettchen ein Teufelsbraten war, der immer ein langes Messer in seinen Motorradstiefeln trug, so senkte es doch vorsichtshalber immer die Stimme, wenn es Schultz und Simon verarschte, denn die hatten schon einmal damit gedroht, die beiden Drogenpolizisten zu kleinen Haarbüscheln zusammenzuquetschen und sie als Maskottchen an den Rückspiegel zu hängen.

Das Wiesel beschloß, die Riesen-Detectives mit einigen heißen Tips zu versöhnen. Schultz und Simon waren kürzlich sehr niedergeschlagen gewesen, als sie vor Gericht in einem Mordfall untergebuttert wurden, in dem ein Straßen-Cowboy namens William Bonney Anderson alias Billy the Kid drei brave Bürger von Hollywood ins Jenseits befördert hatte, zwei wegen Geld, einen aus Jux, ein Bursche, der wegen verminderter Zurechnungsfähigkeit trotzdem nicht schuldig gesprochen wurde. Zwei Psychiater (es waren immer dieselben Argumente, die die Verteidigung in solchen Fällen ausgrub) hatten die Jury davon überzeugt, daß Billy the Kids Schicksal bereits in dem Moment vorherbestimmt war, in dem seine Mutter ihm den Namen des berüchtigten Verbrechers mit auf den Weg gab.

Das Wiesel gab Schultz und Simon die Adresse und die

Telefonnummer eines ehemaligen und jetzigen Geisteskranken aus Hollywood namens Pat Garrett Williams, der sich, davon war das Wiesel überzeugt, phantastisch manipulieren ließ und sich sofort als Kämpfer für das Recht aufgerufen fühlen würde, wenn man ihm eine von diesen kürzlich verbreiteten Plaketten mit der Aufschrift »Hast du heute schon einen Sittenbullen geküßt?« geben würde. Dann könnte man ihm ein Paßfoto zeigen, ein ausrangiertes Gewehr in die Hand drücken und einreden, er müsse die jahrhundertealte Erschießung Kids nachspielen, indem er William Bonney Anderson unter seinem verfluchten Stetsonhut wegpustete, sobald er in der Cafeteria am McCadden Place aufkreuzte, um sich einen Schwulen aufzureißen.

»Könnte klappen!« sagte Schultz.

»Klingt brauchbar«, sagte Simon. »Manchmal habt ihr Haaraffen ne ganz gute Idee.«

Schultz ließ sogar zu, daß das Wiesel über seine Kurzhaarfrisur strich, was ihm für den Streifendienst Glück bringen sollte, denn die Drogenfahnder hofften auf eine erfolgreiche Hasch-Jagd in den Hollywood Hills. Tatsächlich waren Schultz und Simon offenbar so begeistert über ihren Geisteskranken, daß sie kaum aufschauten, als Al Mackey und Martin Welborn die Geschichte von Nigel St. Claire in eine Fallakte packten und zum Planquadrat eins aufbrachen.

Planquadrat eins war nicht zwangsläufig der Schauplatz eines Verbrechens. Planquadrat eins war der Fundort der Leiche. Wenn sie diesen Fall schon für Captain Woofer klären mußten, hätte der Fundort der Leiche ja auch die verdammte französische Riviera sein können, sagte Al Mackey. Es würde darauf hinauslaufen, daß sie sich mehr als nur *was einfallen lassen* mußten, um hier weiterzukommen. Sie mußten diesen Fall ja tatsächlich lösen.

Als sie in die Nähe des Parkplatzes der Bowlingbahn in der Gower Street kamen, sah Al Mackey sich um und sagte: »*Da* werden wir uns höllisch anstrengen müssen, Partner, um ne dürre Fixerin und n fetten Buddha zu finden.«

Martin Welborn war anscheinend wieder mehr oder weniger guter Dinge, nachdem er die Berichte durchgelesen hatte, während Al Mackey durch den morgendlichen Smog gekurvt war. »Was tut son Kerl wie St. Claire zu so ner Nachtzeit an einer Bowlingbahn?«

»Ich denke, wir gehen davon aus, daß die Leiche hier abgeladen wurde«, sagte Al Mackey.

»Der Pathologe hatte da seine Zweifel. Die Autopsie spricht dafür, daß er hier umgebracht wurde.«

Es erstaunte Al Mackey jedesmal, wie schnell Marty einen Polizeibericht lesen und begreifen konnte, vor allem so was Verwirrendes wie einen Schultz-Simon-Bericht, der District Attorneys regelmäßig zur Weißglut brachte, was aber selten zu einer Beschwerde bei Captain Woofer führte. Irgendwie lag's an der versammelten Masse der beiden von 560 Pfund, daß sich *nie* einer zu beschweren wagte. Sogar die Polizeiärzte von der Gesundheitsüberwachung versäumten es regelmäßig, ihre »Fat-Man-Notices«, ihre Übergewichtswarnungen, ins Department zu schicken. Schultz und Simon waren übergewichtig wie vollgefressene Grislybären während des Winterschlafs: schwergewichtiger, als ihnen guttat, aber jeder zog's vor, nicht mit ihnen darüber zu sprechen.

»Laß uns an dieser Stätte des Business beginnen«, sagte Al Mackey. »Vielleicht treffen wir ja ein paar Filmstars!«

4

Der Baby-Mogul

Es war fast Mittag. Die geschwätzige Ansprache des Deputy Chief Francis hatte sie nicht nur Geld, sondern auch Zeit gekostet. Und dann auch noch Captain Woofers Theorien darüber, was Nigel St. Claire auf einem Bowlingbahnparkplatz zu suchen hatte, wenn sein eigener Wagen drei Meilen weit entfernt auf dem Sunset Strip stand. Al Mackey hatte sich ein paar flüchtige Notizen während Woofers Ausführungen gemacht, und die steckten jetzt in seiner Manteltasche. Sie lauteten:

1. Anruf bei Emmy wegen Unterhaltszahlung. Um weitere zehn Tage Aufschub bitten. Umschmeicheln, falls notwendig.

2. Anruf bei Emmys Anwalt, falls Emmy dich aus der Leitung schmeißt.

3. Emmys Anwalt klarmachen, daß es keinem was nützt, wenn der Ex-Ehemann wegen nicht geleisteter Unterhaltszahlung im Knast sitzt. Geld, nicht Rache, heißt das Spielchen.

4. Anruf bei Thelma (oder Thelmas Anwalt) und ihr klarmachen, daß es ungeheuer hart ist, *zwei* Frauen Unterhalt zu zahlen. Um Verständnis bitten, da Thelma immer schon warmherziger war als die andere Hexe.

5. Anruf bei Johnny und Petey, wenn sie aus der Schule zurück sind, und ihnen sagen, daß wir *nächstes* Wochenende ganz bestimmt zu einem Dodger-Spiel gehen werden. Ihnen klarmachen, daß sie ihrer Mami ruhig mal stecken könnten, ihr Ex-Stiefvater würde sie öfter mitnehmen, wenn er nicht ständig blank wär.

6. Wenn Emmy anruft und herumjammert, ihre Kleinen würden als finanzielle Waffe mißbraucht, ihr klarmachen, daß heutzutage die starrköpfigen Baseballspieler und ihre habgierigen Teambesitzer die Sitzplatzpreise bis durch die Decke getrieben hätten. Und ob sie in letzter Zeit mal Hot dogs und Erdnüsse im Dodger-Stadion gekauft habe, für zwei Teenager, die einen Appetit wie die Scheunendrescher entwickelten?

Al Mackey legte seine Unterhaltsprobleme erst mal beiseite, als er vor dem Tor des berühmten Studios bremste. Während er seine Polizeimarke vorzeigte und sich beim Portier eintrug, studierte Martin Welborn die Fotos in der Fallakte. Er war sofort gegen die Vermutung von Schultz und Simon gewesen, Nigel St. Claire sei zuerst in die Schläfe und dann in die Stirn geschossen worden.

»Schau dir mal dieses Zellengitter bei der Puppe an, Marty«, sagte Al Mackey, als sie an einer dahinstürmenden Statistin in der nachgemachten Wildlederriementracht einer indianischen Squaw vorbeifuhren. Sie rannte auf eine gigantische Tonbühne mit der Aufschrift Bühne 2 zu. Al Mackey war sehr enttäuscht, daß sie an der nächsten Straßenecke links abbog, während er nach rechts mußte, um zu dem überraschend bescheidenen dreistöckigen Gebäude zu kommen, in dem die wahrhaft erfolgreichen Mogule residierten. Insgeheim hatte Al Mackey auf der Rückseite des Ateliergeländes so was wie einen Playboy-Landsitz erwartet.

»Ich glaub, er wurde zuerst in die Stirn getroffen«, sagte Martin Welborn, als Al Mackey anhielt, um eine Parade von Statisten in pennsylvanischen Polizeiuniformen durchzulassen.

»Verstärkungen«, bemerkte Al Mackey, aber Martin Welborn blickte noch nicht mal hoch.

»Guck mal hier, mein Junge«, sagte Martin Welborn. Von irgendwoher kriegte er immer wieder neue Impulse. Es war lange her, daß Polizeiermittlungen Al Mackey erregt hatten. Es war lange her, daß *überhaupt etwas* Al Mackey erregt hatte.

Martin Welborn hielt Al Mackey ein Leichenfoto von Nigel St. Claire vor die müden Augen. Die Leiche grinste ihn mit gebrochenem Unterkiefer an. Das Blut war noch nicht weggewischt worden und überzog seine Stirn wie scharlachrote Filigranspitze. Die Augen waren geöffnet und starr. Die panische Angst bei seinem Tod stand noch in seinem Gesicht.

»Ich glaub, der hat gesehen, was auf ihn zukam, Aloysius, mein Junge.«

»Und ich glaub, *ich* seh, was auf uns zukommt«, sagte Al Mackey und musterte einen gutgebauten Karottenkopf in eleganten französischen Jeans und grünem, hautengem Top, der langsam auf eine Tür mit der Aufschrift »Besetzungsbüro« zuschlenderte. Vielleicht konnte er einen Job als Studio-Cop ergattern, wenn er sich vom Dienst zurückzog? Vielleicht sollte er mal eine Bewerbung einreichen. In diesem Augenblick tauchte noch eine kastanienbraune Schönheit auf, glitt wie ein Leopard an dem Auto vorbei, lächelte die leichenblassen Detectives an und bewegte sich langsam auf dieselbe Tür zu. Vielleicht sollte er schon *heute* seine Bewerbung als Studio-Cop einreichen. *Egal*, was sie bezahlten!

Das Innere des Gebäudes war etwas weniger enttäuschend als das Äußere. Zumindest waren die Wände mit Filmposters übersät – einige alt, barock und reich verziert, andere sehr lebendig, ins Auge fallend und neu. Poster der berühmten Filme, die das Studio seit drei Generationen verliehen hatte. Einige hatten Ähnlichkeit mit verstorbenen Filmstars, die Al Mackey schon fast vergessen hatte. Andere zeigten Leinwandstars von heute. Genaugenommen sah es hier genauso aus wie in den Gemeinschaftsbüros einer weitverzweigten Fabrikantenfamilie. Dieses Studio war nur ein Bein des Unternehmens, wenn auch sicherlich sein reizvollstes.

Ein anderer Studiowachmann dirigierte sie in den zweiten Stock (es gab nicht mal einen Aufzug. Was sollte der Quatsch? Schließlich haben sogar Polizeistationen Aufzüge!) zum Sitz der Macht, den Büros des verblichenen Nigel St. Claire, Junggeselle und *Bonvivant*, Präsident der Filmabteilung. Sein Name war bereits aus dem Büroverzeichnis im Glaskasten am Treppenhaus entfernt worden. Am Ende der Woche würde es ihn auch nicht mehr im Briefkopf geben. Auf dem Parkplatz war sein Name schon sechsundzwanzig Stunden, nachdem sein ausgeweideter Leichnam vom Leichenschauhaus-Pathologen freigegeben und in eine Leichenhalle übergeführt worden war, übermalt worden. (Parkplätze sind in *dieser* Gegend gefragter als Miezen, hieß es.)

Nigel St. Claire kriegte ein Begräbnis erster Klasse. Seine Grabrede hatte ein Drehbuchautor geschrieben, der schon einen Oscar gewonnen hatte. Sie wurde von einer Oscar-Preisträgerin vorgetragen, einer Schauspielerin, ein brillanter Schachzug gegen die Beschwerden, Nigel St. Claires Studio habe zuwenig Frauenfilme gedreht. Die Begräbniszeremonie war von einem Oscar-Regisseur choreographisch inszeniert worden.

Zur Unterstützung der berühmtesten Beerdigungsgäste der Filmmetropole hatte der phantasievolle Choreograph bei der amerikanischen Schauspielergewerkschaft SAG noch drei »Leidtragende vom Dienst« angemietet, zwei Frauen und einen Mann, deren Spezialität es war, auf Kommando das Wasserwerk anzustellen.

Berühmte Trauergäste aus aller Welt waren eingeflogen. Nigel St. Claire war überaus beliebt gewesen, er hatte bei allen Wohltätigkeitsveranstaltungen der Filmgemeinde immer in vorderster Front gestanden. Persönlich hatte er das höchst beliebte und bekannte Beverly-Hills-Bankett »Gegen den Hunger in der Welt« organisiert und unterstützt, das Gedeck zu 2000 Dollar. Zwei in Hermelin gehüllte Starlets hatten den echten schwarzen Kaviar in einer Schubkarre zur Party gerollt. Der sowjetische Konsul hatte ein Laudatio-Telegramm geschickt, in dem er zu Ehren des Organisators mitteilte, wie mühsam und langwierig heute so ein Kaviareinkauf sei, nachdem dieses Gaunervolk während des Afghanistan-Zwischenfalls die Wodkakisten einfach kurz und klein geschlagen hätten.

Nigel St. Claire war außerdem noch die treibende Kraft zur Gründung des Fonds zur Erhaltung der künstlerischen Freiheit gewesen, ganz zu schweigen von den zahllosen Rettet-die-Delphine-Partys. Einmal hatte er auf seinem Drei-Morgen-Landsitz in Bel Air sogar zwei Partys gleichzeitig laufen, auf denen Jacques-Cousteau-Filme *und* andere berühmte Werke, die von politisch aktiven Bürgern finanziert worden waren, gezeigt wurden. Das war schon ein Mordsspaß gewesen, Kokain zu schnupfen und Jacques Cousteau zuzugucken, wie er links auf der Leinwand gerade auf etwas zeigte, was das Publikum veranlaßte, die Köpfe zur anderen Leinwand zu drehen, wo er Linda Lovelace mit ihrem näselnden Gezwitscher zuzuschauen schien, die ihre Beißerchen gerade in eine Acht-Zoll-Salami schlug, dies in dem berühmtesten und kommerziell erfolgreichsten Werk der Erhaltet-die-künstlerische-Freiheit-Serie, gefördert von Nigel St. Claire.

Seine Referenzen waren wirklich tadellos. Zwischen Malibu und St. Moritz tuschelte man über seine Talente nur hinter vorgehaltener Hand, wenn man beim Schein der Kerzen Quaaludes und Perrier schlürfte. Es war einfach unfaßbar, daß irgend jemand einen derart anständigen Menschen umbringen konnte. War er nicht ein Mann der Nächstenliebe gewesen? Immerhin hatte er als erster öffentlich Straferlaß für einen anderen wahrhaft erfolgreichen Studioboß gefordert, der von einem enttäuschten Neidhammel beschuldigt worden war, Studiogelder unterschlagen zu haben. Alles, was das Büro des Bezirksstaatsanwalts nachweisen konnte, war, daß er weniger als 100 000 Dollar gestohlen hatte. Trotzdem war er gefeuert worden! Die Leute vom Busineß waren schokkiert. Wütend vor Zorn. Anzeigen wurden in den Verleihzeitungen aufgegeben, um ihrem Zorn Luft zu machen. Es war wirklich höchst abscheulich, daß das Gesetz einen Kumpel wie ihn wegen hundert lausiger Riesen verfolgte! Dieser ehrenwerte Mensch kam schließlich *ohne* Reservierung ins Le Bistro.

Hollywood schmiß Partys zu Ehren dieses Ex-Moguls. Und der ging noch öfter zu seinem Therapeuten, der seinerseits dem Richter hoch und heilig versprach, daß sein Patient in ein paar Monaten von seiner lästigen Abart der Kleptomanie geheilt sein würde. Kurz darauf gaben ihm *alle* sechs berühmten Restaurants Tische ohne Reservierung. Französische und italienische Meisterköche rissen sich um ihn und beschimpften sich gegenseitig als Froschfresser und Itaker. Jeder wollte ihn für sich haben. Sie scherten sich einen Dreck darum, ob er die verdammten silbernen Löffel geklaut hatte! Bald war er berühmter als Clint Eastwood. Er wurde mehr geliebt als der Dieb von Bagdad.

Er wurde Präsident der Weltproduktionen in einem noch *größeren* Studio als dem, das ihn gefeuert hatte. Ein Hollywoodmärchen war Wirklichkeit geworden. Der Stoff, aus dem man Filme macht. Die Filmkolonie berauschte sich geradezu in seiner Gegenwart. Er wurde von Männern und Frauen voller Mitgefühl geherzt und geküßt.

Genaugenommen hatte Nigel St. Claire die ganze Sache schon an dem Tage anlaufen lassen, als der fehlgeleitete Mogul auf dem Sunset Boulevard sehr rüde aus seinem Rolls-Royce gerissen wurde. Und zwar von niemand anders als Buckmore Phipps, dem Straßenmonster, der von einer Freundin aus dem Staatsanwaltsbüro gehört hatte, daß diese berühmte Persönlichkeit wie ein Schwerverbrecher steckbrieflich gesucht wurde, und der Cop, der ihn verhaftete, bestimmt ins Fernsehen käme. Nachdem noch in der Nacht eine Kaution ausgehandelt und hinterlegt worden war, arrangierte Nigel St. Claire höchstpersönlich eine Entlassungsparty für den entehrten Kollegen und startete dann seinen Kreuzzug, um ihn vor dem Knast zu retten.

Nigel St. Claire persönlich hatte dem Aufsichtsratvorsitzenden einen Vorschlag gemacht, wie man schwarze Schafe fern vom Futternapf hielt. Es war ein wirksamer Plan, und der Vorsitzende war einverstanden, auch wenn er Nigel unter vier Augen gestand, daß er dem Bastard am liebsten Feuer unterm Hintern machen und ihn absaufen lassen würde. Und genau das wäre auch passiert, denn beide, der Vorsitzende und Nigel St. Claire, wußten nur zu gut, daß er nicht nur ein krummer Hund war, sondern außerdem dumm, untalentiert, illoyal, stinkfaul, und daß er besser daran täte, schleunigst seinen Vertrag zu kündigen, ehe sein seniler Großvater (der Vater des Vorsitzenden) den kleinen Gauner enterbte und er dann von der Fürsorge leben müßte wie ein Nigger.

Es war ein wirklich heikles Problem, wie jeder wußte, das noch verschlimmert wurde durch die bösartigen Artikel der *Los Angeles Times*, die praktisch Sonntag für Sonntag darüber herzog, daß Studios durch den Filmverleih Hunderte von Millionen scheffelten und trotzdem nie einen Cent Gewinn machten. (Kein *Wunder*, wenn die Studiobuchhalter rote Tinte gleich in Zehn-Gallonen-Fässern bestellten?) Und jetzt mußte sich dieses Früchtchen von einem Vorsitzenden-Sohn auch noch erwischen lassen wie irgend so ein hergelaufener, diebischer, eitler Fatzke.

Und war es nicht Nigel St. Claire gewesen, der Henry Kissinger des Busineß, der diesen phantastischen Plan für den Vorsitzenden ausgeklügelt hatte? Es gab nur eine einzige Lösung für dieses diebische kleine Arschloch: ihm einen so hohen Studioposten zu geben, daß seine klebrigen Pfoten nicht mehr mit Geld in Berührung kämen. Er würde an zu vielen anderen Piraten und Freibeutern vorbei müssen, um größere Mengen zu unterschlagen, und die meisten dieser alten Gecken waren einfach zu gerissen, um ihn an *ihre* Geldsäcke ranzulassen. Es war wirklich ein brillanter Plan.

Darum war tatsächlich Nigel St. Claire und kein anderer die graue Eminenz des Busineß. Mehrere andere Studiopräsidenten hofften nun, daß *ihre* Unterschlagungen unter den Teppich gekehrt werden könnten, nachdem sie gesehen hatten, was Nigel St. Claires Verhandlungsgeschick bewirkt hatte.

Nigel St. Claire forderte sogar öffentlich eine zweite Chance für seinen Vetter. Denn immerhin hatte dieser Vetter den Mut aufgebracht, das erste Hollywood-Dinner zu organisieren, auf dem die öffentliche Anklage und Verhaftung für diesen Gauner Richard Nixon gefordert worden war.

Aber jetzt war von Nigel St. Claire nicht mal der Name auf dem Asphalt geblieben. Als Al Mackey und Martin Welborn seine ehemalige Bürosuite betraten, stand seine Ex-Sekretärin gerade am Fenster und sah einem gelangweilten Studioschildermaler auf dem Parkplatz zu, der dort gerade einen neuen Namen aufpinselte.

Sie seufzte und tupfte sich einen glitzernden Tropfen von der Wange, als Al Mackey seine Polizeimarke vorzeigte und um ein Gespräch mit Herman St. Claire III bat, dem Übergangspräsidenten der Filmabteilung.

»Ich denke, wir haben diesen anderen Detectives wirklich alles erzählt, was wir wußten«, sagte sie, während sie zu ihrem Schreibtisch zurückging, um sich mit einem Kleenex die Nase zu putzen.

Sie war im besten mannbaren Alter mit ihrem melonenförmigen Hintern und den Augen einer Wildkatze. Al Mackey war entzückt. »Wir mußten den Fall jetzt übernehmen«, sagte Al Mackey. »Tut uns leid, aber wir müssen praktisch mit jedem Zeugen noch einmal reden.«

»Ach, das ist alles so entsetzlich traurig«, sagte die Sekretärin. »Ich habe seit Tagen kein Auge zugekriegt. Wir alle liebten den guten alten Mister St. Claire.« Dann fügte sie schnell hinzu: »Nicht, daß wir den *neuen* Mister St. Claire nicht genauso mögen wie den alten. Es ist nur so ... *unerträglich*, mitanzusehen, wie sein Name einfach so weggewischt wird vom Parkplatz. Dann wird einem plötzlich klar, daß er genausogut überhaupt nicht gelebt haben könnte. Verstehen Sie, was ich meine?«

»Sicherlich ne tragische Geschichte«, sagte Al Mackey, dann erinnerte er sich, daß sie Tiffany Charles hieß und ihre Telefonnummer bereits in Schultz und Simons Berichten stand.

»Nun, so ist eben das Leben«, sagte Tiffany Charles, während Martin Welborn sich in dem ziemlich schlichten Büro umschaute mit all den Fotos früherer und heutiger St. Claires, jeder ein großer oder kleiner Studioboß zu seiner Zeit.

Tiffany Charles nahm ein mit Edelsteinen besetztes Pillendöschen aus ihrer Schreibtischschublade, griff schnell nach zwei Librium, spülte sie mit Wasser hinunter und sagte: »Noch trauriger könnte ich höchstens sein, wenn sie einem den Abdruck des Lieblingsschauspielers aus dem Bürgersteig am Hollywood-Boulevard sprengen würden.«

Der Gedanke daran ließ sie erschauern, bis sie sich dann sehr anschaulich zwei kräftige, schwitzende Bauarbeiter vorstellte, die ihre Preßlufthammer sehr sexy in den Steinboden trieben, und sie erholte sich wieder. Dann fiel ihr auf, wie sinnlich Martin Welborns große, traurige Augen wurden, wenn er einen direkt anschaute. Er war nicht mal sehr alt, etwa im Alter von Tiffany Charles' Vater, was sie von vornherein schon mal antörnte. Und er war ein gutaussehender, kräftiger Bursche mit einem gut gebauten Körper. Sie überlegte, was er wohl für einen Hintern hatte. Auf Tiffany Charles fielen vor allem jung aussehende ältere Männer wie dieser herein, oder aber auch massige schwitzende Brutalinskis, die gleich über sie herfielen und nicht lange drumherum redeten. Und dabei fiel ihr ein: »Wo sind eigentlich diese anderen beiden Detectives geblieben? Sie wissen doch, diese großen, riesigen Kollegen? Die wurden doch wohl nicht erschossen oder so was Ähnliches, oder?«

»Detectives werden nur im Kino erschossen«, sagte Martin Welborn, und sein jungenhaftes Lächeln brachte Tiffany Charles' Gedanken schnell weg von den großen, schwitzigen Tieren.

»Wer hat Ihre Zähne gemacht?« fragte sie. »Die sind prächtig.«

»Gott«, sagte Martin Welborn.

»Sie meinen, die sind nicht überkront?«

»Keineswegs.«

»Wow!« sagte Tiffany Charles und brach damit Al Mackeys Herz.

»Zurück zum verstorbenen Mister St. Claire«, sagte Al Mackey, jetzt schon wieder sehr geschäftlich.

»Aber natürlich«, sagte Tiffany Charles beinahe philosophisch, »wir können ja schließlich nicht in der Vergangenheit leben, oder? Mister St. Claire hätte das nicht gewollt. Er sagte immer, du bist nur so heiß wie dein letzter Fick.«

Und damit wurde Nigel St. Claires Name in diesen Büros wohl zum allerletzten Mal erwähnt.

Als sie zum eigentlichen Büro des Nigel-St.-Claire-Nachfolgers vorgelassen wurden, diktierte Herman St. Claire III, ein fünfundzwanzigjähriger UCLA-Filmakademie-Absolvent mit viel Phantasie, seiner Stenotypistin Gilda Latour gerade einen Brief. Mach dich statt auf Diktate lieber auf jede Menge Fick-tate gefaßt, hatte man ihr geraten, der da ist eben viel jünger als sein Onkel Nigel.

Aber sie kleideten sich sehr ähnlich. Tatsächlich bevorzugte Herman St. Claire in etwa den Stil von Martin Welborn. Er sah aus wie ein Börsenmakler aus Pasadena. Und er war gebräunt, aber nicht von so einer künstlichen Studiosonne. Seine Bräune hatte auch nicht die für alle Welt typische kalifornische Tönung, aber jedenfalls war er brauner, als George Hamilton immer zu sein *glaubte*. Und er war auch brauner als das Braun, das einem ein Reflektor verschafft, wenn man ihn sich sechs Stunden pro Tag am Swimmingpool hoch oben auf den Trousdale Besitzungen unters Kinn hält, dem einzigen Ort in ganz Beverly Hills, wo man wirklich echt braun werden konnte. In den Tagen des Stummfilms hatten die wahrhaft Erfolgreichen einst geplant, eine große Mauer um Beverly Hills zu ziehen, aber der Rest der Bürger hatte sich erfolgreich dagegen gewehrt. Heute hatte Beverly Hills mehr Verkehrsprobleme als die Innenstadt von Los Angeles, und man konnte dem Smog nur in den Höhen der Bergspitzen entkommen, denn der Smog blockierte die Lungen, brannte in den Augen und erzwang den Abbruch von mehr Tennisspielen als die üblichen tausend Telefonanrufe von Theateragenten. Und jetzt war die Idee von der Großen Mauer von damals plötzlich gar nicht mehr so hirnverbrannt. Warum weigerten sich die sogenannten Stadtväter eigentlich immer, die wahrhaft Erfolgreichen des Business anzuhören, bis es dann zu spät war? Wie oft hatten die wahrhaft Erfolgreichen sie gewarnt: Vietnam. Three Mile Island. Und Ronald Reagan? Mein Gott, der kam nicht mal ins Brown Derby, als dort noch *echte* Stars ein und aus gingen. Wenn man solche Prachtburschen wie die wahrhaft Erfolgreichen besser behandelt und die Große Mauer gebaut hätte, könnte man sich auch in Beverly Hills noch eine satte Bräune holen, ohne gleich wie so'n verdammter kalifornischer Condor auf Bergspitzenhöhe gehen zu müssen.

»Mach mal Pause, Gilda«, sagte Herman III zu seiner Stenotypistin.

Al Mackey konnte es nicht fassen. Die trug mindestens BH-Größe neuneinhalb und konnte auch noch einen Brief aufnehmen? Ein seltsamer Ort!

Und das Büro hatte es auch in sich. Jede Menge europäischer Antiquitäten (Möbel aus der Zeitenwende nannte man so was in dieser Gegend), Fotos von Herman III mit Stars und Staatsmännern, einige Original-Filmposters von Studioklassikern und ein Wald von hängenden Farnen, der geheimnisvolle Schatten über das ausgeprägte Kinn von Herman III warf.

Der Baby-Mogul hatte einen mehr als festen Händedruck. »Freut mich, Sie zu sehen.« Er strahlte, und Al Mackey fragte sich sofort, wer wohl *sein* Gebiß gemacht hatte.

»Tut uns leid, daß wir Ihnen all diese Fragen noch mal stellen müssen«, sagte Al Mackey, als die beiden Detectives zu einem Acht-Fuß-Sofa gebeten wurden, einer Kreation aus weichem, schiefergrauem Leder. Die beiden Couchtische davor waren überhäuft mit verschiedenen Ausgaben des *Daily Variety*, des *Hollywood Reporter* und des *Box Office*.

Der *Hollywood Reporter* war aufgeschlagen bei einer ganzseitigen Reklame einer aufstrebenden Schauspielerin, nackt bis zur Taille. Sie war zweifellos eine Schönheit, aber sehr flachbrüstig. Al Mackey lehnte sich ein bißchen vor, um sie sich genauer anzusehen. Dort stand: »Würden Sie mir die Zehn glauben?«

»Tolle Idee, was?« sagte Herman III.

Al Mackey sah Martin Welborn an. Die aufstrebende Schauspielerin war also zehn Jahre alt. Ihre BH-Größe war offenbar nicht gemeint.

Dann fielen Al Mackey zwei aufgeschlagene Bände mit den Fotos von männlichen und weiblichen Schauspielern auf, dick wie Telefonbücher. Und daneben lag ein kleineres Buch mit den Namen von Regisseuren und Agenten mit Randnotizen in einer Art Geheimcode. »Man muß die Schwächen des Feindes kennen« – Herman III zwinkerte – »wenn man im Geschäft mitmischen will. Hey, kennen Sie übrigens Ralph Wisehart von der Mordkommission beim Beverly Hills Police Department?«

»Nein«, erwiderte Martin Welborn.

»Kann ich auch von mir nicht sagen«, sagte Al Mackey.

»Nicht? Ist ja komisch. Ich hab gedacht, ihr Jungs von der Schnüffeltruppe kennt euch alle.« Er lachte sich schief über seinen Witz, kriegte aber keine Antwort und fuhr fort: »Mit Ralph gehe ich öfters zum Pistolenschießen. Hab ihn mal kennengelernt, als er noch beim Einbruchdiebstahl arbeitete. Er bearbeitete einen Vier-fünf-neun-Fall in meinem Haus. Also Einsteigediebstahl. Da wurde zweimal pro Woche bei mir eingebrochen, bis Ralph und ich das Schlupfloch in der Lüftungsklappe fanden und irgend so einen Fixer von der Ostküste erwischten. Der Fingerabdruck am Tatort stimmte mit seinem nur in acht Punkten überein, darum ist es ausschließlich meiner Zeugenaussage zu verdanken, daß der Strolch schließlich ins Big Q* gesteckt wurde.«

Herman III hatte alle Reste des Polizeijargons zusammen-

---

* Strafanstalt St. Quentin

gekratzt, die er in den sechs Kriminalfilmen seines Vaters aufgeschnappt hatte, aber noch immer erntete er kein Lächeln. »Wie wär's mit einem Drink?« fragte er schließlich.

»Bourbon.« Al Mackey lächelte.

»Wodka, wenn Sie haben.« Martin Welborn lächelte.

Nachdem er endlich eine freundliche Reaktion erreicht hatte, klingelte Herman III fröhlich nach Tiffany Charles und orderte die Drinks für die Cops und Perrier für sich selbst. Herman jr. war, übrigens genau wie Herman der erste, ein weitgereister Mogul, und beide hatten sich während ihrer Entwicklungsjahre in der Kindheit überhaupt keine Gedanken über ihre Herkunft gemacht. Herman III war deshalb noch heute nicht in der Lage, irgendeine Konversation zu beginnen, wenn er nicht fühlte, daß sein Gesprächspartner ihn entweder schon mochte oder spätestens im Laufe der Unterhaltung schätzen *lernte*. Das Lächeln der Cops hatte ihn sicherer gemacht.

Während die Detectives auf dem schiefergrauen Sofa saßen und jeder zwei Drinks schlürfte und die aus der Kantine bestellten Cornedbeef-Sandwiches aßen, erzählte er ihnen alles, was er über seinen alleinstehenden Onkel und dessen letzte Nacht auf Erden wußte. Das dauerte ganze eineinhalb Minuten: »Was, zum Teufel, hatte mein Onkel bei einer Bowlingbahn zu suchen? Mein Großvater besaß eine eigene Bowlingbahn in seinem *Haus*, und die hat Onkel Nigel nie betreten. Onkel Nigel hatte dem Hausboy nur gesagt, er geht für eine Stunde weg, und kam dann nie wieder.«

Dann sprach er über sich selbst. Und das dauerte fünfundvierzig Minuten und hätte vielleicht nie ein Ende gefunden, bis er schließlich auf Dschungeltiere kam. »Haben Sie mal Karate gemacht, Al?« fragte Herman III, während Al Mackey sich gerade überlegte, ob er noch einen dritten Bourbon zur Brust nehmen sollte. Es war erst zwei Uhr.

»Kann ich nicht unbedingt behaupten, Herman. Bin zur Zeit ganz ehrlich überhaupt nicht in Form.«

»Wirklich? Das ist aber schlimm. Ich kämpfe in allen zehn K-Sparten. Außerdem lauf ich sechs Meilen pro Tag. Puls 52. Dies ist ein knallhartes und gefährliches Gewerbe, Marty. Hier muß man einfach in Form bleiben. Diese Scheißer wollen einem an die *Gurgel*. Gerade letzte Woche versuchte so'n mieser Agent, mich um eine Million nach oben zu drücken und zusätzlich zehn Prozent Anteil vom ersten Dollar an zu kassieren! Das ist ein verdammter *Dschungel*, Marty. Das können Sie sich nicht vorstellen. Das sind Bestien!«

»Kann ich mir vorstellen, Herman«, sagte Martin Welborn und nippte fröhlich an seinem Wodka.

»Wissen Sie, was die heutzutage sagen, Al?« sagte Herman III. »Eine Million ist *Minimum*! So reden diese verfluchten Agenten. Eine Million ist *Tarif*. Können Sie jetzt begreifen, warum wir am Busineß in dieser Zeit allesamt zugrunde gehen müssen? Niemand kann auch nur einen Cent Gewinn machen. Alles geldgierige Ratten! Was für ne Kanone tragen Sie eigentlich, Marty?«

»Kanone? Och, nur ne Vier-Inches Smith 38er«, winkte Martin Welborn ab.

»Mehr nicht?« Herman III war sichtlich enttäuscht. »Ich schieß mit ner 357er Magnum.« Und schon zielte er mit seiner imaginären Magnum und schrie »Bluu-ii!«, woraufhin Al Mackey wie von der Tarantel gestochen hochfuhr und seinen dritten Drink verschüttete.

»Ich weiß, wie sehr Ihr Onkel Nigel verehrt wurde«, sagte Martin Welborn, »aber können Sie sich trotzdem jemanden vorstellen, der ihn vielleicht hätte töten wollen?«

»Uff!« sagte Herman III. »Das war *so schrecklich* brutal. Mein Vater hat mal n Film über so einen Mord gemacht. Könnte ich nie. Ich hasse diese Art von Brutalität. Viel zuviel Blutvergießen, da steig ich einfach aus. Ich steh auf sauberere Schießereien, aber nicht ins Gesicht. Wissen Sie, Al, da brauchen Sie einfach einen Klassemaskenbildner, um das mit den Blutbeuteln hinzukriegen, sonst kauft Ihnen das keiner ab, wenn Sie ne Nahaufnahme von 357er Einschußlöchern machen. Das Publikum ist heutzutage so anspruchsvoll.«

»Kann ich wohl glauben«, sagte Al Mackey.

»Sehen Sie die kleinen nackten Jungs da drüben?« Herman III zeigte auf ein Bücherregal hinter seinem Schreibtisch, in dem drei Oscars standen. »Man macht das Publikum nicht glücklich mit den beschissenen Einschußlöchern. Und nur darum geht es doch. Verstehen Sie mich, Marty?«

Beide Detectives nickten. Schließlich bezahlte Herman III ihre Drinks.

Seine geistigen Höhenflüge ließen seine Sonnenbräune aufleuchten. Er war sicher, daß diese Jungs ihn mochten. Er war sich sicher, daß diese Jungs in Ordnung waren. Liebend gern wollte er einen Mordfall lösen mit so duften Kumpels. Allein die Vorstellung, wie die Leute staunen würden, wenn er mithalf, den Mord an Onkel Nigel aufzuklären. Die würden schier verrückt werden. Schon der Gedanke daran machte *ihn selbst* ganz verrückt. Die Vorstellung, Onkel Nigels Mörder im eigenen Visier zu haben!

»Bluuu-iii!« schrie Herman III, und diesmal fuhr es Al Mackey *und* Martin Welborn durch Mark und Bein.

»Hört mal, Jungs«, sagte Herman III, »Freitag in einer Woche gibt mein Vetter Syd ne Party im Haus meines Großvaters in Holmby Hills. Ich hab da ne Mordsidee! Ihr zwei kommt einfach hin ... *inkognito*. Da ist wirklich alles aus dem Busineß vertreten. Und wir könnten vielleicht ne Liste von Verdächtigen aufstellen. Ich kann Sie vorstellen als, sagen wir mal, Umweltlobbyisten aus Washington. Auf der Party sollen Gelder gesammelt werden, um die Pinienwälder vor der Ausbeutung durch die gewissenlosen Interessen der Holzindustrie zu retten.«

Die Detectives versprachen, zur Party zu kommen. Al Mackey hätte auch ungern drauf verzichtet, nachdem er hörte, daß Herman III auch seine beiden Sekretärinnen eingeladen hatte. Al Mackey war sich ziemlich sicher, daß Gilda Latour ihm zugezwinkert hatte, als sie ihm seinen vierten Bourbon on the rocks brachte.

Und tatsächlich empfand er eine wachsende Sympathie für den sonnengebräunten Baby-Mogul. Herman III war offensichtlich ein großzügiger Gastgeber, und er würde es den Detectives bestimmt an wirklich *nichts* fehlen lassen. Außerdem war er eine Art lieber großer Junge und hatte dazu auch noch ne quäkende Stimme wie Donald Duck.

5

Die Straßenmonster

Wenn Al Mackey später über den Nigel-St.-Claire-Fall nachdachte, überlegte er oft, ob nicht alles seine Bedeutung gehabt hatte, diese vielen scheinbar zusammenhanglosen Vorfälle, die dafür sprachen, daß gleichwohl doch irgendwie alle Menschen durch eine endlose ewige Kette verbunden sind. Wie anders hätte es sonst zum ersten echten Hinweis im Nigel-St.-Claire-Fall kommen können, nur weil ein Soldat vom Marine-Corps in einen Tontopf pinkelte?

Während Al Mackey und Martin Welborn sich von Herman III verabschiedeten und ein Mariner in einen Tonkrug pinkelte, linste ein Strichjunge vom Hollywood-Boulevard beim McCadder Place gerade um die Ecke und stellte fest, daß der Tyrannosaurus wiederauferstanden war und ganz in Blau gesund und munter den Boulevard entlangschlenderte. Er meinte damit natürlich das Straßenmonster Buckmore Phipps, das heute ausgesprochen fröhlich wirkte. Der Grund für Buckmore Phipps Freude bummelte an seiner Seite: sein alter Partner Gibson Hand. Und der Strichjunge brauchte nur einen Blick auf *diesen* unangenehmen Nigger zu werfen, um zu wissen, daß es höchste Zeit war, sich abzusetzen. Buckmore Phipps aber hatte wirklich und wahrhaftig vergessen, daß Gibson Hand ein Nigger war. Er haßte nämlich alle Nigger. Er haßte auch Mexikaner, Chinesen, Juden, Richter, Rechtsanwälte, Schwule, Drogensüchtige, Reporter, Politiker im allgemeinen, Demokraten im besonderen, seine Brüder und Schwestern, den Polizeichef, seine Ex-Frau *ganz* todsicher und eigentlich alle, außer einer Handvoll anderer Cops. Gibson Hand war einer der wenigen Menschen, die er nicht haßte. Und der Grund, warum er Gibson Hand nicht haßte, war der, daß Gibson wirklich *jeden Menschen* haßte.

Buckmore Phipps hatte Gibson Hand zum erstenmal getroffen, als sie beide bei der berühmten Belagerung eingesetzt waren, bei der die Symbionesische Befreiungsarmee S. L. A. mit einer Tränengasgranate ausgeräuchert wurde, die ihr Haus in Flammen setzte. Buckmore Phipps hatte in Gibson Hand eine verwandte Seele gespürt, als Gibson Hands wütendes, braunes Gesicht aufleuchtete, während er angestrengt lauschend auf Todes- und Angstschreie wartete. Als Gibson Hand ihn dann ansprach, war er *überzeugt* davon, daß sie seelenverwandt waren. Der schwarze Cop drehte sich zu ihm um und sagte: »Rat mal, was S. L. A. bedeutet?«

Ehe Buckmore Phipps antworten konnte, schnappte sich Gibson Hand eine Flüstertüte und wurde zu einem Polizeivolkshelden, als er schrie: »S. L. A. heißt So long, Arschlöcher!«

Genau in diesem Augenblick hatte Buckmore Phipps beschlossen, daß er mit Gibson Hand zusammenarbeiten mußte. Einen Monat lang hatten sie es zusammen in einem Funkstreifenwagen ausprobiert, und daran hatte Buckmore Phipps nur die schönsten Erinnerungen.

Gibson Hand hatte vom ersten Augenblick an gespürt, daß sein Partner aus dem Holz war, aus dem Bilderbuchpolizisten geschnitzt werden. Den Beweis dafür bekam er in der Nacht, in der sie eine zerstückelte Leiche im Müllcontainer eines Kaufhauses fanden. Der junge Lagerarbeiter dachte zuerst, es sei eine Schaufensterpuppe, weil die Beine fehlten. Dann entdeckte er die Beine hinter dem Müllcontainer, die von Ratten zerfressen waren. Nachdem er sich ausgekotzt hatte, rief er die Cops.

Die Tote war eine achtzehnjährige Stimmungskanone aus Pomona, die dachte, sie könne sich per Autostop kulturell bereichern, bis sie von einem der zahlreichen Auto-Maniacs, die sich aus Spaß und auch aus Geldgier auf den Freeways herumtrieben, mitgenommen und in Stücke zersägt wurde. Die Leiche des Mädchens war schon ausgeblutet, als Buckmore Phipps und Gibson Hand in ihrem Schwarzweißen aufkreuzten. Der junge Lagerarbeiter hielt sich mit einer Hand den revoltierenden Magen, seine blauen Augen tränten, und mit der anderen Hand zeigte er zum Müllcontainer und versuchte dann, zum Lager zurückzurennen.

Was dann passierte, ist nie ganz geklärt worden. Nach Gibson Hands *Aussagen* passierte etwas, das Buckmore Phipps in die Polizeilegende eingehen ließ. Obwohl jeder wußte, daß Gibson Hand ein noch weitaus größerer Lügner war als Buckmore Phipps, und daß sie beide selbst vor der dicksten Lüge nicht zurückschreckten, um in der Polizeilegende ganz groß herauszukommen, ging dann jedenfalls die Story um, daß, als Buckmore Phipps die beinamputierten, ausgebluteten Überreste der Stimmungskanone sah, er sich zum jungen Lagerarbeiter umdrehte, seine mindestens achtundzwanzig Pferdezähne entblößte und sagte: »He, Kleiner, wie wär's mit einem Tänzchen?«

Und dann, so jedenfalls Gibson Hand, soll Buckmore Phipps sich über den Müllcontainer gebeugt und den Alabastertorso herausgehoben haben. Er griff dem ausgebluteten Torso mit seinen schaufelgroßen Händen unter die Arme – der Kopf der Leiche hing runter, die verdickte Zunge war blau wie Buckmore Phipps Uniform –, und dann tanzte das riesige Straßenmonster im Scheinwerferlicht des Streifenwagens eine verrückte Yul-Brynner-Polka und sang dazu: »Koooomm, tanz mit mir (du-du-du). Auf einer leuchtenden Wolke voll Musik fliegen wir davon (du-du-du)...«

Gibson Hand erzählte, daß sie beide, er und Buckmore Phipps, dabei einen derartigen Lachkrampf kriegten, daß sie die starre Leiche beinahe nicht in den Container hätten zurückpacken können. Aber der ohnmächtige Lagerbursche war zum Glück wieder bei Besinnung, ehe die ersten Detectives-Wagen auf dem einsamen Parkplatz vorfuhren.

Buckmore Phipps und Gibson Hand wurden schließlich gemeinsam zur Hollywood-Abteilung versetzt. Inzwischen tat keiner mehr etwas ohne den anderen. Sie waren sich so nahe, wie nur Verliebte es sein können. Tatsächlich waren sie wohl füreinander bestimmt.

Aber, wie so oft, mischte sich das Schicksal ein und durchkreuzte die blühende Zuneigung der beiden Straßenmonster. Gibson Hand kriegte seine langerwartete Berufung zum

Überwachungsdezernat. Ihm kamen beinahe die Tränen, als er sich von Buckmore Phipps verabschiedete. Er schwor, daß er eines Tages zurückkäme. Er erklärte Buckmore Phipps, warum er sich die Chance, bei der Überwachung zu arbeiten, trotz allem einfach nicht entgehen lassen könnte. In keiner anderen Abteilung des Departments kriegte ein Mann so oft die Chance, Menschen zu töten, wie beim Dienst in der Überwachung. Buckmore Phipps versprach Gibson Hand, ihn niemals zu vergessen. Sie schlugen sich gegenseitig auf die Schultern, und in jener Nacht kam es da draußen auf dem Parkplatz der Hollywood-Station um ein Haar zu einer unmännlichen Szene.

Gibson Hand trat seinen Dienst bei der Überwachung an, bekam gleich einen heißen Auftrag und sollte schon in seiner ersten Woche dort einige Leute überführen. Sie hatten ihn in einen großen Spirituosenladen auf dem Olympic Boulevard verfrachtet. Die Oreo-Banditen erregten zu jener Zeit gerade eine Menge Aufsehen. Wenn sie in einer weißen Gegend zuschlugen, saß für gewöhnlich der weiße Bandit am Steuer, und sein schwarzer Kumpel hielt sich dann auf dem Boden des Autos versteckt. Umgekehrt lief's dann in einem schwarzen Viertel. Die Schnapsläden im Getto brachten wesentlich mehr Beute, aber das Risiko war dort auch größer, weil die Besitzer gewöhnlich sehr viel besser bewaffnet waren.

Gibson Hand saß ganz allein hinter einem einseitig durchsichtigen venezianischen Spiegel in dem Hinterzimmer des Ladens und guckte sich im Fernsehen *Days of Our Lives* (Tage unseres Lebens) an. Die Tür stand einen Spalt offen, als er plötzlich hörte: »Hände hoch und alle an die Wand, Arschlöcher!«

Himmel Herrgott, die sagten auch *alle* dasselbe! Er drehte den Fernseher leiser, griff nach dem Ithaca-Schrotgewehr und entsicherte es mit Daumen und Zeigefinger, um auch das leiseste Klicken zu vermeiden.

Der weiße Gangster trug eine Schweinchen-Dick-Maske aus Gummi, die den ganzen Kopf bedeckte. Er trug auch graue Baumwollarbeitshandschuhe. Die Maske war ihm zu groß. Bei jedem Atemzug wurde sie an sein Gesicht gesaugt und wieder weggepustet. Er hielt eine alte US-Army-Automatic in der rechten Hand und fuchtelte den beiden versteinerten Verkäufern damit vor den Gesichtern rum.

Gibson Hand wußte, daß der Beobachtungsposten draußen jetzt allmählich hereinkommen mußte. Er wartete darauf, daß der Gangster sich die Beute holte. Los, ran ans Eingemachte, Bleichgesicht! Hör endlich auf, mit der alten Knarre da so rumzufuchteln. Ran an die Mäuse, Junge. Schnapp dir die *Kohlen*.

Gibson Hand schwitzte, er hielt das Gewehr schräg nach links vor der Brust und wartete darauf, daß sie die Beute griffen und auf die Tür zusteuerten. Dann sind die Angestellten in Sicherheit. Dann endlich ist der Rücken des Gangsters frei für dich. Dann kannst du »das Geld herausschießen«. Direkt durch den *Rücken* des Arschlochs. Und *dann* kannst du brüllen: »Halt! Polizei!« Nachdem er todsicher tot ist.

Gibson Hand wußte, daß die Cops, die *zuerst* schrien und damit ihr eigenes, verrücktes, verfluchtes Ich aufs tödliche Spiel setzten, nur auf der Leinwand Dienst taten, aber nicht im wirklichen Leben. Verdammte Scheiße, wo *bleibt* der Bruder?

Und da war er schon. Verflucht! Der Bruder war einer von diesen blöden, alten Hindu-Niggern, der wahrscheinlich die letzten zwanzig Jahre im Knast verbracht und nicht bemerkt hatte, daß längst keiner mehr Silbersträhnen trug, nicht mal die Zuhälter. Er trug nur eine Gesichtsmaske. Die von Dracula. Er hatte sich das Haar entkrausen lassen und seine ondulierte Frisur mit einem Lappen umwickelt. Und er trug diese altmodischen Schnabelschuhe mit all den Löchern. Die Schuhe der tausend Augen nannte man sie damals. Wo, zum Teufel, hatte er *derart* alte Schuhe ausgekramt? Kein Mensch trägt heute noch solches Gelump, du blöder Nigger! Gibson Hand wischte sich mit dem Ärmel über die verschwitzten Augen.

Die schwarze Hälfte des Oreo-Teams kam herüber zum venezianischen Spiegel und beguckte sich durch die Augenhöhlen der Draculamaske. Sie war aus Plastik, nicht aus Gummi. Und sie saugte sich nicht fest, wenn er atmete. Er sah einfach blöde aus. Ein blöder Nigger mit einem Vampirgesicht und einem Lumpen um seinen verdammten verblödeten Kopf. Er hielt einen abgesägten Zehn-Kaliber in der Hand. Und er guckte direkt in das schweißgebadete Gesicht von Gibson Hand, ohne ihn sehen zu können.

Jetzt hatte das Bleichgesicht die Beute. Der Bruder schaute immer noch in den Spiegel. Er schaute auch noch, als Gibson Hand plötzlich die Gewehrmündung an das Spiegelglas drückte und ein Dutzend Schrotkörner doppelten Kalibers aus dem Lauf feuerte. Der Spiegel explodierte in das Vampirgesicht.

Der weiße Oreo-Gangster brüllte los vor Angst und Entsetzen, als sein Partner ohne Maske und ohne den größten Teil seines Kopfes über den Boden des Schnapsladens flog und dabei so gewaltige Mengen Blut verspritzte, daß er in seiner eigenen Lache weiterrutschte. Der tote Körper schlitterte quer durch den Raum und krachte dann gegen den Ladentisch.

Der weiße Oreo-Gangster brüllte immer noch vor Schock und Entsetzen, als Gibson Hand aus dem Hinterzimmer stürzte. Seine Ithaca sprengte den zweiten Oreo-Banditen buchstäblich aus seinen Mokassins in die Ewigkeit. (Selbst *der* trug unmoderne Schuhe. Sie waren beide Häftlinge aus Folsom in den Klamotten der frühen 60er Jahre. Der arme alte Cal Greenberg würde als einziger um sie trauern und sich fragen, ob wenigstens *sie* noch Glenn Miller gehört hatten.)

Dann ging Gibson Hand hinüber zu seinem zweiten Opfer und zog die Schweinchen-Dick-Maske vom zuckenden Leichnam. Als sein Verstärkungsteam in den Laden stürzte, fanden sie Gibson, wie er sich die Maske neben sein Gesicht hielt und sagte »Dddddas war's, Leute!«

Es war die Umkleideraumstory des Monats. Aber unglückseligerweise schneite ein Nachrichtenteam von der hinterhältigen Fernsehstation, die Captain Woofer so sehr haßte, herein, um in der Funksprechzentrale Aufnahmen zu machen, und die kriegten ausgerechnet Gibson Hand vor die Kamera, als er vor einer Gruppe von Detectives fröhlich seine Schweinchen-Dick-Abenteuer zum besten gab. Die krummen Hunde brachten dann später in den Elf-Uhr-Nachrichten einen Kommentar, in dem es hieß, Gibson Hands einziger Konkurrent sei der iranische Blut-Ayatollah, der sich beim Anblick der Überreste toter Amerikaner köstlich amüsiert habe. Und so wurde Gibson Hand blitzschnell zurückversetzt zur Hollywood-Streife, zu seinem entsetzlichen Kummer, denn ab sofort würde es für ihn auch nicht mehr annähernd so viele Möglichkeiten geben, Menschen zu töten und andere ähnlich verdienstvolle Polizeiarbeit zu leisten.

Darum war Gibson Hand wieder auf dem Hollywood-Boulevard und lief Streife mit Buckmore Phipps. Und die beiden Straßenmonster ahnten nicht, daß in Kürze der erste Lichtstrahl auf den Mordfall Nigel St. Claire fallen sollte. Ein Soldat vom Marine-Corps pinkelte gerade in einen Tontopf.

Der betreffende Mariner war ein achtzehnjähriger Obergefreiter aus Minneapolis, der Private First Class Gladstone Cooley. Mütterlicherseits war er ein Schwede der zweiten Generation, und er hatte von seinen Wikingervorfahren die besten Eigenschaften geerbt. Er war hochgewachsen und, wie man in den Modellierstudios sagte, so gebaut, wie Michelangelo sich seinen David *gewünscht* hätte. Haar und Haut waren goldfarben und die Augen kobaltblau. Sein einziger physischer Makel war gelegentlich ein Pickel auf seinem Torso, weil er sich für seine Modellsitzungen mit zuviel duftendem Babyöl einrieb. Psychisch wies er einen IQ von allenfalls Raumtemperatur auf, wodurch er aber außerordentlich gefällig und sowohl ein ausgezeichnetes Künstlermodell als auch ein sehr anständiger Mariner war.

Auf seinen dreitägigen Kurzurlauben von seiner Kaserne im Camp Pendleton kassierte er von Künstlern und Fotografen in Hollywood bis zu vierhundert Dollar für Posieren. Zusätzlich zweihundert verdiente er als Callboy für anspruchsvolle Homokunden, hatte freie Unterkunft und Verpflegung in einem Motel in Nord-Hollywood, damit er auf Abruf *bereit* war, und hatte sich zweiundzwanzigmal den Film *American Gigolo* angesehen. Den dreiundzwanzigsten Besuch des Films plante er ausgerechnet an dem Tag, an dem er während des Modellstehens in den Tontopf pinkelte.

Genaugenommen war es nicht das erste Mal, daß er dazu aufgefordert wurde. *So* ungewöhnlich war das nicht in Hollywood. Das kleine Künstlerstudio lag über einem Spezialgeschäft, in dem Wasserpfeifen, Marihuana-Zigarettenspitzen und Zigarettenpapier mit Sternenflitter verkauft wurden. Gladstone Cooley mußte alle zwölf Minuten eine Viertelflasche Pepsi-Cola trinken, wenn er zu diesem speziellen Modellservice angeheuert wurde. Der Modellierlehrer, der ihn gemietet hatte, behauptete, die Harnsäure gebe dem Ton Vitalität und mache die Skulpturen lebendiger. Doch sogar mit seinem IQ kapierte Gladstone Cooley, daß sie nichts weiter als Pinkelfetischisten waren, aber wenn die ihm unbedingt fünfzig Dollar die Stunde bezahlen wollten, würde er auch noch länger in ihren Topf mit Modellierton pinkeln.

Es gehörte unweigerlich dazu, daß einer der elf Künstler, die auf dem langen Tisch mit Ton modellierten, auf dem der Marinesoldat außer einem Navajo-Stirnband gänzlich nackt posierte, Gladstone bitten würde, so lieb zu sein und ein paar Spritzer auf den ganz *persönlichen* Tonklumpen des Künstlers vor ihm auf dem Tisch zu geben.

Gladstone war ein hilfsbereiter Junge und versuchte sein Bestes, solange sie ihn ausreichend mit Pepsi-Cola-Flaschen versorgten. (Eine Firma, die seine Gefühle verletzte, als sie ihm untersagte, ihr Produkt mit ihm als Modell bei der Arbeit anzupreisen und ihr dadurch zu helfen, den Konkurrenzkampf gegen Coca-Cola zu gewinnen.)

An diesem speziellen Tag hatte er, außer in den großen gemeinsamen Bottich, bereits in drei individuelle Tonklumpen gepinkelt. Dann kam es zu einem Streit zwischen einem Künstler, der überhaupt keinen individuellen Service bekommen hatte, und einem anderen, der hatte. Und obwohl er alles versuchte, konnte Gladstone Cooley keinen Tropfen mehr herausquetschen für den verärgerten Künstler, selbst dann nicht, als er gleich zwei Viertelflaschen Pepsi nacheinander hinunterstürzte. Das lag natürlich am Druck der Ereignisse. Inmitten der bösartigen Streitigkeiten und schrillen Drohungen, die da hin und her flogen, war er ganz einfach ausgetrocknet.

Der eifersüchtige Künstler, dessen Ton nicht bepinkelt worden war, wurde schließlich so wütend, daß er seinen Tonklumpen packte und ihn auf seinen Gegner schleuderte. Daraufhin kam es regelrecht zu einem Kampf, den der Lehrer nicht verhindern konnte, und bei dessen Anblick Gladstone Cooley sich sehnlichst wünschte, auf schnellstem Wege zu seinem friedlichen Gefechtszug zurückzukehren. Und das hätte er auch getan, wenn nicht ausgerechnet der, der mehr

Pisse bekommen hatte, als er verdiente, auf den Tonklumpenwurf reagierte, indem er einen pitschnassen Haufen Ton ergriff und ihn seinerseits auf seinen Gegner schleuderte. Der Ton verfehlte sein Ziel und segelte aus dem offenen Fenster hinunter auf den Hollywood-Boulevard, wo er Buckmore Phipps die Mütze vom Kopf schlug. Die endlose, ewige Kette.

Als Buckmore Phipps' Mütze davonflog, stand er gerade auf der Straße, um einem purpurfarbenen Cadillac-Cabrio einen Strafzettel zu verpassen. Der Besitzer, ein eingeschüchterter schwarzer Zuhälter, versuchte vergeblich, Gibson Hand als seinen Bruder zu bequatschen, ihm noch mal ne Chance zu geben. In zwei Tagen müßte er sowieso in den Knast, weil irgendeine Nutte vor Gericht behauptet hatte, er hätte ihr das Bein gebrochen. Und er wär verurteilt worden. Bloß weil n paar idiotische Scheißemanzen in der Jury einfach nicht kapierten, daß keiner so dumm wär, n gut laufendes Pferdchen aus dem Verkehr zu ziehen!

Gibson Hand sog an seiner Zigarre und nickte dem Zuhälter freundschaftlich zu. Und jedesmal, wenn der Loddel dann zurückrannte, um möglichst auch den unerbittlichen Buckmore Phipps weichzukriegen, nahm Gibson Hand die Zigarre aus dem Mund und brannte heimlich ein Loch in das Cabrioverdeck des Zuhälters. Und genau in dem Augenblick, in dem der Zuhälter dann abfahren wollte und Buckmore Phipps die Mütze von seinem klobigen Kopf gerissen wurde, hatte das Loch die Größe der Gedenkmünze mit dem Bildnis der Suffragette Susan Anthony * erreicht, und Gibbson Hand hatte für Amerikas streitbare Emanzen wahrhaftig eine Lanze gebrochen.

»Welches Arschloch hat mir die Mütze heruntergeschlagen?« schrie Buckmore Phipps, als sein blaues Prunkstück auf die Straße flog und von dem davonrasenden Zuhälter im Cadillac auch noch plattgefahren wurde.

Buckmore Phipps hob seinen zerquetschten Deckel auf und fragte: »Sag du, Gibson, wer hat mir das verdammte Ding runtergerissen?«

---

* Susan Brownell Anthony, 1820–1906, US-Frauenrechtlerin. (Anm. d. Ü.)

Gibson Hand hatte das Tongeschoß nicht gesehen und glaubte daher, die Uniformmütze von Buckmore Phipps sei ganz einfach runtergefallen, als er dem Zuhälter den Strafzettel hinter den Scheibenwischer klemmte.

»Ich hab keinen gesehen, der dir das Ding runtergeschlagen hat, Buckmore. Ich mein, der Hurentreiber kann's nicht getan haben.«

»Gibson, irgendeiner hat mir die verdammte Mütze runtergeschlagen«, sagte Buckmore Phipps, dessen Gesicht puterrot angelaufen und dessen Blick mörderisch war. »UND GUCK DIR DOCH BLOSS MAL DIESES SCHEISSDING AN!«

Der Zuhälter-Cadillac hatte es tatsächlich plattgefahren wie eine Flunder. Der Mützenschirm war abgerissen. Der glänzende Lackteil war verbogen und baumelte lose. Die Ösen waren wie eine Brezel gebogen.

»Sieht aus wie ein ausgebombtes Käppi«, gackerte Buckmore Phipps kläglich.

»Irgendein Hundesohn wird dafür blechen müssen!« sagte Buckmore Phipps und blickte wütend um sich. Just in diesem Augenblick kam die nächste Matschkugel aus dem Fenster im zweiten Stock geflogen.

Da oben war inzwischen ein wilder Kampf losgebrochen, jeder gegen jeden, alles war erlaubt. Gladstone Cooley war schnell vom Tisch gesprungen und schlüpfte gerade in seinen schwarzen Minislip, als sie *alle* anfingen, mit Ton zu schmeißen. Pepsi-Pinkel tropfte von den Wänden, und alles brüllte und schrie so laut durcheinander, daß keiner Buckmore Phipps und Gibson Hand heraufkommen hörte, die drei Stufen auf einmal nahmen und Rache im Herzen trugen.

Buckmore Phipps brachte den Höllenlärm augenblicklich zum Schweigen, als er brüllte: »WELCHER ARSCH HAT MIR EINS AUF DIE BIRNE GEGEBEN?«

Stumm hastete die Künstlerschar durcheinander, hob die Baskenmützen auf, sammelte das Modellierwerkzeug wieder ein und nahm allen Mut zusammen, um mit einem schnellen Sprung durch die Tür zu entkommen. Aber leider stand da schon ein schwarzer Cop mit einem Gesicht wie ein Dobermann und blockierte den Ausgang mit der ganzen Breite seiner Schultern.

»Ich kann das erklären, Officers«, sagte ein affektierter schwarzer Künstler in reinstem süß-saurem Ascot-Englisch. »Justamente...«

»Hände hoch und alle an die Wand, ihr Schwulillos!« knurrte Buckmore Phipps. »Hier macht keiner das Maul auf, bis ich raus hab, wer mir die Mütze runtergeschlagen hat.«

Glücklicherweise ahnten weder Buckmore Phipps noch Gibson Hand, womit der Tonklumpen angefeuchtet worden war, sonst wären an diesem Tage wahrscheinlich schreiende Bildhauer wie Konfetti aus den Fenstern gefallen.

»Wer, zum Henker, sind Sie?« fragte Gibson Hand den zitternden Mariner, der verzweifelt versuchte, sich in die französischen Jeans zu quetschen. Er trug sie so eng, daß er sich jedesmal hinlegen mußte, um den Reißverschluß zuzukriegen. Normalerweise stopfte er sich seinen Minislip zwischen den Beinen mit einem Gummischwamm aus, um auf der Straße noch männlicher auszusehen, aber heute hatte er sich nicht die Mühe gemacht. Er schwitzte nur so fürchterlich, um endlich in diese verdammten Jeans zu kommen. Schließlich gewann er die Schlacht, sprang auf die Füße und sagte: »Private First Class Gladstone Cooley, Sir! United States Marine Corps!«

Sofort brüllten Buckmore Phipps und Gibson Hand los wie die Stiere. *Noch einer* von den Marines! Buckmore Phipps und Gibson Hand hatten bei den Fünften Marines gedient, und es war eine Tortur für die beiden, daß Marines sich hier in der Selma Avenue herumtrieben und daß es in den Tuntenbars von ihnen *wimmelte*.

»Weißte, Buckmore, die sollten sich die Jungs für die Corps lieber gleich aus dem CVJM von Hollywood holen, wenn man sich den Laden heutzutage ansieht«, sagte Gibson Hand.

Als dann alle Bildhauer angstschlotternd an den tropfenden Wänden standen und auf neue Befehle der Straßenmonster warteten, entdeckte Gibson Hand plötzlich ein zitterndes vierzehnjähriges Mädchen in dem Abstellraum, in dem die Tontöpfe aufbewahrt wurden. Sie war eine Aushilfskraft, deren Job es war, die überschüssige Pisse vom Fußboden aufzuwischen und, je nach Bedarf, regelmäßig für den Nachschub von Pepsi zu sorgen.

»Beweg deinen Hintern mal da raus, Schwesterchen«, sagte er, und schon krabbelte die sommersprossige Ausreißerin hervor, den Blick starr auf ihre alten, zerrissenen Mokassins gerichtet.

»Woher kommste, Kindchen?« fragte Buckmore Phipps.

»Culver City«, quiekte sie.

»Wann biste von zu Hause abgehauen?« fragte Gibson Hand.

»Vor zwei Tagen. Ich wohn da in diesem Apartment in Ost-Hollywood bei einem *Freund*.«

Gibson Hand gab sich ungewöhnlich väterlich. »Also, dann mach mal schön so weiter und bleib bei deinen sogenannten Freunden in Ost-Hollywood. Ich würde aber lieber blitzschnell zum nächsten Polizisten im Dienst flitzen, wenn ich du wär, bevor dich einer von diesen Ost-Hollywood-Typen auf deiner Matratze vergewaltigt. Denn dann merkste nämlich vielleicht nicht mehr, daß sie dir deine verdammte Gurgel mit dem Bieröffner durchschneiden. Und dann müssen die dich abmurksen, damit sie deinen dreckigen Körper *nach* deinem Tod vergewaltigen können, was ihnen aber gar nicht soviel Spaß macht, weil sie's nämlich mögen, wenn du dich kräftig wehrst und fürchterlich schreist. ALSO, PUPPE, HEB DEINEN KLEINEN DRECKSARSCH HIER RAUS UND AB NACH CULVER CITY!«

Als die kleine Ausreißerin wild entschlossen die Treppe hinunterrannte, drehte sich Buckmore Phipps zu Gibson Hand um und sagte ehrlich: »Du warst ja richtig süß, Gibson. Man braucht schon verdammt viel Mut, um so nem Ausreißerküken den richtigen Rat zu geben.«

Dann kamen die beiden aufs Geschäftliche zurück. Zwei der Bildhauer, ein Grieche und ein Türke, schoben sich natürlich gegenseitig die Schuld für den verirrten Tonklumpen zu, der Buckmore Phipps' Uniformmütze in die Gosse befördert hatte. Buckmore Phipps fragte Gibson Hand, welchen von beiden sie denn nun mitnehmen sollten.

»Is mir scheißegal«, er zuckte die Schultern, »sind doch beides Schleimscheißer, oder?«

Sie waren drauf und dran, beide Schleimscheißer die Treppe hinunter abzuführen, während sie versuchten, im Geist eine passende Beschuldigung für ihren Polizeibericht zu formulieren, als Gladstone Cooley plötzlich sagte: »Sir, Sie brauchen mich doch wohl hoffentlich nicht bei meinem diensthabenden Officer zu melden oder so was?«

»Zeigen Sie mir doch mal Ihren Militärpaß«, sagte Gibson Hand kurzentschlossen.

Buckmore Phipps warf dem Obergefreiten einen finsteren Blick zu und sagte: »Wenn sie solche Helden wie Sie im Zweiten Weltkrieg bei den Marines gehabt hätten, hätten se die verfluchte Fahne wahrscheinlich erst mal blasen oder bumsen müssen, um sie auf Iwo Jima überhaupt *hochzukriegen.*«

Und als Gibson Hand dann schließlich Gladstone Cooley den Urlaubsschein entriß, fiel ihm dabei ein kleiner Zettel in die Hand.

»Der Name kommt mir bekannt vor, Buckmore«, sagte er, als er sich den Zettel beguckte. »Weiß nur nicht, wo ich den schon mal gehört hab, aber irgendwoher kenn ich den.«

Buckmore Phipps nahm den Zettel und las »Nigel St. Claire«, dahinter stand eine Telefonnummer. »Yeah, ich hab diesen Namen erst kürzlich irgendwo gehört. Wer ist das?« fragte er den Mariner.

Aber dann führte die Unberechenbarkeit des Schicksals nicht nur dazu, daß der Grieche und der Türke nicht im Knast übernachten mußten, sondern auch zu einem Zwischenfall, der Buckmore Phipps und Gibson Hand nicht etwa zu legendären Polizeihelden machte, wie sie es sich immer erträumt hatten, sondern förmlich zu Polizeihanseln werden ließ, zu Zielscheiben des allgemeinen Gespötts.

Denn plötzlich ertönte draußen vor dem Künstlerstudio laut und schrill eine Alarmanlage. Buckmore Phipps sah Gibson Hand an und dann auf seine Uhr und sagte: »Is erst drei Uhr. Irgend jemand probiert da wohl bloß seine Alarmanlage aus, sonst nichts.«

»Entschuldigen Sie, Officers«, sagte der Grieche, der sich ganz sicher nicht danach sehnte, mit einem Türken eine Zelle im Knasthotel zu teilen. »Vielleicht sollten Sie mal aus dem Hinterfenster schauen, das könnte vielleicht da beim Batbite-Spezialitätenshop sein. Der schließt heute schon mittags. Ich war zufällig da und... «

Gibson Hand ging langsam zum Fenster, spähte in den

Gang hinunter und sah, daß die Hintertür des Batbite-Spezialitätenshops aus den Angeln gerissen war.

»Da läuft tatsächlich n Vier-fünf-neun-Einbruchdiebstahl, Buckmore! Da müssen wir uns kümmern!«

Kein Wunder, daß die Modellierklasse einen einzigen gemeinsamen Seufzer der Erleichterung ausstieß und in Windeseile davonstürmte, gemeinsam mit dem Private First Class Gladstone Cooley, dem der mürrische schwarze Cop hastig die Papiere zurückgegeben hatte. Die beiden Straßenmonster donnerten bereits die Hintertreppe hinunter, ganz wild darauf, den Dieb zu erwischen, während er noch seine Hand in den Bonbons hatte.

Nur daß sie in dem Batbite-Spezialitätenshop gar keine Bonbons verkauften. Sie verkauften Ledermasken für Sklaven, durchlöcherte Lederklatschen für Herren, Polizeiknüppel für Sklaven *und* Herren. Sie verkauften Handschellen, Peitschen und sogar Eiserne Jungfrauen (sie kosteten eine Menge Dollars im Verhältnis zu dem *bißchen* Vergnügen), außerdem andere Folterinstrumente, die, wie Buckmore Phipps und Gibson Hand hätten zugeben müssen, auch ihnen bei ihren nächtlichen Hintertreppenvernehmungen ganz gute Dienste leisten könnten.

Sie erwischten einen ausgeflippten Heroinfixer namens Jukebox Johnson, einen völlig heruntergekommenen Ex-Diskjockey, der mit einem Stapel von Sadomacho-Magazinen gerade zum zweiten Male zu seinem vom Autofriedhof stammenden Chevy lief. Jukebox Johnson war einer von diesen glücklosen Dieben, die immer vor der Polizei wegliefen, obwohl er gar nicht schnell genug rennen konnte, sogar dann, wenn er in gezogene Waffen und in Scheinwerfer blickte. Er war im Laufe seiner fünfzehnjährigen erfolglosen Einbrecherkarriere bereits fünfmal von Cops angeschossen worden.

Er gehörte zu den Ganoven, über die sich die Cops öfter unterhielten: »Kennst du den alten Jukebox?«

»Oh, klar, den hab ich schon n paarmal angeschossen.«

Aber heute gab es keinen Grund, Jukebox Johnson anzuschießen. Der reiste nämlich mit halber Kraft voraus, sozusagen, und war dabei in seinem Tran felsenfest davon überzeugt, volle Pulle zu fahren. Er hatte beschlossen, auf Tour zu gehen, *nachdem* er sich mit zwei Gramm reinen Heroins fröhlich angetörnt hatte. Und jetzt sah er bereits fliegende Giraffen und riesige bunte Käfer, die sich gegenseitig auffraßen, als Gibson Hand ihn sehr unsanft beim Kragen packte und vom Boden hochriß.

»Jukebox, was, zum Henker, machst du hier?« sagte Buckmore Phipps angewidert. »Is doch noch verdammt helllichter Tag!«

»Hi, Buckmore. Hi, Gibson.« Jukebox Johnson lächelte blöde über einer Reihe krummer, schwarzer Zahnstummel. »Kann das erklären. Also, hab da neulich diese S & M-, diese Sadomacho-Freaks kennengelernt. Die tragen nen großen Stock bei sich. Nennen den ihre Zuchtrute. Der Große schlägt damit ständig auf seinen Freund los, ob er's nun verdient oder nicht. Scheint trotzdem ein nettes Pärchen zu sein. Die haben mich für diesen Job angeheuert. Haben mir erzählt, sie bräuchten noch n paar Gerätschaften für ne Party heut abend. Haben mir dafür n ganzes Stück reinen weißen Chinesen geboten. Is doch n tolles Angebot, oder?«

»Verdammt! Am hellichten Tag? Ich sollte dich die Straße runterrennen lassen und n paarmal auf dich schießen«, sagte Gibson Hand angeekelt.

»Was ist hier los, Officers?« fragte ein Mann, der in diesem Moment auf sie zugelaufen kam, nachdem er eben seinen Lincoln am Straßenrand geparkt hatte.

»Tut mir leid, daß ich's getan hab, Buckmore«, winselte Jukebox Johnson. »Werd völlig nervös bei diesen Freaks mit all ihren Peitschen und dem Zeugs. Hab schon daran gedacht, für diese *anderen* Jungs vom Straßenraub und bewaffneten Banküberfall zu arbeiten, bloß um mal wieder n klaren Kopf zu kriegen.«

»Ich bin Harvey H. Fairchild«, verkündete der Mann und überreichte Gibson Hand seine Visitenkarte. »Einer meiner befreundeten Ladenbesitzer hat mir erzählt, meine Alarmanlage wär losgegangen, und da bin ich auf dem schnellsten Wege hergekommen.«

Während Gibson Hand Jukebox Johnson Handschellen anlegte und ihn zum Streifenwagen brachte, nahm Buckmore Phipps mit Hilfe von Harvey H. Fairchild die Daten für einen Polizeibericht über den Einbruch auf und half ihm auch noch, seine Alarmanlage wieder abzustellen. Harvey H. Fairchild hatte ein freundliches, rosiges Gesicht und eine fast tropfenförmige Gestalt. Er trug jede Menge Schmuck und einen Seidenanzug, den Buckmore Phipps verdammt gern für seine tollen Nächte im Glitter Dome gehabt hätte. Harvey H. Fairchild erzählte Buckmore Phipps, daß er persönlich das Geschäft mit dem S & M-Spielzeug zwar lukrativ, aber äußerst widerwärtig fände und schwor, daß er aussteigen und eine Hühnerfarm in Saugus betreiben würde, sobald er die Notgroschen dafür zusammengespart hätte.

Er war wirklich ein toller Bursche, alles in allem. Er rauchte echte Havanna-Zigarren und bot Buckmore Phipps sogar eine an, als die Cops ihn mit seiner kaputten Tür zurückließen.

Bloß, es war überhaupt nicht *seine* Tür. Es war überhaupt nicht sein Laden. Soweit es die Detectives später ermitteln konnten, war er anschließend durch die aufgebrochene Hintertür des S & M-Spezialshops eingedrungen, hatte ein Loch durch die Mauer zum benachbarten Juweliergeschäft gebohrt und war dann mit einer Riesenbeute von Uhren, Ringen und Halsketten im Wert von 275 000 Dollar entkommen.

Als später der *echte* Besitzer des S & M-Spezialshops zusammen mit dem Inhaber des Juweliergeschäfts in der Polizeistation auftauchte und beide sich schimpfend und schreiend über die geistigen Fähigkeiten von Cops ausließen, und als Buckmore Phipps und Gibson Hand über Code-II-Funkruf ins Detective-Büro beordert wurden, wo sie dann auch mit der wertlosen Visitenkarte eines ganz schön ausgebufften Tunnelbohrers aufkreuzten, da endlich dämmerte es den beiden Straßenmonstern plötzlich, daß Jukebox Johnson mit Harvey H. Fairchild unter einer Decke gesteckt hatte. Die Detectives hatten denn auch alle Mühe, die beiden Straßenmonster daran zu hindern, in Jukebox Johnsons Zelle einzubrechen und den miesen Verräter auf der Stelle zu lynchen. Ganz abgesehen davon, daß ein Anwalt den längst aus dem Knast geholt hatte, im Auftrag eines gewissen Jules P. Laidlaw, einem fetten, rosigen Kerl mit jeder Menge Juwelen und einem tollen Seidenanzug.

Für die Bewohner ihres Reviers brachen ein paar harte Wochen an, in denen Buckmore Phipps und Gibson Hand wie wild daran arbeiteten, allen die Erinnerung an ihr Waterloo dank Jukebox Johnson und einer späteren Leiche, die sich selbst Harvey H. Fairchild alias Jules P. Laidlaw nannte, auszutreiben. In diesen Tagen der Demütigungen brach sich Buckmore Phipps zwei seiner Backenzähne, weil er vor lauter Frustration dauernd mit den Zähnen knirschte. Und Gibson Hand zerbrach rein zufällig einen Polizeigummiknüppel, als er auf einen Telefonmast einschlug. Zwischen den beiden Straßenmonstern fiel kaum ein Wort während ihrer erfolglosen Menschenjagd. Statt den anderen, wie früher üblich, zu fragen, ob er lieber fahren oder Berichte schreiben wollte, pflegten Buckmore Phipps oder Gibson Hand neuerdings ein tollwütiges Gesicht zum anderen tollwütigen Gesicht zu drehen, mit den Worten: »Heute könntest du schreiben und ich *kämpfen.*«

Als er spitzkriegte, daß Buckmore Phipps und Gibson Hand ganz Hollywood in einer Riesenfahndungsaktion durchkämmten, der größten seit der Menschenjagd auf den Würger der Berge (wie wildgewordene Elefantenbullen schnüffelten sie in jedem Fixerunterschlupf und Mauerloch nach dem nadelnarbigen Gerippe von Jukebox Johnson), da beschloß der kleine Fixer, daß es an der Zeit war, einen Greyhound-Bus zu nehmen und mit seinem Anteil an der Beute aus dem Harvey-H.-Fairchild-Tunneljob direkt nach Little Rock und für immer in den Schoß seiner Familie zurückzukehren. Jukebox Johnson wußte nur allzu gut, daß das Leben für Ex-Diskjockeys und drogensüchtige Einbrecher in Little Rock noch weitaus härter war, aber er wußte auch, was für *ihn* von Vorteil war – daß Buckmore Phipps und Gibson Hand dort überhaupt niemanden würden festnehmen können.

6

Ganz-einfach-Bill

»Ich hab die letzten beiden Tage mehr Superwürfe geschafft als Roger Staubach in seiner ganzen Footballkarriere«, stöhnte das Frettchen.

»Dann ruh dich mal aus«, beklagte sich das Wiesel. »Meine Rippen sehen aus, als hätt ich grade n Zehnrundenkampf gegen Larry Holmes hinter mir.«

»Ich werd dir den Ball zuwerfen und die Kontrolle verlieren und noch n Fenster kaputtschmeißen. Das fehlt uns grade noch. Scheiß drauf, machen wir Pause.«

Damit nahmen die beiden Rauschgiftfahnder, heute in Trainingshemden, Jeans und Turnschuhen statt in Lederjakken und Stiefeln, ihren Football und gingen einen halben Häuserblock weit die Oxford Avenue hinunter zu ihrem grünen Toyota zurück, in dem sie ihre anderen Requisiten verwahrten.

In den letzten zwei Tagen hatten sie zur Tarnung Football auf der Straße gespielt, während sie ein bestimmtes Haus südlich vom Los Feliz Boulevard observierten. In den zwei Tagen davor waren sie als Gärtner aufgetreten, nachdem sie zum Glück ein Haus an der Straße gefunden hatten, dessen Besitzer im Urlaub waren. Das Frettchen hatte den Rasen siebenmal gemäht. Das Wiesel hatte das gesamte Unkraut umgegraben, die Rosen beschnitten, den Efeu zurückgeschnitten, und als sie dann ums Verrecken nichts mehr zu tun hatten, hatten sie einfach noch mal von vorn angefangen. Sie hatten von dieser Stelle aus zwar einen herrlichen Aussichtspunkt, von dem aus sie das fragliche Haus ganz hervorragend beobachten konnten, aber nach zwei Tagen übereifriger Gartenarbeit war dort selbst für eine hungrige Schnecke nicht mehr das winzigste bißchen zu holen. Darum hatten sie schließlich ihr Gartengerät zusammengepackt, als es dort so aussah, als ob ein Heuschreckenschwarm in den Garten eingefallen wäre. Dann blieb ihnen überhaupt nichts anderes mehr übrig als dieses endlose Fang-den-Ball-Footballspiel.

Der Besitzer des Hauses, das unter Beobachtung stand, dealte nach dem Bericht eines gewöhnlich zuverlässigen Polizeispitzels namens Sox Wilson mit Haschpaketen so groß wie Gurken und hatte groß geprahlt, daß er noch diese Woche seinen silbernen Mercedes 450 SL aus der Garage rollen lassen und ganz frische Ware von seinen asiatischen Verbindungsleuten im Hafengebiet von San Pedro bekommen würde.

Im Grundbuchamt des County war der Besitz urkundlich auf den Namen von Randolph Waterman eingetragen, der das Haus an ein Urlauberehepaar vermietet hatte, das wiederum untervermietet hatte, anscheinend an den Haschdealer oder einen seiner Freunde. Die Narcs, die Leute von der Drogenfahndung, konnten allerdings über den Namen des Dealers nichts weiter rausbringen, als daß alle ihn Bill nannten.

»Bill und wie weiter, verdammt noch mal?« hatte das Wiesel Sox Wilson gefragt.

»Weiß nich, weiß nich, Wiesel«, jammerte Sox Wilson, »wenn ich lüg, flieg ich.«

»Wenn du lügst, glühst du in der Hölle«, korrigierte ihn das Wiesel.

»Wennste lügst, verglühste für immer«, verbesserte das Frettchen alle beide und reinigte sich mit seinem Stilett genüßlich die Fingernägel.

»Sie nennen ihn Bill.« Sox Wilson blieb bei seiner Aussage. «Ganz einfach Bill.«

Nun war es zwar nicht üblich, sich Blasen an die Hände zu mähen und den ganzen Tag lang bis zur Erschöpfung Fußbälle durch die Gegend zu werfen, nur um einen Drogenhändler hops zu nehmen, aber zufällig *wohnte* Captain Woofer in dieser Straße. Und als er hörte, daß dort mit harten Drogen gedealt wurde (Wiesel war so blöd gewesen, es ihm zu erzählen), befahl er den beiden Drogenspezis, aus ihren Lederklamotten zu steigen und sich so ordentlich wie nur irgend möglich anzuziehen, ohne allerdings gleich ihre

Bärte und Pferdeschwänze stutzen zu müssen, und dem Hurensohn das Handwerk zu legen, der es *wagte*, die Straße zu beschmutzen, in der der Captain seit dreiundzwanzig Jahren residierte. Es war zur Zeit beinahe die einzige Ermittlung, um die sich Captain Woofer überhaupt richtig kümmerte, vielleicht abgesehen von dem Mord an Nigel St. Claire. Darum vermuteten das Wiesel und das Frettchen, daß man ihnen kräftig in die Eier treten würde, wenn sie's nicht schafften, Ganz-einfach-Bill in den nächsten paar Tagen einzubuchten.

Tatsächlich aber *lief* da noch ein anderer Ermittlungsfall, der Captain Woofer weit mehr Sorgen machte als Ganz-einfach-Bill und Nigel St. Claire zusammen. Es waren Nachforschungen der höchsten Geheimstufe, die die Abteilung für Innere Angelegenheiten betrieb. Offensichtlich versuchte irgend jemand, Captain Woofer zum Wahnsinn zu treiben. Und das schon seit über drei Monaten. Obwohl weder Captain Woofer noch die Kopfjäger der Inneren Angelegenheiten sich einen Vers darauf machen konnten, begann die ganze Geschichte an dem Morgen, nachdem ein lokaler TV-Sender den Film *Das Haus der Lady Alquist* brachte, in dem Charles Boyer versuchte, Ingrid Bergman zum Wahnsinn zu treiben, und zwar beinahe mit Erfolg.

Wie alle Polizisten aus Erfahrung wissen: Die schönsten Geschichten schreibt das Leben selbst.

Irgendwann im Februar, als der Captain und seine Frau Sybil zu einem Wochenendangelausflug nach San Diego fuhren, ließ irgend jemand ihr Haus bei einem örtlichen Immobilienmakler zu einem so lächerlich niedrigen Verkaufspreis ausschreiben, daß es bereits verkauft war, ehe die Woofers aus ihrem Kurzurlaub zurückkehrten. Die Beschreibung des Maklerbüros hätte auf etwa tausend Straßengauner passen können. Captain Woofer forschte in der Verbrecherkartei, sah sich über fünfhundert Fotos bekannter Hochstapler an – alles vergeblich. Die Woofers wurden in den folgenden zwei Wochen fast verrückt gemacht von Maklern und ihren kauflustigen Kunden, die ihnen geradezu die Bude einrannten, bis sie schließlich ein Schild *Nicht zu verkaufen* in ihren Vorgarten stellten. Die Transaktion wurde für null und nichtig erklärt, und der ganze Vorfall von den Einbruch-Diebstahl-

Detectives als offensichtlicher Bubenstreich zu den Akten gelegt.

Die Ermittlungen wurden allerdings wieder aufgenommen und die Abteilung für Innere Angelegenheiten zusätzlich eingeschaltet, als drei Wochen später die Autonummer von Captain Woofers Familienwagen im überregionalen Computer als gestohlen ausgeschrieben wurde, zur Zeit gefahren von bewaffneten und gemeingefährlichen Insassen. Darum war es verdammt kein bißchen komisch, als Sybil Woofer und ihre beste Freundin, Mrs. Commander Peterson, von zwei Cops mit Schrotflinten angehalten und gezwungen wurden, aus dem angeblich »gestohlenen« Kombiwagen auszusteigen, und das ausgerechnet vor dem eleganten Hermès-Laden in Beverly Hills.

Während die beiden Frauen schrien und weinten, die Hände fest auf die frisch frisierten, blaugetönten Haare gepreßt, lief blitzschnell ein Haufen neugieriger Araber, Iraner, Texaner und anderes ausländisches Volk zusammen, um dann ungläubig die Köpfe zu schütteln und sich in ihrem exotischen Gebrabbel gegenseitig darüber auszulassen, welche Anarchie doch in Kalifornien herrsche, wo weibliche Desperados schon in der Maske harmloser Schaufensterbummlerinnen aus Van Nuys auftraten.

Der peinlichste Vorfall aber hatte sich eine Woche vorher, als Al Mackey und Martin Welborn den Nigel-St.-Claire-Fall übernahmen, ereignet. Captain Woofer war in dieser Zeit dabei, getreu dem Aufruf des Deputy Chief Julian Francis zu besseren polizeilichen Beziehungen zum wachsenden Strom ethnischer Minderheiten in Los Angeles, einem Haufen gelangweilter Detectives im Mannschaftsraum mitzuteilen, daß er selbst ja schon immer *nett zu den Schwarzen* gewesen war. Woraufhin das Wiesel und das Frettchen wissende Blicke tauschten. Innerhalb einer Woche passierten dann zwei Dinge: Erstens fälschte jemand Captain Woofers Unterschrift auf einer Lohnabzugskarte mit der Bitte, fünf Prozent von Captain Woofers Polizeigehalt einzubehalten und als Wohltätigkeitsbeitrag an den United Negro College Fund zu überweisen. Zweitens erschien am darauffolgenden Montag eine Annonce im Anzeigenteil der größten Untergrundzeitung von Los Angeles. Sie lautete: »Männlich, Weißer, 59 Jahre alt,

Pfeifenraucher, sauber, gehorsam, immer nett zu Negern, sucht jungen virilen Neger, zu dem er nett sein *möchte*. Gute Bezahlung zugesichert, wenn Pfeifenstiel über sieben Zoll.« Die beklagenswerte Annonce nannte dann Captain Woofers private Telefonnummer, unter der es wenig später alle dreieinhalb Minuten in seinem Haus klingelte, woraufhin die Kopfjäger von der Abteilung für Innere Angelegenheiten keinen Zweifel mehr hatten, daß das Schwein, das (mit einigem Erfolg) versuchte, Captain Woofer zum Wahnsinn zu treiben, ein Insider sein mußte. Das Mädchen, das die Annonce vom barzahlenden Kunden angenommen hatte, war unfähig, irgendeine hilfreiche Beschreibung zu liefern. Der Mann, der die Annonce aufgegeben hatte, trug angeblich eine Taucherbrille und einen nassen Anzug, als er in die Geschäftsstelle spazierte.

Als die ungläubigen Kopfjäger fragten, ob ihr nicht aufgefallen sei, daß die Kleidung des Mannes doch recht ungewöhnlich war, sagte das Mädchen: »Wo, zum Teufel, leben wir denn hier, etwa in Wahoo, Nebraska? Das hier ist *Hollywood*, USA!«

Schon glaubten alle, daß die bösartigen Attacken auf Captain Woofer endlich vorbei seien, als sich wieder etwas ereignete, der wohl direkteste und persönlichste Anschlag buchstäblich unter Captain Woofers verstopfter Nase. Der Täter mußte ihm sehr nahe stehen, er mußte wissen, daß Captain Woofer in jener Woche einen Riesenschnupfen hatte. Seine Mandeln waren geschwollen, seine Augen tränten, seine Nase war absolut dicht, und zwei Flaschen Spray hatten sie nicht durchlässiger gemacht. Captain Woofer hatte sich im Drehstuhl zurückgelehnt, sein schmerzender Hintern ruhte im Gummiring, die hochgelegten Beine sollten den Entzündungsschmerz lindern helfen, dazu die Spraytropfen in den Nasenlöchern. Nichts funktionierte. Er hatte sich die Erkältung eingefangen, als er eine ganze Nacht lang in seinen Rhododendronbüschen gehockt und das Haus seines mysteriösen Nachbarn auf der Oxford Avenue beobachtet hatte.

Er litt fürchterlich und fühlte sich miserabel, als er dem Wiesel und dem Frettchen den Befehl gab, den Hurensohn von einem Drogenhändler endlich zu schnappen, und ließ keinen Zweifel daran, daß er ihnen in die Eier treten würde, falls sie versagten. Und das machte *sie* ausgesprochen rachsüchtig. Aber keineswegs gegen Ganz-einfach-Bill, den angeblichen Haschdealer.

Am selben Nachmittag, als das Wiesel und das Frettchen auf ihrem Beobachtungsposten in der Oxford Avenue arbeiteten, kam Captain Woofer langsam aus seinem Büro in den Mannschaftsraum herüber, gab vor seinen Truppen eine seltsame Erklärung ab und kippte dann plötzlich in den Schoß des armen alten Cal Greenberg.

Die Sanitäter wurden gerufen, die Captain Woofer in aller Eile in ein aufnahmebereites Krankenhaus brachten, in dem ein Arzt Dienst hatte, der *nicht* an Schnupfen litt und deshalb feststellen konnte, daß Captain Woofers Atem sehr eindringlich roch. Dieser Befund, zusammen mit der Tatsache, daß seine geweiteten Pupillen wie große schwarze Knöpfe wirkten, veranlaßte den Arzt, im Polizeidepartment anzurufen, und so wurde plötzlich Captain Woofer selbst zum *Verdächtigen* in einer Untersuchung der Abteilung für Innere Angelegenheiten.

Die Kopfjäger, die den Film *Das Haus der Lady Alquist* nicht gesehen hatten, waren trotzdem in der Lage, Captain Woofer von jeglicher Beschuldigung eines unehrenhaften Benehmens freizusprechen. Es war ganz offensichtlich, daß er wiederum das Opfer eines weiteren Versuchs geworden war, ihn zum Wahnsinn zu treiben. Vorübergehend sogar mit Erfolg.

Sie entdeckten, daß an Captain Woofers heißgeliebter Bruyère manipuliert worden war, wahrscheinlich als er zur Toilette ging, um sein meist erfolgloses morgendliches Geschäft zu verrichten, und zweifelsohne von einem, der wußte, daß Captain Woofer die Angewohnheit hatte, seine Pfeife auf der Handtuchablage im Waschraum zurückzulassen, zusammen mit seiner Jacke und seinem Koppel. Sein Revolver lag auf dem Boden neben dem WC. Denn nach all diesen Anschlägen auf ihn in diesen Tagen fühlte er sich überhaupt *nirgendwo* mehr richtig sicher.

Irgend jemand mußte dann in die Männertoilette geschlichen sein, Captain Woofers gestopfte und gefüllte Bruyère geleert und mit äußerst hochklassigem reinem Haschisch oder Marihuana neu gefüllt haben, jedenfalls nach den Ergebnissen des Polizeilabors. Danach kam eine Schicht Tabak auf die starke Spezialmischung, die Pfeife wurde wieder gestopft und zurückgelegt. Infolge seines starken Schnupfens roch Captain Woofer nichts. Und deshalb konnte er auch kaum etwas *schmecken*, aber er erinnerte sich später doch daran, daß ihm der Tabakgeschmack gleich besonders herb erschienen war. Nachdem er eine halbe Pfeifenfüllung geraucht hatte, spürte Captain Woofer, daß irgend etwas nicht in Ordnung war. Trotzdem rauchte er weiter. Dann stand er schwankend auf, spazierte aus dem Mannschaftsraum und gab jene selbst für ihn ungewöhnlich absonderliche Erklärung ab.

Ehe er so plötzlich in den Schoß des armen alten Cal Greenberg kippte, zeigte er auf eine sechzigjährige Stenotypistin namens Gladys Bruckmeyer, die nur noch ihre Zeit absitzen und ihre Pensionierung bekommen und sich dann in ein Mobilheim in Apple Valley zurückziehen wollte. Captain Woofer richtete einen anklagenden Finger auf sie und schrie dann mit einer Stimme voll ehrlicher Entrüstung: »SIE! DAS IST IHRE SCHULD, GLADYS BRUCKMEYER!«

Gladys Bruckmeyer fuhr so ruckartig hoch aus ihrer Apple-Valley-Träumerei, daß sie sich dabei die Strumpfhosen zerriß. Und während die Senior-Typistin noch krampfhaft überlegte, was für einen Fehler sie möglicherweise in Captain Woofers Zwischenberichten gemacht haben könnte, der einen *solchen* Wutanfall auslöste, wiederholte er noch einmal: »SIE HABEN SCHULD, GLADYS BRUCKMEYER!«

Im ganzen Mannschaftsraum wurde es natürlich sofort totenstill. Detectives legten bei ihren Anrufern mitten im Satz auf. Bleistiftminen brachen mitten im Strich ab. Es war wie ein gefrorenes Bild, einzigartig in der Geschichte der Hollywood Detectives.

Dann beschuldigte der immer noch seine Pfeife paffende Captain Woofer Gladys Bruckmeyer im Beisein fast aller außerordentlich überraschten Detectives noch einmal ganz eindeutig (nur zwei waren an diesem Morgen abwesend und warfen statt dessen mit einem merkwürdigen Grinsen auf ihren Gesichtern mit Bällen) und forderte sie auf, ihren Neigungen zu widerstehen.

Doch in ihrem Schock und der Angst, ihre Pension zu

verlieren und niemals in Apple Valley leben zu können, verlor Gladys Bruckmeyer völlig die Orientierung und ihre Fassung.

»ALSO?« donnerte Captain Woofer los, so laut es seine verkleisterten Lungen zuließen, »BESTREITEN SIE, ZUGELASSEN ZU HABEN, DASS DIE TRAKTOREN DAS KÖNIGREICH EROBERTEN?«

Noch ehe Captain Woofer seine Nase in den Schoß des armen alten Cal Greenberg tauchte, gestand Gladys Bruckmeyer unter Tränen, daß sie das nicht bestreiten *könne*.

»Aber können Sie mir nicht noch mal ne Chance geben, Captain?« schluchzte sie. »Ich hab mein Mobilheim doch schon ausgesucht!«

Während das Wiesel beschloß, erst mal eine Dose Bier zu öffnen und sie in aller Ruhe zurückgelehnt zu trinken, weil dieser Haschdealer, falls er überhaupt einer *war*, sich doch *nicht mehr* rühren würde, und während das Frettchen durch den schäbigen Rest von Garten an der Oxford Avenue streifte und mit seinem Messer reichlich sauer auf einen Olivenbaum warf, auf das letzte bißchen Vegetation, das sie nicht zerstört hatten, rührte sich Ganz-einfach-Bill tatsächlich doch noch.

Wenn das Wiesel sich nicht zum Rücksitz des grünen Toyota hinübergebeugt hätte, um das Bier zu holen, hätte er sicherlich niemals den silbernen Mercedes bemerkt, der aus der Einfahrt herausrollte und dann nach Norden abbog, Richtung Fern Dell Park. Ehe das Wiesel den Toyota starten konnte und gewendet hatte, war der Mercedes allerdings schon außer Sichtweite. Das glückliche Frettchen hechtete blitzartig in den Drogenschlitten, als das Wiesel schrie: »Los, *auf* ihn mit Gebrüll!«, und ab ging's Richtung Park.

Und so starteten die beiden Drogenfahnder zu einer Verfolgungsjagd, die letztlich dazu führte, daß das Wiesel und das Frettchen mithalfen, die Los Angeles Lakers auf ihrem Weg zur Meisterschaft im Basketball ein Stück weiterzubringen. Und nur rein zufällig ergab sich dabei auch eine weitere Spur im Nigel-St.-Claire-Mordfall.

Die dreizehn Stunden mit Ganz-einfach-Bill wären dann beinahe schon zu Ende gewesen, ehe sie überhaupt anfingen. Der Mercedes bog nach rechts und dann noch einmal nach rechts ab in die Franklin Avenue mit Kurs zurück zur Heimatadresse, genau wie eine Brieftaube. Aber kurz vorher machte der Mercedes eines seltsame U-Wende auf der Franklin Avenue und danach noch eine und wäre beinahe frontal mit dem grünen Toyota zusammengeknallt, woraufhin das Wiesel brüllte: »Runter auf die Matte! Der Arsch prüft, ob er beschattet wird!«

Mit dem Frettchen auf der Fußmatte des Toyota drehte das Wiesel dann östlich ab und war ganz sicher, daß der Toyota Ganz-einfach-Bill überhaupt nicht aufgefallen war, falls aber doch, dann hatte er immerhin nur einen einzigen Kopf im Auto gesehen, was viel unverdächtiger war als das übliche Zwei-Mann-Verfolgungsteam.

Und dann brauchten sie nur dreißig Minuten zu warten, bis der silberne Mercedes zum zweitenmal aus der Oxford-Einfahrt herausrollte. Der Fahrer schien offensichtlich beruhigt, daß da niemand mehr stand, der das Haus beobachtete, und er fuhr diesmal in südlicher Richtung, vorbei am Toyota, der zwischen den Wagen zweier Nachbarn eingeklemmt stand. Diesmal hatten beide Drogenfahnder die Köpfe auf der Fußmatte, bis der Mercedes nach Westen abdrehte. Dann brausten sie hinter ihm her. Diesmal nahmen sie Ganz-einfach-Bill schon sehr viel ernster.

»Der macht ernst«, sagte das Frettchen. »Warum haben wir Sox Wilson diesmal bloß nicht geglaubt? Wir müßten noch zwei Wagen mehr haben wegen dem Schwanz.«

»Warum hab ich bloß das Maul so weit aufgerissen und Woofer von dem Doper in seiner Straße erzählt?«

»Warum haben diese *unbekannten Verdächtigen* nicht mal n paar bessere Einfälle und hecken beim nächstenmal ein todsicheres Ding aus, damit Woofer auf die Krankenstation im Veteranenhospital kommt, bevor er uns auf n Sack hauen kann? Hab n verdammt dummes Gefühl, daß das hier ne längere Nachtschicht wird.«

»Ich hab das dumme Gefühl, daß ich die Puppe mit den vier Nippeln heute nacht im Glitter Dome bestimmt nicht aufreißen werde.«

»Scheiße, keiner von uns kriegt heute was zu fummeln, und das... Moment! VIER NIPPEL? VIER BRUSTWARZEN?«

In diesem Moment gab der Mercedes bei Gelb Gas und raste über die Kreuzung.

»Scheißkerl, verdammter! Der glaubt *immer* noch, daß er verfolgt wird!«

Das Wiesel brachte den Toyota sofort rüber auf die östliche Fahrspur, zwang einen Wäschereiwagenfahrer, hart in die Bremsen zu steigen, bog dann nach Süden ab, raste über den Bordstein in eine Tankstelle, dann über den Gehweg und riskierte, da inzwischen zwei andere Autos hinter dem Mercedes fuhren, einen Sprung rüber auf die westliche Fahrspur, um die Verfolgungsjagd fortzusetzen. Wenn sie die Ampel hinter dem wachsamen Fahrer ebenfalls überfahren hätten, wäre alles aus gewesen. Der Pulsschlag des Frettchens betrug inzwischen 130 pro Minute, und immer wieder warf er einen schnellen Blick rüber zum Wiesel mit seinen hervorquellenden grünen Augen im bärtigen Gesicht, der das Lenkrad mit eisernem Griff umschlossen hielt.

»Verdammt noch mal, Frettchen, guck gefälligst auf die verfluchte Straße! Sonst *verlieren* wir ihn aus den Augen. Scheiße, wo *ist* er? Er ist uns *entwischt*!«

Die beiden Drogenfahnder durchkurvten alle möglichen Straßen, schielten in jede Seitenstraße, und das gegen die dunstigen Strahlen der untergehenden Sonne, die jedes helle Auto silbern erscheinen ließ.

»Ich hab geblinzelt. Hab bloß ne Sekunde lang geblinzelt.«

»Also, spar dir dein verdammtes Blinzeln gefälligst auf, bis diese Verfolgungsjagd *vorbei* ist! Mach deine... Da *ist* er ja!«

Der silberne Mercedes parkte in der Vine Street direkt vor einem Schnapsladen. Das Wiesel ließ sich mit dem Toyota sofort in die erste Fahrspur zurückfallen und fuhr, während das Frettchen sich auf den Boden warf, an dem Laden vorbei, bis er nach links abbiegen konnte. Er parkte den Wagen in der nächsten Straße südlich, wo das Frettchen dann heraussprang und bis zur Ecke vorrannte, um den Beobachtungsposten zu übernehmen. Während das Wiesel mit laufendem Motor in der Kurve stehenblieb, behielt das Frettchen an der Ecke den silbernen Mercedes im Auge. Plötzlich kam das Frettchen zum Toyota zurückgerannt, und das Wiesel fuhr langsam an.

»Fährt er weiter?«

»Nein, er ist noch drin. Aber hat die *wirklich* vier Brustwarzen?«

»VERDAMMT, FRETTCHEN, SCHER DICH ZURÜCK AUF DEINEN POSTEN! DAS HIER IST DIENST! DIE WERDEN UNS UNHEIMLICH AUF DEN SCHWANZ TRETEN!«

Also trottete das Frettchen wieder auf seinen Beobachtungsposten zurück, schmollte und schwor sich, die Braut mit den vier Brustwarzen zu bumsen, *sobald* das Wiesel im Glitter Dome wieder mal besoffen war und ihm dann vielleicht doch ihren Namen verpfiff. VIER BRUSTWARZEN!

Und dann kam Ganz-einfach-Bill tatsächlich aus dem Schnapsladen, schaute träge nach beiden Seiten, zündete sich eine Zigarette an, stieg in seinen 450 SL, und ab ging's wieder Richtung Norden.

Die Drogenfahnder verfolgten ihn bis zum Hollywood Freeway. Inzwischen versuchten sich die beiden als Verkleidungskünstler. Auf der Fahrt in die Vororte versteckte das Wiesel seinen Pferdeschwanz unter einem Bauarbeiterhelm. Das Frettchen kauerte sich tief in seinen Sitz und kam nur hoch, wenn das Wiesel den Wagen wieder mal aus den Augen verlor.

Dann nahm der Mercedes eine Ausfahrt, anschließend die nächste Einfahrt, und schon brausten sie auf dem Hollywood Freeway wieder *stadteinwärts*. Das Frettchen trug jetzt eine blonde Farah-Fawcett-Perücke und rutschte sehr nahe an das Wiesel heran, und beide schwitzten wie die Teufel in den letzten Minuten dieses höllisch heißen Nachmittags.

»Ich glaub, dein Deodorant hat dich im Stich gelassen«, sagte das Wiesel, als das Frettchen sich so richtig an ihn kuschelte.

»Haste etwa Bo Derek erwartet«, fragte das Frettchen statt einer Antwort. »Das darf doch nicht wahr sein! Das Arschloch fährt tatsächlich wieder *nach Hause*!«

Als sie in die Ausfahrt abbogen, fuhr kein einziges Auto mehr zwischen dem Mercedes und dem Toyota. Ganz-einfach-Bill schien öfter in seinen Rückspiegel zu schauen. Also mußte das Frettchen beide Arme um das Wiesel schlingen und sich noch fester anschmiegen.

»Verflucht, Frettchen! Ich bring dich gleich ins Leichenschauhaus. Dann könnten die vielleicht sofort mit der Autopsie anfangen.«

»Was meinste, wie *du* stinken würdest nach zwei Tagen Ballwerfen? Du hast doch seit Christus Zeiten kein Deodorant mehr benutzt. Du...«

»Guck mal, der verdammte Idiot fährt wieder *zurück* auf den verfluchten Freeway!« schrie das Wiesel, und sofort warf Frettchen seine Farah-Fawcett-Perücke auf den Rücksitz und ließ sich sauer in den Beifahrersitz fallen.

Diesmal fuhr Ganz-einfach-Bill direkt Richtung Los Angeles' Innenstadt, Richtung Harbor Freeway, und rüber ins Hafengebiet von San Pedro.

Aber inzwischen waren die Freeways stadtauswärts von Nachmittagspendlern heillos verstopft, so daß sich das Wiesel und Frettchen sechs Autos hinter dem silbernen Mercedes einordnen mußten. Ihnen blieb nur die Hoffnung, daß er bis zum Hafen hinunter auf dem Freeway bleiben würde.

»Mir wär lieber, Ganz-einfach-Bill wär ne Mieze. Is *verdammt* viel leichter, ne Mieze zu verfolgen«, sagte das Frettchen und schielte ganz lüstern zum Wiesel hinüber, der seinen Helm inzwischen gegen einen riesigen Cowboyhut vertauscht hatte, für den Fall, daß Ganz-einfach-Bill wieder mal guckte.

»Mieze oder nicht, is ne verdammte Arbeit, diesen zähen Geier zu beschatten«, sagte das Wiesel und rieb sich die geschwollenen Augen. Geblinzelt wird, *bevor* man zur Verfolgungsjagd startet.

»Ne Braut erkennt jeden Kerl, der hinter ihr her ist, das is überhaupt kein Problem«, sagte das Frettchen und warf lange Seitenblicke auf das Wiesel. »Die ist sogar noch geschmeichelt. Die glaubt dann, ihr Maidenform-BH wirkt Wunder. Was mich daran erinnert...«

»Ja, die hat wirklich *vier* verdammte Brustwarzen, aber selbst, wenn du mir den ganzen schäbigen Rest von deinem Lohnscheck zahlen würdest, den du nicht beim Anwalt deiner Ex-Frau abliefern mußt, würd ich dir ihren Namen immer noch nicht sagen«, sagte das Wiesel.

»Also, *los*, Wiesel, schließlich hab ich damals auch diese Stewardeß brüderlich mit dir geteilt!«

»Was heißt hier *geteilt*? Du hast mir ihre Telefonnummer

und Adresse gegeben, weiter nichts. Und du hast mir nicht gesagt, daß die n Dingsbums für Hafenarbeiter aus Samoa hat, und mir is fast die Luft weggeblieben, als ich dann auf diese kleine Bierparty geraten bin, auf der so riesige Kerle rumliefen, neben denen selbst Schultz und Simon wie Gartenzwerge gewirkt hätten. *Das* war deine Art, sie brüderlich zu teilen.«

»Sind alle vier Brustwarzen wirklich voll entwickelt? Sind die rosa oder mehr bräunlich? Liegen die paarweise oder eher n bißchen verteilt? Verrat mir doch endlich mal, ob sie mit Vornamen Trudy, Shirley oder Rosie heißt. Einer von den drei Namen ist's doch, oder?«

Und so ging es weiter, die ganze langweilige Fahrt den Harbor Freeway hinunter, in Stoßstange an Stoßstange langsam dahinkriechenden Verkehrsschlangen. Die Auspuffgase vermischten sich mit dem Licht der Abenddämmerung und schufen diesen eigenartigen, tödlichen, schönen Sonnenuntergang von Los Angeles.

Und während das Frettchen über vier Brustwarzen nachdachte, zwei oben und zwei unten, wartete Ganz-einfach-Bill bis zur allerletzten Sekunde an der Ausfahrt Santa Barbara Avenue, riß dann das Steuer mit einem Ruck nach rechts und schoß mit dem Mercedes die Abfahrt hinunter. Auf der Fahrspur Nummer drei, auf der ein grüner Toyota mit zwei bärtigen Drogenfahndern fuhr, kam es zu einer Verkehrsstockung.

»Wir haben ihn verloren! Er ist weg!« schrie das Wiesel.

»Hab dir doch gesagt, wir sollten nicht so weit hinter ihm bleiben!« brüllte das Frettchen zurück.

»Sollte ich ihn etwa mit der Stoßstange anbumsen? Sollte ihm vielleicht auch noch n Tip geben?«

»Du bist einfach zu überschlau und vorsichtig, und schon passiert so etwas! Ich hab den Rasen siebenmal gemäht! Warum biste nicht in der *Mittelspur* gefahren?«

»Is einfach idiotisch, die mittlere Spur in der Hauptverkehrszeit zu benutzen, du verdammter Trottel. In der Mittelspur lassen die dich verhungern!«

»Also mußtest du den Klugscheißer spielen, und darum sind wir jetzt völlig eingeklemmt und könnten genausogut einen Ausflug an den Scheißozean machen und nachgucken, ob da die Vögel gerade laufen oder nach Muscheln graben oder Abalonen-Schnecken von den verfluchten Felsen kratzen oder ...«

»Frettchen, der ist *hinter* uns!«

Und das war er. Ganz-einfach-Bill war in Slauson Avenue wieder zurück auf den Freeway gefahren. Das Wiesel konnte ihn sechs Wagen hinter ihnen im Rückspiegel erkennen.

»Himmel Herrgott! Dreh dich bloß nicht um«, sagte das Frettchen.

»Denkste, ich bin bescheuert? Perücke auf!«

»Aber mein Deodorant hat mich doch im Stich gelassen«, erinnerte ihn das Frettchen.

»Hör auf zu schmollen und rutsch endlich *rüber*!«

So kuschelten sie dann wieder für die nächsten fünf Meilen mit Ganz-einfach-Bill im Rücken. Das war gar nicht mal die schlechteste Art, ihn zu verfolgen, weil die meisten Leute ihr Blinklicht schon weit im voraus einschalten, ehe sie abbiegen, was wiederum im Rückspiegel gut zu sehen war, und Wiesel so die Chance hatte, als *erster* abzubiegen. Aber Ganz-einfach-Bill fuhr leider nicht wie die meisten Leute. Er fuhr noch nicht mal wie die meisten Haschdealer. Er fuhr, als ob er das Geheimnis der Neutronenbombe an die verfluchten Russen ausliefern wollte, und das Wiesel drehte deshalb beinahe durch. Das Wiesel verlor dann völlig die Fassung, als der Mercedes es schaffte, durch eine Lücke in der Wagenkolonne zu schlüpfen und auf der Fahrspur Nummer eins schnell davonzog.

»Er ist auf der *Schnell*spur, Wiesel!« sagte das Frettchen.

»Klar, seh ich doch.«

»Also, dann raus aus dieser verdammten Spur!«

»*Kann* ich aber nicht. Siehste denn nicht, daß ich blockiert bin?«

Dann lehnte sich das Wiesel aus dem Fenster und winkte einem alten Mann in einem Buick neben ihm verzweifelt zu, aber der grinste nur zahnlos und winkte zurück. Und klemmte sie dann völlig ein.

»Ich verbring mein ganzes Scheiß*leben* auf der Schneckenspur!« heulte das Frettchen.

Dann lehnte sich das Wiesel wieder aus dem Fenster und brüllte rüber zu einem Triumph TR-7 vor ihm und drückte kräftig auf die Hupe. Der Fahrer antwortete mit einem Fingerschnipsen und trat dann tückischerweise auf die Bremsen, woraufhin auch das Wiesel auf die Bremsen springen mußte. Und schon knallte das Frettchen mit dem Kopf an die Windschutzscheibe und schlug sich dabei die Farah-Fawcett-Perücke schief.

Das Wiesel rächte sich, indem er Wagenrammen mit dem TR-7 spielte und immer wieder an das Heck des Sportwagens bumste. Mit jedem Krachen der Stoßstangen trieb er den Triumph vorwärts, bis der Kopf des Fahrers hin und her schlug wie ein Metronom. Schließlich hob der Fahrer beide Hände zum Zeichen seiner Kapitulation, gab den Weg frei, und schon raste das Wiesel wie ein Verrückter los und hatte schon nach einer halben Meile den Mercedes eingeholt, der auf der zweiten Fahrspur zügig vorankam. Der Verkehr war hier draußen weit vor der Stadt nicht mehr so dicht, und die Dunkelheit hatte die malvenfarbige, karmesinrote Schönheit des unheilverkündenden Smogsonnenuntergangs geschluckt.

Als sie endlich San Pedro erreichten, hatte das Frettchen bereits eine Sechserpackung Bier intus, das Vorrecht des Beifahrers, und war bierselig genug, um philosophisch zu werden. Er sagte: »Ich glaub, mit meinem Horoskop läuft in letzter Zeit alles schief. Kannst du Ganz-einfach-Bill noch sehen?«

»*Ich* kann noch sehen«, sagte das Wiesel angewidert, »was ich von *dir* nicht unbedingt behaupten kann.«

»Ich glaub, ich werd wohl aus Venice abhauen«, sagte das Frettchen. »In meinem Alter hört der Spaß am Surfen allmählich auf.«

»Dir sind doch schon Kiemen gewachsen«, grollte das Wiesel und beobachtete dabei den Mercedes, der sich nach und nach rüber auf die langsamen Fahrspuren schob. »Landeinwärts kannste nicht gehen, weil du da bald krepieren würdest.«

»Is mir Wurscht«, sagte das Frettchen und öffnete knallend die letzte Bierdose, sehr zum Ärger des Wiesels. »Mein Karma ist ganz schlecht. Ich glaub, ich werd einfach aussteigen, zum Himalaja gehen und irgend so nen chinesischen Guru in Katmandu oder wo zum Teufel auch immer anbeten.«

»Is wohl nicht ganz der richtige Platz für chinesische Gurus.«

»Is doch scheißegal. Dann leb ich eben bei nem Mönch oder nem Mungo, und vielleicht find ich ja das Nirwana. Eben *eine Frau mit vier Brustwarzen*.«

Daraufhin rollte das Wiesel stöhnend die Augen zum Helm, den er inzwischen wieder auf dem Kopf hatte. »Also *gut*, wenn du endlich mit diesem Scheiß aufhörst, weil wir hier schließlich im Dienst sind, werd ich dir verraten, wer's ist. Aber erst dann, wenn wir diesen Job hier erledigt haben und nur, wenn du mit dem Biersaufen aufhörst.«

Das Wiesel hatte den Satz kaum raus, als die volle Bierdose aus dem Fenster flog. Das Frettchen war plötzlich voll im Dienst. »Ich laß ihn nicht aus den Augen, Wiesel!«

»Gut so.«

»Ich wünschte, wir hätten n Maschinengewehr dabei, dann könnten wir ihm die Rücklichter zerballern, um ihn leichter verfolgen zu können.«

»Klar, könnten wir.«

»Wir könnten ihm auch Leuchtfarbe aufs Autodach spritzen, wenn wir n Hubschrauber hätten, um ihn aus der Luft zu verfolgen.«

»Sicherlich.«

»Keine Bange, Wiesel, wir werden diesen Scheißkerl schon aufs Kreuz legen!« Das Frettchen saß jetzt steif wie ein Ladestock und beobachtete den Mercedes durch ein Fernglas. Er sah dabei aus wie Charlton Heston auf der Brücke eines Zerstörers. Unglaublich, was manche Männer für vier Brustwarzen alles taten.

Ganz-einfach-Bill schien mittlerweile eine gemütliche Hafenrundfahrt ganz für sich allein zu machen. Dann rollte er langsam auf den Parkplatz des Redbeard-Saloons, wo sich Cops und Hafenarbeiter im Laufe von Jahrzehnten ein paar legendäre Schlägereien geliefert hatten.

Als Redbeard starb, so wurde erzählt, war halb San Pedro zu seiner Beerdigung gekommen und *alle* Trunkenbolde, Preisboxer und Straßenkämpfer zwischen der Sporthalle auf der Main Street und dem Terminal-Island-Gefängnis. Redbeard Mahoney war zu seinen Lebzeiten Seemann bei der Handelsmarine gewesen, auch ein berühmter Ringer und ein recht guter Profiboxer, nur hatte er ein Glaskinn. Sie waren wirklich *alle* gekommen, nachdem Redbeard Mahoney ganz hoch gewettet hatte, daß er gut eineinhalb Liter Jamaikarum in einer Stunde runterkippen würde. Er gewann dann zwar den 500-Dollar-Einsatz, aber verlor dabei sein Leben durch Alkoholvergiftung. Er starb mit einer solchen Fahne, daß jede Schnapsdrossel von Los Angeles zwischen Gangviertel und Hafengebiet nur im Flüsterton von seinem Abgang sprach.

Am Tag seiner Beerdigung war im Hafen genausoviel los wie beim Mardi Gras, am Karnevalsdienstag. Zwei Dixieland-Bands spielten, eine Truppe Pfadfinder war da, ein Zug uniformierter Cops, die sich ihre Gefechtsnarben in Redbeards Saloon verdient hatten, und eine Busladung Säufergesindel, die ein sentimentaler Wachkommandeur aus dem Zentralgefängnis gelassen hatte, der 1948 zwar mal drei seiner Zähne an einen Seemann in Redbeards Saloon verloren hatte, aber anschließend genüßlich mitansehen durfte, wie Redbeard Mahoney persönlich dem Cop-Gegner *sämtliche* Zähne rausschlug und dann den Seemann an den Armen festhielt, damit der Cop selbst noch ein bißchen Hackfleisch aus ihm machen konnte. So ein Kumpel war Redbeard Mahoney gewesen.

Dabei hieß er gar nicht Redbeard Mahoney, sondern Moses Mankowitz. Und in seinem Letzten Willen bat er darum, daß ein Rabbi bei seinem Begräbnis zugegen sein sollte, um die moderne Wikingerbestattung zu überwachen. In dem schicksalsträchtigen Augenblick, als das Leichenbestattungsmotorboot gerade vom Kai ablegen wollte mit der Urne voll Moses Mankowitz alias Redbeard Mahoney, rückte ein orthodoxer Rabbi seinen schwarzen Hut zurecht, glättete seinen langen schwarzen Mantel, korrigierte noch einmal den Sitz seiner horngefaßten Brille und marschierte dann mutig durch die Menge der Saufbrüder, Boxer, Hafenarbeiter, Matrosen der Handelsmarine, Berufsfischer, Detectives-Veteranen, unerlaubt fehlenden Polizisten in Uniform, weinenden Nutten und einer buntgemischten Schar Seefahrer von Long Island bis Long Beach. Die Menge wurde ungewöhnlich still, als der kleine Mann mit den schwarzen Kleidern und dem langen schwarzen Bart hervortrat, um in einer sehr alten

Sprache etwas vorzulesen. Und dann hörten sie es: Moses Mankowitz?

Zuerst verbreitete es sich in der Menge wie schwarz gebrannter Alkohol für alle. Jeder gab es an den nächsten weiter: Moses Mankowitz? Siebzigjährige abgetakelte Nutten wischten sich die Tränen weg, und ihre Gesichter verfinsterten sich. Was bedeutete das alles? Moses Mankowitz?

Und dann sank es auf die Menge nieder wie eine Wolke aus Tränengas! Sie zogen Grimassen. Sie rissen die Münder auf. Sie heulten auf. Sie *erstickten* fast daran. Moses Mankowitz? Redbeard Mahoney? Der irische Hundesohn war also *ein verdammter Jude*!

Als die Menge dann hin und her wogte wie die schaumgekrönten Wellen, die gegen die Kaimauern schlugen, warnte ein uniformierter Cop den Rabbi, daß ab sofort Vorsicht angebracht sei. In diesem Augenblick kam ein ungläubiger italienischer Thunfischfänger, bis zum Kragen voll mit 80prozentigem Bourbon aus Redbeards Saloon, nach vorn gestürmt, sprang auf das Deck des Bestattungsschiffes, kletterte auf die Schiffsbrücke und entriß dem erschreckten Leichenbestatter die Urne.

»Sag, daß es nicht wahr ist, Moe!« brüllte der Itaker die Urne an und bewies damit, daß er selbst es *sehr wohl* glaubte.

Die Polizeiehrenwache stürzte sich auf den verstörten Spaghetti, riß ihm die sterblichen Überreste aus den schwieligen Pfoten und schleuderte Redbeard Mahoneys Urne wie eine Handgranate ins Boot zurück. Daraufhin warf der Schiffsleichenbestatter dankbar beide Dieselmotoren an und hinterließ eine achtzig Yard breite Kielwasserspur, als er auf die offene See hinausschoß, um den Juden im Topf im Meer zu versenken, bevor er *selbst* von irgend jemand versenkt wurde.

Aber inzwischen war Redbeards Saloon nur noch eine Touristenfalle. Das Wiesel und das Frettchen mußten einige Runden durch die Straßen drehen, um eine Parklücke zu finden, während der andere die Augen offenhielt. Himmel Herrgott, *kein Mensch* würde in einer so heruntergekommenen Touristenfalle wie Redbeards Saloon mit Hasch handeln!

»Ich begreif das einfach nicht«, sagte das Wiesel schließlich, als sie in der Dunkelheit in ihrem Toyota herumhingen und Ganz-einfach-Bills Mercedes über eine Stunde lang beobachtet hatten. »Dieser Kerl macht mich total mürbe. Es gibt einfach keinen Sinn. In diesem Bumslokal triffste nur Busladungen blauhaariger Weiber aufm Landausflug von den verrückten Kreuzfahrtschiffen!«

Aber dann wurden die beiden plötzlich hellwach. Ganz-einfach-Bill spazierte mit zwei verhutzelten Männchen, die beide Aktentaschen trugen, aus der Touristenfalle heraus, und neben ihnen ging ein spindeldürres Weib, das dem Aussehen nach im Alter nicht weit entfernt war von Gladys Bruckmeyers Mobilheimträumen.

»Ich krieg gleich die Pickel«, sagte das Frettchen. »Woher kommt der Kerl denn nun wieder!«

Immerhin kriegten sie bald heraus, wohin sie *gingen*. Sie starteten zu einer Fahrt über die Vincent-Thomas-Brücke. Das neue Trio stieg in einen dunkelgrünen Cadillac und folgte Ganz-einfach-Bills Mercedes bis zur Mautschranke und über die Brücke, während Wiesel und Frettchen fluchten, den Mautkassierer beschworen und mit ihm herumstritten, der ihnen nicht glaubte, daß sie Cops waren. Denn welche Polizisten hätten wohl nicht genügend Kleingeld bei sich für eine Fahrt über eine Mautbrücke? Dann erinnerte sich das Frettchen, daß in seiner Tennistasche im Kofferraum noch eine 5-Dollar-Note steckte, und damit bezahlten sie und fluchten fürchterlich über den Kassierer, der währenddessen seelenruhig ihre Autonummer aufschrieb, um sie den *echten* Cops zu melden.

Die stinkwütenden Drogenfahnder überlegten noch, wie sie's dem Mautkassierer am besten heimzahlen sollten, als das Frettchen schrie: »*Jetzt* krieg ich wirklich die Pickel!«

Auf der *anderen* Spur kam ihnen auf der Brücke der silberne Mercedes entgegen, gefolgt von dem nervösen Trio in dem grünen Cadillac. Also wieder runter von der Brücke, eine quietschende Kehrtwende und wieder rauf. Das Frettchen wollte schon aufgeben, weil dies offensichtlich nichts weiter war als eine Jagd auf ein paar verrückte Straßenlümmel.

Nachdem er die Vincent-Thomas-Brücke verlassen hatte, wiegte sich Ganz-einfach-Bill offenbar in Sicherheit und beschloß, zu seinem eigentlichen Geschäft zu kommen. Darum fuhr er auf eine Reihe von Lagerhäusern nahe am Hafen zu, der Cadillac dicht hinter ihm. Zwei Häuserblocks entfernt mußte sich der grüne Toyota ohne Licht durch die engen, verlassenen Gäßchen und Straßen quälen.

Als das Wiesel sah, daß die Bremslichter des Cadillac eingeschaltet blieben, nachdem der Wagen in einer Seitenstraße gefährlich nahe am Wasser angehalten hatte, traf er eine Entscheidung.

»Packen wir's«, sagte das Wiesel. »Wenn ich noch näher ranfahre, mit oder ohne Licht, wird Ganz-einfach-Bill uns bemerken. Falls der noch n paar Kumpel hier in der Gegend hat, haben die uns vielleicht schon gesichtet. Riskieren wir's einfach.«

Dann fuhr er den Toyota in die nächste Straße, dicht heran an eine Mauer hinter einem Abfallhaufen, und sie holten ihre Taschenlampen und Kanonen unter den Autositzen hervor und krochen an der Mauer entlang, wo ihnen der Gestank von Brackwasser, toten Fischen und Möwenscheiße entgegenschlug, der alles andere als liebliche Geruch des Hafens von Los Angeles.

Sie hielten kurz an und robbten dann noch tiefer in die Dunkelheit hinein, als plötzlich die Bremslichter des Cadillac erloschen und die beiden Männer ohne die Frau im Auto und ohne die Aktentaschen ausstiegen und zur Kaimauer runtergingen, bis sie nicht mehr zu sehen waren.

Jetzt schnappten Wiesel und Frettchen erst mal nach Luft. Hier ging's ganz bestimmt nicht mehr um Hascheinkäufe.

»Wir sitzen knietief in der Pferdescheiße«, flüsterte das Wiesel.

»Wir sitzen bis zum Arsch in der Schlangengrube«, flüsterte das Frettchen.

Sie krochen noch näher heran, aber inzwischen spürten sie die kalte Seeluft überhaupt nicht mehr. Im Gegenteil, sie schwitzten beide wie nach einem Zehn-Meilen-Lauf. Sie verfluchten im stillen den dreiviertel vollen Mond und wünschten Wolkenbänke oder Nebel herbei. Dann schrie plötzlich eine Möwe. Und dann schrie ein *Mann*.

Die Frau im Wagen hörte es oder glaubte, es gehört zu haben. Oder war's nur eine andere Möwe gewesen? Sie stieg aus und sagte: »Rodney?«

Das Wiesel und das Frettchen trabten los und rannten von

hinten auf die zitternde Frau zu, die neben dem Cadillac an der geöffneten Tür stand. Der nächste Schrei einer Möwe wurde dann von einem Mann übertönt, der schrie: »Nicht! Bitte! Neiiiiiin!«

Und dann kreischte die Frau neben dem Cadillac los wie eine ganze Möwenschar, als schmale Schatten in der Dunkelheit auf sie zuflogen und die beiden Drogenfahnder um die Ecke sausten. Ihr lautes Herzklopfen übertönte alles außer den Schreien der Frau. Das Wiesel rannte buchstäblich in Ganz-einfach-Bill hinein, schlug ihm voll ins Gesicht, so daß sein 32er Browning klappernd über das Backsteinpflaster schlitterte, dorthin, wo ein anderes Mitglied des Ensembles, ein Asiate, einen der alten Männer auf dem Boden festhielt, ihm immer wieder auf den Mund schlug und dabei blitzschnell Hand- und Fußgelenke fesselte, um ihm anschließend die Kehle durchzuschneiden und ihn ins Wasser zu werfen.

Der andere alte Mann, der bereits Auge in Auge mit der Mündung von Ganz-einfach-Bills Automatic gekniet hatte, war bereits gefesselt und verschnürt, als der Gangster zu Boden ging und das Wiesel unmittelbar hinter ihm auf das Pflaster schlug.

Der Asiate sprang auf, suchte verzweifelt nach seinem Messer, als das Frettchen sie mit einem grellen Lichtstrahl blendete. Während ihm dämmerte, was, zum Teufel, hier eigentlich passierte, war der asiatische Komplize schon auf und davon und rannte weg vom Kai direkt hinüber zur alten Frau im Cadillac. Das Frettchen schoß dreimal auf die entschwindende Gestalt und verfehlte sie dreimal. Dann rannte er hinter ihm her, nach einem Sprung über das verbissen kämpfende Wiesel, das gerade dabei war, Ganz-einfach-Bills Birne mit seiner Pistole zu Brei zu schlagen.

Der Asiate schlug so heftig auf die alte Frau ein, daß ihr Gebiß herausflog und noch vor ihr selbst klappernd auf der Straße landete. Dann riß er eine von den ledernen Aktentaschen aus dem Auto. Frettchen hatte seine Silhouette zwanzig Yards die Straße hinunter gerade wunderschön im Visier seines Revolvers, als er plötzlich auf dem zerbrochenen Gebiß ausrutschte und unfreiwillig einen Schuß in die schnell herabsinkenden Nebelbänke abfeuerte. Ausgerechnet *jetzt* war Nebel aufgekommen, als sie eigentlich Licht brauchten.

Die alte Dame lag immer noch am Boden und schrie »Rodney!«, was ohne ihr Gebiß eher wie ein Jaulen klang, und das Frettchen humpelte immer noch mühsam hinter der fliehenden Gestalt mit der Aktentasche her. Die Verfolgungsjagd endete schließlich an dem Kettenzaun eines Bootshofes voller Motoren. Drinnen tobte ein Dobermann mit Schaum vorm Maul, offenbar wild entschlossen, den Asiaten zu zerfleischen, der gegen den Zaun schlug, die Aktentasche fallen ließ, aus der sofort bündelweise Geld quoll, und drauf und dran war, sich zu ergeben. Aber da stolperte das erschöpfte Frettchen (das nie wieder zehn Dosen Bier im Dienst trinken würde) über den Bordstein und überschlug sich. Und *seine* Kanone schlitterte davon.

Der asiatische Killer schrie freudig auf, grabschte sich Frettchens Revolver, drehte sich um und feuerte einen Schuß durch den Zaun direkt ins geöffnete Maul des Dobermanns, der sofort wie ein Stein umfiel und nie mehr knurren würde.

Und während Frettchen weinend nach seiner Mama rief und wünschte, er wäre Buchhalter geworden wie sein Papa, und alle möglichen abwegigen Gedanken durch seinen Kopf schossen, an die er sich später nicht mehr erinnerte, richtete der asiatische Killer die Kanone direkt auf Frettchens Mund, genau wie vorher beim Dobermann, und drückte ab. Und es klickte. Der zweizöllige Smith & Wesson war nur ein *fünf*schüssiger Revolver.

Der Mörder kreischte auf wie eine Möwe, packte die Aktentasche und begann, am Zaun hochzuklettern. Aber plötzlich hatte er von irgendwoher ein Messer in der Hand und schleuderte es auf das Frettchen, der sofort schützend eine Hand hochriß, um das Messer abzuwehren. Die Schnittwunde quer über die Handfläche mußte später mit zwölf Stichen genäht werden. Als der Killer schon fast über den Zaun war, nahm das wutschnaubende und wie der getötete Dobermann knurrende Frettchen sein Stilett und schleuderte es auf die kletternde Gestalt. Aber da Messerwerfen nur im Film funktioniert, traf die Waffe den Killer mit dem Griff zuerst an der Schulter und fiel dann dem Frettchen ganz harmlos vor die Füße. Während der blutende Drogenfahnder hilflos vor sich hin brüllte und nur allzu gern vier Brustwarzen für *eine* einzige Kugel gegeben hätte, stieg der humpelnde Mörder über den toten Hund und entkam durch den Bootshof in die Freiheit. Frettchen versuchte noch, an der falschen Seite des Zauns hochzuklettern, und warf mit seiner blutigen Hand *Steine* nach dem Mörder.

In der Zeit, in der Frettchen schließlich zu den Beinah-Leichen zurückgehumpelt kam, hatte Wiesel schon ne Menge Dinge geklärt. Die beiden aufgeregten alten Gockel waren Goldhändler aus der Spring Street in der Innenstadt von Los Angeles. Sie hatten schon Gold gekauft und in ihrem Lager gehortet, lange bevor das wertvolle Metall im Wert stieg und an der Börse ungeheure Sprünge machte. Ganz-einfach-Bill hatte ihnen eine beachtliche Menge Krügerrand-Goldmünzen im Laufe der letzten zwei Jahre verkauft, ohne daß Fragen gestellt wurden. Und schließlich hatte er sie ganz scharf gemacht auf einen Großeinkauf von Goldbarren von einem orientalischen »Fischer«; auch hier keine Fragen.

Die Goldhändler waren mehr als beunruhigt über die Liaison in der Hafengegend, aber Ganz-einfach-Bill war ein vertrauenswürdiger Kunde. Und einer der Goldhändler beschloß, seine Frau mitzubringen, weil er offenbar der Ansicht war, daß die gute alte Puppe ein bißchen zu ihrer Sicherheit beitragen würde, falls man sie doch irgendwie übers Ohr hauen wollte. Denn Ganz-einfach-Bill kannte und mochte sie und würde einer so netten alten Dame niemals weh tun. Und so weiter.

Daher wollten die drei einfach nicht glauben, daß das Wiesel und das Frettchen recht hatten mit ihrer Behauptung, Ganz-einfach-Bill und das entkommene Schlitzauge hätten erstens vorgehabt, die alte Dame von oben bis unten aufzuschlitzen, von ihrer durchhängenden Gurgel bis runter zu ihrem fröstelnden alten Bauch, und daß sie zweitens die beiden betrügerischen Goldhändler sicher und fest verschnürt und dann aufgeschlitzt hätten wie Spanferkel, um sie anschließend in die Bucht zu werfen, zu all den abgetriebenen Föten, den ungeliebten Strolchen, brutal vergewaltigten Ausreißerinnen und den verzweifelten Selbstmördern aus allen Schichten, die dort ihr Ende gefunden hatten.

Kaum hatte sich einer der Goldhändler dann wieder soweit gefangen, um zu kapieren, daß das Frettchen den Dieb mit seiner Tasche vollgestopft mit 50 000 Dollar hatte *entkommen lassen*, legte er sich sogar ausgesprochen flegelhaft mit dem leitenden Lieutenant an, der inzwischen mit fünfundzwanzig Polizisten angerückt war, die in der ganzen Gegend ausschwärmten auf der vergeblichen Suche nach irgendeinem Hinweis auf die Identität des entkommenen Mörders. (Ganz offensichtlich war Ganz-einfach-Bill ein ausgebuffter Profi, der nur bereit war, über seinen Anwalt zu reden, einem aus diesen Century-City-Anwalt-Großbüros mit über hundert Namen. Der Mercedes war unter seinem richtigen Namen William Bozwell eingetragen.)

Während ein Sanitäter Frettchens Hand verband und ihn fertig machte für den Abtransport ins Krankenhaus, wo er genäht werden sollte, wurde der Tatort von riesenfüßigen, amoklaufenden Blauröcken überrannt, die jede *mögliche* Spur zertrampelten.

Der frechere der beiden Goldhändler drehte sich zum Frettchen um und sagte: »Wenn Sie bloß die Aktentasche gerettet hätten! Mir ist völlig egal, ob der Kerl entkommen ist! Wenn Sie ihm wenigstens die *Aktentasche* abgejagt hätten! Haben Sie eigentlich ne Ahnung, wie hart ich für das Geld *arbeiten* mußte?«

Und das Wiesel wurde *sehr* unruhig, als er sah, daß Frettchens Augen diesen stechenden blauen Blick kriegten und wild zu rollen begannen, während er sehr leise zum Goldhändler sagte: »Haben Sie *irgendwelche* Freunde, die ihr Leben für Sie riskieren würden? Nein? Also, ich hab's *getan*. Und ich *kenn* Sie noch nicht mal. Und *im übrigen*...«

Das Wiesel beschloß, daß es klüger sei, Frettchen aus dem Verkehr zu ziehen, ehe er diesen Goldhändler auf der Stelle zusammenschlagen würde. Vorher wollte sich das Wiesel aber doch noch vergewissern, daß der Verhaftete und das Geld auf jeden Fall von den beiden uniformierten Cops bewacht und begleitet würden, die dafür gesorgt hatten, daß Ganz-einfach-Bill inzwischen in Handschellen und mit dem Gesicht zur Mauer vor dem Toyota stand. Einer der Blauröcke, ein schlaksiger Cop mit Akne im Gesicht, war offenbar scharf auf die nicht geraubten Aktentaschen, die das Wiesel geöffnet und auf den Rücksitz des Toyota geworfen hatte, und dazu auf die vier Geldpäckchen, die das Frettchen vor dem Nimmerwiedersehen gerettet hatte, als er um ein Haar mit dem Dobermann zusammengerasselt wäre. Der Cop am Toyota hatte seine Taschenlampe angeknipst und starrte verzückt auf den Wageninhalt, während der andere wild auf seinem Kaugummi herumkaute und sein Schrotgewehr auf Ganz-einfach-Bills Rücken gerichtet hielt, dem das Blut vom Kopf tropfte und den der Schmerz, den die zu engen Handschellen verursachten, ins Schwitzen brachte. Aber trotz alledem, kein einziger Klagelaut kam ihm über die Lippen.

Das Frettchen fing plötzlich an, heftig zu zittern, als ihm klar wurde, daß er jetzt genauso tot daliegen könnte wie der Hund. Und je mehr er zitterte, desto verrückter wurde sein Blick.

Als sie beim Toyota ankamen, sah das Wiesel, daß der große Cop mit der Akne die Geldpäckchen auf dem Rücksitz tatsächlich *streichelte*. Plötzlich drehte sich der große Cop um, guckte einen Augenblick genauso irre wie das Frettchen und erklärte: »Niemand weiß, wie viele Päckchen er fallen ließ! Niemand weiß, wieviel Sie aufgesammelt haben! Niemand weiß...«

Er hörte auf zu plappern, als das Frettchen heftig nickte mit seinem brandneuen Wahnsinnslächeln und sagte: »Alles klar, Kumpel. Das haste dir sehr schön ausgerechnet.«

Und dann mußten der große Akne-Cop und das Wiesel zu ihrer Bestürzung mit ansehen, wie das Frettchen zum anderen Blaurock rüberhumpelte, der Ganz-einfach-Bill bewachte, und ihm, ehe jemand was sagen konnte, das Gewehr mit seiner bandagierten Hand entriß. Schon befürchtete das Wiesel, daß Ganz-einfach-Bill ab sofort keine Anwälte, Haftbefehle, Kautionsbürgen und asiatische Mörder mehr nötig hätte, aber statt Ganz-einfach-Bill über die Ziegelsteinmauer des Lagerhauses zu pusten, wirbelte das Frettchen herum, richtete das Gewehr auf den großen Akne-Cop und sagte: »Okay, du Pestbeule, jetzt aber mal ganz schnell rüber an die Wand! GENAU WIE DER ANDERE VERDAMMTE DIEB!«

»Aufhören, Partner, aufhören!« versuchte ihn das Wiesel zu beschwatzen, während der große Cop sofort aufhörte, das Geld zu streicheln, die Hände hob und sagte: »Hab doch bloß Spaß gemacht! He, kannste keinen Spaß verstehn? Sollte doch bloß n Witz sein!«

Aber das Frettchen konnte keinen Spaß verstehn, nicht,

nachdem er in seinen eigenen Revolver in der Hand des ausgeflippten Mörders geblickt hatte, der gehört hatte, wie er nach seiner Mama schrie.

»Aufhören, Frettchen! Gib *nach*!« bat das Wiesel.

Dann besann sich das Frettchen langsam und ließ zu, daß Wiesel ihm das Gewehr aus der blutenden Hand nahm und es dem völlig versteinerten jungen Cop zurückgab, der längst seinen Kaugummi verschluckt und Ganz-einfach-Bill fast vergessen hatte, der seinerseits nur noch hoffte, hier lebend raus und in eine nette, sichere Haftzelle zu kommen.

Als die Drogenfahnder dann mit der gesamten Beute in ihrem Toyota davonfuhren, sagte der große Akne-Cop immer noch: »War doch bloß n Spaß. Kannste keinen Spaß verstehn?«

Dann kreuzte ein Nachrichtenteam vom Fernsehen auf, das in den letzten Jahren mehr blauröckige Cops fertiggemacht hatte als ein ganzer Sack voll Captains und Deputy Chiefs. Der Anführer dieser Bande war ein bekannter TV-Reporter aus Los Angeles, der vor ein paar Monaten gehört hatte, daß einem Verdächtigen bei einer Schießerei mit der Polizei mit einem Kleinkalibergewehr beinahe zwölfmal in den Unterleib geschossen worden war. Überzeugt davon, die allerneueste Superstory über die Brutalität der Polizei zu haben, hatte er sie in den Elf-Uhr-Nachrichten angekündigt, und dort unterstellte er, daß dem Opfer die Verletzungen beigebracht worden waren, als es schon in Polizeigewahrsam war, nachdem es bereits im Kampf mit einem mit dem Schrotgewehr fuchtelnden Cop verletzt worden war. Kein Wunder, daß jeder Cop-Hasser in der Stadt mit den Ketten gerasselt hatte wie der inzwischen tote Dobermann, bis dann später geklärt worden war, daß ein *einziger* Schuß mit Rehpostenschrot die vielen Einschußlöcher verursacht hatte.

An diesem Abend berichtete der Reporter dann eine Minute lang direkt vom Tatort. Ein Polizist war mit einem Messer verletzt worden und hatte einen Übeltäter entkommen lassen. Und so hatten die Opfer dank der Polizei 50000 hart verdiente Dollar verloren. Und die Fernsehaufnahmen von den Cops machten es den Zuschauern schwer, die handelnden Personen ohne weiteres voneinander zu unterscheiden, weil Ganz-einfach-Bill wie Pat Boone aussah und die Narcs, die Drogenspezialisten, mehr wie die Hinterbliebenen der Manson-Family. Eine langweilige Story.

Das Wiesel war richtig wütend über die schmerzende Schnittwunde des Frettchens, das in den schrecklichen Momenten der Angst, als es nach seiner Mutter rief und wünschte, es hätte auf seinen alten Dad gehört, um drei bis vier Jahre gealtert zu sein schien. Darum schlug er vor, ins Fabulous Forum zu gehen und sich das Basketball-Entscheidungsspiel der Lakers anzuschauen. Aber leider waren sie beide pleite (nachdem sie an der Mautbrücke bezahlt und sich später noch einen Scotch geleistet hatten, damit ihre Hände endlich zu zittern aufhörten), und darum gingen sie am nächsten Tag ins Büro der Los Angeles Lakers, mit ihren Polizeimarken in der Hand, und berichteten, daß das Department eine ernst zu nehmende Drohung bekommen habe, eine Bombe werde in der Nähe der Bank der Lakers detonieren, falls das Team seine in ganz Amerika gefürchteten Gegner Dr. J. und die Philadelphia 76er schlagen würde.

Die offiziellen und Stadionsicherheitskräfte brachten die beiden Narcs auf den Ehrenplätzen am Spielfeldrand unter, wo sie mit all den Prominenten aus dem Showbusineß herumschwatzten. Schließlich, im letzten Teil des Spiels, ging das Frettchen direkt runter zur Laker-Bank, um das Team vor dem fiktiven »irren Bombenleger« zu schützen. Und in der Hitze des Kampfes sprang er auf und demonstrierte mit Händen und Füßen, wie man Dr. J. täuschen und schlagen könne.

Niemand wird je erfahren, ob der erstaunte Laker-Trainer die Ratschläge hinsichtlich Dr. J. befolgte, die der bärtige junge Cop mit der Alkoholfahne ihm gab, der ihm vorbrabbelte, wie er gerade gegen Dr. D., den Sensenmann, gewonnen habe. Aber zumindest das Wiesel und das Frettchen waren überzeugt davon, daß letztlich nur die Ratschläge des Drogenfahnders dazu geführt hatten, daß die Lakers die Meisterschaft im Profibasketball gewannen.

Der gefährliche Abend selbst bekam noch eine Fußnote, als einem der Goldhändler sein Eigentum ausgehändigt wurde, das der asiatische Mörder hatte fallen lassen, als das Frettchen im Hafen auf ihn schoß. Der Goldhändler stellte fest, daß alles da war: seine Schlüssel, seine Armbanduhr und die Ringe, sein Geld, seine Brieftasche mit Kreditkarten und

Führerschein. Aber es war noch was anderes da. Der Mörder mußte es verloren haben, der Mann, der, wie Ganz-einfach-Bill sagte, auch ihm völlig fremd war und den er nach einem kurzen Treffen in einem Massagesalon am Hollywood-Boulevard angeheuert hatte. (Ganz-einfach-Bill bestritt, daß sie die alten Trottel *verletzen* wollten. Sie hätten sie nur ein bißchen fesseln und dann auf dem Pflaster liegen lassen wollen, damit die Hafenarbeiter sie leicht finden konnten, wenn sie morgens die Möwenscheiße wegspritzten.)

Die Gegenstände, die nach den Aussagen des Goldhändlers nicht aus *seiner* Tasche stammten, sondern die der flüchtende Mörder verloren haben mußte, waren: Ein gewöhnlicher Hausschlüssel und ein Zettel, auf dem die Telefonnummer eines berühmten Filmstudios in Hollywood stand.

7

Die leere Kathedrale

Eine zermürbende und nervöse Woche brach an. Die Straßenmonster hatten immer noch nicht rausgekriegt, wo sie den Namen Nigel St. Claire schon mal gehört hatten. Die Detectives vom Raub aus der Innenstadt, die Ganz-einfach-Bill Bozwells Fall bearbeiteten, erfuhren, wie gesagt, von dem Goldhändler, daß der Hausschlüssel und die Telefonnummer des Filmstudios nicht ihm gehörten. Darum kamen Al Mackey und Martin Welborn, das Mord-und-Totschlag-Team in Hollywood, keinen Schritt weiter, und sie verbrachten ihre Zeit damit, die Akten einiger anderer schwebender Fälle aufzuarbeiten.

Schreibtischaufräumen gehört zu den dunkelsten Stunden jeglicher Bürokratie.

Und weil Captain Woofer ziemlich schnell in den Dienst zurückkehrte, nachdem er erfahren hatte, daß die Traktoren das Königreich wirklich nicht erobert hatten, tauchten die Kopfjäger von der Abteilung Innere Angelegenheiten im Squadroom auf, um rauszukriegen, wer die Ladung Dope in die Pfeife des Captains geschmuggelt haben konnte. Auf der Liste der Verdächtigen stand Gladys Bruckmeyer, die wegen der seelischen Folgen jenes schicksalsschweren Tages immer noch krankgeschrieben war. Die Kopfjäger waren ausgesprochen sauer darüber, daß das Wiesel und das Frettchen es nicht fertigbrachten, die Termine für ihre Verhöre einzuhalten, aber nachdem die Drogenfahnder mit Ganz-einfach-Bill Bozwell (der schnell gegen Kaution aus dem Gefängnis kam) den großen Fang gemacht hatten, waren sie die Stars der ganzen Station. Sogar Captain Woofer hatte ihr Fehlen bei den Terminen mit den Inneren Angelegenheiten entschuldigt. Aber Captain Woofer war immer noch monomanisch, und er hätte mit Freuden ein Goldstück an den Mast genagelt, wenn er davon überzeugt gewesen wäre, daß es dazu führen würde, das Schwein zu harpunieren, das ihn so erbarmungslos gequält hatte.

So beschlossen Al Mackey und Martin Welborn, ein bißchen Balsam auf offene Wunden zu träufeln, bis sie entweder eine heiße Spur im Nigel-St.-Claire-Fall finden oder einen Glückstag erleben würden, an dem es ihnen einfallen würde, wie sie den Fall in einen Selbstmord verwandeln konnten. Eine der schmerzlichsten Wunden war für Martin Welborn der Fall Bonnie Lee Brewster.

Allgemein waren gerade die tüchtigsten und gewiß auch glücklichsten Detectives in der Lage, sich von keinem ihrer Fälle innerlich berühren zu lassen, sondern sich von ihnen fernzuhalten, sozusagen hinter ihren intakten Zäunen zu bleiben. Wirklich ernsthaft arbeiteten sie nur an den Fällen, von denen der Boß gesagt hatte, sie seien sehr wichtig, und ansonsten holten sie sich zweimal im Monat ihre Lohnschecks ab und kümmerten sich nur um die eigenen Gärten hinter dem Haus. Sie bekamen ihre Auszeichnungen und goldenen Ausweise und amüsierten sich auf Abschiedspartys, auf denen sie unheimlich viel soffen und über ausgeschiedene Detectives klatschten, die inzwischen bequeme Jobs als Firmensicherheitschefs hatten und dafür achtzig Riesen im Jahr kassierten.

Aber Martin Welborn war einer von diesen selbsternannten mittelprächtigen Durchschnitts-Detectives, der sich niemals Zäune baute, oft den Überblick verlor und jetzt sogar Gefahr lief, auch noch seinen Sinn für Humor zu verlieren. Das war der Grund, warum Al Mackey in letzter Zeit geradezu übernervös war und einen beinahe unwiderstehlichen Drang hatte, in Martys Apartment zu gehen und seinen Paprika und Zimt durcheinanderzumischen, vielleicht auch seine Socken in die Schublade für Unterwäsche zu werfen, nur um zu sehen, ob Marty es verkraften könne.

Noch etwas beunruhigte Al Mackey: Diese zwanghaften Stopps an der St.-Vibiana-Kathedrale, verdammt noch mal, fast jedesmal, wenn sie in die Innenstadt zum Polizeigebäude fuhren. In über zwanzig Jahren hatte Al Mackey nie einen Partner gehabt, der eine Kirche zu besuchen wünschte. Es war unnatürlich.

Martin Welborn wußte, daß er nicht lange bleiben durfte. Al wollte so schnell wie möglich wieder in Hollywood sein. Es war erstaunlich, wie schnell in der St.-Vibiana-Kathedrale die Zeit verging. Er erinnerte sich, wie er in der frühen Amtszeit von Johannes XXIII. hier zur Messe gegangen war, in der Zeit, in der er sogar mit einem Krankenbett auf den Rücken geschnallt hergekommen wäre, bevor er eine Messe versäumt hätte. Das war vor den Messen in den Landessprachen und den Gitarrenmessen und den Priestern mit der charismatischen Ausstrahlung und dem gegenseitigen Sichbetasten und Sichbefühlen am Ende der verweltlichten Gottesdienste: »Entbieten wir einander das Zeichen des Friedens!« Vor dieser Zeit, in der sich Wildfremde verwirrt oder hilflos oder mit verklärten Gesichtern einander zuwandten, je nach dem Grad ihrer Intelligenz, und sich die Hände schüttelten. In der Zeit, in der Martin Welborn dann am liebsten weggerannt wäre.

Wie konnten sie es wagen, sich zwischen ihn und seinen Gott zu drängen? Wie konnten diese geistig verarmten Priester übersehen, daß sie, indem sie das Ritual und das Mysterium und die Schuld aushöhlten, den Glauben selbst kastriert hatten? Alles, was die katholische Kirche bisher ausgemacht hatte, waren Ritual und Mysterium und Schuld. Und das war das Allerwichtigste. Das war die Ordnung. Wer konnte sich mehr wünschen von Gott und den Menschen? Die vollkommene Ordnung.

Es war Zeit zu gehen, und er hatte es noch nicht gefunden. Er stand auf, um in die zweite Bankreihe vor sich in der leeren Kathedrale zu sehen. Dann sah er es. Man hatte es heute in einer anderen Bankreihe liegenlassen. Dies war sein dritter Besuch in dieser Woche. Er hatte sogar eines Abends nach Dienstschluß einen Besuch gemacht. Es war mit Bleistift auf liniiertem Notizpapier geschrieben. Die Hand, die den Zettel geschrieben hatte, war unsicher und zart gewesen. Auf dem Zettel stand: »Versäume nie die Novene. Geheiligtes Herz Jesu, sei gelobt und gepriesen jetzt und immerdar. Geheiligtes

Herz Jesu, bitte für uns. Mutter Gottes, heiligste Maria, bitte für uns. Heilige Theresa, bitte für uns. Heiliger Judas, Helfer der Hoffnungslosen, bitte für uns. Unser einziger Vater, unsere heilige Maria, unsere einzige Herrlichkeit jetzt und immerdar. Neun Tage Novene. Laß jeden Tag eine Abschrift in der Kirche liegen. Am Ende der neun Tage werden deine Gebete erhört.«

Martin Welborn las es zweimal, war versucht, das Vaterunser und zur heiligen Maria und zur Herrlichkeit zu beten, aber er tat es nicht. Er hatte seit langem kein Gebet mehr gesprochen. Er legte den Zettel auf die Kirchenbank zurück, auf der er ihn gefunden hatte, und verließ die Kathedrale.

Bevor er hinausging, kam ihm plötzlich der alte Kardinal wieder in den Sinn, der nun schon so lange tot war. Als er noch ein junger Polizist in Uniform war, vor der totalen Verwüstung, die das Zweite Vatikanische Konzil angerichtet hatte, nahm er liebend gern an den feierlichen Hochämtern teil und lauschte den gregorianischen Gesängen. Der alte Kardinal war ein Fels, aber die Verfügungen des Zweiten Vatikanischen Konzils hätten ihn am Ende bestimmt umgebracht, wenn es nicht das Alter getan hätte. Martin Welborn würde niemals vergessen, mit welcher Würde der alte Mann die alten lateinischen Liturgien gesungen hatte. Einmal hatte Martin Welborn niederknien und den Ring des alten Mannes küssen müssen. Der Kardinal trug hübsche karmesinrote Slipper.

»Diesmal warst du geschlagene zwanzig Minuten drin«, sagte Al Mackey, als Martin Welborn langsam die Stufen von St. Vibiana herunterkam, zwei schlafenden Säufern ausweichend, die gerade in die große grüne Minna für Betrunkene gebracht werden sollten, die ihre Runden fuhr.

»Was? So lange kann ich gar nicht drin gewesen sein.«

»Ich sag's dir, Marty. Zwanzig Minuten. Was *machst* du da drin?«

»Nichts. Es ist friedlich.«

»Betest du, oder was?«

»Nicht unbedingt.«

»Aber was *machst* du da drin? Klaust du die Armenkollekte? Oder was?«

»Ich sitz da.«

Al Mackey schüttelte den Kopf und seufzte und fuhr die Los Angeles Street hoch zum Hollywood Freeway. Ein paar Minuten fuhren sie schweigend dahin, dann sagte Al Mackey: »Ich weiß nicht, wie ich's dir sagen soll ... weißt du, ich glaube ... Marty, ich möchte mit dir über was reden.«

»Aber natürlich, mein Sohn.« Martin Welborn lächelte. Er wirkte außerordentlich gelassen. In letzter Zeit wirkte er immer außerordentlich gelassen. Und genau das machte Al Mackey außerordentlich nervös.

»Wir sind seit langem Partner, Marty. Ich habe das Recht dazu.«

»Was für ein Recht, Al?«

»Ich habe das Recht, mich in deine Angelegenheiten einzumischen.«

»Misch mal schön.«

»Also, uh, meiner Meinung nach, ich bin da sicher kein Experte, aber ich hab meine Meinung. Ich bin der Meinung, du solltest mit irgendeinem reden.«

»Mit irgendeinem?«

»Vielleicht mit einem Arzt. Vielleicht sogar mit dem Arzt, den wir im Fall Simpson getroffen haben. War ein sehr netter Kerl.«

»Der Psychiater?«

»Ja, irgend jemand von der Sorte.«

»Was sollte ich so einem Psychiater erzählen?«

»Verdammt, Marty, ich weiß nicht!« Al Mackey mußte hart in die Bremsen steigen, denn die Autofahrer fuhren plötzlich langsamer, um irgendeinen armen Teufel zu begaffen, der gerade einen Strafzettel wegen Geschwindigkeitsüberschreitung kriegte. Besser er als ich!

»Ich wüßte es auch nicht, Al«, sagte Martin Welborn fröhlich.

»Okay, du könntest ihm vielleicht erst mal erzählen, warum du so gern mit dem Kopf nach unten hängst wie ein mausetoter Fisch.«

»Ich hab ein Rückenleiden, Al. Ich habe eine Verletzung von einem Auffahrunfall, erinnerst du dich?«

»Okay, dann erzähl ihm, warum du inzwischen öfter in die Kirche gehst als der Papst, warum tust du das nicht?«

»Ist es denn was Besonderes, ab und zu mal in die Kirche zu gehen? Ich habe dir gesagt, daß ich da nicht bete, wenn es das ist, was dich stört. Mir gefällt die Architektur. Ich wollte da unbedingt mal heiraten, aber wir konnten es nicht einrichten.«

»Okay, dann rede mit ihm über deine Ehe. Sag ihm, wie hart es dich getroffen hat, als Paula auszog. Sprich darüber, wie schwer du mit der Trennung fertig wirst.«

»Waren deine beiden Scheidungen für dich nicht auch hart, Al? Trennung? Trifft das nicht jeden von uns hart? Gewissensbisse. Schuldgefühle. Beschuldigungen. Ist doch ziemlich normal, oder?«

Al Mackey verlor in dem immer wieder stockenden Verkehr die Geduld und drückte kräftig auf die Hupe. »Warum schreiben Sie keinen Brief?« brüllte er durchs Fenster dem Wagen vor ihm zu.

»Beruhige dich, mein Junge.« Martin Welborn lachte in sich hinein. »Vielleicht solltest *du* den guten Doktor mal aufsuchen.« Martin Welborn sah sich einen alten Filipino mit einem Spazierstock aus Aluminium an, der sich langsam mit einer Geschwindigkeit von sechs Zoll pro Schritt die Temple Street hinunterbewegte. »Stell dir mal vor, wir müßten *rückwärts* laufen«, sagte er.

Al Mackey atmete tief durch, wischte sich mit der Hand über die Stirn und war überrascht, wie stark er schwitzte. Dann sagte er: »Okay, Marty, mir fällt gerade was ein, was du mit dem Seelenklempner diskutieren kannst. Du kannst darüber diskutieren, daß deine Gläser in Reih und Glied stehen wie ein verdammtes Schachspiel. Und dein Gewürzbord sieht aus wie drei Reihen Damesteine. Und deine Socken und die Unterwäsche und die Hemden sehen aus, als würdest du auf den Generalinspekteur warten.«

»Ist es denn ein Fehler, ordentlich zu sein?«

»Du warst nie so ordentlich. Keiner war je so ordentlich. Du bist in letzter Zeit ein bißchen... *zu* ordentlich geworden.«

»Ich versuch, in Zukunft schlampiger zu sein, wenn dich das glücklicher macht, Al«, sagte Martin Welborn gutgelaunt.

»Ach, scheiß drauf!« sagte Al Mackey.

»Laß uns doch noch mal an den Fall Bonnie Lee Brewster gehen, Al«, sagte Martin Welborn. »Bloß noch ein einziges Mal.«

Bloß noch ein einziges Mal. Das hatte er in den letzten drei Monaten mindestens einmal wöchentlich gesagt. Das war auch so eine Sache, über die Marty auf jeden Fall mit dem Seelenklempner reden sollte, Bonnie Lew Brewster und diese verrückten »Nachermittlungen«, auf die Marty sich versteift hatte, hinsichtlich dieser psychopathischen alten Frau, Auntie Rosa.

Sie wohnte oberhalb der Franklin Avenue in einem dieser alten Spukhäuser, die zu ihrem Stil und zu ihrem Gewerbe paßten. Aus der Hand lesen und in die Kristallkugel starren und in die *Vergangenheit* eines Menschen gucken, das fand in der City von Los Angeles immer seine Anhänger und war legal, und man konnte sich auch dafür bezahlen lassen, aber in derselben Sekunde, in der eine Wahrsagerin oder ein Medium einen Blick in die Zukunft warf und eine Voraussage gegen Bezahlung machte, würde das Medium oder die Wahrsagerin Stahlarmbänder anstelle von Goldarmbändern tragen und sich eine Anzeige wegen Schwindel und Betrug einhandeln. Auntie Rosa hatte von Zeit zu Zeit gegen das Gesetz verstoßen, aber die Polizei hatte sie meist in Ruhe gelassen, seit sie ihr ein paarmal sehr gelegen gekommen war in Fällen, in denen es um vermißte und ermordete Kinder ging. So hatte sie zwar im Fall der zehnjährigen Bonnie Lee Brewster nicht gerade ins Schwarze getroffen, aber sie rief Martin Welborn regelmäßig an. Manchmal weinte sie sogar während der Telefongespräche. Da war dann immer, in einem Nebel über ihrem Bett schwimmend, die Gestalt der Bonnie Lee Brewster in einem blauen Kleid mit weißen Kniestrümpfen und einer gelben Snoopy-Anstecknadel auf dem weißen Kragen. Und das hatte niemand gegenüber Auntie Rosa erwähnt. Die Presse hatte nichts darüber gebracht, weil an dem Tag, an dem Bonnie Lee Brewster verschwand, über Polizeifunk zunächst eine falsche Beschreibung der Kleidung durchgegeben worden war. Das Kind hatte sich umgezogen, und das hatte sogar die Mutter vierundzwanzig Stunden lang nicht gewußt. Aber Auntie Rosa hatte die Hollywood-Detectives angerufen und mit Martin Welborn gesprochen, und *sie* hatte es gewußt.

Das kleine Mädchen war zuletzt gesehen worden, als es mit einem Mann sprach, nahe bei seiner Wohnung in der Ivar Avenue. Es war Blut entdeckt worden, aber es gab keine Lösegeldforderung. Nichts. In der Vergangenheit hatte Auntie Rosa die geschändete, aufgeschlitzte Leiche eines elfjährigen Jungen in einem Abzugskanal, ganz in der Nähe des Los Angeles River, »gesichtet«. Bei einer anderen Gelegenheit »hörte« sie ein fünfjähriges Mädchen um Hilfe schreien, in der Mansarde eines stuckverzierten Sommerhauses in Eagle Rock. Auntie Rosa beschrieb das Haus und die Straße derart klar, daß die Polizei das Haus fand und auch das geistesgestörte Kind, das von seinen Eltern in der Mansarde angekettet war.

Obwohl Cops im allgemeinen Skeptiker sind, lachten nur wenige offen über Auntie Rosa, und keiner dachte daran, sie ins Kittchen zu bringen, nur weil sie gelegentlich ein paar Dollar verdiente, wenn sie den Damen aus der Nachbarschaft die Zukunft las.

Al Mackey konnte den Gestank der alten, schniefenden Hexe nicht ertragen. Sie stank nach Fisch, Knoblauch, Zwiebeln und Katzen. Al Mackey dachte, sie müßte mindestens hundert Katzen haben, und er fing schon an, psychosomatisch zu niesen, wenn sie in die Nähe des kitschigen alten Hauses mit all dem theatralischen Prunk kamen.

Martin Welborn behandelte Auntie Rosa mit sehr viel Respekt, und sie freute sich immer, wenn er kam. Sie hatte einen dicken Kropf am Hals hängen und humpelte mühsam auf dick umwickelten Beinen. Auntie Rosa war eine Frau ohne Alter, und sie waren nie ganz sicher, ob sie nun eigentlich eine Weiße sei. Al Mackey vermutete, daß sie eine Art Eurasierin war, aber bei den blauschwarz gefärbten Haaren und dem doppelt gelifteten Gesicht war das schwer zu sagen.

»Wissen Sie, Sergeant Welborn«, sagte die alte Frau, als sie in dem muffigen Salon Platz nahmen, »Dienstagnacht habe ich Bonnie sehr deutlich gesehen. Ich hab mich in den Schlaf geweint. Sie rief nach mir, mein Liebling Bonnie.«

Auntie Rosa sprach von vermißten Kindern immer als von ihren Lieblingen.

»Dieses Kind ist tot«, sagte Al Mackey. »Da war das Blut.«

»Ist sie nicht, Sergeant Mackey! Oh, sie ist nicht tot!« schrie Auntie Rosa, und ihr Kopf kriegte plötzlich einen Schüttelkrampf, eine Folge ihres letzten Schlaganfalls. Der Kropf tanzte und zuckte.

»Ruhig, ruhig, Auntie Rosa, Sie haben völlig recht«, sagte Martin Welborn. »Ich glaub auch, daß Bonnie am Leben ist, irgendwo.«

»*Ist* sie, Sergeant Welborn! Sie lebt, und sie weiß, daß wir nach ihr suchen!«

Kaum hatte sie das gesagt, jagte eine Katzenmutter ihr Junges über Al Mackeys Füße und ihm lief ein Schauer über den Rücken. Verfluchte alte Spökenkiekerin!

»Ist sie... verletzt, Auntie Rosa?« fragte Martin Welborn leise.

Da fing die alte Frau plötzlich an zu weinen. Sie schnaufte und schniefte und wischte sich die Nase am Ärmel ab. »Ich glaube, sie ist verletzt, Sergeant Welborn. Sie ruft, aber es klingt wie ein seltsamer Sirenengesang. Als ob... als ob sie sich wünscht, daß wir kommen, aber um sie herum lauert *Gefahr*. Als lauerte dort eine atmende, glühende Macht. Die wartet auf *uns*, Sergeant Welborn!«

»Das Kind ist tot«, sagte Al Mackey, aber sie schien es nicht zu hören.

»Ruhig, ruhig, Auntie Rosa«, sagte Martin Welborn, als das Zittern der alten Frau so heftig wurde, daß sie ihren Tee verschüttete.

»Der Teufel ist ein rasender Löwe, Sergeant Welborn!«

»Ich weiß es nicht, Auntie Rosa«, sagte Martin Welborn besänftigend und tätschelte ihre von Leberflecken übersäte Hand. »Vielleicht ist er auch nur ein dummer kleiner Kojote. *Falls* er überhaupt existiert.«

»Oh, es gibt ihn, Sergeant Welborn. Es *gibt* ihn!«

»Hoffen wir's«, sagte Martin Welborn und tätschelte immer noch die Hand der alten Frau. »Das Leben wär doch unerträglich, wenn wir den Teufel nicht hätten, wär's nicht so?«

Die alte Frau stieß ein krächzendes Keuchen von Gelächter aus und sagte: »Sie haben vollkommen recht, Sergeant Welborn. Das Leben wär die *Hölle* ohne den Teufel.«

»Falls Sie irgendwas sehen oder hören, *irgend etwas* von

Bonnie Lee Brewster, rufen Sie mich an, Auntie Rosa. In der Station oder zu Hause. Tag und Nacht. Zu jeder Zeit.«

»Sie sind ein feiner Kerl, Sergeant Welborn«, sagte Auntie Rosa. Das Zittern ließ nach, als die Polizisten sich zum Gehen erhoben.

»Schönen Dank, aber ich bin bloß n mittelprächtiger Detective. Ich brauch Ihre Hilfe.«

»Wir werden Bonnie finden, Sergeant Welborn«, sagte Auntie Rosa. »Nein... sie wird uns finden!«

Als sie zur Station zurückfuhren, sagte Al Mackey: »Möchteste jetzt vielleicht noch irgendwo anders hin, Marty? Vielleicht zur Krankenstation im Veteranenhospital? Aber selbst da würden wir keinen so spinnerten Gesprächspartner wie Auntie Rosa finden. Vielleicht sollten wir mal n Astrologen besuchen? Oder hätteste Lust auf die *Gong Show*?«

»Ich würd gern noch einmal zum Bowlingbahnparkplatz fahren, Al. Ich möchte den noch mal abschreiten und mit den Angestellten sprechen.«

»Die Angestellten? Die sind verhört und noch mal verhört worden. Die hatten früh geschlossen. Die haben nichts gesehen, Marty. Nigel St. Claire konnte Bowlingkugeln nicht von Elefanteneiern unterscheiden, gottverdammich!«

»Okay, laß uns nur noch mal über den Parkplatz gehen. Laß uns nur mal da den... *Geruch* schnuppern.«

Und das war nun der Detective, zu dem Marty geworden war, und es war genau die *falsche* Sorte Detective, davon war Al Mackey überzeugt. Er sagte: »Marty, Verbrechen werden aufgeklärt, indem man nachdenkt. Das hat unsereiner mit dem Erfinder von Scotland Yard gemeinsam. Scheißmystik, die gehört in dunkle Schlafzimmer oder oben in den Laurel Canyon, wo sich diese arbeitslosen Schauspieler in Salzwassertanks legen und glauben, sie sind im Mutterleib, und von daher ihre Ideen kriegen und angeblich ihre Kraft. Der einzige Cop, den ich kenne, der in der Luft rumschnüffelt und Verbrechen aufklärt, arbeitet beim Flughafenkommando und hat vier Beine und n buschigen dicken Schwanz und n schlechten Atem.«

Aber Martin Welborn lachte auf seine humorvolle Art nur in sich hinein, und Al Mackey stellte mit einem Blick auf sein bartloses Jünglingskinn, sein kaum ergrautes Haar und seine schmalen, ruhigen Hände fest, daß Marty bestimmt zehn Jahre jünger aussah als er. Und vielleicht war er es, nicht Marty, der eines Tages im Laurel Canyon enden würde, im safrangelben Nachthemd, die Haare voller Vergißmeinnicht. Herrgott, er und Marty waren auf dem besten Wege, ihr Seelenheil bei Yin und Yang* zu suchen.

Die Häuser zeichneten sich gegen einen Himmel ab, über den sich farbenprächtiges Gewitterlicht ausbreitete. Aber in Wirklichkeit kam dieses Licht nur durch die tödlichen silbernen Partikel des Smogs zustande. Martin Welborn ging mit großen Schritten über den Bowlingbahnparkplatz, machte sich umständlich Notizen, blieb immer wieder stehen, um Autos, Fußgänger und das Verkehrsvolumen zu beobachten, während Al Mackey immer wieder den fliegenden Skatertrupps auswich, die wie die Geister in Auntie Rosas Visionen durch Hollywoods Straßen schwebten. Manche Rollschuhläufer trugen Transistorkopfhörer und tanzten wie verrückt zu New-Wave-Musik oder Punkrock. Und tatsächlich, ein paar trugen Punkklamotten. Ein Junge mit einem Transistorhörknopf im Ohr trug Seidenshorts, und sein nackter Körper war mit schillernden Messerstichverletzungen übersät. Das Make-up mußte ihn Stunden gekostet haben. Er flog über den Parkplatz und wiegte sich im Discotakt mit einem Partner, den es nicht gab. Der junge Mann trug auf dem Oberkörper nichts außer Federn und einem ledernen Büstenhalter.

Plötzlich erschien ein anderer Läufer, diesmal eine Frau, wie ein verschwommener Schatten im Gegenlicht auf der westlichen Seite des Parkplatzes, und sprang über ein Suzuki-Motorrad, das am Außenzaun festgekettet war. Natürlich hatten die Skateboardfahrer überall in der Stadt jede Menge Kunststücke im Springen drauf, aber Al Mackey hatte nicht geglaubt, daß es möglich war, auch mit den schweren Rollschuhen solche Supersprünge zu machen. Sie trug ein ärmelloses Trikot, dessen eines Bein zebragestreift war, dessen

* Männliche und weibliche Urkraft der chinesischen Philosophie

anderes in greller Pinkfarbe leuchtete. Das Oberteil aus durchsichtigem Plastikmaterial, in dem sie schwitzte wie ein Schwein, hatte zwei Knöpfe, die wie Gänseblümchen geformt waren, haargenau über ihren Brustwarzen. Damit gehörte sie schon zu den eher vernünftig gekleideten New-Wave-Läufern auf dem Parkplatz.

Al Mackey kriegte allmählich Bauchschmerzen vor Hunger, als er bemerkte, daß Marty, fünfzig Yards entfernt, am anderen Ende des riesigen Parkplatzes, mit einer Gruppe eher konventioneller Rollschuhläufer sprach. Die Unterhaltung dauerte überraschend lange, und immer neue Läufer kamen dazu, um mit Marty zu reden.

Al Mackey hatte seinen Partner nie richtig verstanden in all den Jahren ihrer Zusammenarbeit. Aber vor Martys Trennung von Paula hatten sie sich auch privat mindestens einmal pro Woche getroffen.

Da er selbst mit keiner seiner Ex-Frauen Kinder bekommen hatte, begriff er erst richtig, daß Martin Welborn jetzt, am Anfang der mittleren Jahre (Gott, wie er diesen Ausdruck haßte), wahrscheinlich der einzige Mensch auf der Welt war, der ihm etwas bedeutete. Marty gehörte zu den Menschen, die wohl *jeder* gern hatte. Sogar Martys Ex-Ehefrau Paula müßte ihn zu ihrer Zeit gemocht haben. Paula Welborn war eine intelligente, hübsche Frau. Aber Al Mackey haßte sie wie die Pest.

Paula Welborn war in Al Mackeys Augen eines jener Weiber, die plötzlich glaubten, unter ihrem Stand geheiratet zu haben, als sie nämlich feststellte, daß sie mit einem schüchternen jungen Cop zusammenlebte, der von Jesuiten mit toten Sprachen, mumifizierter Philosophie und aussterbender Theologie überfüttert worden war, alles zusammengerührt zu einem schön dampfenden Brei. Bitte täglich zu wässern mit einem Kessel voll Schuldgefühlen, und bestaunen wir dann, was in Gottes Garten alles wächst, blüht und gedeiht.

Natürlich, wenn Paula in Plains, Georgia, aufgewachsen wäre und verstanden hätte, sich Jimmy Carter persönlich zu angeln, würde sie immer noch glauben, daß sie nicht standesgemäß geheiratet hätte. Sie war genau dieses Luder.

Al Mackey schwitzte stark in der Sonne und wischte sich die vom Smog entzündeten Augen, und er dachte, daß Paula zu dieser Sorte Halbnutten gehörte, die auf einer Cocktailparty mit jedem zweiten Mann flirteten (allerdings nie mit Al Mackey – war *das* der Grund, warum er sie von Anfang an gehaßt hatte?), und wenn ein betrunkener Lieutenant, Captain oder Commander sie dann betatschte (sie verschwendete ihre Zeit selten damit, Sergeants aufzugeilen, bis ihnen der Schwanz stand), dann lief sie schnell zu Marty, kuschelte sich an ihn wie eine große schnurrende Katze, womit sie den Jungs zu verstehen gab, daß sie doch wohl besser in den Glitter Dome gehen oder sich zu Hause auf den alten Knochen ihrer Mamas ausruhen sollten.

Sie war auch eine von denen, die es in der kurzen Zeit zwischen Al Mackeys erster Scheidung und seiner ach so kurzen Ehe Nummer zwei – als Al Mackey am Ende seiner Kraft war vor lauter Wut und Verzweiflung und von Anwälten wie ein Maibaum geplündert wurde – huldvoll *zuließen*, daß Al Mackey zum Dinner eingeladen wurde, in ihrem Fall von Marty. Und dieses Zugeständnis ließ sie ihn dann auch irgendwann an einem solchen Abend spüren, wenn Marty mal aus dem Zimmer gegangen war, um sich um die Schulaufgaben ihrer Teenagertöchter Babs und Sally zu kümmern.

Aber wenn sie Al Mackey schon so deutlich zu verstehen gab, was sie von Martys Dinnereinladungen hielt – mußte sie dann auch noch so merkwürdig oft zum Klo gehen und schon vor seinen Augen anfangen, den Reißverschluß ihrer Jeans zu öffnen, noch bevor sie aus dem Zimmer war? Sie war eben diese Art von Hure, okay. Aber Marty behauptete immer, wenn er sie schon mal erwähnte, was selten genug vorkam, sie wären relativ glücklich miteinander, bis ihre Midlife Crisis dann das Schiff ihrer Ehe mit Gewalt aus den stürmischen Gewässern blies.

Und dann war da noch eine Sache: Martys religiöse Krise, die für Al Mackey immer noch ein Rätsel war. Marty hatte das Seminar drei Jahre, bevor man ihn zum Priester geweiht hätte, verlassen. Aber er sprach nie darüber, und er sprach auch nicht über die Reaktion seiner Mutter auf diesen Riesensprung über die Mauer. Tatsächlich redete Marty nie über die Religion, obgleich Al Mackeys Eltern aus Irland stammten und er immer noch ziemlich wißbegierig war, was den Glauben betraf. Glücklicherweise stammten Als Leute aus dem protestantischen Norden. Er haßte Priester. Eine schreckliche Vorstellung, wenn er wegen der auch von ihm geerbten Enzymstörung, die seit jeher so gut wie alle Kelten zu latenten Alkoholikern gemacht hatte, ein von Schuld zerfressener römisch-katholischer Ire gewesen wäre.

Erst kürzlich hatte sich Al Mackey ja noch selbst mit den schauerlichen Auswirkungen der *einen* Krankheit herumschlagen müssen.

Marty wollte nie über jene schlimmen Zeiten bei den Jesuiten reden, und er hatte jeden Versuch Al Mackeys, etwas über seine Vergangenheit zu erfahren, abgeblockt. Al Mackey hätte noch sooft dieses Thema anschneiden können, etwa mit dem Satz: »Weißt du, mir gefällt die Art, in der dieser neue Papst sich gibt. Er ist der erste Priester, der für mich nicht wie ein abgehalfterter Romeo aussieht.«

Und Marty würde nur lächeln und sagen: »Der hat tatsächlich einen Unterkiefer wie ein Knochenbrecher.«

Und Al Mackey würde sagen: »Richtig, und er ist ein direkter Nachfolger von Jesus Christus.«

Dann würde Marty sagen: »Stimmt, und er ist *Pole*.«

Und das wäre es dann. Da gäbe es dann nichts weiter mehr zu reden über den päpstlichen Unterkiefer oder Martys religiöse Krise, die Al Mackey für äußerst schwer hielt. Und nur ein einziges Mal erwähnte Martin Welborn seine Familie in Ohio. Das war am Muttertag, und Al Mackey hatte gerade seine zweite, ach so schnelle Ehe mit dieser Fotze hinter sich gebracht, die ihn nicht nur in die Eier getreten hatte, sondern auch noch mit genagelten Schuhen auf ihnen herumgesprungen war und ihn so bankrott zurückgelassen hatte wie die Chrysler-Corporation.

An jenem Tage hatte Al Mackey den Welborns einen Nelkenstrauß mitgebracht und Paula erklärt, daß es Sitte sei, eine rosa Nelke im Knopfloch zu tragen, wenn die Mutter noch lebt, und eine weiße, wenn sie schon tot ist. Al Mackey würde diesen Tag nie vergessen, denn als er mit Marty darauf wartete, daß sich Paula und die beiden Mädchen für ihr großes Muttertagsessen im Restaurant Row fertigmachten, brach Al Mackey eine rosa Nelke aus dem Strauß und bot sie Marty an. Al Mackey wußte, daß Martys Mutter gesund und munter in Ohio lebte, trotzdem schaute Marty ihn nur sekundenlang mit seinen großen braunen Augen an, brach dann eine weiße Nelke ab und steckte sich diese ins Knopfloch.

Al Mackey fragte Martin Welborn nie wieder nach seiner Mutter.

Jetzt endlich schien Marty seine Gespräche mit den Rollschuhläufern zu beenden. Er winkte zu Al Mackey herüber, der am Zaun lehnte und einem schwarzen Kind zuschaute, das zwischen den Reihen der parkenden Autos Rollschuh lief. *Rückwärts.*

Martin Welborn marschierte los, um zu seinem Partner zu gehen, aber in diesem Moment sauste hinter ihm ein anderer Läufer heran, von dem er nur einen flüchtigen Eindruck erhielt, weil der Junge sofort wieder zwischen den parkenden Autos verschwand. Er war kleiner und jünger als die anderen. Er war blond, und Martin Welborn rannte sofort hinterher, um ihn sich näher anzusehen. Aber der Junge war weg. Der Junge hatte ausgesehen wie Danny Meadows.

Danny Meadows nannte ihn Daddy. Er sagte: Daddy? Es war das einzige Wort, das Danny Meadows jemals zu ihm sagte: Daddy?

Babs nannte ihn einstweilen noch Daddy. Sally würde ihn für alle Zeiten Daddy nennen. Da war er sich ganz sicher. Obwohl sie älter war als Babs, würde sie ihn nie, etwas förmlicher, Dad nennen. Sie würde ihn auch nie Vater nennen.

Vater wie zu einem Priester würde wohl niemand mehr zu ihm sagen. Einfach unvorstellbar: Vater Welborn. Aber die Geistlichen hatten überall im ganzen Land die niedrigste Selbstmordquote, neben den Sozialarbeitern. Gute Taten halten die Leute offensichtlich davon ab, sich Kanonen in den Mund zu stecken. Polizisten und Ärzte hatten die höchste Quote. Offenbar führt es zu keinem langen Leben, wenn man so unnütz ist wie Polizisten und Mediziner. Neunzig Prozent der Polizisten, die Selbstmord verüben, benutzen Waffen. Ärzte gebrauchen ihre eigenen, ihnen vertrauten Waffen. Jedem das Seine. Die meisten Polizisten, die sich umgebracht hatten, waren passive Männer mit unausgereifter Persönlichkeit gewesen, wurde behauptet. Das schien seltsam zu sein, weil die Arbeit bei der Polizei an sich keine passiven Männer anzog.

Martin wußte offenbar zu wenig über unausgereifte Persönlichkeiten.

Martin Welborn hatte drei weibliche Polizisten aus Los Angeles gekannt, die es getan hatten. Alle drei waren wie echte Kerle aus dem Leben geschieden. Sie hatten auf der Revolvermündung gekaut. So hatten sie am Ende ihre Männlichkeit bewiesen, ihren Machismo.

Eine der wohl ironischsten Erkenntnisse über die wenigen älteren Officers unter den Selbstmördern – die sehr wenigen, die Versager, die ihre Versuche überlebt hatten und auf diese Weise als ungewöhnlich unausgereifte Polizisten entlarvt worden waren, weil kein wirklich unausgereifter Polizist jemals einen so männlichen Versuch überleben sollte –, diese Überlebenden erklärten ausnahmslos, daß sie eine seltsame und alles überwältigende Angst erlebt hatten. Es war die Angst davor, vielleicht in irgendeinem Augenblick mit unbekannten oder schrecklichen Situationen fertig werden zu müssen. Die grausame Ironie lag darin begründet, daß sich junge Männer gerade durch den Reiz des Unbekannten zum Polizeijob hingezogen fühlten. Und genau das war es jetzt, was die älteren Polizisten plötzlich am meisten erschreckte, als sie auf dem besten Weg in ein schauerliches Schicksal waren. Das war wirklich sehr ironisch.

Eine der Polizistinnen, die es getan hatten, war früher mal eine Partnerin von Martin Welborn gewesen. Sie war eine passive Persönlichkeit, wenn er jetzt so darüber nachdachte. Sie war schüchtern und schön. Sie hatte riesengroße Augen. Genau wie Danny Meadows.

»Hör endlich damit auf, Marty, gottverdammnich«, sagte Al Mackey. »Marty!«

»Huh?«

Ein Rollschuhläufer segelte frech zwischen ihnen durch mit den Worten: »Schleich dich, Jack!«

»Ich sterbe vor Hunger«, sagte Al Mackey. »Komm, laß uns gehen, damit wir was zu essen kriegen. Himmel, du hast da wieder mal gestanden, als wenn du gerade kilometerweit in die Gegend guckst. Du *hörst* noch nicht mal auf einen, wenn man mit dir redet. Himmel Herrgott, Marty!«

»Tut mir leid, Al«, sagte Martin Welborn. »Ich dachte gerade darüber nach…«

»Laß mich raten. Du hast dir gerade vorgestellt, wie ich diesen Nigel-St.-Claire-Alptraum in einen Selbstmord umbiegen kann. Komm, sag schon, schnell. Wie?«

»Nicht nur darüber habe ich nachgedacht«, lächelte Martin Welborn. »Diese Skater hier haben mir was Interessantes erzählt.«

»Den Kerl mit der Schachbrettfrisur find ich am stärksten«, schnaufte Al Mackey. »Den hab ich mal im *Batman* gesehen.«

»Die haben mich auf ein paar interessante Dinge gebracht«, sagte Martin Welborn. »Al, da gibt es irgendeinen, der wissen muß, was Nigel St. Claire in der Nacht, in der er starb, auf diesem Parkplatz *gemacht* hat.«

8

Gloria La Marr

Der arme alte Cal Greenberg mußte an diesem Tag für alle arbeiten. Es war eben sein Pech, im Squadroom aufzutauchen, wenn alle schon unterwegs waren. Die Chefs waren alle bei irgendeinem verdammten Abschiedsessen für einen Commander unten im Tal. Die Abteilung Sitte, Ozzie Moon und Thelma Bernbaum, wird am selben Tag krank und muß nach Hause gehen. (Eine alberne Geschichte.) Denn jeder außer dem Polizeichef und dem Starreporter Walter Cronkite wußte, daß Ozzie und Thelma gemeinsam mehr Zeit damit verbrachten, daß er ihr im Griffith-Park das Hüfthalterhöschen auszog, als sie jemals investiert hatten, um an ihren Fällen zu arbeiten. Eine tolle Abteilung Sitte. Die beiden waren wirklich qualifiziert.

Und dann schleppten zwei Blauuniformierte auch noch einen Kaugummi kauenden Knaben an. »Ich bin doch kein Kindercop«, stöhnte der arme alte Cal Greenberg. »Könnt ihr den nicht irgendwo anders hinbringen, solange, bis einer von den anderen zurückkommt?«

»Klar, Sarge«, sagte Buckmore Phipps. »Ich kann den kleinen Hosenscheißer sehr gern vom Capital Records Building fallen lassen, wenn du möchtest.«

»Ich kann den kleinen Scheißer auf dem Hollywood Freeway rausschmeißen, wenn du möchtest«, sagte Gibson Hand.

Inzwischen nahm der kleine Hosenscheißer Platz, ein zwölfjähriger Keksklauer namens Zorro Garcia, und erkannte präzise, daß die Chancen für ihn eins zu eins standen, welcher von den beiden Cops, der große weiße oder der große schwarze, die Drohung wahrmachen würde, ihn in den großen Zementmischer oben in Cahuenga zu werfen und durchmahlen zu lassen.

Aber dann kriegte Zorro Garcia doch sehr schnell mit, daß der Detective mehr zu sagen hatte als die beiden Straßenmonster und daß er selbst so gut wie in Sicherheit war. Zorro Garcia gehörte zu den Nachwuchsmitgliedern der Black Spider Gang. Wenn er erst alt genug war, hoffte er, als *Cherry*, als »Jungfrau«, feierlich aufgenommen zu werden, später ein *Cutdown*, ein »Beschnittener«, zu werden, und am Ende, nachdem er zehnmal angeschossen und niedergestochen und zu alt sein würde, um noch zu kämpfen, für den Rest seiner Tage als *Veterano* dabei zu sein.

Sein Lieblingswort war *echt*, wie es bei vielen Straßenjungen groß in Mode war. Zorro Garcia hatte inzwischen beschlossen, seine kleinen männlichen Muskeln ein bißchen spielen zu lassen, und er erklärte dem armen alten Cal Greenberg sehr forsch: »Sir, diese Officers haben mich echt nicht auf meine Rechte hingewiesen. Und ich hatte echt keine Gelegenheit mehr, was für die Lebensrettungsgesellschaft zu spenden. Ich hatte den Laden echt gerade betreten, als dieser feine Herr mich schon anmachte. Echt, der ließ mich überhaupt nicht reden. Ich konnte echt nichts sagen. Der feine Herr mag wohl keine Mexikaner. Geh ich zu ihm und frag: ›Mögen Sie Mexikaner?‹ Sagt der: ›Nicht unbedingt.‹ Da wußt ich doch echt Bescheid.«

Der arme alte Cal Greenberg seufzte und beugte sich über den Tisch, wobei sich seine Hosenträger spannten, und sagte: »Was willste denn nun echt, wenn ich fragen darf?«

»Hab echt vor, im Namen aller Mexikaner in der Black Spider Gang ne Klage gegen diesen Laden und gegen das Polizeidepartment von Los Angeles einzureichen und n Prozeß zu führen.«

»Wie alt bist du?« fragte der arme alte Cal Greenberg.

»Zwölf, echt.«

»Und warum biste Keksklauer?« fragte der gute alte Cal Greenberg. »Haste Hunger?«

»Früher ja. Jetzt nicht mehr.«

Buckmore Phipps setzte sich an den verwaisten Schreibtisch des Sittenteams und blätterte zerstreut in einem Ordner mit Fotos, in der Hoffnung, auf ein paar Bilder von nackten Frauen zu stoßen.

Gibson Hand steckte sich drei Kaugummistangen auf einmal in den Mund und sagte: »Zorro geht jeden Tag in diesen verdammten Laden und klaut immer dasselbe Zeugs.« Dann zeigte er einen Bieröffner und einen Teelöffel, die er bei dem Keksklauer konfisziert hatte. »Er schlendert einfach durch diesen Laden und ißt Kuchen und Eis für nich viel weniger als tausend Dollar, und er hat's besonders auf die berühmten Amos-Schokoladenplätzchen abgesehen, denn er hat einen teuren, ausgefallenen Geschmack. Und das alles spült er dann runter mit gut zwei Kästen Seven-Up und kommt dann rülpsend und furzend mit seinem dicken kleinen Bauch durch die Kasse und spendiert tatsächlich n paar Pfennige für die Lebensrettungsgesellschaft.«

»Diese Armleuchter an den Kassen erwischen diese Keksklauer eigentlich nur deshalb, weil die sich dermaßen vollgestopft haben, daß sie schließlich ganz grün und gelb im Gesicht werden und dadurch schon in der Menge auffallen«, fügte Buckmore Phipps hinzu.

Und *diese* Erkenntnis schnappte der kleine Gauner sofort auf für seinen Erfahrungsschatz. Sei kein Vielfraß. Friß nie was durcheinander. Qualität zählt, nicht Quantität.

»Du darfst so was nie wieder tun«, sagte der arme alte Cal Greenberg. »Ich bin einfach zu alt, um hier den Cop für die lieben Kleinen zu spielen. Bist du denn wenigstens gut in der Schule?«

»Klar«, sagte Zorro Garcia. »Meinen se etwa, ich will später n Bulle...« Er stoppte mitten im Satz, als er sah, wie sich bei Buckmore Phipps die Kinnmuskeln verhärteten und bei Gibson Hand die Nasenflügel weiteten. »Mein se etwa, ich will später im Knast landen oder so was?«

»Angenommen, ich laß dich jetzt nach Hause gehen, versprichst du mir dann, nie wieder in diesen Laden zu gehen und echt eine halbe Tonne Lebensmittel zu essen?« fragte der arme alte Cal Greenberg. Es lag bestimmt an der Musik. Als *In the Mood* und *Tuxedo Junction* damals in der Hitparade waren, kam niemand auf die Idee, in die Lädchen zu gehen und sich mit Schokoladenkeksen für tausend Dollar vollzustopfen.

»Muß ich jetzt nicht in die Juvenile Hall?« rief der Keksklauer traurig. *Alle* Knirpse bei den Black Spiders waren da schon im Jugendarrest gewesen. Sogar die meisten Nachwuchskandidaten. Es war echt ärgerlich.

»Also, wenn ich dich doch in die Juvenile Hall bringen lasse, willst du mir dann versprechen, nie wieder in diesen Laden zu gehen und tonnenweise Lebensmittel zu essen?« fragte der arme alte Cal Greenberg.

»Ich werd drüber nachdenken«, sagte der Keksklauer. »Son *Wochenende* in der Hall würd mir nix ausmachen.«

»Wir persönlich werden dich da hinbringen, du kleiner Hosenscheißer«, sagte Buckmore Phipps mit einem heimtückischen Seitenblick, und da kriegte der Räuber dann doch mal richtig Schiß. »Also, dann möcht ich da lieber doch nicht hin«, sagte er. »Und in *den* Laden geh ich bestimmt nicht wieder.«

Der arme alte Cal Greenberg war alt genug, um zu wissen, daß das Leben, alles in allem, letztlich immer nur ein einziger großer Kompromiß ist. Er traf eine Entscheidung. »Okay, das ist ein vernünftiger Handel. Ich glaube, wir lassen dich tatsächlich nach Hause gehen.«

»Nach Hause? Nach Hause? Gottverdammt!« Gibson Hand brüllte los, sprang auf die Füße und baute sich wie ein Turm vor dem Keksklauer auf, der sofort zitterte, als er in das gefährlich aussehende schwarze Gesicht starrte. »Nach Hause, oh, mein Arsch! Am liebsten würde ich diesen kleinen Hosenscheißer doch rauf nach Cahuenga bringen und ihn im Zementmischer zermahlen, bis er nur noch Hackfleisch ist! Und ihn dann in einem Düngersack an die mexikanischen Landarbeiter schicken, damit sie ihn über ihren unverkäuflichen Kopfsalat streuen können. Ich möcht wissen, ob das dem mexikanischen Rattenschwanz Cesar Chavez* Spaß machen würde.«

Dann senkte er das finstere Gesicht, bis seine Nase fast die Nase des Jungen berührte. »Und jedes... verdammte... Mal, wenn ich ein Sandwich esse, könnte ich an diesen kleinen Hosenscheißer denken, jedesmal, wenn ich son Salatblatt zwischen den Zähnen zermalmen tu.«

---

* Mexikanischer Komponist, Kämpfer für soziale Gerechtigkeit

Der arme alte Cal Greenberg wußte, daß der zitternde Kekskläuer keinen Schimmer von einem so bekannten Mann wie Cesar Chavez hatte, aber auf die Art trieb ihm das Straßenmonster die Kekse hoffentlich ein für allemal aus. »Da ist nur noch eine Bedingung«, sagte der Detective. »Wenn ich dich nach Hause gehen laß, mußt du versprechen, auf gar keinen Fall Anzeige gegen das Polizeidepartment zu machen. Wir haben im Augenblick sowieso schon genug Ärger.«

Während der Kleine über diese Bedingung nachdachte, sprang plötzlich die Tür auf, und Schultz und Simon donnerten mit einem weitaus größeren Problem herein. »Greenberg, biste heute der diensthabende Commander?«

»Kommt mir fast so vor«, stöhnte der arme alte Cal Greenberg. Der Grund dafür, daß er nicht längst seine Dreißig-Jahre-Abfindung kassierte, war der, daß er dann ständig bei seiner zweiten Frau zu Hause herumhocken müßte und sich nicht heimlich zu den Seniorentanzabenden verdrücken konnte, um sich dort mit seiner ersten Frau zu amüsieren, die sich zu einem Prachtweib gemausert hatte, seit sie ihn damals rausgeschmissen hatte.

»Das hier ist Gloria La Marr«, sagte Schultz. »Und wir haben 'n riesig großes Problem für dich.«

Offensichtlich war ihr Problem nicht gerade klein bei einer Größe von fast zwei Metern. Gloria La Marr war ein Transsexueller, den Schultz und Simon aus reiner Gefälligkeit für das beurlaubte Raub-und-Diebstahl-Team gerade aus Nevada abgeholt hatten. Sie war naturblond (wie sie behauptete) und trug stattliche Brustimplantate, die jedoch bei ihrer Länge eher mickrig wirkten. Allerdings hatte sie phantastische Beine. Und Schultz, der selbst fast zwei Meter groß war, hatte Gloria La Marr während des Fluges erzählt, daß er ganz scharf sei auf große Mädchen mit hübschen Beinen, sie aber leider selten treffe. Gloria La Marr war richtig rot geworden und hatte Schultz gebeten, ihr noch eine Bloody Mary bei der Stewardeß zu bestellen. Woraufhin Simon, der schräg übern Gang saß und seine 280 Pfund mühsam in einen Economy-Sitz gezwängt hatte, beschloß, Schultz zu raten, sich aus medizinischen Gründen vorzeitig pensionieren zu lassen, weil er offensichtlich schwul geworden war.

Aber selbst Simon mußte zugeben: Gloria La Marr *hatte* ein phantastisches Fahrgestell.

Das Problem war, wo man sie einbuchten sollte. Und als Schultz Gloria La Marr aus dem Mannschaftsraum hinunter in die Halle und zur Damentoilette begleitete, blieb es automatisch am armen alten Cal Greenberg hängen.

»Ich seh da überhaupt kein Problem«, sagte der arme alte Cal Greenberg zu Simon, während der elefantenhafte Polizist sein Sportsakko auszog, sich zwischen den Beinen kratzte und dann seinen kurzgeschorenen Schädel massierte, um die Blutzirkulation nach dem miserablen Flug wieder in Gang zu bringen.

»Is aber n Problem, Cal«, flüsterte Simon, während er sich vergewisserte, daß Schultz und Gloria La Marr außer Hörweite waren. »Das fing schon auf dem Weg zum Flughafen an. Gloria weigerte sich, ohne ihr schwarzes Abendkleid und ihre Dolly-Parton-Perücke überhaupt zu fliegen.«

»Also, ich find das Kleid sehr attraktiv.« Der arme alte Cal Greenberg zuckte die Achseln. Alter. Weisheit. *Kompromiß*.

»Weiß nicht, ob *dir* so n Zwei-Stunden-Aufenthalt mit Gloria La Marr in Vegas gefallen würde, wenn jeder dich anstarrt. Und die Fluggesellschaften verbieten dir natürlich, n Häftling in Handschellen rumzuführen, und die von der Flughafensicherung verbitten sich jede Aufregung, wenn Gloria La Marr dann zum Klo muß, und du weißt noch nicht mal, zu *welchem*! Würdest du etwa gern solche Entscheidungen treffen?«

»Und was habt ihr gemacht?«

»Na, einfach alles, was Gloria verlangte. War ja immer noch besser, als n Direktbus von Vegas zu nehmen! Oder n Wagen zu mieten und auf der ganzen Strecke das Problem zu haben, wann immer sie unterwegs irgendwo pinkeln mußte. Das Weib hat wirklich ne schlechte Blase.«

»Das große Problem seh ich immer noch nicht«, sagte der arme alte Cal Greenberg und bemerkte dann, daß Simons Hosenschritt zwischen den Beinen unter der Last der Verantwortung aufgerissen war. Derart schwitzende, baumstarke Oberschenkel konnten von einem Paar Hosen einfach nicht zwei Tage lang in Schach gehalten werden.

»Würd es dir vielleicht Spaß machen, mit Riesen-Gloria

durch die Flughäfen zu bummeln, die ständig in dieser schwarzen Robe und mit der Dolly-Parton-Perücke auf ihren spitzen Absätzen herumschwirrt, die sie glatt auf ne Größe von zweizwanzig bringen? Schultz marschierte immer zehn Schritte voraus und ich fünfzehn Fuß hinter ihr.«

»Aber ihr habt euch doch wohl ganz hervorragend geschlagen«, sagte der arme alte Cal Greenberg. »Ich seh immer noch nicht...«

»Aber im Flugzeug ist Schultz dann voll auf Gloria abgefahren!« Simon rückte seinen Stuhl ganz dicht an den armen alten Cal Greenberg heran und fing an zu flüstern, was Buckmore Phipps, Gibson Hand und vor allem Zorro Garcia fürchterlich frustrierte.

»Wirklich? Schultz kann also ihre Telefonnummer kriegen, wenn sie aus dem ganzen Schlamassel rauskommt«, sagte Cal Greenberg. Ihn überraschte inzwischen rein gar nichts mehr. Ein Cop bittet einen Transsexuellen um die Telefonnummer. *Pennsylvania 6-5000.* Wo *bist* du, Glenn Miller?

»Aber das ist doch gar nicht das Problem!« schrie Simon völlig frustriert.

»Also, bevor ich der Sozialversicherung zur Last falle, was sowieso nicht mehr lange dauert, würd ich dich herzlich bitten, den *Versuch* zu machen, mir zu erklären, wo das Problem nun wirklich *liegt*.«

»Das Problem ist, *wo* wir sie einbuchten sollen?«

»Aber das ist doch überhaupt kein Problem«, sagte der arme alte Cal Greenberg. »Macht dir *das* Kopfschmerzen? Hör mal, Simon, wir leben in modernen Zeiten. Is mir doch völlig Wurscht, ob Gloria früher mal Slug McGuire hieß. Is mir auch piepegal, ob sie mal Verteidiger bei den Green Bay Packers war. Is mir sogar scheißegal, ob sie gegen Joe Frazier geboxt hat. Und gewann. Da war sie nämlich noch n Mann. Wenn du mich fragst, is sie heute einfach n Riesenweib. Vanessa Redgrave is n Riesenweib. Meine Ex-Frau is n Riesenweib.« (Er machte eine Pause und dachte an den heißen Tanz mit ihr, bei dem sämtliche anderen Grauen Panther im Stardust-Ballsaal sofort Feuer gefangen hatten.) »Gloria sieht... *komisch* aus, geb ich zu. Du mußt dir immer nur sagen, daß sie schlicht und einfach n großes, komisches Weib ist. Schnappt sie euch und bringt sie ins S.B.I.«

Das Frauengefängnis von Los Angeles, das Sybil Brand Institut, liegt hoch über dem San Bernadino Freeway. Die Cops nannten es Fanny Hill.

Simon hörte geduldig, wenn auch bekümmert zu. Als der arme alte Cal Greenberg fertig war, sagte er: »Jetzt hab ich ne gute und ne schlechte Nachricht für dich. Die gute ist, daß Gloria n paar tolle Brüste hat, okay. Und umwerfende Beine. Und sie hat keine Eier mehr. Die *schlechte* Nachricht ist, daß sie ihre *zweite* Operation noch vor sich hat. Also hat sie noch ihren Schwanz.«

»Oh«, sagte der arme alte Cal Greenberg. »Biste ganz sicher?«

»Sicher? Also, ich hab da unten natürlich nicht nachgeguckt! Aber der Gefängniswärter in Nevada hat's mir verpfiffen.«

»Verdammt noch mal, warum macht sie's denn nach *der* Methode?«

»Warum?« sprudelte Simon. »Warum?«

»Ja, warum?« quäkte Zorro Garcia aus der Ecke des Mannschaftsraums. Buckmore Phipps und Gibson Hand starrten Simon ebenfalls an. *Jeder* erwartete eine Antwort.

»Warum?« Simon wurde richtig wütend. »Ich *weiß* nicht, warum! Wie sollt ich denn, verdammt, *irgendwas* rauskriegen? Schultz hatte sie im Flugzeug völlig mit Beschlag belegt. Hat ihr ständig diese Bloody Marys spendiert. Wetten, daß die da unten jetzt nur noch Tomatensaft pinkelt? Natürlich im Sitzen.«

»Aufm Damenklo«, murmelte der arme alte Cal Greenberg. Warum hatte Gloria die ganze Operation nicht in einem Abwasch machen lassen? Hatte der Quacksalber vielleicht mitten in der Operation entdeckt, daß sie seine letzte Rechnung noch nicht bezahlt hatte? Konnte sich Gloria einfach nicht davon trennen? Wollte sie wirklich die *schlechteste* beider Welten? *White Cliffs of Dover, Pennsylvania six, five, ou, ou, ou.*

»Die da oben in Fanny Hill nehmen keinen mit nem Schwanz, selbst wenn der nicht funktioniert«, bemerkte Gibson Hand.

»Völlig richtig«, pflichtete ihm der arme alte Cal Greenberg bei.

»Aber wenn man sie in die Männerzellen legt, wird sie daran kaputtgehen, daß ihr jeder ne Zigarette aufm Schwanz ausdrückt«, meinte Buckmore Phipps.

»Auch wieder wahr«, stimmte Cal Greenberg zu.

Als Schultz und Gloria La Marr vom Klo zurückkamen, löste sie das Problem auf ihre Weise. Sie sagte, sie zöge das Männergefängnis vor, weil Frauen sie wegen ihrer Größe ständig anstarrten.

»Aber Gloria, da unten gibt's doch jede Menge *Schweine*«, schrie Schultz. Und Simon beschloß, Schultz sofort mit in die Polizeiakademie zu schleppen zu einem kräftigen Dauerlauf rund um die Bahn und einem Dampfbad, und anschließend würde er ihn vielleicht auf der Ringkampfmatte mal richtig in die Zange nehmen und den ganzen Mist aus ihm rausquetschen, damit sein Kopf endlich wieder klar wurde.

Als zwei Blauuniformierte kamen, um sie ins Männergefängnis runterzubringen, flatterte Gloria zitternd herum wie ein großer Kolibri, nannte Schultz beim Vornamen und versprach hoch und heilig, sich vor Gericht wegen gewaltsamen Raubüberfalls schuldig zu bekennen (was allerdings *vor* ihrer transsexuellen Periode passiert war), um ihm wirklich keinen Kummer mehr zu machen. Sie verabschiedete sich überaus herzlich von Schultz, ehe die Blaujacken ihr Handschellen anlegten und sie wegbrachten.

»Auf Wiedersehen, Gloria«, sagte Schultz traurig.

»Wiedersehn, Gunther«, sagte Gloria sehr ernst.

»Weißte was?« bemerkte Zorro Garcia. »Wenn diese beiden mal heiraten, werden ihre Kinder sicher so groß wie King Kong, echt.«

Nachdem Schultz und Simon ihre Auslieferungsverzichtserklärung und anderen Schreibkram in der Sache Gloria La Marr erledigt hatten, stellten sie entsetzt fest, daß ihr Dienst erst in drei Stunden zu Ende war. Simon sagte zu Schultz, daß dieser verfluchte Dauereinsatz ihn echt ankotze. Es schien ein langer Arbeitstag zu werden.

Aber Schultz, der normalerweise genauso rummaulte, schimpfte und jammerte, war merkwürdig still, als sie aus der Innenstadt zurück nach Hollywood fuhren.

»Was ist mit dir los, denkste etwa an Gloria?« spottete Simon und schaute kurz rüber zu seinem Partner.

»Mir geht dieser Billings-Fall nicht ausm Kopf«, sagte Schultz.

»Wie kommste denn ausgerechnet jetzt darauf, verdammt noch mal?«

»Muß eben dauernd dran denken«, sagte Schultz.

Samuel Billings war Tankstellenbesitzer. Er hatte eine tolle Lage direkt an der Cole Avenue. Schultz und Simon kannten ihn flüchtig von einem früheren Raubüberfall, als er von einem netten Gangster mit der Kanone in Schach gehalten worden war, der ihn bloß ein bißchen bedrohte und herumstieß, statt ihn mit der Pistole zusammenzuschlagen, ihn zu treten, zu erstechen oder zu erschießen. Er machte im Monat zwar zweitausend Dollar netto, aber er wurde trotzdem höchst selten von den bewaffneten Gangsterbanden Hollywoods ausgeraubt, weil sie volles Verständnis für ihn hatten.

Samuel Billings war ein Little-League-Vater gewesen, ein Optimist und Mitglied des PTA, der Eltern-Lehrer-Vereinigung. Seine beiden Söhne besuchten das College, er unterstützte seine Schwiegermutter und hatte alles im Griff. Bis er anfing, sich irgendwie schuldig zu fühlen, weil er soviel Glück im Leben hatte, obgleich es überhaupt kein Glück war, sondern das Ergebnis harter Arbeit, sechzehn Stunden pro Tag, wenn er's ruhig angehen ließ.

Darum unterstützte er das lokale Dem-Häftling-eine-Chance-Programm und heuerte Wilfred James Boyle an, der gerade vor sechs Monaten aus dem Soledad-Gefängnis entlassen worden war und die Schnauze bereits gestrichen voll hatte von dem Acht-bis-fünf-Uhr-Scheißjob auf der Abschmierrampe. Wie sollte er je seine Rückzahlungen schaffen, wenn er sich plötzlich um Dinge wie Sozialabgaben kümmern mußte? Oder darum, einen Führerschein zu kriegen? Wie sollte so ein Kerl sich bessern, wenn er dauernd daran denken mußte, seiner Vermieterin einmal im Monat Geld zu überweisen? Wie konnte er es ertragen, das Formular für diese idiotische Zahlungsanweisung einmal im Monat überhaupt erst mal zu *kaufen*? Und dann die Steuer! In diesem Jahr würde er (falls er lange genug in Freiheit blieb) seine erste Lohnsteuerkarte einreichen müssen. Der Gedanke daran erfüllte ihn mit soviel

Enttäuschung und Wut, daß er am liebsten schreiend und brüllend mit offener Hose die Cole Avenue runtergerannt wäre. Oder vielleicht der erstbesten Frau unter den Rock gegriffen hätte, die für zwei Dollar fünfzig Benzin tanken wollte. Er hätte auch den nächstbesten Burschen vom Rad boxen können, der hereingewieselt kam, um ihn zu bitten, seinen Reifen aufzupumpen.

Wilfred James Boyle hatte sich aus seinem eigenen langweiligen Arbeiterklasse-Familienleben in Tulso abgeseilt, als er fünfzehn Jahre alt war. In den folgenden achtzehn Jahren hatte er in elf Zuchthäusern und Gefängnissen gesessen. Und Folsom, das schlimmste von allen, war immer noch besser gewesen als das verflucht langweilige Haus in Glendale, wo Samuel Billings mit seiner langweiligen Frau und seinen langweiligen Kindern lebte und glaubte, er lebte im Schlaraffenland. Und weil er ein intelligenter Strafentlassener war, begriff Wilfred James Boyle sehr wohl, welches Handicap alle Samuel Billings dieser Welt haben, worauf sie auch noch besonders stolz sind: ihr Gewissen. Für Wilfred James Boyle war das ungefähr so schlimm, wie mit einem Klumpfuß geboren worden zu sein. Und Samuel Billings *langweilte* ihn entsetzlich mit seinem ständigen Geschwafel, wie glücklich man darüber sein müßte!

Wie etwa drei Viertel der rückfälligen Strafentlassenen, die den größten Teil ihres Lebens hinter Steinmauern und Stacheldraht verbracht haben, brauchte auch Wilfred James Boyle seine höchst eigene Art von vollkommener Ordnung. Dafür hatte schon das Gefängnis gesorgt. Und wenn er dann in Freiheit war während seines »Knasturlaubs« – das heißt, zwischen seinen verschiedenen Verurteilungen –, brauchte er *Action*. Und das hieß nicht mehr und nicht weniger als: Sperr mich ein, oder es passiert was. Etwas Schreckliches.

Schultz und Simon waren davon überzeugt, daß er ursprünglich niemals vorhatte, Samuel Billings zu erschießen. Wahrscheinlich war er bloß mal reingekommen, nachdem er drei Reifen gewechselt, viermal Wagen abgeschmiert und irgendeinen kleinen Motorschaden behoben hatte, er hatte Scheiße gebrüllt, dann war sein eigener Motor sauer gelaufen. Er mußte erst mal wieder klar denken.

Wahrscheinlich hatte er bloß mal einen Blick auf Samuel

Billings 38er Revolver geworfen, den er blödsinnigerweise in dem Büroschrank einschloß, in dem sie auch die Ölfilter und Zündkerzen aufbewahrten. Blödsinnig deshalb, weil sich Samuel Billings, der einst Quartiermeister in Guam während des Zweiten Weltkrieges gewesen war und als loyaler Anhänger der American League zu den meisten Treffen und allen Konventen ging, möglicherweise schon früher in Lebensgefahr hätte bringen können, etwa bei dem Versuch, sich mit dem Revolver gegen den netten Gangster zu verteidigen, der ihn damals ausgeraubt hatte.

Nach Schultz' und Simons Ansicht mußte Samuel Billings, ölverschmiert und in Gedanken schon bei den Fleischklopsen mit Kartoffelbrei, die er sich in den dicken Bauch stopfen wollte, hereingekommen sein und dann geglaubt haben, seinen Augen nicht trauen zu können, als er Wilfred James Boyle dabei erwischte, wie er gerade seinen Safe ausraubte, um sich dann für immer aus dem Staub zu machen.

Möglicherweise hatte Samuel Billings sogar noch versucht, mit dem jüngeren Mann vernünftig zu reden. Aber selbst, wenn Wilfred James Boyle fähig gewesen wäre, seine Ansichten über das Knastleben und *Action* zu artikulieren, ist es zweifelhaft, ob Samuel Billings es überhaupt für möglich gehalten hätte, daß sein gewissenhafter Angestellter, sein Protegé, sein Freund, ihm jemals was antun würde. Jedenfalls hat Wilfred James Boyle, geprägt vom Leben in den elf wohl härtesten Gefängnissen, den Cops nie gestanden, wie es wirklich zur Tat kam. Aber vielleicht hatte Samuel Billings, als er einsah, daß seine Überredungsversuche vergeblich waren, blitzschnell nach seinem Revolver in der Hand des jungen Mannes gegriffen. Nicht unbedingt, um die dreitausend Dollar zu retten, sondern vielmehr den jungen Mann.

Als Schultz und Simon am Tatort ankamen, war Wilfred James Boyle mitsamt dem Geld längst auf dem Weg nach Tijuana. Dort allerdings erkannte Wilfred James Boyle dann innerhalb von zwei Wochen, daß die Mexikaner die Leute, die sie bei einem Raubüberfall erwischen, in Gefängnisse werfen, gegen die Folsom das reinste Bel-Air-Luxushotel ist. Und falls man einen mexikanischen Samuel Billings ins Jenseits pustet, bieten sie einem sofort die letzte Zigarette und eine Augenbinde an. Also setzte sich Wilfred James Boyle wieder über die Grenze nach San Diego ab, raubte eine andere Tankstelle aus, wurde festgenommen und landete schließlich in den frustrierten Riesenpfoten von Schultz und Simon.

Die Waffe, die Wilfred James Boyle neben dem sterbenden Samuel Billings hatte liegen lassen, wurde vom ersten Polizisten am Tatort gefunden, der aus lauter Neugier die Trommel öffnete und sie gleich wieder schloß. Was keine Katastrophe gewesen wäre, wenn Samuel Billings nicht dreißig Minuten später im Operationssaal sein Leben ausgehaucht hätte, und Wilfred James Boyle, als einziger Zeuge, behauptet hätte, er habe seinen Arbeitgeber lediglich ausrauben wollen. Sein Boß habe dann zum Revolver gegriffen, er habe mit Samuel Billings gekämpft, und unglücklicherweise habe sich dabei ein Schuß gelöst und Samuel Billings in den Bauch getroffen. Was Wilfred James Boyle in seiner Aufregung vergaß: die veraltete Munition hatte eine *Fehlzündung*. Zweimal hatte sie versagt, ein Schuß war abgefeuert worden. Da jedoch der erste Blauuniformierte am Tatort die Trommel geöffnet und wieder geschlossen hatte und damit die Schußfolge nicht mehr festzustellen war, konnten Schultz und Simon nie mehr beweisen, ob Samuel Billings nicht bei einer anderen Gelegenheit ein paarmal auf eine Katze oder eine Ratte geschossen hatte (die Hypothese der Verteidigung) und dabei zwei Versager im Revolver zurückgeblieben waren.

Auf diese Weise widerlegte die Verteidigung die Behauptung von Schultz und Simon, Wilfred James Boyle habe *dreimal* skrupellos abgedrückt, und dreimal ist *kein* unglücklicher Zufall, Wilfred-Baby.

Aber wie Jurys es zu tun pflegen, kauften sie Wilfred James Boyle seine Story ab, und er wurde vom Mord an Samuel Billings freigesprochen. Und er handelte seinen Raubüberfall auf schweren Diebstahl herunter, nachdem der Richter, der in den letzten Jahren ziemlich senil geworden war, ebenfalls der Meinung war, Samuel Billings habe den Revolver sehr wahrscheinlich bei früherer Gelegenheit benutzt, um in der Cole Avenue auf Ratten zu schießen. Und das, obwohl Schultz darauf bestand und die Jury vor Gericht eindringlich bat, ihm zu glauben, daß die Ratten, die zu nächtlicher Stunde auf der Cole Avenue herumhängen, nicht unbedingt Schnurrhaare und große Ohren haben, womit er den Richter um ein Haar dazu gebracht hätte, das Verfahren auf der Stelle einzustellen.

Und ausgerechnet diesen Richter hatte Schultz bis dahin so außerordentlich bewundert. Tatsächlich erinnerte er sich sehr oft und nur allzu gern an den Tag, an dem der Richter einem Zuhälter vom Sunset Boulevard eine Tausend-Dollar-Geldstrafe aufbrummte, nur weil der seine Hauptnutte nach Strich und Faden verprügelt hatte, obwohl die sogar noch vor Gericht aufkreuzte und dem Richter erzählte, daß sie so was ab und zu ganz gern hätte, um sich auf Trab bringen zu lassen. Der Zuhälter grinste daraufhin unverschämt, stolzierte auf seinen hohen Absätzen herum, öffnete seine pflaumenfarbene Samtweste, griff in die Tasche seines 150-Dollar-Gianni-Versace-Leinenhemds und sagte: »Gucken Sie mal, Richter. Tausend Dollar... ich hab noch jede Menge Mäuse in der Tasche.«

Und der Richter grinste zurück und sagte: »Dann greifen Sie doch bitte mal ins andere Täschchen und zeigen Sie mir, wo Sie die dreißig Tage haben!«

Aber inzwischen war der Richter nur noch senil, und für Schultz war wieder einer seiner Helden gestorben. Die wirklich schlimmste Erinnerung an den Billings-Fall, die Schultz hatte und die sogar Simon von Zeit zu Zeit durch den Kopf ging, war der Anblick von Samuel Billings auf dem Boden der Tankstelle gewesen. Vielleicht war's deshalb so schlimm, weil sie ihn vom ersten Raubüberfall her kannten. Er blutete aus dem Mund und wurde schon grau, aber trotzdem starrte er pausenlos mit großen, angsterfüllten Augen auf das kleine Loch in seinem gewaltigen Bauch. Und dann hatte er Schultz angesehen, und in seinen Augen stand unausgesprochen die eine Frage.

Die Frage, ob er sterben mußte.

Schultz wußte, daß die Kugel in seinem Körper schlimmste Verwüstungen angerichtet hatte, angesichts des vielen Bluts, das unaufhörlich aus Samuel Billings Mund kam, aber er hörte nicht auf, ihm sanft auf die Schulter zu klopfen, und sagte: »Da brauchen Sie sich gar keine Sorgen zu machen, Sam. Mensch, morgen früh sind Sie schon wieder auf den Beinen. Ist nur ne Schramme. Klar, Sir.«

Was Schultz wohl in seinem ganzen Leben nicht loslassen

würde, war der Blick von Samuel Billings, kurz bevor er ins Koma gefallen war. Der Blick, der ihm sagte: Sie sind ein Lügner.

»Ich will gar nicht erst versuchen, Missis Billings klarzumachen, warum Wilfred James Boyle nur wegen schweren Diebstahls verurteilt worden ist«, sagte Schultz. »Ich bin zu müde.«

Simon sah schnell mal auf seinen Partner, und der schien tatsächlich müde zu sein. Sein Stoppelhaar war länger gewachsen, und er war auf dem besten Weg, sein militärisches Aussehen zu verlieren.

»Du fühlst dich bestimmt sofort besser, wenn du erst mal nach Dienstschluß ein paar Drinks im Glitter Dome im Bauch hast«, sagte Simon, während er die Freeway-Ausfahrt hinunterfuhr. Der Smog am Nachmittag war heute erträglich.

»Ich fühl mich eigentlich schon so mies, seit wir im Nigel-St.-Claire-Fall nichts mehr rausgekriegt haben. Ich hasse es, wenn ich einen Fall habe, der einem auf die Art weggenommen wird.«

»Mich kratzt das alles überhaupt nicht«, sagte Simon. »Nicht n bißchen. Ich krieg immer noch zweimal im Monat meinen Gehaltsscheck. Was du jetzt brauchst...«

»Ich brauch meine Pensionierung«, sagte Schultz. »Ich wär heilfroh, wenn ich meine zwanzig Jahre um hätte. Ich weiß nicht, ob ich das noch zwei Jahre aushalte.«

»Du mußt mal n anständiges Leben anfangen, Junge.«

»Weißte, was ich heute in der Zeitung gesehen hab?« fragte Schultz mit äußerst leerer und matter Stimme. »Der Alphabetbomber verteidigt sich in seinem Prozeß tatsächlich selber. Er hatte einen Pfarrer als Zeugen geladen. Er und der Pfarrer gerieten dann in eine *theologische* Diskussion, sagt die Zeitung. Da komm ich einfach nicht mehr mit. Der Pfarrer hat durch den Bomber sein Bein verloren.«

»So?«

»Ja, so. Wo liegt da noch der *Unterschied*, wenn Wilfred James Boyle drei Jahre kriegt, weil er Sam Billings ins Jenseits befördert hat? Da hab ich doch Missis Billings kaum noch was zu sagen.«

»Dann halt doch die Klappe«, schimpfte Simon. »Mir wird sowieso schlecht von diesem ganzen Gefühlsscheiß. Du mußt einfach wieder klar im Kopf werden. Wenn du hier noch länger als Heulsuse rummachst, biste bald son Halbgarer wie Gloria. Ich kann dich nur warnen, Junge.«

So beschloß Schultz, seine Bestürzung und sein Gejammere für sich zu behalten, und schlug Simon vor, die letzten drei Stunden ihres Streifendienstes im Glitter Dome zu verbringen. Teufel auch, das hatten sie sich nach der mühsamen Auslieferung von Gloria La Marr verdient.

Und genauso lief's dann auch. Und sie hatten am Ende *sechs* Überstunden gemacht, als sie sich nachts zurückmeldeten. Fünf Minuten, nachdem sie den leeren Squadroom betreten hatten, kriegte ein Reporter im Presseraum des Parker Center einen ziemlich merkwürdigen Anruf von einem Typ, der sich als Sergeant Schultz von den Hollywood-Detectives ausgab. Der Anrufer erzählte, er habe ein unbekanntes Flugobjekt gesichtet, das dreihundert Fuß über dem berühmten *Hollywood*-Zeichen über den Berg geschwebt sei.

Als sich am nächsten Morgen ein junger Reporter bei Captain Woofer bitter über seine vergebliche Suche in den Bergen von Hollywood beklagte, bestritt ein triefäugiger Schultz jede Kenntnis von einem Telefonanruf und drohte damit, die Zeitung wegen Verleumdung zu verklagen.

Das Wiesel zuckte die Achseln und sagte: »Scheiße, der Kerl war gar nicht so besoffen. Schultz sieht doch *jedesmal* ein Ufo, wenn er aus dem Glitter Dome kommt. Was wird die Presse bloß sagen, wenn sie das rauskriegen?«

9

Mr. Wheels

Die Rollschuhbahn war am Freitagabend sogar noch greller als der Glitter Dome. Al Mackey bekam Kopfschmerzen in derselben Sekunde, in der er zur Tür hereinkam. Irgend jemand drehte die Stereolautstärke in Abständen so hoch, daß man die Gruppen Kool und Gang nicht mehr von einem B-52-Bomber unterscheiden konnte, und Mackey wünschte sich, sie würden die ganze Sache einfach sausen lassen. Die Schwankungen in der Lautstärke waren noch unerträglicher als das Ausmaß der Nervenzerrüttung, die sie wahrscheinlich sowieso davontragen würden.

Die Strobo-Flackerlichter waren ausgesprochen doof, und die Spiegel überall kannten sie schon, aber überraschend für sie war die Geschicklichkeit der Rollschuhläufer. Sie liefen allein, sie liefen paarweise: Jungen mit Mädchen, Mädchen mit Mädchen, Jungen mit Jungen. Sie liefen zu dritt und zu viert, in derselben Mischung. Sie rollten in langen Schlangen, in Ketten und Bögen, und ließen sich herumschleudern wie Rollschuhläufer von Anno dazumal. Aber die Musik von McCartney und den Wings und Ambrosia hielt sie alle im Zustand des Wahnsinns. Die Skater mußten sich entweder mitreißen lassen oder sie würden in der Menge zerdrückt werden, deshalb mußten sie alle dreißig Minuten neu unter Strom gesetzt werden. Die mit Teppichböden ausgelegte Lobby war übersät mit zusammengefallenen Regenbögen, mit schlafenden Süchtigen aller Art, Konsumenten von Dexedrin, Benzedrin, Downern, Speed und sogar Engelsstaub, obgleich der in diesen Tagen einen schlechten Ruf hatte, was damit zusammenhing, daß die Cops behaupteten, jeder Kerl, den sie umpusteten, sei bis zum Kragen voll mit Staub gewesen. Das ging so weit, daß die Leute auf der Straße sagten, wenn das Leben zu hart würde und man auschecken möchte, müßte man nur ein bißchen Engelsstaub nehmen und auf die Straße gehen – irgendein Cop würde einem schon den Gefallen tun und einen umlegen.

Und natürlich hing überall der Geruch von Pot, von Marihuana. Al Mackey wurde high, weil er neben einer Skaterin saß, die seit ihrer Ankunft einen Joint nach dem anderen geraucht hatte. Aber er dachte nicht daran, den Platz auf der Galerie zu wechseln. Sie trug ein Velourhöschen und das Oberteil eines gelben Badeanzugs, das direkt unter ihren Brüsten abgeschnitten worden war, als sie aufrecht gestanden hatte. Jetzt saß sie. *Darum* dachte Al Mackey nicht daran, den Platz zu wechseln.

Martin Welborn trieb sich in der Bahn herum. Natürlich sahen er und Al Mackey wie Cops aus, weil sie unter den Hunderten von Skatern und Zuschauern die einzigen beiden Menschen waren, die normal angezogen waren. Aber anscheinend schien es keinen zu stören. *Wenn* sie Drogenfahnder, also Narcs, wären, würden sie nicht wie Polizisten aussehen, wie jeder wußte, sie würden herumlaufen wie das Wiesel und das Frettchen. Und weil die meisten in der Disco-Roller-Clique nur Dope nahmen und sonst ehrlich waren, hatten sie keine Angst vor den beiden Detectives, die möglicherweise Feds waren, FBI-Agenten, die irgendeinen bestimmten Typ suchten.

Es war schwer zu sagen, was für ein bestimmter Typ das sein mochte. Als Martin Welborn gestern angekündigt hatte, daß er glaube, er kenne einen, der Nigel St. Claire in der Nacht, in der er verschied, in der Bowlingbahnparkplatzgegend gesehen hätte, da hatte Al Mackey gedacht, Marty habe wieder mal in die alte Trickkiste gegriffen. In dem Augenblick schien es sogar ganz einleuchtend zu sein, aber wie so viele gute Ideen schien sie sich inzwischen überlebt zu haben, mindestens zu dem Zeitpunkt, an dem er hier saß und annähernd hundert Skatern zusah, von denen jeder leicht ihr Mann sein konnte.

Nach Ansicht der Skater in der Bowlingbahngegend war der Parkplatz nachts ein fabelhafter Ort, an dem man ab zehn

Uhr herrlich Rollschuhlaufen konnte, sobald alle Autos verschwunden waren. Trotz der schwachen Beleuchtung von der Straße her konnte man auf der neuen Asphaltdecke regelrecht fliegen. Und alle sagten, daß nachts niemand schneller oder später fliege als *Mr. Wheels*. Er sei ein furchtloser Skater (keine Knieschoner, keine Ellbogenschützer, keine Handgelenkschützer), der über den ganzen Parkplatz rückwärts rollen konnte, sein Radio voll aufgedreht hatte und dabei mit den Boz Scaggs so laut im Chor mitsang, daß er sich ständig Beschwerden von den Anwohnern zuzog. Und deshalb seien schon mehrere Funkstreifen gekommen und hätten ihn veranlaßt, die Lautstärke herunterzudrehen. Die Streifenberichte und Namenskarteien waren von Al Mackey und Martin Welborn schon nach dem Spitznamen Mr. Wheels gecheckt worden. Da gab es drei *Mr. Wheels*, drei von diesen Rollschuhläufertypen, von denen jedoch keiner der Beschreibung *ihres* Mr. Wheels entsprach, nach der er etwa fünfundfünfzig Jahre alt war, dünnes Haar mit einer Glatze oben hatte und dünner als Al Mackey sein sollte. Was scheinbar bedeutete, daß keiner der Cops, die den Beschwerden der Anwohner der Parkplatzgegend nachgegangen waren (und *ihren* Mr. Wheels ermahnten, nicht soviel Krach zu machen), sich jemals die Mühe gemacht hatte, eine F.I.-Karte, einen Verhörbogen, auszufüllen. Diese faulen Säcke!

Natürlich konnten sich Al Mackey und Marty ans Rollschuhbahnmikrofon hängen und all die Herumfliegenden auffordern, ihre Perücken und Hüte abzunehmen, dachte Al Mackey, und davon müßte sich nahezu jeder Anwesende angesprochen fühlen. Wenn es jemals einen Perücken-und-Hut-Himmel geben würde, wäre es Hollywood, USA, vor allem ein so geschlechtsloser Ort wie eine verrückte Rollschuhbahn.

Just in diesem Moment drehte sich die Skaterin neben ihm nach links und reichte einen Joint an den Skater, der hinter ihr saß. Sie blieb in dieser verdrehten Haltung sitzen, bis er seinen zweiten Zug genommen hatte, und ihre rechte Titte quoll unten *vollständig* aus dem Oberteil. Al Mackey dachte sich, Marty könne ruhig die ganze Nacht in der Rollschuhbahn herumschleichen.

Ob es an der Luft lag oder woran auch immer – Al Mackey

fand an dem fliegenden Zirkus immer mehr Gefallen. Eine verschlampte Skaterin in einem armseligen Fummel aus den sechziger Jahren kam angeschossen und machte Luftsprünge direkt vor seinen Augen. Andere in pastellfarbener Seide wie beim Rodeo Drive mit farblich abgestimmten Knieschützern und Stiefeln aus goldenem Leder machten unglaubliche Überwürfe, wobei sie ihre Partner mitten im Flug wieder auffingen, es allerdings geschickt vermieden, einem Trio schwarzer Superskater in die Quere zu kommen, drei Typen, die ganz in Schwarz mit heruntergerollten schwarzen Stiefeln liefen und die Fußknöchel bewegten, als liefen sie auf Kugellagern. Sie kurvten und rockten und tanzten durch die anderen und produzierten ihre Akrobatik bei Geschwindigkeiten, die zu Verstümmelungen und zum Tod führen mußten, wenn sie jemals zusammenstießen. Al Mackey kam aus dem Staunen nicht heraus. Kein einziger wurde von den blitzschnellen schwarzen Bombern angerempelt. Sie rollten, flippten, wirbelten, sprangen, drehten sich, liefen Zickzack, so nah, daß die Seide knisterte, wenn sie heranflogen und die alten Schildkröten fast in ihren Jetstream saugten.

Und da gab es genug alte Schildkröten, wie man die arbeitslosen alten Schauspieler nannte, klar. Einige von ihnen brachen Al Mackey fast das Herz. Anfänger in den mittleren Jahren mit jeder Menge Goldarmbändern und Sklavenketten, die seit fünf Jahren out waren, vielleicht in Kürze geschieden wie Al Mackey, vielleicht aus dem San Fernando Valley wie Al Mackey, vielleicht mit einem ähnlich traurigen Sexleben wie Al Mackey (obgleich er das bezweifelte), alle beim Versuch, die Zeit totzuschlagen. Martin Welborn sagte immer, ihn würden Zeugen aus dem lateinischen Sprachraum nicht frustrieren, im Gegensatz zu anderen Detectives, die ausflippten, wenn diese Zeugen ganze Gerichtsfälle platzen ließen, einfach wegen ihrer kulturbedingten Unfähigkeit, sich Zeitbegriffe anzueignen. Martin Welborn sagte, er beneide diese Latinos um ihre sture Weigerung, sich von der Zeit *einschüchtern* zu lassen.

Aber manche unter diesen Schauspielerschildkröten hatten sich bestimmt von ihr einschüchtern lassen. Und sie wurden eingeschüchtert von den Todesgeschwadern, die in atemberaubendem Tempo angefegt kamen, und Al Mackey wurde trübsinnig beim Anblick einer rollenden Schildkröte, die spielerisch versuchte, rückwärts zu laufen, um eine ausgekokste himbeerfarbene Rakete in einem wie angegossen sitzenden Brustpanzer Typ Wonder Woman zu beeindrucken, die in ihren Shorts selig ins Tal der Träume glitt. Sie *sah* die alte Schildkröte überhaupt nicht, als eine von deren ruckartigen Rückwärtsdrehungen fast dazu führte, daß einer der schwarzen Blitzbomber sie mit dreißig Meilen in der Stunde anrempelte. Was sie sicher über die ganze Bahn hätte segeln und in die Spiegelwände hätte krachen lassen, und das hätte sie sicher aus ihren Träumen von Hügeln und Tälern und geschmierten Rädern gerissen und sie zu einem Fall für Gebißrekonstruktion und Schönheitschirurgie gemacht. Es war faszinierend, aber erschreckend, eine Weile zuzuschauen und sich dabei alle Möglichkeiten und Konsequenzen vorzustellen.

Martin Welborn hatte seine Suche nach der glatzköpfigen Bohnenstange im Moment unterbrochen und war ganz gefesselt von einer Soloskaterin in der Mitte der Rollschuhbahn, die das schwindelerregende Kaleidoskop um sie herum fast vergessen zu haben schien. Ihr Haar, aschblond und zu Zöpfen geflochten, war hinten festgesteckt, damit es sich nicht löste, während sie ihre Figuren lief und dahinschwebte. Ballett auf Rollschuhen. Martin Welborn hätte es nicht für möglich gehalten. Sie trug ein champagnerfarbenes, ärmelloses Trikot, Strümpfe und glänzende Stiefel. Sie schien nur für sich zu laufen, tief konzentriert. Als sie an den Rand der Bahn kam, um mit irgend jemandem auf der Galerie zu reden, lächelte sie, und ihre Zähne waren so weiß wie die von Martin Welborn, was bedeutete, daß sie wahrscheinlich überkront waren, obgleich er sehen konnte, daß sie fast kein Make-up trug und ihre breiten Brauen und getuschten Wimpern ihre eigenen waren. Von der Figur her war sie fünfundzwanzig. Nach ihrem Lachen, ihrer Stimme und den Falten um die Augen und den Mund und an ihrem hübschen Nacken war sie mindestens fünfunddreißig. Wie alle Polizisten schaute Martin Welborn sofort auf ihre Hände.

Die Hände sagten viel aus und konnten nichts verbergen. Sie offenbarten das Geschlecht, wenn es zweifelhaft war, das Alter und vor allem die Absichten. Achte auf die Hände, sagten die Erfahrenen immer. Keiner kann dir was tun, wenn du auf die Hände achtest.

Und eines lange vergangenen Tages, als Martin Welborn als junger Polizeianwärter auf dem Pico Boulevard Streife ging, schlichtete er einen Streit in einer indischen Bar und achtete so ausgiebig auf die Hände eines betrunkenen Helden, daß der Inder ihn in die Eier trat und für zwei Tage ins Krankenhaus beförderte, die Ausnahme, die die Regel bestätigte. Aber wie auch immer, die Hände enthüllten Geschlecht und Alter und normalerweise auch die Absichten.

Ihre Hände waren vierzig Jahre alt, aber sie waren lang und hübsch. Sie schaute Martin Welborn an, aber sie sah ihn nicht. Er fragte sich, was sie so machte, ob sie verheiratet war, ob sie allein war. Keine Frau hatte ihn so stark angezogen, seit Paula weggegangen war. Er war überhaupt noch nie zuvor zu einer Frau so sehr wie zu Paula hingezogen worden. Sie war die begehrenswerteste Frau, die er je gekannt hatte, und nun, da sie weg war, drehten sich im Schlaf- und im Wachzustand alle sexuellen Phantasien (und das waren wenige) um Paula. Seltsamerweise quälte er sich nicht mit Phantasien über Paula mit anderen Männern. Er dachte nur an sie und an sich, zu dem sie gehörte. Aber er machte sich keine Illusionen. Sie hatte ihn für immer verlassen.

Diese Skaterin hatte irgendwas. Sie glitt zurück in die Mitte der Bahn und nahm ihre schwierigen Übungen wieder auf.

In diesem Moment sprang Al Mackey von seinem Sitz hoch und hastete an den Rand der Bahn. Er hatte eine haarlose Vogelscheuche auf roten Rollschuhen entdeckt, die sich in Schlangenlinien durch eine Kette von Mädchen wand, die sich höchst gefährlich herumschleudern ließen. Der Typ war wendig genug, unter den Armen jedes Mädchens durchzurollen, das sich jeweils in der Taille des vor ihr laufenden Mädchens festhielt. Nur gelegentlich mußte ein Mädchen seinetwegen loslassen, weil er so hin und her schoß. Sie schienen ihn alle zu kennen und streckten ihre kleinen Ärsche weit nach hinten, damit er seine scheinbar unmöglichen Mätzchen machen konnte. Einige Leute in der Menge applaudierten.

Al Mackey fragte sich gerade, ob Marty den Skater ebenfalls entdeckt hatte, als eine andere fünfundfünfzigjährige Bohnenschote mit einer rostbraunen, abenteuerlichen Perükke, die wie ein Flammenschweif hinter ihr her flatterte, an Al Mackeys Gesicht vorbeiflog. Al Mackey sagte sich, daß der rostbraune Roller durchaus ebenso kahl sein konnte. Es war aussichtslos.

Als Al Mackey ganz dicht an die Bahn herankam, weg von der alles einhüllenden Wolke von Marihuana und den wakkelnden Titten nebenan, gab es Dutzende, die Mr. Wheels sein *konnten*. Superdünn ist in. Jeder war annähernd so mager wie Al Mackey. Nachdem man sich all die Jahre über ihn lustig gemacht hatte, war er plötzlich genau *im Trend*. So lange, wie er sein Leben in Hollywood, USA, verbrachte.

Dann sah er, wie Marty ihm von der Galerie gegenüber zuwinkte. Sie gingen hinauf zur Snackbar und tranken einen Kaffee und waren sich einig, daß es hoffnungslos war.

»Ich habe den Manager gefragt und mindestens ein Dutzend von den heißesten Skatern, ob sie Mr. Wheels kennen«, sagte Martin Welborn, »ohne Erfolg.«

»Ich habe mit ein paar Leuten geredet, die einen ›Wheels‹ oder ›Wheely‹ kannten und sogar einen, der einen ›Mr. Wheels‹ kannte, aber der paßte überhaupt nicht zu der Beschreibung«, sagte Al Mackey.

»Möchtest du zum Bowling gehen?« Martin Welborn lächelte.

»Marty, du willst doch nicht jeden Abend in dieser Bowlingparkplatzgegend rumhängen, *oder*?«

»Wie wär's mit n paar Abenden?« sagte Martin Welborn. »*Eine* Nacht vielleicht?«

»Wozu? Mr. Wheels müßte schon n sehr langes Teleobjektiv genommen haben, um überhaupt was zu *sehen*.«

»Da muß es eine Verbindung geben. Er ist das einzig lebende und atmende Wesen am Parkplatz nachts in dieser fraglichen Stunde. Außer Nigel St. Claire in einer ganz *bestimmten* Nacht.«

»Wir haben nicht sicher ermittelt, daß Nigel St. Claire tatsächlich noch lebendig war und atmete, als er auf dem Parkplatz ankam«, erinnerte ihn Al Mackey.

»Du wirst dich aber *lange* anstrengen müssen, um zu beweisen, daß er Selbstmord beging«, grinste Martin Welborn.

»Ich werde es beweisen! Ich werde es beweisen!« sagte Al Mackey, als das Mädchen mit dem Badeanzugoberteil heranwackelte. »Herrgott, laß uns hier verschwinden, Marty, bevor ich durchdreh und mir ein Paar Rollschuhe leihe und von Leidenschaft gepackt die erste Runde drehe, um ne ausgekokste Kokse in abgeschnittenen Jeans aufzureißen!«

»Okay, Junge, gehen wir«, sagte Martin Welborn. »Aber laß uns ein paar Minuten beim Parkplatz halten.«

»Gott im Himmel.«

»Nur ein paar Minuten, ja? Vielleicht haben wir Glück.«

Aus ein paar Minuten wurde eine halbe Stunde. Und dann eine Stunde, wie Al Mackey vorher gewußt hatte. Sie saßen im Dunkeln in ihrem Polizeiwagen und beobachteten den leeren Parkplatz.

»Weißt du, Marty, du mußt einfach aufhören, deinen Polizeijob so ernst zu nehmen«, sagte er. »Immerhin bist du schon zwanzig Jahre dabei. Man sollte annehmen, daß du's besser weißt.«

»Neunzehn Jahre und elf Monate«, korrigierte ihn Martin Welborn.

»Ich bin dafür, nach Hause zu gehen. Mir reicht's.«

»Du hast ein ganzes Wochenende, um dich zu erholen«, sagte Martin Welborn.

»Was machst du an diesem Wochenende?«

»Oh, ich denke, ich laß es ganz locker angehen«, sagte Martin Welborn. »Nett und locker.«

Und er irrte sich sehr, obgleich er in diesem Moment noch nicht ahnte, daß ein Telefonanruf für ihn kommen würde. Der Anruf würde ihm das qualvollste Wochenende der letzten Jahre bescheren. Es würde schlimmer als das Wochenende werden, an dem Paula auszog.

Sie sahen, wie der Skater den Parkplatz von der Gower Street her betrat. Oder besser, sie sahen einen Schatten, der sich schneller bewegte, als ein Mann sich zu Fuß bewegen konnte. Die beiden Detectives stiegen aus dem Wagen. Der Schatten kam näher. Er sah nicht aus wie Al Mackey oder Mr. Wheels. Er hatte eher die Umrisse von Orson Welles.

Der rundliche Skater lief ein paar Achten und keuchte zurück zur Gower, wobei er am Hollywood-Boulevard verschwand.

»Komm, wir *gehen*, Marty!« sagte Al Mackey, und Martin Welborn nickte widerwillig.

Aber als sie auf dem Revier ankamen, hatte Martin Welborn eine Idee. »Eine Minute, Al. Warte bloß noch eine Minute, okay?«

»*Eine* Minute. Wenn ich freitags nicht vor elf im Glitter Dome bin, wird Wing nervös. Leute wie Buckmore Phipps zu beklauen, ist viel riskanter.«

»Komm, gib mir eine Minute«, sagte Martin Welborn und ließ Al Mackey im leeren Squadroom zurück, wo er damit begann, seine billige Plastikaktenmappe wegzupacken und die letzten Eintragungen ins Tagebuch zu machen. Er war gerade dabei, ihre Dienstzeiten aufzuschreiben, als Martin Welborn in den Squadroom gerannt kam, mit jenem kindlichen Grinsen, das, wie Al Mackey wußte, Wing sehr unglücklich machen und ihn zwingen würde, heute abend irgend jemand sonst zu beklauen.

»Sieh dir das an, Al!« sagte er, als er ihm zwei F.I.-Karten zeigte, mit denen er Al Mackey zwang, zuzugeben, daß die Cops, die gerufen worden waren, »Mr. Wheels« zu sagen, er möge den Lärm unterlassen, eben doch nicht so faule Säcke waren.

»Das wär mir ums Leben nicht eingefallen«, gab Al Mackey zu.

Der Name des Skaters war Griswold Weils. Mr. Wheels war überhaupt nicht sein Spitzname. Es war nur der verständliche Irrtum von Rollschuhläufern, die, während einer beiläufigen nächtlichen Vorstellung, als sie gerade auf einem Bowlingparkplatz rückwärts durchs Leben flogen, gedacht hatten, er habe sich mit *Wheels* vorgestellt, einem ganz natürlichen Titel für einen Skater. Und so war's dann eben schnell passiert, Mr. Wheels, Wheels wie Räder!

Sie fanden Griswold Weils ziemlich in der Nähe: In seinem Apartment in der Catalina Street, genau wie es in der F.I.-Karte eingetragen war. Es war ein typisches Hollywood-Zwei-Zimmer-Apartment, was darauf schließen ließ, daß die Arbeitslosenunterstützung gerade auslief. Er hatte tatsächlich eine Glatze, war genauso mager wie Al Mackey und außerordentlich erregt darüber, daß seine TV-Sendung *Friday nights at the Movies* von zwei Polizisten unterbrochen wurde, die hereinschneiten, um über einen Mord zu reden. Tatsächlich ging ihm der Arsch auf Grundeis, und er saß stinkend vor Angst auf seinem Tagesbett, während sich die Detectives rittlings auf Küchenstühle setzten.

»Ich hätt doch längst die Cops gerufen, wenn ich was wüßte, was euch helfen könnt!« Griswold Weils nagte an seinen vom Rauchen gelben Fingerschwielen. »Ich hab nie ne Figur gesehen, ehrlich nicht, nie. Wenn ich da nachts zu der Bowlingbahn gegangen wär und Mister St. Claires Leiche überrollt hätt, glauben Sie nicht, daß ich die Cops gerufen hätt?«

»Haben Sie was darüber gelesen?« fragte Martin Welborn.

»Klar hab ich was drüber gelesen«, sagte Griswold Weils. »Und ich hab's auch im Fernsehen gesehen und alles.«

»Warum sind Sie so *ängstlich*, Griswold?« fragte Al Mackey.

»Bei Cops bin ich immer ängstlich.«

»Wie oft waren Sie im Knast?« fragte Al Mackey.

»Ein paarmal. Nichts Besonderes. Niemals im Zuchthaus oder so.«

»Warum sind Sie eingesperrt worden?«

»Ich hab mal... n paar Fotos gemacht. Zweimal.«

»Was? Pornos?« fragte Al Mackey. »Kinderpornos?«

»Yeah. Beide Male haben mich die Sittenbullen genagelt. Hab ein für allemal damit aufgehört. Hab sowieso nie Geld damit gemacht.«

»Womit verdienen Sie Ihren Lebensunterhalt?« fragte Martin Welborn.

»Kameramann. Ich versuch's. Hab früher n paar Filme gemacht. Richtige Filme, mein ich. Spielfilme. Hab auch mal Fernsehen gemacht. Hab zuviel getrunken.«

»War das in der Zeit, als Sie da reingeraten sind und Kinderpornos gemacht haben?«

»Zweimal«, stöhnte Griswold Weils. »*Zweimal*. Ich bin beide Male eingebuchtet worden. Es war der Suff. Ich bin über ein Jahr von dem Zeug weg. Ich hab mit Rollschuhlaufen angefangen. Ich habe ein Talent entdeckt, von dem ich gar nicht wußte, daß ich's hatte. Im Alter von zweiundfünfzig hab ich entdeckt, daß ich n Flieger bin! Sie sollten mich auf Rollschuhen sehen. Es hat mein Leben verändert. Ich versuch grade, wieder ins Fernsehen zu kommen. Ich war große Klasse hinter der Kamera. Ich hab drei Spielfilme gemacht! Ich hatt ne große Karriere vor mir, bevor ich ans Saufen kam. Ich schaff bestimmt n Comeback.«

Wenn sie nach Furcht *stinken*, versucht ein Detective schon mal einen Bluff: »Wie gut kannten Sie Nigel St. Claire?« Martin Welborns Frage kam ganz plötzlich.

»Officer! Ich schwör's Ihnen. Ich hab Mister St. Claire in meinem ganzen Leben nicht getroffen. Ich schwör's Ihnen!«

»Sie lügen«, sagte Al Mackey. Und fügte dann, um auf Martys Bluff noch einen draufzusetzen, hinzu: »Partner, ich glaube, es ist an der Zeit, Mister Weils auf seine verfassungsmäßigen Rechte hinzuweisen.«

»Wozu?« fragte Griswold Weils. »Wozu?«

»Wir müssen Sie aufs Revier mitnehmen«, sagte Al Mackey. »Wir ermitteln in einem Mordfall. Wir haben einen Zeugen, der sagt, daß Sie irgendwas wissen. Sie lügen, und deshalb wissen Sie vielleicht eine Menge.«

»N Zeugen? *Was* fürn Zeuge?«

»Sie ticken nicht richtig, Griswold«, sagte Al Mackey. »Sie denken, Sie wären *ich*. Jetzt stellen Sie mir die Fragen.«

Und dann stand Griswold Weils von seinem Tagesbett auf und setzte sich wieder hin. Stand auf und setzte sich noch ein zweites Mal wieder hin. Er guckte aus der Wäsche, als könne er direkt durch das Fenster davonrollen. Es war leicht, sich einen Mann wie Griswold Weils vorzustellen, wie er im Dunkel der Nacht selig über leere Parkplätze flog und dabei all die Geister hinter sich ließ, die ihn in die Flaschen rein- und wieder raushetzten. Er *stank* nach Furcht.

»Hörnse auf zu *lügen*!« sagte Al Mackey etwas vertraulicher.

»Ich will nicht aufs Revier«, sagte Griswold Weils. »Ich hab Mister St. Claire, oh, warten Sie mal, vor fünf Jahren zuletzt gesehen. Ungefähr in der Zeit, in der ich meinen letzten Spielfilm gemacht hab. Ich hab ihn nie gesehen, als ich dann Fernsehwerbefilme machte.«

»Warum erzählen Sie uns nicht *alles* und fühlen sich dann viel besser und kriegen noch das Ende von Ihrem Film mit, wenn wir weg sind«, sagte Martin Welborn, während er aufstand und den tragbaren Fernseher ausschaltete, den Griswold Weils in einem Trödelladen auf der Western Avenue aufgestöbert haben mußte.

»Na schön, ich… es ist *möglich*, daß ich kürzlich mit ihm am Telefon gesprochen hab.«

»Es ist *möglich*, daß Sie mit ihm gesprochen haben«, sagte Al Mackey.

»Ich habe mit *irgend jemand* gesprochen.« Griswold Weils fing an, so heftig mit den Augen zu plinkern, auf den Lippen herumzukauen und die Fäuste zu ballen, daß sogar die Detectives kribbelig wurden. »Was hat der Zeuge über mich *gesagt?*«

»Laß uns mal aufs Revier skaten«, sagte Al Mackey. »Da können Sie offener reden. In einem kleinen Raum. Ohne Fenster. Keine Ablenkungen.«

»Warten Sie doch, warten Sie doch!« schrie Griswold Weils. »Ich mein, ich hab am Telefon mit *irgendeinem* gesprochen, der Nigel St. Claire gewesen sein *könnte*. Gottverdammich, ich kann mich nicht mal erinnern, wie Mister St. Claires Stimme geklungen hat! Fünf Jahre, seit ich seine Stimme gehört hab. Ich hab nur den einen Spielfilm in seinem Studio gemacht. Ich war auf der Abschlußparty, wo er ne Rede hielt. Er kam vielleicht zwei-, dreimal zum Drehort, weil's immerhin ne Zwölf-Millionen-Dollar-Kiste war, und das war vor fünf Jahren n Riesenfilm. Heute verpulvern sie zwanzig Millionen, als wenn ich beim Pokern n Pärchen Zweier wegschmeißen würd. Das Geschäft ist ruiniert durch diese Nichtskönner.«

»Griswold, hat die Person, die Nigel St. Claire gewesen sein *könnte*, Sie hier in diesem Apartment angerufen?« fragte Martin Welborn.

»Ja… nein… verdammich, ich bin total durcheinander! Zuerst, da hab ich einen Brief gekriegt über meinen Berufsverband, und die haben mir den nachgeschickt. Ohne Briefkopf. Irgendein sogenannter Produzent, der sich selbst… wart mal, Mister Gold nannte.«

»Wie heißt Ihr Berufsverband?«

»International Photographer's Union. Ortsanschluß sechs fünf neun.«

»Haben Sie den Brief aufgehoben?« fragte Al Mackey.

»Nein, und dann... warten Sie mal, der Anruf kam ungefähr drei Tage danach. Ich war nachmittags hier zu Hause, als *irgend jemand* anrief. Er sagte, er hätte einen Job für mich. Er sagte, meine Arbeit wär die beste, die er seit vierzig Jahren gesehen hätt. Er sagte, er wär dieser Mister Gold.«

»Sie sagten, Sie hätten Nigel St. Claires Stimme vor fünf Jahren nur ein einziges Mal gehört«, sagte Martin Welborn.

»Yeah, auf der Abnahmeparty für die eine Kiste, die ich in seinem Studio drehte. Auf keinen Fall kann ich sagen, daß seine Stimme sich wie die von Mister Gold anhörte. Nach fünf Jahren?«

»Was hat er sonst noch gesagt?«

»Er sagte, er hätte gehört, ich hätte ne schlechte Zeit hinter mir, und dann redete er über die harten Zeiten.«

»Was hat er *genau* gesagt?« fragte Martin Welborn.

Griswold Weils hatte mit dem Blinzeln und Beißen aufgehört, aber er rutschte immer noch auf seinem klammen Tagesbett hin und her und schlüpfte rein und raus aus den zerrissenen Hausslippern. »Er redete darüber, wissen se, daß er gehört hätte, ich hätt einigen Ärger mit dem Suff gehabt, und er hoffte, daß ich davon weg wär, und ich sagte ja. Und dann kam er auf den Ärger, den ich mit dem Gesetz gehabt hatte, wissen se.«

»Er redete über Ihre Verhaftungen wegen der Herstellung von Kinderpornos«, sagte Al Mackey.

»Er wußte es. Klar, das wissen ne Menge Leute. Es stand auch in den Zeitungen. Hat mir einige Jobs vermasselt. Ich hab damals soviel getrunken, daß ich n Anamorphic* nicht von ner Anakonda unterscheiden konnte. Tatsächlich, ich glaub, ich *hab* mal n paar Schlangen gesehen, als ich durch die Linse guckte. Rollerskating hat mir das Leben gerettet.«

»Was war das für ein Job, den er für Sie hatte?« fragte Al Mackey.

»Hat er nie gesagt. Er sagte, darüber möcht er mit mir persönlich sprechen. Okay, ich stellte mir vor, es *könnte* ein Kinderporno sein, aber ich kann schließlich kaum meine Miete bezahlen!«

---

* Bewußt verzerrt hergestellte Filmszene.

»Hat er mit Ihnen einen Termin vereinbart?«

»Nein, er sagte, er würd mich irgendwo treffen und darüber reden.«

»Wo?«

»Ich hab ihm meine Adresse gesagt, aber er sagte, er würd nicht gern hierherkommen. Dann... dann sagte ich ihm, wir könnten uns doch auf dem Bowlingbahnparkplatz über die Straße treffen, wo ich fast jeden Abend Rollschuh lauf.«

»Sie haben sich in der Nacht getroffen, in der Nigel St. Claire tot aufgefunden wurde«, sagte Martin Welborn, und nun konnte er seine Aufregung nicht länger verheimlichen. Sogar Al Mackey kriegte das mit.

»Ich *schwör* Ihnen, ich hab niemand gesehen! Ich bin da aufgekreuzt, wie die Telefonstimme sagte, nachdem die Bowlingbahn geschlossen hatte. Ich rollte da rein, und keiner war da. Lebendig oder tot, keiner war da. Da war kein Auto da. Ich hörte mein Radio und lief rum, oh, vielleicht ne halbe Stunde, und immer noch kam keiner. Ich dachte, vielleicht war das nur son mieser Witz. Ich stellte mir vor, daß mir irgendein Schwanz n miesen Streich spielt und mir noch n Fußtritt gibt, wenn ich sowieso schon down bin.«

»Wer würde Sie treten, wenn Sie sowieso schon down sind?« fragte Martin Welborn.

»Ich kann's mir von keinem vorstellen«, sagte Griswold Weils. »Ich dachte, vielleicht Pete Flowers, der Kerl, für den ich die Pornos gemacht hab. Ich geh in n Knast, und *er* spielt verrückt, weil er n bißchen Geld verloren hat. Aber das gibt keinen Sinn. Pete war ne Weile verschwunden. Und dann wird am nächsten Tag Mister St. Claires Leiche gefunden! Und ich stell mir vor, mein Gott!, wenn das nun am Telefon Nigel St. Claire war, der den Treff mit mir gemacht hatte? Oder wenn er bei dem Kerl war, der angerufen hatte? Aber ich dachte, für mich isses das Beste, die Schnauze zu halten und mich um meine eigenen Angelegenheiten zu kümmern, weil ich sowieso nichts drüber weiß, und weil ich grade meine Chance gekriegt hab, wieder ins Geschäft einzusteigen. Vielleicht kann ich nächsten Monat n Werbefilm machen, dann geht's bei mir wieder richtig los.«

»Könnte Nigel St. Claire in Kinderpornogeschichten verwickelt gewesen sein?«

»Auf keinen Fall!« sagte Griswold Weils. »Wozu? Mister St. Claire is n großer Mann. Ein Millionär! Warum sollt er sich mit solchen Geschichten rumschlagen? Er könnt sich ne ganze Bootsladung Kinderpornos kaufen, wenn er sie für sich selber bräuchte. Würde ein Mann wie Mister St. Claire seine Stellung riskieren, um ein paar Dollars mit Kinderpornos zu machen? Wenn Sie das glauben, könnt er ja auch gleich mit Dope handeln, oder? Vielleicht fing er grade an, Opium aus Pakistan rauszuschmuggeln? Mister St. Claire? Macht das irgendeinen Vers?«

»Im Grunde nicht«, stimmte Martin Welborn zu. »Also, was nehmen Sie an, was er auf dem Parkplatz gemacht hat?«

»Ich *kann's* mir nicht vorstellen!« schrie Griswold Weils. »Alles, was ich kann, ist Filme aufnehmen und Rollschuhlaufen! Wenn er Rollschuhstunden haben wollte, hätt er sich seine eigene Bahn kaufen können! Ich kann's mir nicht vorstellen. Deshalb hab ich mir gesagt, ich halt mich da raus. Ich bin nie in so was reingeraten, und ich bin zu alt, um damit anzufangen. Aber wissen Sie was? Ich bin *nie* mehr auf diesen Bowlingbahnparkplatz zum Rollschuhlaufen gegangen. Ich kann da einfach nicht mehr hingehen und daran denken, daß Mister St. Claire da so gelegen hat, wie die Zeitungen geschrieben haben. Und wer ihn auch totgemacht hat, ich will nichts davon wissen, und der soll nichts von mir wissen. Bitte, sagen Sie keinem Menschen, daß ich mit Ihnen geredet hab!«

»Sie müssen doch neugierig gewesen sein, was Mister Gold von Ihnen wollte«, sagte Al Mackey.

»Nicht so neugierig«, sagte Griswold Weils. »Aber ich bin neugierig, wer der Zeuge ist, der gesagt hat, ich hätt was mit Mister St. Claires Leiche zu tun. Wer hat Ihnen erzählt, daß ich da in der Nacht dagewesen bin?«

»Sagen Sie mal«, sagte Martin Welborn, »als Sie damals Ärger kriegten, als Sie den Kinderporno machten...«

»Gottverdammich, die waren *siebzehn*!« sagte Griswold Weils. »Eine von diesen Schlampen sah aus wie dreißig. Kinder, meine...«

»Als Sie verhaftet wurden«, fuhr Martin Welborn fort, »wer machte Ihnen die Technik? Ich meine, als Sie Filme machten, brauchten Sie da keine Beleuchter und so?«

»Einen Oberbeleuchter. Ich hab mal versucht, Oberbeleuchter zu machen, bevor ich zur Fotografie kam. Dann hab ich die Objektive rangeschleppt, dann war ich Kameramann. Ich war sogar mal Bühnenbildner für ne Weile in den guten alten Tagen. Teufel, man braucht doch keine richtige Crew, um son Dreck zu machen wie den, der mich ins Kittchen gebracht hat. Ich hab alles gemacht. Gerade, daß wir die Kamera und die Scheinwerfer gemietet haben. Der sogenannte Regisseur warn Zuhälter. Meine Hände zitterten so vom Suff, daß man das Auslegermikrofon in jeder Einstellung sehen konnte. Ich hab ne schauderhafte Arbeit gemacht. Ich war froh, daß sie mich beide Male einbuchteten, um ehrlich zu sein. Sogar ohne meinen richtigen Namen im Vorspann hätt ich nie gewollt, daß irgend jemand diese miesen Bilder ansehen muß. Wenn ich schon *richtige* Kinderpornos machte, hätt ich gewollt, daß sie gut waren. Ich bin Künstler. Zuerst, zuletzt, immer.«

»Ein Künstler«, sagte Al Mackey.

»Und das ist alles, was ich über Mister St. Claires Tod weiß. Kann ich jetzt den Film wieder einschalten? Ich hab früher versucht, mit dem Chefkameramann zusammenzuarbeiten, der ihn gemacht hat. Ich schaff mein Comeback im Geschäft, das kann ich Ihnen versprechen. Ich komm noch mal *groß* raus.«

»Auf Rollschuhen«, sagte Al Mackey.

Und als die beiden Detectives gerade gehen wollten, sagte Griswold Weils: »Darf ich die Stadt nun nicht verlassen?«, was Al Mackey und Martin Welborn veranlaßte, peinlich berührte Blicke zu wechseln.

»Wieviel Geld haben Sie, Griswold?« fragte Al Mackey.

»Jetzt? Oh, drei oder vier Dollar, glaub ich. Der Arbeitslosenscheck kommt nächste Woche.«

»Gut, wenn Sie nicht den Bus nehmen, würden Sie damit kaum über die Stadtgrenze kommen, oder?« sagte Al Mackey.

Martin Welborn, schon immer die mitfühlendere Seele, kam den Wünschen des zweitrangigen Kameramanns entgegen: »Griswold, wir müssen Ihnen befehlen, die Stadt nicht zu verlassen«, sagte er, und Griswold nickte finster.

Am Ende, dachte Al Mackey, würde er doch noch in den

Glitter Dome kommen. Er hoffte, daß Amazing Grace nicht da sein würde. Sie könnte jedem was von seiner erbärmlichen Vorstellung erzählen, die nicht mal eines zweitklassigen Films würdig war. Vielleicht sollte *er* mit Rollschuhlaufen anfangen und ein Comeback versuchen.

Der Anruf, der das kommende Wochenende zum schlimmsten in Martin Welborns Leben machen sollte, seit Paula ihn für immer verlassen hatte, lag als Nachricht in der Zentrale, als die beiden Detectives in den verlassenen Squadroom gehen wollten. Der junge Uniformierte am Tisch sagte: »Sergeant Welborn, ich habe eine Nachricht für Sie.«

Die Nachricht stammte von Sergeant Hal Dickey von den Wilshire Detectives. Sie lautete schlicht: »Ruf mich an, sobald du kannst. Dickey.«

»Ich möchte wissen, was Hal Dickey für uns hat?« sagte Martin Welborn.

»Laß uns abhauen«, sagte Al Mackey. »Ruf ihn Montag an.«

»Es heißt, ich soll so schnell, wie ich kann, anrufen. Kann ja sein, daß es eilig ist.«

»Okay, okay, du meldest dich ab. Ich werde Dickey anrufen.«

»Alles klar, mein Junge«, sagte Martin Welborn. »Du gehst jetzt in den Glitter Dome, bevor er zumacht. Hör auf, dich aufzuregen.«

Aber Martin Welborn unterlag einem tödlichen Irrtum. Und Elliott Robles war gerade tot.

Al Mackey benutzte das Telefon in der Zentrale und sprach ein paar Momente lang mit Hal Dickey, während Martin Welborn oben im Squadroom war. Nachdem er aufgelegt hatte, ging Al Mackey erst mal im Korridor der Hollywood-Station auf und ab, wobei er nervöser war als Griswold Weils. Er wußte nicht, ob er nach oben gehen und es Marty dort sagen sollte, oder ob er warten sollte, bis er herunterkam. Er dachte sogar daran, ihm überhaupt nichts zu sagen. Das war verrückt. Marty würde es früh genug herauskriegen. Er überlegte, *wie* er es ihm sagen sollte.

Elliott Robles war ein Polizeispitzel. Kein sehr guter Polizeispitzel, aber nichtsdestoweniger ein Polizeispitzel. Er war ein ehemaliger Heroinsüchtiger, den sie in einer Entziehungsanstalt mit Methadon von der Spritze gebracht hatten. Jetzt war er süchtig nach Meth, der Ersatzdroge total verfallen.

Er war ein komischer kleiner siebenundzwanzigjähriger Mexikaner mit einem angelsächsischen Namen. Er war stolz darauf, der einzige Chicano in Hollywood mit einem so ungewöhnlichen Namen zu sein: Elliott. Er hatte sich den Namen wahrscheinlich selbst zusammengeträumt, als er zum ersten Mal eingebuchtet worden war, und der blieb dann als sein »Schlüsselname« im Computer. Al Mackey hatte sich nie die Mühe gemacht, das rauszukriegen. Er war ein Polizeispitzel und gab ihnen Informationen, die zur Aufklärung zweier Gangstermorde führten, deshalb wollten sie gar nicht allzu viel über ihn wissen, aus Angst, er könnte als Hauptzeuge in einem Mordprozeß verbrannt werden. Wenn man so wenig wie möglich weiß, kann man die unbarmherzigen Fragen der Verteidigung ehrlich mit »Ich weiß nicht« beantworten, wenn sie die »anonymen« Informanten zur Verantwortung ziehen wollte.

Sie hatten Elliott Robles in den sechs Monaten, in denen sie ihn kannten, insgesamt nicht mehr als zweihundert Dollar gezahlt. Er hatte ihnen seine Tätowierungen gezeigt. Die Jungfrau von Guadeloupe auf der Innenseite eines Arms, das Heilige Herz Jesu auf dem anderen. *Beide* waren überdeckt durch altes und neues Narbengewebe von seinen tausend Injektionen. Er sagte, er habe sich dazu entschlossen, bezahlter Informant zu werden, damit er genug Geld für Hautverpflanzungen zusammenkriegen würde. Er war konvertiert und jetzt ein Zeuge Jehovas, und die Tätowierungen gefielen ihm nicht mehr. Al Mackey hatte beschlossen, ihn mit FBI-Agenten zusammenzubringen, wenn er mal mit einem wirklich großen Dealer überkommen würde, den er verpfeifen könnte, um endlich das Geld für die Hautverpflanzungen zusammenzukriegen. Aber Elliott Robles kam nie mit einer wirklich großen Sache über. Sogar sein Tod war eine äußerst kleine Sache, und Al Mackey wußte nicht, wie er es Martin Welborn erzählen sollte.

Nachdem Elliott Robles ihnen den Schützen bei der Schießerei einer motorisierten Bande verpfiffen hatte, die ihr Viertel kontrollierte, hatte Martin Welborn den Killer verhört, einen gewissen Chuey Verdugo, während Al Mackey das 22er-Gewehr kassierte, das der junge Mann benutzt hatte, um einen sechzehnjährigen Zeitungsjungen niederzuschießen, der zufällig während der Bandenkriegszeit im falschen Revier die erste Morgenausgabe ausgetragen hatte. (Jedes Blut stellt die Ehre wieder her, wenn es nur an der richtigen Stelle vergossen wird.) Elliott Robles hatte in seinem Eifer, ein bißchen Geld für die Überführung des Schützen zu verdienen, alles ausgepackt, was er über ihn wußte und sogar, was er gehört hatte, immer in der Hoffnung, die Cops wenigstens auf eine Belohnung von hundert Dollar hochtreiben zu können. Unter anderem erzählte er Martin Welborn, daß der Schütze wegen eines Mordes mit anschließender Fahrerflucht gesucht würde, wo er irgendeinen Lackaffen überfahren hätte, der vorher seine Freundin vergewaltigt hatte.

Und Martin Welborn, vielleicht weil es die Woche vor Paulas Auszug war, vielleicht weil sie wegen der Straßenschießerei zweiundvierzig Stunden ohne Schlaf gearbeitet hatten, vielleicht weil er einfach in der Vernehmung leichtsinnig war, Martin Welborn hatte einen äußerst riskanten Bluff gestartet und zu dem Schützen gesagt: »Nun wollen wir mal reden über den Kerl, den du in Tucson niedergemacht hast. Wußtest du, daß die Cops da Informationen über dich haben?«

Und der Schütze sah ihn einen Moment lang ziemlich komisch an. Und nahm seine schwarze Wollkappe, wischte sich mit ihr den Schweiß aus dem Gesicht, zog sehr tief an der Zigarette, die Martin Welborn ihm gegeben hatte, und fing an zu *denken*. Chuey Verdugo strich sich über den dünnen Ziegenbart und glättete den Fu-Manchu-Bart und ließ den Kopf sinken und begann zu zittern.

Es dauerte ein paar Sekunden, bis Martin Welborn begriff, daß er nicht vor Angst zitterte. Es war Lachen. Es fing an mit heftigem Atmen, daraus wurde ein Glucksen, und schließlich brach der junge Mann, der einen Zeitungsjungen gerade durch den Kopf geschossen hatte, weil einer zufällig auf der falschen Seite einer imaginären Linie durch East Hollywood gewesen war, in brüllendes Gelächter aus, und Al Mackey rannte in den Vernehmungsraum.

»Den Witz mußte mir unbedingt gleich erzählen, Marty«, sagte Al Mackey, »ist es der mit der Nutte und der Erdnuß?«

Martin Welborn zuckte die Achseln, und beide Detectives warteten, bis der Schütze sich wieder beruhigte, sich mit der Kappe die Tränen aus den Augen wischte und sagte: »Ich hab nie keinen niedergemacht in Tucson. Aber an einem Abend, als ich mit diesem Mexikaner geredet hab, dem mit dem komischen Namen Elliott, da hab ich dem *erzählt*, ich hätt son Lackaffen in Tucson niedergemacht. Der hatt n paar Joints im Billardraum rumgehen lassen und wollt n paar heiße Stories hören, also hab ich n paar erfunden.« Chuey Verdugo leckte sich über die Lippen und lachte abermals und sagte: »*Jetzt* weiß ich, wer euch erzählt hat, ich hätt den Zeitungsjungen umgelegt.«

Und mehrere Monate lang, immer, wenn das Thema hochkochte, hatte Al Mackey versucht, Martin Welborn klarzumachen, daß jeder mal während eines Verhörs einen Fehler machen konnte, und daß er, wenn er im Raum gewesen wäre, dasselbe gesagt hätte, und der Schütze gehe auf jeden Fall für lange Zeit in den Knast, und Elliott Robles sei ja gewarnt worden, daß Martin Welborn einen Fehler gemacht hatte.

Elliott Robles wurde als Spitzel verbrannt. Al Mackey sagte ihm, er solle sich überlegen, aus der Stadt wegzuziehen. Aber der Mexikaner mit dem komischen Namen hatte Martin Welborn nur angesehen und gesagt: »Sie haben mich verpfiffen und hochgehen lassen, Sergeant. Wohin könnte ich noch gehen? Wie weit ist es bis El Monte?«

»Ungefähr zwanzig Meilen«, sagte ihm Martin Welborn.

»Ich bin nie weiter als zwanzig Meilen weg von meinem Barrio gewesen«, sagte Elliott Robles.

Und das war es. Elliott Robles stieg verständlicherweise aus dem Geschäft als Polizeispitzel aus und beschränkte sich darauf, Autostereoanlagen zu klauen, obgleich das in seinem Teil der Stadt schwierig wurde, weil inzwischen alle ihre Stereos nachts aus dem Wagen nahmen. Und schließlich wurde er am hellichten Tag bei einem Hauseinbruch erwischt und saß neunzig Tage im County-Gefängnis, wo er wenigstens sicher war. Aber Elliott kam wieder raus und erlebte dann die größte Überraschung seines Lebens, als er erfuhr, daß Chuey Verdugo eine Berufungsklage gewonnen hatte und aufgrund *seiner eigenen schriftlichen Verpflichtung*, sich zu bessern, aus der Haft entlassen worden war, nachdem seine Mutter vor Gericht geltend gemacht hatte, daß sie den Jungen unbedingt brauchte, um sich und die anderen acht Kinder ernähren zu können, was er natürlich noch nie getan hatte, bevor er ins kalifornische Jugendstraflager gekommen war.

Zwei Tage nach seiner Entlassung durchsiebte Chuey Verdugo Elliott Robles mit neunzehn Kugeln, ungefähr in demselben Moment, in dem Martin Welborn die champagnerfarbene Rollschuhgleiterin bei ihren Bodenübungen beobachtete. Sergeant Hal Dickey von den Wilshire Detectives hatte den Schützen schon festnehmen können und wollte Al Mackey und Martin Welborn jetzt ins Bild setzen. Chuey Verdugo hatte einen 22er-Revolver benutzt. Es dauerte ziemlich lange, so oft nachzuladen, daß er neunzehn Geschosse in die Leiche jagen konnte, und der Lärm und der Zeitverlust führten zur Festnahme durch die Cops eines vorbeifahrenden Streifenwagens. Der Schütze sagte, das sei ihm die Sache wert.

Martin Welborn reagierte überhaupt nicht, als Al Mackey es ihm auf dem Parkplatz erzählte. Er sagte bloß, er würde gern einen Augenblick spazierengehen.

»Wie wär's, wenn du auf einen Drink mit in den Glitter Dome kämst?« schlug Al Mackey nachdrücklich vor.

»Ich glaub nicht«, sagte Martin Welborn.

»Wie wär's, wenn du auf einen Drink *irgendwohin* mitkämst?« sagte Al Mackey.

»Ich bin ziemlich müde. Es war ein langer Tag.«

»Wie wär's, wenn du auf einen Drink mit mir nach Hause kämst?« sagte ein inzwischen ziemlich besorgter Al Mackey.

»Elliott war ein netter dummer Junge, nicht wahr?« sagte Martin Welborn.

»Marty, es ist *nicht* deine Schuld.«

»Also bis Montag, Al.«

»Jeder hätte bei der Vernehmung dieselbe Frage stellen können, Marty.«

»Trotzdem ist es ein *unverzeihlicher* Fehler«, sagte Martin Welborn. »Mindestens, soweit Elliott davon betroffen ist.«

»Wir haben es Elliott gesagt, sobald es passiert war, Marty. Elliott kannte das Risiko. Wir haben ihm gesagt, er soll aus der Stadt weggehen. Er *kannte* das Risiko.«

»Wie oft, hast du gesagt, Al?«

»Was wie oft?«

»Wie oft hat Chuey Verdugo auf ihn geschossen?«

»Was macht das für einen *Unterschied*, Marty?«

»Kein Unterschied. Gute Nacht, Al.«

»Soll ich auf einen Drink mit zu *dir* nach Hause kommen, Marty?« sagte Al Mackey zu Martin Welborn, der in die Dunkelheit davonging.

»Also bis Montag, Al«, sagte Martin Welborn, ohne sich noch mal umzudrehen.

10

Thunfischbüchsen-Tommy

Das Wiesel und das Frettchen waren Thunfischbüchsen-Tommy auf den Fersen. Natürlich war das nicht ihre Idee gewesen. Jedesmal, wenn die faulen Hunde von der Sittenpolizei irgend so ein unbedeutendes Arschloch nicht einfangen konnten, stempelten sie das Arschloch geschickt als Drogenhändler ab und schoben den Typ an die Rauschgiftabteilung ab. Möglicherweise rauchte Thunfischbüchsen-Tommy ja ein paar Joints pro Woche. Aber wenn sie jeden auf Eis legen würden, der ein paarmal in der Woche Hasch rauchte, säße bald halb Hollywood im Knast, und die andere Hälfte wartete nur darauf, daß sie an der Reihe wäre. Viele sind erkältet, sagten die Narcs, die beiden Rauschgiftfahnder, regelmäßig, aber nur wenige sind erfroren oder eingefroren.

Sie hatten gedacht, daß Captain Woofer vor Freude darüber, wie sie Ganz-einfach-Bill zur Strecke gebracht hatten, immer noch ganz weg wäre. Aber dann hatten sie einen anderen Kerl am Hals, kaum daß sie ein kurzes Wochenende gehabt hatten, um sich ein bißchen zu erholen. (Das Frettchen war von Freitag auf Samstag nachts schweißgebadet aus seinen Träumen hochgeschreckt, in denen *er* von dem asiatischen Mörder gejagt wurde.) Noch drcizehn Jahre bis zu ihrer Pensionierung. Warum, zum Teufel, hingen solche Jungs wie der arme alte Cal Greenberg eigentlich so lange im Dienst herum?

Anscheinend schockierte Thunfischbüchsen-Tommy Hollywoods Hausfrauen mit unzüchtigen Telefonanrufen. Und gelegentlich hinterließ er Polaroidfotos von sich selbst an den Windschutzscheiben geparkter Autos in der Nähe des

Ranch Markets von Hollywood. Auf den Fotos trug er einen Cowboyhut, Cowboystiefel, eine Lone-Ranger-Wildhütermaske und sonst nichts. Offensichtlich durchforstete er die Gegend erst einmal gründlich und suchte dann gewöhnlich Autos aus, die einigermaßen jungen und attraktiven Frauen gehörten, aber manchmal war er dann doch nicht so wählerisch. Zumindest kreuzte ein ungeheuer kräftig gebautes Weib im Büro des Sittendezernats von Hollywood auf und beklagte sich wütend über ein Thunfischbüchsen-Tommy-Polaroid, das sie an ihrer Windschutzscheibe gefunden hatte. Sie wog mindestens zweihundert Pfund, und es wogte mächtig aus ihren Shorts und ihrem engen Oberteil, und dabei brüllte sie so laut, daß Gladys Bruckmeyer im Detective-Mannschaftsraum erschreckt hochfuhr.

Gladys Bruckmeyer war wieder im Dienst nach ihrer Begegnung mit den Traktoren, die das Königreich erobern, aber sie kriegte immer noch panische Angst, wenn es plötzlich irgendwo sehr laut wurde. Die Detectives taten so, als bemerkten sie nicht, daß Gladys Bruckmeyer jedesmal aufschrie, wenn Captain Woofer ihren Namen rief. Er rief dann »Gladys!«, sie schrie, schlug auf die Leertaste, der Wagen der Schreibmaschine flog hinüber und die Begrenzungsglocke bimmelte.

Das hörte sich dann so an: »Gladys!« ding! »Gladys!« ding! Was jeden binnen kurzem verrückt machte, bis der arme alte Cal Greenberg die Schreibmaschinenglocke kurzentschlossen außer Kraft setzte, als Gladys gerade mal wieder eine ihrer vielen Pausen machte, um unten in der Kantine einige Miltowns zu verschlingen.

Also kriegten Wiesel und Frettchen von Captain Woofer den Befehl, sich gefälligst nicht länger in ihrem Ruhm zu sonnen, weil sie Ganz-einfach-Bill gefangen hatten, sondern endlich loszumarschieren, um Hollywoods Bürger von Thunfischbüchsen-Tommy zu befreien. Und alles blieb an ihnen hängen, bloß weil der verrückte Typ dank eines »anonymen Informanten« des zuständigen Sergeants vom Vice Detail, von der Sitte, plötzlich zu einem Drogenhändler umgepolt worden war. Verdammt miese Zeiten, klagte das Wiesel, wenn Cops schon damit anfangen, sich gegenseitig dieselben lahmen Lügen aufzutischen, die sie sich eigentlich für die echten Feinde in der Richterschaft aufsparen sollten. Und so verbrachten Wiesel und Frettchen beinahe den ganzen Montagmorgen in der Nähe des Hollywood Ranch Markets auf der erfolglosen Suche nach einem Wirrkopf mit Polaroids, der jedes Foto mit »In Liebe, Tommy« unterschrieb, und der auch seine unzüchtigen Anrufe stets mit »Ich lieb dich! Ich bin der Tommy!« beendete.

»Erstens, was bitte ist daran so fürchterlich schlimm, wenn der Bursche seine ganz persönlichen Liebesgrüße an diesen Autos hinterläßt?« maulte das Wiesel, als sie bereits die zweite Stunde auf ihrem Beobachtungsposten verbrachten.

»Der Typ will doch gar nichts von denen«, stöhnte das Frettchen. »Zeigt diesen Weibern bloß mal, wie er nackt aussieht mit Lone-Ranger-Maske und Stiefeln. Also, zum Teufel, was soll's? Wieviel Fremde triffste denn heutzutage schon, die dir ein *Ich liebe dich!* ans Auto stecken?«

»Klar, die meisten sagen höchstens ›guten Tag‹«, pflichtete das Wiesel ihm bei.

»Diese verdammten faulen Hunde vom Sittendezernat«, nörgelte das Frettchen.

»Die würden den wahrscheinlich noch nicht mal erwischen, wenn der mit vollem Namen unterschriebe«, fluchte das Wiesel. »Wir brauchen unbedingt ein Polaroid von dem, um mal zu sehen, wie der Fettsack eigentlich aussieht.«

»Die vom Vice würden den noch nicht mal fangen, wenn er seine Telefonnummer und Adresse hinterließe«, sagte das Frettchen. »Ich schlag drei Kreuze, wenn dieser verfluchte Ausleihjob endlich vorbei ist. Ich will endlich wieder zurück in die Stadt und weit weg von Woofer.«

»Möchte bloß wissen, warum die vom Vice den Verrückten ausgerechnet Thunfischbüchsen-Tommy nennen?« grübelte das Wiesel. »Und ich frag mich, warum sie ausgerechnet *uns* ausgesucht und nach Hollywood abkommandiert haben?«

Dabei war die Wahl aus ganz einfachen Gründen auf Wiesel und Frettchen gefallen. Captain Woofer hatte den Deputy Chief schlicht gebeten, ihm ein Rauschgiftteam zu leihen, um die Geschäftsleute und Politiker zu besänftigen, die immer die alte Leier anstimmten, Hollywood würde in Kürze ein einziger Slum. Und als Hosenscheißer Francis nachfragte, welchen Typ von Fahnder er brauche, bat Woofer ihn, ihm ein Team abgerissener, häßlicher, schmutziger, haariger, ekelhafter, gruseliger Drecksäcke zu schicken, die überhaupt nicht auffielen unter den üblichen Straßentypen von Hollywood.

Und nun saßen diese Drecksäcke in ihrem gebrauchten Toyota am Ranch Market von Hollywood und trugen gemeinsam ihr Leid, als plötzlich über Funk ein Anruf kam, der sie noch tiefer in den Nigel-St.-Claire-Mordfall verwickeln sollte. Sie kriegten per Funk den Befehl, sofort die Station anzurufen. Das Frettchen ging zu einer Telefonzelle und kam nach ein paar Minuten mit einem glücklichen Lächeln um seinen Bart zum Wiesel zurückgejagt.

»Husssaaa!« schrie das Frettchen. »Wir können Thunfischbüchsen-Tommy vielleicht noch schneller greifen als Ganz-einfach-Bill!«

»Hat er sich selbst gestellt?«

»Letzte Nacht hat er wieder n schweinischen Anruf gestartet, aber *dieses* Opfer glaubt, seine Stimme wiedererkennen zu können!«

»Wirklich?« Das Wiesel startete bereits den Toyota. »Wohin geht's?«

Rita Roundtree las gerade im *Daily Variety*, als die beiden Fahnder das Schnellimbißrestaurant mit dem berühmten Namen betraten und an der Bar Platz nahmen. Sie warf den beiden Haarknäueln in Lederjacken einen flüchtigen Blick zu und las dann erst mal seelenruhig den Artikel über einen 25-Millionen-Dollar-Film zu Ende, der in sechs Uraufführungskinos einen Riesenerfolg hatte. Dann schaute sie sich die phantastisch übertriebenen Anzeigen an, die *gewisse* Modellagenturen für ihre Schützlinge aufgaben, und fragte sich, warum sie selbst sich mit einem so schlecht zahlenden Agenten eingelassen hatte. Kein Wunder, daß sie seit inzwischen vier Monaten keinen Job mehr gekriegt hatte, seit sie damals *einen* einzigen Satz in einem Pizza-Werbespot sprechen durfte. Es war alles so entmutigend, daß sie einen dicken Seufzer von sich gab.

Ihr Seufzer hob ihre hochgeschnürten 38-D-Körbchen noch höher, als die behaarten Burschen zu hoffen gewagt hatten. Aber die wußten natürlich, wer *sie* war, weil sie nämlich bei der Vice-Abteilung angerufen hatte. Als sie endlich einsah, daß die beiden Horrortypen in Leder nicht daran dachten, wieder zu gehen, bewegte sie sich äußerst langsam die Bar herunter. Sie war offensichtlich eine aus der Armee jener Hollywood-Kellnerinnen und Möchtegernstars, die längst nicht mehr den früheren Träumen nachhingen, die Straßen seien hier mit purem Gold gepflastert.

»Was kann ich für Sie tun?« fragte sie gelangweilt.

»Rita Roundtree, richtig?« Das Wiesel grinste.

»Woher wissen Sie das?« Sie war mißtrauisch.

»Wir kommen von der Hollywood-Station«, sagte das Frettchen.

»Sie sind Cops!«

Sie hatten sich daran gewöhnt. Das Frettchen holte die Polizeimarke irgendwo unter den Schultern seiner Lederjakke heraus, zeigte sie vor und steckte sie zurück. Den Polizeiausweis ließ er stecken. Sie würde ihn auf dem alten Ausweis mit dem gutrasierten, jungen Gesicht sowieso nicht erkennen.

»Ist eigentlich genauso wie im Film«, sagte das Frettchen. »Wann kommt Tommy denn her?«

»*Weiß* gar nicht, daß er Tommy heißt«, sagte Rita Roundtree, offensichtlich enttäuscht, daß die Polizisten, die man geschickt hatte, nicht aussahen wie die Fernsehcops Starsky und Hutch.

»Er selbst *nennt* sich Tommy, oder? Sie haben dem Lieutenant doch erzählt, Sie hätten seine Stimme wiedererkannt?«

»Er kommt zum Frühstück her, vielleicht vier-, fünfmal die Woche. Er hat natürlich versucht, seine Stimme zu verstellen, aber ich weiß, daß er's war.«

»Was hat er gesagt?«

»Na, dasselbe, was all diese Liebeskeucher stöhnen, wenn sie erst mal n Anschluß haben.«

»Was denn im einzelnen?« sagte das Frettchen mit einem Blick auf ihre Himmelhochjauchzenden.

Sie bemerkte seine Glubschaugen. »Soll ich Ihnen etwa all die schweinischen Wörter ins Ohr flüstern, Officer?« sagte sie. Kein Zweifel, Frettchen war nicht ihr Typ.

Woraufhin das Wiesel beschloß, sie sollten besser ihre blühende Phantasie sausen lassen und aufs Geschäftliche zurückkommen. »Wir müssen Sie bitten, uns Einzelheiten für den Polizeiabschlußbericht mitzuteilen, falls wir ihn erwischen«, sagte das Wiesel. »Und dazu brauchen wir den genauen Wortlaut, damit wir den Fall zur Anklage bringen können.«

»Er sagte, er hoffte, ich trüge ein Bikinihöschen, denn vom Zwickel würd er gern n Mundvoll nehmen und ihn mir von der Möse schlürfen wie Spaghetti vom Löffel, so hat er's gesagt, wenn Sie's unbedingt wissen müssen.«

»Wirklich?« schrie das Wiesel, deutlich beeindruckt von Thunfischbüchsen-Tommy.

»Tatsächlich?« schrie das Frettchen, denn er fand, das war eine hübsche Idee, wenn man darüber nachdachte.

»Er is n blöder Fettwanst«, sagte Rita Roundtree, während sie ihnen Kaffee eingoß. »Dem wachsen rote Haarbüschel aus Ohren und Nase. Gittigitt! Ich hasse Haarbüschel, die aus Ohren und Nase wachsen.«

Wiesel und Frettchen guckten sich gegenseitig sofort auf die Ohren und Nasen, aber beide hatten derartig lange Haare und buschige Bärte, daß man unmöglich was sehen konnte.

»Warum hat uns der Lieutenant gesagt, wir sollten sofort herkommen, wenn der doch schon zum *Frühstück* herkommt?« fragte das Frettchen.

»Weil der erst mittags frühstückt, darum«, sagte Rita Roundtree. »Immer dasselbe und gleich zweimal hintereinander: Frikadellen, Speck, Schinken *und* Steak. Ein richtig verfressenes, widerliches Schwein.«

Sie brauchten nur zwanzig Minuten auf das Schwein zu warten. Da waren noch ein paar andere Mittagsgäste hereingekommen, aber die Büschel von roten Haaren auf dem Kopf des fetten Mannes verrieten ihn, auch ohne Ritas Wink. Thunfischbüchsen-Tommy schäkerte ein bißchen mit Rita Roundtree und starrte ihr auf den Hintern, als sie seine Bestellung an den Koch weitergab. Aber das machte natürlich auch jeder andere Mann an der Lunch-Bar, außer zwei Bodybuildern, die Händchen hielten und sich ein Schokoladenmalz teilten.

Thunfischbüchsen-Tommy trank drei Tassen Kaffee nach dem Frühstück und hinterließ Rita Roundtree zwei Dollar Trinkgeld, so daß sie's schon beinahe bereute, die Polizei gerufen zu haben. In Anbetracht all der Geizkragen, die hier herumhockten, ist son schweinischer Anruf von einem Kerl, der son dickes Trinkgeld gibt und einem den Schlüpfer wegblasen will, kein allzu hoher Preis, eigentlich halb so schlimm.

Das Frettchen ging, um den Toyota zu holen, und das Wiesel verfolgte Thunfischbüchsen-Tommy zu Fuß. Das war wirklich ein Kinderspiel. Und das sollte ein ausgebuffter, einflußreicher Drogenhändler von Hollywood sein? Diese verdammten faulen Hunde von der Sitte.

Sie folgten Thunfischbüchsen-Tommy bis zu einem Apartmenthaus nur zwei Blocks entfernt vom berühmten Chinesischen Theater. Die Schwärme von Touristen, die die Fußabdrücke im Beton umschwirrten (die von John Wayne sehen ja so *klein* aus, riefen sie ständig), erleichterten die Beschattung zu Fuß erheblich. Dem Wiesel erschien das so einfach, daß er praktisch in das Apartmenthaus hineinspazieren und neben dem fetten Kerl in den dritten Stock marschieren konnte. Er merkte sich die Apartmentnummer, ging zum Briefkasten zurück und stellte fest, daß Thunfischbüchsen-Tommys echter Name Dudley Small war. Dann wartete er auf Frettchen, der den Drogenschlitten inzwischen geparkt hatte, mit großen Schritten auf das Apartmenthaus zusteuerte und sich dabei ständig die überempfindlichen, vom Smog gereizten Augen rieb.

Das Apartmenthaus im spanischen Stil war in den 1920ern gebaut worden und hatte darum ganz sicher ein Kellergeschoß. Zehn Minuten später waren die beiden jungen Rauschgiftfahnder mit ihren selbstgebauten Widerständen, Telefonkabeln und Krokodilklemmen im Keller, wild entschlossen, ein paar Jahre Knast wegen illegalen Telefonanzapfens zu riskieren.

Der arme alte Cal Greenberg hatte es sehr treffend ausgedrückt: Das Leben eines unglücklichen Polizisten durchläuft vier Phasen – Überheblichkeit, Verantwortungsbewußtsein, Kompromißbereitschaft, Verzweiflung. Wer Glück hatte, erreichte niemals Phase vier. Das Wiesel und das Frettchen steckten noch in Phase eins. Großmäuler.

Aber an den Telefonkasten war praktisch nicht ranzukommen, weil überall Möbel und haufenweise alter Kram übereinandergetürmt standen. Außerdem war der Typ die ganze

Mühe überhaupt nicht wert. Das Frettchen ging zum Wagen zurück und kam mit einem Stethoskop aus ihrer Trickkiste wieder. Und dann standen sie oben im Flur, das Frettchen beobachtete die Treppe, und das Wiesel preßte sein Stethoskop an die Tür, um das Liebesgeflüster von Thunfischbüchsen-Tommy zu belauschen. Aber das Telefon stand zu weit weg.

Nach etwa fünfzehn Minuten telefonierte Thunfischbüchsen-Tommy dann. Aber alles, was das Wiesel hören konnte, war ein kurzer, gedämpfter Monolog. Das Wiesel nahm das Stethoskop aus den Ohren, gab dem Frettchen ein Zeichen, und beide Fahnder gingen zum Fenster, das zur Feuerleiter führte. Thunfischbüchsen-Tommys Fenster, dessen Vorhänge zugezogen waren, lag vier Fuß vom Geländer entfernt, also nah genug, um sich mit einer Hand dranzuhängen, mit der anderen über die Steinmauer zu greifen und das Fenster hochzuziehen, falls es nicht verschlossen war. Das gesamte illegale Manöver könnte bei schlechter Durchführung allerdings mit einem Fall drei Stockwerke hinunter auf die Straße enden. Sie zögerten nicht lange. Nach kurzem Kriegsrat kletterte Frettchen, der gelenkigere von beiden, über das Geländer, und das Wiesel ging, um Thunfischbüchsen-Tommy inzwischen abzulenken. Teufelskerle.

Das Wiesel klopfte an die Tür, und einen Augenblick später öffnete Thunfischbüchsen-Tommy mit vorgelegter Türkette.

»Entschuldigen Sie«, sagte das Wiesel. »Ich suche Martha Beaglelump. Wohnt die hier?«

»Nie von ihr gehört«, sagte Thunfischbüchsen-Tommy.

»Oh, das ist aber komisch. Ich war ganz *sicher*, dies wär das richtige Apartment.«

»Is aber das falsche.«

»Kennen Sie zufällig ne Dame so um fünfzig in diesem Haus? Lebt allein? Trägt ne Schmetterlingsbrille? Hat so ne Art Kaninchengang? Hippeti-hopp?«

»Nein, nicht in diesem Haus.« Thunfischbüchsen-Tommy blieb hart.

»Jedenfalls vielen Dank«, sagte das Wiesel fröhlich, als der fette Kerl die Tür schloß.

Zwei Minuten später war er wieder beim Frettchen auf der

Feuerleiter, das Fenster hinter den schweren Gardinen stand inzwischen acht Zoll hoch offen.

»Hallo, geben Sie mir bitte mal Flameout«, hörten sie ihn am Telefon sagen. Und nach einer Pause: »Flameout? Ich bin's, Dudley. Wie steht Tarnished Gem im fünften? Echt? Trag mich für fünf querfeldein ein. Ja, das wär's. Danke.«

Mist. Er hatte seinen *Buchmacher* angerufen. Das war von vorn bis hinten ein gottverdammter Fall für die Sitte. Unzüchtige Telefonanrufe. Glücksspiel. Als nächstes würde er sich noch als Nutte entpuppen oder dergleichen. Aber ein einflußreicher Drogenhändler? Dummes Zeug!

Dann wählte Thunfischbüchsen-Tommy wieder eine Nummer, und er sagte plötzlich sehr diensteifrig: »Hallo, spricht dort Roberta Philbert? Ja? Mrs. Philbert, ich ruf im Auftrag des Santa-Monica-Forschungsinstituts für Verbraucherfragen an. Wir wollen untersuchen, welche Art von Waschmittel die Durchschnittshausfrau benutzt. Wir würden uns glücklich schätzen, Ihnen mit den besten Empfehlungen des Hauses einen Geschenkgutschein im Wert von fünfzig Dollar für das Waschmittel Ihrer Wahl zu schicken, wenn Sie uns dafür ein paar einfache Fragen beantworten würden.«

Dann gab es eine Pause, und Frettchen und Wiesel fingen an, verschwörerisch zu grinsen. *Das* klang verteufelt nach dem echten alten Thunfischbüchsen-Tommy.

»Ja, ganz richtig«, sagte Thunfischbüchsen-Tommy. »Zuerst möchte ich mal wissen, welches Waschmittel Sie jetzt benutzen. Ah. Äh, äh, und kriegen Sie damit auch die Spielanzüge Ihrer Kinder sauber? Ja? Und wie ist es mit den Oberhemden Ihres Mannes? Trägt er weiße Hemden? Nein? Wie macht es sich bei der Weißwäsche? Zum Beispiel Unterwäsche? Die Unterwäsche Ihres Ehemannes? Ja? Und die Kinderunterwäsche? Wird die richtig weiß? Und *Ihre* Unterwäsche? Äh, Äh, und können Sie mir sagen, welche Art Unterwäsche? Nein, nicht deren Unterwäsche, Ihre ganz persönliche. Tragen Sie *weiße* Wäsche? Äh, äh, und auch mal farbige? Rot beispielsweise? Tragen Sie Bikiniwäsche? Hallo? Hallo!«

Wiesel und Frettchen führten draußen vor Thunfischbüchsen-Tommys Tür ein kurzes Gespräch.

»Wir haben nichts in der Hand, um ihn einzubuchten«,

sagte das Frettchen. »Nichts, was eine Anklage stützen könnte.«

»Dies ist sowieso Scheiß-Bullen-Arbeit«, sagte das Frettchen. »Wir sind schließlich Drogenfahnder!«

»Komm, wir jagen ihm ein bißchen Angst ein. Wir könnten sonst einen ganzen Monat wie ein paar verrückte Moskitos an seiner Wand kleben. Falls er ein Geständnis macht und sich den Cops auf Gnade und Ungnade ergibt, nehmen wir ihn mit und lochen ihn ein. Wenn nicht, terrorisieren wir ihn ein bißchen und sagen ihm, er soll seine Polaroids nach Malibu bringen. Jungfräuliche Gegend und so weiter.«

»Also, los«, das Frettchen war einverstanden, und diesmal war er es, der an die Tür klopfte und brüllte: »Mr. Small! Hier ist der Postbote! Ich hab einen eingeschriebenen Brief für Sie!«

Und als Thunfischbüchsen-Tommy dann die Türkette wegschob und das Schnappschloß herumdrehte, sprang die Tür auf, und er wurde am Handgelenk gepackt und im Würgegriff gehalten, seiner Meinung nach *mußte* das mindestens ein Einsatztrupp der Hell's Angels sein, und er hatte vorübergehend den panischen Wunsch, *all* die Polaroids verteilt zu haben. Wenn der Leichenbestatter seiner Mutter seine sterblichen Überreste und die persönlichen Sachen übergäbe, sollte sie auf keinen Fall etwas von seinem anderen Leben erfahren müssen.

Thunfischbüchsen-Tommy hätte die beiden am liebsten abgeküßt, als sie ihn schließlich auf die Couch stießen und ihm befahlen, endlich mit dem Geschrei aufzuhören oder sie würden ihm die verdammte Kehle durchschneiden, und daß sie Officers von der Los-Angeles-Kripo wären. Er prüfte die Polizeimarken sehr genau.

»Sie *sind* Cops! Sie *sind* Cops!« schrie Thunfischbüchsen-Tommy. »Diese Marke sieht ja *genauso* aus wie die aus der *Dragnet*-Serie!«

»Jesus Maria, Sie sind ja n fürchterlicher Schreihals, wirklich«, sagte das Wiesel. »Können Sie nicht in ner normalen Stimmlage reden?«

»Entschuldigung«, sagte Thunfischbüchsen-Tommy. »Ich hatte solche Angst! Und jetzt bin ich so *überglücklich*, daß Sie Cops sind!«

»Alles klar«, sagte das Frettchen. »Hören Sie, wir wollen hier nicht lange drumrum reden. Wir haben Informationen, daß Sie der maskierte Mann sind, der seine Nacktfotos in der ganzen Stadt verteilt. Lügen ist zwecklos. Unser Kriminallabor ist das beste der Welt. Interpol und Scotland Yard kommen zu uns. Unsere Wissenschaftler haben Ihre Fotos genau untersucht, unterm Spektrograph, Monograph und Polygraph. Es hat keinen Sinn zu lügen und zu leugnen. Die haben jede Sommersprosse, jedes Muttermal auf Ihrem kleinen dicken Körper durch ein Fluoroskop und Gyroskop haarscharf ausgemacht.«

»Wir brauchen jetzt nur noch einen Gerichtsbeschluß, und dann müssen Sie die Hosen runterlassen, Bingo, damit ist alles gelaufen«, sagte das Wiesel. »Wüßte nicht, wie Sie aus dieser Sache rauskommen können.«

»Gar keine Chance«, sagte das Frettchen. »Genausogut könnten Sie auch jetzt schon auspacken, dann fühlen Sie sich gleich besser.«

»Kann nicht mal sagen, daß ich Sie verachte für das, was Sie gemacht haben«, sagte das Wiesel. »Hab schließlich selbst son Apparat, um denen den Slip wegzublasen. Und mir ist Wurscht, was fürn Waschmittel die benutzen.«

»Sie wissen wirklich *alles*!« schluchzte Thunfischbüchsen-Tommy.

»Klar wissen wir alles«, sagte das Wiesel. »Sie haben doch schließlich im Fernsehen *Dragnet* gesehen, verdammt noch mal!«

»Tut mir leid, daß ich das gemacht hab«, heulte Thunfischbüchsen-Tommy. »Können Sie mir nicht noch mal ne Chance geben? Ich bin noch nie verhaftet worden.«

»Also, wir *könnten* vielleicht, aber wir haben kürzlich noch n paar Sächelchen gehört. Oh, übrigens haben die jetzt ungefähr seit einem Monat Schallwellen auf ihr Haus gerichtet. Fühlen Sie sich nicht manchmal n bißchen komisch, wenn Sie ins Bett gehen? Vielleicht ein heftiges Jucken zwischen den Beinen? So n merkwürdiges nervöses Flattern im Bäuchlein? Vielleicht nach einem Ihrer Anrufe? Vielleicht wird sogar Ihr Penis hart?«

»Ja! Ja!« Thunfischbüchsen-Tommy weinte jetzt ganz offen.

»Das kommt von den Schallwellen«, sagte das Frettchen. »Wir haben das von den Russen gelernt. Die machen das vor allem bei unsern Botschaftern. Man verblödet nach einer Weile. Die Hälfte der verdammten Botschafter in Europa enden damit, daß sie spät in der Nacht herumtelefonieren und irgendwelche Weiber über ihre Unterwäsche befragen. Ist nicht *alles* Ihre eigene Schuld, Tommy.«

»Mein Name ist Dudley«, weinte der dicke Mann. »Tommy ist mein Deckname!«

»Also, wir müssen Ihnen mitteilen, daß Ihr schlechtes Benehmen *keine* Grenzen kennt, Tommy«, sagte das Wiesel, aber Thunfischbüchsen-Tommy schluchzte so heftig, daß er ihn kaum verstehen konnte. »Wir entdeckten durch unsere letzten Schallwellen, daß Sie sogar in Buchmachergeschäfte verwickelt sind. Mein Gott, ich steh auch auf Unterwäsche, aber ich versuch doch wenigstens, ein *paar* Laster unter Kontrolle zu halten: Polaroids, Buchmacher, Masturbieren. *Irgendwo* muß einfach Schluß sein, Tommy.«

»Ich wette nur ab und zu beim Pferderennen«, jammerte Thunfischbüchsen-Tommy. »Ich will's auch nie wieder tun!«

»Und das allerletzte, wir wissen, daß Sie n Rauschgiftsüchtiger sind, Tommy«, sagte das Frettchen. »Jetzt rücken Sie erst mal Ihre Geheimvorräte raus, und dann können wir gleich viel sanfter mit Ihnen umgehen.«

»Bin ich *überhaupt* nicht!« jammerte Thunfischbüchsen-Tommy. »Bin ich wirklich *nicht!* Ich arbeite jede Nacht im Eilbotenservice, beim Swifty Messenger Service. Ich bin der beste und schnellste Zusteller, den sie haben. Und rasende Eilboten *können* keine Rauschgiftsüchtigen sein!«

»Du kannst nicht einfach irgend jemanden laufen lassen«, sagte das Wiesel zum Frettchen. »Los, nehmen Sie Ihren Mantel, Tommy, wir haben keine Zeit, hier rumzustehen und zuzugucken, wie Sie sich ausheulen.«

»Warten Sie, bitte!« schrie Thunfischbüchsen-Tommy, sprang auf und rannte in sein Schlafzimmer zu seiner Nachttischschublade.

Die beiden überraschten Fahnder zogen ihre Revolver, und nachdem sie Thunfischbüchsen-Tommys erneuten Angstausbruch wieder unter Kontrolle hatten, setzten sie ihn auf das Bett und fischten die Packung aus der Schublade. Er hatte genau fünfzehn Dexies (Dexedrine) und zwölf rote, mit denen er sich hoch- oder runterbringen konnte. »Das ist alles an Dope, was ich hab«, schluchzte Thunfischbüchsen-Tommy. »Hab ich in Flameout Farrells Restaurant gekriegt. Wahrscheinlich wissen Sie längst, daß er mein Buchmacher ist.«

»Wir wissen alles.« Das Wiesel nickte.

Dann sagte Wiesel: »Normalerweise bieten Buchmacher ihren Kunden keine Upper und Downer an.«

»Flameout hat sie mir nicht verkauft. Tatsächlich hat sie niemand *verkauft*. Da kam so n Kerl in Flameouts Restaurant und *gab* sie mir eines Tages. Fährt n Bentley. Glaub, der ist n großer Fisch im Koksgeschäft!«

»Noch n großer Fisch«, stöhnte das Frettchen. »Wie kommen Sie denn darauf?«

»Irgend jemand hat es erwähnt. Is auch n großer Pferdewetter. Hab gehört, daß er manchmal n Tausender am Tag auf der Rennbahn verliert, und das macht ihm nichts aus!«

»Wirklich?« sagte das Wiesel. Ein Riese pro Tag. Vielleicht würde am Ende doch noch ein Drogenfall daraus. Das Frettchen nickte zu ihm rüber. Sie hatten allmählich die Schnauze voll, hier mit Thunfischbüchsen-Tommy rumzumachen.

»Okay, Tommy, jetzt hören Sie mir mal gut zu«, sagte Wiesel. »Vielleicht könnten wir Sie noch dieses eine Mal laufen lassen, aber nur, falls Sie mit uns zusammenarbeiten. Man nennt so was n Gegengeschäft. Kleiner Fisch gegen großen Fisch. Verstehen Sie?«

»Nein.«

»Wie heißt dieser Kerl, na, der Gauner, der Ihnen die Uppers und Downers gegeben hat?«

»Muß mal überlegen«, sagte Thunfischbüchsen-Tommy. »Sie haben mich so erschreckt, daß ich überhaupt nicht mehr denken *kann*!«

»Ganz ruhig, gaaanz ruhig«, sagte das Frettchen. »Überlegen Sie sich's gut. Lassen Sie die Entscheidung reifen. Legen Sie sich auf das Bett.«

»Was haben Sie vor?«

»Gruppennotzucht natürlich, was meinste wohl sonst? LEGEN SIE SICH ENDLICH AUF DAS VERDAMMTE BETT!«

Woraufhin Thunfischbüchsen-Tommy sich tatsächlich

hinplumpsen ließ, den Bauch nach oben, um die Vergewaltigung so lange wie möglich zu verhindern. Mit vor Angst geweiteten Augen starrte er die beiden wildgewordenen Fahnder an.

»Ist Ihnen vor Angst die Spucke weggeblieben, oder ist noch welche da?« fragte das Frettchen.

»Weiß nicht!« jammerte Thunfischbüchsen-Tommy.

»Mund auf«, befahl das Frettchen.

Thunfischbüchsen-Tommy schwitzte wie der Teufel, sein schwabbeliger Körper zitterte von oben bis unten, aber er öffnete den Mund, schloß die Augen, und dann würgte er plötzlich, als ihm etwas in die Kehle flog.

»Runterschlucken, wenn noch Spucke da ist«, befahl das Frettchen.

Thunfischbüchsen-Tommy schluckte einmal, zweimal, dann hatte er es unten. Er lächelte. Das war eine von den roten.

»Hey, jetzt versuch ich es mal mit der!« sagte das Wiesel und nahm Frettchen eine Kapsel aus der Hand. »Noch mal aufmachen.«

Diesmal nickte Tommy gierig und öffnete die gummiartigen Lippen. (Gott, dem hingen *tatsächlich* verdammt häßliche rote Haarbüschel aus der Nase. Ekelhaft!)

Das Wiesel stand am Fuß des Bettes und traf ihn mit der ersten Seconalkapsel direkt aufs Auge. »Lassen Sie das!« befahl er, als Thunfischbüchsen-Tommy sie auch schnell runterschlucken wollte. Die zweite landete dafür als Volltreffer mitten in seinem riesigen rosa Mund, und der fette Mann schluckte sie ganz leicht hinunter. Weniger Angst, mehr Spucke.

Das Frettchen und Wiesel, die inzwischen richtig Spaß an der Sache kriegten, landeten jeder noch eine in Tommys aufgesperrtem Rachen, ein paar gingen daneben, aber sie wurden mit jedem Wurf besser.

»Also, verdammt noch mal, rücken Sie jetzt endlich damit raus?« wollte das Wiesel wissen.

»Fühl mich schon viel *besser*, Officer.« Thunfischbüchsen-Tommy lächelte.

»Okay, wie heißt der Superzocker oder vielleicht sogar Koksdealer?«

»Lloyd«, sagte Thunfischbüchsen-Tommy, ohne zu zögern. »Lloyd. Seinen Nachnamen hab ich nicht erfahren. Fährt n schwarzen Bentley. Koks hab ich selbst noch nicht mal *gesehen*. Ich hab ja schließlich nicht jedes Laster.«

»Okay, und womit macht Flameout Farrell sein Geld?« fragte das Frettchen.

»Kennen Sie den Pornobuchladen am Hollywood-Boulevard?«

»*Welchen* Pornobuchladen, verdammt?«

»Den mit der griechischen Statue? Wo die Statuen in den Brunnen pinkeln? Der eine in der Nähe vom Freeway.«

»Der Buchladen gehört ihm?«

»Nein. Ihm gehört das kleine Restaurant drei Türen weiter unten. Geöffnet bis neun Uhr. Ab und zu eß ich dort mein Abendbrot. Ich glaub nicht, daß er als Buchmacher ne große Nummer ist. So oft klingelt das Telefon bei dem nicht. Sie sagen ihm nicht, daß ich über ihn geredet habe, darauf kann ich mich doch verlassen?«

»Na, wenn wir unseren ... *Agenten* keine Vertraulichkeit zusichern könnten, könnten wir ja kaum kleine gegen große Geschäfte machen, oder?«

»Ein Agent!« Thunfischbüchsen-Tommy strahlte. Das war wirklich eine bessere Vorstellung, als an Unterwäsche rumzunuckeln. Er öffnete frech den Mund und zeigte auf ihn. Nachdem er jetzt Agent war, konnte er sicher gewisse Forderungen stellen.

Das Wiesel schnippte noch eine rein und sagte, daß jetzt Schluß sei, verdammt noch mal. Noch ein Downer mehr, und er wäre ein toter Geheimagent. Was Thunfischbüchsen-Tommy gleich an den Leichenbestatter erinnerte und außerdem an seine eigenen Habseligkeiten. Unwillkürlich sah er zu der anderen Schublade hinüber, und das Frettchen kriegte es mit.

Das Frettchen griff hinein und fand vier selbstgeschossene Porträts mit Cowboystiefeln, Hut und Maske.

Das Frettchen schrie: »Da *siehste* ja kaum was, verdammt!«

»Das sind *echte* Straußenstiefel!« sagte Thunfischbüchsen-Tommy stolz.

Das Wiesel, das gerade was ins Notizbuch schrieb, murmelte: »Sie tragen Fünfhundert-Dollar-Straußenstiefel, ich trag Dreißig-Dollar-Scheißstiefel. Irgendwo muß es doch ne Moral geben.«

»Ich mein nicht Ihre *Stiefel*, Sie Maskenmensch!« schrie das Frettchen Thunfischbüchsen-Tommy an. »Ich weiß jetzt, wie Sie an Ihren Spitznamen gekommen sind!«

»Was fürn Spitzname? Ich hab die Bilder immer mit Tommy signiert.«

»Die Sittencops haben uns nie Ihre Polaroids gezeigt. Jetzt weiß ich, warum *die* Sie Thunfischbüchsen-Tommy genannt haben!«

»So nennen die mich? Oh, das ist gemein!« Er sah aus, als ob er gleich wieder zu weinen anfangen würde. »Ich kann nichts dafür, daß ich so *gebaut* bin!«

Das Wiesel hörte auf, sich Notizen über Flameout Farrell und Lloyd zu machen, den angeblichen Koksdealer, und nahm Frettchen die Fotos aus der Hand.

»Mein Gott!« schrie das Wiesel. »Ihr Pimmel! Der hat ja fast drei Inches *Durchmesser!*«

Aber, o weh, er hatte weniger als zwei Inches in der Länge. Er hatte exakt die Form einer Thunfischbüchse.

11

Der Gunfighter

Der Dienstagmorgen fing schon ganz schlecht an im Squadroom. Das Oberste Bundesgericht der Vereinigten Staaten hatte gerade entschieden, daß es nicht erlaubt war, daß Cops ein Gespräch zu dritt dazu benutzten, einem Mörder ein Geständnis »abzutricksen«. Also mußte Schultz ab sofort genau aufpassen, was er in Gegenwart jedes Würgers sagen würde, den sie festnahmen, *wenn* das, was er sagte, den Würger irgendwie davon überzeugen konnte, daß das Spiel aus war und er eigentlich gestehen könnte, wo er seine Leichen und den Klavierdraht vergraben hatte. Es war tatsächlich ein schwarzer Dienstag.

Tatsächlich hatte sich Schultz so über die neun alten Schlappschwänze vom Potomac, diese Richter vom Supreme Court, aufgeregt, daß er gar nicht über einen Witz lachen konnte, als Gloria La Marr aus dem County-Gefängnis anrief. Das Wiesel sagte, daß es doch so viele schöne Songs über Liebespaare gebe, die durch Gefängnismauern getrennt seien, und Schultz unterrichtete daraufhin das Wiesel, daß der allgemeine Gesundheitsplan neuerdings auch Zahnbehandlung einschließe, also solle Wiesel sich beeilen und die günstige Gelegenheit wahrnehmen.

»Hallo, Gunther, wie *geht's* dir?« schnurrte Gloria.

»Hi, Gloria«, sagte Schultz, dann drehte er seinen Bärenkörper der Pinnwand zu und legte die Hand über die Sprechmuschel, weil der ganze Mannschaftsraum inzwischen lange Ohren machte.

»Ich hab denen bei der Verlesung der Anklage gesagt, daß ich mich nur deshalb für schuldig erklären möchte, damit es nicht noch mehr Ärger gibt«, sagte Gloria La Marr.

»Das haste richtig gemacht, Gloria«, sagte Schultz.

»Dies ist ein *sehr* vertrauliches Gespräch. Du warst schrecklich nett zu mir, hast mir Drinks gezahlt und so und hast dich nie über mich lustig gemacht, wie das andere Leute oft tun.«

»Du bist ne nette Person, Gloria«, sagte Schultz.

»Dank dir, Gunther. Also, sie haben mich im Tuntentrakt mit dem ganzen fröhlichen Volk untergebracht, also brauch ich mir wohl keine Sorgen zu machen, daß ich ... angegriffen werde oder so.«

»Das ist gut, Gloria«, sagte Schultz. »Freut mich, das zu hören.«

»Ich will meine letzte Operation sofort machen, wenn ich hier rauskomm.«

»Das ist gut, Gloria«, sagte Schultz.

»Warum ich dich anrufe, also, ich weiß, daß ich dir vertrauen kann, und ich weiß, daß dann auch niemand hier im Gefängnis was davon erfährt, und ... also, wenn *irgendwas* Vernünftiges dabei rauskommt bei dem, was ich dir jetzt sagen werde, also, ich weiß doch, du würdest mitm Richter reden und ...«

»Ich helf dir in jeder Weise, so gut ich kann, das weißt du.«

»Dank dir, Gunther«, sagte Gloria. Und sie hörte auf zu gurren, und ihre Stimme wurde straffer und männlicher. »Ich hab bis jetzt noch nie einen verpfiffen, das verstehste ja. Ich hab noch nie einen ans Messer geliefert, aber... also, hier unten gibt's n Oberschwulen, der nennt sich Violet. Der hat alles über die Sache gelesen, wo zwei von euren Cops einem silbernen Mercedes von Hollywood bis nach San Pedro hinterhergefahren sind. Violet war vor zehn Jahren in der Army, und er oder sie war ein Jahr in Vietnam, und sie kennt sich n bißchen in der Sprache aus. Sie *schwört*, sie hat diesen Bozwell getroffen, den Kerl, den die Cops dann eingesperrt haben. Er und n vietnamesischer Kumpel hätten sie auf der Straße aufgelesen und in diesem Mercedes mitgenommen, n paar Nächte, bevor sie von der Verhaftung gelesen hat. Dieser Kerl Bozwell war betrunken und sprach mit dem anderen Kerl in so nem Reisfeldjargon. Über *Gold*. Sie hat genau *das*

Wort aufgeschnappt, eindeutig. Sie sagt, Bozwell hätt ihr angeboten, sie in ein Restaurant auf der Melrose in der Nähe der Western mitzunehmen, das chinesisch aussah. Dann haben sie den Vietnamesen da abgesetzt, und nach dieser Nacht hat sie die beiden nie wieder gesehen.«

»Ich werd's weitergeben«, sagte Schultz.

»Vielleicht steckt da nicht viel dahinter, Gunther, aber wenn irgendwas Gutes dabei rauskommen sollte, wirste n Wort für mich einlegen, nich, das tuste doch?«

»Klar werd ich, Gloria.«

Dann klang Gloria La Marr wieder sehr weiblich. Sie fing an zu weinen. »Nachdem ich jetzt... *fast* ne Frau bin, da... da haß ich den Knast. Wirklich, jetzt *haß* ich ihn. Es ist einfach was anderes für... für ne *Frau*!«

»Wenn irgendwas dabei rauskommt, leg ich n Wort für dich ein, Kindchen. Ich versprech's dir.«

Als Schultz auflegte und seine Grislygestalt im Stuhl herumdrehte, fing jeder an, Papiere zu ordnen, zu telefonieren, Kaffee zu trinken, also jedenfalls die Augen abzuwenden. Ob Gloria La Marr eines Tages zu der Abschiedsparty von Schultz kommen würde? Als seine *Freundin*?

Dann nahm Schultz seinen Partner Simon, das Wiesel und das Frettchen mit in einen Vernehmungsraum und schloß die Tür. Was das Wiesel ungemein beunruhigte. »Ich hab doch nur n Witz gemacht mit Gloria, Gunther!«

»Macht ja nichts«, sagte Schultz. »Aber ihr habt doch sicher Lust, dieses Schlitzauge zu fangen, das euch letzte Woche da in San Pedro umbringen wollte?«

»Ob ich Lust hab, dieses Schlitzauge zu fangen!« schrie das Frettchen. »Ob ich Lust hab auf ne Puppe mit vier Nippeln?« Und dabei warf er dem Wiesel einen wilden, wissenden Blick zu.

»Okay, muß nicht viel dran sein, aber Gloria La Marr sagt, da is irgendn Oberschwuler in ihrem Knast, der ne Stange angibt mit eurem Kumpel Bozwell. Irgendeiner, der sich Violet nennt. Nu redet nich mit Violet drüber, sonst werden se Gloria ausräuchern. Jedenfalls hat Violet das Bild von Bozwell in der Zeitung gesehen. Bozwell war in der Nacht, in der er Violet traf, mit so nem Bürschchen unterwegs, und sie haben n paar Wörter Pingpong miteinander geredet. Über

Gold. Das müßte zwei Nächte vor der Nacht gewesen sein, als er versucht hat, dir die Augen auszuschießen, Frettchen. Vielleicht isses ja nichts. Aber es isn Check wert, das auf jeden Fall. Sie hat gesagt, das Schlitzauge wär in irgend n Restaurant auf der Melrose in der Nähe von der Western gegangen. Vielleicht in n Chinarestaurant.«

»Ganz-einfach-Bill *hat* zwei Jahre in Vietnam gedient«, sagte das Frettchen. »Das stand auf ner alten Bescheinigung, die wir bei ihm gefunden haben. Vielleicht hat er da gelernt, Gurgeln durchzuschneiden. Alte Gewohnheiten?«

»Könnt ihr ihm nicht n Deal vorschlagen, wenn er euch das Schlitzauge verpfeift, diesen Vietnamesen oder was er is?« fragte Schultz.

»Der sagt keinen Ton mehr«, sagte das Wiesel. »Wollte schon den Kameraden vom Raub aus der Stadt kaum was erzählen. Und den Kameraden vom Hafen hat er gesagt, sie sollten in der Aalscheiße tanzen. Hätt genug Geld, um sich n Anwalt zu nehmen und am nächsten Tag mit nem Gerichtsbeschluß wieder draußen zu sein. Und vielleicht sagt er sogar die Wahrheit, daß er dieses Schlitzauge nicht allzu gut kennt. Vielleicht *haben* sie sich wirklich erst im Massagesalon getroffen, und Ganz-einfach-Bill hat versucht, vietnamesisch mit ihm zu reden, und... ja, das könnt doch sein, daß sie sich gesucht und gefunden haben, oder?«

»Also«, sagte Schultz achselzuckend, »wollt ihr, daß ich's den Leuten vom Raub geb? Immerhin, die bearbeiten den Fall ja.«

»Nein, laß uns das checken«, sagte das Frettchen. »Ich hab n sehr persönliches Interesse, den Jungen zu finden.« Sein Herz begann unregelmäßig zu schlagen. Kill mich nicht! Mutter! »Ein sehr *persönliches* Interesse.«

»Habt ihr überhaupt n paar Hinweise?« fragte Simon.

»Nee«, sagte das Wiesel. »Dem Kerl sind n paar Sachen aus der Tasche gefallen, als er sich an nem Zaun die Klamotten kaputtgerissen hat. N Schlüssel und n Stück Papier mit ner Telefonnummer.«

»Was für ne Nummer?«

»Keine besondere. Hauptanschluß von nem großen Filmstudio. Da marschieren wahrscheinlich fünftausend Leute am Tag raus und rein. Die machen da sogar Fernsehshows. Der

Typ hat wahrscheinlich versucht, da mal in son Quiz oder so was reinzukommen.«

»Was für n Studio?« fragte Schultz.

»Na das, wo dieser Kerl Boß war, dieser Typ, der da neulich auf diesem Bowlingbahnparkplatz umgenietet worden is.«

»Nigel St. Claire«, sagte Schultz, wobei er Simon anschaute. »Und was ist mit dem Schlüssel? Haben sie das inzwischen rausgebracht?«

»N ganz gewöhnlicher Schlüssel«, sagte Frettchen. »Nix dahinter.«

»Vielleicht isses n Schlüssel, den sie im Studio benutzen«, sagte Schultz.

»War das erste, was sie in dem Studio gecheckt haben, als sie die Telefonnummer hatten. Is n völlig anderes Schlüsselfabrikat.«

»*Irgendeiner* muß das chinesische Restaurant finden und rauskriegen, was damit los ist«, sagte Schultz. »Irgendeiner mußt *du* sein, Frettchen. Du bist der einzige, der weiß, wie dieser schlitzäugige Typ aussieht. Du würdest ihn wiedererkennen, nich?«

Das Frettchen erinnerte sich an ihn. Der Schweinehund hatte widerlich *gegrinst*, als er den Abzug durchgezogen hatte. Dann war das Grinsen verschwunden, als es geklickt hatte. Das Frettchen konnte sich sehr gut an ihn erinnern, klar doch.

»Wir haben im Augenblick nich viel am Laufen«, sagte das Wiesel, das genau wußte, wie scharf das Frettchen darauf war, den Mörder zu kriegen.

Obgleich sie immer noch sauer darüber waren, daß man ihnen den Mordfall weggenommen hatte, waren Schultz und Simon doch soweit Polizisten, daß sie Al Mackey und Martin Welborn über die winzige neue Spur informierten.

»Der Schlitzaugenganove hatte die Nummer von dem Studio? Da muß es doch tausend Nebenanschlüsse und Privatnummern geben«, sagte Al Mackey, als er davon erfuhr.

»Dachte nur, daß ich's euch sagen sollte«, meinte Schultz. »Es ist ja jetzt *euer* Fall.«

»Das war nicht unsere Entscheidung.«

»Yeah, ich weiß, ich weiß.«

»Vielleicht machen sie irgend son neues Kriegsdrama für dreißig Millionen Dollar, und er wollte einen Vietcong spielen. Vielleicht...«

»Dachte nur, daß ich's euch *sagen* sollte«, meinte Schultz.

»Wenn irgendwas dabei rauskommt, werd ich bestimmt n Wort einlegen für Gloria La Marr«, sagte Al Mackey, worauf Schultz mit wütendem Gesicht an seinen Tisch zurückging.

Die *ganze* verdammte Bande wußte Bescheid! »Bloß weil die Puppe zuviel Zeit hat«, stöhnte Schultz zu Simon, nachdem er sich hingesetzt hatte. »Gordon Liddy hatte noch *mehr* Zeit, weil er länger saß, und inzwischen macht er bei *Talkshows* mit!«

Das reichte. Gordon Liddy war Simons Held. Unvorstellbar, Gloria La Marr mit Gordon Liddy zu vergleichen! Es war höchste Zeit, Schultz mit in die Polizeischule zu schleppen und ihm kräftig eins auf die Birne zu hauen, in der Hoffnung, daß es nicht schon zu spät war, ihm endlich wieder einen klaren Kopf zu verpassen.

An diesem Nachmittag, als Simon auf der Ringermatte versuchte, Schultz klarzumachen, daß er auf dem besten Wege war, verrückt zu werden, beobachteten das Wiesel und das Frettchen äußerst aufmerksam den Eingang zum einzigen Restaurant in der Gegend, die Violet beschrieben hatte. Es war kein chinesisches, sondern ein Thai-Restaurant. Sie hatten ihren Beobachtungsposten auf dem Dach eines Secondhand-Ladens in der Melrose Avenue bezogen, trugen Cowboyhüte, um sich vor der Sonne zu schützen, und aßen die trockensten Burritos der Welt, die von einem Araber in einem mexikanischen Laden serviert wurden, der einem Koreaner gehörte.

Al Mackey und Martin Welborn gingen ihrem normalen Dienst nach, der zwei Fälle schwerer tätlicher Bedrohung, eine häusliche Schießerei und die Messerstecherei eines Schwulen zu Lasten seines Liebhabers umfaßte. Der Niedergestochene hatte am Ende mehr Mitleid mit dem Messerstecher als mit sich selber, was nicht ungewöhnlich war. Die

Detectives beschlossen, auf eine Anklage zu verzichten und es den beiden selber zu überlassen, die Sache bei Wein und Linguini aus der Welt zu schaffen.

Ausgerechnet die Straßenmonster, Buckmore Phipps und Gibson Hand, brachten es fertig, in dem mysteriösen Mordfall Nigel St. Claire die nächste Tür zu öffnen.

Buckmore Phipps war heute wütend, weil das Roller-Derby und der beliebte *1,98-Dollar-Schönheitswettbewerb* durch interne krumme Machenschaften der Veranstaltungsleitung schon im voraus ausverkauft waren. Gibson Hand war verärgert, weil eine Gruppe von einflußreichen Arschlöchern versuchte, seine Lieblingszeitung, *The National Enquirer*, mundtot zu machen. Es gab Ärger in der Welt.

Daher hatten sie überhaupt keine Lust zu irgendeiner dreckigen Arbeit, als sie, auf der Rückfahrt von Gibson Hands Lieblings-Barbecue-Grill, durch La Brea fuhren, wo sie plötzlich zwei Trunkenbolde sahen, die in Anwesenheit von drei anderen Säufern und einem röchelnden Basset in einer Nebenstraße miteinander kämpften.

Die abgerissenen Kombattanten, die mit einem Stück Bauholz und einem Bleirohr heftig aufeinander einprügelten, bemerkten die Cops überhaupt nicht, als sie in ihrem schwarzweißen Streifenwagen heranrollten. Schließlich entdeckte einer der zuschauenden Saufbrüder die Straßenmonster.

»Uh, oh«, sagte er, indem er den neben ihm auf dem Bordstein sitzenden Säufer mit dem Ellbogen anstieß, der seinerseits den nächsten Säufer anstieß, der wiederum den röchelnden Basset anstieß und sagte: »Halt dein verdammtes Maul, Hundevieh.«

Als endlich auch die Straßenkämpfer die Straßenmonster bemerkten, ließen sie sofort ihre Waffen fallen und warteten voller Ergebenheit auf die Handschellen. Buckmore Phipps und Gibson Hand befanden sich jedoch außerhalb ihrer Bezirksgrenzen und waren vollgestopft mit Rippchen und schwarzen Erbsen. Sie hatten gar nicht *vor*, ihr Auto zu verlassen. Der Basset röchelte allerdings noch lauter, als das Schreien und Kämpfen aufhörte.

»Warum stöhnt der Hund so fürchterlich?« fragte Gibson Hand faul.

»Is vor ner Stunde vom Auto angefahren worden«, antwortete ein Säufer.

»Iss'n Hund vom Land«, fügte ein anderer Säufer hinzu. »Hab ihn eben von ner Farm geholt. Nich an Autos gewöhnt. Steht da einfach rum und guckt, wie der Wagen über ihn drüberfährt.«

»Entweder totschießen oders Maul stopfen«, sagte Gibson Hand.

»Sie können en totschießen, wennse wollen«, sagte ein Säufer. »Rannte gerade noch vor ner Minute hier rum. Ich glaub, er hat sich richtig gefreut, daß wir uns um ihn kümmerten, wo er überfahren worden ist.«

»Warum schlagt ihr zwei euch da mit dem Holz und dem Bleirohr die Köpfe ein?« fragte Buckmore Phipps gelangweilt, während Gibson Hand sich an die Kopfstütze lehnte und mit einem Streichholz in seinen Zähnen bohrte.

»Das Arschloch wollt n bißchen Wein und n paar Hühnerhappen besorgen und hat *alles* selber gefressen, bevor er wiederkam«, sagte einer der Kämpfer.

Der andere machte einen fürchterlichen Fehler. Er sagte zu den Cops: »Ich kenn meine Rechte. Brauch *Ihnen* überhaupt nichts zu sagen.«

Gibson Hand wandte seinen Kopf sehr langsam Buckmore Phipps zu, überlegte, ob er sein Gewehr schnell mal in eine Pistole verwandeln sollte, indem er dem Schläger den Kolben auf dem Schädel zerschlug, entschied aber dann, daß er dafür doch zu viele Rippchen gegessen hatte.

Buckmore Phipps sagte »Sie!« zu dem Kämpfer, der diesen Riesenschnitzer gemacht hatte. »Rein ins Auto. Wir lochen Sie ein wegen eines ATW.«

»Was heißtn das?«

»Das heißt Angriff mit einer tödlichen Waffe.«

»Tödliche Waffe? Scheiß drauf! Hab den Arsch bloß mit m Rohr gehauen!«

Gibson Hand wußte, daß sie den Säufer weder wegen eines Angriffs mit einer tödlichen Waffe noch wegen sonst was einlochen würden, denn als der Besoffene im Wagen saß, fuhren sie schnurstracks aus der Stadt raus und in den Bezirk des County Sheriffs rein.

Buckmore Phipps, der gemächlich vor sich hin fuhr, sah

sich den mürrischen Kombattanten an und sagte: »Sollen wir ihn vielleicht nur wegen Trunkenheit einlochen?«

»Ich bin auch nicht *betrunken*«, sagte der Kämpfer, womit er sich nach der Körperverletzung auch noch der Beleidigung schuldig machte.

»Das soll unser Sergeant entscheiden«, sagte Buckmore Phipps. »Er is n qualifizierter Experte. Trinkt jeden Tag was. Wenn er sagt, du bist betrunken, dann biste betrunken. Wenn er sagt, du bist es nicht, dann bist es nicht.«

Gibson Hand wurde neugierig, als sie dann vor der West Hollywood Sheriff's Station vorfuhren. Buckmore Phipps schrieb irgendwas mit mühsam verstellter Schrift auf einen Zettel. Er faltete ihn sorgfältig, aber der Kämpfer war so voll, daß er ihn so und so nicht lesen konnte, und wenn er wieder nüchtern sein würde, könnte er nur sagen, er könne diese Cops kaum von Dick und Doof unterscheiden.

Buckmore Phipps sagte: »Nimm diesen Zettel *und* dein Bleirohr mit rein und gib den Zettel dem Diensthabenden am Pult. Wenn der Sergeant meint, daß du nüchtern genug bist und dich laufen läßt, dann ist das seine Sache. Ich hab auf dem Zettel alles erklärt, was ich gesehen hab. Wir werden hier warten.«

Der Diensthabende am Pult las gerade ein *Penthouse*-Magazin und war schon mal sauer, daß er dabei unterbrochen wurde. Die Länge des Bleirohrs in der Hand des Arschlochs fesselte jedoch seine Aufmerksamkeit. Der Kämpfer gab dem Diensthabenden den Zettel und sagte: »Laß mimma sofort zum Sergeant.«

Der Diensthabende entfaltete die Notiz. Da stand: »Dieses Rohr ist mit Plastiksprengstoff gefüllt. Ich verlange zwanzigtausend Dollar, einen Hubschrauber und den Big Sheriff selber als Geisel oder ich puste diese verdammte Station in den Ozean.«

Die Straßenmonster warteten, bis sie die Entsetzensschreie, trampelnden Füße und wütenden Beamte hörten, die den Kämpfer mit Polizeiknüppeln zusammenschlugen, bevor sie selber nach Hollywood zurückrasten. Ihr Tag war ein *bißchen* erträglicher geworden, alles in allem.

Aber während sich der Tag für Buckmore Phipps und Gibson Hand irgendwie verschönerte, hatten das Wiesel und das Frettchen überhaupt keinen Grund zur Dankbarkeit, abgesehen davon, daß tiefhängende kupferfarbene Wolken den Aufenthalt auf dem Dach erträglicher machten. Das Frettchen wurde allmählich irritiert, weil das Wiesel, auf der Klimaanlage liegend, seinen abgenutzten Cowboyhut als Kopfkissen untergeschoben, einfach ein Schläfchen hielt.

»Gottverdammt! Ich glotz mir mit diesem verdammten Fernglas meine Guckerchen aus, und du schläfst«, winselte das Frettchen.

»Ich würd den Kerl sowieso nicht erkennen«, murmelte das Wiesel. »Einer von uns kann genausogut an der Matratze horchen.«

»Wenigstens könntest du runterlaufen und zwei Sechserpackungen Bier holen«, sagte das Frettchen.

»Vielleicht wärst du neulich nachts nicht hingefallen, wenn du nicht zwei Sechserpackungen getrunken hättest, und dann hättest du dem Schlitzy direkt was zwischen die Augen geknallt, und wir müßten hier nicht *sein*«, sagte das Wiesel, schloß die Augen und rollte sich herum.

Vielleicht hatte er *recht*. Diese grinsende Fratze. Das Frettchen überlegte, ob er sich nicht ein altes Vietnamposter besorgen sollte, eins von der Sorte, das *er selbst* noch in der Antikriegsdemo getragen hatte, bevor er eingezogen worden war. Er würde es als Silhouette auf die Zielscheibe nageln. Vielleicht sollte er dann gleich mit zwei Schachteln Patronen trainieren. Der Kerl hat *gegrinst*, als er seine Kanone auf Frettchens Gesicht richtete und den Abzugshahn durchzog.

»Glaubst du, daß sie irgendwo noch irgendein altes Ho-Chi-Minh-Poster haben?« fragte er das Wiesel.

»Ruf Jane Fonda an und frag sie!« murmelte das Wiesel, und wenige Sekunden später schnarchte er schon.

Die Straßenmonster allerdings schnarchten nicht. Sie waren kurz davor, den Mann zu treffen, der in seinen Stiefeln starb.

Es war verdammt kurz vor dem Ende ihrer Dienstzeit, als sie den verdammten Anruf kriegten, daß irgendeiner die Nachtruhe störe. Ausgerechnet in einem Motel am Sunset

Boulevard, in dem es, wie jeder wußte, von Nutten und Zuhältern wimmelte, und in dem wahrscheinlich seit seiner Eröffnung noch nie jemand übernachtet oder es deshalb für nötig gehalten hatte, die Laken zu wechseln.

Als sie ankamen, war die Ambulanz noch zwanzig Häuserblocks weit weg. Der Motelmanager, ein siebzigjähriger Kambodschaner, der als Aushilfe angestellt war, bewachte die Tür. Sein fünfzehnjähriger Enkel war an seiner Seite und bewachte das Fenster. In dem Motelzimmer lagen zwei Gestalten, eine noch sehr heiß und verstört und schreiend, die andere kalt und von Minute zu Minute kälter.

»Okay, um was geht's?« Buckmore Phipps seufzte, als die beiden Straßenmonster träge aus ihrem Streifenwagen stiegen. Ihre Mützen ließen sie liegen, aber ihre Stöcke nahmen sie mit.

»Wer schreit da so?« wollte Gibson Hand wissen.

»Da schreit eine Lady«, sagte der Junge. »Wir wollten sie nicht rauslassen.«

»Warum wollten Sie sie nicht rauslassen?« fragte Buckmore Phipps, während er rülpste, was nach Barbecue schmeckte. Er hatte sein Innenleben mit dieser Safari zu den schmackhaften Negerkochtöpfen beruhigen wollen, aber es war erfolglos gewesen. Sein Magen-Darm-Trakt bekam seit seiner Militärzeit immer mehr kleine Löcher. Er rülpste nochmals.

Der Junge sagte dem alten Mann irgendwas auf Kambodschanisch und antwortete dann: »Weil die Lady da drin einen Mann umgebracht hat, und wir dachten, daß sie vielleicht mit ihr reden wollten.«

»SIE HAT WAS?« Gibson Hand wurde hellwach.

»Ich hab niemand umgebracht!« jammerte die Hure, als sie in dem Zimmer auf dem einzigen Stuhl saß, nachdem sie sich ein bißchen beruhigt hatte.

Die Wände bestanden aus Spiegeln, und die Decke ebenfalls. Das Kopfende des Betts war ein Spiegel, und es gab eine Spiegeltür zum Klosett ebenso wie zum Badezimmer.

»Spiegel sind doch weiß Gott ne scharfe Sache!« rief Buckmore Phipps aus.

»Laß mal n mittelprächtiges Erdbeben passieren, dann

wirste unter Spiegelglas begraben, und das haste dann davon«, bemerkte Gibson Hand, während er sich die gläserne Decke anschaute.

»Ich hab *niemand* umgebracht!« kreischte die Hure.

Sie war zwanzig Jahre alt und fast eine Weiße, registrierte Gibson Hand. Sie trug eine mittelkrause Afrofrisur, die im Moment ziemlich durcheinander war, und schwarze Wimperntusche lief ihr von den Augen über die Lippen bis auf die Nippel, wie Buckmore Phipps bemerkte.

Ihre Nippel und die ganzen Titten hingen im Freien, weil sie bis zur Taille nackt war. Sie schien nicht mal zu wissen, daß ihr Wickelrock das einzige Kleidungsstück an ihrem Körper war. Der einzige Grund dafür, daß es noch an ihrem Körper war, war der, daß der Freier gesagt hatte, es gefalle ihm besser, wenn sie »die Röcke nach oben schob«. Es erinnere ihn an die Zeit, in der er in den Fünfzigern als Junge in den Drive-in-Kinos war. Als die Mädchen immer nur »die Röcke nach oben schoben«, für den Fall, daß die Platzanweiser mit ihren Taschenlampen vorbeikamen. Nach oben geschobene Röcke würden ihn so steif machen wie einen gefrorenen Kabeljau, hatte er gesagt.

Roland Whipple hatte den gefrorenen Fisch für seine letzte Metapher sehr passend ausgewählt, was bedeutete, daß er ihm immer ähnlicher wurde. Er lag auf dem Rücken, und seine toten Augen starrten in die Spiegeldecke, die das Bild eines leblosen Pimmels reflektierte, der seine Tätigkeit seltsamerweise sehr viel später eingestellt hatte als der überarbeitete Herzmuskel. Als der zu schlagen aufhörte, tat er's ein für allemal. Und sehr plötzlich. Der totale Herzstillstand aber führte nichtsdestoweniger zu einem erdbebenhaften Gebumse. Der Schwanz rannte seine letzte Meile mit einem Weltklassefinish bis zu einem Gewaltstoß. Als er explodierte, wurde die Nutte, die auf dem Mann saß, zwei Fuß hochgeschleudert und landete dann mit einem weichen Plop wieder auf seinem Bauch.

»Da kannste von einem Volltreffer reden!« rief sie aus. »Baby, das war n tierischer Schluß!«

Aber Roland Whipple hörte den Applaus nicht mehr. Er fiel in sich zusammen wie ein Blasebalg. Sein letzter Atem schwebte zu seinem Spiegelbild an der Decke. Der Spiegel am

Kopfende war naß vom allgemeinen Gekeuche, aber Roland Whipples letztes Spiegelbild war anders umnebelt.

»Da könnt man ja ne Menge Abschiedsreden auf n Kerl halten, der auf die Art auscheckt«, sagte Buckmore Phipps, während er Roland Whipples Leiche musterte.

»Kann ich jetzt nach Hause gehen?« jammerte die Nutte, die in ihrer Hysterie gar nicht daran dachte, daß ihre Titten frei herumbaumelten, und keiner der beiden Straßenmonster dachte daran, es ihr mitzuteilen.

Die Leiche trug immer noch ein Präservativ. Es war ein grünes Spezialmodell mit kleinen, roten Gummifühlern. Er hatte es in einem der schmutzigen Läden auf dem Hollywood-Boulevard gekauft. Die Mädchen sind ganz scharf auf so was, hatte ihm der Verkäufer gesagt.

Die Nutte war drauf und dran gewesen, ihm zu sagen, daß sie das Gefühl hätte, mit einem Büchsenöffner gevögelt zu werden, und daß sie zehn Dollar extra für den Scheiß haben wollte, gerade, als er explodierte.

»Wie ist das eigentlich mit diesen verrückten Dingern?« fragte Buckmore Phipps die Hure. »Ich persönlich reit immer ohne Sattel. Ich laß es drauf ankommen, trotzdem. Viele von den...«

»Ich will nach Hause!« jammerte die Nutte. »Ich wollt dem nich *so'n* Orgasmus verschaffen!«

»Man muß sagen, dieser Cowboy starb in seinen Stiefeln, im wahrsten Sinn des Wortes«, erkannte Gibson Hand.

»Gibt ne Menge schlimmerer Todesarten«, gluckste Buckmore Phipps. »Is doch eigentlich gar nich richtig traurig. Mehr wie so'n Schießer, so'n Gunfighter in den Straßen von Laredo.«

»Ich hab ihn nicht *umgebracht*!« jammerte die Hure.

»Also, in gewisser Weise haste schon mitgewirkt«, sagte Gibson Hand. »Aber dafür schiebt dir keiner die Schuld in die Schuhe.«

Dann kam die Ambulanz und fuhr wieder weg. Die Sanitäter warfen einen Blick auf den Erstarrten, und einer von ihnen sagte: »Das mußte ihm lassen, der Mann starb in seinen Stiefeln.«

Fünf Minuten später hatte die Mordmannschaft die Ermittlungen übernommen, und die Nutte, inzwischen voll bekleidet, saß mit Al Mackey auf dem Rücksitz des Wagens der Detectives, wo sie alle auf den Coroner warteten.

Die Straßenmonster waren schon wieder sauer, weil Martin Welborn ihnen gesagt hatte, sie sollten dableiben und versuchen, die Menge der verdammten Zuhälter, Nutten, Freier und Glücksspieler unter hundert zu halten.

Die Todesursache wurde von den Detectives nicht angezweifelt. Es war gar nicht mal eine so ungewöhnliche Todesart in dieser Gegend.

»Okay, geben Sie uns ne Telefonnummer, unter der wir Sie erreichen können«, sagte Al Mackey, während er sich Notizen für einen oberflächlichen Bericht über den Todesfall machte. »Und ich möchte nicht die Nummer von nem Motel oder nem Massagesalon haben, in dem Sie *nicht* arbeiten, oder die verdammte Nummer von der Telefonzelle an der Ecke. Ich möchte eine richtige Telefonnummer haben, wo wir Sie erreichen können, wenn wir noch irgendwelche Fragen haben.«

»Okay, okay«, schrie die Nutte. Sie kramte ihr gesamtes Täschchen aus, um die Telefonnummer ihrer Mutter zu finden, die noch zwei ihrer drei Kinder großziehen mußte. Das letzte hatte sie schnell bei ihrer Tante untergebracht.

Die Nutte blätterte mit bebenden Lippen und zitternden Händen durch ihre Freieradressen. Sie konnte überhaupt nicht *denken*. Sie ließ nach und nach alles mögliche aus ihrem Täschchen fallen. Da gab's Telefonnummern von guten Freiern, die man sich warmhalten mußte, von miesen Freiern, die man meiden mußte, von Geldsäcken und Fettsäcken, von guten Zuhältern, die einem etwas Geld übrigließen und einem von dem Geld, das sie mitnahmen, nette Geschenke kauften, und von miesen Zuhältern, die einem Feuerzeugbenzin auf die Kleider schütteten und mit Streichhölzern rumspielten, wenn man nicht artig war. Es gab Dutzende von Telefonnummern in diesem Täschchen. Al Mackey schmunzelte, als er sie in der Hoffnung durchblätterte, auch ein paar Namen von Filmstars zu finden, die die meisten Huren in ihre Adreßbücher schrieben, damit sie was zum Renommieren hatten, ganz egal, ob sie nun mit den Prominenten gebumst hatten oder nicht.

Dann sah er eine vertraute Nummer. »Guck dir das an,

Marty. Da ist diese Nummer schon wieder.« Dann zu der Hure: »Woher haben Sie die?«

Die Nutte sah sich den Papierfetzen an. Sie zog die Augenbrauen hoch und wieder runter. Sie griff mit beiden Händen in ihre Afrokrause und drückte sie nach unten. Sie konnte nicht *denken.* »Lassehn, lassehn«, sagte sie. »N Freier? Ich weiß nicht! Ich zitter immer noch! Ich find nich mal die Telefonnummer von meiner Mutter!«

Martin Welborn guckte auf die Telefonnummer des Studios und sagte: »Wie gut kannten Sie... Nigel St. Claire?«

»Nie gehört, den Namen«, sagte die Hure, und sie schien wirklich die Wahrheit zu sagen. Sie hatte nur eins drauf: Mamas Telefonnummer. Sie war viel zu durcheinander, um Lügen auftischen zu können.

»Wessen Nummer ist das?« fragte Martin Welborn.

Die Nutte sah sie sich nochmals an. »Ich *weiß* nicht! Gottverdammt! Es ist nicht mal *meine* Schrift, Officer. Is wahrscheinlich die Nummer von nem Freier, is gar nix dahinter. Wahrscheinlich hat n anderes Mädchen sie mir gegeben. Ich kann Mamas Nummer nicht *finden*!«

Sie fing wieder an zu schreien, und Martin Welborn sagte: »Nun mal ruhig. Ich glaub, wir können ohne die Nummer von Ihrer Mutter auskommen, wenn Sie sich erinnern, wer Ihnen *diese* Nummer gegeben hat. Glauben Sie, daß Sie das schaffen?«

»Kann ich dann auch nach Hause? Tut mir wirklich leid, daß der Mann tot ist. Ich geb Ihnen auch sein Geld zurück. Das könn se seiner Frau bringen. Bei mir is noch nie was so schiefgelaufen!«

»Sie können nach Hause gehen. Sobald Sie sich erinnert haben, wer Ihnen die Telefonnummer gegeben hat.«

Die Nutte sah sich den Papierfetzen nochmals an. Sie fummelte mit einer Zigarette herum, und Al Mackey zündete ein Streichholz an und gab ihr Feuer. Sie nahm einen Zug, noch einen und sagte: »Das hier ist... ich glaub, das hier is Lulus Handschrift... nein... is doch nich Lulu.« Sie rauchte ein paar Sekunden lang, starrte vor sich hin, und dann sagte sie: »Ich hab's! Es is Jills Handschrift! Klar! Jill hat mir die Nummer gegeben. Ganz sicher!«

»Ist es die Nummer von nem Freier?« fragte Al Mackey.

»Nein, kein Freier. Es ist ein... ein... es ist ein *Filmstudio*. Na, wie nennse sonne Büros, wo man hingeht, wenn man zum Film will? Als Statist?«

»Ein Besetzungsbüro«, sagte Martin Welborn.

»Yeah! Da mußte nach ner bestimmten Firma fragen. Und nach nem bestimmten Kerl. Ich hab den Namen jetzt vergessen. Jill kennt den Namen.«

»Haben Sie versucht, in n Film reinzukommen?« fragte Martin Welborn.

»Honey, jeder versucht doch in n Film reinzukommen«, sagte die Nutte, und das war nur *allzu* wahr. »Jill hat gesagt, dieser feine Knilch in dem großen schwarzen Schlitten fänd sie doll und hätt gefragt, ob sie nicht in nem Film mitspielen wollt. Klar, daß *alle* Freier son Scheiß sagen, aber der, *der* hat ihr zwanzig Dollar gegeben. Für nix. Bloß die Nummer anrufen und sich verabreden. Wollt nich mal, dasse ihm einen bläst. Nix. Sagt nur, dasses ihm gefällt, wie se aussieht. Der war echt, hat se gedacht. Fuhr eine von diesen teuren Kutschen.«

»Einen Rolls-Royce?« fragte Al Mackey. Nigel St. Claire hatte einen blauen Rolls gefahren. Könnt sein, daß sie den meinte, wenn sie von einem schwarzen sprach.

»Nein«, sagte sie. »Kein Rolls. Dieser andere. Fast derselbe Typ.«

»Ein Bentley?« fragte Martin Welborn.

»Das isses. Der Kerl fuhr n großen schwarzen Bentley. Son Ding mit Fußmatten aus Nerz und all so was. Sagte, sie hätt den erst für n Zuhälter gehalten, bloß, daß er n Weißer war. Sie gibt mir die Nummer, falls ich auch versuchen will, in den Film reinzukommen. Ich hab allerdings den Namen von der Filmgesellschaft vergessen.«

»Hat Jill ihn angerufen?« fragte Al Mackey.

»Weiß nich«, sagte die Hure. »Kann ich nu nach Hause?«

»Sobald Sie uns erzählt haben, wo wir Jill finden können«, sagte Martin Welborn ruhig.

»Gott verdammt!« schrie die Hure. »Da sagt er immer, ja, ich kann gehn, nu kann ich nich gehn!«

»Ist wirklich fast die letzte Frage«, sagte Martin Welborn. »Wie heißt Jill, wie sieht sie aus, und wo können wir sie finden? Nur mal mit ihr reden. Sie kriegt deshalb keinen Ärger.«

»Also, erstens, keine Nutte hat n Nachnamen. Sie is ne Weiße. Ungefähr in meinem Alter, vielleicht was jünger. Lange dicke blonde Haare. Nimmt ne Menge Dope. Eigentlich n nettes Mädchen. Manchmal macht sie Massagen auf dem Strip im Red Valentine. Aber ich möcht nich, daß einer weiß, daß ich mit euch geredet hab. Versprochen?«

»Wir versprechen's«, sagte Martin Welborn.

Und nun, als die Hure kapierte, daß sie jetzt wirklich nach Hause durfte, begann sie ihren Scheiß wieder zusammenzusuchen. »Hörn se ma, von wegen dem Geld, das ich von dem toten Kumpel gekriegt hab. Ich hab's *verdient*, oder? Ich mein, er hat n dickes Auto gefahren. Ich wette, seine alte Lady braucht's lange nich so dringend wie ich, oder? Geschäft is Geschäft.«

»Natürlich haben Sie's ehrlich verdient«, sagte Martin Welborn.

In diesem Moment kamen Buckmore Phipps und Gibson Hand zum Streifenwagen und motzten wie üblich rum.

»Guck, Mackey, es wird dunkel«, jammerte Buckmore Phipps, was den kambodschanischen Jungen veranlaßte, seinen Großvater anzustoßen und ihm in ihrer beider Muttersprache mitzuteilen, daß der riesige Cop Angst vor der Dunkelheit hatte! Und *sie* mußten hier jede Nacht zwischen Zuhältern und Prostituierten und Halsabschneidern arbeiten und konnten auf den Einbruch der Dämmerung keinen Gedanken verschwenden!

»Wir sind fast fertig«, sagte Al Mackey. »Noch n paar Minuten.«

»Noch n paar Minuten«, stöhnte Gibson Hand. »Ich hab ne Verabredung unten im Glitter Dome mit ner Lady.«

»Eine Lady im Glitter Dome«, knurrte Al Mackey.

»Also die könnte *drei* Freier so zu Tode ficken wie die diesen einen hier«, prahlte Gibson Hand. »Nennt sich selber Amazing Grace.«

Was dazu führte, daß sich in Al Mackeys Kopf alles drehte. Die ewige Kette!

Martin Welborn stieg aus dem Wagen, um die beiden Straßenmonster zu beruhigen. »Haltet die Meute bloß noch für ne Minute in Schach«, sagte er mit Nachdruck. »Die hier dreht uns durch, wenn hier plötzlich ne Nutte oder n Zuhälter aufkreuzt. Wir kriegen hier wahrscheinlich ne neue Spur in nem bedeutenden Mordfall.«

»Mordfall«, schnaubte Buckmore Phipps. Klar. Er stellte sich vor, daß die beiden Detectives gerade versuchten, dem verrückten kleinen Nuttchen einen heißen Fall anzuhängen.

Gibson Hand nahm ihnen die wilde Story sowieso nicht ab.

»Was denn für n großer Mordfall, Sarge?« fragte er herausfordernd.

»Das Ding, wo dieser große Filmboß umgelegt wurde«, sagte Martin Welborn. »Nigel St. Claire.«

»Nigel St. Claire!« riefen die beiden Straßenmonster wie aus einem Munde.

»Das is ja der Name!« sagte Buckmore Phipps.

»Ich hatt's die ganze Zeit auf meiner verdammten Zungenspitze!« sagte Gibson Hand.

»Was wißt ihr denn über Nigel St. Claire?« fragte Martin Welborn schnell.

»So gesehen, nichts«, sagte Gibson Hand. »Ist nur der Name auf nem Zettel, den wir letzte Woche bei nem Mariner gefunden haben. Hat keine Bedeutung. Is nur, weil wir *beide* wußten, daß wir den Namen irgendwo gehört hatten und uns nich erinnern konnten.«

»Was ist mit Nigel St. Claire?« fragte Al Mackey, als er aus seinem Wagen sprang.

»Nix. Is nix«, sagte Buckmore Phipps. »Verdammt, es wird dunkel. Hab noch ne viel heißere Verabredung als Gibson. Also, komm, Mackey!«

»Wer hatte seinen Namen?« fragte Martin Welborn dringlich, und plötzlich begriffen die Straßenmonster, daß die Kollegen tatsächlich vom Geschäft redeten.

»Bloß son nackter Modellsteher«, sagte Gibson Hand.

»Bloß son schwuler Typ von Camp Pendleton«, fügte Buckmore Phipps hinzu. »Er hatte ne Telefonnummer bei sich.«

»Sie können jetzt gehen«, sagte Martin Welborn zu der nunmehr glücklichen Nutte. Dann wendete er sich an die Straßenmonster und sagte: »Ich hasse es, euch die Verabredungen kaputtzumachen, aber nun wollen wir mal ins Büro gehen und *alles* über euren nackten Mariner wissen.«

»*Die* bumst n Kerl ins Grab und kann nach Hause gehen«, stöhnte Gibson Hand. »Ich hab's gerade einmal inner Woche mit der Hand gemacht, und ich muß Überstunden machen!«

Während die miesgelaunten Straßenmonster Al Mackey und Martin Welborn alles über den Mariner erzählten, was sie wußten, kriegten das Wiesel und das Frettchen sich zum ersten Mal während ihrer zweijährigen Partnerschaft ernsthaft in die Haare.

»Jetzt haben wir drei verdammte *Stunden* zuviel abgekloppt!« schrie das Wiesel, als die Sonne in den Pazifischen Ozean fiel, was sie vom fünfzigsten Stockwerk hoch oben bestimmt nicht hätten sehen können, wohl aber vom zweiten, was an der natürlichen Bewölkung lag und an dem unnatürlichen Smog in diesem Zwielicht von Los Angeles.

»Ich möcht noch n bißchen länger bleiben«, sagte das Frettchen. »Dieses Schlitzauge geht todsicher noch in dieses Restaurant. Das kann ich *fühlen.*«

»Das kannste fühlen. Fühlen! Was zum Henker biste grade, n Swami vom Sunset Strip?«

»Wenn du n Feeling hast, eben so n Gefühl, sollste ihm nachgeben. Ich weiß nicht, wie ich das erklären soll. Das Karma stimmt.«

»Das Karma! Das Karma!« Das Wiesel stampfte in seinen Motorradstiefeln auf dem Dach herum und trat nach jeder trägen Taube, die zu blöd war, ihm nicht aus dem Weg zu gehen. »Warum gehste nicht raus nach Malibu und trittst einer von diesen Sekten bei, die kleine fette Inderjungen in Freizeitgewändern und weißen Schuhen anbeten. Karma!«

»Du kannst gehen. Ich bleib hier«, sagte das Frettchen.

»Soll ich vielleicht n Taxi nehmen?«

»Nimm den Toyota.«

»Wie kommst du ins Revier zurück?«

»Ich werd n Taxi nehmen. Oder ich mach Anhalter. Oder ich geh zu Fuß.«

»Erstens, du hast kein Geld fürn Taxi. Zweitens, niemand würd son abgerissenen Typ wie dich mitnehmen. Drittens, du bist nicht zu Fuß gegangen, seit Judas diesen verdammten Jesus Christus reingelegt hat!«

»Geh runter von meinem Dach«, sagte das Frettchen. »Ich brauch dich nicht.«

»Ich werd dich auf diesem Dach nicht alleinlassen«, sagte das Wiesel.

»Willste mich etwa *wegtragen*?« sagte das Frettchen, und nun lag Hochspannung in der Luft.

Der Ball lag in Wiesels Garten, er mußte ihn zurückwerfen. Es gab eine bedeutungsschwangere Pause, und dann sagte er: »Ich glaub, ich weiß, wie dir zumute ist. Dieser Kerl, der dir deine eigene Kanone ins Gesicht gesteckt hat. Das ist hier nicht Vietnam. Das ist *deine* Stadt. Es is eine Sache, wenn man im Krieg umgelegt wird. Aber es is ne andere Sache, wenn dich n Kerl in deiner eigenen Heimatstadt umlegt. Also, ich mein, es is ne verdammte, elende Kiste, *ermordet* zu werden. Isses das, was du fühlst? Irgend so was Ähnliches?«

Das Frettchen drehte dem Wiesel den Rücken zu und sah runter auf das Thai-Restaurant. Da ging gerade ein kleiner Mann rein. Er trug einen Anzug aus Baumwollkrepp mit schwarzen und weißen Streifen. Es war nicht der Mörder. Das Frettchen drehte dem Wiesel immer noch den Rücken zu und sagte: »Ich *träum* nachts von ihm. Das war was... *Persönliches*. In Vietnam hab ich nie jemand *persönlich* umlegen wollen. Ich werd dir was erzählen, weil ich weiß, daß du es für dich behältst. Als ich damals nachts nach Hause kam, hab ich... *geheult*. Es war das erste Mal in meinem ganzen Leben, daß ich mir vorgestellt hab, was das für ne *jammervolle* Sache is, ermordet zu werden.«

Das Wiesel schwieg einen Moment und sagte dann: »Ich hab noch sechs Dollar in meinem Versteck im Stiefel. Ich werd n paar Bier davon kaufen. Scheiße, ich hätt heute abend sowieso nichts Besseres vorgehabt, als mir *Dallas* anzugucken.«

Das Frettchen nickte, und das Wiesel verließ das Dach. In dem Moment stieg ein Mann aus dem Ford, der genau die richtige Größe hatte, und ging auf das Licht des Thai-Restaurants zu. Er drehte sich zur Straße um. Das Fernglas durchdrang die Dunkelheit, und das Frettchen konnte ihn ausgezeichnet sehen. Es war nicht der Mörder.

12

Jackin Jill

Nach Einbruch der Dunkelheit war sogar das Frettchen bereit, vom Dach runterzusteigen. Seine Augen schmerzten, und er war erschöpft. Er war entschlossen, nach Hause zu gehen und ohne sein übliches TV-Dinner ins Bett zu fallen. Eins mußte man seiner Ex-Frau lassen, sie hatte kochen können. Waren etwa Tomatensuppe und Käsesandwiches das richtige abendliche Festessen für Gourmets?

»Ich hab nicht mal mehr genug Kraft, um zu furzen«, sagte er auf der Rückfahrt zum Revier.

»Das hör ich aber gern«, sagte das Wiesel.

»Ich glaub, ich schlaf wie n verrückter Feuerwehrmann in meinen Klamotten ein«, sagte das Frettchen. »Ich wette, daß ich nicht mal mehr reagieren könnte, wenn du mir meinen Bart anzündest.«

Nichts könnte ihn heute abend noch hochbringen, dachte er. Aber da ahnte er noch nicht, daß er in einer guten Stunde den Hollywood-Boulevard runterstürzen, Fenster einschmeißen und Alarm schlagen würde: Die Mafia kommt!

Buckmore Phipps und Gibson Hand waren mit ihrer Story über Gladstone Cooley so gut wie fertig, als das Wiesel und das Frettchen im Squadroom auftauchten, überrascht darüber, daß die Straßenmonster und das Mord-und-Totschlag-Team zu dieser Zeit noch im Büro waren.

»Ihr braucht nichts zu machen, als morgen Camp Pendleton anzurufen«, sagte Gibson Hand. »Private First Class Cooley. Huh! Irgendwas ist faul in diesem verdammten

Land. Mariner in schwarzen Slips. Scheiß, gib mir n Hundertpfundbürschchen aus ner Straßengang mit nem Zweiundzwanziger-Gewehr, dann können wir n ganzes Bataillon von Mariner wie *dem* zusammenballern. N einziger dürrer Mexicano mit seiner mexikanischen Mauser. Und ich!«

»Sone Hosenscheißer wie den hat's nich gegeben, als *ich* im Marine Corps war«, sagte Buckmore Phipps. »Er ist eben typisch für die heutige Jugend. Liegt nur anne Demokraten. Noch n paar Demokraten anner Regierung, und die libysche Navy kann sich überlegen, ob se New York erobern will.«

»Wir werden morgen mit unserem jungen Mariner sprechen«, sagte Martin Welborn. »Und euch Jungs möcht ich erst mal danke sagen, daß ihr uns geholfen habt.«

»Was liegtn an, n großer Mord?« fragte das Wiesel, während das Frettchen gähnte und die letzten Eintragungen des Tages machte.

»Da is bloß n Gunfighter in seinen Stiefeln gestorben«, sagte Gibson Hand.

»Merkt euch den Namen und die Beschreibung der Nutte, die sie Jill nennen«, sagte Martin Welborn zu den Straßenmonstern. »Diese Telefonnummer taucht einfach zu oft auf.« Dann wandte er sich an das Wiesel und das Frettchen und sagte: »Eigentlich wollt ich's euch erst morgen erzählen, diese Telefonnummer ist schon wieder aufgetaucht, die Nummer, die euer Verdächtiger in der Nacht, in der ihr Bozwell eingelocht habt, fallengelassen hat.«

»Die Nummer von diesem Filmstudio?«

»Ja, die«, sagte Al Mackey. »Ne Menge Volk scheint die Nummer dieser Tage mit sich rumzuschleppen.«

Als die Straßenmonster gerade aus der Tür gehen wollten, fiel Al Mackey noch was ein. »Ihr solltet auch mal n Auge auf son Großkotz in nem schwarzen Bentley halten.«

Wodurch die schlaffen Augenlider des Frettchens ein bißchen ins Zittern gerieten. »Was für n schwarzer Bentley?« fragte er die Mord-Detectives.

»Irgendein Knabe in nem Bentley hat die Telefonnummer ner kleinen blonden Nutte namens Jill gegeben, und die hat sie dann ner anderen Nutte gegeben, die heute nacht in nem Motel n Knaben totgevögelt hat«, erklärte Al Mackey. »Allmählich wird's kompliziert. Also, es ist die Nummer, die Buckmores Mariner bei sich hatte. Es ist dieselbe...«

»Ein schwarzer Bentley?« sagte das Wiesel zum Frettchen. »Der Freund von Thunfischbüchsen-Tommy?«

»...dieselbe Nummer, die euer schlitzäugiger Vietnamese bei sich hatte«, fuhr Al Mackey fort.

»Wir haben irgendwas von nem Pferdezocker gehört, der n schwarzen Bentley fährt«, sagte das Frettchen, jetzt hellwach. »Kann ebenso n Koksdealer sein, aber das ist wahrscheins Scheiße. Immerhin, es gibt nicht so viele schwarze Bentleys, die hier um den Boulevard rumkurven. Außerhalb von Beverly Hills fahren die nicht so gern ohne ne Panzerwageneskorte rum.«

»*Könnte* derselbe Typ sein«, sagte das Wiesel.

»Na gut, wir gehen«, kündigte Buckmore Phipps an. »Wenn ihr dieses Schlitzauge irgendwo auftreibt, könnt ihr uns ja Bescheid sagen, damit wir mitmachen können. Gibson hat seit zwei, drei Wochen keinen mehr umgelegt, seit sie ihn bei der Überwachung rausgeschmissen haben.«

»Wir sagen euch Bescheid«, versprach Al Mackey.

»Ich glaub, die Leute, die n Bentley fahren, sind ziemliche Schautypen«, meinte Buckmore Phipps beim Rausgehen zu seinem Partner.

»Aber klar, Buckmore! Das ist *überall* so im Leben!« sagte Gibson Hand. »Ich muß dir das mal erklären...«

»Und du glaubst, der Kerl in dem schwarzen Bentley könnte was mit dem Schlitzauge zu tun haben, der mich an dem Abend kaputtmachen wollte?« fragte das Frettchen Martin Welborn.

»Ich weiß nicht«, sagte Martin Welborn. »Wir wissen nur, daß plötzlich jeder Knilch mit dieser Filmstudionummer rumläuft. Diese Hure namens Jill, die sie von dem Mann in dem Bentley gekriegt hat. Ein männliches Modell vom Marine Corps in Camp Pendleton hat die Nummer und den *Namen* von unserer Leiche gehabt. Dein vietnamesischer Räuber und Halsabschneider hatte dieselbe Nummer. Und n anderer Typ, der gern Rollschuh läuft, hat ne mysteriöse Verabredung an der Stelle gehabt, wo unsere Leiche gestorben ist. Nachdem wir *das* wissen, können wir davon ausgehen, daß noch Dutzende mehr rumlaufen und diese Nummer rumschleppen. Warum *dieses* Studio? Was hat das mit unserer Leiche zu tun? Ich will auf alle Fälle Jill finden und den Kerl in dem Bentley, damit endlich was läuft.«

»Mit Jill können wir euch nicht helfen«, sagte das Frettchen. »Aber wir könnten n Kerl finden, der Lloyd heißt und mit nem schwarzen Bentley am Boulevard rumfährt.«

»Allerdings können wir nicht einfach in Flameout Farrells Restaurant gehen und dem Buchmacher sagen, daß er uns ne Kundenliste gibt«, sagte das Wiesel.

Das Frettchen stand auf und fing an, im Squadroom auf und ab zu marschieren. Er sah Al Mackey und Martin Welborn an. Er sah das Wiesel an. Dann grinste er finster. »Wenn dieser schwarze Bentley zu diesem Schweinehund hinführt, hab ich nur den Wunsch, daß ich *dabei* bin, wenn ihr ihn hops nehmt. Das müßt ihr mir versprechen.«

Al Mackey zuckte die Achseln und sagte: »Gibson und Buckmore wollen dabeisein, ihr wollt dabeisein. Ich würd sagen, nach meiner Ansicht hat dieser Asiate ungefähr soviel Chancen, lebendig davonzukommen, wie Custers Hornist am Little Big Horn.«

»Versprochen?« fragte das Frettchen mit Nachdruck. »Zu jeder Tages- und Nachtzeit?«

»Wir versprechen's«, sagte Martin Welborn.

»Wiesel, komm, wir gehen!« sagte das Frettchen. »Ich bin richtig heiß!«

»Wollt ihr uns nicht sagen, wohin ihr geht?« fragte Al Mackey.

»Besser nicht«, sagte das Frettchen voller Überzeugung. »Wenn ihr morgen früh reinkommt, geben wir euch n Namen, der mit nem schwarzen Bentley zusammenhängt. Ich hoff nur, daß es der richtige Bentley is.«

»Nacht, Kameraden«, sagte Al Mackey. Es war das Beste, den Frettchen und Wieseln dieser Welt nicht zu viele Fragen zu stellen. Da müßte man dann weniger lügen, wenn die Kopfjäger einen auf den Polygraphen setzen würden.

»Ich weiß nicht so recht«, sagte das Wiesel, als das Frettchen den Hollywood-Boulevard zu dem kleinen Restaurant hinunterraste, das dem Buchmacher Flameout Farrell gehörte.

»Das funktioniert todsicher«, sagte das Frettchen. »Sei keine Pflaume.«

»Ich weiß nicht.«

»Sieh mal, du hast doch gesehen, wie dumm dieser Thunfischbüchsen-Tommy war. Denkste, n Widerling wie der hätte n *gerissenen* Buchmacher? N gerissener Buchmacher würd seine Kohle doch nicht in so nem schmutzigen Löffel am Boulevard verdienen, oder? Die verdammte Straße kocht vor Hitze!«

»Vielleicht sollten wir besser Thunfischbüchsen-Tommy besuchen. Vielleicht könnt er uns den Nachnamen und die Adresse von Lloyd besorgen. Schließlich *haben* wir ihn zum Geheimagenten befördert.«

»Oje«, sagte das Frettchen. »Den seh ich so richtig vor mir. Tommy in seinem Columboregenmantel und mit nem Cowboyhut, wie er um n Wettbüro rumschleicht? Aber unterm Mantel wär er nackt. Zeigt seinen Stummelpimmel jedem Weib, das vorbeikommt. Oje, Wiesel. Das läuft schon, wenn wir's auf *meine* Tour machen.«

Auf Frettchens Tour, das hieß, den Toyota am Wilton Place parken und den Rest zu Fuß machen.

Sie arbeiteten ohne Taschenlampen, und es war ziemlich riskant, über den zehn Fuß hohen Zaun zu klettern, der das Filmkopierwerk neben dem Restaurant umgab. Zäune aus Metallketten, das hieß oft, daß es Wachhunde gab, aber es gab keine Hundescheiße in der Gegend, und deshalb riskierten sie es. Das Problem würde der Rückweg sein, wenn es schnell gehen mußte, nachdem sie Stufe eins hinter sich hatten. Vor allem, wenn zufällig gerade eine Hollywood-Funkstreife vorbeifuhr und zwei Gangster in Lederzeug in der Dunkelheit über Zäune klettern sah, und wenn sie dann ein paar Salven aus der Ithaka losmachen und ihre Körper anschließend einfach oben auf dem Zaun hängen lassen würden. Nur wenige Patrol Officers aus Hollywood kannten die beiden Drogenfahnder, und sie würden kaum Zeit haben, sich auszuweisen, wenn sie nachts auf der Flucht erwischt werden würden. Aber das gehörte alles dazu. Sogar das Wiesel hatte Feuer gefangen, nachdem er sich erst mal mit dem idiotischen Plan von Frettchen abgefunden hatte.

Sie schlichen den Fußweg zwischen Flameout Farrells kleinem Restaurant und dem Filmkopierwerk entlang. Sie sprangen schnell in eine finstere Ecke, als eine alte Frau mit einer Baseballmütze, die eine heisere weiße Ente in einem Korb bei sich hatte, mit dem Fahrrad an ihnen vorbeifuhr. Das Frettchen sah das Wiesel an. Die Ente hatte einen gelben Pullover angehabt. Hollywood.

Als das Wiesel fast den Bürgersteig an der Straße erreicht hatte, warf er einen Blick in Flameout Farrells Freßschuppen und sah einen traurigen Rentner, der ein fetttriefendes Schinkensandwich runterwürgte, sowie einen verwelkten kleinen Kerl in einem T-Shirt, wahrscheinlich Flameout selber, der die Tageseinnahmen in der Kasse zählte. Eine Zigarette, deren Asche länger war als die Kippe, hing ihm auf der Unterlippe und war offenbar der Grund für den Streit, der zwischen dem Rentner und ihm ausgebrochen war, als er ihm das Schinkensandwich in bestäubtem Zustand gegeben hatte.

»Ich hab keinen Pfeffer auf meinem Schinken bestellt.«

»Sie *haben* keinen Pfeffer auf Ihrem Schinken gekriegt.«

Das Wiesel sah auf seine Uhr und flüsterte: »Thunfischbüchsen-Tommy hat gesagt, daß er um die Zeit zumacht.«

»Haben wir eben Glück, daß er noch n späten Gast hat«, flüsterte das Frettchen, während sie wieder auf den Fußweg zurückgingen.

»Bin gespannt, wie lange der alte Knabe noch an dem ekligen Sandwich rumnuckelt.«

»Komm, wir machen's auf alle Fälle«, sagte das Frettchen. »Könnte die Sache viel realistischer gestalten, wenn noch n Gast da is.«

»Ich glaub nicht, daß das ne gute Idee ist«, sagte das Wiesel. »Uh, uh. Sehr schlecht.«

Sie schlichen wieder vor bis zur Hausecke, warteten, bis mehrere Autos vorbeifuhren, achteten auf Fußgänger und riskierten nochmals einen Blick ins Innere. »Der alte Schweinehund hat grade *noch* ne Tasse Kaffee bestellt!«

»Scheiß drauf«, sagte das Wiesel. »Ich bin zu kaputt, um hier wie ne Straßenkatze rumzuhängen. Laß es uns hinter uns bringen.«

»Nach dir, wieselndes Wesen.« Das Frettchen grinste.

Das Wiesel griff in die tiefe Tasche seiner Motorradjacke und holte einen gewöhnlichen Ziegelstein heraus. Er fing an, den Stein an seinen Jeans abzuwischen, bis das Frettchen sagte: »Die können doch von so nem verdammten Ziegelstein keine *Fingerabdrücke* nehmen! Haste ne Wiederholung von *Kojak* oder so was gesehen?«

Also schaute das Wiesel nach beiden Seiten, trat aus der Dunkelheit hervor und nickte dem Frettchen zu, der einen mächtigen Stein aus *seiner* Jacke gezogen hatte. Dann standen die beiden Narcs auf dem Bürgersteig, und nach einem Achtung, fertig, los holten sie aus und schleuderten beide Steine durch Flameout Farrells vordere Glasfenster. Es hörte sich an wie eine Symphonie von Schlagzeugbecken.

Beide Fahnder flitzten über den Fußweg zurück und waren hinter dem ersten Zaun verschwunden, bevor Flameout Farrell überhaupt vom Fußboden hochkam. Der Gast rannte in totaler Panik im Restaurant herum, immer noch mit seinem Sandwich in der Hand, und schrie: »Erdbeben, Erdbeben!«

Und Flameout Farrell, der glaubte, daß es tatsächlich eine Naturkatastrophe war, kroch unter einen Tisch, präzise nach den Anweisungen des Zivilen Bevölkerungsschutzes.

»Das ist das Riesending, das sie vorausgesagt haben!« schrie der Rentner. »Kalifornien fliegt bis Tahiti!«

Dann, als das Beben und das ominöse Grollen ausblieben, hörte der Mann auf zu schreien und Flameout Farrell, der seine Zigarette kaputtgebissen hatte und Tabak spuckte, verrückt zu machen, und er kroch vorsichtig unter dem Tisch hervor.

»Irgendeiner hat mirn *Stein* ins Fenster geschmissen!« sagte er, als er das zertrümmerte Wurfgeschoß auf dem Fußboden sah. »Irgendeiner hat mir *zwei* Steine ins Fenster geschmissen!« sagte er, während er das zertrümmerte Restaurant untersuchte. Die einträglichen Goldstrände würden doch nicht nach Arizona verlegt werden, das große Beben war ausgeblieben. Irgendeiner hatte ihm die verdammten Scheiben eingeschmissen!

Das Wiesel und das Frettchen saßen zwei Blocks weiter unten am Hollywood-Boulevard und fluchten. Die Funkstreife brauchte *zwölf* Minuten bis zu ihrem Eintreffen. Faule Hunde.

»Die Bürger müssen endlich besser vor Arschlöchern, die ihr Eigentum kaputtmachen, geschützt werden«, sagte das Frettchen entrüstet.

Die uniformierten Cops hatten offensichtlich eine andere Sache am Kochen und erstellten den schnellsten Tatortbericht der Welt. Sie waren schon wieder weg, bevor Flameout Farrell noch damit begonnen hatte, die Scherben zusammenzufegen und darüber nachzudenken, wie er das Haus zu dieser nächtlichen Stunde mit Brettern zugenagelt kriegte. Er überlegte gerade, ob er im Telefonbuch nach Holzlagern suchen sollte, die nachts geöffnet hatten, als die Narcs an die Tür klopften und ihre Polizeimarken vorzeigten. Gleich nach den Formalitäten betraten sie den Eßraum direkt durch die zehn mal zwölf Fuß großen Öffnungen, wo bis vor kurzem noch Fenster gewesen waren.

»Wir sind aus der Innenstadt geschickt worden, sobald wir davon gehört hatten«, sagte das Frettchen.

»Yeah? Ich hab vor morgen oder übermorgen nicht mit Detectives gerechnet«, sagte Flameout Farrell. Auf den ersten Blick sah er blaß und erledigt aus, sein schmutziges Haar wurde schon grau. Im Licht wirkte die Blässe unter seinem Haar fast durchsichtig.

»Wir arbeiten beim Nachrichtendienst«, sagte das Wiesel. »Sozusagen getarnt.«

»Sind Sie von der Sittenpolizei?« fragte Flameout Farrell.

»Wenn wir da arbeiten würden, hätten wir Ihren Arsch schon vor nem Monat eingebuchtet, Flameout«, sagte das Frettchen. »Wir wissen, daß Sie hier n Wettbüro haben.«

Flameouts Mund blieb offen stehen, und er sah noch erledigter aus. Tatsächlich war er so weiß geworden wie Trockeneisstangen. »Ich? Ich? Ich?«

»Hörn Se auf mit Ihren Scheißarien, Flameout«, sagte das Wiesel. »Ich, ich, ich, das hältste im Kopp nich aus! Setzen!«

Flameout Farrell würde sich auch gesetzt haben, ohne daß es ihm befohlen worden wäre. Seine Beine waren so weich geworden wie Lakritzstangen.

»Es gibt nur einen Grund, warum wir uns heute abend überhaupt mit Ihnen befassen«, begann das Frettchen.

»Was denn für einen?« Flameout Farrell blickte von einem Fahnder zum anderen. »Ich hab nie heiße Maschinenpistolen von irgendwelchen Strolchen gekauft! Ich hab nie ...«

»Wir sind hier, um Ihr Leben zu retten!«

»Mein Leben!«

»Wir sind echt nicht an Ihnen interessiert. Wir sind interessiert an Carlo Andrutti.«

»Wer is Carlo Andrutti?«

»Sie sind echt n Würstchen, Flameout«, sagte das Frettchen angewidert. »Carlo Andrutti gehört jedes Wettbüro von hier bis Malibu, mehr nicht! Und das ungefähr schon seit der Zeit, als Sie beschwatzt worden sind, in Ihrer Küche son kleinen Telefondienst in Gang zu bringen...«

»Das stimmt!« Flameout Farrell stimmte sofort zu. »Sie haben mich beschwatzt, ich bin da *reingezogen* worden. Ich bin wirklich nicht groß an Pferden interessiert, und...«

»...ungefähr so passiert sein in der Zeit, als Sie da reinrutschten, da hat n Kerl, oh, vielleicht hundert Etagen höher in der Organisation als der Typ, mit dem *Sie* zu tun haben...«

»Und wir wissen *alle*, wer das is«, nickte das Wiesel.

»Ungefähr in der Zeit hat Carlo Andrutti geschnallt, daß so kleine Bruchbuden wie diese hier in Hollywood nur so aus m Boden schießen, und er hat ja nun mal keinen Unterstützungsfonds für Frittenbuden, und...er...mag's überhaupt nicht!«

»Davon weiß ich nichts! Nichts!«

»Und seit wir nun gegen das organisierte Verbrechen kämpfen, müssen wir uns was einfallen lassen, daß wir Typen wie Sie davor schützen, daß man euch Hohlblocksteine an die Unterhose bindet und euch so enden läßt, daß ihr die Surfer am Santa-Monica-Pier schrammt, wenn ihr einen Monat später an die Oberfläche kommt, nachdem euch die Haie die Eier abgebissen haben. Und genau das isses, warum wir hier sind, Flameout.«

»Also wer...wer...«

»Flameout, Sie sind n Vollidiot«, sagte das Wiesel, während er an dem Goldknopf drehte, den er im Ohr trug.

»Wir haben n paar von Carlo Andruttis Killern zwei Tage beschattet. Die haben bei jedem Telefonplatz und Zahlplatz in der Stadt, der nich Carlo Andrutti gehört, die Scheiben eingeschmissen.«

»Die wollen Ihnen irgendwas klarmachen, Flameout.«

»Die hoffen, daß Sie's kapieren, Flameout.«

»Und alles, was wir versuchen können, is, diese Knopflöchermacher davon abzuhalten, die Matratzen kaputtzuschneiden.« Das Frettchen liebte diese Sprache. *Knopflöchermacher, Matratzen kaputtschneiden.* Genau wie in diesen idiotischen Gangsterfilmen, genau das, was sich diese Dialogschreiber beim Lunch im Rangoon Racquet Club ausdachten.

»Was soll ich denn machen? Ich *weiß* nichts über Mister Andrutti!« rief Flameout Farrell aus. »Ich werd's aufgeben, wenn irgendeiner sauer is auf mich!«

»Zuerst mal, alles, was wir Ihnen erzählt haben, muß vertraulich bleiben. Das is Polizeiarbeit, Flameout.«

»Ich würd nie was sagen.«

»Und alles, was *Sie uns* erzählen, was wir gebrauchen können, um Ihren Arsch vor diesen Gangstern zu retten, bleibt natürlich ebenso vertraulich.«

»Okay«, begann das Frettchen, »zuerst is da mal n Typ, der herkommt, um n paar Spielchen aufzulegen. Fährt n schwarzen Bentley. Mit dem wolln wir mal anfangen.«

»Son Typ kenn ich nich«, sagte Flameout Farrell.

»Scheiß drauf. Komm, wir gehen«, sagte das Wiesel. »Carlo Andrutti soll ihn ruhig an n Füßen aufhängen und ihm das Blut abzapfen, wie's die Rabbis mit Hühnchen machen.«

»Warten Sie, warten Sie! Okay, ich *kenn* ihn!« schrie Flameout Farrell. »Sie müssen mich schützen, bis Mister Andrutti weiß, daß ich ausm Buchmachergeschäft raus bin!«

»Der Typ in dem Bentley isn Problem«, sagte das Wiesel. »Ich kann Ihnen nich verraten, warum oder weswegen, aber der isn Problem für uns. Fangen wir mal mit seinem Namen an.«

»Lloyd.«

»Das *wissen* wir. Sein voller Name?«

»Weiß nich.«

»Wo wohnt er?«

»Weiß nich. Er is n Kunde. Ich mein, er hat nur ne kleine Wette aufgelegt, einmal, zweimal, mehr nich. Der redet zwar wie n echter Zocker, aber bei mir hat er nie mehr als hundert Eier ausgegeben.«

»Uh, uh. Und wie ham Se 'n kennengelernt?« fragte das Frettchen.

»Er kennt...er, uh, er...kennt einen, den ich kenn.«

»Solln wir Sie ab sofort doch mit Ihrem miserablen Leben allein lassen?« fragte das Wiesel.

»Nein. Der, uh, der kennt...meine Tochter«, sagte Flameout Farrell verschwommen.

»Wer is Ihre Tochter?«

»Sie heißt Peggy. Sie is erst siebzehn. Sie is...«

Und dann waren die beiden Narcs äußerst erstaunt, daß Flameout Farrell, der erfolglose Geschäftsmann und bankrotte Buchmacher, plötzlich dicke Tränen in den Augen hatte. Er stützte den Kopf mit beiden Händen und schluchzte wie ein Witwer bei der Totenwache.

Die Narcs zuckten beide verwirrt die Achseln und warteten. Schließlich bot das Wiesel Flameout Farrell eine Zigarette an, die er annahm. Das Frettchen gab ihm Feuer.

»Er...er...er hat gesagt, er will versuchen...Peggy zu *helfen*«, schluchzte Flameout Farrell. »Sie...sie is vor...vor vierzehn Monaten weggelaufen. Sie is inner...inner Drogenszene...und vielleicht...andere Sachen.«

»Prostitution?« fragte das Frettchen.

Flameout Farrell nickte und sah zu Boden. »Er...dieser Kerl, Lloyd...er kam eines Abends hier rein mit Peggy. Sie sagte...sie sagte, sie will n paar Sachen holen, die ihrer Mom gehören. Ihre Mom is schon lange abgehauen. N paar Ringe und...son Zeugs. Ich wollte...wollte keine Ringe. Ich wollte...wollte nur, daß meine Peggy *hierbleibt*!«

»Und wohin isse gegangen?«

»Ich weiß nich, und Lloyd weiß es auch nich. Er hat sie an ner Straßenecke stehen lassen«, sagte er, während er sich die Augen auswischte. »Lloyd is seitdem noch zwei-, dreimal gekommen. Peggy hatte ihm von meiner Nebenbeschäftigung erzählt. Er sagte, er käm zurück, um n paar Wetten aufzulegen, aber er wär kein echter Pferdewetter. Er sitzt nur da rum. Er redet mit irgendeinem von den anderen Wettern, die reinkommen. Er wartet n paar Minuten. Ich glaub, daß er wartet, daß meine Peggy zurückkommt.«

»Worüber redet er denn?« fragte das Frettchen.

»Er erkundigt sich nach ihr. Mit wem se befreundet is. All so Sachen, die ich nich weiß. Er hat mir geschworen, daß er sie nie, wissense, nie ausgenutzt hat. Er hat mir geschworen, daß se ihm leid tut und daß er...daß er ihr *helfen* will.«

Flameout Farrell sah, daß die beiden Polizisten Blicke wechselten. »Ich würde auf *jeden* gehört haben, der sagt, daß er Peggy helfen will, daß se nach Hause kommt!« sagte Flameout Farrell, erneut in Tränen ausbrechend.

»Schreiben Sie Ihre Privatadresse und Telefonnummer auf das Polizeiformular da?« fragte das Wiesel.

Flameout Farrell nickte und wischte sich mit dem schmutzigen Ärmel seines T-Shirts über die Augen. Seine Haut hatte einen Ton wie Elfenbein. Er war ein sonderbar aussehender kleiner Mann. Sein Fleisch wirkte wie altes chinesisches Porzellan.

»Wenn dieser Knabe Lloyd wiederkommt, möcht ich, daß Sie n paar Sachen über ihn rauskriegen. Wo er wohnt. Seinen Nachnamen. Wo er so rumhängt. Und daß Sie bloß seine Führerscheinnummer kriegen«, sagte das Frettchen.

»Ich werd's versuchen.« Flameout Farrell nickte.

»Wie sieht er aus?« fragte das Frettchen. »Wie alt?«

»Vielleicht zweiunddreißig oder fünfunddreißig.«

»Haarfarbe?«

»Dunkel. Dunkle Augen. Nein, blaue Augen, glaub ich. Scheiße, ich weiß nich, was er für Augen hat. Er könnte so sechs Fuß groß sein. Gut gebaut.«

»So wie n Bodybuilder?«

»Nich auf die Art gut gebaut. Er sieht aus wie diese ganzen arbeitslosen Typen, die reinkommen und zwei Pfannkuchen essen und sich selber Schauspieler nennen. Nette Klamotten. Eher so ne Art Discotyp.«

»Wenn Se ihn nächstes Mal sehen, sagen Se ihm, daß Se wissen, wo Se Peggy finden können«, sagte das Wiesel. »Und daß Se sich mit ihr in Verbindung setzen können. Dann machen Se mit ihm ne Verabredung aus, damit Lloyd wiederkommt, und dann rufen Se uns an.« Das Wiesel gab Flameout Farrell seine Visitenkarte von der Polizei.

»Was hat das alles mit Mr. Andrutti zu tun?« fragte Flameout Farrell trübsinnig.

»Das soll nur *Ihren* Arsch retten, könn Se mir glauben«, sagte das Wiesel.

Als die Narcs durch das gähnende Loch nach draußen marschierten, das sie selber produziert hatten, sagte Flameout Farrell: »Er sagt nich Peggy zu ihr.«

»Was?« Das Frettchen drehte sich um.

»Er nennt sie Jill. Ich nehm an, daß es ihr Straßenname is.«

Dann stützte Flameout Farrell das Gesicht wieder in die Hände und schluchzte regelrecht verzweifelt.

Während das Frettchen und das Wiesel diesem entsetzlich langen Arbeitstag ein Ende machten, saßen Al Mackey und Martin Welborn in ihrem Wagen nicht weit vom Sunset Strip. Sie hatten sich auf den Parkplatz einer Tankstelle gestellt, die am Abend zumachte, versteckt hinter vier anderen Autos. Die gestreiften Wagen der Detectives waren für verdeckte Arbeit überhaupt nicht geeignet und für das Volk auf der Straße genauso zu erkennen wie die Schwarzweißen, abgesehen davon, daß sie keine Mickymausohren hatten.

»Ich weiß nicht, warum ich dich über mein Leben bestimmen laß, Marty«, sagte Al Mackey, den Kopf an den Türrahmen gelehnt, während Martin Welborn hinter dem Steuer saß und durch ein Fernglas den Red-Valentine-Massagesalon beobachtete.

»Ich bewahr dich vor dem Glitter Dome. Sieh's mal auf die Art, mein Sohn.«

»Glitter Dome. Charleys Engel sind heute abend im Fernsehen. Ich wollt mich so richtig mit m Bier und nem Truthahnsandwich einkuscheln und zugucken, wie die Mordjungs wieder mal Mist machen ohne sie. Und wenn ich mich dann noch mehr aufregen will, kann ich immer noch wach werden und diesen heimtückischen Kater aus m Bett schmeißen, sobald ich eingeschlafen bin. Gott, ich *haß* diese Katze.«

Martin Welborn nahm das Fernglas keine Sekunde lang herunter. Da gab es zu dieser Nachtstunde rein und raus noch jede Menge Fußgängerverkehr. Außerdem gab es vier Huren, die an der Ecke auf motorisierte Kundschaft lauerten. Eine war ein weißes Mädchen, aber es war nicht »Jill«. Sie war mehr brünett. Er überlegte, ob sie möglicherweise eine Perücke trug. »Meine Güte, Truthahnsandwich?« sagte Martin Welborn schließlich. »Willste *diesmal* als Junggeselle nicht doch mal Kochen lernen?«

»Willste mich verarschen? Ich würd nicht mal was *anfassen* in meiner dreckigen Küche, geschweige denn was essen. Der

Grund, daß ich da die Katze fütter, is nur der, daß ich hoff, daß sie sich ne Ptomainvergiftung* holt und krepiert. Ich hol mir meine Sandwiches aus m Delikatessenladen. Der hat lang genug offen, um alle Verlierer der Welt zu versorgen.«

»Du mußt Kochen lernen«, sagte Martin Welborn. »Es macht das Alleinleben einfach viel... erträglicher.« Dann nahm er das Fernglas von den Augen und sah seinen Partner an, und Al Mackey sah seine Augen an und wußte, daß er an Paula Welborn dachte.

Aber Martin Welborn dachte gar nicht an Paula. Sie huschte ihm nur für einen winzigen Moment durchs Gehirn. Dann war sie weg. Dies Gerede von der Verlassenheit löste viel fürchterlichere Bilder in ihm aus. Heute hatten sie Elliott Robles beerdigt. Er hatte sich überlegt, ob er zur Beerdigung gehen sollte. Er hatte sich überlegt, ob er eine Beileidskarte schicken und mitteilen sollte, daß er eine Messe gestiftet hätte. Aber daß Elliott Mexikaner war, hieß nicht zwangsläufig, daß seine Familie katholisch war. Es gab nicht viele Katholiken, die Elliott hießen. Es gab überhaupt keine Mexikaner, die Elliott hießen. Außer diesem komischen kleinen Junkie, Elliott Robles.

»Sie haben mich verpfiffen und hochgehen lassen«, hatte Elliott Robles gesagt, nachdem Martin Welborn bei der Vernehmung von Chuey Verdugo diesen kapitalen Fehler gemacht hatte. In Elliotts Augen war eine grauenhafte Angst zu erkennen gewesen, als er es gesagt hatte. Und dann, nach einer Weile, schien er resigniert zu haben. Lag das an dem vielen Stoff, den er sich reingeschossen hatte? All diese Klauereien, die er veranstalten mußte, um die Drogen zu kriegen? Vielleicht war das, was Martin Welborn sah, eine Art Einverständnis mit seinem Schicksal. Vielleicht haßte er den Detective wegen seines unverzeihlichen, fatalen Fehlers gar nicht mal besonders. Vielleicht. Es war bequem, so zu denken. Sich selbst in die Tasche zu lügen.

Martin Welborn dachte an einen Typ aus einer anderen Gang, der ihm mal gesagt hatte: »Wenn Sie mir die Kanone wegnehmen und mich kaputtmachen, komm ich als Geist

---

* Ptomain = Leichengift

wieder und mach Sie kaputt.« Ob Elliott Robles als Geist wiederkommen und ihn kaputtmachen würde? Als Geist in seinen Alpträumen herumspuken würde wie Danny Meadows?

Sie waren an dem Tag noch vor der Funkstreife am Meadows-Haus angekommen. Die Frau stand davor und kreischte und brachte kein vernünftiges Wort raus. Sie fuchtelte auch nicht mit den Händen herum, und sie zeigte ihnen auch nicht den Weg. Sie starrte immer nur auf das Haus und kreischte.

»Kreischte«, murmelte Martin Welborn.

»Was?« sagte Al Mackey. Er hatte vor sich hin gedöst. »Siehste irgendwas?«

»Ob ich irgendwas seh?«

Martin Welborn zitterte. Wie an dem Nachmittag im Büro des Captains, als ihnen der Nigel-St.-Claire-Fall übergeben wurde, als Martys Augen so seltsam hin und her schielten. Al Mackey konnte seine braunen Augen in der Dunkelheit des Wagens nicht erkennen. Marty hatte Schweißausbrüche. Die Augen.

»Alles klar, Marty?«

»Klar?«

»Du, uh, meinste nicht, daß wir für einen Tag genug getan haben? Ich glaub, wir haben für zwei Tage genug getan. Ich glaub nicht, daß wir hier ne kleine blonde Hure, die sich Jill nennt, finden werden, und wenn wir hier ne ganze Woche rumlungern.«

Martin Welborn faltete sein Taschentuch auseinander und wischte sich die Stirn ab, dann faltete er es ordentlich wieder zusammen und steckte es zurück in die Tasche. »Muß inzwischen die fliegende Hitze haben.« Er grinste. »Soll Mitte Vierzig vorkommen. Muß ich mich dran gewöhnen. Is schrecklich, alt zu werden, nich, Junge?«

»Yeah, schrecklich«, sagte Al Mackey, ohne seinen Partner aus den Augen zu lassen. Was immer es gewesen war, es war vorbei. Der einzige Grund, warum er hier mit Marty so blöde rumhockte, um nach einer Nutte zu suchen, die eine Telefonnummer mit sich herumschleppte, die höchstwahrscheinlich nichts mit ihrem Mordopfer zu tun hatte, war die Tatsache, daß der Fall Nigel St. Claire Marty Auftrieb gegeben hatte. Zum erstenmal, seit Paula Welborn ihn verlassen hatte.

»Ich glaub, wir könnten hier ne Woche lang sitzen und würden keine blonde Hure namens Jill finden.«

»Ich glaub's ja auch nicht«, sagte Martin Welborn schließlich.

»Wir müssen da einfach durch, Marty«, sagte Al Mackey. »Wir finden hier bestimmt nicht den großen Durchbruch in unserem Fall. Daß die Sitte in Hollywood keine Jill kennt, wissen wir schon. Morgen versuchen wir's mit der Sitte beim Sheriff. Dann mit der Sitte beim Ordnungsamt. Dann rufen wir alle Bentley-Händler an.«

»Gibt ne *Menge* Bentleys in Kalifornien«, erinnerte ihn Martin Welborn. »Wie sagen die Leute? Wenn sich Kalifornien von Amerika trennen würde, wär's die siebtreichste Nation in der ganzen Welt?«

»Yeah, und ich hab das Gefühl, daß die meisten von diesen Bentleys genau hier rumfahren«, seufzte Al Mackey. »Und wahrscheinlich is *Lloyd* sowieso n Aliasname. Oder der Wagen ist auf irgend jemand anderen eingetragen. Wir müssen das einfach durchziehen, das is alles, was wir tun können.«

»Es *gibt* aber ne andere Möglichkeit«, sagte Martin Welborn.

»Welche denn?«

»In den Massagesalon reingehen und nach ihr fragen.«

»Da bin ich aber sicher, daß sie entzückt sind, uns die Adresse und die Telefonnummer von Straßennutten zu geben, die sie als Aushilfsmasseusen beschäftigen.«

»Geh als *Kunde* rein«, sagte Martin Welborn. »Zieh ihnen die Information aus der Nase.«

»Und wer von uns soll reingehen?« sagte Al Mackey.

Martin Welborn sah seinen Partner an und lächelte. »Du bist schon immer n besserer Schauspieler gewesen, als ich's jemals sein könnte.«

Und das war in der Tat wahr. Al Mackey könnte als typischer Massagesalongänger durchgehen. Dabei hatte Al Mackey keine Massage dieser Art mehr gehabt, seit er mit der US-Navy 1955 mal auf Kurzurlaub in Japan gewesen war. Sie war sechzehn Jahre alt gewesen, leicht wie eine Motte, aber mit Händen wie ein Ringkämpfer. Die Massage hatte fünf Minuten gedauert, der Sex eine Stunde. In jenen Tagen hatte er es allerdings zu ermäßigten Preisen kriegen können.

»Ich glaub nicht, daß ich genug Geld für ne Massage bei mir hab«, sagte er, während er seine Brieftasche filzte.

»Was kosten die denn?«

»Verdammt, wenn ich das wüßte.«

»Kann ja kaum mehr als zwanzig Dollar sein, oder?«

»Was die hier machen, kost bestimmt mehr als zwanzig Dollar«, sagte Al Mackey. Marty hätte *wirklich* Priester werden sollen.

»Ich hab fünfunddreißig Dollar«, sagte Martin Welborn und gab sie seinem Partner.

»Ich hab dreiundzwanzig. Sollte reichen, damit sie glauben, daß ich n echter Kunde bin und daß sie ruhig mal n Mundvoll riskieren können.« Mundvoll riskieren? Vielleicht war das im übertragenen Sinn gar nicht mal schlecht.

»Gib mir deine Kanone und die Marke. Am besten auch deinen Ausweis, falls jemand deine Klamotten filzt, wenn du grade in der Erfrischungsquelle oder in sonstwas liegst.«

Al Mackey sah zum ersten Mal durch das Fernglas und betrachtete den wenig beeindruckenden Eingang des Red Valentine. Es war eine ganz gewöhnliche Ladenfront, abgesehen davon, daß die Fenster völlig zugemalt waren und die Tür von blinkenden Glühbirnen eingerahmt war. Eben Showbusineß.

»Haben die meisten Kunden Anzüge wie ich angehabt?«

»Alle möglichen Klamotten«, sagte Martin Welborn. »Du siehst ganz gut aus.«

»Du glaubst nicht, daß ich zu sehr wie n Cop ausseh?«

»Du siehst aus wie n nicht besonders erfolgreicher Versicherungsvertreter bei nem Zug durch die Gemeinde. Du siehst bestimmt *nicht* wie n Cop aus.«

»Wie meinste das nun wieder?«

»Ich würd meinen, durch den Gewichtsverlust seit deiner letzten Scheidung siehste noch weniger wie n Cop aus als vorher.« Was eine nette Art war, die Sache zu umschreiben.

Als Al Mackey durch die blinkende Tür in einen Raum mit roten Teppichen und goldenen Velourstapeten marschierte, warf die Empfangsdame dem ausgemergelten Kunden einen reichlich lüsternen Blick zu. »Willkommen, Darling. Wünschen Sie eine Entspannungsmassage?«

»Yeah, der Job hat mich heute ziemlich geschafft.«

»Reguläre Massage kostet fünfundzwanzig. Aphrodite Special fünfundvierzig. Sprudelbad und Dampf macht zwölf Dollar extra. Obgleich Sie nicht so aussehen, als würden Sie Dampf brauchen. Manche Typen schwitzen da drin fünf Pfund runter. Sie brauchen sich wirklich nichts abzuschwitzen.«

Was sollte der Scheiß? War er hier reingekommen, damit sie sein Gewicht schätzen sollten? Er sah noch *weniger* als vorher wie n Cop aus. Al Mackey beschloß, sich für den Rest der Woche nur noch mit fetten Würsten, Gebratenem und Erdnüssen vollzustopfen. Ganz egal, was er seinem Magen damit antat, er mußte an *Gewicht* zunehmen. Ein Mann konnte mit seinem Körper machen, was er wollte.

»Ich glaube, ich nehm die reguläre Massage«, sagte er.

»Oh.« Die Enttäuschung war kaum zu überhören. Sie schob ihre herzförmige, rosagetönte Brille auf der Nase hoch. Sie trug die unvermeidliche Bo-Derek-Frisur, aber BH-Größe 10 hatte sie sicher nicht. Nicht mal fünfeinhalb. »Das macht dann fünfundzwanzig. Bezahlen müssen Sie gleich.«

»Wie heißt meine Masseuse?« fragte Al Mackey.

»Waren Sie schon mal hier?«

»Zwei-, dreimal«, sagte Al Mackey.

»Na schön, wir haben heute abend Trixie, und wir haben Gina, und wir haben Laurel.«

»Kenn ich nicht«, sagte er. »Als ich letztes Mal hier war, hatt ich n Mädchen, das mir wirklich gefallen hat. Ich glaub sie hieß... Moment... Joy?«

»Kenn keine Joy nicht«, sagte sie. Und *das* stimmte sicher in ihrem freudlosen Fall.

»Nu warten Se mal. Nich Joy, uh, die hieß... Jill. Ja, so hieß sie. Jill. Ist sie heute abend da?«

»Jill? Nein, die ist schon n paar Wochen nicht mehr hier aufgetaucht. Sie arbeitet nur aushilfsweise.« Dann grinste die Empfangsdame und sagte: »Wenn Jill Sie massiert hat, war's ne *romantische Massage*, möcht ich wetten.«

»Aber wie!« rief Al Mackey.

»Sie haben von Jill keine Massage für fünfundzwanzig gekriegt. Das muß Aphrodite Special gewesen sein. Vielleicht sogar *Extra Special?*«

»Ich wünschte wirklich, Jill wär hier«, sagte Al Mackey mit fast traurigen Augen.

»Okay, Honey, nachdem ich nun weiß, was Sie brauchen, wollen wir uns mal um Sie kümmern. Wir haben zwei andere Mädchen für Aphrodite. Wir haben Laverne. Wir haben Juicy Lucy.«

»Ich weiß nicht.« Al Mackey zögerte. »Vielleicht sollt ich n andermal wiederkommen. Jill und ich sind wirklich gut klargekommen.«

»Natürlich, natürlich. Ich versteh schon«, sagte die Empfangsdame ungeduldig. »Ich weiß, was für ne Art Massage Sie brauchen. Was glauben Sie, warum sie die Jackin Jill* getauft haben?«

»Jack und…«

»Jackin Jill. Jackin Jill! Ich weiß, was Sie wollen. Also, Laverne is ne Pechschwarze. Vorurteile haben Sie doch nicht, oder?«

»Nein, aber…«

»Und Juicy Lucy is ne Japse. Is erst sechs Monate hier, frisch aus Tokio. Spricht trotzdem n hübsches Englisch. Sie würden keine Probleme haben, sich *ihr* verständlich zu machen.« Die Empfangsdame kicherte über ihr Späßchen.

»Wenn ich's nur wieder mit Jill machen könnte.«

»Hörn Sie, Juicy Lucy kennt all die Massagetricks aus Japan. Sie hat Jill doch überhaupt erst beigebracht, wie man richtig massiert.«

»Oh, ich versteh«, sagte Al Mackey. »Das ist natürlich was anderes. So gut wie Jill? Isse ne Freundin von Jill?«

»Doch, doch, die sind befreundet. Wenn Sie Jill immer noch lieber mögen, wenn Sie Juicy Lucy ausprobiert haben, sagen Sies mir, ich kann ne Verabredung hinkriegen, und dann könn Sie kommen und Jill haben.«

»Also, ich glaub, das kann nicht schiefgehen«, sagte Al Mackey.

»Das kost n Zwanziger extra. Juicy Lucy macht nur die Aphrodite Special.«

Al Mackey hoffte, daß Captain Woofer nicht streiken wür-

* vulgäres Wortspiel, etwa: Jill, die ihn hochbringt

de, wenn sie ihm hierfür die Spesenabrechnung vorlegen würden. Fünfundvierzig Piepen!

»Haben Sie sich nu entschieden?«

»Teufel, ja!« sagte Al Mackey. Fünfundvierzig Piepen.

Es war ein winziger Raum mit einem Tisch, auf dem Öle und Lotions, Handtücher und Waschlappen untergebracht waren. Da gab es einen Massagetisch mit sauberen Tüchern und einem gefalteten Handtuch da, wo sein Kopf liegen würde. Da gab es einen hölzernen Stuhl und zwei Haken in der Wand mit ein paar Kleiderbügeln. Da gab es ein bißchen Jazz aus einem krächzenden kleinen Lautsprecher mit Wakkelkontakt. Und das war's schon. Fünfundvierzig Piepen.

Er hatte weiche Plüschkissen erwartet, Perserbrücken, vielleicht einen kleinen Pool mit einem künstlichen Wasserfall, ein paar erotische japanische Wandmalereien. Wo war die verdammte Bar? Er wurde allmählich nervös. Immerhin *war* das ja seine erste Massage außer diesem Zwölf-Dollar-Special 1955. Er brauchte einen Drink. Er sah sich außerhalb des kleinen Zimmers um, in das ihn die Empfangsdame dirigiert hatte. Er konnte nichts hören, das sich nach einer Orgie anhörte, wie er es erwartet hatte.

Da *gibt's* keine verdammte Bar! Gerade ein halbes Dutzend Löcher wie das hier! Dampfbad und Mineralbad waren wahrscheinlich nur Water-Pik-Duschen, mit denen man sich einen runterholen konnte.

Aber wenigstens war sie jung. Besonders hübsch, wie die von 1955, war sie nicht. Sie trug Shorts und das Oberteil eines Badeanzugs, wie die Rollschuhläuferin. Sie sagte: »Ziehen Sie sich bitte aus. Legen Sie sich auf den Tisch. Bin gleich wieder da.« Und weg war sie.

Al Mackey zog seinen Mantel und die Hose aus und hängte alles auf. Er machte sich Sorgen um seine Brieftasche, aber wieviel, zum Teufel, konnten sie ihm schon klauen? Und wie könnte ihm jemand in die Hosentasche greifen, ohne daß er es merkte? Wenn er die beiden kleinen Hände mal nicht auf seinem Arsch fühlte, würde er sofort auf seine Brieftasche gucken. Er zog sich bis auf die Unterwäsche aus und zögerte. Hol's der Teufel. Alles nur Dienst. Er stieg aus den zerrissenen Jockeyshorts und steckte sie in die Jackentasche. Er wollte nicht, daß sie sie sah. Die letzte Hure, die er geheiratet hatte, hatte sich nie darum gekümmert, daß er vernünftige Unterwäsche hatte.

Er lag mit dem Gesicht nach unten auf dem Tisch und wartete. Die Musik wurde immer quakiger. Fünfundvierzig Piepen.

Die Tür ging auf, und Juicy Lucy kam mit ein paar frischen Handtüchern zurück. »Sie wünschen Aphlodite Special?« kicherte sie. »Ich sehl gut. Sie mögen, glaub ich.«

»Ja, beim letztenmal hat's mir Jill gemacht«, sagte Al Mackey, während er zusah, wie sie etwas Lotion in ihre Hände goß und es zwischen den Fingern verrieb.

»Jill gutes Mädchen. Ich lehlen sie. Möchten Sie Öl odel Lotion?«

»Ich glaub, Jill hat Öl genommen.«

Ihn überkam ein erotischer Schauer, als sie ihm das warme Öl über den Rücken goß. Das erotische Gefühl hörte auf, als sie anfing, seinen Nacken und seine Schultern zu bearbeiten. Gott verdammt! Sie war brutal!

»Sie sehl magel«, sagte sie. »Knochige Mann manchmal tun weh. Kein Fleisch. Knochen weh.«

»Yeah, yeah«, sagte er. »Ich wußte nicht, daß man Arnold Schwarzenegger* sein muß, um ne Massage zu verkraften.« Ihm wurde übel von diesen kräftigen Griffen.

»Wel?«

»Is egal. Hör zu, wann kommt Jill wieder?«

»Sie mögen Jill, ja?« sagte sie. »Jackin Jill. Sie mich auch mögen, welden sehen.«

»Ich mag dich jetzt schon«, sagte Al Mackey. »Oooww! Sachte beim Rückgrat, ja?«

Es wurde erträglicher, als sie seine Beine und Zehen bearbeitete. Keine Schmerzen. Er lag noch auf dem Bauch. Für diese Tortur zahlen Männer Geld? »Hör zu, wann, hast du gesagt, kommt Jill wieder?«

»Okay«, sagte sie verärgert, »Sie wollen schnelle Jackin-Jill-Nummel? Ich velsuch machen elst gute Massage. Okay.« Und sie kippte eine halbe Flasche duftendes Babyöl zwischen seine Arschbacken.

---

* Aus Österreich stammender prominenter Bodybuilder

»Wow!« schrie Al Mackey.

Dann, während er immer noch auf dem Bauch lag, waren ihre beiden kleinen Hände mit einemmal überall. »Sie nicht geduldig«, sagte sie. »Sie abwalten, es wild besser. Sie nicht walten. Jackin Jill. Jackin Jill. Alles was Sie wollen, Jackin Jill!«

»Wow!« Al Mackey schrie erneut, als sie seinen Hintern durchknetete. Zum Teufel mit Jill. Zum Teufel mit Marty. Es war wieder 1955, und er war der junge *Bulle*!

Aber plötzlich, als er gerade halb steif wurde, war es vorbei.

»Schluß«, sagte sie. »Ich mache Ihnen *Supel* Aphlodite, wenn Sie zwanzig Dollal mehl zahlen.«

Al Mackey sprang vom Tisch und lief zu seinen Hosen. Fick dich selber, Amazing Grace. Es lag eben alles an den Händen. Er war ein Massagesalonjunkie!

Er hatte nur dreizehn Dollar und etwas Kleingeld.

»Ich *hab* keine zwanzig Dollar«, schrie er.

»Massage Schluß.« Juicy Lucy zuckte die Achseln.

»Warte. Warte. Ich hab dreizehn! Und was Kleingeld!«

»Nicht genug. Zwanzig Dollal«, sagte sie und griff nach ihrem Handtuch, während Al Mackeys halbe Erregung unweigerlich wieder abflaute.

»Nimmst du Master Charge? Kreditkarte?«

»Nein, Geld.«

Himmel Herrgott, er hatte eine Timex-Uhr für dreißig Dollar! »Hör zu, ich komm wieder und bezahl dich... morgen! Dann bist du hier mit Jackin Jill, und ich versprech dir, ich geb dir hundert Dollar für ne Doppelmassage.«

»Sie nicht haben zwanzig jetzt. Sie haben hundelt molgen. Ja, ja.«

»Sieh mal, ich trag kein Bargeld rum auf m Strip. All diese Strolche, die da rumrennen.«

»Okay, ich mach supel. Abel Sie Schulden bei Juicy Lucy.«

»Is *gut*!« seufzte Al Mackey und legte sich auf den Rücken. Die Super!

»Jetzt«, flüsterte sie, »ich zeige, wohel Jackin Jill kennt alle Tlicks.« Sie lehnte sich über ihn und küßte ihn auf die Wange. *Küßte* ihn. Das hatte er nicht erwartet. »Oooh«, seufzte er.

Meine kleine Kirschblüte! Dann fing sie an, seinen Hintern und seine Schenkel zu streicheln. Ihre Hände konnte er kaum spüren. Er fühlte, wie sich die Härchen an seinen Beinen aufrichteten. Ob sie seine Eier wie Brotteig durchkneten würde? Was dann?

Dann strich sie ihm geschickt am Rückgrat entlang. Sie schnurrte und flüsterte irgendwas auf Japanisch. Wahrscheinlich nannte sie ihn einen stinkenden, ekelhaften, glotzäugigen Idioten, aber es war ihm egal.

»Is gut?«

»Is gut!« seufzte er.

Bis dahin hatte sie seine Genitalien nicht berührt. Wenn sie's täte, würde er sich aufblasen wie son gottverdammtes Rettungsfloß. Er war bereit. Dann fühlte er eben gerade *einen* Fingernagel, als sie die Härchen auf seinen Eiern berührte.

»Oh, mein Gott, wie lange ist das her!« schrie er.

Sie nahm zwei Finger und begann, nicht nur die Härchen, sondern den Sack selbst zu streicheln.

Paß auf, Lucy-san. Al Mackey geht gleich hoch wie ne Rakete!

Nur, das tat er nicht. Sie streichelte seine Eier für vielleicht zehn Sekunden. Sie war noch nicht mal bis zu seinem Schwanz vorgedrungen. Er fühlte irgendwas Warmes und Nasses auf seinem Bauch.

»Mein Gott!« schrie er verzweifelt.

»Was is?« schrie die überraschte Masseuse.

Al Mackey drehte sich herum und setzte sich auf. Die verräterische Flüssigkeit sagte alles. Sie nahm sein halbschlaffes Glied und schüttelte es angewidert hin und her. »Das nicht mein Fehlel. Das *dein* Fehlel.«

»O Gott!« schrie er. Fehlzündungen waren eine Sache für sich! Aber vorzeitige Ejakulation? Es hörte nicht auf mit diesen Erniedrigungen!

»Ich klieg Geld. Ich velsuche, Bestes zu tun.« Sie schüttelte nochmals voller Spott an seinem verwelkten Schwanz. »Das nicht mein Fehlel. Das *dein* Fehlel.«

»Ich weiß, ich weiß!« schrie Al Mackey. »Gott ja, das weiß ich!«

Al Mackey ließ sich zu einer zusammensetzbaren Plastikduschbox führen, wo die Masseuse ihm das Öl abschrubbte und ihn mit einem Strahl lauwarmen Wassers abduschte. Soviel zum japanischen Bad. Immerhin versuchte sie, ihn abzutrocknen, aber er nahm ihr das Handtuch ab und tat es selbst.

Er versuchte, noch mal zum Geschäftlichen zu kommen, trotz seiner schrecklichen Depression.

»Ich dachte an morgen abend«, sagte er. »Ich werde um acht Uhr hier sein. Ich möchte Jill sehen.«

»Und mich«, erinnerte sie ihn.

»Richtig.«

»Hundelt Dollal.«

»Richtig, richtig.« Er nickte.

»Du dieses… *Ding* auch passielt bei Jackin Jill?« fragte Juicy Lucy, während Al Mackey seine Krawatte über den Kopf streifte und den Knoten festzog.

»Also, ich hab *nie* im Leben Probleme mit Sex!« behauptete er. »Is alles klargegangen!«

»Ja ja,« sagte sie.

Vielleicht war es der Kuß gewesen, dachte er, als er an der Ampel wartete, um den Boulevard dann mit ein paar aufgedrehten Brooke-Shields-Kopien zu überqueren. Sie hatte ihn wahnsinnig gemacht mit diesem Kuß. Es war das *letzte*, was er erwartet hatte.

Er konnte sich nicht mehr erinnern, wann er zum letzten Mal zärtlich geküßt worden war. War es wirklich schon so lange her?

Die Ampel wurde grün, und er ging mit den schnatternden Kaugummigirls über die Kreuzung. Er fühlte sich sehr alt. Vielleicht war's vorbei für ihn mit dem Sex. Wer braucht überhaupt Sex? Braucht Jerry Brown ihn vielleicht? Er ist auch bloß nur der verfluchte *Gouverneur*. GOTT, ES IST ALLES AUS!

»Na, sind deine kleinen Muskeln relaxed?« Martin Welborn grinste, als Al Mackey ins Auto stieg.

»Du kennst nicht mal die Hälfte von dem, was da so passiert«, sagte Al Mackey säuerlich. »Und du wirst sie auch nicht *kennenlernen*. Jill wird wahrscheinlich morgen abend da sein. Ich will ja nicht angeben, aber ich glaub, ich hab ne Verabredung mit ihr und Juicy Lucy um acht Uhr.«

»Wer ist Juicy Lucy?«

»Hast du noch genug Kleingeld, um mir ne Tasse Kaffee zu spendieren? Ich brauch ne Tasse Kaffee.«

»Hast du *alles* ausgegeben?«

»Massagen sind nicht mehr das, was sie mal gewesen sind«, sagte Al Mackey. »Alles Scheiße.«

13

Der Burbank-Bomber

Das Mord-und-Totschlag-Team kam am nächsten Morgen zwanzig Minuten zu spät. Glücklicherweise war Captain Woofer bei einem Kaffeeklatsch in der Handelskammer und konnte deshalb Al Mackey und Martin Welborn, die sich mit schweren Beinen hereinschleppten, nicht erwischen.

Al Mackey hatte nach einem Abend voller Tullamore Dew und einem wilden Traum von einer Verfolgungsjagd auf eine kichernde japanische Masseuse, die zuviel wußte, einen fürchterlichen Saufkopf. Nachdem er den Kater dreimal aus dem Bett gekickt hatte, war Al Mackey morgens aufgewacht und hatte gesehen, daß das Vieh seine Unterwäsche, die er selbst zuvor einfach auf den Boden geworfen hatte, total zerfetzt hatte. Er sah sich gezwungen, ein Tier, das einen mit soviel Einfühlungsvermögen ärgern konnte, schlicht zu bewundern. Von diesem bösartigen Mistvieh wurde man mehr gepiesackt als von einer Garnitur Daumenschrauben.

Martin Welborn hatte seine Geister nicht verfolgt. Er war von ihnen verfolgt worden. Er hatte von Elliott Robles geträumt. In Bruchstücken.

Sie haben mich verpfiffen und hochgehen lassen, Sergeant Welborn. Wohin könnte ich noch gehen?

Der Traum hatte ihn morgens um drei Uhr geweckt. Er hatte es geschafft, nach einer Stunde, die von Angstschweiß durchtränkt war, wieder einzuschlafen. Er hatte dann von Danny Meadows geträumt und war schreiend wieder aufgewacht. Danach hatte er überhaupt nicht mehr schlafen können.

Ihren Morgenkaffee hatten sie noch nicht mal angerührt, als sie vom Wiesel und vom Frettchen auf der einen und von Schultz und Simon auf der anderen Seite eingekreist wurden.

»Okay, Winkie und Blinky, kriegt ihr überhaupt schon eure kleinen Guckerchen auf?« fragte das Frettchen. »Wir wollen euch was erzählen, vielleicht n bißchen mager, aber vielleicht könnt ihr euch mehr drunter vorstellen. Diese Hure, die Jill heißt? Sie ist die siebzehnjährige Tochter eines Pfennigfuchsers von Buchmacher, der n Restaurant am Sunset hat. Ihr richtiger Name is Peggy Farrell, und wir haben heute morgen schon ihr Vorstrafenregister rausgezogen, als ihr noch im Bett mit euern Pimmeln gespielt habt.«

»Unsere Mamas sind leider nach Süden abgehauen«, sagte Al Mackey und verzog das Gesicht über den schlechten Kaffee im Squadroom. »Nichts mit Pimmeln.«

»Peggy Farrell wurde zweimal als Ausreißerin eingelocht«, sagte das Wiesel. »Beide Male wurde sie zu ihrem Vater entlassen, Flameout Farrell, dem miesesten Koch und bescheuertsten Buchmacher der Welt. Aber stellt euch *das* vor! Sie ist mit diesem Gigolo in dem schwarzen Bentley draußen bei ihrem Daddy gewesen! Und Daddylein sagt, der Lloyd von Bentley kommt immer mal wieder vorbei, angeblich, um ne Pferdewette aufzulegen, aber in Wirklichkeit, um rauszukriegen, wo, zum Teufel, sich Jill rumtreibt.«

»Ich weiß, es is nich unser Fall«, sagte Simon, »aber wir haben heute früh bißchen inner Gegend rumtelefoniert und dabei rausgekriegt, daß Ganz-einfach-Bill Bozwell unbekannt verzogen is, keine neue Adresse. Und in seiner Akte steht nix über irgendwelche Verbindungen mit asiatischen Halbstarken.«

»Das wissen wir schon.« Al Mackey nickte.

»Das is n Fall für alle«, sagte Martin Welborn. »Wir möchten, daß ihr euch alle drum kümmert, soviel wie möglich. Wir sind euch kolossal dankbar.«

»Es gibt keine Unterlagen über Bozwell in dieser Abteilung. Und auch keine im Büro vom Sheriff«, sagte Simon. »Vielleicht hat er das Schlitzauge wirklich nur für die eine Nacht angeheuert, wie er behauptet. Vielleicht solltet ihr den einfach vergessen und euch auf die anderen konzentrieren?«

»Wir werden ihn uns vorknöpfen, wenn er zu seiner Vorverhandlung aufkreuzt«, sagte Martin Welborn.

»Ach ja, die vom Raub haben angerufen, die Vorermittlungen dauern noch an«, sagte das Wiesel. »Die Verteidigung braucht zwei Wochen, um sich auf den Fall *gründlich* vorzubereiten. Na klar. Wahrscheinlich n Versuch, die Goldhändler einzuschüchtern, irgend so was. Na schön, aber das is n Problem für die vom Raub.«

»Dieser Asiate ist *mein* Problem«, sagte das Frettchen und ballte die bandagierte Hand zur Faust. »Für *mich* ist der Fall noch lange nicht abgeschlossen.«

»Zwei Wochen«, sagte Al Mackey, und der Kaffee verbrannte ihm die Zunge, was ihn gleich etwas munterer machte. »Okay, dann können wir n Gespräch mit Ganz-einfach-Bill Bozwell ja auch gleich vergessen.«

»Habt ihr schon mit den Bentleys angefangen?« fragte dann Schultz.

»Machen wir gleich.« Al Mackey seufzte. »Muß ne ganze Flotte davon hier inner Gegend geben.«

»Wenn wir nun helfen, den Mord an so nem Superboß aufzuklären, werden wir dann auch vom Fernsehen interviewt?« wollte das Frettchen wissen.

»Garantier ich euch«, sagte Al Mackey. Junge Cops. Hübscher Wettkampf. Ein *Spiel*. Hi, Mom, ich war dabei!

»Wir haben diese Tage sowieso nich viel zu tun. Ne Menge Scheiß, Menge häusliche Schießereien. Solln wir euch auch was helfen?« bot Simon an.

»*Sollen* wir?« Al Mackey versuchte sein erstes gequältes Lächeln an diesem verkaterten Morgen.

»Wir gehen noch mal zu diesem Thai-Restaurant und legen uns am Nachmittag n paar Stunden auf die Lauer«, sagte das Frettchen.

»Ich denk, ihr seid angeheuert, um all diese Doper am Hollywood-Boulevard kaputtzumachen«, sagte Schultz.

»Wir werden Einpeitscher Woofer verklickern, daß das Schlitzauge, wie wir aus sicherer Quelle von der Nummer eins unter unseren Informanten verpfiffen gekriegt haben, der führende Hauptimporteur für chinesisches Opium direkt übern Ho-Chi-Minh-Pfad is. Oder irgend son Blödsinn. Der guckt sowieso nicht mehr besonders durch, seit ihm jemand die Pfeife geladen hat.«

Der Smog schmerzte. Die Sonne stach. Für einen verkaterten Mann war es ein *langer* Weg bis Oceanside, und keiner von ihnen hatte in der vergangenen Nacht mehr als drei Stunden Schlaf gehabt. Nachdem er sich mit Aspirin vollgestopft hatte, war es Al Mackey wenigstens gelungen, die brüllenden Kopfschmerzen niederzukämpfen. Er döste für eine halbe Stunde ein, während Martin Welborn Camp Pendleton ansteuerte, die zweitgrößte Marinebasis der Welt.

Ein Telefongespräch, das sie geführt hatten, bevor sie in Hollywood gestartet waren, führte dazu, daß der Private First Class Gladstone Cooley im Büro des Kommandeurs der Militärpolizei eine unangenehme Wartezeit über sich ergehen lassen mußte, bis die Detectives eintrafen. Er trug einen weiten Marine-Corps-Overall, der ihm über die Stiefel fiel. Sein T-Shirt wirkte auf seiner makellos goldbraunen Haut besonders weiß. Er war ein lebendes Werbeposter für künftige Marine-Corps-Rekruten.

Nachdem sich die Detectives beim diensthabenden Lieutenant vorgestellt hatten, konnten sie über den Private First Class Cooley frei verfügen, wenngleich er in seinen mit Spucke polierten Stiefeln schrecklich zitterte, nicht so sehr aus Angst vor den Cops, sondern vor den Militärpolizisten, die sich grundsätzlich gegen jede Einmischung von zivilen Autoritäten wehrten, weil sie der Meinung waren, daß diese jungen Männer, die so lange schuldig waren, bis sich ihre Unschuld herausgestellt hatte, ihr *Eigentum* waren.

»Können wir irgendwas für Sie tun, Sohn?« fragte Martin Welborn. »Eine Zigarette? Irgendwas zu trinken?«

»Nein, danke, Sir«, sagte Gladstone Cooley, der im Sitzen eine starre Habachtstellung eingenommen hatte, die gestärkte Overallmütze ordnungsgemäß in den Schoß gelegt.

»Glauben Sie, daß Sie n bißchen lockerer sitzen könnten?« fragte Martin Welborn. »Sie sind nicht besonders in Schwierigkeiten, wie Sie wissen.«

»Ja, Sir. Danke, Sir«, sagte Gladstone Cooley und nahm die Knie zehn Zentimeter weiter auseinander.

»Erinnern Sie sich an den Tag, an dem diese beiden großen uniformierten Cops in das Modellstudio kamen?« begann Al Mackey, wobei die kobaltblauen Augen des Jungen unruhig durch das spartanisch eingerichtete Militärbüro wanderten. Sie blieben haften auf einem Aktenschrank, auf dem ein MP-Helm, ein Koppel und ein Schlagstock lagen.

»Ich erinnere mich an den Tag, ja, Sir.«

»Sie haben dem Polizisten Ihren Militärpaß und Ihren Urlaubsschein gegeben, und Sie haben ihm ebenfalls ein Stück Papier gegeben. Darauf stand eine Telefonnummer. Erinnern Sie sich an die Nummer?«

»Nummer? Normalerweise hab ich immer mehrere Nummern bei mir, Sir.« Der Mund des jungen Mariners war so trocken, daß es bei jedem Konsonanten klickte.

»Möchten Sie n bißchen Wasser?« fragte Martin Welborn.

»Nein, Sir«, sagte Gladstone Cooley. »Ich bin mir nicht sicher, welche Nummer Sie meinen, Sir. Ich war *wirklich* erschrocken über diese Polizisten, Sir.«

»Na schön, es war die Nummer eines Filmstudios«, sagte Al Mackey. »Hilft das?«

»O ja, Sir. Jetzt erinner ich mich. Diese Polizeibeamten waren... Monster, Sir.«

»Haben Sie dieses Stück Papier noch?«

»Nein, Sir. Ich glaube, der schwarze Polizist ließ es fallen, als sie aus der Hintertür rannten. Ich rannte dann aus der vorderen Tür. Sämtliche Künstler ebenfalls. Diese Polizeibeamten sahen aus, als... als ob sie eigentlich ein Stachelhalsband tragen müßten. Es waren *Monster*, Sir!«

»Ja, ja, wissen wir«, sagte Al Mackey. »Hatten Sie die Telefonnummer selber aufgeschrieben?«

»Nein, Sir. Irgendein Mann hatte sie aufgeschrieben, den ich getroffen hatte. Er gab sie mir und wollte wissen, ob ich an einer Filmrolle interessiert sei.«

»Wer war der Mann?«

»Ich kenn seinen Namen nicht. Er kam eines Tages in das Modellierstudio. Ich steh manchmal Modell in einem anderen Studio auf dem Sunset. Es war eine ähnliche Art Job. Er kam einfach rein und sah mich und fragte mich.«

»Wie heißt das Studio?«

»Ich hab es vergessen. Es gehört irgendeinem Schwulen, der Malcolm heißt. In der Nähe von Genesee.«

»Irgendeinem Schwulen?«

»Ja, Sir. Aber *ich* bin nicht schwul.«

»Hat der Mann gesagt, um was für ne Art Filmrolle es ging?« fragte Martin Welborn.

»Nein, er hat nur gesagt, daß es um einen Film ging, bei dem die Dreharbeiten im Juni anfangen sollten. Und sie wollten mir einen Vorsprechtermin geben und sehen, ob ich geeignet wär.«

»Wo sollte der Film gedreht werden?«

»Weiß ich nicht.«

»Um was ging es?«

»Weiß ich nicht.«

»War es ein Porno?«

»Das ist das, was ich mir auch gedacht hab. Ich mein, ich war ja nun mal... Modell und so, und...«

»Ein Schwulenporno?«

»Das ist das, was ich ihn gefragt hab.«

»Was hat er geantwortet?«

»Er hat gesagt, es wär absolut kein Schwulenporno.«

»Haben Sie ihn gefragt, obs vielleicht ein Heteroporno wär?«

»Ich hab versucht, einiges darüber rauszukriegen, auch, wieviel sie zahlen würden und so, aber er hat gesagt, ich soll nur diese Nummer anrufen, und man würd mir dort alle Einzelheiten sagen. Er sagte, es gäb ne Menge Geld für drei Tage Dreharbeiten. Er fragte, ob ich auch innerhalb der Woche ein paar Tage Urlaub kriegen könnte, und ich sagte ja.«

»Und wie hieß der Mann, den Sie unter dieser Nummer anrufen sollten?«

»Ich hab's vergessen«, sagte der Junge. Der Mariner rutschte unbehaglich hin und her und ließ seine Mütze um seine Hand kreisen. »Warten Sie, das war ein Mister... Mister... ich hab's vergessen. Tatsache is, ich war mir nicht sicher, ob ich anrufen sollte, je mehr ich darüber nachdachte. Ich hab gar nichts gegen Posieren und so, aber ich wollte nicht, daß sie mich draußen in Minneapolis so in nem Film sehen.«

»War der Name Nigel St. Claire?« fragte Al Mackey.

»Nein, so hieß er nicht«, antwortete der Junge und drehte nervös seine Mütze weiter.

»Das ist der Name, der auf Ihrem Zettel stand«, sagte Martin Welborn. »Daran können sich diese beiden Polizisten noch genau erinnern.«

»Ja« – der Junge nickte –, »den Namen hab ich aufgeschrieben.«

»Warum haben Sie den Namen aufgeschrieben?« fragte Al Mackey.

»Als der Kerl mir die Nummer gab, sagte er, das würd n guter Film werden und daß die Telefonnummer zu nem berühmten Studio gehört. Und als er das Studio erwähnte, wußte ich, daß es das Studio von Mister St. Claire war. Dann wußte ich, daß der Film wahrscheinlich nicht zu schlecht sein würde. Deshalb dachte ich, ob ich Mister St. Claire persönlich anrufen sollte und sehen, ob er sich an mich erinnerte, und ob er vielleicht n gutes Wort einlegen könnte, wenn ich schon mal vorsprech.«

»Und wieso kannten Sie Nigel St. Claire?« rief Al Mackey überrascht aus.

»Traf ihn mal bei ner Filmvorführung«, sagte Gladstone Cooley. »Er war richtig nett. Hat mir ne Menge Komplimente gemacht. Als er hörte, daß ich n Mariner bin, hat er gesagt, daß er drei Filme über Mariner gemacht hat. Sagte, daß die Marine überhaupt seine Lieblingswaffengattung wär. Sagte, ich wär wohl der bestaussehende Mariner, den er je gesehen hätt.«

»Hat er Ihnen ne Filmrolle angeboten?«

»Nein, wir haben nur n paar Minuten miteinander gesprochen. Ich hab ihm erzählt, ich wär n Freizeitmodell und würd gern Schauspieler sein, aber er lächelte nur und sagte, bleiben Sie am Ball oder so was.«

»Hat er Ihnen seine Karte gegeben? Irgend ne Nummer?«

»Nein, das war alles, was er sagte. Dann ging er weg und redete mit ner Menge von anderen Leuten. Es war nach ner privaten Vorführung beim Regisseursverband.«

»Mit wem waren Sie da?«

»Ich war von nem Mann eingeladen worden, der Fernsehshows macht. Er hätt's nicht gern, wenn ich seinen Namen sag. Er is verheiratet.«

»Was hat das damit zu tun?«

»Nu ja, seine Frau könnt was dagegen haben, daß er mich dahin mitgenommen hat.« Dann schaltete der Junge wieder seinen raumtemperierten IQ ein. »Er ist auch kein Homo. Wir sind nur befreundet.«

»Als der Mann damals im Modellierstudio auf Sie zukam, hat *er* da Mister St. Claire erwähnt?« fragte Martin Welborn.

»Nein, Sir. Er hat nur gesagt, daß er von nem Künstler gehört hätt, ich wär n ganz guter Filmtyp.«

»Wie sah er aus?«

»Vielleicht sechs Fuß groß. Grauhaarig, glaub ich. Hoch in n Dreißigern. Schnurrbart. Gutaussehender Bursche. Trug ne Art Pilotenbrille.«

»Denken Sie mal ganz genau nach, Sohn«, sagte Martin Welborn. »Haben Sie Mister St. Claire irgendwas gesagt, wo Sie zu erreichen wären?«

»Ich hab ihm gesagt, daß ich in Camp Pendleton stationiert bin.«

»Sie haben ihm gesagt, daß Sie als Modell arbeiten. Könnten Sie an dem Abend irgendwas von Malcolms Studio zu Mister St. Claire gesagt haben?«

»Nein, Sir.«

»Könnten Sie irgendwas gesagt haben, daß es möglich wär, Sie außerhalb von Camp Pendleton zu erreichen? Ich mein, Sie haben ja übern Schauspielerjob *nachgedacht*, oder? Und wenn Sie dann son bedeutenden Filmmenschen wie Mister St. Claire treffen?«

»Nein. Ich hab nur erwähnt, daß ich Jobs von Lonnies Besetzungsbüro krieg, für den Fall, daß er meinen Typ irgendwann mal als Statist braucht.«

»Gut. Sie erwähnten Lonnies Besetzungsbüro«, sagte Martin Welborn geduldig. »Also weiß Lonnies Besetzungsbüro, wo man Sie erreicht, wenn irgendeiner anruft?«

»Die verweisen sämtliche Anrufer an Malcolms Modellierstudio«, sagte der Junge.

»Danke, mein Junge«, seufzte Martin Welborn.

»Oh, jetzt weiß ich!« sagte der Junge. »Mister St. Claire könnte dem Mann, der dann gekommen is, gesagt haben, daß er bei Lonnie anrufen sollte. Und die bei Lonnie könnten ihn zu Malcolms geschickt haben!«

Good bye, Amerika, dachte Al Mackey. Führt die Wehrpflicht wieder ein, oder ich nehm meine Polizeipension und hau ab nach Cabo San Lucas. Oder noch weiter südlich. Bevor die Russen dahinterkommen.

»Können Sie uns noch irgendwas mehr über den Mann

sagen, der Sie kontaktiert und Ihnen die Nummer gegeben hat?«

»Nein, Sir.«

»Okay, Sohn, Sie können zu Ihrer Kompanie zurückkehren. Wir werden dem Kommandeur der Militärpolizei sagen, daß es nur ne Routineuntersuchung war und daß Sie keinen Dreck am Stecken haben.«

»Danke, Sir.« Der Junge strahlte. »Ich hoffe, Mister St. Claire hat keine Schwierigkeiten? Wo er so nett war.«

»Sie lesen keine Zeitungen, Sohn?«

»Nein, Sir.«

»Sehen Sie fern?«

»*Die Herzöge von Hazzard.* Das ist meine Lieblingssendung.«

»Mister St. Claire hat keine Schwierigkeiten«, sagte Al Mackey. »Jetzt nicht mehr.«

»Wenn Ihnen noch irgendwas einfällt, rufen Sie uns an, ja?« sagte Martin Welborn und gab dem Mariner seine Polizeikarte.

»Ja, Sir«, sagte der Mariner. Dann guckte er plötzlich ganz verwirrt aus den Augen, und als er sich umdrehte, um zu gehen, sagte er: »Meinen Sie, wenn mir noch irgendwas über Mister St. Claire einfällt? Oder über den Typ in dem Bentley?«

»Bentley!« rief Al Mackey aus.

»Yeah, ein paar von den Künstlern hatten mich gerufen, als der Typ wegfuhr. Großer schwarzer Bentley. Sie meinten, der wär sicher in Ordnung, und ich sollt doch ruhig diese Nummer mal anrufen. Meinen Sie, ich hätt's tun sollen?«

»Sohn, verwahren Sie unsere Karte gut«, sagte Martin Welborn. »Wenn Ihnen der Name des Mannes einfällt, den Sie wegen dieser Filmrolle im Studio ansprechen sollen, rufen Sie uns an. Okay?«

»Alles klar.« Der Private First Class Gladstone Cooley strahlte. »Leben Sie wohl, Sir! Leben Sie auch wohl, Sir!«

Während Martin Welborn auf dem Rückweg nach Los Angeles war und Al Mackey schlief, schliefen das Wiesel und das Frettchen auf dem Dach, von dem aus man das Thai-Restaurant in der Melrose Avenue beobachten konnte, *gemeinsam*. Und während die beiden Narcs schliefen, fuhr direkt vor dem Restaurant ein schwarzer Bentley vor. Ein gutaussehender Mann mit einer Pilotenbrille stieg aus, schaute kurz in die Tür des kleinen Restaurants, ging zurück zu seinem Bentley und fuhr davon.

Als die Drogenfahnder dann um zwei Uhr nachmittags endlich wach wurden, waren sie über und über voll mit Taubenscheiße.

Aber während Al Mackey, das Wiesel und das Frettchen den Nachmittag verschliefen, fanden die Straßenmonster, die sich um den Nigel-St.-Claire-Mordfall einen Dreck scherten und es längst satt hatten, daß die Detectives sie immer wieder einsetzten und Überstunden machen ließen, wodurch sie die *wirkliche* Action im Glitter Dome verpaßten, durch puren Zufall Jackin Jill.

Es war ein Tag wie jeder andere, als die Sache ins Rollen kam. Buckmore Phipps erzählte Gibson Hand Horrorgeschichten, um ihn für die nächste Runde ihrer Streifenfahrt in Schwung zu bringen. Es war genau wie früher, als Buckmore Phipps Football-Halbprofi und defensiver Halbstürmer war, ein nettes Spielchen.

Die erste Horrorgeschichte ging von dem neuen Wohltätigkeitsplan aus, über den die Sechs-Uhr-Nachrichten berichtet hatten, von der Idee, kleinere Straftäter nur damit zu bestrafen, ihren Opfern und den Gemeinden, in denen sie ihre Straftaten begangen hatten, eine Art Wiedergutmachung zu zahlen.

»Sieh mal, Gibson, die wollen diese armen Schweine nicht im Knast verkommen lassen, wenn sie nicht gerade *gefährlich* sind. Sie nennen sie Angreifer gegen das *Eigentum*. Weißt du, all diese Einsteigdiebe am hellichten Tag, die so lange nicht gefährlich sind, bis es ner Hausfrau passiert, daß sie zufällig mit nem Arm voll Lebensmittel nach Hause kommt. Wenn son Strolch dann gerade ihre ganzen Klamotten in n Kissenbezug packt und sieht, daß sie unter fünfundsiebzig ist und ne Menge Angst hat, dann kriegt der Knabe, der überhaupt nicht *gefährlich* ist, plötzlich n Steifen, weil er eigentlich son kleiner Punk is, daß er normalerweise überhaupt *keinem* Angst einjagen kann. Und schon kriegt se seine Kanone in ihre Möse, einfach, weil er plötzlich sieht, daß es *Spaß* macht, jemand kleinzukriegen. Aber bis dahin war er ja noch nie *gefährlich*, weil ihm bis dahin ja noch nie ne Hausfrau übern Weg gelaufen is.«

»Wie wolln se die denn überhaupt zwingen, das, was sie geklaut haben, zurückzuzahlen?«

»Ja, paß auf. Die stellen den Knackis *fünf* Dollar am Tag für Zimmer und Essen in Rechnung und besorgen ihnen *Jobs*, damit se überhaupt was an die Opfer und an n Staat zurückzahlen können! Sie harken Laub zusammen für drei Eier die Stunde, und der Staat kassiert n paar Eier am Tag für Wiedergutmachung, und dann könn se jede Nacht loszischen und ne Beute im Wert von dreihundert zusammenklauen, damit se sich neue Luxusschuhe kaufen können, die se dann im Haus von ihrer Freundin verstecken, wo se sowieso schon feine Anzüge hängen haben und Armbanduhren und Farbfernseher stehen haben und genug Dope haben, um die Alte bei Laune zu halten. Und immer noch kriegen se Essen und n Zimmer und ne brandneue Laubharke für *fünf* Dollar am Tag!«

»Ich hab den falschen Job«, sagte Gibson Hand. »Du auch. Weil du nämlich kein Spook* bist. Die nehmen *dich* nicht so einfach in son Programm, da mußte erst krumm werden.«

Das beunruhigte Buckmore Phipps. Manchmal sagte Gibson Hand Sachen, die ihn daran erinnerten, daß Gibson Nigger war. So was wie Spook. Und plötzlich kam Buckmore Phipps zu der Einsicht, daß er weiße Leute fast genauso haßte wie schwarze! Vielleicht ist, in gewisser Hinsicht, *jeder* ein Nigger! Es war die schrecklichste philosophische Erkenntnis, die er je hatte.

»Muß mal pinkeln«, sagte er unsicher und fuhr den Streifenwagen in eine Tankstelle.

Buckmore Phipps kletterte hinter dem Steuer hervor und ging zu der Tür für Männer. Abgeschlossen! Alle Tankstellenlokusse der Stadt waren abgeschlossen. Bestimmt aus

---

* Schimpfwort von Negern für Weiße und umgekehrt

Angst davor, daß sie ihnen das verdammte Klopapier klauen könnten.

»He, Kid, hol den Scheißhausschlüssel«, sagte er zu einem Teenager, der gerade einen Pontiac volltankte und das Rückfenster putzte.

»Sofort, Officer«, sagte der Junge.

»Ich muß dringend pissen. Hol den Schlüssel, oder ich baller das verdammte Schloß raus!« Buckmore Phipps war in einer äußerst unerfreulichen Stimmung angesichts der schrecklichen Möglichkeit, daß wirklich *alle* Leute Nigger waren. Sogar er *selber*!

»Vielleicht ham sich da n paar Schwule drin eingeschlossen«, bemerkte Gibson Hand. »Wennste pißt in diesen Toiletten, haste am besten deinen Schwanz in einer Hand und deinen Knüppel inner anderen.«

Nachdem der Kleine mit dem Schlüssel angerannt gekommen war, entdeckte Buckmore Phipps, daß sich da drin keine Schwulis eingeschlossen hatten. Es war der Tag, an dem Teddy Kennedy verkündete, daß er sich aus dem Präsidentschaftsrennen zurückziehen werde. Wenn's was gab, was noch schlimmer war als ein Demokrat, war's ein liberaler Demokrat.

Impulsiv sagte er: »Lang mich ma das Handmikro rüber, Gibson.«

Der Funkstreifenwagen war nur ein paar Schritte von der Tür entfernt geparkt, deshalb reichte das aufgewickelte Mikrofonkabel vom Auto bis zur Toilette. Buckmore Phipps drückte den Sendeknopf auf dem Handmikrofon, zog dreimal die Wasserspülung und sendete das Tosen des rauschenden Wassers direkt in den Kopfhörer eines Telefonisten der Funkzentrale in der Innenstadt, der daraufhin sofort rief: »Was ist los, zum Teufel? Is n Polizist von der Straßenpromenade in Venice abgestürzt?«

Buckmore Phipps betätigte die Wasserspülung wieder und wieder, und am Schluß schickte er noch einen Gruß über das Mikrofon: »Mach's gut, Teddy!«

»Buckmore, du solltest dich nicht so knietief in die Politik einmischen«, sagte Gibson Hand. »Das bekommt deinem Köpfchen überhaupt nicht.«

Buckmore Phipps war in einem Wahljahr kaum aufzuhalten, aber fürs erste hatte er von der Politik genug, und er nahm gleich darauf einen Funkauftrag zur Selma Avenue an, wo sich zwei Strichjungen um die Gunst eines Kunden in einem weißen Jaguar prügelten, der sich nicht entscheiden konnte, welchen Jungen er nun mitnehmen wollte.

Die Straßenmonster mochten keine Prügeleien. Außer, *sie* waren darin verwickelt. Sie wurden beim Anblick der sanften Schläge und der schlaffen Klapse und der Gesichtskratzereien, die da ausgetauscht wurden, ganz nervös. Nicht nur unter den Schwulen in der Selma Avenue, sondern sogar bei Schlägereien in Bars konnte man von den Leuten heutzutage eigentlich mehr Einsatz erwarten. Tatsache ist, daß die meisten Leute es vorzogen, wie Baseballspieler zu kämpfen. Ne Menge Show, und am Ende war keiner verletzt. Die Straßenmonster waren dann immer ganz scharf darauf, mitzumischen und um sich zu treten und Schläge anzutäuschen und die Leute in den Schwitzkasten zu nehmen und Würgegriffe anzubringen und all diese anderen Sachen zu machen, damit es *krachte*.

Nachdem sie ein paar Minuten zugeschaut hatten, waren sie von den beiden Schwulen, die sich die Nasen blutig schlugen, restlos bedient. Der Meister in dem Jaguar sah den Schwarzweißen, sagte *adios* und brauste davon.

»Hey, Girls, hört sofort auf«, sagte Gibson Hand, ohne die geringsten Anstalten zu machen, aus dem Wagen zu steigen. »Wenn ihr *nicht* sofort aufhört, schneid ich euch die Lippen ab, und dann seid ihr ausm Geschäft.«

»Wir haben heute noch gar keine besonderen Vorkommnisse«, erinnerte ihn Buckmore Phipps. »Sollen wir nicht besser n paar Anzeigen schreiben?«

»Okay«, seufzte Gibson Hand, und die beiden Straßenmonster stiegen aus dem Wagen, um ein bißchen Schreibkram zu erledigen und den Sergeant glücklich zu machen. Sie waren gerade dabei, die Formulare auszufüllen, als ein Kombiwagen vorbeikam und langsamer fuhr.

Der Fahrer steckte seinen Kopf aus dem Fenster und sagte: »Ihr dürft euch nicht festhalten lassen, wenn nicht ein echter Grund zur Anzeige vorliegt!«

»Wer ist das?« sagte Gibson Hand zu den beiden Kombattanten, die sich die blutigen Nasen abwischten.

»Hab ich noch nie gesehen.« Einer der Kämpfer zuckte die Achseln.

»Keiner, den ich kenn«, sagte der andere.

Dann hielt der Wagen an, und der Fahrer stieg aus. Er hatte einen Schreibblock in der Hand. Oben auf dem Kopf war er kahl, aber an den Seiten hingen ihm die Fransen bis unter die Ohren. Er trug eine steife Safarijacke und eine goldgefaßte Sonnenbrille.

»Ich hätt gern Ihre Namen, Officers.«

»Wofür denn?« fragte Buckmore Phipps.

»Haben Sie irgendeinen Grund, diese beiden Männer festzuhalten? Oder tun Sie das nur, weil sie auf der Selma Avenue spazierengegangen sind?«

»Warten Se mal ne Minute...«, blubberte Gibson Hand.

»Es ist *kein* Verbrechen, auf der Selma Avenue zu gehen, zu stehen oder zu sitzen, ganz egal, was *Sie* sich dabei denken mögen. Und es ist, wie Sie wissen, auch kein Verbrechen, homosexuell zu *sein*.«

Buckmore Phipps wurde blaß ums Doppelkinn. »Machen Se mal ganz schnell die Fliege, Vögelchen«, warnte er.

»*Ihr* da, Männer«, sagte der Störenfried zu den Prügelknaben. »Ihr habt das Recht, euch hier auf der Selma Avenue aufzuhalten. Ihr habt das Recht, in Autos *einzusteigen*. Im Moment gilt es als öffentliches Ärgernis, sich gegen Bezahlung lieben zu lassen. Das trifft für jede Art von Sex zu. Es gilt als öffentliches Ärgernis, sich in der Öffentlichkeit in einer bestimmten Art zu benehmen. Das trifft für beide Geschlechter zu. Aber das ist alles. Ihr braucht es *nicht* zuzulassen, daß diese Officers euch belästigen.« Er unterstrich seine Ausführungen mit einem kräftigen Fingerstoß, der Buckmore Phipps unglücklicherweise direkt ins rechte *Auge* traf.

In dem Fall, der schließlich im Saal des Stadtgerichts von Los Angeles endete, spielten dann die beiden ursprünglichen Kombattanten, die sich um den Kunden auf der Selma Avenue gestritten hatten, gar nicht die Hauptrollen. Es ging letztlich im Namen des Volkes gegen Thurgood Poole, den Kämpfer für die Rechte der Homosexuellen, der behauptete, er habe auf der Selma Avenue lediglich die Rechte zweier Mitglieder der homosexuellen Gemeinschaft zu schützen versucht.

Die anderen Zeugen, sowohl die Straßenmonster *als auch* die beiden Prügelknaben, sagten aus, sie hätten alle vier absolut das Recht gehabt, Thurgood Poole die Nase und das Schlüsselbein zu brechen, ihm die Schulter auszurenken und auf seinen Nieren herumzutanzen.

Der Kämpfer für die Rechte der Homosexuellen kam wegen eines tätlichen Angriffs auf einen Polizeibeamten ins Gefängnis und dann vors nächsthöhere Gericht, wo er allen vier Zeugen gegenübergestellt wurde. Die beiden Mitglieder der homosexuellen Gemeinschaft, die er zu schützen versucht hatte, erzählten der Jury, daß er sich nur als zudringlicher Wichtigtuer aufgeführt habe, der schließlich nicht einfach herumrennen und auf fleißige Polizeibeamte einstechen könne, Beamte wie Officer Phipps und Officer Hand, die in ihren doppeltgenähten Freizeitanzügen und mit Krawattennadeln im Gerichtssaal saßen und all den alten Damen in der Jury süß zulächelten.

Thurgood Poole kriegte im Schnellverfahren kurz und bündig ein Urteil auf Bewährung und eine Geldstrafe von fünfhundert Dollar, und er hatte überdies mehr Beulen, Brüche und Quetschungen zu beklagen als beide Footballteams im Endspiel um die Super Bowl zusammen. Die beiden prügelnden Strichjungen kriegten sogar noch ein Dankschreiben des Commanders der Hollywood-Police-Station, weil sie ihrer Bürgerpflicht bravourös genügt hatten, als sie zwei angegriffenen Polizisten zu Hilfe geeilt waren.

Alles in allem war es ein wunderschöner Tag für die Straßenmonster geworden, an dem sie ihren Streß gleich tonnenweise losgeworden waren. Solche Tage, an denen sie so gute Polizeiarbeit wie im Fall Thurgood Poole leisten konnten, ereigneten sich nicht allzu oft. Aber während sie am Waterloo von Thurgood Poole noch ihre Freude hatten, war ein geiler Spiraleneinsetzer aus einer Kugelschreiberfabrik in Burbank gerade dabei, ihnen die gesuchte Jackin Jill in die fetten Flossen zu liefern.

Sein Name war Bruno Benson, und er hatte es schon lange satt, den ganzen Tag herumzuhocken und die kleinen Federn in die Hülsen zu stecken. Tatsächlich fühlte er sich so krank davon und war so geil geworden, daß er beschloß, seine vierzehnte Bombendrohung des Monats loszulassen und den

Rest des Tages freizunehmen, den Sunset Strip runterzukurven und vielleicht eine Dreißig-Dollar-Nutte aufzureißen, die ihm wie eine Taschenlampe die Batterien leernuckeln konnte.

Während der Mittagspause schlenderte er durch die Hintertür der Fabrik ins Freie, sprang hinter das Steuer eines der Lieferwagen, überfuhr einfach einen Zaun zur Zufahrtsstraße und rollte weiter bis zur Tankstelle an der Ecke, von wo aus er den Fabrikmanager anrief und ihm denselben Spruch durchsagte, den er schon dreizehnmal vorher gesagte hatte: Da sei in einem der Kartons im Warenlager eine Bombe versteckt, die irgendwann vor Schichtende hochgehe, wenn man auf der Bank der Bushaltestelle gegenüber den TV-Studios der NBC nicht sofort hunderttausend Dollar in einem Paket hinterlegen würde.

Natürlich hatte der Fabrikmanager das Geldpaket noch kein einziges Mal hinterlegt, aber das störte Bruno Benson nicht im geringsten. Denn jedesmal, wenn der Manager diese Bombendrohung erhielt, war er seitens der Gewerkschaft und der Versicherung verpflichtet, die Cops zu rufen und anschließend die Arbeitnehmer darüber zu informieren, daß möglicherweise eine Bombe versteckt worden sei, und ihnen freizustellen, sich für den Tag zu verabschieden oder weiterzuarbeiten.

Während seiner dreiwöchigen Beschäftigung hatte Bruno Benson insgesamt 485 Dollar verdient, Überstunden eingeschlossen. Aber er hatte zu Lasten der Gesellschaft Kosten von 230 687 Dollar verursacht, was ihn nach seiner Meinung längst zum teuersten Arbeitnehmer von Burbank gemacht hatte, den bekannten Fernsehstar Johnny Carson mal ausgenommen.

Während also Bruno Benson wieder mal einen Nachmittag frei hatte, an einer kleinen Flasche Jim Beam herumnuckelte und in all seiner Geilheit in dem entliehenen Pickup-Lastwagen zum Sunset Strip fuhr, um sich seine Nutte zu suchen, erzählte Jackin Jill im Red-Valentine-Massagesalon ihrer Freundin Juicy Lucy, daß sie nicht mehr in dem Salon arbeiten würde, weil die Brüder einem hier einen viel zu hohen Anteil vom Verdienst einbehielten, und daß sie sich viel besser stellen würde, wenn sie sich als Selbständige bei einem der

Telefonmassagedienste auf die gelben Telefonbuchseiten setzen ließe. Was bedeutete, daß sie an dem Hundert-Dollar-Gerippe, das um acht Uhr zu einem flotten Dreier wiederkommen wollte, nicht mehr interessiert war.

Inzwischen amüsierten sich das Wiesel und das Frettchen auf dem Dach über dem Thai-Restaurant beim Taubenschießen mit Plastikschleudern und Schrotkügelchen. Sie hatten eine Weile Frisbee gespielt, bis das Wiesel sich zu einem blöden Hinter-dem-Rücken-herum-Wurf hinreißen ließ und die Scheibe weit rüber bis zur Western Avenue segelte, direkt auf den Karren eines betrunkenen Lumpensammlers, der Gott im Himmel sofort einen Dankesblick schickte, die Scheibe an den nächstbesten vorbeisausenden Rollerskater verkaufte und sich für den Erlös sofort ein halbes Fläschchen Sneaky Pete genehmigte.

Es passierte, als das Frettchen seiner entschwindenden Frisbeescheibe hinterherschaute, daß sein Blick auf das Restaurant und den schwarzen Bentley fiel, der dort langsam vorfuhr und anhielt.

Als sich die beiden Narcs noch um das Fernglas stritten, hatte der Fahrer, der nicht mal aus dem Wagen gestiegen war, offenbar festgestellt, daß der Mensch, den er suchte, nicht im Restaurant war, und deshalb war er wieder in den Verkehrsstrom eingeschert.

»Das Arschloch ist nicht reingegangen!« schrie das Frettchen.

»Der verfluchte Bus versperrt mir die Sicht!« schrie das Wiesel und drehte verzweifelt am Fernglas herum.

»Stop, du Ratte!« stöhnte das Frettchen.

Aber der Bentley bog nach rechts ab und war weg. Sie hatten noch nicht mal seine Wagennummer.

Kein Flügelschlagen. Keine Taube jetzt als Entschädigung. Die einzigen Wesen, die fast verrückt wurden, waren das Frettchen und das Wiesel, die völlig frustriert auf dem Dach herumstampften, brüllten und wie wild auf die gelangweilten und teilnahmslosen Vögel schossen, die vor diesen beiden Arschlöchern mit ihren Schleudern überhaupt keine Angst hatten. Als die Narcs endlich beschlossen, ihre Beobachtungsaktion ab sofort auf die Straße zu verlegen, wo sie den Toyota zu Hilfe nehmen konnten, fuhr Bruno Benson gerade beim Whiskey-a-Gogo vor.

Er hatte bis dahin fünf Nutten ausgemacht, die auf nachmittägliche Autofreier warteten. Sie waren allesamt mindestens fünfundzwanzig Jahre alt. Fast so alt wie seine jüngste Tochter. Zu diesen alten ging er nicht. Dann sah er eine sehr blasse, dünne kleine Blonde in engen Jeans, die den östlichen Sunset entlangkam. Nun, *die* war jung genug für Bruno Benson.

»Hallo, Honey, brauchsten Lift?« schrie Bruno Benson rüber von der ersten Spur.

»Ich kann laufen«, sagte sie.

»Warum laufen?«

»Gute Übung.«

»Ich kenn ne bessere Übung«, kicherte Bruno Benson und nahm einen großen Schluck Jim Beam.

Ein betrunkener Tölpel in einem offenen Laster? Ekelhaft. »Vielleicht n andermal, Honey«, sagte sie und ging rüber zur Sunset-Nordseite.

Bruno Benson fuhr um den Block herum und dröhnte hinter der Blonden her, inzwischen mit *beiden* Maschinen auf Hochtouren.

»Hör mal, Baby«, schrie er. »Ich bin kein Toastermonteur aus Ventura. Ich bin n Zocker. Ich hab Geld!«

Sie ging weiter zum westlichen Sunset, aber schon merklich langsamer, um mit dem schreienden Anhalter neben sich auf gleicher Höhe zu bleiben.

»*Wieviel* Geld?«

»Genug.«

»Wiedersehn«, sagte sie und ging schneller.

Dürre kleine Nutte. Er war drauf und dran, ihr zu erzählen, daß er der Burbank-Bomber war, der die Cops mit dreizehn, nein mit *vierzehn* Funkeinsätzen zu dieser Kugelschreiberfabrik verrückt machte.

»Ich hab *fünfzig* Dollar!« sagte er. »Ich weiß bloß nich, ob du soviel wert bist.«

Da stoppte die blasse Blonde, drehte sich um und ging rüber zu dem Lastwagen, der im Leerlauf am Straßenrand stand. Aus der Nähe war sie Klasse, wirklich. Ihre Haut war... Bruno Benson versuchte später mal, einem anderen Springfedereinsetzer das zartgliedrige Mädchen zu beschreiben. So ähnlich wie diese Figurinen unten auf dem Farmer's Market. Genauso.

Sie sagte: »Fünfzig Dollar für ne schnelle Nummer, die *bin* ich wert.«

Abgesehen davon machte sie einen sehr unprofessionellen Fehler. Auf dem Weg zum Motel wollte Bruno Benson statt der Flasche Jim Beam ihren Kopf zwischen seinen Beinen haben.

»Komm schon, küß da mal n bißchen, bis wir da sind. Macht mich scharf.«

»Wir sind in n paar Minuten im Motel, Süßer.«

»Komm schon, bloß n Küßchen«, sagte er, und seine Stimme war heiser vor Geilheit. Sie war wirklich jung!

»Tut mir leid, Süßer«, sagte sie. »Du mußt auf die Straße aufpassen.«

Aber als er großzügig ein paar Fünfer und Zehner aus der Tasche zog und mit den Worten »Das issen Extrabonus« zwanzig Dollar in ihren Schoß fallen ließ und dabei seine Khakihose aufmachte, ließ die Nutte aus reiner Geldgier alle professionelle Zurückhaltung sausen.

Sie war höchstens zehn Sekunden unten bei ihm, als Bruno Benson schon vergaß, auf die Straße aufzupassen, und statt dessen die Decke seiner Truckkabine anstarrte und heulte wie ein Wolf. Sein Geheul wurde jäh unterbrochen, als er mit voller Wucht in das Heck eines Schulbusses donnerte, und all die Kids, die nach Hause fuhren, lachten sich dann auf Kosten des Kerls, der auf der Straße herumlief und sich den blutenden Pimmel hielt, halb kaputt.

Und die blasse kleine Nutte saß, immer noch hustend, auf dem Bordstein, als der Streifenwagen heranfuhr und Gibson Hand dem heulenden Bruno Benson befahl: »Steck deinen Schwanz weg, du verursachst n Verkehrschaos.«

»Ich bin verletzt, ich bin verletzt!« brüllte Bruno Benson.

»Was ist denn passiert, biste mit m Schwanz in n Zigarettenanzünder gekommen?« fragte Buckmore Phipps. »Hab noch nie n Verkehrsunfall erlebt, wo nur der Schwanz zerquetscht gewesen is.«

»Dieses Geheul geht mir auf die Nerven«, sagte Gibson Hand.

Dann blickten die Straßenmonster von der würgenden Nutte auf den heulenden Fahrer und sahen endlich, wie das alles zusammenpaßte. »Erst fickt die Nutte da unten in dem Motel n Kerl zu Tode«, merkte Gibson Hand an. »Dann beißt die hier nem Lustmolch fast n Schwanz ab. Weißte, da leben wir doch *sicherer* mit unseren Pussies in diesen Ginpinten in Chinatown, Buckmore.«

Obgleich sie mit Verkehrsunfällen zu *keiner* Tageszeit gern was zu tun hatten, schon gar nicht so spät am Nachmittag (es ist nie ne Verkehrsstreife in der Nähe, wenn man eine braucht. Diese faulen Schweine!), diesen hier hatten die Straßenmonster echt am Hals.

»Komma mit m Ausweis rüber, Schwester«, sagte Gibson Hand zu der blonden Hure.

»Hab keinen dabei«, sagte sie, als sie wieder etwas Luft hatte.

»Wie heißt du?«

»Peggy Farrell«, sagte sie wahrheitsgemäß.

»Wie alt biste?«

»Zwanzig«, log sie.

»Willste zum Arzt?«

»Nein«, sagte sie. »Ich will bloß nach Haus.«

»Haste irgend n Stück von seinem Schwanz in den Zähnen?«

»Nein.«

»Na gut, dann gib mir mal deine Adresse und deine Telefonnummer.«

Dann kam Buckmore Phipps rüber und flüsterte: »Meinste nich, daß wir diesen Besoffenen mitnehmen müssen, Gibson? Der Busfahrer brüllt rum, er wär ihm hinten reingedonnert, und man könnt *sehen*, daß der Kerl besoffen is.«

»Scheiße!« knurrte Gibson Hand. »Das heißt, daß wir heute schon wieder Überstunden machen müssen!«

Gerade jetzt beruhigte sich Bruno Benson wieder, steckte seinen verletzten Penis in die Hose zurück und hatte Angst, daß er wegen Trunkenheit am Steuer ins Kittchen mußte, wobei er sich schon überlegte, wie er genug Geld zusammenkratzen könnte, um gegen Kaution freigelassen zu werden.

Dabei dachte er an seinen Zwanzig-Dollar-Schein. Zum Teufel, den hatte sie nicht verdient!

»Die hat noch zwanzig Dollar von mir. Die will ich zurückhaben«, sagte er zu Buckmore Phipps.

»Hat sie dir einen geblasen oder nicht?« Buckmore Phipps zuckte die Achseln. »Ich will in keinen Streit übers Geschäft reingezogen werden. Ich hab genug Probleme.«

»Sie hat mir die zwanzig Eier erst nach dem Unfall aus der Tasche *geklaut*«, sagte Bruno Benson. »Ich will sie zurückhaben!«

»Das is ne gottverdammte Lüge!« schrie die Blonde krächzend, und dann mußte sie wieder husten mit ihrer geschwollenen Kehle.

»Sie hat mich beklaut. Ich will das Geld wiederhaben. Oder ich mach ne Anzeige!«

»Officer, ich hab n Bus voller Kinder«, schrie der Busfahrer aus dem Fenster.

»Gottverdammt!« knurrte Gibson Hand. »Sie kommen zur Hollywood-Station, Mann, sobald Se diese kichernden Milchsäufer losgeworden sind, und machen ne Unfallaussage! Buckmore, wir nehmen diese Typen beide mit aufs Revier, mal sehn, was wir da für n Sauzeug eingefangen haben.«

Und so kamen der Burbank-Bomber und Jackin Jill *beide* in Gewahrsam und heulten laut, als sie fünfzehn Minuten später in den Detective Squadroom geführt wurden, wo Jakkin Jill dann das Knochengerüst treffen sollte, das gehofft hatte, heute abend eine Verabredung mit ihr zu haben.

14

Mr. Silver

Die Detectives erledigten die letzten Schreibarbeiten dieses Tages und führten die letzten Telefongespräche mit Verbrechensopfern, Freundinnen oder Ehefrauen. (Richtig, Liebes, is wirklich n reiner Zufall, daß ich ausgerechnet immer am Zahltag Überstunden schieben muß.) Der arme alte Cal Greenberg hatte es überhaupt nicht eilig, heimzugehen, sondern wartete damit gleich bis zum anderen Morgen: Im Stardust Ballroom lief der Seniorenabend! Und seine zweite Frau war auswärts auf Besuch bei einer Nichte. Pennsylvania six five, oh! oh! ooohhh!

Dann sah er Buckmore Phipps mit einer tränenüberströmten kleinen Blondine im Schlepptau hereinkommen, und seine Stimmung sank sofort.

»Hey, Greenberg«, sagte das Straßenmonster. »Wer ist zuständig fürn Beischlafdiebstahl aufm Sunset? Du?«

»Hängt von den Umständen ab, Buckmore«, seufzte der arme alte Cal Greenberg. Hätt er sich bloß mehr beeilt, dann wär er jetzt längst weg. »War's n Raubüberfall, einfacher Diebstahl, oder was?«

Die weinende Blondine sagte: »Dieser Mann is n Lügner! Ich hab niemand ausgeraubt!«

»Also, sie hat den Freier am Schwanz verletzt, und der Busfahrer, dem der dann hinten reingefahren is, spielt verrückt, und der Freier selbst ist zu besoffen zum Gehen, also hab ich keinen blassen Schimmer, ob er wirklich n echtes Opfer ist, aber ausgerechnet ich hab den *ganzen* Mist am Hals!«

»Also, irgendwie werd ich aus dir überhaupt nicht schlau,

Buckmore«, seufzte der arme alte Cal Greenberg. »Setzen Sie sich, meine Liebe, und sagen Sie mir, wie Sie heißen.«

»Peggy Farrell«, heulte die Nutte.

»PEGGY FARRELL!« Simon, Schultz, Wiesel und Frettchen, Al Mackey und Martin Welborn brüllten so laut los, daß es dem armen alten Cal Greenberg ins verstopfte Gedärm fuhr.

»Jackin Jill!« schrie Al Mackey. »Ich bin heute abend mit Ihnen verabredet!«

Peggy Farrell hatte noch nie in ihrem Leben soviel Aufmerksamkeit erfahren, erst von den beiden schrecklichen Cops mit Bärten und Lederjacken, die versuchten, mit ihr über Lloyd in dem schwarzen Bentley zu reden, die aber dann übertönt wurden von zwei riesigen Detectives mit merkwürdig altmodischen Haarschnitten, bis dann alle vier schließlich von dem anderen Detective-Team zur Seite gedrängt wurden. Einer von ihnen war der Magere, von dem Juicy Lucy ihr erzählt hatte, und der andere, der, mit dem sie von allen am liebsten geredet hätte, war ein gutaussehender Mann mit einem sanften Lächeln und schönen Zähnen und dunklen Augen, die immer wieder von einer Seite zur anderen wanderten. Mit einem solchen Mann, dachte Peggy Farrell im stillen, könnte sie sofort wieder ins Bett steigen, rein aus Lust und nicht etwa wegen des Geldes, wie üblich. Dreißig Minuten lang saß sie mit Martin Welborn und Al Mackey im Verhörraum.

»Ich bin wirklich keine Ausreißerin«, schluchzte sie. »Mein Dad weiß, daß ich Hollywood nie verlassen hab. Ich wollte bloß nicht mehr länger bei ihm wohnen.«

»Und wo wohnst du jetzt, Peggy?« fragte Martin Welborn.

»Überall.«

»Wir könnten dich in der Juvenile Hall brummen lassen«, sagte Al Mackey.

»Ich hab diesem Mann kein Geld geklaut«, sagte sie.

»Aber formaljuristisch biste ne Ausreißerin.«

»Ich werd achtzehn am nächsten Ersten. Da wär's doch Quatsch, mich als Jugendliche zu behandeln, oder?«

»Nein, aber wir könnten schon«, sagte Martin Welborn. »Warum willst du uns nicht verraten, wo du wohnst?«

»Weil ich mit jemand zusammenlebe, dem ich nicht weh tun will, darum.«

»Mit nem Mann?« fragte Al Mackey. »Der, für den du anschaffen gehst?«

»Ich hab keinen Zuhälter.«

»Das sagen alle Mädels.«

»Ich hab aber keinen Zuhälter. Ich wurde schon von mehreren Zuhältern belästigt. Einer hat mal gedroht, er würd mich mit Säure bespritzen, wenn ich nicht für ihn anschaffe, aber bis jetzt ist mir noch nichts passiert.«

»Ist die Person, mit der du zusammenlebst, anständig?« fragte Martin Welborn.

»Ich wohn bei einer Frau«, sagte Peggy Farrell. »Sie ist älter als ich.«

»Wie alt?« fragte Martin Welborn.

»Etwa so alt wie meine Mama.«

»Und wie alt ist das?«

»Sie ist zweiundvierzig.«

»Haste was mit ihr?« fragte Martin Welborn.

»Wie meinen Sie das?«

»Ist sie damit einverstanden, daß du bei Freiern anschaffen gehst?«

»Nein. Die hat n guten Job. Sie hat schon versucht, mich da rauszuholen. Tatsächlich tu ich's auch kaum noch. Dieser Kerl in dem Lastwagen hat einfach nicht locker gelassen. Hat mir praktisch mit den Scheinen zugewunken.«

»Also, den vergessen wir mal fürn Moment«, sagte Al Mackey. »Erzähl uns mal alles, was du über Lloyd in dem schwarzen Bentley weißt.«

»Der hat mir bloß mal ne Filmrolle angeboten, mehr nicht. Hatte keine Ahnung, daß der n großer Gangster oder so was ist. Er war n Telefonmassagekunde. Hat mich namentlich angefordert. Hat noch nicht mal die Massage haben wollen. Der traf mich, bezahlte und gab mir die Telefonnummer.«

»Wie alt ist Lloyd? Wie groß? Welche Haarfarbe? Beschreib ihn mal«, sagte Al Mackey.

»Fällt mir echt schwer, n Kerl zwischen dreißig und vierzig zu schätzen, wenn er so gut in Form ist wie Lloyd. Ich glaub, er hat helle Haare, vielleicht sogar graue. Aber er is n jugendlicher Typ. So wie Sie«, sagte sie zu Martin Welborn, was Al Mackey sofort zusammenzucken ließ, weil er zwei Jahre jünger war.

»Warum weißte eigentlich nicht sicher, was er für ne Haarfarbe hat?«

»Der hat die beiden Male, als ich ihn traf, nie seine Mütze abgenommen. War so ne Mütze, wie sie Schotten oder Iren im Film tragen. Ne Art Tweed. Und die hatte er sich bis zur Brille runtergezogen. Der wollte offensichtlich nicht erkannt werden, das is mal klar. Er hatte n fast grauen Schnurrbart und getönte Gläser. War ne Riesennickelbrille.«

»Welche Farbtönung?«

»Braun. Damit man seine braunen Augen nicht erkennen konnte.«

»Braves Mädchen«, sagte Martin Welborn.

»Und du hast ihn bloß zweimal getroffen?«

»Zweimal. Und ich war *nie* mit dem im Bett. Er hat auch nie darum gebeten. Beim erstenmal hat er mich auf m Sunset und La Brea aufgegabelt und mich dann zum Restaurant von meinem Dad gefahren.«

»Warum haste dich gerade dahin bringen lassen?«

»Da warn noch n paar Sachen von meiner Mutter, die sie dagelassen hatte, als *sie* damals von zu Hause weglief. Die wollte ich haben. Ich dachte, wenn Lloyd dabei wär, würde mein Dad nicht solchen Aufstand machen und versuchen, mich da zu behalten. Ich mein, Lloyd war bestimmt kein Kerl zum Bumsen, na, in diesem Riesenschlitten oder so. Und anschließend hat er mich dann am Sunset und La Brea wieder abgesetzt und mir noch zwanzig Dollar gegeben, bloß damit ich ne Nummer anrufe und nach den Sapphire Productions frage. Sollte dem Mann am Apparat nur meinen Namen sagen und wo wir uns das nächste Mal treffen.«

»Und dann haste den Produzenten getroffen?« fragte Martin Welborn. »Wohin biste da gefahren, und wie hieß der Mann?«

»Sein Name war Mr. Silver. Wir haben uns in seinem Haus da hoch oben in Trousdale getroffen. Ich hab da oben früher mal zwei Massagekunden gehabt.«

»Wohnte der denn dort?« fragte Martin Welborn.

»Das glaub ich eigentlich kaum. Einmal mußte der nämlich

ins Bad und hat aus Versehen die Tür zum Abstellraum erwischt.«

»Ausgezeichnet, Peggy«, sagte Martin Welborn. »Worüber hast du denn mit Mr. Silver geredet?«

»Na, über meine Rolle in diesem Film, den sie in Mexiko drehen wollten. Eine kleine Rolle, aber Lloyd sagte, sie würden mir n Tausender pro Tag für drei Tage Arbeit zahlen. Und daß sie mich da runterfahren und auch wieder zurückbringen würden.«

»Runter *fahren*?« fragte Al Mackey. »Sollte man bei der Entfernung nicht besser fliegen?«

»Ich hatte den Eindruck, daß es gleich hinter der Grenze war.«

»War noch jemand anders im Haus in Trousdale?«

»Nur Lloyd. Er war der Produktionsassistent oder so was.«

»War das ein Pornofilm?« fragte Al Mackey.

»Vermutlich wars einer«, sagte sie. »Ich hab nicht gefragt. Aber ich hab mich gewundert, warum sie den Film unbedingt in Mexiko drehen wollten. Es sei denn, es wärn Kinderporno.« Dann fügte sie hinzu: »Ich hab nämlich was gegen Kinderpornos, verstehen Sie. Da könnte ich sofort kotzen. Diese kleinen Mädchen und Jungs, nicht älter als acht, neun Jahre. Ich hatte da mal n paar Kunden, die *mußten* erst mal so n Mist anschauen, bevor ich die überhaupt zum Orgasmus kriegte. Die hätt ich beinahe rausgeschmissen. Bei mir durfte kein Kunde wiederkommen, der von mir verlangte, Kinderpornos anzugucken. Die nehmen diese kleinen Kinder, pumpen sie voll mit Rauschgift und zwingen sie dazu, solche ...«

»Ja?«

»Na, eben alles, wozu die *mich* zwingen«, sagte sie ruhig. »Das *allerletzte*. Und das sind schließlich Babys.«

»Ja«, sagte Martin Welborn. »Aber du wolltest doch in dem Film mitspielen?«

»Ich dachte, vielleicht wär's gar kein *echter* Kinderporno, verstehn Se? Vielleicht bloß n Haufen Teenagerschauspieler. So vierzehn, fünfzehn Jahre alt. Das nenn ich nich Kinderporno. Wenn einer vierzehn is, isser alt genug, das zu tun, was er will.«

Sie *sah* wie vierzehn aus, dachte Martin Welborn. Obgleich sie von Flameout Farrell wußten, daß sie die Wahrheit gesagt hatte, als sie erzählt hatte, daß sie, rechtlich gesehen, am nächsten Ersten eine Erwachsene sein würde. Ihre Haut hatte den Schimmer alten Porzellans. Sie wirkte sehr zerbrechlich und hatte die großen, wachen Augen einer Antilope. Sie war so empfindsam, daß sie es wahrscheinlich nicht vor ihrem dreißigsten Lebensjahr fertigbringen würde, selbständig einen Drink zu bestellen. Sie war nicht hübsch im üblichen Sinn. Aber sie hatte etwas sonderbar Exquisites an sich.

»Du hast Mister Silver doch bestimmt gefragt, warum gerade du ausgewählt worden bist, oder?«

»Yeah. Aber er sagte, er wüßt es nich. Dann hat Lloyd erzählt, einer von meinen Massagekunden hätt ihm erzählt, ich wär was Besonderes. Er hat nicht gesagt, wer's gewesen is. Ich hab nich gefragt. Ich hab bestimmt schon tausend Männer massiert. Er hat gesagt, daß er noch n paar andere Mädchen und Jungen gefragt hat. Jedenfalls hat Lloyd nach ner Weile auf die Uhr geguckt und gesagt, er würd mich jetzt gern zurückbringen, weil er das nächste Mädchen holen muß, das Mister Silver sich ansehen will.«

»Wie ging's weiter?« fragte Al Mackey.

»Nix. Lloyd brachte mich zurück.«

»Zum Sunset und La Brea?«

»Yeah. Ich möcht nich, daß einer weiß, wo ich wohn.«

Und dann sahen sich die beiden Detectives an. Es war Zeit, die Schraube ein bißchen anzuziehen. Sie mußten bei Peggy Farrell unbedingt am Ball bleiben, weil sie die einzige Spur war, die sie hatten.

»Weißte, Peggy, rein technisch *biste* noch ne Jugendliche bis zu deinem achtzehnten Geburtstag.«

»So?«

»Also müssen wir dich einem Elternteil übergeben.«

»Sie können doch nicht meinen Vater anrufen!« sagte sie.

»Wir müssen dich einem vertrauenswürdigen Erwachsenen übergeben.«

»Ich kenn keine vertrauenswürdigen Erwachsenen!« schrie Peggy Farrell und offenbarte damit in fünf Worten ihre ganze Lebensgeschichte.

»Ich nehm an, wir könnten sie der Frau anvertrauen, bei

der sie wohnt, was meinst du, Partner?« sagte Al Mackey zu Martin Welborn.

»Vielleicht.«

»Ich möcht nich, daß Lorna Schwierigkeiten kriegt!« sagte Peggy Farrell. »Sie is der einzige Mensch, der sich um mich kümmert. Der einzige Mensch, der mir was bedeutet.«

»Sicher, aber wir dürfen nun mal keine Jugendliche laufen lassen, außer zu ihren Eltern oder ner vernünftigen erwachsenen Person. Also könnten wir dich jetzt nach Hause fahren und vielleicht Lorna anvertrauen. Ihr oder deinem Vater.«

»Müssen Se denn Lorna unbedingt was über den, na, Sie wissen schon, von dem Kerl mit dem Lastwagen erzählen, bei dem ich eingestiegen bin? Ich hatt ihr versprochen, ich würd nich mehr anschaffen gehen.«

»Nein, wir sagen ihr einfach, du wärst . . .«

»Sagen Se ihr, ich wär mit n bißchen Hasch inner Tasche erwischt worden!«

»Ja, das werden wir sagen«, sagte Martin Welborn. »Von was lebt sie eigentlich?«

»Sie is im Filmgeschäft.«

Al Mackey warf Martin Welborn erneut einen Blick zu und sagte: »In was für ner Stellung?«

»Sie macht Skriptüberwachung oder so. Hat schon bei ner Million Filmen mitgemacht. Das sind die Leute, die bei den Dreharbeiten dasitzen und dem Regisseur sagen, in welche Richtung einer gucken muß. So was wie Kamera links, Kamera rechts. Was für ne Farbe die Krawatte von dem Schauspieler hatte, als sie die Szene gestern angefangen hatten. Geben diesen Schauspielern die Stichworte, alles son Zeug. Sie hat mich mal mitgenommen, damit ich sehen konnt, wie se auf ner Musikbühne gedreht haben. Das war Klasse.«

»Und für welches Studio arbeitet sie?» fragte Martin Welborn.

»Die arbeiten für alle Studios, diese Skriptleute, nich für irgend n bestimmtes.«

»Was hat sie zu deinem Filmangebot gesagt?« fragte Martin Welborn.

»Sie war echt sauer. Hat mir genauso viele Löcher in n Bauch gefragt wie Sie hier. *Echt* sauer. Hat gesagt, das wär todsicher n Kinderporno. Und ich bin doof. Und gleich danach hab ich geheult, und... wir haben uns wieder vertragen.«

»Hast du ihr versprochen, daß du nicht mitmachst?« fragte Al Mackey.

»Darum hab ich mich ja bei denen nich mehr gemeldet, wie's eigentlich abgemacht war«, sagte Peggy Farrell. »Ich glaub schon, daß ich den Job gekriegt hätt, wenn ich gewollt hätt. Aber ich hatt's Lorna versprochen. Sie hat mir erzählt, diese Sapphire Productions wärn wahrscheinlich so ne Nacht-und Nebel-Produktionsfirma, die für son Kinderporno mal eben schnell über die Grenze fliegt.«

»Könntest du das Trousdale-Haus wiederfinden?«

»Das war nachts. All diese Kurven da oben hoch? All diese weißen Häuser, von denen eins wie's andere aussieht? Unmöglich.«

»Und jetzt noch mal ganz genau, wie bist du mit Lloyd in Verbindung getreten?«

»Ich hab diese Nummer vom Studio angerufen und nach Sapphire Productions gefragt. Irgendwer war am Apparat, und ich hab ihm gesagt, Lloyd hat mir die Nummer gegeben, und Lloyd soll mich zurückrufen oder mich treffen.«

»Würdest du Mister Silver erkennen, wenn du ihn wiedersiehst?«

»Könnt sein. Er hatte buschiges schwarzes Haar und n Riesenbart und ne Brille, aber das kann natürlich alles Verkleidung gewesen sein.«

Al Mackey holte ein Foto von Nigel St. Claire aus der Fallmappe in seiner Plastikaktentasche. Es war ein offizielles Porträt, das ungefähr sechs Monate vor seinem Tod aufgenommen worden war. Er trug einen dunklen, fast schwarzen Anzug mit Krawatte und saß auf einer Ecke seines Schreibtischs mit einer Schar glänzender Oscars hinter sich. Für Al Mackey sah er aus wie der ganze Glamour dieser Welt. Wenn Al Mackey den Mann ansah, dachte er unweigerlich an die Riviera, an Privatjets, dicke Autos und junge Französinnen, die alle so aussahen wie die Bardot in ihren besten Zeiten.

Und dann dachte er an den gewaltsamen Tod. Sie hatten *andere* Bilder von Nigel St. Claire. Peggy Farrell sah sich das Foto einen Moment lang an, wollte dann den Kopf schütteln, nahm es aber nochmals zur Hand.

»Es ist also Mister Silver?« rief Al Mackey aus.

»Nein«, sagte sie.

»Verdammt.«

»Aber ich *kenn* diesen Mann.«

Und dann spazierten sie draußen vor dem Vernehmungsraum voller Spannung auf und ab, nachdem sie Peggy Farrell eine Flasche Soda und fünf Minuten Zeit gegeben hatten, damit sie allein und ungestört das Bild von Nigel St. Claire studieren und sich gegebenenfalls erinnern konnte, welche »Massage« es gewesen war. Denn wo sonst konnte sie möglicherweise einem Mann begegnet sein, der so bedeutend aussah wie der hier? Das Wiesel und das Frettchen, sogar Schultz und Simon hatten beschlossen, ebenfalls mit herumzulungern und das Ergebnis abzuwarten.

Endlich öffnete sich die Tür, und Peggy Farrell kam mit der leeren Flasche in der Hand schüchtern heraus.

»Na?« sagte Al Mackey.

»Ich hab ihn massiert. Er hat mich telefonisch bestellt. Er hat mir dreißig Dollar Trinkgeld gegeben.«

»Wo?« fragte Al Mackey. »Wann?«

»Vor n paar Monaten. Im Magic Carpet Motel. Da stellt keiner dumme Fragen. Man muß sich nich mal eintragen. Ich glaub nich, daß die Ihnen weiterhelfen könnten, wenn Sie da suchen würden.«

»Wieso kannst du dich denn an ihn erinnern, Peggy?« fragte Martin Welborn. »Wegen dem Dreißig-Dollar-Trinkgeld?«

»Nee, nich wegen dem Geld«, sagte sie und schaute das Foto an. »Der hat mir so hübsche Komplimente gemacht. Ich hätt die schönste Haut, die er in seinem ganzen Leben gesehen hätt, hat er gesagt. Er hätt mit n paar von den schönsten Frauen der Welt geschlafen, hat er gesagt, aber sone Haut wie meine hätt er noch nie gesehen. Er hat gesagt, ich wär wirklich was ganz Besonderes...«

Das Mädchen hörte plötzlich auf und sah die sechs Polizisten an, die sie anstarrten. »Klar, dasse dich alle verscheißern und so, aber...«

»Na gut, dann können wir ja jetzt gehen«, sagte das Wiesel zum Frettchen, und auch Schultz und Simon beschlossen, Wiedersehen zu sagen.

»Wir bringen dich jetzt heim zu Lorna«, sagte Martin Welborn.

»Und Sie erzählen ihr nichts von der Sache?«

»Nein.«

Sie waren schon fast in der Tür, als das Frettchen zurückkam und fragte: »Dieser Kerl in dem schwarzen Bentley, hatte der mal n Partner dabei? N vietnamesischen Kumpel?«

»Nein. Als ich in dem Bentley war, war er immer allein.«

»Hat er jemals n Thai-Restaurant erwähnt?«

»Was ist das?«

»Thai. Kennste doch, Thailand? N Restaurant in der Nähe von der Melrose und der Western?«

»Nein.«

»Scheiße!« murmelte das Frettchen.

»Chinesisch konnt er gut sprechen. Der geht *bestimmt* in solche Restaurants.«

»Woher weißt du das denn?« fragte Martin Welborn.

»Weil er n paar Worte zu dem Hausboy gesagt hat, der uns an dem Abend in Trousdale die Drinks gebracht hat.«

»*Was* für n Hausboy?« rief Al Mackey. »Du hast uns doch erzählt, nur Lloyd und Mister Silver wären dagewesen?«

»An den Hausboy hab ich nich gedacht«, sagte Peggy Farrell.

»Woher *weißte*, daß das Chinesisch war, was er geredet hat?« fragte das Frettchen.

»*Weiß* ich ja nicht. Könnt auch Japanisch gewesen sein. Irgend so was.«

»Wie sah der Kerl *aus*?« schrie das Frettchen.

»Weiß ich nich! Drahtiges Schlitzauge, so wie die alle. Eins fällt mir ein. Er grinste, als er mir n Martini brachte, und das war n sehr *schäbiges* Grinsen.«

Und dann kriegte es Peggy Farrell *wirklich* mit der Angst zu tun, weil der bärtige Cop mit der bandagierten Hand plötzlich herumsprang und auf einen anderen Tisch zulief und Schubladen aufriß und irgendwas vor sich hin murmelte.

Und Martin Welborn sagte: »Frettchen! Ruhig, Junge. Ruhig, Kumpel.«

Dann kam der Narc mit seinem flatternden langen Haar zurückgerannt, schob Peggy Farrell ein Polizeifoto hin und sagte: »Na?«

»Was na?«

»Is das Lloyd?«

»Langsam, Frettchen«, sagte Martin Welborn, jetzt mit mehr Autorität in der Stimme. »Überlaß das mal *uns*, Sohn.«

Und das Frettchen setzte sich zwar hin, aber seine Augen schienen Löcher in Peggy Farrell zu bohren, die darüber so befremdet war, daß sie wieder anfing zu zittern. Sie sah sich das Polizeifoto an. Auf Polizeifotos sahen die Leute immer so erschrocken aus. Die Sekunden vergingen. Sechs Detectives waren so mucksmäuschenstill, daß man das Summen der Wanduhr so laut hören konnte wie einen Automotor.

Peggy Farrell deckte mit einer Hand die Haarlinie ab. »Haben Sie noch n paar andere Fotos von ihm?«

»Reicht das denn nicht?« schrie das Frettchen.

»Ich mein, kann ich da was draufmalen?«

»Draufmalen? Ja, klar!« rief das Frettchen, und das Wiesel legte seinem Partner die Hand auf die Schulter, damit er nicht durchstartete. Mal doch drauf! Falt es zusammen! Wirf's in die Luft! Friß es auf!

Peggy Farrell nahm einen Filzstift vom Tisch und malte unbeholfen einen Schnurrbart, eine Brille und einen Hut auf den Kopf von Ganz-einfach-Bill Bozwell. Als sie fertig war, sah sie sich das Bild nochmals an, nickte und sagte: »Es is wirklich erschreckend, wenn man einen, den man *kennt*, auf so nem Polizeifoto wiedersieht.«

Lorna Dillon hatte den Bungalow mit zwei Schlafzimmern in Benedict Canyon schon Jahre vor dem Grundstücksboom gekauft. Sie hatte einen Garten, zwei Eichen, einen Avocadobaum, einen Orangenbaum und zwei Olivenbäume. Ihr Haus, ihr Garten, ihr Leben waren perfekt in Ordnung. Wenigstens bis vor sechs Monaten, bevor sie bei einem Lunch in einem Straßencafé auf dem Strip Peggy Farrell getroffen hatte.

Sie schien gar nicht mal besonders überrascht zu sein, als zwei Detectives mit Peggy vor ihrer Tür standen. Sie sagte, sie hätte so was schon seit einiger Zeit erwartet, und sie glaubte anscheinend auch der Story nicht, Peggy sei von irgendwelchen Polizisten wegen verkehrswidrigen Verhaltens aufgegriffen worden, und man habe dann Marihuana in ihrer Tasche gefunden.

»Ich möchte mit den Officers mal unter vier Augen reden«, sagte sie zu Peggy. »Geh ins Bett.«

Und das Mädchen gehorchte der Mutter, die sie nie gehabt hatte, aufs Wort.

Martin Welborn hatte keinen Zweifel, daß Peggy Farrell dieser imponierenden Frau auch sonst gehorchte. Aber Lorna Dillon mußte manchmal zu Außenaufnahmen und war dann tagelang unterwegs, und in dieser Zeit passierte es dann sicher, daß Peggy Farrell von dem gepflegten kleinen Haus und dem gepflegten kleinen Garten und dem Frieden und der Ruhe des Canyon gründlich die Nase voll hatte und in die alten Schlupflöcher auf dem Strip zurückkroch.

Lorna Dillon war nicht gerade ein kesser Vater, aber sie hatte eine tiefe Stimme, und ihre Arme und Beine waren bestimmt zweimal so dick wie die von Al Mackey. Sie trug Tennisshorts und ein T-Shirt und war todsicher lesbisch. Al Mackey sagte später, sie habe wie eine jüngere Magnani ausgesehen: Durchaus sehr weiblich, aber weiß Gott nicht schwächer als *irgend jemand* sonst.

»Möchten Sie ne Tasse Kaffee?« fragte sie.

»Nein, danke«, sagte Martin Welborn.

»Also, was ist passiert? Hat sie wieder Freier aufgerissen? Ist sie deshalb gegriffen worden?«

Martin Welborn nickte. »Ich glaub nicht, daß sie allein dran schuld ist.«

»Das ist man nie«, sagte Lorna Dillon. »Sie könnte hier so ein ordentliches Leben haben.«

Martin Welborn sagte: »Missis Dillon, können Sie uns sagen, was Sie im einzelnen über dieses Angebot an Peggy wissen, in nem Film mitzumachen?«

»Das ist nicht viel.« Sie zuckte die Achseln. »Hat sie Ihnen von diesen Männern da oben in Trousdale erzählt?«

»Ja.«

»Das ist doch ganz offensichtlich n Kinderporno, oder meinen Sie etwa nicht?«

»Aber sie ist kein *Kind* in dem Sinn«, sagte Al Mackey.

»Oh, das weiß ich nicht. Wie viele Kinderpornos haben Sie gesehen, Sergeant?«

»Keinen«, gab Al Mackey zu.

»Sie, Sergeant Welborn?«

»Keinen.«

»Also, ich bin in der Filmbranche, deshalb hab ich in den letzten fünfundzwanzig Jahren ne Menge Dinger gesehen. Die könnten leicht n Mädchen wie Peggy nehmen und aus ihr ne Zwölf-, Dreizehnjährige machen. Aber ich hab eher den Verdacht, daß sie ihr Filmchen mit n paar *echten* Babys anheizen wollten, zehn Jahre und *jünger*. Diese Pädophilen haben so einen Spruch: ›Acht ist zu alt.‹«

»Wie kommen Sie darauf, daß die das vorhatten?«

»Sie haben sich einige Mühe gemacht, Peggy anzuheuern. Sie haben ihr dreitausend Dollar für drei Tage angeboten. Und warum wollten sie nach Mexiko gehen? Das ist ein Riesenaufwand für so einen Schundfilm. Hier in Los Angeles könnten sie ihren Mist mit jungen erwachsenen Pornoschauspielern sehr viel billiger drehen, wenn's ein *legaler* Porno wär. Sie müssen also einen echten Babyporno vorgehabt haben. Oder...«

»Oder was?«

»Tiere. Das einzige, was illegal ist im Porno, ist der Einsatz von Minderjährigen unter achtzehn oder Tieren. Könnt also auch ne Tierschau da in Mexiko geplant gewesen sein. Hunde, Esel, all so was. Haben Sie mal gesehen, wie ein junges Mädchen von nem deutschen Schäferhund gevögelt wird? Oder wie ein sechsjähriges Kind, das unter Beruhigungsmitteln steht, seinen Kopf halb wahnsinnig vor Schmerz wie im Todeskampf zurückwirft, wenn es von einem erwachsenen Mann vergewaltigt wird?«

»Nein, ich kann nicht behaupten, daß ich das schon mal gesehen hab«, sagte Martin Welborn.

»Wir sind nicht bei der Sitte«, sagte Al Mackey. »Nur nette, saubere Mord-und-Totschlag-Detectives. Normalerweise.«

»Mord und Totschlag? Was haben Sie denn dann mit Peggy zu tun? Ich dacht, Sie sind Sittencops?«

»Wir bearbeiten den Nigel-St.-Claire-Mordfall«, sagte Martin Welborn. »Sie hatte die Telefonnummer von St. Claires Studio. N paar andere Leute hatten die auch. Wir laufen jedem Strohhalm hinterher.«

»Sapphire Productions.« Lorna Dillon nickte. »Hört sich an wie eine von diesen großkotzigen Firmen, nach denen morgen keiner mehr kräht, die von Studio zu Studio ziehen. Sie hat mir versprechen müssen, diesen Job zu vergessen.«

»Ja, das hat sie uns gesagt.«

»Hat sie Ihnen erzählt, daß sie und ich...«

»Ja«, sagte Martin Welborn.

»Gibt's da *noch* was, was Sie wissen müssen?«

Al Mackey sagte: »Sie kennen sich doch in der Branche aus, könnten Sie sich nicht wenigstens vorstellen, was das für Leute sind? Dieser ominöse Lloyd in dem schwarzen Bentley? Der Mann, der sich in Trousdale Mister Silver genannt hat?«

»Dieses schmutzige Pack, das diese Sorte Filme macht? Da sind wir ja nun wirklich *nicht* im selben Geschäft. Würd mir leid tun, wenn's nicht so wär, Gentlemen. Ist das alles?«

Als sie aufstand, war sie fast ebenso groß wie die Detectives, und sie schüttelte ihnen die Hände mit einem kräftigen Tennisgriff. Al Mackey konnte sich gut vorstellen, daß *sie* mit solchen Händen als Masseuse arbeiten konnte.

Die Detectives fuhren zu Nigel St. Claires Studio und verbrachten den Rest des Tages bei den Sapphire Productions. Die sich weder eines Saphirs noch einer Produktion rühmen konnten.

»Ich hab zufällig grade Zeit, ich steck zwischen zwei Produktionen«, teilte Ellis Goodman ihnen mit, Sapphire Productions, das war *er*. Er hatte noch nicht mal eine Sekretärin. Er hatte einen Schreibtisch, einen Stuhl, ein Sofa und einen Couchtisch. Eine Menge Exemplare des *Variety* und des *Hollywood Reporter* lagen herum. Er hatte ein Telefon ohne Nebenanschluß, und das war alles, abgesehen von einem gebrauchten Kühlschrank, den er von einer Filmgesellschaft nebenan gekauft hatte, die gerade in Konkurs gegangen war.

Er war annähernd siebzig Jahre alt, hatte jedoch wahnsinnig glühende Augen, die ihn jünger erscheinen ließen. Sein Haar war schwarz gefärbt, aber der Haaransatz verriet ihn. Wenn die Garderobe für kleinwüchsige Schauspieler den Produktionsgesellschaften nicht von diesen selbst abgekauft wurde, dann kaufte sie Ellis Goodman. Aber da es in diesen

Tagen nicht besonders viele kleinwüchsige Schauspieler gab, hing der kastanienbraune Blazer an ihm wie ein zu weiter Mantel. Änderungen waren im Preis nicht inbegriffen. Und er steckte ja gerade »zwischen zwei Produktionen«.

»Hören Sie, ich kenn diesen Lloyd kaum!« sagte er. »Sicher, er sagt Leuten, daß sie hier anrufen sollen, sicher! Aber deswegen *kenn* ich ihn trotzdem kaum! Was hat er denn überhaupt angestellt?«

»Nichts Schlimmes, soweit wir wissen«, sagte Martin Welborn. »Wir wollen bloß mal mit ihm reden.«

Er setzte sich hinter seinen Schreibtisch und sagte: »Möchten Sie n Drink? Ich weiß nicht, ob Polizisten im Dienst trinken oder nicht, in Wirklichkeit, mein ich. Ich weiß überhaupt nicht, wie das Leben so is, außerhalb der Filmwelt. Bin seit achtundvierzig Jahren in der Branche.«

»Wir trinken auch außerhalb der Filmwelt«, sagte Al Mackey.

Er hatte den Satz noch nicht ganz ausgesprochen, als Ellis Goodman schon an den zerbeulten und irgendwann mal farbig gestrichenen Kühlschrank rannte, der offensichtlich schon mal »als Atmosphäre« in einer Filmszene benutzt worden war.

In dem Kühlschrank standen eine halbe Flasche Orangensaft, zwei Flaschen Perrier, eine Flasche Lemon, zwei Büchsen Bier und eine Schachtel Cracker für Tiere.

»Was wolln Se? Bier?« fragte Ellis Goodman hoffnungsvoll und hielt die beiden Büchsen hoch.

Während die Detectives ihr Bier tranken, sagte Ellis Goodman sehr nervös: »Wenn Lloyd doch was verbrochen hat, ich weiß *nix* davon. Ich versteh nur was von Filmen. Ich bin in meinem Leben schon Produktionsmanager, Hilfsproduzent, Coproduzent, Produzent und Chefproduzent in dreiundsiebzig Filmen gewesen. Dreiundsiebzig! Dieser Lloyd war schon ein unangenehmer Typ. Ich hätt mich von dem nie überreden lassen sollen, ihm mal nen Gefallen zu tun. Aber was hätt er machen sollen?«

»Was für n Gefallen haben Sie ihm denn getan?« fragte Al Mackey.

»Meine Telefonnummer durft er benutzen. Ich war ne Art Anrufbeantworter! Idiotisch! Idiotisch! Man macht so idiotische Sachen, wenn man grade ein Loch hat zwischen zwei Produktionen und ein paar Kröten braucht.«

»Wo haben Sie ihn kennengelernt?« fragte Martin Welborn.

»Lloyd?«

»Ja, sicher, Lloyd«, sagte Al Mackey.

»Lloyd, laß mal überlegen. Oh, yeah, ich hab ihn mal in der kleinen Pinte getroffen, da draußen direkt vorm Haupteingang. Da essen alle. Ich dachte, der arbeitet hier aufm Gelände.«

»Wer hat Sie denn vorgestellt?«

»Keiner. Er fragte mich, ob er sich an meinen Tisch setzen könnt. Ich war allein. Dann kamen wir ins Gespräch.«

»Worüber?«

»Nix Besonderes. Baseball, Politik. Und Film. Dann kam er mit seiner Idee über.«

»Was für ne Idee?«

»Er sagte, er würd fürchterlich gern mal den Filmproduzenten spielen und ein paar Freunden erzählen können, sie sollten ruhig mal ein großes Filmstudio wie dies hier anrufen und nach ner Produktionsfirma fragen. Ich sagte, das wär ganz nett, und dann meinte er, er würd das ganz gern mal n paar Wochen durchziehen, und ob ich interessiert wär an diesem Spielchen mit dem Möchtegernproduzenten Lloyd, für fünfhundert Piepen?«

»Und dann sagten Sie ja?«

»Ich sagte nein. Was, zum Teufel, soll das, sag ich. Wenn Sie n paar Freundinnen was vormachen wollen, kaufen Sie ihnen doch Blumen.«

»Und dann?«

»Dann sagt er, irgendeiner hätt ihm verpfiffen, daß ich keine Aufträge hab, und er würd mir tausend Dollar geben, wenn ich bloß ein paar Wochen lang n paar Anrufe für ihn annehm. Vielleicht zehn Anrufe, mehr nicht. Und den Anrufern sagen, Lloyd würd sich mit ihnen treffen, wann und wo sie wollten.«

»Und dann sollten Sie Ihrerseits Lloyd anrufen?« fragte Al Mackey.

»Nee, nee«, sagte Ellis Goodman und kriegte plötzlich ein nervöses Zucken um den Mund. »Nee, nee. Ich will gar nicht wissen, ob er was ausgefressen hat. Und ich will nix von *ihm* wissen. Er hat mich abends gegen sieben angerufen, weil das die Zeit ist, wenn ich hier weggeh. Filmleute kommen spät, aber wir bleiben dann auch lange. Wir arbeiten wirklich lange in dem Gewerbe, das kann ich Ihnen sagen. Da geht's nich nur um Blumenbuketts und Liebesgeflüster, wie Sie sich das wahrscheinlich so vorstellen.«

»Und dann haben Sie ihm durchgegeben, wer angerufen hat«, sagte Martin Welborn.

»Ja, so kommt's hin. Paar Anrufer waren Jungen, paar waren Mädchen. Man könnt meinen, hauptsächlich junges Volk. Und deshalb denk ich mir, daß er denen erzählt haben könnt, er wär ein großes Tier bei Sapphire Productions und könnt ihnen auch die Nummer von nem größeren Studio geben und all so was. Und das is alles, was ich weiß, Kameraden, und ich muß jetzt mal ganz dringend nach Hause.«

»Haben Sie ihn irgendwann mal mit einem zusammen gesehen?« fragte Al Mackey, als Ellis Goodman den Detectives die Tür aufmachte.

»Nee, nie. Ich hab ihn nur damals in dem Restaurant gesehen, und dann noch einmal, als er mich auf der Straße am Haupteingang treffen wollte, als er mir die tausend Dollar in bar gegeben hat.«

»Haben Sie seinen Wagen gesehen?«

»Klar. Er fuhr nen schwarzen Bentley.«

»Haben Sie Nigel St. Claire gekannt?« fragte Martin Welborn.

»Sicher, Nigel hat jeder gekannt. Wenn man sich so lange im Busineß rumgetrieben hat wie ich.«

»Haben Sie ihn auch mal auf gesellschaftlichen Veranstaltungen getroffen?«

»Nee, ab und zu bin ich ihm hier aufm Filmgelände übern Weg gelaufen. Ich hab in den ganzen Jahren an ner Menge von Filmen von ihm mitgearbeitet.«

»Wußte er, daß Sie gerade keine Aufträge hatten?«

»*Jeder* weiß, daß ich wenig Aufträge habe«, seufzte Ellis Goodman.

Als Ellis Goodman dann die Tür abschloß und die Detectives zu ihrem Wagen gingen, den sie vor den Sapphire Productions geparkt hatten, drehte sich Martin Welborn um und fragte: »Haben Sie irgendeine Ahnung, warum Lloyd tausend Dollar bezahlt hat, nur um mal den Produzenten zu spielen?«

»Klar weiß ich das!« sagte Ellis Goodman.

»Warum?«

»Weil er damit angeben konnte, er hätt Jobs zu vermitteln, und weil er auf die Tour was zum Blasen kriegte. Was sonst? *Jobs zum Blasen*!«

15

Die kreischenden Kuhvögel

Der Rest der Woche war pure Schufterei, aber die wichtigste Qualifikation für einen Detective ist nun mal das Durchhaltevermögen. Sie entdeckten, daß es mehr als dreihundert Häuser in der Trousdale-Siedlung gab und daß die Hälfte der Ortsansässigen nicht mal den Namen des Grundstücksbesitzers nebenan kannten, geschweige denn, daß sie gewußt hätten, wer zu irgendeinem Zeitpunkt was verpachtet oder vermietet hätte. Und es gehörte zu den Eigentümlichkeiten des Showbusineß, wie der Grundstücksmakler es nannte, daß ein Objekt jedesmal den Besitzer wechselte, wenn einer aus dem Geschäft war. Das Leben war hier sehr wechselhaft, und Haus und Hof der Leute gingen hier im Zweifelsfall ebenso schnell flöten wie ihre Chips in Caesar's Palace.

Die Suche nach dem Bentley verlief ebenfalls im Sande. Die kalifornischen Kraftfahrzeugbehörden waren nicht in der Lage, über ihre Computer Automarken und Fabrikate zu ermitteln. Sie mußten praktisch also jeden Autoverleiher in Groß-Los Angeles ausquetschen, der einen so teuren Wagen vermietet haben konnte, und bekamen keinen einzigen Hinweis, den sie weiterverfolgen konnten. Ganz-einfach-Bill Bozwell, alias Lloyd, der Produzent, hatte möglicherweise das Auto eines Privatmanns entliehen. Vielleicht gehörten der Wagen und das Haus zusammen, folgerte Martin Welborn messerscharf.

Schultz und Simon hatten wieder Interesse an dem Fall gefunden und boten an, die täglichen Messerstechereien, Schießereien und Schlägereien für Martin Welborn und Al Mackey zu bearbeiten, um ihnen für die Nigel-St.-Claire-Ermittlungen den Rücken freizuhalten.

Das Frettchen, völlig verrückt bei der Vorstellung, endlich den vietnamesischen Partner von Ganz-einfach-Bill fassen zu können, hatte sich mit beiden Motorradstiefeln in den Fall gestürzt und das Wiesel gleich mitgerissen. Inzwischen konnte er selbst die kleinste Einzelheit über Bill Bozwell aus den Unterlagen der Los-Angeles-Polizei, des FBI und der staatlichen Ermittlungsbehörden aus dem Gedächtnis aufsagen, außerdem auch noch das, was ihm die US-Army mitgeteilt hatte.

Bill Bozwell war neunmal verhaftet worden, zweimal in Los Angeles County und siebenmal in Orange County, wo er geboren und aufgewachsen war. Alle Festnahmen waren nach 1971 erfolgt, nach seiner Rückkehr aus Vietnam. Er war vierunddreißig Jahre alt, und er hatte insgesamt zwei Jahre und zehn Monate hinter Gefängnis- und Zuchthausmauern verbracht. Seine Spezialität waren bewaffnete Raubüberfälle und Erpressung, aber er war auch gelegentlich Haschdealer gewesen, und einmal war er in einem Zwei-Millionen-Dollar-Haus in Newport Beach beim Diebstahl von Goldmünzen und Jadeskulpturen geschnappt worden. Er hatte offenbar niemals Komplizen gehabt und war als Einzelgänger bekannt, sowohl im Gefängnis als auch in der Freiheit.

Bei seinen letzten drei Festnahmen hatte er als Beruf Schauspieler angegeben, aber bei keiner der lokalen Agenturen war sein Name bekannt. Seine Polizeifotos lagen unten in der City im Park Center und sollten dort vom besten Pornographiespezialisten der Los-Angeles-Polizei, der am kommenden Montag aus dem Urlaub zurückerwartet wurde, unter die Lupe genommen werden. Der Mann würde feststellen können, ob Bill Bozwell jemals als »Schauspieler« in dem umfangreichen Pornomaterial, das das Department in den letzten Jahren konfisziert hatte, aufgefallen war.

Kurz und gut, Ganz-einfach-Bill war ein Strolch mit einer Neigung zu Gewaltverbrechen, sobald es Profit versprach. Und selbst wenn sie gewußt hätten, wo sie ihn hätten finden können, während er gegen Kaution auf freiem Fuß war, selbst dann würde er ihnen, sofern er überhaupt bereit sein würde, mit ihnen über sein Leben als Lloyd, der Produzent, zu sprechen, als Begründung für sein merkwürdiges Verhalten wahrscheinlich dasselbe gesagt haben wie Ellis Goodman – er habe zum Schein Jobs vermittelt, um Mädchen aufreißen zu können, also Jobs zum Blasen.

Martin Welborn sagte, falls es tatsächlich einen Zusammenhang zwischen Bill Bozwell und dem Nigel-St.-Claire-Mordfall gebe, müsse er in dem Haus in Trousdale verborgen sein, sofern sie das jemals finden würden. Al Mackey dagegen wünschte Ganz-einfach-Bill, das Haus in Trousdale und den Nigel-St.-Claire-Mordfall allesamt zum Teufel, weil morgen abend erst mal die Party war.

»Was für ne Party?« fragte Martin Welborn.

»Mensch, Marty. *Die* Party. Herman St. Claire hat uns zu ner Party eingeladen.«

»Ach, *die* Party«, sagte Martin Welborn.

»Yeah, *die* Party. Willste etwa nicht hingehen?«

»Eigentlich hatt ich's nicht vor.«

»Sag bloß? Ne echte Showbusineß-, gottesfürchtige Hollywood-A-Klasse-Party? Wo alle Mädchen aussehen wie diese geilen Tiere in diesen Sonnencremereklamespots? Wo sie dir auf deine Hundertneunzig-Dollar-Gucci-Mokassins gukken und sagen, ›Wie schön, daß Sie sich nicht extra in Schale geworfen haben‹? *So* ne Party!«

»Ich möcht zwar nicht annehmen, daß uns das in unserem Fall weiterbringt, aber...«

»Scheiß auf den Fall. Laß uns hingehen und auch mal mitmischen!«

»Schaden könnt's nicht, mal so n paar von Nigel St. Claires Genossen kennenzulernen«, sagte Martin Welborn.

»Gott sei Dank«, seufzte Al Mackey. »Ich dacht schon, jetzt hättste endgültig den Verstand verloren.«

»Ich hab meinen Verstand nicht verloren«, lächelte Martin Welborn.

Da gab's neun weibliche Parkwächter in schwarzen Satinjakken und Joggingschuhen, die die Wagen durch die engen Straßen von Holmby Hills lotsten, als Al Mackey und Martin Welborn um neun Uhr abends eintrafen (spät wie die feinen Leute, darauf hatte Al Mackey bestanden). Es sah aus wie auf dem Parkplatz einer OPEC-Konferenz in Caracas. Es gab nichts außer Rolls-Royce, Clenet und Mercedes, mehrere kleine Hunderttausender-Luxusmodelle dazwischen, und tatsächlich drei Bentleys (alle nicht schwarz), alle zu beiden Seiten der Straße geparkt, wo sie sich scharf gegen den Horizont abzeichneten. Martin Welborn überlegte gerade, ob sie nicht erst mal die Seitenstraßen nach einem *schwarzen* Bentley absuchen sollten, als eine kesse Wächterin mit einem einzigen Blick auf den Wagen der Detectives entschied: »Ihr gehört zur Sicherheitstruppe, fahren Sie durch zum Lieferanteneingang.«

Obgleich Al Mackey sauer war, nicht wie ein Gast behandelt zu werden, grinste Martin Welborn und sagte, es sei eigentlich eine gute Idee, wenn sie das Auto in der Nähe hätten. Das hier war eben Showbusineß. Vielleicht würde irgendeiner aufspringen und ein Geständnis ablegen wie in all diesen spannenden Mordfilmen. Die Wächterinnen hatten mehrere Körbe mit roten Rosen neben sich stehen, als Abschiedsgeschenk für jeden weiblichen Gast, der wieder ging, und die Detectives parkten hinter dem Rosengebirge.

Gut zweitausend Quadratmeter waren mit einem Zelt überdacht, zusätzlich zu dem riesigen Haus, damit die Gäste für ihr Hin- und Herschlendern ausreichend Platz hatten. Die Detectives vermuteten, daß sich mehrere Sicherheitsleute unter die Gäste gemischt hatten, wahrscheinlich dienstfreie Polizisten. Im Augenblick machte eine zwölfköpfige Mariachikapelle kräftig Dampf auf, während zweihundert Gäste zwanglos durcheinanderliefen.

Herman III war nicht schwer zu finden. Er hielt sich in der Nähe eines hundertfünfzig Meter langen Büfetts auf, das mit Kristall und Kerzen, Canapés und Kaviar überladen war. Mit den geübten Augen von Ermittlungsbeamten entdeckten die Cops blitzschnell die nächste Bar. Ein mexikanischer Barmann in weißem Jackett mit Fliege schenkte dort Dom Perignon aus, als ob es pures Leitungswasser wäre, und verschüttete es über die ganze Bar, als er versuchte, dem Ansturm der Trinker, die sich um ihn drängten, gerecht zu werden. Es gab noch eine Bar am anderen Ende der Tanzfläche und eine weitere an der Rückwand des Zeltes, und alle waren genauso umlagert, so daß sich die Detectives an der ersten anstellten, um ihren Whisky und Wodka zu kriegen.

Auf *dieser* Party gab es keine Oben-ohne-Bedienung mit Bowler, weißen Handschuhen und Strapsen. Dies hier war *Old* Hollywood.

Dann machten sie dem Mann, der sie eingeladen hatte, ihre Aufwartung, der auf seinen dreiteiligen Brooks-Brothers-Geschäftsanzug verzichtet hatte und statt dessen in Cremefarbe glänzte, ganz Ton in Ton, mit einer dünnen, absichtlich altmodischen muskatbraunen Krawatte als Kontrast. Eigentlich sah er genauso aus wie ein Eierflip.

Herman III sprach gerade mit einer berühmten Sängerin, die soeben in einem grünen Trainingsanzug erschienen war, passend zur Farbe ihres Rolls-Royce. Auf ihrem Oberteil war in absichtlich unbeholfener Schrift vorn und hinten der Name des Films aufgedruckt, der gerade an diesem Tag uraufgeführt worden war. Alle sagten, der Trainingsanzug sei eine tolle Idee, und die *Paparazzi* auf der Straße hatten mehr Bilder von ihr als von irgend jemand sonst geschossen.

Herman III starrte Al Mackey zuerst verblüfft an, als der ihm seine Hand entgegenstreckte. »Mackey und Welborn vom Los Angeles Police Department? Erinnern Sie sich?«

»Oh, klar!« schrie er. »Klar. Al und...«

»Marty.«

»Natürlich! Da freu ich mich aber, daß Sie kommen konnten. Darf ich Sie vorstellen...«

Aber die berühmte Sängerin hatte sich sofort verzogen, als sie hörte, wer sie waren. Das waren andere Cops als die zu Hause in Queens. Diese Los-Angeles-Cops würden sogar ihre eigene Mutter einsperren, wenn die bloß mal einen einzigen Löffel schnupfen würde. Und die berühmte Sängerin hatte unter dem Trainingshemd einen Bull-Durham-Tabaksbeutel hängen, auf dem deutlich geschrieben stand: »Nasenzucker«! Der Beutel war voll mit Kokain, für 150 Dollar pro Gramm, garantiert Stoff von höchster Qualität, was sie auf einer so netten Party normalerweise nicht in Schwierigkeiten bringen würde. Jeder, der es gesehen hatte, hielt es für eine tolle Idee. Auf keinen Fall wollte sie es riskieren, daß der Stoff von irgendeinem Cop konfisziert wurde.

»Hören Sie, ich führ Sie jetzt mal rum, falls Sie irgend jemand gern kennenlernen möchten. Inzwischen bedienen Sie sich bitte, Jungs, und mischen mal kräftig mit.« Dann, im nachhinein, fiel Herman III noch etwas ein, und er sagte: »Ach, übrigens, haben Sie irgendwas rausgekriegt im Fall meines Onkels?«

»Bisher ist leider noch nicht viel passiert«, sagte Al Mackey.

»Nein? Wie schade. Also, amüsiert euch gut, Kameraden.«

Und so mischten sie sich unter die Gäste, schlenderten von einer Gruppe zur anderen und bewunderten am meisten diejenigen Schönen, die sich fröhlich ins 17. Jahrhundert zurückversetzt hatten. Sie trugen Rüschen, die ganze Meilen lang sein mußten. In Reihen übereinander. Rüschen aus Seidenkrepp um die Hüften. Doppelt gerüschte Seidenjacketts über doppelt gerüschten Seidenblusen. Sogar auf den maßgeschneiderten Mantelkleidern waren Rüschen.

Und dann die Exotika: Reithosen, Kniebundhosen und Gold, Gold, Gold. Vierundzwanzig-Karat-Gewänder glitzerten wie Goldadern. Die Frisuren waren anscheinend vom größten Teil des asiatischen Subkontinents und vom ganzen afrikanischen Kontinent importiert worden, Vierundzwanzigkaräter vom Kopf bis zu den Zehenspitzen. Da waren hinreißende Mädchen in Goldbrokat und goldüberkrusteten Jerseypullovern. Alles in allem erinnerte der Anblick Al Mackey an Menschenfresser und Affen und Regenbögen. Einfach sagenhaft!

Er sah ein bizarres Art-Deco-Kostüm aus einer Zickzackgrafik, rote Linie auf Weiß, großzügig gefaltet und gerafft, das in einem bauschigen Mini über Gamaschen endete. Es wurde gekrönt von einem helmartigen Hut mit täuschend echt nachgemachten Flechten aus Goldbrokathaar. Und dann erkannte er das Mädchen: Tiffany Charles!

Martin Welborn knabberte gerade an einer der ordinären Köstlichkeiten vom kilometerlangen kalten Büfett, Babyshrimps mit Guacamolsauce, als er sich umschaute und Al Mackey über die Tanzfläche trotten sah, durch das zweite Glas Whisky mutig genug, sich durch die Menge zu quetschen und zu sagen: »Sie sind Tiffany, die Sekretärin von Mister St. Claire. *Ich* bin es, Al Mackey. Sergeant Al Mackey? Erinnern Sie sich?«

»O ja«, sagte sie. »Ich weiß aber heute abend wirklich nicht mehr, als ich neulich...«

»Aber wir sind hier doch *privat*!« schrie Al Mackey. »Ich *liebe* Ihr Kostüm. Ich hab noch nie so goldenes Haar gesehen. Ist das echt?«

»Uh, huh«, sagte sie und sah sich hilfesuchend um. Aber ihre Freunde waren schon entschwunden.

»Vierzehn Karat?«

»Vierundzwanzig«, murmelte sie.

»Wow! Die zahlen aber n sehr hübsches Gehalt für Sekretärinnen in Ihrem Laden.«

Irgend jemand mußte sie von diesem dürren Cop befreien! Der glaubte tatsächlich, daß man sich solch ein Luxusmodell mal eben beim Diktataufnehmen verdient! Hilfe!

»Hören Sie, ich muß mich n bißchen um Mister St. Claires Stars kümmern«, sagte sie. »Sie mischen sich mal *unter* die Leute, huh? Viel Spaß.«

»Aber ich *versuch* doch grade, mich zu mischen«, schrie er, als sie über die Tanzfläche entschlüpfte, von der die Grüppchen der Trinker allmählich verschwanden, weil die Mariachis, zu deren Musik man kaum tanzen konnte, abhauten und statt dessen ein Orchester aufzog.

Während Al Mackey sich in der allgemeinen Richtung Bar bewegte, wanderte Martin Welborn von Gruppe zu Gruppe und teilte die Leute nach seiner üblichen Untersuchungsmethode ein. Die Drehbuchschreiber interessierten ihn, weil sie soviel davon redeten, wie sie beklaut wurden. Tatsächlich gab es *nichts*, über das sie nicht redeten.

»Mach mit diesem Schuft bloß keine Geschäfte«, sagte ein fetter Schriftsteller. »Der Film hat fünfundzwanzig Millionen Dollar eingespielt. Ich mein in USA und Kanada, Baby. Ich hatte zehn Prozent, als er plötzlich abgesetzt wurde. Zehn! Kannste mir sagen, warum ich nie n Cent gesehen hab? Kannste mir das sagen?«

»Charlie, das lag nicht an *ihm*«, berichtigte ihn ein großer Schreiber. »Er war nur Coproduzent. Dahinter steckt dieses Studio.«

»Ich arbeite nie mit den großen, wenn's eben geht«, warnte ein junger Autor.

»Das ist hirnverbrannt«, sagte der fette Schriftsteller. »Ich arbeite immer mit den größeren. Die wissen zwar, wie sie dich besser ins Knie ficken können, aber sie machen's stilvoll.

Willste lieber von nem netten sauberen Schwanz flachgelegt werden, der gut eingecremt worden is, oder willste dich von diesen Hammeln in Los Angeles serienweise mit Schmirgelpapier umficken lassen?«

»Kann ich da erst mal drüber nachdenken?« schrie ein schlanker Dichter.

»Sei froh, wenn du fürs Fernsehen schreibst. Diese Spielfilme sind doch nix mehr fürs Prestige. *Alles* Scheiße.«

»Scheiße?«

»Scheiße.«

»Meinste beim Fernsehen bescheißen sie dich nicht? Unsere Filme haben pro Stück ne halbe Million gekostet. Dann laufen se sieben Jahre, und dann solln se n Defizit von zehn Millionen gemacht haben? Da haste dann entsprechend deinen Vertrag unterschrieben. *Erzähl* das mal deinem Autorenverband, daß diese Fernsehbuchhalter dich nich beklauen.«

Und dann sprang ein älterer Drehbuchschreiber mit einem Glas Champagner in jeder Hand dazwischen und sagte: »Glaubt ihr Ganoven etwa, daß es besser gewesen wär, für Cohn oder Goldwyn oder Louis B. Meyer zu schreiben, Gott soll schützen, nebbich?«

»*Erzähl* mir nix von dieser Scheißidee!« schrie plötzlich eine Frau einen anderen Schriftsteller an. »Ich bin nachher diejenige, die nen Prozeß am Hals hat! Irgendeiner erzählt dir, bei der Marine isn Ruderboot abgesoffen, dann schreibste *Die Abenteuer der Poseidon*, dann *verklagen* se dich, weil du angeblich ne Idee geklaut hast! Dauernd haste Feinde!« Sie war eine herbe Schönheit mit einer Stimme wie Tallulah Bankhead. Sie schaute sich ängstlich um. Auf der Suche nach dem *Feind*. Scheiße.

Martin Welborn konnte es kaum erwarten, bis er es Al Mackey erzählen konnte: Die redeten mehr über große Klauereien als eine Versammlung von Einbruch-Detectives.

Inzwischen hatte sich Al Mackey zu einer Gruppe von Regisseuren gesellt, die im Inneren des Hauses um den Kamin saßen. Regisseure schienen nicht viel zu trinken. Höchstens etwas Champagner oder Weißwein. Obgleich mindestens sechs von ihnen, darüber war er sich ganz sicher, auf irgend etwas anderes abgefahren waren und sich inzwischen in Höhen von fünftausend Fuß befanden. Sie hatten entweder bis zum Abschluß die Filmakademie besucht oder kamen aus New York oder waren Ausländer. Ganz zweifelsohne redeten die Ausländer am meisten, besonders ein berühmter französischer Regisseur, der aussah wie Soupy Sales. Die anderen Regisseure lauschten wie gebannt, als er ihnen klarmachte, was Los Angeles nach seiner Meinung wirklich war.

»Es ist vor allem diese Weite.« Seine Beherrschung der englischen Sprache war ausgezeichnet, aber seine Worte krochen wie Spinnen von seinen vollen Lippen. »Die Form allerdings ist schwierig.«

»Es gibt *keine* Form«, widersprach ein bärtiger junger Regisseur, und die anderen murmelten.

»Ah«, korrigierte der Franzose, »Weite und Licht können eine *Illusion* von Form schaffen. Ich liebe *dieses* Phänomen von Los Angeles. Es ist eine...«

»...eine Filmkulisse«, sagte ein anderer junger Regisseur. Auch er trug Bart.

»Das hat seinen besonderen Wert«, warnte der Franzose. »Ein Gefühl, sich außerhalb von Raum und Zeit zu *bewegen*. Das kann kreativ sein. Die Einsamkeit einer Stadt aus Weite und Licht. Und die Gerüche! Ich liebe die Gerüche der verlorenen, einsamen Kinder in den breiten, einsamen, herzzerreißenden Straßen von Beverly Hills.«

»Es ist das Licht! Es ist das Licht!« unterbrach eine Stimme, und eine Frau hüpfte in ihre Mitte und dann auf den Kamin. Sie war winzig klein und brauchte die Höhe. Sie hatte den riesigen Schnabel und die saphirblauen Augen eines fleischfressenden Vogels. Sogar Al Mackey erkannte sie. Sie war eine berühmte Romanschriftstellerin. Wenn auch die Regisseure die Drehbuchschreiber im allgemeinen links liegen ließen, zog eine berühmte Romanschriftstellerin doch sogar die Aufmerksamkeit des französischen Regisseurs auf sich.

»Es ist das Licht!« schrie die Romanschriftstellerin. »Es ist anders als in New York. Das Licht hier ist fuchsienrot und wird durch den Pastellschleier der Anonymität gefiltert. So etwas gibt es nirgendwo auf der Welt. Die französischen Impressionisten wären vor Freude gestorben!« Sie hielt ihre Hand hoch, als müsse sie sich schützen, aber das einzige Licht kam von einer indirekt beleuchteten Zeichnung von Picasso über dem Kamin.

Al Mackey hatte eins ihrer Bücher gelesen. Sie schrieb über Angst und Verzweiflung. Aber er hatte nicht gewußt, daß das Licht sie so sehr störte. Er war zu schüchtern, ihr vorzuschlagen, ob sie nicht vielleicht besser ständig eine Sonnenbrille tragen sollte?

»Absolut«, sagte der französische Regisseur. »Da ist dieser Geruch der anonymen Maschine. Und die Farben? Mein Gott, in dieser Stadt könnte ich Farben *essen*!«

»Nein, es ist das Licht! Es ist das Licht!« schrie die winzige Romanschriftstellerin, und der Franzose korrigierte sie nicht.

Al Mackey trank seinen sechsten doppelten Whisky aus und schwor, morgen früh das Licht zu überprüfen.

»Und *warum* hat ausgerechnet *sie* sich aus Ihrem Film zurückgezogen? Und werden Sie ihn trotzdem beenden?« Ein dritter bärtiger junger Regisseur mit einem Bronx-Akzent wechselte plötzlich das Thema. Anscheinend wußten alle, von *wem* die Rede war.

»Künstlerische Differenzen«, sagte der französische Regisseur und lächelte. Alle nickten verständnisvoll.

»Ich glaube, sie hat eine gewisse metaphysische Qualität«, sagte ein anderer Regisseur. Al Mackey bemerkte einen kleinen Unterschied in seiner Sprache. Brooklyn?

»*Natürlich* hat sie eine metaphysische Qualität«, sagte der Franzose gereizt. »Aber diese Rolle schreit nach einer Schauspielerin mit einer *irdischen* Qualität!«

»Es gibt Zeiten in unserem Medium, in denen die Erdfarbe wichtiger ist als die Metaphysik«, verkündete ein fünfter Regisseur, und Al Mackey war überrascht. Kein Bart? Was soll der Scheiß?

»Es sind *nicht* die Erdfarben«, schrie die Romanschriftstellerin. »Es ist das Licht! Es ist das Licht!«

Al Mackey war nicht der einzige am Ort, der ein bekanntes Gesicht entdeckt hatte. Martin Welborn hatte eine Frau in einer Gruppe von vielleicht einem Dutzend Mogulen bemerkt, die sich um die Bar am hinteren Ende des überdachten Gartens versammelt hatten. Mehrfach hatte sich schon jemand noch Prominenteres den Mogulen genähert, war aber dann nach einer nur sehr oberflächlichen Konversation schnell wieder entschwunden. Man zollte ihnen auf diese Weise den schuldigen Respekt, entschied Martin Welborn.

Ein paar von diesen Männern besaßen sicherlich sehr viel Macht im Busineß, aber die älteren, die Mogule von ehedem, waren die einzigen, die er erkannte. Produzenten und Regisseure mit berühmten Namen und Gesichtern gaben sich gewöhnlich *nicht* mit Schauspielern und Autoren ab, wenn sie wirklich ernsthafte Gespräche führten.

Zuerst fiel die Aschblonde, die angeregt mit einem silbermähnigen Mogul plauderte, Martin Welborn wegen ihres Kleides ins Auge. Es war ein sehr schlichtes indisches Baumwollfähnchen mit mauvefarbenen Plisseefalten vorn und langen Ärmeln. Es sah aus, als hätte es weniger als hundert Dollar gekostet, und es war als Abendkleid wirklich ziemlich ungeeignet. Aber sie schien nicht im geringsten befangen zu sein und stand ihrem Mogul, finster entschlossen, Auge in Auge gegenüber, bis er sie offenbar beiseite schob, als ein sagenhaft berühmter Produzent hereinkam und ihn auf die Wange küßte. Dann, als man sie plötzlich ignorierte, wartete die Frau in der indischen Baumwolle diskret noch einen kurzen Moment und schlenderte in Richtung Bar, wo man ihr neuen Champagner eingoß.

Er überlegte, ob sie wohl Zahnkronen trug. Er hätte bestimmt nicht über solche Dinge nachgedacht, wenn Al Mackey ihn nicht darauf gebracht hätte, der wie verrückt von Gruppe zu Gruppe gehüpft war und festgestellt hatte, daß hier ausreichend viele Gesichtsliftungen, Zahnkronen, Transplantate und Bauchabnäher vorhanden waren, um ihn davon zu überzeugen, daß die Schönheitschirurgen und Hautverpflanzer und Zahnärzte die eigentliche Macht hinter dem Thron verkörperten.

»Überleg doch mal, *wieviel* diese Ärzte erreichen könnten, wenn sie sich zusammenrotten und ihre Macht unter Beweis stellen würden!«

»Wieviel was?«

»Jobs zum Blasen! Ist doch klar, du Dummkopf! Weiber aufreißen! Jobs zum Blasen!« Al Mackey kicherte. Er war beinahe volltrunken und völlig außer sich, weil er eine weltberühmte Sängerin und Songschreiberin entdeckt hatte, die im allgemeinen über die Angst und die Verzweiflung in Los Angeles sang und schrieb, aber den Rest der Welt gleich mit einbezog.

Schließlich hatte Martin Welborn genug Wodka getankt, um zu der Frau in dem Baumwollfähnchen zu gehen und zu sagen: »Das ist das zweitemal, daß ich Sie sehe.«

»Pardon?«

»Ich hab Sie letzte Woche auf der Rollschuhbahn gesehen. Sie sind eine phantastische Läuferin.«

»Oh, laufen Sie auch Rollschuhe?«

Er hatte erwartet, daß sie sich bedanken und weggehen würde. »Nein, ich war nur beruflich da.«

» Und was machen Sie beruflich?« Sie hatte fliederfarbene Augen!

»Es tut mir leid, aber ich bin nicht im Showgeschäft.« Er lächelte.

»Und was machen Sie beruflich?« Sie sah ihm direkt in die Augen und erwartete eine Antwort. Sie schien ernsthaft interessiert zu sein.

»Ich bin Polizist«, sagte er.

»Ich hab noch nie einen Polizisten kennengelernt. Sind Sie *hier* beruflich?«

»Wir ermitteln im Mordfall Nigel St. Claire, und sein Neffe lud uns ein, heute abend mal auf n Sprung herzukommen.«

»Im Film müßte ich jetzt fragen: ›Ganz inoffiziell?‹«

»Nein.« Er lächelte.

»Herman St. Claire lädt nicht jeden x-beliebigen zu solchen Partys ein. Er muß von Ihnen beeindruckt sein.« Sie schaute ihn über den Rand ihres Champagnerglases an. Noch nie in seinem ganzen Leben hatte er einer so schönen Frau so von Angesicht zu Angesicht gegenübergestanden. Er kriegte allmählich das unsichere Gefühl, daß er sie schon mal irgendwo im Kino gesehen hatte. Genaugenommen schon mehrfach. Aber der Wodkanebel war warm und beruhigte ihn.

»Vielleicht können Sie mir mal n paar Verdächtige zeigen?« Er lächelte und rückte gleich einen Zentimeter näher. Aus dieser Nähe war sie sicherlich mindestens vierzig. Aber das machte sie nur noch attraktiver. Anders als Al Mackey lernte er am liebsten Frauen kennen, die in etwa seine Größe hatten.

»Verdächtige? Ich könnt Ihnen ungefähr hundert zeigen.

Also los!« Er merkte, daß sie ebenfalls nicht mehr ganz nüchtern war. Auf der Suche nach Verdächtigen mit einer Schönheit am Arm? Den Film *kannte* er.

»Ich bin Deedra Briggs.«

»Ich heiß Martin Welborn«, sagte er und schüttelte ihre Hand, als sie losschlenderten.

»Sind Sie Captain oder was?«

»Sergeant.«

»Gut, Sergeant, sehen Sie die Gruppe da drüben?«

»Die Leute, mit denen Sie vorhin geredet haben? Einige davon kenn ich.«

»Das sind die Kings. Die Zeiten sind vorbei, wo sie mit ihren Verträgen alles machten, aber sie haben noch ne Menge Macht, und ne ganze Reihe davon stehn da zusammen. Macht vor allem in bezug auf Schauspieler.«

»Sind Sie Schauspielerin?«

Sie schien kurz zurückzuschrecken, aber er konnte sich geirrt haben. Sie sagte: »Ein bißchen. Und ein bißchen arbeite ich als Modell.«

»Wahrscheinlich hätt ich wissen sollen, daß Sie Schauspielerin sind. Ich geh nicht oft ins Kino.«

»Ich spiel nicht oft in Filmen«, sagte sie. »Meist Fernsehwerbespots. Man kann davon leben.«

Sie hatte eine ausgebildete Stimme. Sie klang genau wie die der Vorschuldirektorin, die er eines Abends mal in einem Fernsehfilm gesehen hatte. Ein dickköpfiger Sprößling des Establishments von der Ostküste, nach Hollywood gekommen, um dem Vater was zu beweisen. Irgend so was. Die Fernsehheroine hatte Fuchsjagden geritten.

»Sie sind ganz anders, als ich mir nen Polizisten vorgestellt hab. Nicht son abgeklärter Typ mit Flicken auf den Ellbogen. Wie lange sind Sie schon Polizist?«

»In n paar Wochen hab ich zwanzigjähriges Jubiläum.«

»Wird man da schon pensioniert?«

»Man könnte. Pension würd ich schon kriegen.«

»Sind Sie verheiratet?«

»Genaugenommen nicht. Und Sie?«

»Nicht mehr.«

Die Musik setzte ein, und ein paar Pärchen gingen zur Tanzfläche. Musik so früh am Abend entsprach offensichtlich dem Geschmack der älteren Mogule am hinteren Rand des Zeltes.

»Tanzen Sie?«

»Nun, ich hab Sie rollschuhlaufen gesehen«, sagte er. »Ich hab n bißchen Hemmungen.«

»Na fein. Ich bin ne lausige Tänzerin. Kommen Sie, wir suchen n Verdächtigen.«

Sie schlenderten in die Nähe der Mogulengruppe und hörten zu.

»Zu intimen Partys laden sie keine Schauspieler ein«, erklärte sie. »Außer, wenn sie einen oder zwei Hofnarren brauchen, um die Frau von irgendnem bedeutenden Menschen zu amüsieren. In Wirklichkeit verachten sie Schauspieler. Wir sind labil, unreif und hysterisch. Die großen Geschäftemacher sind sie. Paar von ihnen haben nie ein Buch gelesen. Aber sie haben *alles über* das Buch gelesen. Ebenso mit Manuskripten. Sie haben ihre Leute, um Bücher zu lesen, und genauso Leute, um Manuskripte zu lesen, und dann gebrauchen sie ihren untrüglichen Instinkt und verpulvern die Millionen ihrer Aktiengesellschaft für den Mist, den Sie heute im Kino sehen können.«

»Soviel seh ich heute nicht im Kino.«

»Ihr Glück«, sagte sie und starrte wütend zu der Mogulengruppe hinüber. »Für mich sind sie die Widerlichsten von allen.« Sie trank ihren Champagner aus und schwankte leicht. »Sorry.« Sie griff mit beiden Armen nach seinem Arm und lehnte sich an ihn.

»Ich hab vorhin gesehen, wie Sie mit einem von denen redeten. Mit dem großen Burschen da, der mit dem Silberhaar.«

»Vor zehn Jahren hab ich in einem seiner Hitfilme gespielt. Der macht nur noch Verlustgeschäfte. Ich glaub, mit dem ist es vorbei. Ich find's unerträglich, mit ihm zu reden, aber wenigstens *weiß* er, daß er ein reiner Geschäftemacher ist. Ein paar von den anderen glauben, sie sind *Künstler*.«

»Sagen Sie mal«, sagte Martin Welborn plötzlich, »unter welchen Umständen könnt irgendeiner von... von *diesen* Leuten«, und dabei beschrieb er mit der Hand einen großen Bogen, der den ganzen Zirkus mit einbezog, »jemals unter gewissen Umständen was mit der Herstellung von irgendwelchen... Pornofilmen zu tun haben?«

»Pornofilme? Gott, nein. Warum fragen Sie?«

»Nun ja, wir haben da einen Verdächtigen, der n paar Beziehungen haben könnte... ich mein, es ist alles sehr vage.«

»Pornographie ist heutzutage legal.«

»Ja, aber ich dachte an Kinderporno und so was.«

»Sergeant, waren Sie die letzte Zeit mal im Kino? Wissen Sie nicht, daß nackte Teenager in diesem Jahr die ganz großen Renner sind?«

»Ich mein *echte* Kinderpornos. Die illegale Sorte.«

»Sehn Sie den Mann, der da gerade mit Herman dem Dritten redet?«

Martin wandte sich um.

Er erinnerte sich sofort an seinen Namen und sogar an sein Gesicht. Der Mann war ein distinguierter Produzent, der einige der vorurteilsfreiesten und engagiertesten Dokumentarfilme unserer Zeit gemacht hatte.

»Ich weiß sehr gut, wer *er* ist«, sagte Martin Welborn.

»Der hat angeblich die größte Pornosammlung der Welt, einschließlich Kinderporno.«

»Tatsächlich?«

»Widerlich, nicht?« Sie lachte schief. »Angeblich machen sie es ja auch mit Tieren bei ihm. Jeder im Busineß kennt den kleinen Schleimlecker.«

»Wirklich?«

»Das wissen hier *alle*. Ich glaub bestimmt, daß sogar eure Polizisten, die auf diesem Spezialgebiet arbeiten, was von seiner Sammlung wissen müssen. Ich kann mir vorstellen, daß er auch alles Makabre hat, was je gedreht worden ist. Wahrscheinlich hat er auch die originalen Sechzehnmillimeterkopien von Hitler, wie er die Rommel-Verschwörer* strangulieren ließ. Ich hab mal gehört, wie er auf ner anderen Party darüber geredet hat. Seine Augen haben richtig geglänzt.«

»Unglaublich.«

»Aber er würde keine Kinderpornos *machen*, auch wenn er noch so drauf steht. Wahrscheinlich will ihm Klein-Her-

* Gemeint sind die Verschwörer des 20. Juli 1944 (Anm. d. Üb.)

man gerade einreden, daß er seinen nächsten Spielfilm in seinem Studio macht und ihn als Verleiher nimmt. Irgendwie hat er ihm die Rechte an nem südafrikanischen Epos abgebettelt, an dem sie alle interessiert sind. Ich weiß nicht mal, wie das Ding heißt, aber diese Jungs wissen Bescheid. Sie haben bezahlte Informanten in den New Yorker Verlagen, um die Manuskripte, die wie ne Rakete abgehen sollen, zu klauen und zu fotokopieren.«

»Faszinierend«, sagte er und stellte fest, daß die Augen von Herman III einen eigenartigen Glanz hatten.

»Sie sind zwanzig Jahre Polizist. Ich bin genauso lange in diesem Gewerbe.«

Es machte ihr überhaupt nichts aus, auf ihr Alter anzuspielen. Das gefiel ihm.

»Aber ich bin sicher, daß diese Herrschaften an keiner Art Film interessiert sind, wenn sie nicht *sicher* ist und Profit bringt. Das sind kreischende Kuhvögel. Kennen Sie die Vogelart?«

»Nein.«

»Die kreischenden Kuhvögel* warten, bis sich ein anderer Vogel ein Nest baut, und dann setzen sie sich rein. Sie sind Parasitvögel.«

Inzwischen kippte Al Mackey nach seinem zehnten doppelten Whisky fast aus den Schuhen, weil er dazwischen keinen einzigen Bissen gegessen hatte. Er taumelte von einer Gruppe zur anderen und wartete darauf, daß eine von diesen scharfen Miezen einen Strip hinlegen und auf dem Klavier tanzen würde. Immerhin hatte er ein paar Filme in dieser Richtung gesehen. So gesehen hatte sich bis jetzt noch nicht viel ereignet, wenn er auch das Gefühl hatte, in eine beginnende Orgie hineingestolpert zu sein. Er sah eine sehr lebhafte Gruppe von Männern und Frauen, die wohl so was wie Produzenten waren und miteinander Geschäfte machten. Es waren ihre hübschen Umschreibungen, die ihn in Entzücken versetzten.

»Hör mal, meinst du, du könntest mit uns ins Bett gehen?« fragte ein Mann mit einer Sonnenbräune wie Herman III eine

* Kuhstärlinge, amerikanische Kuckucksart (Anm. d. Üb.)

Frau, die wie ein deutscher Lampenschirm aus dem neunzehnten Jahrhundert herausgeputzt war.

Das unzüchtige Angebot ließ Al Mackey fast erstarren.

Sie sagte: »Natürlich könnt ich mit deiner Gruppe ins Bett steigen, aber nicht, bevor das Geschäft n bißchen angesüßt wird.«

Himmel Herrgott! Müssen die für ihre Orgien bezahlen? Hier in dieser verdammten Gegend, die mit goldenen Uhren gepflastert ist? Aber dann, als sie sich schnell einem anderen Mann zuwandte, sagte der mit der Silbersträhne zu einem verschwitzten kleinen Kerl: »Miriam sagt, sie könnte mit uns ins Bett gehen, wenn wir's ihr versüßen. Ich mein ganz ehrlich, daß das Ding an sich süß genug ist. Erinner dich, Mort, wir hätten mit Merv ins Bett gehen können. Er hat nur ne halbe Million und fünf Prozent verlangt, nach zweieinhalb Absagen.«

Obgleich er sternhagelvoll war, war Al Mackey doch nicht betrunken genug, um anzunehmen, daß irgend jemand für einen Job zum Blasen eine halbe Million zahlen würde, selbst dann nicht, wenn ein *Dutzend* Mervs und Miriams bereitstehen würde, um's ihm zu besorgen. Ihm wurde klar, daß sich dieses ganze laszive und schmutzige Gewäsch, das ihn so erregt hatte, schlicht ums Geschäft drehte. Sie mixten Sex- und Geld-Metaphern wie eine Horde von Nutten.

Und noch was: Niemand pflegte sich hier zu verabschieden. Es war, als ob eine Abschiedsgeste diese ganzen fadenscheinigen Beziehungen für immer zerreißen würde. Beim Weggehen streichelte jeder dem anderen die Wange, hauchte einen Kuß in die Luft und sagte: »Wir müssen unbedingt zusammen lunchen.«

Aber es gab ganze Berge von Titten! Titten mußten in dieser Gegend größer und schneller wachsen als Pilze in einer Höhle. Es mußte am Klima in und um Beverly Hills liegen. Er entdeckte Herman III, der mit einem anderen Mogul redete. Al Mackey schwankte in seine Richtung und unterbrach ihn.

»Hi, Herman.«

»Hi, Marty. Amüsieren Sie sich?«

»Al.«

»Al, wie läuft's? Gefällt's Ihnen?«

»Oh, sehr, Herman.« Dann nahm er den Baby-Mogul am Arm und zog ihn beiseite. Herman III, der überhaupt nichts trank, mußte sich wegdrehen. Al Mackey roch wie einer, der hundertprozentig voll war.

»Was kann ich für Sie tun, Al?«

»Herman, können Sie mich jemandem vorstellen?«

»Wem?«

»Irgend jemand. Sie verstehen, was ich meine?«

»Einer Mieze?«

»Yeah, einer Mieze.«

»Sehen Sie, Al«, sagte Hermann III entschuldigend. »Ich kann Sie natürlich vorstellen, aber, uh, alles andere müssen Sie allein machen. Ich mein, ich bin ja kein Zuhälter.«

»Natürlich nich, Herman. Allein die Idee!« schrie Al Mackey. »Aber könnten Sie mir nicht mal n Tip für die richtige Richtung geben?«

»Okay, Al.« Herman III lächelte, und Al Mackey schwor sich, daß er sich als nächstes ebenfalls Sonnenbräune zulegen und die Zähne überkronen lassen würde. Himmel, in dieser Umgebung fühlte er sich so, wie sich sein Vorfahr als irischer Einwanderer in Ellis Island gefühlt haben mußte.

»Danke, Herman, ich werd mal zu *dem* Haufen da rübergehen. Ich hör den Schauspielern sehr gern zu.« Die redeten wenigstens *richtig* säuisch.

»Für die besten Cops von Los Angeles tu ich alles. Aber denken Sie dran, ich werd Sie mit einem Mädchen, dem Sie gefallen könnten, nur bekannt machen. Ich bin kein...«

»Keine Nutte. Weiß ich doch.«

»Kein Zuhälter.«

»Auch das nicht. Danke, Herman.«

Inzwischen hatte Martin Welborn festgestellt, daß Deedra Briggs ihn angelogen hatte. Sie war eine wundervolle Tänzerin, und neben ihr sah er nicht schlecht aus. Sie lagen sich dabei in den Armen, und er fühlte den Druck ihrer Brüste und das Pochen ihres Blutes, und Martin Welborn war traurig, als ihm einfiel, daß diese Art von Party wahrscheinlich früher zu Ende war als eine Polizeiparty in Sherman Oaks. Die Leute vom Busineß gingen früh zu Bett und mißhandelten ihre

Körper sicherlich nicht so schrecklich, wie es Police Detectives taten.

Sie hatte schon gleich beim ersten Tanz beide Arme um seinen Hals gelegt. »Ein abgebrühter Typ mit Flicken auf den Ellbogen. Nach so einem wie Ihnen hab ich schon immer gesucht...«

»... Ihr ganzes Leben lang«, sagte er.

»Genau.« Sie kicherte.

»Deedra, könnt ich... kann ich Sie wiedersehen? Irgendwann. Nicht unbedingt...«

»Bringen Sie mich nach Hause?«

Er konnte es kaum fassen. »Ich glaub, ja!«

»Ich bin ohne Auto hier. Jaguarmaschinen vertragen die kalifornische Hitze nicht besonders. Man hat mich gewarnt.«

»Klar bring ich Sie nach Hause!« sagte Martin Welborn, und sie vergrub ihr Gesicht an seinem Hals, als sie sich im Tanz wiegten.

Al Mackey wiederum entschloß sich, nachdem Herman III weder als Hure noch als Zuhälter abgezogen war, ein bißchen Smalltalk mit der Gruppe der Mogule zu machen. Er stellte sich dem großen Mogul mit der Silbermähne vor, der mit dem Mädchen geplaudert hatte, mit dem Marty inzwischen rummachte.

Es war nicht leicht, mit diesen Leuten ins Gespräch zu kommen, weil sie alle nur Ziffern und Zahlen im Kopf zu haben schienen. Al Mackey ging bald der Gesprächsstoff aus. Dann fiel ihm ein Roman ein, den er kürzlich gelesen hatte.

»Hat irgend jemand von Ihnen zufällig den Roman über den schwarzen Fischer von den Bermudas gelesen, der in diesen Taifun geriet und in Kuba landete? Ich hab das grade letzte Woche gelesen, und ich glaub, das wär n interessanter Filmstoff, ich mein Spielfilm.«

Die drei Mogule sahen ihn mißtrauisch an, aber schließlich sagte ein fetter Mogul: »Schwarze sind nicht mehr in. Ich glaub nicht, daß man so was drehen sollte. Spielen irgendwelche Weiße ne Rolle?«

»Ich würd nicht noch n Hurrikanfilm anfassen«, warnte ein großer Mogul.

»Mit einem reinen Männerfilm hat man überhaupt keine Chance«, gab ein dünner Mogul zu bedenken.

Al Mackey war entzückt, daß sie so mit ihm redeten, und er wandte sich an den mit der Silbermähne und sagte: »Was meinen Sie dazu? Glauben Sie, daß man n guten Film daraus machen könnte? Ich mein, Spielfilm?«

Und der große Mogul mit der Silbermähne reagierte ganz instinktiv. Von irgendwo oben her schien ein Eiweißschleier über seine Augäpfel zu fließen. Er schien Al Mackey durch das falsche Ende eines Fernrohrs anzuschauen. Er starrte Al Mackey aus diesen blicklosen Augen an, und die Worte *glitschten* ihm heraus wie mit Mehltau bestäubt: »Also gut, weil Sie n Freund von Herman sind. Schicken Sie das Skript rüber in mein Büro. Ich schau mal rein und ruf Sie an.«

Al Mackey, der von all dem völlig überwältigt war, rief aus: »Das is großartig! Danke!« Und erst im Weggehen fiel es ihm plötzlich ein: *Welches* verdammte Skript?

Es gab nur eine Möglichkeit, den Kopf wieder klarzukriegen: Weitertrinken. Er traf ein paar Schauspieler an der Bar. Sie waren natürlich sofort wiederzuerkennen. Aber nur die berühmten männlichen Schauspieler redeten mit den Leuten, während sich die berühmten weiblichen Stars nur mit ihresgleichen beschäftigten.

Al Mackey zog die jüngeren Nachwuchsschauspieler vor. Sie redeten ausschließlich über drei Dinge: Filme, Drogen und Sex. Filmrollen, die sie beinahe gekriegt hätten, exotische Drogen, die einem einen tagelangen Orgasmus verschafften, und Sex, der fast so gut war wie die Drogen, die den Sex verlängerten.

Es war genau die Art von Unterhaltung, die Al Mackey höchst lehrreich fand. Er wünschte, er hätte einen Kugelschreiber bei sich.

Sehr gespannt hörte er einer jungen Schauspielerin zu, die er schon öfter im Fernsehen gesehen hatte. Sie erzählte von einem Privatclub, in dem man Backgammon spielen und Drogen bekommen konnte, und Al Mackey erfuhr, daß LSD wieder in war und daß es ganz groß in Mode war, persisches Heroin zu schnüffeln. Und in der Disco des Privatclubs hätten sie gleitende Projektoren, die von Computern synchrongesteuert wurden, und außerdem zwei Filmsysteme und ein allumfassendes Soundsystem, ganz zu schweigen von der Vielzahl an Lichtern und Effekten und den beiden Maschinen, von denen die eine Nebel und die andere kunterbunte Seifenblasen produzieren würde.

Ein blonder junger Schauspieler mit dem Körper eines Footballspielers, von dem sie alle sagten, er sei mit Sicherheit der kommende Fernsehsuperstar, sprang plötzlich auf und schrie mit Augen, die wie feuriger Hibiskus leuchteten: »Scharfeinstellung, Scharfeinstellung, du Arschloch!«

Keiner außer Al Mackey beachtete ihn, und darum setzte er sich wieder hin. Irgend jemand hielt ihm was unter die Nase, und er schüttelte so heftig den Kopf, daß ihm die gebleichten blonden Locken über das ganze Gesicht flogen. Er lächelte. Offensichtlich war er zufrieden, daß sie irgendwas, das nur er kannte, scharf eingestellt hatten.

Dann sagte eine andere Schauspielerin, von der sich Al Mackey fast sicher war, daß sie die zweite weibliche Hauptrolle in einer Serie spielte: »Diese Ratte wollte... stellt euch *das* vor!, daß ich in einem Spielfilm ne Rolle übernehm, wo ich mich von meinem vierzehnjährigen *Sohn* ficken laß, und sein Vater erzählt ihm dabei am Telefon, wie er seine Mammy happy machen kann!«

»Da siehste mal, wie diese Agenten arbeiten!« schrie eine andere Schauspielerin. »Verkaufen deinen verdammten Spleen für zehn Prozent. Wer braucht einen Spleen? Man kann sehr gut ohne Spleen leben!«

»Deinen eigenen Sohn ficken«, sagte ein junger Schauspieler, und dann grinste er verschlagen. Ob sie's wirklich auch tun würde?

»Scharfeinstellung, du Hurenbock!« kreischte der blonde Junge wieder.

Und irgendeiner sagte: »Ruf mal einer den Manager von diesem kleinen Freak an und bringt den hier raus, sonst läßt er sich da draußen vor Schwabs Drugstore doch wieder von diesen Produzentengaunern in n Arsch treten.«

Dann sagte die empörte Schauspielerin: »Dieser Film soll übrigens angeblich auch noch steuerlich begünstigt werden.«

»Oooohhh!« schrien alle, genau wie im Büro der Detectives an dem Tag, an dem Hosenscheißer Francis zum zwölftenmal das Wort »Auswirkungen« gebraucht hatte.

»Yeah, und dann soll dieser Kindsvater, so steht's jedenfalls in diesem künstlerisch wertvollen Skript, seinen Sohn am

Telefon fragen, ob er sich grade selbst befriedigt. Spitze, *diese* wunderschöne Art von Dialog.«

»Himmel!« schrie eine andere Schauspielerin. »Willste den Film etwa *machen*?«

»Bist du verrückt? So *alt* bin ich noch nicht, um n vierzehnjährigen Sohn zu haben, der mich ficken kann, du blöde Fotze!«

Die Unterhaltung war jetzt so hitzig, daß Al Mackey erschreckt zusammenzuckte, als Herman III ihm auf die Schulter tippte und sagte: »Al, ich möchte gern, daß Sie jemanden kennenlernen.«

Er drehte sich um und stand Auge in Auge vor einem vierundzwanzigjährigen Mädchen, das den verrücktesten zwiebelförmigen Pullover trug, den er je gesehen hatte. Er ging durchgehend runter bis zu ihren Unterschenkeln und umschloß sie fest. Tatsächlich war das Ganze mehr eine Hose. Wie kam sie da überhaupt rein und raus? Ihr dazu passender grüner Hut sah aus wie ein Universitätsbarett. Unten drunter trug sie Strumpfhosen. Fummeln war bei ihr absolut out. Bei diesem Kostüm ging es um alles oder nichts.

»Ich heiße Billie«, sagte sie. »Hi, Al. Ich höre, Sie sind n Cop.«

»Hi, Billie.« Der entzückte Detective warf ihr einen lüsternen Blick zu.

»Ich mag Polizisten gern. Bevor ich ins Busineß kam, wollt ich unbedingt Polizistin werden«, sagte sie.

»Kinder, macht's euch gemütlich«, zwinkerte Herman III, als er sie verließ.

»Was mögen Sie denn am meisten an Cops?« Al Mackey wackelte hin und her wie eine Kasperlefigur.

»Mensch, Sie sind echt voll, Al.«

»Nich so... so voll«, rülpste er.

»Die Party ist bald vorbei, Al«, sagte sie. »Wie wär's mit nem kleinen Spaziergang draußen am Pool?«

»Soll ich? Soll ich? Soll...«

»Komm, Al«, sagte sie. »Ich war mal mit nem Cop befreundet. Als ich noch in Topeka war.«

Al Mackey und Billie aus Topeka waren auf dem Weg zum Gartenbummel, als Martin Welborn ihn am Arm packte und sagte: »Al, ich muß ne Lady nach Hause fahren. Sie wohnt in

West-Los Angeles, ich bin wahrscheinlich schnell wieder da. Würdest du...«

»Ja, ja, ja. Geh ran, Marty. Viel Spaß dabei. Treff dich später. Laß dir Zeit. Ich bin hier irgendwo. Ich bin...«

Während Al Mackey auf die Sonnenblume in dem Zwiebelanzug Jagd machte, erfreute Martin Welborn Deedra Briggs mit einer Fahrt im Detective-Wagen.

»Ich hör dieses Polizeifunkgequatsche gern«, sagte sie, als sie in Richtung Westward Wood fuhren.

»Normalerweise schalten wir ab.«

»Bitte nicht. Ich hör's wirklich gern«, sagte sie, und dann rutschte sie dicht an ihn heran und sagte: »Also, Sergeant Ellbogenflicken, ich möcht dir sagen, daß ich n sehr netten Abend verlebt hab. Und ich hatt echte Angst vor diesem Abend.«

»Warum bist du dann gekommen?«

»Mein Manager bestand drauf. Herman der Dritte brauchte n paar extra Hofnarren, weiblicher Typ.« Dann streichelte sie die angegrauten Koteletten des Detectives und sagte: »Ich glaub, so was mach ich nie wieder.«

»Wollen wir uns mal zum Essen treffen... irgendwann?« fragte Martin Welborn.

»Wann?«

»Wann du möchtest. Ich bin völlig frei und...«

»Wann?« fragte sie herausfordernd. Der Champagner hatte ihre Stimme verklärt und ihren Atem auf seinem Gesicht süß gemacht.

»Sonntag?« fragte er. »Sonntag abend?«

»Acht Uhr«, sagte sie. »Ich mach Pasta und einen Salat.«

»Aber ich wollte nicht, daß du...«

»Fahr bitte da rüber und parke vor der Tür«, sagte sie.

Es war ein Apartmenthochhaus, nicht weit vom Dorf entfernt. Sie küßte ihn zweimal auf die rechte Wange, und als er sich zu ihr drehte, küßte sie ihn auf den Mund.

»Sonntag. Acht Uhr. Nummer acht-drei-neun. Ich drück dann auf den automatischen Türöffner.« Ein Aufblitzen des Schenkels, ein Rascheln des Satinunterrocks, als sie über den Sitz rutschte, und dann war sie weg.

Martin Welborn versuchte auf seiner Rückfahrt nach Holmby Hills an Paula Welborn zu denken. Er schaltete den Radiofunk ab, aber das half auch nichts. Zum erstenmal seit Monaten *konnte* er einfach nicht an Paula denken. Er dachte auch nicht an Elliott Robles oder gar an Danny Meadows. Er schwebte ganz einfach über allem und dachte an Deedra Briggs.

Inzwischen lauschte Al Mackey völlig hingerissen Billie aus Topeka. »Ich hab mal n Film mit ihm gemacht«, sagte sie. »Solch ein Scheiß, kann ich Ihnen sagen.«

»Völlig klar!« sagte Al Mackey, und dabei fiel er beinahe von der Chaiselongue, die gefährlich nah an dem erleuchteten Swimmingpool von olympischen Ausmaßen stand.

»Der ist *ständig* high, Al. Er ist ein *unheimlicher* Quaalude-Freak. Sie glauben wahrscheinlich, der ist in Bestform, wenn Sie ihn im Film sehen, nicht? Also, der nimmt auch braunen Mexikaner. Und sogar Persischen aus dem *Rosenkranz*! Er schnüffelt das Zeug.«

Al Mackey hatte sich eine halbe Flasche Bourbon auf dem Weg nach draußen geschnappt und trank in großen Schlukken. Billie trank nicht, aber dafür hatte sie zwei Ladungen Kokain in ihre wunde, tropfende Nase gelöffelt, während sie plauderten.

»Ich hatte keine Ahnung, daß er n Doper ist.« Al Mackey rülpste, ohne die leiseste Ahnung, wer drogensüchtig war oder worüber sie überhaupt redeten. Er war viel zu sehr damit beschäftigt, zu versuchen, sich vorzustellen, wie man überhaupt aus diesem Zwiebelanzug rauskommen konnte, nachdem man reingekommen war.

»Manchmal kann der n ganz aufgeweckter Bursche sein. Das war ein deutscher Film. Jede Menge Steuerflüchtlingsgelder da drin. Wir sagten immer, er wär öfter über Deutschland geflogen als der Rote Baron*. Und n Kostverächter? Wir sagten immer, der würd alles vernaschen, bevor es ihn vernascht.«

---

* Manfred von Richthofen, Jagdflieger des Ersten Weltkriegs

»Wirklich?« Das gefiel Al Mackey. Das Gespräch kam langsam weg von Filmen und Drogen und auf den Sex, wohin es gehörte.

»Sie sind verheiratet, Al?«

»Nicht mehr.«

»Ich glaub nicht, daß ich jemals heiraten werde«, sagte sie. »Ich leb jetzt mit nem Mann zusammen. Wenn man erst verheiratet ist, fängt jeder an, sich über alles Mögliche aufzuregen. War Ihre Frau eifersüchtig?«

»Die erste war's.« Er rülpste. »Hat mich mal mit nem Faltcontainer erwischt und deswegen beinahe ermordet.«

»Und was ist ein Faltcontainer?«

»N Präservativ. So nannten wir die Dinger, als wir noch bei der Sitte arbeiteten. In jedem Polizeireport, in dem von Faltcontainer die Rede ist, is n Pariser gemeint.«

»Wirklich? Haben Sitten-Cops Mädchen gevögelt, um Beweismaterial zu kriegen?«

»Natürlich nicht, Billie! Wir benutzten die Faltcontainer zum Abfüllen von illegalem Schnaps, als wir Alkoholdiebstähle bearbeiteten. Die waren besser als Luftballons. Große Öffnung. Die kann man leicht in der Tasche verstecken.« Er nahm noch einen großen Schluck Whisky zur Erinnerung an die schlechten alten Zeiten. »Dieses Luder. Eines Nachts findet sie son Ding in meiner Tasche und statt mir ne Chance zu geben, alles zu erklären, greift sie sich meine Kanone. Und Gott oder *irgendwas* weckt mich gerade noch rechtzeitig, um mich aus dem Bett zu rollen, während sie tatsächlich eine Kugel abfeuert. Direkt in das Kissen, wo eben noch mein Kopf lag!«

»Donnerwetter, war die eifersüchtig. Und bloß, weil sie son kleinen Faltcontainer findet! Das muß man sich mal vorstellen!« Sie nahm noch eine Prise von ihrem kleinen goldenen Kokainlöffel und stellte es sich vor.

»Natürlich hatten wir schon vorher Probleme gehabt.«

»Haben sicher mal bei n paar hübschen Herumtreiberinnen einen weggesteckt, oder, Al?« sagte Billie, während sie mit ihren entzündeten Nasenflügeln wackelte und dabei den Schleim kräftig hochzog.

Hüte dich vor den Kopfschuppen des Satans, hatte eine Schauspielerin in seinem Beisein gewarnt. Steck dir n paar

Tampax in die Nase, Süßer, oder hier gibt's noch n Koksfreak mehr. »Bloß n paar ganz hübsche Herumtreiberinnen, Billie.« Al Mackey warf ihr einen lüsternen Blick zu. Aber das ist lange her, weiß Gott!

»Mensch, das muß ja wohl zu Großvaters Zeiten gewesen sein. Ich hab noch nie n Kerl mit nem Pariser gebumst.«

»Haben Sie nicht?« Al Mackey hatte einen prächtigen Halbsteifen, der immer größere Formen annahm.

»Nicht die Bohne. Mein Arzt hat mir so nen Mösenschmetterling, eine Kupferspirale, eingesetzt. Ich mag die Pille nicht, wegen Krebs und so. In dieser Gegend kannste dir so nen Mösenschmetterling sogar bei nem verdammten Augenspezialisten verpassen lassen. Is nich wie in Topeka. In dieser Gegend fingern dir alle Ärzte in der Möse rum, scheint mir. Du kommst rein mit nem Tennisarm, und sie stecken dir ihre Finger da rein, um nach deiner Telefonnummer zu suchen.«

»Uh, huh«, seufzte der Detective. Darauf stand er! Hollywoods Schweinigeleien!

Dann sagte sie: »Al, als Herman mir sagte, Sie wärn n Cop, *mußte* ich Sie einfach kennenlernen. Sie sind nett. Und Sie sind gar nicht mal zu alt.«

»Ganz und gar nicht!« Er plusterte sich auf wie eine Taube. Dieses Mädchen wußte, wie man Männer scharf machte!

»Al, kommen Sie, wir gehn mal n Augenblick in den Umkleideraum. Ich fühl mich n bißchen... Sie wissens ja, nich?«

Und dann wäre beinahe alles aus und vorbei gewesen, als Al Mackey aufsprang und gleich mehrere Meter vorwärts schoß. Sie rettete ihn davor, baden zu gehen, und später grübelte er darüber nach, daß ein launischer Gott offenbar nie wußte, ob er ihn gerade rettete oder *quälte*.

Der Umkleideraum war fast so groß wie Al Mackeys Apartment. Er hatte einen Teppichboden, ein separates Bad und eine Frisierkommode.

Billie aus Topeka zeigte Al Mackey, wie sie rein und raus kam aus ihrem grünen Zwiebelanzug. Sie zog sich viel schneller aus als er.

Während Al Mackey Herman III im Geiste in höchsten Tönen dankte, sich dabei von seinem Anzug, dem Hemd, dem Halfter, der Krawatte und der Unterwäsche befreite und sich schließlich auf den Teppich setzte, wo er verzweifelt versuchte, seine Hose über die Schuhe zu ziehen, sagte sie: »Wow, Al, er is schon so steif wie 'n Schlagstock!«

Und das war er! »Hilf mir bloß aus diesen verfluchten Hosen, Billie!« schrie Al Mackey.

Und das Mädchen, das inzwischen in den Höhen des Roten Barons schwebte, zog Al Mackey ganz locker Schuhe, Socken und Hosen aus, und dann war der knochige Detective endlich genauso nackt wie sie.

»Steif wie n Schlagstock! Komm endlich zur Sache, Al! Wo ist deine Kanone?«

»Auf dem Fußboden!« schrie er, während er mit seinen Lippen über ihre Hüften spazierte und den zarten Flaum auf ihrem köstlich jungen Schenkel spürte.

»Hol deine Handschellen, Al«, sagte sie.

Das stoppte ihn. »Weshalb?«

»Du sollst mir die Handschellen anlegen und mich irgendwo anketten.«

Al Mackey erhob sich, ihm wurde schwindlig, er fing sich wieder, fiel aber trotzdem wieder auf seinen Hintern. »Warum sollte ich dir Handschellen anlegen?«

»Al, verflucht noch eins, seitdem Herman mir erzählte... mir erzählte, daß du n Cop wärst, war ich ganz wild darauf. Hol endlich die verdammten Handschellen, bitte.«

»Okay, okay«, murmelte Al Mackey, während er im Halbdunkel auf dem Fußboden herumtastete, bis er sie endlich fand. Er hoffte, daß seine Schlüssel nicht verlorengegangen waren. Selbst Houdini könnte in Handschellen nicht in den Zwiebelanzug zurücksteigen.

»Leg sie mir an, schnell!« keuchte sie.

»Wart doch«, sagte er und fummelte am Schloß herum.

»Her mit den Scheißdingern!« kommandierte sie, schlüpfte geschickt in die Handschellen und verschloß sie. Sie konnte besser damit umgehen als ein Cop mit zwanzigjähriger Erfahrung.

»Jetzt«, schrie sie. »Kett mich irgendwo an!«

»Aber wo denn?« sagte er. Das Zimmer begann sich zu drehen.

»Der Hocker da! Der kleine Hocker!« schrie sie. »Heb ihn hoch und schieb die Kette über das Bein. Muß mich ganz hilflos fühlen!«

»Klar, Billie, aber«, sagte er und hob den Hocker hoch. »Dieser Hocker wiegt doch höchstens anderthalb Pfund. Den könntest du ganz leicht wegziehen...«

»Hol mir was für mein Gesicht! Schnell!« Sie schnappte richtig nach Luft. Er hatte noch nie so ein Keuchen gehört.

»Was soll ich dir bloß für dein Gesicht *holen*, Billie?«

Al Mackey hielt sich seinen schwindligen Kopf.

»Irgendwas! Ein Handtuch! Hol so n beschissenes Handtuch!«

»Ein Handtuch«, sagte er. »Reicht auch mein T-Shirt?«

»Klar, schnell! Leg's über mein Gesicht!«

Gott, hoffentlich stank sein T-Shirt nicht zu sehr nach Schweiß. Dann fiel sein Blick auf seine Erektion. Die ließ langsam, aber sicher nach! »Okay, wie soll ich's machen? Was muß ich jetzt tun?«

»Über mein Gesicht. Wickel es rum. Falt es fest unter meinem Kopf zusammen. Schnell!«

Aber während er ziemlich ungeschickt herumfummelte, wurde sie ungeduldig, zog die gefesselten Hände unter dem Hocker raus und legte sich selbst das T-Shirt um den Kopf wie beim Blinde-Kuh-Spiel. Dann hob sie den Hocker hoch und legte die gefesselten Hände wieder in die alte Position.

Und während der ganzen Zeit versuchte Al Mackey, ihren flachen kleinen Bauch zu küssen und die Sache wieder ans Laufen zu kriegen, aber sie brüllte weiter ihre Obszönitäten. Und die Obszönitäten *verschreckten* ihn!

»Es klappt nicht!« schrie er schließlich. »Ich weiß nicht, was du von mir erwartest!«

»Jetzt!« brüllte sie. »Jetzt! Ich lieg hier mit verbundenen Augen! Ich bin an diesen Tisch gekettet! Ich bin wehrlos, du dreckiger Gorilla und Mädchenschänder! Ich kann dich nicht stoppen! Ich kann betteln, ich kann bitten. Bitte, nicht vergewaltigen, du schändlicher Lustmolch!«

»Ich kann nicht!« blökte Al Mackey. Er saß auf dem Fußboden und hielt seinen lustlosen Schwanz in der Hand.

»Ich bin so hilflos wie ein Baby!« schrie sie. »Bin nur ein zehnjähriges Kind!«

»Hör auf!« schrie Al Mackey. »Du machst es nur noch schlimmer!«

Dann sagte Billie aus Topeka »Huh?« und schleuderte Al Mackeys T-Shirt von ihrem Gesicht und sah ihn dasitzen mit seinem Geschütz, das wieder mal nicht losgehen wollte.

»Himmel, Al, du sollst mich endlich vergewaltigen! Was, zum Henker, is mit dir los?«

»Ich weiß nicht!« schrie er. »All die Schweinereien. Die Handschellen und mein T-Shirt über deinen Augen. Ich weiß nicht! Is... einfach tot!«

Billie aus Topeka setzte sich angewidert auf und sagte: »Mein verdammtes Glück! Darauf hab ich mich nun den ganzen Abend gefreut, seit Herman sagte, du wärst n Cop. NIMM MIR ENDLICH DIESE DINGER AB!«

Sie fummelten drei Minuten lang im Halbdunkel herum, bis er den Schlüssel fand und sie entfesselte. Sie hatte in Rekordzeit ihren Zwiebelanzug wieder an und das Barett auf dem Kopf, während der gedemütigte Detective sich wieder in seine Klamotten kämpfte und dabei die ganze Zeit berechtigte und vernichtende Beleidigungen über sich ergehen ließ.

»Weißte, Al, ich dachte, Cops wären echt macho und sexy.«

»Tut mir leid, Billie.«

»Du bist ungefähr so sexy wie die Mutter Teresa aus Kalkutta.«

»Tut mir leid, Billie.«

»Du bist ungefähr so sexy wie n Eimer voll Salpeter, Al.«

»Tut mir *wirklich* leid, Billie.«

Aber bevor sie aus der Garderobe stürmte, kriegte sich Billie aus Topeka wieder ein, nahm schnell noch eine Prise Kokain und erinnerte sich daran, daß dieser Schuft ein Kumpel von Herman III war. Trotzdem war sie nicht Schauspielerin genug, um *alle* Schärfe aus ihrer Stimme zu nehmen, als sie ihn mit diesen kleinen kalten Augen ansah und sagte: »Is nich das Ende der Welt, Al. Vielleicht beim nächsten Mal. Ein fertiger Film ist nie so gut wie Tagesmuster oder so *schlecht* wie der Rohschnitt. Denk daran.«

»Leb wohl, Billie!« schrie er.

Die Filmphilosophie half auch nichts. Martin Welborn fand wenig später einen völlig zerzausten Al Mackey vor, der mit einer roten Rose in der Hand, die ihm eine sympathische

Wächterin geschenkt hatte, vor dem Holmby-Hills-Anwesen auf ihn wartete.

Al Mackey weigerte sich auf der ganzen Heimfahrt, über seine abendlichen Erlebnisse zu sprechen. Er verabschiedete sich ungewöhnlich kurz von seinem Partner, der ihn bis zu seinem Apartment gefahren hatte, und war später zu verzweifelt, um den Kater aus dem Bett zu kicken. Dies schien das Tier zu verwirren und wütend zu machen, und es reagierte, indem es die Seidenborte von der Bettdecke loskratzte und abriß.

Sonntagabend, während Martin Welborn sich mit Deedra Briggs traf, erkannte Al Mackey, daß ihm nur eine Hoffnung blieb, dies alles zu überleben, und die saß sicher nicht an der Bar des Glitter Dome, sondern in der Tasche von Wing selbst. Mit grimmigem Gesicht zog er sich für die wichtige Fahrt nach Chinatown an, während Martin Welborn nackt neben Deedra Briggs auf weichen Bodenkissen lag und hinunter auf die Lichter von Westwood Village schaute.

»Und du kannst auch kochen«, sagte Martin Welborn und streichelte mit einem Finger ihre weiche Hüfte.

Sie lachte und sagte: »Du selber hast aber auch ein paar echte Talente, Sergeant Ellbogenflicken.«

»Ich kann's nicht glauben, daß es dich wirklich gibt«, sagte er. »Du bist wie ein...«

»Ein Traum«, flüsterte sie und küßte ihn zärtlich.

»Nein, ich wollt sagen, wie ein Gebet.«

»Das ist ein ziemlich komischer Vergleich«, sagte sie und küßte ihn wieder. »Du bist ein merkwürdiger Polizist, Martin Welborn.«

»Du bist die schönste Frau, die ich...«

»Und du bist ein göttlicher, zärtlicher Liebhaber«, sagte sie und legte ihr Gesicht auf seine nackte Brust.

»Ich bin ziemlich aus der Übung. Und sehr viel Übung hatte ich sowieso nie, um ehrlich zu sein.«

»Göttliche, zärtliche Liebhaber werden geboren und nicht gemacht, entschuldige das Wortspiel.«

»Warum bleibst du eigentlich im Showbusineß?« fragte er. »Wenn du son Horror davor hast?«

»Weil ich noch nie einen wie dich getroffen hab.«

»Das klingt wie ne Zeile aus nem Drehbuch.«

»Ist es auch.« Sie lachte in sich hinein. »Ein schlechtes Skript. Irgendwann hab ich mal gern gespielt. Egal, ob ich gut war oder nicht. Ich brauchte das nötiger, als ich erklären kann. Aber jetzt bin ich älter geworden und ein bißchen weise, hoff ich.«

»Dann steig doch aus«, sagte er.

»Kommst du dann wieder und bist mein Lover und läßt mich Pasta für dich kochen?«

»Ich laß mich gern überzeugen«, sagte Martin Welborn.

»Ich mich auch, Sergeant Ellbogenflicken«, sagte sie. »Ich mich auch.«

Und während Martin Welborn voll damit beschäftigt war, Deedra Briggs dazu zu überreden, über eine höhere Mauer zu springen als er damals, als er das Jesuitenseminar verließ, schlich Al Mackey mit düsterem Blick in den Glitter Dome, in dem es an diesem Sonntagabend sehr ruhig war.

Wing war äußerst niedergeschlagen. Den ganzen Abend hatte er keinen einzigen betrunkenen Gast gehabt. Er hatte keinen Cent gestohlen. Er hüpfte gleich viel fröhlicher auf und ab, als er Al Mackey entdeckte. Noch war nicht alles verloren!

»Ein Drink auf meine Rechnung, damit es n fröhlicher Abend wird!« schrie Wing und schenkte Al Mackey einen einstöckigen Tullamore Dew ein. Allzu dankbar wollte er sich auch nicht zeigen.

»Ich muß Sie mal *privat* sprechen«, sagte der Detective.

»Schauen Sie sich um«, sagte Wing und zeigte auf ein Pärchen am anderen Ende der langen Bar. »Privater geht's doch gar nicht, oder?«

Al Mackey kippte den Tullamore Dew hinunter, knallte das Glas auf den Tisch und sagte: »Dann n Doppelten.« Dann öffnete er seine Brieftasche und legte einen Zwanziger vor sich auf die Bar.

Wing lachte still in sich hinein, als er zur Kasse glitt, um den Zwanziger kleinzumachen. Seine Antennenhaare stellten sich auf, als er mit einer Handvoll Kleingeld zurückgehüpft kam. Er wechselte die Scheine immer in viele Einer und Silbermünzen, damit er es bei seinen Gaunereien leichter hatte. Al Mackey war's egal. Damit Wings kleine Augen noch heller strahlen konnten, öffnete er seine Brieftasche und legte noch zwei Zehner auf den Haufen Kleingeld.

»Wollen wohl heute abend ne Weile hierbleiben, ja?« kicherte Wing. Er reckte seine Hände aus den Ärmeln, rieb sie kräftig gegeneinander und schenkte *abermals* einen Doppelten ein.

»Ich weiß nicht, wie ich anfangen soll. Ich brauche Hilfe. Ich hab gehört, Sie können Leuten helfen, die n Problem haben wie ich.«

Aber Wing konnte einfach nicht aufhören, ständig hinter der Bar hin und her zu gleiten. Immer in Richtung Geldhaufen. Immerhin war's sein schlimmster Tag gewesen.

»Verdammt noch mal, Wing, hören Sie mir zu«, jammerte Al Mackey. »Sie dürfen mir auch n bißchen Geld klauen, wenn ich besoffen bin.«

»Wie wärs mit noch nem Doppelten?«

»Ich hab den hier doch noch nich mal intus. Hörn Se mir endlich zu, verdammt!«

»Okay, okay«, sagte Wing, riß sich zusammen und glättete seine Antennenhaare an den Seiten seines fettigen kleinen Kopfes. »Also, ich hör zu.«

»Ich hatte dieses Problem... kürzlich mal, und...«

»Ja, ja«, sagte Wing. »Ja, ja.«

»Hörn Se auf mit diesem verdammten Jaja! Hört sich an wie ne Japse aus nem Massagesalon, die ich kenn.«

Wing griff schnell unter die Bar, brachte ein *anderes* Glas zum Vorschein und schenkte einen zweiten Doppelten ein. Damit hatte Al Mackey zwei Drinks vor sich stehen. »Sie *müssen* trinken«, erklärte Wing. »Dann könn Se besser reden.« Dann grapschte Wing einen Zehner von der Bar und glitt zur Kasse, wo er zwei Einer in seinem weiten smaragdgrünen Ärmel verschwinden ließ, bevor er mit dem Wechselgeld wieder zurückhüpfte.

»Okay, ich trink«, seufzte Al Mackey, verputzte den ersten doppelten Tullamore Dew und griff gleich nach dem zweiten. »Ich glaub, ich brauch...«

»Akupunktur? Kann ich arrangieren. Is gut gegen...«

»Ich brauch keine verdammte Akupunktur! Ich brauch ne... ne Nutte!«

»Ne Nutte? Sonst nix? Ich denk, ihr Detectives habt links und rechts was zu vögeln?«

»Wing, ich komm beim Ficken nicht mal rein und raus!« schrie Al Mackey. »Das is mein Problem!«

»Könn Se nich genug kriegen?«

»Nein! Ich hab ne weiche Nudel«, flüsterte er.

»Mach mal Pause, und der Schwanz wird härter.« Wing grinste durchtrieben.

»Hörn Se auf mit Ihren philosophischen Sprücheklopfereien! Ich hab n schlaffen Hammer, Wing! Ich krieg n nich mehr hoch, also kann ich doch gleich Priester werden.« Al Mackey putzte den Doppelten in zwei Schlucken weg. Wo war das noch, Martys altes Seminar?

Wing gackerte voller Mitgefühl und klaute zwei Vierteldollarstücke, bevor Al Mackey das Glas wieder abgesetzt hatte. »Vielleicht könnt ich Ihnen helfen.«

»Sie *müssen* mir helfen, Wing!«

»Seit wann is das schon?«

»Fast vier Monate!«

»Na schön, aber so was verlernt man nich«, sagte Wing, wischte mit einem Handtuch über die Bar und fegte dabei eine verirrte Vierteldollarmünze direkt in seinen smaragdgrünen Ärmel.

»Ich hab's aber fast verlernt!«

»Nee, nee, das is wie Zahlenschreiben. Das kann jeder. Wenn heut n Hühnchen da wär oder zwei, könnt ich's Ihnen beweisen.«

»Hühnchen! Geier! Irgendwas! Bloß, daß se endlich diesen verdammten Albatros wegscheuchen!«

»Okay, ich mach das nich für jeden«, sagte Wing und holte eine kleine Elfenbeinschachtel aus seiner Hosentasche.

»Is das was für n Geschlechtstrieb?« flüsterte Al Mackey.

»Sie müssen leiser sprechen«, zischte Wing und warf dem Pärchen am Ende der langen Bambusbar, das still vor sich hin trank, einen schnellen Blick zu. »Wollen Sie, daß *die* uns hören?«

Als Al Mackey sich umdrehte, um zu *ihnen* rüberzuschauen, ließ Wing abermals einen Vierteldollar in seinem Ärmel verschwinden. »Das hat noch nie versagt«, sagte er und nahm ein mit blauem Stoff umwickeltes Päckchen aus der Elfenbeinschachtel. Al Mackey lehnte sich über die Bar, und Wing öffnete das winzige Päckchen und zeigte ihm vielleicht ein Viertelgramm körniges Pulver. Dann faltete er den Stoff sorgfältig wieder zusammen.

»Das kostet fünfzig Dollar. Großhandelspreis, weil Sie n guter Gast sind.«

»Fünfzig Dollar!« schrie Al Mackey.

»Das is echt gemahlene Elchschaufel. Müssen Se sich auf Ihren Pimmel streuen.«

»Fünfzig Dollar! Warum soviel?«

»Mein Se, daß es einfach is, heutzutage in Chinatown son verdammten Elch aufzutreiben?« sagte Wing gereizt und ließ schon wieder zwei Vierteldollar verschwinden, während Al Mackey nach seiner Kreditkarte suchte.

16

Die Schauspieler

Als Al Mackey am Montagmorgen zu Martin Welborns Apartment fuhr, um ihn zum Dienst abzuholen, wartete Marty schon vor der Haustür. So fein herausgeputzt wie immer, in einem grauen Kammgarndreiteiler mit blauer Seidenkrawatte.

»Erzähl mir bloß nich, du hättst n erfolgreichen Abend mit Deedra Soundso erlebt.«

»Sie ist ne tolle Köchin.« Martin Welborn lächelte.

»Ne tolle Köchin. Wann biste nach Hause gekommen letzte Nacht?«

»Ich war um halb zwölf im Bett.«

»In wessen?«

»In meinem. Was hast du gestern abend gemacht?«

»War im Glitter Dome.«

»War's schön?«

»Frag mich nicht. Hab fast hundert Dollar ausgegeben.«

»Wofür?«

»Frag mich nicht. Ehrlich, laß uns von was anderem reden.«

»Okay. Reden wir von Nigel St. Claire«, sagte Martin Welborn. »Laß uns drüber nachdenken heute morgen. Ich hab neue Energie getankt.«

»Das merk ich.«

»Wir sollten sämtliche Informationen mal überprüfen. Und n paar Telefonate müssen wir auch machen. Ich hab ausm Kopf mal ne Liste gemacht am Samstag.«

»Nimmste eigentlich nie n freien Tag?«

»Ein unbenutzter Verstand...«

»Yeah, yeah.«

Es war ein Tag, durch den man sich regelrecht beißen mußte. Martin Welborn hatte aus dem Kopf eine Liste gemacht, na schön. Sie riefen die Sicherheitsleute vom Studio an und veranlaßten sie, ihre Besucherlisten der drei Wochen vor Nigel St. Claires Tod durchzuchecken, um auf diese Weise die Namen aller Besucher zu bekommen, die sich mit dem Ziel St.-Claire-Büro eingetragen hatten. Dasselbe galt für die Sapphire Productions. Für diese ganz mühselige Untersuchung kriegten sie das Okay von Herman III, der sich beim besten Willen niemanden in der Trousdale-Siedlung vorstellen konnte, mit dem Onkel Nigel befreundet gewesen sein könnte oder dessen Haus er möglicherweise gemietet hatte.

Herman kannte auch niemanden in und um Trousdale, der einen schwarzen Bentley fuhr. Das Police Department von Beverly Hills versprach, alle Officers der Nachtschicht, die für die sechs Quadratmeilen von Trousdale verantwortlich waren, dahingehend zu befragen, ob sie in den vergangenen Wochen irgendwelche Anrufe bekommen hätten, die ein auffälliges Kommen und Gehen oder einen schwarzen Bentley betrafen. Ein Officer glaubte, einen dunklen Bentley gesehen zu haben, der vor einem der Häuser in den höhergelegenen Straßen von Trousdale gestanden hatte, aber er wußte nicht mehr, welches Haus es gewesen war.

»Wenn Bozwell überhaupt was mit dem Mord zu tun hat«, stöhnte Al Mackey nachmittags um zwei an diesem Tag, als ihm der Finger vom vielen Wählen weh tat. »Ist dir eigentlich klar, daß wir nicht den kleinsten Beweis dafür haben, daß Bozwell mit Nigel St. Claire in Verbindung stand? Reine *Spekulation*, das ist alles.«

»Wir müssen endlich mal klar sehen«, sagte Martin Welborn, nachdem er sich länger als eine Stunde Notizen gemacht hatte. Er hatte seine Jacke ausgezogen, wirkte sonst aber noch genauso frisch wie am Morgen. Im Gegensatz zu ihm war Al Mackey ein Wrack, nach all diesen Anrufen und dem ganzen Papierkram, bei dem nichts herauskam, und er sehnte sich danach, endlich Feierabend zu haben und runter in den Glitter Dome zu gehen, um dort irgendein Hühnchen aufzureißen und die verfluchte Elchschaufelmedizin zu testen. Wenn sie nicht half, mußte er es mit Akupunktur versuchen. Und dann? Er schauderte, wenn er an die Nacht in seinem Apartment dachte, in der er auf seiner Freizeitkanone rumgekaut hatte.

»Weißt du, was mich am meisten stört, Al?« fragte Martin Welborn.

»Nein.«

»Diese Lügen. Ich glaub, Peggy Farrell hat uns angelogen.«

»Zum Teufel, *alle* Nutten lügen. Welche Lüge meinste denn im einzelnen?«

»Ich glaub, n Mädchen wie Peggy würd ihre Augen offenhalten, wenn sie von nem Kerl, den sie nicht kennt, irgendwohin geschleppt wird. Auch wenn er n Bentley fährt. Sie ist im Grunde n helles, gescheites Mädchen.«

»Ja, und?«

»Sie hat *zu* schnell gesagt, daß sie das Haus nicht wiederfinden könnte. Denk dran, das ist n Mädchen, das viel rumkommt. Im Auto. Im Taxi. Die massiert nach telefonischer Bestellung, also kann sie ne Straßenkarte lesen. Sie kennt West Side sehr gut. Tatsächlich hatte sie sogar n paar Kunden in Trousdale, erinnerst du dich?«

»Na schön, aber selbst wenn sie was wüßte, würd sie uns nichts erzählen.« Al Mackey zuckte die Achseln.

»Aber warum würde sie uns *nichts* erzählen? Das ist das, was mich stört. Es sei denn, Lloyd hat sie gewarnt. Oder sie bedroht?«

»Oder Mister Silver?«

»Ich glaub todsicher, daß sie uns nur die halbe Wahrheit gesagt hat. So viel, wie sie nach ihrer Meinung gefahrlos erzählen konnte.«

»Spekulation«, sagte Al Mackey.

»Ich kenn noch einen, der gelogen hat, und das ist keine Spekulation.«

»Wer?«

»Der alte Rollschuhgauner persönlich. Griswold Weils.«

»Was soll der gelogen haben?«

»Er hat gesagt, man wär über die Post mit ihm in Verbindung getreten.«

»Yeah, man hätt ihm n Brief über seine Innung geschickt.«

»Die International Photographer's Union, Ortsanschluß

sechs-fünf-neun. Aber das stimmt nicht. Ich hab da angerufen, ob sie seine Adresse hätten und ihm die Post nachschickten. Tun sie nicht. Er hat ungefähr seit der Zeit, als er das erste Mal wegen Pornographie eingesperrt worden ist, keine Mitgliedsbeiträge mehr bezahlt. Sie haben sich nicht um ne Nachsendeadresse gekümmert. Er hat gelogen, als es darum ging, wie Mister Gold zum erstenmal Kontakt mit ihm aufnahm.«

»Warum soll er gerade da gelogen haben?«

»Ich bin sicher, daß es nicht seine *einzige* Lüge war. Wenn er schon bei diesen Kleinigkeiten lügt...«

Al Mackey rieb sich die Bartstoppeln, die schon zu sprießen begannen. Verstärkter Bartwuchs. Ein sicheres Zeichen dafür, daß das Alter angebrochen ist. Man wird haarig und häßlich! »Also, Peggy sagte, daß Mister Silver ne Perücke getragen haben könnt, Marty. Griswold is kahl.«

»Guter Junge.« Martin Welborn lächelte. »Im Moment vergleichen wir Soll und Haben.«

»Aber außer Spekulationen haben wir nichts, verdammt noch mal.«

»Wir haben Lügen«, sagte Martin Welborn. »Gott sei Dank, daß die Menschen manchmal so ausgemachte Lügner sind, sonst würden wir nie was in die Reihe kriegen.«

»Aber da gibt's noch einen Punkt, der überhaupt keinen Sinn macht. Warum hätte ein Mann wie St. Claire persönlich mit nem Versager wie Griswold Weils Kontakt aufnehmen sollen, selbst wenn er n paar unanständige krumme Filmchen *vorgehabt* hätt?«

»Es sieht gar nicht danach aus, daß er's vorhatte.«

»Warum hätte Nigel St. Claire im Kinderpornogeschäft mitmischen wollen?«

»Es sieht gar nicht danach aus, daß er da mitmischen wollte.«

»Und was sollen wir nu machen?«

»Du kannst mir ja mal sagen, was Griswold Weils, falls er gelogen hat, und wir wissen, daß er's getan hat, und falls er tatsächlich dieser Mister Silver mit ner Perücke ist, was er überhaupt an dem Abend da oben in dem Haus in Trousdale gewollt hat? Irgendwas, was Ganz-einfach-Bill Bozwell nicht selber tun konnte?«

»Peggy sagt, daß er n Geschäft gemacht hat.«

»N Geschäft hätte Bozwell oder Lloyd, wie sie ihn nennt, selber machen können. Aber Griswold Weils kann eine Sache, die Bozwell und sein vietnamesischer Freund nicht können. Er kann mit ner Kamera umgehen. Falls er da war, dann war er zu dem Zweck da, und nur zu dem Zweck.«

»Peggy Farrell hat nicht gesagt, daß sie fotografiert oder gefilmt worden is.«

»Haargenau. Ich hab ja gesagt, daß sie lügt. Und die letzte Sache, die ich überhaupt noch nicht unterbringen kann: *Warum* der vietnamesische Partner? Was ist der, n Maskenbildner? N Zuchtbulle fürn Pornofilm? N Oberbeleuchter oder Bühnenarbeiter? Verantwortlich für Außenaufnahmen? Zuständig für Kostüme und Garderobe?«

»Nein, er is der Killer vom Dienst«, sagte das Frettchen, das einen Tisch weiter saß, sein bärtiges Kinn in die Hände stützte und zuhörte, wie Martin Welborn theoretisierte. »Er is n Killer und Gangster. Nich mehr und nich weniger.«

»Okay, Marty«, sagte Al Mackey. »Ich glaub, du hast bloß was dagegen, daß ich heute abend in n Glitter Dome geh. Was liegt an?«

»Was anliegt? Für uns beide gar nichts«, lächelte Martin Welborn. »Ich hab gehofft, das Frettchen und das Wiesel könnten was für uns tun.«

»Hat es was mit dem Schlitzauge zu tun?« fragte das Frettchen und stand auf.

»Könnte sein.«

»Dann könnt ihr mit uns rechnen«, sagte er.

Sie brauchten nach Einbruch der Dämmerung nicht länger als dreißig Minuten zu warten, bis Griswold Weils auf Rollschuhen in den Parkplatz einlief. Martin Welborn und Al Mackey standen im Büro des Bowlingbahnmanagers mit Ferngläsern und einem Sprechfunkgerät.

»Noch ne Lüge.« Martin Welborn grinste. »Er hat gesagt, er würd auf diesem Parkplatz nie wieder rollschuhlaufen.«

»Gib ihm ne Chance, Marty«, sagte Al Mackey. »Is ne ziemliche Versuchung für nen zweiundfünfzigjährigen Superstar. Jede Menge Asphalt und so.«

»Sechs-W-drei, kann losgehen!« sagte Martin Welborn in das Handmikrofon, und Al Mackey guckte durch sein Fernglas, um das Frettchen zu beobachten, das seine Motorradstiefel gegen ein geliehenes Paar Rollschuhe mit großen Nylonrädern und Gummistoppern vertauscht hatte und über den Parkplatz wehte wie eine Windmühle. Es sah gar nicht mal allzu unheilschwanger aus, als er mit den Dingern losrollte, schleuderte, rutschte und mit flatternden Armen und fliegendem Pferdeschwanz den Parkplatz hinunterglitt, direkt in Richtung Griswold Weils, der gerade rückwärts lief und wegen seiner Kopfhörer die panischen, entsetzten Schreie des Frettchens, das über den Asphalt hüpfte und wedelte, nicht hörte.

Das Frettchen war sportlich genug, um den Dreh nach ungefähr zehn Minuten rauszukriegen, und dann gelang es ihm wenigstens, in einer leidlich geraden Linie vorwärtszurollen, während sich der Parkplatz mit nächtlichen swingenden Skatern füllte und aus den tragbaren Transistorradios eine musikalische Kakophonie grölte. Als Griswold Weils rückwärts rollte, hatte er auch noch die Augen geschlossen und bewegte sich rhythmisch zu den Klängen von Pink Floyd, und dabei träumte er vom Donnerstagabend, als er mit seinem neuen seidenen Skateranzug auf der Rollschuhbahn aufgekreuzt war und alle verblüfft hatte. Plötzlich jedoch wurde er so heftig angerempelt, daß ihm die Kopfhörer davonflogen und in drei Teilen über den Asphalt segelten.

Griswold Weils flog in die eine Richtung, und der andere Läufer, ein bärtiger Langhaariger, flog in die andere und schlug mit einem Knall auf den Asphalt auf.

»Auuuu, mein Arm is gebrochen!« jammerte der langhaarige Läufer. »Mein verdammter Arm!«

Ein Haufen von Skatern stürmte heran, zwei Männer halfen ihm auf die Beine, und Griswold Weils, noch sehr benommen, suchte nach den Batterien seines zerbrochenen Transistors.

»Der war's!« schrie der langhaarige Läufer. »Guckt überhaupt nicht, wohin er fährt! Mein Arm! Er is gebrochen!« Der Arm hing ihm in einem komischen Winkel vom Ellbogen und sah tatsächlich gebrochen aus, aber der langhaarige Läufer wollte seine Lederjacke auf keinen Fall ausziehen, damit ihn irgend jemand sich mal näher anschauen konnte.

»Sie sind in *mich* reingerollt!« schrie Griswold Weils.

»Auuuu!« jammerte der Läufer. »Ich bin vorwärts gelaufen. Sie sind rückwärts gelaufen. Wieso ist das dann *meine* Schuld? Ooohh, mein Arm!«

»Der sollte besser ins Krankenhaus«, sagte jemand.

»Wer bringt mich denn hin?« schrie der langhaarige Rollschuhläufer.

»Jemand sollte die Ambulanz rufen«, sagte jemand.

»Ich hab n Wagen dabei«, jammerte der langhaarige Läufer. »Aber ich kann doch damit nicht fahren. Irgendeiner muß mich hinfahren.« Dann sah er Griswold Weils an. »Am besten fahren Sie mich, Mister. Ich brauch Ihren Namen und Ihre Aussage für meine Versicherung.«

»Versicherung?«

»Sie haben mir den Arm gebrochen!« jammerte der Skater. »Soll ich etwa bei der Versicherungsgesellschaft betteln gehen?«

Und dann wandte sich der Haufen der Skater Griswold Weils zu. Gibt's gar nicht, betteln gehen bei einer verdammten Versicherungsgesellschaft! Versicherungsgesellschaften machen sowieso den großen Reibach! Sind unsere Feinde! Buuuh! Mister Weils, etwa ein Freund von den Leuten, die immer den großen Reibach machen? Buuuuuh!

Zehn Minuten später fuhr Griswold Weils, dessen Rollschuhe auf dem Rücksitz des Toyota lagen, den verletzten Skater widerwillig in Richtung Hollywood Presbyterian Hospital, und der Skater sagte: »Mister, fahren Sie mal da rechts in die Seitenstraße, damit ich mal pinkeln kann?«

»Gottverdammt!« plärrte Griswold Weils. »Ich mein, ich fahr Sie ins Hospital, damit Sie mich nicht verklagen oder so was. Wahrscheinlich soll ich Ihnen jetzt auch noch den Pimmel rausnehmen und abschütteln, wenn Se fertig sind, bloß, weil Sie n Arm gebrochen haben, oder?«

»Bitte, Mister. Wenn ich nich pissen kann, werd ich ohnmächtig!« stöhnte der langhaarige Läufer.

»Gottverdammt!« plärrte Griswold Weils, aber dann fuhr er doch in eine Seitenstraße nördlich vom Santa Monica Boulevard und hielt an.

Und im nächsten Moment, nachdem sein Beifahrer ausgestiegen und um die Rückseite des Wagens herumgegangen war, wurde die Tür an der Fahrerseite aufgerissen, und der Beifahrer von Griswold Weils, dessen *beide* Arme plötzlich hervorragend funktionierten, drückte Griswold Weils eine Hand auf den Mund und hielt ihm ein Messer an die Kehle.

»Eine Bewegung, und ich stech auf dreierlei Weise in Sie rein: weit, tief und für immer«, flüsterte er, und Griswold Weils erstarrte.

Der Rollschuhläufer sagte: »Stellen Sie die Zündung ab«, und sein Befehl wurde sofort ausgeführt. Dann kletterte er auf den Rücksitz des Toyota, drückte Griswold Weils die Messerspitze ins Genick und sagte: »Fahren Sie Richtung Griffith-Park.«

»Ich hab kein Geld bei mir«, schluchzte Griswold Weils. »Ich schwör's, ich hab keins!«

»Fahren Sie los, Mister Weils«, flüsterte der langhaarige Läufer, und Griswold Weils sagte nichts mehr, startete den Wagen und fuhr los.

Zehn Minuten später waren sie auf einer dunklen und einsamen Straße im Park. Griswold Weils sah sich verzweifelt um. Nie war ein Cop da, wenn man einen brauchte. Dann entdeckte er in der Ferne einen großen, dunklen Wagen. Vielleicht würde ihm jemand helfen, wenn er raussprang und schrie.

Sie näherten sich dem Wagen, und die Scheinwerfer gingen an. Der Druck des Messers ließ ein bißchen nach, und der Skater sagte: »Fahren Sie da rüber und parken Sie.«

Nachdem er den Wagen geparkt hatte, blieb Griswold Weils sitzen und wartete und schielte in die Scheinwerfer. Dann gingen die Lampen aus, und er blinzelte und sah, daß es ein Rolls-Royce war.

»Aussteigen«, sagte der Skater, und Griswold Weils kletterte zögernd aus dem Wagen. »Lloyd möcht mal was wissen«, sagte der Skater, und Griswold Weils spähte in die Nacht und erkannte, daß der große Wagen gar kein Rolls-Royce war. Es war ein Bentley!

»Ich hab nichts verraten!« sagte Griswold Weils. »Was ist mit Lloyd? Ich hab nichts verraten!«

»Halt die Klappe!« flüsterte der Skater, packte Griswold Weils am Kragen und preßte ihm das Messer diesmal gegen die Rippen.

Sie blieben etwa dreißig Fuß vom Wagen entfernt in der Dunkelheit stehen. Griswold Weils konnte Lloyds Silhouette hinter dem Steuerrad erkennen, die vertraute Mütze und die Brille.

Griswold Weils rief aus: »Lloyd! Ich hab den Bullen nichts verraten. Sie sind zu mir gekommen, aber ich hab ihnen nichts gesagt, Lloyd!«

Die Scheinwerfer blendeten auf und erloschen wieder. »Da haben wir's. Er will nicht mit Ihnen reden«, sagte der Skater und führte Griswold Weils zum Toyota zurück.

»Aber ich hab den Cops wirklich nichts gesagt!« jammerte Griswold Weils. Er brach in Tränen aus. »Nichts! Ich kann's wirklich beschwören!«

Dann öffnete sich die Beifahrertür des Bentley, und *ein zweiter* lederbekleideter Gangster stieg aus und näherte sich Griswold Weils, während der Motor des Bentley gestartet wurde und der Wagen zurücksetzte und davonfuhr.

»Lloyd sagt, wir sollen das Urteil selber fällen«, sagte der zweite Mann, und Griswold Weils weinte und plapperte immer noch: »Ich hab den Cops nichts gesagt! Bitte, bringen Sie mich nicht um!«

»Wer sagt denn, daß wir dich umbringen wollen?« sagte der erste Gangster.

»Sie werden mich nicht umbringen?«

»Nein.« Der erste Gangster grinste und packte Griswold Weils beim Genick. »Ich werd dir die Kniesehnen zerschneiden. Skating kannste nächstens nur noch auf ner Bürgersteigplatte machen.«

Und dann wurde Griswold Weils, der stoßweise schluchzte, an beiden Armen gepackt und zum Toyota geführt, wo er von dem ersten Typ auf den Rücksitz und anschließend auf den Boden gestoßen wurde, während der zweite Typ den Toyota tiefer ins Innere des Griffith-Parks fuhr, wobei Griswold Weils seine Rollschuhhosen naßmachte, ohne davon überhaupt Notiz zu nehmen.

Als er den Eindruck hatte, daß sie schon eine halbe Stunde gefahren waren, obgleich sie in Wirklichkeit nur fünf Minuten herumgekurvt waren, sagte der, der den Wagen fuhr: »Verdammter Mist, ich hab das Stoppschild nicht gesehen!«

Und der Gangster auf dem Rücksitz, der das Messer immer

noch gegen das Genick von Griswold Weils drückte und ihn mit einem einzigen Schnitt erledigen konnte (so wie Laurence Olivier den Woody Strode in *Spartacus*), sagte: »Du blödes Arschloch! Da drüben steht n Streifenwagen!«

Griswold Weils begann heftig zu atmen und vor Entsetzen Galle zu spucken. Dann plötzlich hörte er es: eine Polizeisirene!

Wenn er inzwischen nicht so gut wie wahnsinnig gewesen wäre, hätte sich selbst Griswold Weils fragen müssen, warum, zum Teufel, der Cop nachts in einem ruhigen und einsamen Park seine Sirene einschaltete, obgleich weit und breit kein anderes Auto auf der gottverlassenen Straße zu sehen war. Griswold Weils hatte schon oft genug an Polizeifilmen mitgearbeitet, um zu wissen, daß die Sirene nur dann benutzt wird, wenn der Verkehr sehr dicht ist und wenn man unbedingt durchkommen muß.

»Gottverdammt, Buckmore!« sagte Gibson Hand zu dem grinsenden Straßenmonster hinter dem Steuer, »ist das nicht n bißchen übertrieben? Diese verdammte Sirene?«

Aber Buckmore Phipps sagte: »Gibson, das is keine Polizeiarbeit! Das is Showgeschäft!«

Schultz raste in dem kastanienbraunen Bentley, der im Mondlicht richtig schwarz aussah, inzwischen in Richtung Süden, denn er mußte auf dem schnellsten Wege nach Beverly Hills, wo sein Partner in der Autoverleihfirma wartete, gemeinsam mit dem Manager der Firma, der sich überlegte, ob er nicht einen Fehler gemacht hatte, als er sich als »guter Bürger« breitschlagen ließ und diesen Cops einen 100000-Dollar-Wagen pumpte.

Als sich die Straßenmonster dem Toyota näherten, einer auf jeder Seite, als der Fahrer mit den Worten »Ja, Officer, was kann ich an so nem schönen Abend für Sie tun?« aus dem Wagen sprang, und als der erste Gangster seine Messerklinge immer noch an das Rückgrat von Griswold Weils hielt, der immer noch an den armen Woody Strode dachte, da hörte er plötzlich, wie einer der Cops schrie: »Paß auf, Partner!«

Und dann spürte Griswold Weils, daß der tödliche Druck

nachließ, und eine andere Stimme schrie: »Keine Bewegung!« Und kurz bevor er bewußtlos wurde, dachte Griswold Weils, daß die tatsächlich *»Keine Bewegung«* sagten! Genau wie in diesen Spielfilmen, bei denen er mitgearbeitet hatte.

Dann spürte er, wie sein Körper vom Rücksitz des Toyota gehoben wurde, und er schaute in das Gesicht eines riesigen schwarzen Polizisten, der sagte: »Sind Sie okay, Sir?«

Später wurde Gibson Hand von Buckmore Phipps beschimpft, er sei ein Schmierenkomödiant, weil keins der beiden Straßenmonster jemals »Sir« zu irgendeinem Menschen gesagt habe, seit sie als Rekruten von der Polizeischule gekommen seien.

Dann wurde Griswold Weils von einem riesigen weißen Polizisten gestützt, und der riesige schwarze Polizist befahl den beiden Gangstern, mit den Händen hinter ihren Pferdeschwänzen auf dem Boden den fliegenden Adler zu machen. Und der weiße Polizist sagte: »Was is passiert, Mister? Haben die versucht, Sie zu kidnappen? Wars n Raubüberfall? Sind Sie vergewaltigt worden? Was war's?«

Griswold Weils stand gefährlich dicht davor, einen Nervenzusammenbruch zu erleiden, und er verlor völlig das Zeitgefühl, als sich der große weiße Polizist in den Streifenwagen setzte, über Funk Unterstützung anforderte und dann ein paar kurze Worte mit seinem schwarzen Partner wechselte. Irgendwie redete er davon, er müsse Griswold Weils zu den Detectives bringen, während der andere die Gangster ins Gefängnis bringen müsse. So erlebte es Griswold Weils, daß er wenig später von dem großen weißen Polizisten in rasender Fahrt zur Hollywood-Station gebracht wurde, wo man ihm die Treppen hinaufhalf und ihn in den Squadroom der Detectives führte, und er war dann immer noch viel zu weit weggetreten, als daß er die beiden Detectives wiedererkannt hätte, die dort Dienst machten.

»Mister Weils!« schrie Al Mackey. »Was machen *Sie* denn hier?«

Es war beinahe zehn Uhr, als Al Mackey im Squadroom der Detectives saß, um mit den Schauspielern über ihre Abendvorstellungen zu diskutieren: mit Schultz und Simon, dem

Wiesel und dem Frettchen und den beiden Straßenmonstern, die zwar schon auf ihre Uhren schauten und an den Glitter Dome dachten, aber nichtsdestoweniger den Erfolg ihres dramatischen Debüts genossen.

»Ich fand's *herrlich*, wie der kleine Schwanzlutscher grau im Gesicht wurde!« rief Buckmore Phipps aus. »Das war fast so schön wie im richtigen Einsatz. Ich glaub, ich würd als Charakterschauspieler beim Film Karriere machen. Wieviel Beitrag muß man bezahlen, wenn man Mitglied wird bei der Schauspielergewerkschaft?«

»Ich glaub, du würdest die Hauptdarsteller n bißchen zu hart anpacken«, sagte das Wiesel und massierte seinen Arm, den Buckmore Phipps ihm fast aus der Gelenkpfanne gerissen hatte.

»Ich würd nur gern mal wissen, wie ihr auch nur eine von diesen Informationen vor Gericht verwenden wollt«, sagte das Frettchen. »Falls es je dazu kommt.«

»Wir sind gar nicht *so* schnell und erfinderisch«, sagte Al Mackey. »Wir haben nie geglaubt, daß Griswold n Killer wär, sondern höchstens n Lügner.«

»Was meint ihr, was er jetzt macht?« grinste Gibson Hand.

»Ich wette, der sitzt immer noch auf m Klo«, sagte Buckmore Phipps. »Als ich ihn vorhin vor seinem Apartment abgesetzt hab, hat er gesagt, er müßte noch mal dringend aufs Scheißhaus. Er hat mir gesagt, daß er unserm Captain n Brief schreiben würd, daß wir ihm das Leben gerettet haben, aber ich glaub, ich hab's ihm ausgeredet. Hab ihm gesagt, das wär einfach zu anständig, und daß wir unsern Heroismus besser n Geheimnis zwischen ihm und uns und den Detectives bleiben lassen sollten.«

»Was wird er denken, wenn er gar keine Vorladung vom Gericht kriegt, daß er gegen die beiden Typen aussagen soll, die ihm n Hals abschneiden wollten?« fragte Gibson Hand.

»Man sollte ihm mitteilen, daß sie sich bei der Anklageerhebung für schuldig bekannt haben«, sagte Al Mackey. »Dann wird er nachträglich noch n Schauder kriegen, daß er noch mal davongekommen is mit...«

»...mit seinem Leben.« Das Frettchen grinste. »Wetten, daß der nie wieder rückwärts Rollschuh läuft, solange er noch lebt?«

Und während sich die Schauspieler des Abends auf diese Weise den Applaus teilten, saß Martin Welborn ganz allein im Büro des Captains und wertete das Tonband aus, das er im Verhörraum eingeschaltet hatte, als Griswold Weils gegenüber Al Mackey seine Aussagen gemacht hatte.

Der erste Teil des Tonbands war nicht sehr ergiebig, solange es um das Eingeständnis von Griswold Weils ging, die Detectives angelogen zu haben, was er natürlich nicht hätte tun dürfen, was aber nach seinen Worten dadurch zu erklären sei, daß er völlig überrascht gewesen sei, als die Detectives ihn mit der Leiche von Nigel St. Claire in Verbindung gebracht hätten, und daß er deshalb einfach angefangen habe, was dazuzudichten. Und daß viel von dem, was er ihnen aufgetischt habe, aus einem Drehbuch stammt, das er vor fünf Jahren verfilmt habe, als Filme über Cops die großen Heuler waren.

Martin Welborn drückte die Stopptaste, als der Bandzähler die Stelle erreichte, die er noch mal hören wollte.

Die Stimme von Al Mackey sagte: »Aber warum mußten Sie uns denn überhaupt anlügen?«

»Der erste Teil war ja wahr«, sagte die Stimme von Griswold Weils. »Ich wußte nicht, wieviel Sie wußten oder nicht wußten. Ich wollte nur das Notwendigste sagen, nur so viel, daß ich Sie endlich wieder loswurde. Ich wollte nichts mehr wissen von Lloyd *oder* von seinem Projekt.«

»Dann wissen Sie gar nicht sicher, ob Nigel St. Claire irgendwas mit Ihrem Film zu tun hatte?«

»Nicht ganz sicher.«

»Und das einzige Mal, daß Sie sich vorstellten, daß er mit Lloyd was zu tun haben *könnte*, war, als Sie am nächsten Morgen in der Zeitung gelesen hatten, daß er tot auf dem Parkplatz gefunden worden war?«

»Ja, genau. Lloyd und sein schlitzäugiger Kumpel, der nie n Wort redete, kamen eines Abends in mein Apartment, und Lloyd sagte mir, er hätt gehört, daß ich mal wegen Kinderporno gesessen hätt, und daß er n Job hätte, der für zwei Tage Arbeit fünf Riesen einbringen würd.«

»Und Sie waren einverstanden«, sagte Al Mackey. Dann war ein Brummen auf dem Tonband, und dann sagte Al Mackey: »Wenn Sie uns noch eine einzige Lüge auftischen,

Griswold, sind wir *nicht* mehr in der Lage, Sie vor Lloyd zu schützen, und würden für Ihre Sicherheit keinerlei Verantwortung mehr übernehmen.«

»Ich war einverstanden«, sagte Griswold Weils. »Aber eines Tages schaff ich n Comeback auf m legalen Spielfilmsektor! Es war ja bloß, weil... Herrgott! *Fünf* Riesen für zwei Tage in Mexiko!«

»Also, Sie legten dann Ihre Mister-Silver-Verkleidung an und fuhren mit Lloyd in das Haus in Trousdale und ließen die Schauspieler vorsprechen?«

»Das war Lloyd, der mir diese blöde Perücke und den Bart gab. Ich hab mitgekriegt, daß er sich die Haare unter dieser Mütze färbte, damit sie grau wirkten. Mich hat er nie verarscht mit seinem falschen Schnurrbart und der Brille, und ich glaub nicht, daß ich einen von diesen Typen verarscht hab, die zum Vorsprechen kamen. Aber, zum Teufel, die haben doch wahrscheinlich sowieso falsche Namen und Verkleidungen erwartet bei dieser Sorte Film, in dem sie alle mitspielen sollten.«

»Aber es *waren* keine Kinder, haben Sie gesagt. Oder lügen Sie schon wieder? Waren doch n *paar* Kinder dabei?«

»Keine Kids, wie Sie meinen«, sagte Griswold Weils. »Da war dieses blonde Mädchen mit dem wundervollen Teint. Sie war Lloyds Favoritin. Oder die Mieze von seinem Produzenten.«

»Von welchem Produzenten?«

»Ich weiß nicht! Es war völlig klar, daß Lloyd und sein Schlitzauge nicht ausm Busineß kamen. Sie haben mit irgendeinem zusammengearbeitet, der diese Kiste finanzierte. Glauben Sie, ich hätt da lange gefragt? Ich hab nur das Schlafzimmer ausgeleuchtet und die Proben auf Video aufgenommen, das is alles.«

»Wer war der Regisseur?«

»Für *diese* Proben? Was brauchen Sie da n Regisseur? Lloyd mußte den Schauspielern nur sagen, daß sie sich ausziehen, ins Bett gehen, n bißchen rumrollen und sich wieder anziehen sollten, und dann raus. Das ging schnell. Da hat keiner mit nem anderen Schauspieler zusammen was gemacht. Das war bloß so, daß sich irgendwer *anderes* die Schauspieler sehr genau aufm Video angucken konnte. Das is der eine Grund, warum ich mein, daß Lloyd mit irgendeinem zusammengearbeitet haben muß. Und sind wir ehrlich, Lloyd kommt nich ausm Busineß. Lloyd is n...«

»... Gangster.«

»Yeah, aber ich wußte nicht, daß er *so* gefährlich ist. Nach dem Abend auf m Bowlingbahnparkplatz hab ich nie wieder was von ihm gesehen oder gehört, bis heute abend da oben im Griffith-Park. Wir mußten doch die männlichen Schauspieler auf Video aufnehmen. Sie redeten davon, daß es n junger Mariner wär und n Junge, der auf nem Parkplatz arbeitet, und noch einer oder zwei. Verflucht, ich hab doch bloß für die zehn Prozent *gearbeitet*, die er mir im voraus bezahlt hatt!«

»Da is noch ne Sache, die ich nicht versteh, Griswold«, sagte Al Mackey. »Warum sind Sie ausgestiegen?«

»Ich hab mir Gedanken darüber gemacht, daß er unbedingt in Mexiko drehen wollte. Sie wollten mich für *zwei* Tage Arbeit bezahlen, und ich hab gehört, daß Lloyd dem kleinen blonden Mädchen n Angebot für *drei* Tage Arbeit gemacht hat. Das war der Punkt, wo für mich alles klar war! Ich hatte Lloyd gesagt, keine kleinen Kinder und keine Tiere. Aber dann kapierte ich, daß sie mich und die ganze Ausrüstung da runter nach Baja bringen wollten, und daß ich den Drehort gut ausleuchten sollt und zwei Tage mit diesen jungen Typen n *gewöhnlichen* Porno drehen sollt. Und dann wollten sie mich nach Hollywood zurückbringen, und irgendwer *anders* würd am letzten Tag drehen, und das wär dann wahrscheinlich genau der Dreck gewesen, den ich *nicht* machen wollt, wie ich gesagt hatt. Vielleicht kleine mexikanische Kids? Oder Tiere, höchstwahrscheinlich?«

»Wer sollte am letzten Tag hinter der Kamera stehen?«

»Vielleicht Lloyd? Er verstand n bißchen was vom Filmen. Und er hat Millionen von Fragen gestellt, als wir diese Mädchen da in diesem Haus getestet haben. Er verstand sogar schon was vom Mischen. Er hatte ne gute Ausrüstung. Verdammt, als ich die Szene ausgeleuchtet hatt und ihm gezeigt hatt, wie das so funktionierte, da glaub ich bestimmt, daß er sich vorgenommen hat, daß er den harten Mist selber filmen könnt. Den letzten *Akt* von ihrem Film, sozusagen.«

»Also gut, Griswold, Sie haben *fast* die Wahrheit gesagt. Aber Sie haben nicht die Wahrheit gesagt, warum Sie nun wirklich ausgestiegen sind. Sie glauben doch selber nicht, daß Sie mir weismachen können, Ihr Gewissen hätt angefangen, Sie zu quälen.«

»Die Tiere. Die kleinen mexikanischen Kinder. Ich...«

»Na schön, haun Sie ab!« sagte Al Mackeys Stimme. »Den Polizeischutz könn Se vergessen.«

»Sie müssen Lloyd verhaften!« schrie Griswold Weils. »Er könnt's noch mal versuchen!«

»Er *wird's* noch mal versuchen«, sagte Al Mackey.

»Okay! Ich hab n Telefonanruf gekriegt«, sagte Griswold Weils schnell. »*Irgendwer* hat mir gesagt, ich soll aus dem Geschäft mit Lloyd aussteigen, oder es würd was Schreckliches passieren.«

»Wer hat Sie angerufen?«

»Weiß nicht! Ich hab panische Angst gekriegt und wie üblich bei Sapphire Productions angerufen, und derselbe alte Knopf hat gesagt, Lloyd würd mich zurückrufen, und als er's dann getan hat, hab ich ihm gesagt, daß ich ne *Warnung* gekriegt hab! Und daß ich *aussteigen* würd!«

»Was hat er gesagt?«

»Kann man sich ja vorstellen. Er hat's nich geglaubt. Hat geglaubt, ich hätt kalte Füße gekriegt. Hat mich daran erinnert, daß ich n Vorschuß von fünfhundert von ihm gekriegt hätt. Ich hab ihm gesagt, daß ich das schon *verdient* hätt, indem ich zweimal zu diesem Haus in Trousdale gefahren wär und sechs Mädchen für ihn gefilmt hätt. Ich hab mich entschuldigt und gesagt, ich würd jedenfalls in n Streik treten, und hab aufgelegt. Als das Telefon dann noch mal klingelte, bin ich nich rangegangen. Und dann... dann hat er mich an dem Abend, wo dieser Mord passiert is, beim Rollschuhlaufen auf m Parkplatz getroffen und versucht, mit mir zu reden, und ich hab gesagt, kommt nich in Frage, und er hat mich bedroht. Aber schließlich is er abgehauen, und ich hab seinen großen Bentley auf der anderen Seite von dem Parkplatz gesehen, und mir war so, als ob einer drin säß. Ich hab sofort gedacht, daß es das Schlitzauge is. Ich bin gleich auf Rollschuhen zu meinem Apartment gelaufen. Nächsten Morgen hör ich in den Nachrichten, daß sie Nigel St. Claire auf dem Parkplatz erschossen aufgefunden haben. Ich frag mich sofort selber, was Nigel St. Claire da zu suchen gehabt hat.

Rollschuhlaufen? Bestimmt nich. Der einzige, der da so spät läuft, bin *ich*! Also hab ich mir gedacht, daß er mit Lloyd irgendwie unter einer Decke gesteckt haben müßt. Ich hab bloß noch gehofft und gebetet, daß ich nie wieder was von Lloyd hör. Und dann kommt ihr eines Tages, und ich krieg n Schrecken, daß ich mir bald in die Hose scheiß, und dann hab ich mir diese hirnverbrannte Story ausgedacht, weil ich mir denken konnt, daß Sie meinen Namen nich aus m Telefonbuch rausgesucht haben. Und dann heute abend. Sie müssen diesen Kerl *verhaften*! Der glaubt, ich kann Ihnen was über die Nacht auf dem Parkplatz verpfeifen, und deshalb wird er versuchen, mich abzuknallen. Er *muß* derjenige gewesen sein, der Mister St. Claire umgenietet hat!«

»Woraus schließen Sie, daß Nigel St. Claire jemals mit Lloyd Geschäfte gemacht hat?«

»Das fragen Sie *mich*? Kann ich mir doch nicht vorstellen. Er hätt sich doch jeden Tierporno kaufen können, der je gedreht worden is. Wenn er einer von diesen berühmten Pornoliebhabern gewesen wär, hätt er leicht sein Filmarchiv mit allen Pornoproduktionen aus Europa und Südamerika haben können, von den amerikanischen gar nich zu reden. Ich kann's nicht glauben, daß Nigel St. Claire n illegalen Pornofilm finanziert haben könnt, weil er *Profit* machen wollt. Dann könnt ich schon eher glauben, daß er von da unten in Baja Rauschgift importiert hätt. Das gibt so und so keinen Sinn, außer... außer, daß Lloyd ihn erpreßt hätt.«

»Erpreßt? Womit?«

»Wie soll ich das wissen? Vielleicht war Nigel St. Claire mal total voll und is eines Abends auf so ne Videoparty geraten? Ich hab n paarmal solche Jobs gemacht. Die Leute liegen da rum und blasen und ficken alle durcheinander. Und das wolln se dann auf Video haben, damit se sich an ihren Spielchen später noch mal aufgeilen können. So Berühmtheiten wie Mister St. Claire wären schön verrückt, wenn sie bei diesen kleinen Rudelbumsen mitmachen würden, aber wer weiß? Vielleicht war er ja abends mal wirklich so voll und is auf n Videoband geraten. Das hat's schon öfter gegeben. Oder Lloyd hat ihm mal n hübschen Matrosen besorgt und ihn dann heimlich fotografiert. Und ihm dann gedroht, er würd's irgend nem Skandalblatt in Hollywood geben?

Könnt's denn nich so was sein, irgend so was in der Richtung?«

»Darüber haben Sie ja ne Menge nachgedacht«, sagte Al Mackey.

»Machen Sie Witze? Ich denk nur noch *darüber* nach. Mein Rollschuhlaufen hat sehr darunter gelitten, nur deshalb konnts mir passieren, daß dieser Killer heute abend in mich reingelaufen is. Von dem hätt ich mich nie umreißen lassen, wenn ich noch so gut rollschuhlaufen könnt wie vor dem Tag, an dem ich Lloyd getroffen hab.«

»Können Sie sich vorstellen, wer der Mensch war, der Sie angerufen und gezwungen hat, aus dem Geschäft auszusteigen?«

»Keine Ahnung. Es war nich der komische Knopf von Sapphire Productions. Das weiß ich, dafür hab ich oft genug mit ihm telefoniert. Der Stimme nach war's n jüngerer Kerl. Lloyd wollt *nich* glauben, daß ich angerufen worden bin, ganz egal, was ich sagte. Der dachte bloß, daß ich kalte Füße gekriegt hätt und mit seinem Geld abhauen wollt.«

Dann wurde das Gespräch auf dem Tonband unterbrochen, als die Tür zum Vernehmungsraum geöffnet wurde, und Martin Welborn hörte seine eigene Stimme auf dem Band, die sagte: »Entschuldigung, aber ich hab auch noch ein oder zwei Fragen. Griswold, sind Sie jedesmal von Lloyd zu den Videositzungen nach Trousdale gefahren und auch wieder *zurückgebracht* worden?«

»Einmal hab ich n Taxi zurück zu meinem Apartment genommen. Lloyd sagte, er hätt noch viel zu tun an dem Abend, und er hat das Taxi für mich gerufen.«

»War das der Abend, an dem Sie die kleine Blonde mit dem wunderschönen Teint gefilmt hatten?«

»Nein, sie war eine der ersten. Ich glaub deshalb, daß es der Abend danach war.«

»Glauben Sie, daß man Ihr Taxi verfolgt haben könnte?«

»Wie soll ich das wissen? Um solche Sachen hab ich mich nich gekümmert.«

»Soweit ich mich erinner, steht Ihr Name auf Ihrem Briefkasten?«

»Klar.«

»Steht Ihre Telefonnummer im Telefonbuch oder nicht?«

»Sie steht drin. Den Luxus, nich drinzustehen, kann ich mir nich leisten. Ich krieg sowieso nich viele Anrufe. Aber ich schaff ja mein Comeback, und...«

»Wie jung war die Stimme von dem Typ, der Sie gewarnt hat, bei dem Mexikofilm nicht mehr mitzumachen?«

»Wie jung? Weiß nich. Ich weiß bloß, daß es nich so ne alte Krähenstimme war wie von dem Typ bei Sapphire. Es war echt keine alte Stimme, und es war echt keine tiefe Stimme.«

»Ein Tenor, mehr oder weniger?«

»Ich hab ihn nich singen gehört.«

Die Nacht, die so vielversprechend begonnen hatte, endete in bitterer Enttäuschung. Um Mitternacht wurde das Haus in der Trousdale-Siedlung, dessen Adresse Griswold Weils den Detectives gegeben hatte, von acht Polizisten umstellt, von denen vier mit Schrotflinten bewaffnet waren. Die mit den Schrotflinten waren, wie es nicht anders hätte sein können, das Wiesel und das Frettchen, Buckmore Phipps und Gibson Hand. Schultz, Simon, Al Mackey und Martin Welborn hatten ihre Revolver gezogen, und Al Mackey und Martin Welborn standen zu beiden Seiten der Eingangstür des unbeleuchteten Hauses, das auf dem Gipfel des Hügels lag, von dem aus man, wenn man im Busineß war, ganz Bagdad überblicken konnte. Und *träumen*.

Martin Welborn probierte den Schlüssel aus, den der Mann im Hafengebiet von San Pedro verloren hatte, der Mann, der, wie das Frettchen jetzt inbrünstig betete, hoffentlich versuchen würde, aus dem Fenster zu entkommen. Diesmal würde das Frettchen nicht mit Steinen nach dem Mörder werfen müssen.

Buckmore Phipps und Gibson Hand hofften, Ganz-einfach-Bill Bozwell ins Visier nehmen zu können, falls er versuchen würde, seinem Kumpel zu helfen, sich freizukämpfen. Er bot ein größeres Ziel als das kleine Schlitzauge, und sie stellten sich vor, daß sie vom Fernsehen mehr gefeiert werden würden, wenn sie einen weißen Gangster umgelegt hätten.

Martin Welborn und Al Mackey hofften, daß der vietnamesische Mörder nicht versuchen würde, zu kämpfen oder davonzulaufen, damit sie ihn lebendig fangen und damit vielleicht das Geheimnis lüften konnten, das sie alle hier zum Wahnsinn trieb.

Der Schlüssel paßte haargenau, und die Detectives hatten ihre Taschenlampen und Kanonen im Anschlag, als Martin Welborn ihn so leise wie möglich herumdrehte. Er betrat als erster das dunkle Haus, gefolgt von Al Mackey, dem wiederum Schultz und Simon folgten, die wie tanzende Elefanten von Walt Disney aussahen, als sie auf Zehenspitzen quer durch die Säulenhalle aus Marmor in das Foyer des Hauses schlichen, das einer ausgegrabenen römischen Villa nachempfunden worden war.

Es war niemand im Haus. Nachdem sie drei Minuten lang durch teppichbelegte Korridore gekrochen waren und ihren Schweiß auf Marmorböden hatten tropfen lassen, hatten die Detectives alle fünf Schlafzimmer und den Dienstbotentrakt gecheckt. Al Mackey schaltete die Lampen ein, und die anderen wurden hereingerufen.

Die Straßenmonster waren enttäuscht und baten die Detectives, ihnen eine Chance zu geben, Ganz-einfach-Bill bei anderer Gelegenheit zu töten. Al Mackey versprach es ihnen, und dann stiegen sie in ihren Streifenwagen und fuhren zurück nach Hollywood. Das Frettchen stand völlig neben sich und strich durch das Haus, um nach einem Hinweis zu suchen, der zu dem »Hausboy« führen konnte, den er so gern am anderen Ende seines Schrotgewehrs gehabt hätte.

Es gab keine einzige Spur. Um die kaum vorstellbare Chance, im Bereich der Bar ein paar Fingerabdrücke zu finden, wenigstens nicht ungenutzt zu lassen, forderten sie über Funk einen Spezialisten für unsichtbare Fingerabdrücke an.

Es war ein verschwenderisch ausgestattetes, teures, häßliches Haus. Die Besitzer waren in der Gegend offensichtlich nicht bekannt. Es gab kein einziges Kleidungsstück in den Schränken. Aber in der Garage gab es etwas Interessantes.

»Der Bentley!« schrie Al Mackey, nachdem Schultz ihn gerufen hatte.

»Den haben sie kurzgeschlossen«, sagte Schultz. »Wir sollten ihn einpudern lassen, vielleicht finden wir hier die Fingerabdrücke von dem Schlitzauge.«

»Vielleicht finden wir Nigel St. Claires Fingerabdrücke«, sagte Martin Welborn. »Ich würd liebend gern beweisen können, daß er dieses Auto gefahren hat.«

Der Spezialist für verborgene Fingerabdrücke stellte fest, daß die Gegend um die Bar sauber war. Auch das Schlafzimmer, das von Griswold Weils als das Probenzimmer beschrieben worden war, war sauber. Sie entdeckten die Visitenkarte eines Maklers neben dem Telefon in der Küche.

»Wahrscheinlich ist von diesem Telefon kein einziges Ferngespräch geführt und in Rechnung gestellt worden«, seufzte Al Mackey.

»Und dieser Grundstücksmakler wird uns todsicher erzählen, daß die Besitzer in England sind, wo sie n Film drehen, und daß er das Haus an n netten Burschen namens Lloyd vermietet hat. Vielleicht kriegste seinen Nachnamen. Und Lloyd hat bar bezahlt und ne Mütze und ne Brille getragen und versprochen, daß er auf das Haus aufpaßt und dafür sorgt, daß die Blumen begossen werden und daß keiner den Bentley von dem Eigentümer anfaßt und...«

Martin Welborn hatte völlig recht. Abgesehen davon, daß die Besitzer in *Spanien* waren, wo sie einen Film drehten. Sie machten in dieser Nacht allerdings eine halbwegs verwirrende Entdeckung. Die Bleiverglasung an der Seitentür war zerschlagen worden. Irgend jemand hatte das Glas zertrümmert, um hereingreifen und die Tür öffnen zu können. Das Glas war nicht ersetzt, sondern nur flüchtig weggefegt worden, wahrscheinlich als Lloyd auszog. Irgendeiner war in dieses Haus eingebrochen, bevor Ganz-einfach-Bill Bozwell das Anwesen geräumt hatte.

17

Danny Meadows

Als erster Punkt der Geschäftsordnung stand am nächsten Morgen eine neue Vernehmung von Peggy Farrell an, der Versuch, die kleine Nutte davon zu überzeugen, daß Ehrlichkeit am *längsten* währt, anderenfalls sie die Zeit bis zu ihrem achtzehnten Geburtstag im Jugendgefängnis absitzen könnte, weil bei der Polizei immer noch eine Vermißtenanzeige vorlag, die ihr Vater, Flameout Farrell, unterschrieben hatte. Außerdem könnten sie, wenn sie es ganz schlimm übertreiben wollten, Lorna Dillon ein Verfahren wegen Beihilfe zu ihrer Straftat anhängen.

Bevor sie das Büro verließen, um zu dem Haus im Benedict Canyon zu fahren, versuchte Martin Welborn bei Deedra Briggs anzurufen, um ihr zu erklären, daß er zu lange mit Griswold Weils zu tun gehabt hatte und sie deshalb nicht, wie versprochen, am Abend zuvor hatte anrufen können. Es waren nur zwei Tage vergangen, und er sehnte sich fürchterlich nach seiner Freundin.

Al Mackey erriet schon an Martys jungenhaftem, erwartungsvollem Gesichtsausdruck, bei wem Marty anrief. Dann, nach einiger Zeit des Wartens, verschwand dieser Ausdruck, und Marty legte auf.

»Haste deine Freundin angerufen?«

»Ja.«

»Schauspieler stehen schon um vier Uhr auf, um zu arbeiten, weißt du.«

»Wahrscheinlich isses das. Sie dreht diese Woche einen Werbespot fürs Fernsehen.«

»Vielleicht kannste sie heute sehen.«

»Sicher.«

»Die könnt ganz gut zu dir passen, Marty«, sagte Al Mackey. »Sie scheint ganz okay zu sein.«

»Sie *ist* okay.« Martin Welborn lächelte.

»Na, prima, dann wollen wir mal die kleine Nutte zum Heulen bringen.«

Und sie heulte tatsächlich, kaum daß sie die Tür des kleinen Hauses im Benedict Canyon geöffnet hatte. Peggy Farrell war ein Gutteil ihres jungen Lebens von Männern ausgenutzt und mißbraucht worden, und die Detectives brauchten nur einen Teil der üblichen Drohungen aus ihrem Katalog anzubringen, um zu erreichen, daß sie auf der Couch lag, sich die Augen ausweinte und flehentlich bat, sie nicht ins Jugendgefängnis zu stecken. Und anbot, wirklich *alles* für sie zu tun, eine Verlockung, mit der sie sich in den vergangenen zwei Jahren sicher eine Menge momentanen Ärger vom Hals geschafft, allerdings auch eine Menge tiefster Demütigungen eingehandelt hatte.

»Versuch doch einfach mal die Wahrheit zu sagen«, sagte Martin Welborn, und dann warteten die beiden Detectives, bis das zerbrechliche und blasse und verstörte Kind sich mit dem Ärmel von Lorna Dillons weitem Trainingspullover die Augen ausgewischt und wieder etwas gefangen hatte.

»Ich wollt Lorna nich in Schwierigkeiten bringen. Das is das Letzte, was ich mir wünschen würd.«

»Dann mußt du uns diesmal die Wahrheit sagen, Peggy«, sagte Al Mackey.

»Wann kommt sie denn heute nach Hause?« fragte Martin Welborn.

»Ungefähr sechs, halb sieben.«

»Fangen wir mal mit dem Vorsprechen an«, sagte Al Mackey. »Mister Silver hat dich in dieser Nacht in Trousdale auf Video aufgenommen, stimmt's?«

»Ja.«

»N bißchen später hat man dir gesagt, daß du den Job kriegen würdest?«

»Das wußt ich schon in derselben Nacht, daß ich den Job kriegen würd«, sagte sie. »Lloyd sagte, die anderen Mädchen kämen überhaupt nich ran an mich, und er würd die anderen nur für seinen Partner filmen, aber mich würden Se nehmen.«

»Und wieviel solltest du dafür kriegen?«

»*Achttausend* für drei Tage in Mexiko!«

»Und wieviel andere sollten noch genommen werden?«

»Nur ein Junge, sagte Lloyd. Den hatten Se noch nicht aufgetrieben.«

»Und wie ist Lorna dahintergekommen?«

»Sie... sie war noch auf, als ich nach Hause kam. Sie dachte, ich wär wieder anschaffen gegangen, aber ich hab ihr hoch und heilig versichert, daß ich es nich war. Und wir hatten ne Auseinandersetzung, und... also, sie hat mich geschlagen, und ich hab geschrien. Und dann hat se gesagt, daß es ihr leid tut, und wir haben ne Flasche Wein getrunken, und weil ich so gut wie nie Wein oder sonst was trink, war ich ganz nett angeschickert und...«

»Du hast ihr was von Lloyd und dem Angebot erzählt?«

»Ich hatt's eigentlich nich vor, aber ich war so aufgeregt und nervös. Achttausend Eier für *drei* Tage!«

»Und was passierte?«

»Sie fragte mich nach der Adresse, und ich hab sie ihr gegeben.«

»Hast du die Straße und die Hausnummer auswendig gewußt?« sagte Al Mackey.

»Yeah, weil ich ziemlich nervös war, als ich mit Lloyd da hochfuhr, gerade, *weil* er n Bentley fuhr. Es war ziemlich schauerlich.«

»Natürlich«, sagte Martin Welborn. »Hat Lorna sonst noch was unternommen?«

»Zuerst mußt ich ihr versprechen, daß ich bei Sapphire Productions anruf und denen sag, ich würd den Job nich annehmen, aber...«

»Aber was?«

»Ich glaub, sie wußte, daß ichs doch machen würd. Ich mein, ich kriegte richtig die Motten vom Rumsitzen hier im Haus, die ganze Zeit, und sie muß soviel arbeiten und das alles. Ich wollt mein eigenes Geld haben, und das war immer noch besser, als wenn ich zu diesen Wichsmassagen zurückgehen würd. *Achttausend* für *drei* Tage?«

»Wie gings dann weiter?«

»Gar nicht. Ich hab beschlossen, Lloyd anzurufen und zuzusagen. Dann hab ichs mir überlegt. N paar Tage vergingen, und ich hab nicht angerufen. Dann denk ich... denk ich, scheiß drauf! Ich *werd's* machen. Und ich sag Lorna, ich werd's machen, aber diesmal schlägt se mich nich. Sie wird *ehrlich* ganz ernst und erzählt mir, daß Lloyd in dem Restaurant von meinem Dad gewesen is und nach mir gesucht hat. So scharf war er, daß er mich in den Film kriegt. Und dann erzählt se mir, daß der Film in *Mexiko* eben nich son gewöhnlicher Fickfilm zwischen mir und irgendnem Jungen is, wie Lloyd mir gesagt hat.«

»Was war's denn ihrer Meinung nach?«

»Sie sagte, das würd was echt Perverses werden, und ich könnt ziemlich verletzt werden dabei.«

»Woher wußte sie das?«

»Sie is im Busineß. Sie sagt, keiner kriegt soviel Geld, wie ich kriegen sollt, bloß, um drei Tage nach *Mexiko* zu fahren und n gewöhnlichen Pornofilm zu machen. Sie sagte, Lloyd hätt mich angelogen, und sie sagte, daß es todsicher *gefährlich* wär. Sie sagte, daß sie meinen Dad angerufen und ihm gesagt hätt, er sollt nix über mich erzählen, wenn er wieder käm und nach mir suchen würd.«

»Sie *kennt* Flameout Farrell?«

»Nur am Telefon. Gleich, nachdem wir zusammengekommen waren, hat sie meinen Dad angerufen und ihm... *fast* alles gesagt. Daß sie auf mich aufpaßt und mich mag und versuchen will, mich von den Drogen und vonner Straße runterzukriegen. Und sie gab ihm sogar ihren Namen und ihre Telefonnummer. Können Se sich das vorstellen? Ich bin wirklich keine Ausreißerin mehr. Er weiß ja, wie er mich erreichen kann, wenn ers wirklich möcht.«

»Das ist interessant«, sagte Al Mackey und schaute Martin Welborn an. Flameout hatte dem Wiesel und dem Frettchen doch nicht *alles* erzählt. Keiner erzählte hier *alles*.

»Hat Lorna deinem Dad auch von der... *Gefahr* erzählt, in der du mitten drin gesteckt hast?« fragte Martin Welborn.

»Ich weiß nich«, sagte sie. »Noch mehr wollt sie mir nich sagen über das, worüber sie und mein Dad miteinander gesprochen hatten.«

»Hast du nach diesen beiden Treffen je wieder was von Lloyd gehört?« fragte Martin Welborn.

»Nein, und ich hab nie wieder Sapphire Productions angerufen. Lorna hat gesagt, ich soll ihn auf keinen Fall anrufen. Vielleicht kam's dadurch, daß ich mich dann von dem alten Aufreißer in den Laster hab reinziehen lassen. Ich hab mir vorgestellt, daß ich die achttausend verloren hab, und vielleicht war ich wütend und wollte n paar Brötchen verdienen. Lorna kann einfach nich begreifen, daß ich irgendwas mal für *mich* haben will.«

»Hast du jemals den Namen Nigel St. Claire gehört?« fragte Al Mackey.

»Nein.«

»Hast du im Fernsehen oder in der Zeitung was über n bedeutenden Filmproduzenten mitgekriegt, der ermordet wurde?«

»Nein. Ich seh mir höchstens so Dinger wie *Laverne und Shirley* und *Happy Days* an, son Zeug wie das.«

»Hast du jemals gehört, daß Lorna den Namen erwähnt hat?« fragte Martin Welborn.

»Nein.«

»Ich möchte, daß du heut nachmittag irgendwo hingehst«, sagte Martin Welborn.

»Wohin?«

»Irgendwohin. Besuch deinen Dad oder so was. Wir wollen auf Lorna warten und mit ihr privat reden.«

»Kann ich ins Kino gehen?« Ihre Augen wirkten jetzt wie Bernstein, mit Sonne gefüllt. Sie sah aus wie eine Zwölfjährige.

»Yeah. Hast du überhaupt Geld?«

»Nich genug für Popcorn *und* n Film«, sagte sie.

Martin Welborn nahm zehn Dollar aus seiner Tasche und sagte: »Guck dir n Film an und kauf dir Popcorn, Peggy.«

»Also, irgendwie müssen wir den Rest des Nachmittags totschlagen«, sagte Al Mackey, als sie wieder ins Auto stiegen. »Im Grunde könnten wir ins Revier fahren. Vielleicht hat jemand noch ne Ladung Stoff in Woofers Pfeife geschmuggelt. Dann sollten wir jedenfalls da sein und uns genauso wie die anderen durchsuchen lassen.«

»Ich hätt die Möglichkeit, Deedra anzurufen«, sagte Martin Welborn, ein bißchen abwesend.

»Vielleicht hat sie ne Freundin«, sagte Al Mackey, als er nach Süden fuhr, aus dem Canyon heraus. »Ich hätt gar nichts gegen ne scharfe Verabredung. Wing hat mir n paar... Tips gegeben.«

»Irgendwas ist da immer noch... *verkehrt*«, sagte Martin Welborn. »Im Grunde riecht *alles* verkehrt.«

»Da fängste schon wieder an mit diesem Hundevogelkuhscheiß. Der Fall stinkt, das isses. Mir isses allmählich scheißegal, *wer* Nigel St. Claire umgelegt hat. Ich will den Fall nur deshalb klären, damit uns Woofer nich inne Eier tritt.«

»Es ist noch nicht hundertprozentig. Warum sollte in Mexiko gefilmt werden?«

»Weil Peggys Co-Star n gottverdammter Esel sein sollte, oder n Leguan, deshalb. Und so was haben se in Mexiko haufenweise.«

»Vielleicht«, sagte Martin Welborn.

»Und ich glaub nicht, daß die Sittenbullen in Tijuana, wenn se die da überhaupt haben, auch nur halb so fleißig sind wie unsere, und deshalb gehen se nur das halbe Risiko ein, daß se während der Dreharbeiten geschnappt werden.«

»Vielleicht«, sagte Martin Welborn, »vielleicht.«

Als sie im Squadroom ankamen, teilte Al Mackey alle Einzelheiten über ihre Fortschritte dem Frettchen mit, das inzwischen vor lauter Besessenheit, den vietnamesischen Mörder zu suchen, seine sämtlichen Drogenfahndungen vernachlässigt hatte. Sehr zum Verdruß des Wiesels, das Captain Woofer einen Sack voll Lügen über irgendeinen großen Drogenfall auftischen mußte, den sie so gut wie geknackt hatten, einen Fall, der das County-Gefängnis mit lauter Drogenhändlern aus den Nähten platzen lassen und Hollywood so sauber machen würde wie Spearfish in Süddakota, wohin sich der Captain mal zurückziehen wollte.

Martin Welborn bekam wieder keine Antwort, als er bei Deedra Briggs anrief.

»Schauspieler arbeiten ungewöhnlich lange, Marty«, sagte Al Mackey.

»Yeah.«

»Wie wär's mit n paar mexikanischen Leckerbissen unten an der Melrose? Ich sterb vor Hunger.«

»Ich komm mit«, sagte das Frettchen. »Vielleicht bringt mich n bißchen Essen auf n richtigen Gedanken, wie ich das Schlitzauge finden kann. Ich glaub, ich werd wirklich bald verrückt.«

»Ich könnt eigentlich auch mitkommen«, sagte das Wiesel. »Die einzige Arbeit, die das Frettchen überhaupt noch tun will, dreht sich nur noch um euch. Mich macht das fertig, immer darauf zu warten, daß uns Woofer mal kräftig auf n Schwanz haut.«

»Ich hab keinen Hunger«, sagte Martin Welborn. »Ich warte, bis ihr wieder da seid. Laßt euch Zeit. Lorna Dillon kommt nicht vor sechs nach Hause.«

Nachdem die anderen gegangen waren, wählte Martin Welborn nochmals die Nummer von Deedra Briggs, bloß für den Fall, daß er sich vielleicht verwählt hatte. Er *mußte* sie heute abend sehen.

Dann hatte er eine Idee. Je länger er darüber nachdachte, desto plastischer wurde sie. Er wählte eine andere Nummer, diesmal die von Sergeant Gabe Samson von der Administrative Vice Division, dem Pornographieexperten des Departments, der die Polizeifotos von Ganz-einfach-Bill Bozwell mit den Darstellern jüngerer Pornofilme verglichen hatte. Martin Welborn redete eine kleine Weile mit Samson, legte dann auf und trug sich auf dem Ausgangsbogen ein, wobei er Park Center, Administrative Vice Division, als Ziel angab.

Er war noch nicht wieder da, als die anderen vom Lunch zurückkamen und nach Bohnen, Burritos, Salsa und grünem Chili rochen. Al Mackey las die Ausgangsmeldung und war überrascht, daß Marty auch dann noch nicht zurück war, als alle anderen schließlich Feierabend machten.

Als er dann erschien, sah Martin Welborn blaß, überanstrengt und irgendwie verwirrt aus.

»Ich hab gesehen, daß du bei der Ad Vice warst«, sagte Al Mackey. »Hat Samson Bill Bozwell entdeckt?«

»Nein«, sagte Martin Welborn. »Entschuldige, Al, ich muß ein Telefongespräch führen.«

Al Mackey wußte, wen er anrufen wollte, deshalb ging er vom Mord-und-Totschlag-Schreibtisch weg und wünschte dem Wiesel und dem Frettchen, die sich gerade austrugen, einen schönen Abend. Er sah, daß Martin Welborn auflegte, nachdem er abermals keine Antwort bekommen hatte. Dann nahm Martin Welborn ihre Plastikaktenmappe und sagte: »Es ist höchste Zeit, mit Lorna Dillon zu reden.«

Martin Welborn redete nicht viel auf der Fahrt zu dem Haus, abgesehen davon, daß er sagte, er mache vielleicht einen Fehler. Er starrte meist vor sich hin, und Al Mackey stellte keine Fragen. Sie parkten schon vor ihrem Haus, als sie mit ihrem Fiat in die Einfahrt fuhr. Sie sah nicht gerade fürchterlich überrascht aus, schien allerdings überrascht darüber, daß Peggy nicht zu Hause war.

»Wir haben sie ins Kino geschickt«, sagte Martin Welborn, als sie drinnen waren und im aufgeräumten Wohnzimmer Platz nahmen.

»Also wollen Sie was von mir.«

»Erstaunt sehen Sie nicht aus«, sagte Al Mackey.

»Ich könnt mir denken, daß sie rausgekriegt haben, daß Peggy ihnen nicht... alles erzählt hat.«

»Und wie sieht's bei Ihnen aus?« sagte Martin Welborn. »Haben Sie uns alles erzählt?«

»Alles, was ich wollte«, sagte sie ruhig. »Eigentlich muß ich ja gar nicht mit Ihnen reden, oder?«

»Nein«, sagte Martin Welborn. »Aber ich muß Sie auf Ihre Rechte hinweisen.«

Sie saß ruhig da, als sie ihre verfassungsmäßig garantierten Rechte durchlas, und sagte dann: »Sie denken also, *ich* hätt Nigel St. Claire ermordet.«

»Möglicherweise«, sagte Martin Welborn. »Und vielleicht *möchten* Sie sogar gern darüber reden.«

»Und warum sollte ich den Wunsch gehabt haben, ihn umzubringen?«

»Ich glaube, Sie hatten einen ganz bestimmten Verdacht, was Lloyd und sein vietnamesischer Freund in Mexiko vorhatten. Ich glaube, daß Sie unheimlich wütend waren, nachdem Peggy bei diesen Proben gewesen war, und daß Sie am nächsten Tag zu dem Haus in Trousdale gefahren sind und gesehen haben, daß niemand da war. Ich glaube, Sie haben an der Seitentür das Glas eingeschlagen und sind reingegangen und haben genug gesehen, um sich zu überzeugen, daß Sie recht hatten mit Ihrem Verdacht, was die da in Mexiko *tatsächlich* vorhatten.«

»Und was sollte das sein?«

»Ein Snuff-Film«, sagte Martin Welborn. »Ein Film, in dem die Leute dabei draufgehen.«

»Ein Snuff-Film? Wie interessant. Haben Sie jemals einen Snuff-Film gesehen?«

»Nach den Erkenntnissen des Los Angeles Police Department ist tatsächlich nie ein Snuff-Film realisiert worden. Es gab mal simulierte Snuff-Filme aus Südamerika, in denen sie mit Tiereingeweiden und Tricks gearbeitet hatten, wie sie's auch in richtigen Filmen tun. Aber keine Polizeidienststelle hat je einen echten Snuff-Film sichergestellt, trotz aller Gerüchte über ihre Existenz.«

»Und woher sollte ich gewußt haben, daß sie Peggy in einem Snuff-Film einsetzen wollten?«

»Sie haben irgendwas in dem Haus gefunden. Irgendwas, mit dem Sie sich *mehr* als S und M zusammenbuchstabieren konnten, viel mehr als Sadomasochismus, was Sie wahrscheinlich zuerst angenommen hatten. Irgendwas, aus dem Sie entnehmen konnten, daß sie Peggy in ihrem Film physisch nicht nur mißbrauchen wollten. Sie hatten die Absicht, sie zu *töten*. Vor der Kamera. Ein echter Snuff-Film.«

»Und was dann?«

»Sie haben in Trousdale vor dem Haus gewartet und sind dem Taxi von Weils direkt bis zu seinem Apartment gefolgt. Sie sahen seinen Namen auf dem Briefkasten. Sie fanden ihn im Telefonbuch. Sie haben sich schließlich entschlossen, ihn anzurufen und ihn einzuschüchtern, damit er seine Pläne ändert. Sie haben eine tiefe Stimme. Sie wollten, daß Sie sich wie ein Mann anhören.«

»Und?«

»Und dann kriegten Sie von Flameout Farrell raus, daß Lloyd immer noch vorbeikam und nach Peggy suchte. Sie waren wütend wie eine Furie, aber Sie hatten immer noch bloß einen Verdacht, daß in einem anderen Land ein Snuff-Film gedreht werden sollte. Sie hatten nichts in der Hand, was Sie der Polizei hätten mitteilen können. Deshalb beschlossen Sie, Lloyd zu sagen, daß Sie ihm auf die Schliche gekommen wären, und er sollte Peggy ein für allemal in

Ruhe lassen. Sie nahmen zu ihrem Schutz ne Kanone mit und…«

»Ich hab keine Kanone.«

»… und warteten vor dem Apartment von Griswold Weils eine oder zwei Nächte, bis Sie diesen Bentley gegenüber auf den Bowlingbahnparkplatz fahren sahen.«

»Und?«

»Und dann warteten Sie, bis Sie sahen, daß Lloyd ins Apartment von Griswold Weils ging, um mit ihm zu reden. Sie gingen rüber zum Bentley, um auf ihn zu warten. Sie waren geschockt, als Sie in dem Wagen einen Mann sahen, den Sie kannten.«

»Ich kannte Nigel St. Claire nicht.«

»Sie kennen sein Gesicht. Sie waren *geschockt* bei dem Gedanken, daß er da mit drin hing. Sie waren mehr als geschockt. Sie waren *außer sich*.«

»Warum hätte Nigel St. Claire denn da mit drin hängen sollen?«

»Weiß ich nicht. Um irgendwas zu haben, was sonst keiner hat? Vielleicht war Nigel St. Claire ja auch bloß das Opfer einer Erpressung und mußte dem Erpresser Lloyd helfen, die Finanzierung auf die Beine zu stellen, *das Paket zusammenzupacken*, wie man in Ihrer Branche sagt. Vielleicht hat er nicht gewußt, daß Lloyd mehr als diese Kinderpornos oder Tierpornos oder irgendwas, was noch über S und M rausgeht, machen wollte.«

»Mit anderen Worten, Nigel St. Claire könnte auf die Tour ein *Opfer* gewesen sein? Ein *Opfer* einer Erpressung? Ungerechterweise umgebracht von der rasenden Liebhaberin eines kleinen Mädchens, *nur* weil er ganz normal Kapital daraus schlägt, wie ein Hund oder ein Esel der Kleinen das Gehirn ausm Schädel fickt? Oder wie man sie totpeitscht und verbrennt und n bißchen vom Pferd tottreten läßt, für achttausend Dollar, damit se ihre Wunden ausheilen kann?«

»Ja, so ungefähr«, sagte Martin Welborn.

»Ja. Vielleicht glaubte Nigel St. Claire, daß es *nur* ein Kinderporno mit mexikanischen Kids werden würd, und die sind sowieso nicht viel wert? Auf jeden Fall, er hat nicht gewußt, daß es n *Snuff*-Film war, weil er *Mord* nie unterstützt hätte, ganz egal, wie finster und pervers er sonst auch war, nicht wahr? Jedenfalls hatte er ne Heidenangst vor dem Erpresser, nicht?«

»Ja, so ungefähr«, sagte Martin Welborn.

»Also gut, son Stück Scheiße wie Nigel St. Claire *mußte* umgebracht werden. Und ich bin entzückt, der Öffentlichkeit diesen Dienst erwiesen zu haben. Könnte ich ein Stück Papier aus Ihrem Notizbuch haben?«

Al Mackey sah Martin Welborn an und riß ein Blatt gelbliniiertes Papier heraus.

»Ihren Bleistift, bitte?« sagte sie.

Dann sahen sie zu, wie sie einen Namen und eine Telefonnummer aufschrieb. Als sie fertig war, sagte sie: »Dies ist *kein* unterschriebenes Geständnis. Ich möchte Ihnen lediglich spätere Unannehmlichkeiten ersparen. Ich möchte, daß Sie morgen diesen Mann anrufen. Er ist der Produktionsmanager bei einem Film, den ich gerade beendet habe. Ich möchte, daß Sie ihn fragen, wo ich drei Tage *vor* und vier Tage *nach* dem Mord an Nigel St. Claire gewesen bin. Ich möchte, daß Sie ihn gründlich ausquetschen und dann *jeden* Zeugen vernehmen, den er Ihnen nennt. Ich möchte, daß Sie absolut davon überzeugt sind, daß ich bei Außenaufnahmen in Wyoming war. Weit weg von jedem öffentlichen Flughafen, *ständig* in unmittelbarer Nähe eines Stabs und einer Besetzung von mehr als hundert Menschen. Ich möchte, daß Sie das alles tun, und ich verlang keine Entschuldigung. Aber ich muß Sie bitten, Peggy und mich nie wieder zu belästigen, oder ich ruf meinen Anwalt an und verklag Sie wegen ständiger Belästigung durch die Polizei.«

Als sie zum Revier zurückfuhren, sagte Al Mackey: »Sie hat nicht geblufft, Marty.«

»Verdammt, ich weiß, daß ich *zum größten Teil* richtig liege«, sagte Martin Welborn. »Da bin ich mir völlig *sicher.* Der Snuff-Film. Das macht n Sinn. Bozwell und sein Freund sind Gangster, Gauner, *Mörder*, wenn bloß genug Geld dahintersteckt.«

»Kann es sein, daß du richtig liegst bis auf den einen Punkt St.-Claire-Mord?« sagte Al Mackey. »Der Snuff-Film macht tatsächlich n Sinn. Um so mehr, wenn St. Claire wirklich n

Erpressungsopfer war und nicht gewußt hat, was Bozwell wirklich vorhatte. Mit anderen Worten, St. Claire war n dreckiges, feiges Schwein, aber n Killer war er nicht. Wenn St. Claire es einfach satt hatte, bedroht und erpreßt zu werden? Und als Bozwell aus dem Apartment von Weils zurückkommt, fängt St. Claire Streit mit ihm an und sagt, daß er ihm ab sofort nicht mehr helfen und kein Geld mehr geben würde. Und Bozwell erschießt ihn. Dann steigt Bozwell aus dem Filmgeschäft aus, verscheuert seine ganze Ausrüstung und macht wieder weiter mit bewaffnetem Raubüberfall, das Geschäft, daß er sowieso am besten kann. Irgend so was?«

»Plausibel. Mir leuchtet nur nicht ein, wieso Bozwell seine Milchkuh schlachtet.«

»Ja, aber wenn St. Claire verrückt gespielt und ihn angegriffen hat?«

»Plausibel«, sagte Martin Welborn. »Wenn wir diesen vietnamesischen Partner jemals zu fassen kriegen, kann er die Theorie vielleicht bestätigen.«

»Der is ungefähr unsere *letzte* Hoffnung. Denn wenn Bozwell bei seiner Vorverhandlung zum Verhör aufkreuzt, von wegen diesem Raubüberfall auf die Goldhändler, wird er uns bestimmt nicht die Tageszeit sagen.«

»Nicht mal die Tageszeit«, sagte Martin Welborn.

»Wer ist auf die Idee mit dem Snuff-Film gekommen? Du oder die Ad Vice?«

»Ich. Das *mußte* es sein. Da war ich mir völlig sicher, nachdem ich den ganzen Nachmittag bei Ad Vice gewesen war. Ich hab mir Kinderpornos angesehen. Ich hab mir S-und-M-Filme angesehen. Das *mußte* es sein!«

»Wie fühlste dich nach so nem Tag im Scheißhauskino?«

»Ich fühl mich so, daß ich Deedra heute sehen und übers Aussteigen reden muß.«

»Wem seins?«

»Meins. Ihrs.«

»Du kennst die Frau doch erst n paar Tage!«

»Sie haßt dieses Filmbusineß. Sie will aussteigen. Natürlich nicht meinetwegen.«

»Marty, häng dich da nicht so dick rein in diese neue... Freundschaft.«

»Manchmal haste ne Chance, Al«, sagte Martin Welborn,

und seine braunen Pupillen rutschten von einer Ecke zur anderen, und Al Mackey wurde nervös, weil sie wieder ins Schwimmen gerieten.

Eins von diesen Kindern in dem Kinderporno sah genau aus wie Danny Meadows. Natürlich wußte er, daß er es nicht war, aber das Kind sah aus wie Danny Meadows. Vielleicht war es der glasige Blick in den Augen des Kindes, als der Mann es vor der Kamera sexuell mißbrauchte. Das Kind stand unter Drogen, und sein Mund formte das Wort »Daddy?« Vielleicht mußte er deshalb an Danny Meadows denken.

»Marty, ich red mit dir«, sagte Al Mackey.

»Was?«

»Marty, du hattest wieder diesen Blick.«

»Was für n Blick?«

»Hast du wieder an Elliott Robles gedacht?«

»Nein.«

»Es war nicht dein Fehler, Marty. Der Tod von Elliott war nicht dein Fehler.«

»Ja«, sagte er vieldeutig.

»Was machste heute abend?«

Martin Welborn starrte an Al Mackey vorbei und sagte: »Ich werd Deedra sehen. Wir werden über Malen reden. Sie ist ne wunderbare Malerin, und sie möcht mir Rollschuhlaufen beibringen. Glaubst du, daß ich zu alt dazu bin?«

»Du bist nicht zu alt, Marty«, sagte Al Mackey, und er hoffte, daß Martin Welborn Deedra Briggs heute abend treffen könnte. Und daß sie über Malen und Rollschuhlaufen reden könnten.

Um 19.30 Uhr an dem Abend war Deedra Briggs zu Hause und ging ans Telefon.

»Sergeant Ellbogenflicken!« rief sie aus. »Ich hatte mich so drauf gefreut, daß du *gestern* abend anrufen würdest!«

»Wollt ich auch, Deedra, aber wir mußten...«

»Ich bin so aufgeregt! Ich mußte es einfach einem erzählen! Erinnerst du dich an den großen Mann mit dem Silberhaar, der mit Hermans Mogulgruppe redete?«

»Ja.«

»Er hat gestern meinen Agenten angerufen. Persönlich!

Ich krieg die dritte Hauptrolle in diesem Südafrikafilm, von dem ich dir erzählt hatte!«

»Er ist doch einer von diesen Männern, die du verachtest«, sagte Martin Welborn.

»Und die dritthöchste Gage, Martin! Weißt du, was das bedeutet?«

»Ne Menge Geld.«

»Zum Teufel mit dem Geld! Ich würd sogar noch was draufzahlen! Weißt du, was das zu diesem Zeitpunkt für meine Karriere bedeutet? Martin, ich bin kein Kind mehr. Ich dachte, daß für mich schon alles gelaufen wär. Dieser Südafrikafilm. Gott, ich kenn nicht mal den Arbeitstitel. Alle Welt redet darüber!«

»Der andere Produzent, dem die Rechte gehören«, sagte Martin Welborn, »ist der Typ mit der größten Pornosammlung der Welt.«

»Sie sind jetzt Geschäftspartner. Gott, ich bin so aufgeregt, ich komm kaum noch von der Decke runter. Ich muß es den Leuten einfach *erzählen*!«

»Wann fährst du denn weg?«

»Sie fangen Ende des Sommers an zu drehen, wenn das Drehbuch fertig ist.«

»Ich würd mich freuen, wenn wir heute abend zusammen essen könnten.«

»Oh, ich kann nicht, Martin. Sie haben mich eingeladen, das Projekt mit ihnen zu diskutieren. Beim Abendessen. Tut mir wirklich leid. Vielleicht morgen oder übermorgen?«

»Klar. Ich werd dich anrufen.«

»Ich bin so aufgeregt!«

»Auf Wiedersehen, Deedra.«

»Laß uns doch zusammen zum Lunch gehen, Sergeant Ellbogenflicken!« sagte sie fröhlich.

Nachdem Martin Welborn den Hörer aufgelegt hatte, ging er in die Küche und schüttete sich ein Wasserglas voll Wodka ein. Die Schmerzen in der Beckengegend hatten angefangen, während er mit Deedra Briggs sprach. Inzwischen wurden sie fast unerträglich. Er stürzte den Wodka wie Wasser runter, und es brannte so sehr, daß er fast erstickte. Er schenkte sich noch einen ein. Er trank ihn genauso schnell. Das Brennen des Wodkas konnte den anderen Schmerz nicht betäuben.

Die Schmerzen trafen ihn wie Hammerschläge. Er humpelte mühsam ins Schlafzimmer und warf alle Kleider von sich hin. Seine Qualen waren stärker als sein zwanghafter Trieb nach Sauberkeit und Ordnung. Er ließ die Sachen liegen, wo sie gerade lagen, und humpelte zu dem Apparat in der Schlafzimmerecke. Er stöhnte, als er sich in der vorgeschriebenen Stellung festschnallte. Dann ließ er sich runtersinken, bis er kopfüber hing, mit vollkommen gestrecktem Rückgrat, den Kopf nur sieben Zentimeter über dem Boden.

Aber die Schmerzen ließen nicht nach. Er stöhnte wieder. Es tat so grauenhaft weh, daß ihm die Tränen kamen. Und die Tränen liefen in die verkehrte Richtung, in seine Augenbrauen und Haare statt in den Mund. Er weinte wie der kleine Junge in dem Film, den er heute gesehen hatte. Der kleine Junge stand unter Drogen, aber trotzdem hatte ihm der Schmerz die Tränen in die Augen getrieben. Und als er weinte, hatte er genauso ausgesehen wie Danny Meadows.

Das war ja nun wirklich kein bedeutender Mordfall, hatte Captain Woofer gesagt. Es war nicht mal eine Art Mord.

Und es passierte höchst selten, daß altgediente Mord-und-Totschlag-Detectives nach einem Funkruf an alle losfuhren, außer wenn es Code drei war. Dies war nur ein Code-zwei-Funkruf. Die Nachbarin, die den Jungen an der Verandatür wimmern gehört hatte, war selbst viel zu hysterisch gewesen, als daß sie noch hysterisch hätte reagieren können. Sie hatte der Telefonistin in der Zentrale einfach nur mitgeteilt, daß jemand mit dem Messer verletzt worden war und daß sofort eine Ambulanz kommen sollte und die Polizei. Dann hatte sie aufgelegt und nicht mehr aufgehört zu kreischen, selbst als die Polizei längst da war.

Martin Welborn konnte sich noch gut daran erinnern, worüber er und Al gerade redeten, als die Nachricht kam. Sie hatten darüber diskutiert, daß Paula einverstanden war, die Scheidung nicht einzureichen und somit auch seine Ehefrau und Erbin zu bleiben, soweit es das Department was anging. Er war bereit, ihr weit mehr zu zahlen, als sie nach der gesetzlichen Unterhaltspflicht zu beanspruchen hatte. Eine Ehe war nicht tot ohne einen amtlichen Stempel. Nicht in den

Augen der Menschen. Gott war sowieso längst aus dem Spiel. Aber ein bitterer Anruf von Paula, sie wolle noch mehr Geld haben, hatte ihm eine entsetzliche Nacht bereitet.

Wenn Paula nicht ausgerechnet in der Nacht zuvor angerufen hätte. Das hatte ihn sowohl körperlich als auch seelisch erschöpft. Er war nicht in der Verfassung, um die Begegnung mit Danny Meadows verkraften zu können

Vielleicht, wenn nicht ausgerechnet in diesem Moment die Nachricht über Sprechfunk gekommen wäre. Zwei Minuten später wären sie schon wieder zurück auf dem Revier gewesen. Martin Welborn erinnerte sich Wort für Wort an das, was er gesagt hatte, als Al Mackey gefragt hatte, ob sie den Einsatz übernehmen sollten, weil es ganz in der Nähe wäre. Er hatte gesagt: »Ich bin müde, Al. Mach, was du willst.« Die Worte waren in seinem Kopf jetzt noch so scharfkantig wie die Nadelspuren bei einer Stahlgravierung. Er erinnerte sich präzise.

Wenn er den letzten Teil des Satzes nicht gesagt hätte. Wenn sie zwei Blocks näher am Revier gewesen wären. Wenn die Nachbarin etwas ausführlichere Angaben gemacht hätte, wäre der Funkruf ein Code drei gewesen, und ein Funkstreifenwagen wäre als erstes dagewesen.

Ist es das am Ende? Ist alles ein Unfall? Ein Zufall? Eine Serie von kleinen Launen des Schicksals?

Mister und Missis Meadows seien sicherlich keine bösen Menschen, hatte der Pflichtverteidiger gesagt. Und er hatte sicherlich recht. Sie hatten nicht die Würde des Bösen. Mußten nicht alle durchgefallenen Seminaristen die Lacher auf ihrer Seite haben? Das Böse gibt es gar nicht. Das Gute auch nicht. Es gibt keine Wahl. Nur Unfälle und Zufälle.

Sie trafen lange vor dem ersten Funkstreifenwagen ein. Die kreischende Frau stand vor dem Haus von Danny Meadows. Sie sagte kein einziges Wort. Sie zeigte nur immer auf das Haus und schrie. Al Mackey griff nach ihrem Arm, und sie versuchte zu reden. Sie wurden nicht schlau daraus. Martin Welborn zog seinen Revolver und ging auf das Haus zu. Er erinnerte sich genau an das, was Al Mackey gesagt hatte: »Sei vorsichtig, Marty.«

Al kam die Stufen herauf, als Martin Welborn sehr vorsichtig das Innere des ominösen Holzhauses betrat. Drinnen liefen drei gefleckte Hundewelpen herum. Urin und Kothaufen der

Welpen waren überall. Das ganze Haus stank danach. Und nach dem Geruch von verschüttetem Bier und Portwein. Martin Welborn ging sehr vorsichtig weiter durch den Gestank und den Abfall, als Al durch die Tür kam, die Kanone in der Hand. Sie wußten nicht, wonach sie überhaupt suchten.

Al Mackey stieß vorsichtig eine Schlafzimmertür auf, und beide duckten sich kurz, jeder auf seiner Seite. Al ging als erster ins Schlafzimmer. Die Matratze hatte keine Laken und war beschmutzt mit Menstruationsblut und Urin und Sperma. Die nicht bezogenen Kopfkissen waren genauso gefleckt wie die Hunde. Was die Definition für unbewohnbare Häuser betraf, so war dies hier nach den gesetzlichen Bestimmungen nicht mal in einem so schlimmen Zustand, daß es ohne weiteres als unbewohnbar gelten konnte. Es gab keine zerbrochenen oder gesprungenen Fensterscheiben. Keine Büchsen mit giftiger Farbe oder Chemikalien, keine Fläschchen mit Betäubungsmitteln oder andere tödliche Substanzen.

In dem Funkruf war von einem Fall von Messerstecherei für die Ambulanz geredet worden. Aber wer war mit dem Messer verletzt worden? Und wo? Dann hörten sie das Wimmern von der Veranda.

Martin Welborn ging durch das verdreckte Wohnzimmer, während die fetten Welpen glücklich fiepten und in seine Hosenaufschläge bissen. Zuerst dachte er, er würde das Wimmern eines anderen Welpen hören. Dann wußte er es besser. Es war menschliches Wimmern. Dann fand Martin Welborn den kleinen Danny Meadows.

Er lag auf der Veranda unter dem freistehenden Waschtisch, zusammengeknüllt wie ein Lumpensack. Auf dem Linoleum vor dem Waschtisch war eine große Blutlache. Einer der herumwieselnden Welpen tapste durch die Pfütze und sprang dann mit blutigen kleinen Pfoten auf Martin Welborns Bein, als der Detective sich hinkniete, um sich Danny Meadows näher anzusehen.

Danny Meadows war acht Jahre alt. Sein Gesicht wirkte geisterhaft. Er stand unter einem Schock. Er starrte aus riesengroßen blauen Augen vor sich hin und sagte »Daddy?« zu Martin Welborn.

Danny Meadows trug ein schmutziges grünes T-Shirt, Socken und Turnschuhe. Er hielt seine blauen Jeans vor sich, als ob er sich schämen würde. Die Jeans waren blutdurchtränkt. Er sah Martin Welborn in die Augen und sagte »Daddy?« Der fette Welpe platschte durch das Blut, sprang um Martin Welborn herum und versuchte, mit ihm zu spielen.

Martin Welborn streckte die Hand aus und zog Danny Meadows sanft die blutigen Jeans weg. Der Junge wimmerte, aber dann ließ er sie los. Martin Welborn stöhnte auf und ließ seinen Revolver in das Blut fallen. Er fiel dem jungen Hund auf die Pfote, und der kläffte los und rannte winselnd ins Wohnzimmer. Danny Meadows schaute Martin Welborn an und sagte: »Daddy?«

Dort, wo der Penis hatte sein sollen, war ein großes Loch. Das meiste Blut war geronnen, aber aus der klaffenden, senkrechten Wunde lief das Blut immer noch, wenn auch nicht mehr stoßweise.

Al Mackey hörte die Sirene als erster. Seine Stimme war nicht zu verstehen. Er sagte Martin Welborn irgendwas von der Ambulanz.

»Wer... wer hat dir weh getan?« fragte Martin Welborn.

Danny Meadows sagte: »Daddy?«

Dann, als er sich noch vor Entsetzen schüttelte, durchzuckte es Martin Welborn! Wo? Wo?

»Sohn!« sagte er. »Wo... wo is... wo...«

Martin Welborn fing an zu schreien. Vor dem Haus stoppte gerade die Ambulanz. Martin Welborn sprang auf und begann wie ein Verrückter zu suchen. Er riß Haufen von schmutzigen Kleidern auseinander. Er rannte zum Ausguß. Er wühlte mit den Händen im Mülleimer. Martin Welborn rutschte in dem Blut aus und fiel hin, als er ins Wohnzimmer stürmte.

Er sah nicht, daß die Sanitäter ins Haus kamen. Er hörte nicht, wie Al Mackey ihnen verzweifelt Anweisungen gab. Er mußte es finden! Er rannte ins Schlafzimmer und suchte zuerst nach dem Messer. Dann suchte er nach weiteren Blutspuren. Er hörte nicht, daß Al Mackey ihm was zubrüllte. Die Toilettenschüssel!

Er rannte ins Badezimmer. Er tauchte mit der Hand in das gelbe Wasser. Al Mackey brüllte ihn immer noch an.

Martin Welborn stieß seinen Partner aus der Türöffnung und raste zurück ins Wohnzimmer, während die Sanitäter mit

Danny Meadows, den sie in eine Decke gewickelt hatten, zum Bürgersteig runterrannten.

Martin Welborn fand es im Wohnzimmer. Es lag in einem Aschenbecher unter einem Haufen Zigarettenkippen. Es war angebrannt worden. Er schluchzte heftig, als er es aus dem Aschenbecher nahm. Er taumelte ins Badezimmer und wusch es im Waschbecken ab. Al Mackey stand zitternd neben ihm und brüllte ihm was ins Ohr.

»Um Gottes willen, Martin! Halt! Um Gottes willen!«

Martin Welborn wickelte es in ein Taschentuch und brachte es ins Kinderhospital. Ein Chirurgenteam arbeitete fünf Stunden lang und nähte den kleinen Penis wieder an. Zehn Tage lang dauerte die Ungewißheit. Dann gaben die Ärzte zu, daß die Operation mißglückt war. Eine zweite Amputation mußte schließlich durchgeführt werden, um das Leben von Danny Meadows zu retten.

Es wurde ermittelt, daß beide Eltern an der sechsmonatigen Teufelsaustreibung bei ihrem mittleren Kind Danny Meadows, einem chronischen Bettnässer, entscheidend beteiligt gewesen waren. Ihre anderen Kinder hatten sie ebenfalls vernachlässigt, aber nie gequält. Der letzte Akt war nach der letzten Warnung erfolgt, er dürfe nicht mehr ins Bett machen. Es wurde nie präzise ermittelt, wer von den beiden das Messer geführt hatte. Sie beschuldigten sich gegenseitig.

Und ihr Sohn, Danny Meadows, war Martin Welborn begegnet und wurde für ihn zum erbarmungslosen kleinen Gespenst, zu einem aus einer ganzen Heerschar von anderen Gespenstern, die nachts aufstanden, um Martin Welborn zu foltern.

Schließlich ließ der stechende Schmerz langsam nach. Und auch die Tränen versiegten, die ihm die Todesangst in die Augen getrieben hatte. Er löste die Gurte und fiel auf den Boden seines Schlafzimmers. Sein nackter Körper war schweißgebadet. Er versuchte, sich hinzusetzen, aber er mußte sich wieder hinlegen. Er versuchte es nochmals. Er spürte, daß alles Blut seines Körpers in seinem Schädel herumwirbelte. Ihm war zu schwindlig, als daß er hätte aufstehen können. Er zog die Decke vom Fußende seines Bettes.

Die Härte des Fußbodens würde die Schmerzen erträglicher machen. Er zog die Decke über sich und schlief auf dem Boden ein. Er hatte schreckliche Angst davor, daß die Schmerzen zurückkommen könnten, aber sie blieben weg.

18

Die karmesinroten Slipper

Am nächsten Nachmittag erzielten sie im Mordfall Nigel St. Claire den entscheidenden Durchbruch, an den sie kaum noch geglaubt hatten. Es kam alles so plötzlich und so dramatisch, daß Al Mackey so gut wie sicher sein konnte, daß er im Mordfall Nigel St. Claire niemals einen Menschen verhaften mußte. Und das war sicherlich die beste von allen Lösungen, die man sich vorstellen konnte.

Am Morgen erschien Al Mackey wie üblich vor dem Apartment von Martin Welborn. Weil Martin Welborn noch nicht vor dem Haus stand, ging Al Mackey zur Tür und klopfte. Er wartete nur ein paar Sekunden und griff dann gleich nach seinem beschichteten Polizeiausweis. In Gedanken sah er Marty schon wieder dahängen wie ein großer toter Marlin, und die Panik packte ihn, als er sich abmühte, um das Schloß aufschnappen zu lassen.

Dann öffnete sich die Tür. Martin Welborn sagte: »Bist du unter die Einbrecher gegangen, Aloysius, mein Junge?«

Er war geduscht, rasiert, gebürstet und fein in Schale. So gepflegt und ordentlich wie immer. Aber er war sehr bleich und hatte dunkle Ränder unter den Augen, und in seiner Stimme war ein leichtes Zittern, als er sagte: »Also, mein Sohn, gefällt dir mein neuer Anzug? Glitzert es, wenn ich gehe?«

Al Mackey gefiel es gar nicht, wie es in Martin Welborns *Augen* glitzerte. Und ihm gefiel die ganze Art nicht, in der sich Martin an diesem Tag bewegte, in der er redete oder sonst was tat. Marty stand fast den ganzen Morgen, den sie damit verbrachten, sich durch den Berg von Papierkram zu wühlen, irgendwie neben sich. Bis zum Mittag arbeiteten sie sich durch die Papiere. Dann war Al Mackey völlig erschöpft und schaute rüber zu Marty, der damit beschäftigt war, mögliche Fehler in bezug auf Logik und Zusammenhänge zu entdecken.

Während seiner zweiundzwanzig Dienstjahre hatte Al Mackey einfach zu viele kennengelernt, die an der schlimmen Polizistenkrankheit zerbrochen waren. Er hatte 1968 einen Partner im Funkstreifenwagen gehabt, der während einer allgemein gehaltenen Rede über die sichere Handhabung von Schußwaffen, in der darauf hingewiesen worden war, daß zwanzig Prozent der im Dienst erschossenen Polizisten der Nation unglückseligerweise von anderen Polizisten getroffen worden waren, die Versammlung erschreckt hatte, indem er ausrief: »Aber wieviel Prozent haben sich *selber* erschossen?« Auch er hatte diesen glitzernden, in unendliche Fernen starrenden Blick gehabt. Zwei Wochen später hatte er sich auf dem Parkplatz des Reviers erschossen und wurde selbst ein Teil der furchtbaren Statistik, die das Department *nicht* führte.

Kurz nach Mittag luden Schultz und Simon ihr Mord-und-Totschlag-Kollegenteam zu einem durchfallfördernden Imbiß an ihrer Lieblings-Burrito-Bude ein.

»Los, Marty, komm mit. Seit gestern hab ich keinen Chili-Cha-Cha mehr getanzt«, sagte Al Mackey.

»Ich hab keinen Hunger, Al. Geh du doch.«

»Los, Marty, du mußt was essen.«

»Ich hab wirklich keinen Hunger. Hau schon ab.«

Nur widerwillig begleitete Al Mackey die beiden Kolosse, und es wurde ihm fast übel, als er sah, wie sie pro Mann vier Burritos verdrückten.

Erst nach ein Uhr kamen sie zurück. Martin Welborn war nicht im Squadroom. Al Mackey sah in der Ausgangsliste nach und stellte fest, daß Marty die Absicht gehabt hatte, zur Personalabteilung zu gehen. Was hatte Marty bei der Personalabteilung zu suchen? Aber ehe er Zeit hatte, länger darüber nachzudenken, passierte der entscheidende Durchbruch.

Das Frettchen kriegte einen Anruf vom Raubdezernat in der Innenstadt. Als er den Hörer auflegte, brüllte er so laut »HURENSOHN!«, daß Gladys Bruckmeyer aus ihrem Schreibmaschinenstuhl hochschoß, sich die Knie ihrer Strumpfhose aufriß und dadurch ihr krampfadriges altes Fahrgestell entblößte.

»Was, zum Teufel, *stimmt* denn bei dir nicht?« erkundigte sich Schultz.

»Sie haben das Schlitzauge übern Haufen geschossen! Und Ganz-einfach-Bill auch! Sie haben sie beide übern Haufen geschossen!«

Da war keine Zeit mehr, auf Martys Rückkehr zu warten. Da wurde es für Al Mackey und das Frettchen nur noch höchste Zeit, im Code-drei-Einsatz mit einem schwarzweißen Funkstreifenwagen über den San Bernardino Freeway zum County-Hospital zu rasen, wo zwei Detectives vom Raub sie am Fahrstuhl erwarteten. Auf dem Weg zur Intensivstation erfuhren sie, daß Bill Bozwell und sein vietnamesischer Kompagnon, dessen kalifornischer Führerschein ihn als Loc Nguyen auswies, noch mehr Pech als gewöhnlich gehabt hatten, als sie zehn Minuten nach zwölf auf einem Parkplatz an der Hill Street in der Innenstadt von Los Angeles einen Diamantenhändler überfallen hatten. Nachdem sie den Händler, der seine Ware nicht kampflos hergeben wollte, zusammengeschlagen hatten, liefen sie direkt in die Arme von drei Detectives vom Raub- und Fälschungs-Dezernat, die in einem Kaufhaus ihre Dienstzeit damit totgeschlagen hatten, nach Golfbällen zu Ausverkaufspreisen zu suchen. Bei einer sehr einseitigen Schießerei hatten die Detectives Bill Bozwell und Loc Nguyen mit sieben 38er Kugeln durchsiebt. Ganz-einfach-Bill war bei der Einlieferung ins Krankenhaus gestorben, und Loc Nguyen würde, nach Auskunft der Ärzte, den Nachmittag nicht überleben.

Die Kollegen vom Raub sagten, es gebe auf der Intensivstation einen neunmalklugen jungen Arzt, der der Ansicht sei, daß ein Geständnis auf dem Totenbett, juristisch gesehen, überhaupt nichts nützen würde, falls ein Verdächtiger nicht wirklich daran *glauben* würde, daß er stirbt, und falls er dann *tatsächlich* nicht sterben würde. Deshalb sei er der Ansicht, daß Detectives, die um Totenbetten herumlungerten, um einem Patienten ein letztes Geständnis abzuluchsen, den Überlebenschancen des Betreffenden ausschließlich schaden würden, auch wenn sie noch so schlecht ständen.

Al Mackey war nahe daran, durchzudrehen, als sie auf der Intensivstation ankamen. Er war bereit, jedem jungen Quacksalber an die Gurgel zu gehen, der sie hindern würde, endlich diesen Fall loszuwerden, damit sie auf einen gottverdammten Angeltrip gehen konnten und Marty endlich ein bißchen Ruhe bekommen würde.

Der Arzt war kein Problem. Er stand auf dem Korridor und trug etwas in eine Tabelle ein, als er die vier Detectives sah. »Sie können zu ihm«, sagte der Arzt und wies mit seinem dauergewellten Kopf hin auf die flache Gestalt am anderen Ende der Intensivstation. »Jetzt können Sie ihm nicht mehr weh tun.«

»Ist er tot, verdammt noch mal?« rief Al Mackey.

»So gut wie«, sagte der Arzt mit einem merkwürdigen Blick. »Er liegt im Koma.«

»Könnt ihr hier bitte warten?« fragte Al Mackey die Kollegen vom Raub, und die nickten und steuerten gleich auf den Kaffeeautomaten zu, während sich Al Mackey und das Frettchen mit schnellen Schritten dem kleinen Mann näherten, der den letzten Sauerstoff seines Lebens einatmete. Zwei Schwestern ließen sie mit ihm allein und gingen den Korridor hinunter, und Al Mackey zog den Vorhang um das Bett.

»Also, ist er's?« flüsterte er dem Frettchen zu.

Das Frettchen erlebte plötzlich etwas sehr Ungewöhnliches. Als er ihn da so liegen sah mit all den Schläuchen und dem Plasma und der Sauerstoffmaske und dem unechten Ausdruck der Ruhe, sah er so völlig *anders* aus. Das Frettchen haßte ihn nicht mehr, konnte ihn nicht mehr *hassen*. »Er sieht so klein aus«, sagte das Frettchen. »Er sieht wie ein kleines Kind aus.«

»Gottverdammich, Frettchen, nu sag bloß nich noch, daß sie alle gleich aussehen! Ist er's nun, oder ist er's nicht?«

»Er sah so anders aus, als er mich angrinste.«

»Willste etwa, daß ich ihm die verdammte Sauerstoffmaske vom Gesicht reiß und ihn zum Grinsen bring?« fragte Al Mackey, und das Frettchen sah ihn an und schüttelte dann den Kopf.

»Er isses«, sagte das Frettchen. »Ich glaub, er isses.«

»Dann verschwinde jetzt hier, damit ich seine Aussage auf dem Totenbett kriegen kann«, sagte Al Mackey.

»Eine Aussage von *dem?*« fragte das Frettchen ungläubig.
»Hau ab, verdammt noch mal!« sagte Al Mackey.

Der vietnamesische Mörder legte auf dem Totenbett ein ziemlich vollständiges Geständnis ab, dem Bericht von Al Mackey zufolge. Nachdem er sehr klar ausgedrückt hatte, daß er wisse, daß er sterben müsse, erzählte der Mörder dem Detective, daß er und Ganz-einfach-Bill Bozwell Nigel St. Claire tatsächlich in jener Nacht auf dem Parkplatz erschossen hätten. Es war passiert, nachdem sie den unglücklichen Mogul in einem plötzlichen Einfall auf einer Straße in Hollywood gekidnappt hatten, als Nigel St. Claire anscheinend angehalten hatte, um sich eine Zeitung zu kaufen. Die Gangster ergriffen schlicht die Gelegenheit, die sich ihnen bot, überwältigten das offensichtlich wohlhabende Opfer, brachten es in Bozwells Auto zu einem einsamen Parkplatz in der Nähe von Gower und erschossen es dort. Sie wurden dann von einem vorbeifahrenden Auto aufgeschreckt und verjagt, ehe sie die Möglichkeit hatten, die Leiche auszurauben.

Der Mörder kriegte die Geschichte gerade noch über die Lippen, bevor er verschied. Aber er schaffte es. Und der Fall Nigel St. Claire war geklärt. Die Schwester von Loc Nguyen teilte der Polizei später mit Hilfe eines Dolmetschers mit, sie habe immer gewußt, daß es mit ihrem Bruder mal ein schlimmes Ende nehmen werde, aber sie habe seine kriminelle Energie doch wohl sehr unterschätzt, nachdem sie jetzt den Polizeibericht kenne, der ihr übersetzt worden war. Sie habe immer geglaubt, er sei nur ein dummer kleiner Gauner, der nie mehr als ein paar Brocken Englisch gelernt hatte, doch sieh mal einer an, wie wunderschön er seine Verbrechen am Ende gestanden hatte. Und alles auf englisch! Das beweist doch wieder mal, daß alle Menschen ihre Begabungen haben, sagte sie.

Das gab an diesem Nachmittag jede Menge Hurra und Schulterklopfen im Squadroom. Der Captain hatte sich vom armen alten Cal Greenberg den Elektrorasierer ausgeliehen und putzte sich ungeheuer raus, um einem TV-Nachrichtenteam einen Bericht über den glücklichen Abschluß des Mordfalls Nigel St.Claire geben zu können. Er dachte über verschiedene Phrasen nach, mit denen er seine offizielle Erklärung beenden konnte, soweit sie die Plötzlichkeit betraf, mit der sich dieser Durchbruch ereignet hatte. Er entschied sich für diese: »Gottes Wege sind oft rätselvoll.«

Und der, dessen Wege tatsächlich rätselvoll gewesen waren, saß in diesem Augenblick im Squadroom und fragte sich, wohin, zum Teufel, Martin Welborn gegangen sein konnte, nachdem er von der Personalabteilung zurückgekehrt war. Al Mackey diktierte Gladys Bruckmeyer gerade das Geständnis auf dem Totenbett, als Martin Welborn zur Tür hereinkam.

»Also dann, mein Sohn, herzlichen Glückwunsch zur Aufklärung des Falles.« Martin Welborn lächelte.

»Wo bist du gewesen, zum Teufel? Warum warst du bei der Personalabteilung? Wo biste hinterher gewesen?«

»Erstens, ich war bei der Personalabteilung, weil sie die Papiere für mein Ausscheiden fertigmachen sollen. Ich nehm zwei Wochen Urlaub bis zu meinem zwanzigjährigen Dienstjubiläum, und dann ...«

»Streichste die Segel?« sagte das Frettchen.

»Yeah, zwanzig Jahre reichen mir.«

»Ich hab immer gedacht, du bist n Lebenslänglicher«, sagte das Wiesel.

»Jeder, der seine Meinung nicht mal ändert, hat keine Meinung.« Martin Welborn lächelte.

»Wo warste für den *Rest* des Nachmittags?« wollte Al Mackey wissen. »Du hast doch hier angerufen und die Sache mit Bozwell und seinem Kumpel mitgekriegt. Und trotzdem bist du dann noch *woanders* hingegangen!«

»Oh, ich mußte unbedingt jemand besuchen. Die letzte Amtshandlung im Fall Nigel St. Claire.«

»Wen?«

»Ich mußte Flameout Farrell besuchen.«

»Weshalb?«

»Nichts Besonderes. Um ihm zu sagen, daß Peggy nach meiner Meinung jetzt vom Filmgeschäft geheilt ist. Daß sie uns ne Menge geholfen hat. Alles so was.«

»Ich werd verrückt«, sagte das Frettchen. »Da sind wir nun, die allergrößten Detectives, klären gerade den heißesten Mordfall des Jahres auf, und du machst mit diesem kleinen Buchmacher rum?«

»Väter machen sich Sorgen um ihre Kinder«, sagte Martin Welborn. »Ich wollte ihn nur noch mal beruhigen.«

»Da kenn ich mich nicht aus«, sagte Al Mackey. »Ich hab nie eigene Kinder gehabt.«

»Laßt uns heute einen draufmachen und deine Pensionierung begießen«, sagte Simon.

»Zum Teufel, ich hau auch in n Sack. Dann verschwinden wir beide von diesem Platz des Bösen«, sagte Al Mackey.

»Welchen Platz des Bösen?«

»Hollywood, USA.«

»Al, mein Sohn, Hollywood in Kalifornien ist nicht böser als Hannibal in Missouri. Das Böse gibts nicht. Das Gute auch nicht. Es ist alles nur n Zufall.«

»Laßt uns das in irgend so nem stinkfeinen Restaurant feiern«, sagte Schultz. »Wo diese ganzen Filmstars hingehen! Gibt's nicht was, wo wir tanzen können?«

»Was muß man denn da so anziehen?« fragte das Wiesel.

»Du kannst anziehen, was du willst. Mit *dir* tanz ich trotzdem nich«, antwortete das Frettchen.

»Los, Marty, komm mit. Komm mit uns«, sagte Schultz. »Das Frettchen hat gerade seine Nachmittagsdepression. Wir sollten ihn was aufheitern. Wir werden die Aufklärung des Falles *und* deine Pensionierung feiern.«

»Geht ihr ruhig und trinkt einen auf mein Wohl«, sagte Martin Welborn. »Ich muß packen. Ich werd mir für die nächsten zwei Wochen ne Hütte in den Bergen mieten.«

»Welche Berge?« fragte Al Mackey.

»Lake Arrowhead. Zu meiner Abschiedsparty komm ich wieder. Ihr *gebt* doch ne offizielle Party für mich, oder?« lächelte Martin Welborn.

»Die größte und die beste«, sagte das Wiesel. »Komm, wir gehen los. Ich denk, wir fangen mit Martinis in der Polo Lounge an. Frettchen, lassen die uns ins Beverly Hills Hotel rein mit unseren Hell's-Angels-Jacken?«

Martin Welborn gab die Telefonnummer der Lake-Arrowhead-Hütte keinem Menschen. Als Al Mackey am nächsten Morgen zu Martys Apartment kam, war er schon weg. Mit Al Mackey passierte etwas in den nächsten beiden Wochen, das niemand für möglich gehalten hätte. Er verlor *noch mehr* an Gewicht und dachte ständig an den einsamen Martin Welborn in den Bergen. Und dann tat er etwas, was er nicht für möglich gehalten hätte: In der Nacht nach dem Zahltag vögelte er sich die Zunge aus dem Hals.

Sie war die fünfundvierzigjährige verwitwete Schwester von Schultz. Sie sah Schultz nicht *zu* ähnlich, Gott sei Dank, aber sie hatte ihr Leben lang doch immer etwas mehr als ihren Anteil am Apfelstrudel und am Wiener Schnitzel gegessen, und sie war doppelt so dick wie Al Mackey. Anfangs hatte er dem riesigen Detective, den sie, aus Milwaukee kommend, besuchte, nur einen Gefallen tun wollen. Schultz wußte nicht, was, zum Teufel, er mit ihr anfangen sollte, nachdem er ihr Disneyland und Knott's-Berry-Farm gezeigt hatte.

Das Bemerkenswerteste an all dem war, daß Al Mackey eigentlich nur vorhatte, die untersetzte Dame nach Busch Gardens auszuführen (alle Unkosten trug Schultz), und daß sie dann bei riesigen Mengen Bier und eben doch beim Knutschen gelandet waren, was wiederum direkt in Al Mackeys Apartment führte, wo sie ihn mit ihren gutmütigen Küssen und Umarmungen und Schmeicheleien in Kürze so steif wie einen Polizeiknüppel machte. Sie sagte, er sei der bestaussehende Mann, den sie je getroffen habe (*nur* ihr verstorbener Ehemann ausgenommen). Sie sagte, er sei sexy und witzig und männlich. Und das brachte seinen Hammer hoch. Er bumste Hilda *dreimal* in dieser Nacht, ohne die pulverisierte Elchschaufel anwenden zu müssen! Er konnte Martys Rückkehr aus den Ferien kaum abwarten, damit er ihm brühwarm erzählen konnte, wie gut die Dinge inzwischen standen.

Zwei Tage nach seinem zwanzigjährigen Jubiläum als Polizist, als seine Pension für eine ihn überlebende Ehefrau sicher war, und einen Tag, bevor sein Mietvertrag für die Hütte in den Bergen ablief, erhob sich Martin Welborn aus seinem Bett, in dem er bis zum Einbruch der Dämmerung gedöst hatte. Er duschte, rasierte sich und zog sich dann an, als ob er zum Dienst gehen wollte. Er trug seine Kanone, seine Polizeimarke und Handschellen bei sich. Er fuhr seinen Wagen bis zur Serpentine der Bergstraße, die vom See hinunterführte.

Wolken zogen über ihn hinweg. Der Wind heulte. Als er auf die gefährlichste Kurve der Straße zuraste, die durch eine große dunkle Kiefer auffallend markiert war und hinter der sich ein tausend Fuß tiefer Abgrund bis zum Grund des Canyons auftat, dachte Martin Welborn an die so lange zurückliegenden Zeiten, als ein junger Polizist in der St.-Vibiana-Kathedrale saß und einem gregorianischen Chor lauschte. Es störte ihn nicht, daß die meisten anderen Kirchenbesucher menschliche Wracks aus dem Gangviertel waren, über das die Kathedrale hinausragte, bis in den tödlichen Smog. Der alte Kardinal war damals noch am Leben, einer der letzten seines Schlages.

Als Martin Welborn das Gaspedal durchtrat, dachte er an jenen Tag in der Kathedrale, an dem er den Ring des Kardinals geküßt hatte.

Die Bergstraße glitzerte wie Stahl in dem frostigen Mondlicht. Die Haarnadelkurve und die schwarze Leere änderten die Richtung.

Der Glaube war damals unerschütterlich. Da herrschten Frieden und eine vollkommene Ordnung an diesem Tage in der Kathedrale.

Der Schatten eines Falken auf dem Mond. Eine schwarze Kiefer zeichnete sich ab gegen die messerscharfe Kante der Finsternis. Die schwarzen Nadeln stürzten ihm entgegen und trafen ihn.

Wie vollkommen dieser Augenblick in der Kathedrale gewesen war. Der majestätische alte Kardinal trug hübsche karmesinrote Slipper.

19

Flameout Farrell

Bis zum Tag der Beerdigung hatte Al Mackey noch nicht geweint. Er hatte auch nicht geweint, als Captain Woofer ihn mitten in der Nacht geweckt hatte, um ihm Martys Autounfall mitzuteilen. Er hatte nicht geweint, als er am nächsten Tag die Personalabteilung anrief und erfuhr, daß Marty am selben Tag, an dem sie den Mordfall Nigel St. Claire geklärt hatten, seine Versicherung auf das Maximum erhöht hatte. Marty hatte seine beiden Töchter als Begünstigte für die Gesamtsumme eingesetzt, die sich bei einem Unfalltod verdoppelte, und jedes Mädchen würde hunderttausend Dollar bekommen.

Er weinte sogar nicht mal, als er daran dachte, daß Paula Welborn für den Rest ihres Lebens Martys Pension bekommen würde. Die verspätete Entschädigung für *sie*, obgleich *er* unter Streß gelitten hatte.

Aber dann begriff er, daß Marty es so gewollt hatte. Er war nie einer gewesen, der *aufhörte* etwas zu lieben, das er einmal in sein Herz geschlossen hatte.

Er weinte nicht, als die Salutschüsse und die schmetternden Klänge des Zapfenstreichs die beiden hübschen Töchter Martys, die am Grab saßen, aus der Fassung brachten, ein Teil von diesem gräßlichen Zirkus, den ein Polizeibegräbnis im Grunde darstellt.

Er weinte nicht, als ihm nach der Beerdigung alle die üblichen Platitüden sagten.

»Er muß am Steuer eingeschlafen sein.«

»Ja, er muß eingeschlafen sein«, mußte Al Mackey dann antworten.

»Er hat nicht mehr gemerkt, was passierte, nachdem er von der Straße abkam.«

»Nein, er hat nicht mehr gemerkt, was passierte«, mußte Al Mackey antworten.

»Zumindest hat er nicht mehr leiden müssen.«

»Nein, er hat nicht mehr leiden müssen«, mußte Al Mackey antworten. »Marty hat nicht mehr leiden müssen.«

Dann allerdings sah Al Mackey doch jemanden am Grab, dessen Anwesenheit eher als alles andere geeignet war, ihn zum Weinen zu bringen. Der Mann sah bleich aus, fast durchsichtig, und seine Haut wirkte schimmernd wie altes Elfenbein. Eine merkwürdige Winzigkeit von einem Mann. Al Mackey erriet sofort, wer er war. Und dann setzte sein Verstand ein. Ihm wurde klar, daß er wahrscheinlich seit jenem letzten Tag, an dem er Marty lebend gesehen hatte, gewußt hatte, wer Nigel St. Claire umgebracht hatte.

Später öffnete er die Tür des Restaurants, um sich diesen Mann ganz allein vorzunehmen. Der Mann trug seinen einzigen Anzug, den er zur Beerdigung angezogen hatte, um dem Toten seine Ehrerbietung zu erweisen. Al Mackey raste von der Tür auf ihn zu, packte ihn an der Krawatte, zerrte ihn nach hinten in die Küche und drückte ihn über den Ausguß, wobei er einen Stapel Geschirr zu Boden stieß.

»Tun Sie mir nicht weh«, sagte Flameout Farrell.

»Sie *wagen* es, zu seinem Begräbnis zu kommen, Sie Hurensohn!«

»Bitte. Bitte!« sagte Flameout Farrell.

Al Mackey begriff, daß es nur einen Menschen gab, der die notwendige Wut besessen haben konnte, nachdem er durch Lorna Dillon von der Snuff-Film-Verschwörung erfahren hatte. Einen Menschen, der verzweifelt genug gewesen war, mit einer Kanone auf dem großen Parkplatz beim Apartment von Griswold Weils zu warten. Aber als der schwarze Bentley vorfuhr, hatte Bozwell alias Lloyd einen Fremden bei sich, und Bozwell alias Lloyd war nicht der Typ, der sich von einem so bemitleidenswerten Revolverhelden einschüchtern ließ. Dann zwei verzweifelte Schüsse. Aber es war der *Fremde*, der getroffen wurde. Ohne Zweifel ein unglücklicher Zufall.

»Väter machen sich Sorgen um ihre Kinder«, hatte Marty an jenem Tag gesagt.

»Da kenn ich mich nicht aus«, hatte Al Mackey geantwortet. »Ich hab nie eigene Kinder gehabt.«
Aber er *hatte* sich ausgekannt. Er hatte es nur verdrängt. Er hätte niemals irgendwas beweisen können. Er konnte es auch *jetzt* nicht beweisen.

»Bitte, Mister Mackey«, sagte Flameout Farrell.

»Woher kennen Sie meinen Namen, Sie verdammter Kerl?«

»Er hat n mir genannt. Er sagte mir, daß Sie vielleicht kommen würden.«

Al Mackey gab dem widerstandslosen Buchmacher eine Ohrfeige. »Sie lügen!«

»Er hat mir was für *Sie* gegeben, Mister Mackey«, keuchte Flameout Farrell. »Er hat gesagt, ich soll's Ihnen geben, wenn Sie jemals kämen. Er... er war so... *anständig* zu mir, als er an dem Tag kam.«

Das veranlaßte Al Mackey, aufzuhören. Er ließ den Buchmacher los, auf dessen elfenbeinfarbener Haut der Handabdruck des Detectives zurückblieb.

Flameout Farrell ging vor Al Mackey in die Knie, holte seine zerfetzte Brieftasche aus der Hosentasche und nahm einen gefalteten Zettel heraus, den er dem Detective hinhielt. Dann begann der kleine Buchmacher noch heftiger zu schluchzen, als er in der Nacht, in der er zum ersten Mal seine Tochter Peggy erwähnt hatte, in Anwesenheit des verblüfften Frettchens und des Wiesels geschluchzt hatte.

»Er... er sagte mir...«, schluchzte der Buchmacher, »daß... es nichts *Böses* war, diesen Mann zu töten.«

Es war unverkennbar Martys Handschrift. Und da endlich weinte Al Mackey. Er weinte, als er es las und als er aus dem Restaurant stürzte. Er weinte auf dem ganzen Weg zurück zur Hollywood-Station. Vor lauter Tränen konnte er kaum die Straße im Auge behalten. Auf dem Zettel stand:

Aloysius, mein Junge:

Du hast den Fall schon geklärt. Geh nach Hause.
Es ist *vorbei.* Trink mal einen auf mich.

In Liebe,
MARTY.

20

Apple Valley

Als Al Mackey sich wieder soweit unter Kontrolle hatte, um den Squadroom betreten zu können, waren die anderen von der Beerdigung zurückgekommen. Einige waren schon wieder im Polizeieinsatz. Einige nicht. Schultz saß am Mord-und-Totschlag-Schreibtisch und ließ den Kopf hängen. Er sah auf, und seine Augen waren gerötet.

Der riesige Detective schaute Al Mackey an und sagte: »Marty war wirklich n netter Kerl.«

Captain Woofer kam dann aus seinem Büro, gerade in diesem Moment, sehr dienstlich, und schrie: »Frettchen! Sie und das Wiesel sofort zu mir!«

Captain Woofer machte sich noch nicht mal die Mühe, die Tür zu seinem Büro zu schließen, als er die beiden Drogenfahnder, die immer noch ihre schlecht sitzenden Anzüge und schmutzigen Krawatten trugen, die sie zur Beerdigung angelegt hatten, zur Sau machte.

Captain Woofer fluchte und stöhnte über all die Fixer und Dealer, die das Frettchen und das Wiesel *nicht* verhaftet hätten, weil sie statt dessen ihre Zeit mit dem Fall Nigel St. Claire verschwendet hätten, wo man sie nun *wirklich* überhaupt nicht gebraucht habe. Und das war eine unausgesprochene Drohung, ihnen in die Eier zu treten und auf die Schwänze zu schlagen, wenn sie nicht umgehend ein paar handfeste Erfolgsmeldungen von der Straße vorweisen könnten. Pronto.

Das Frettchen und das Wiesel waren finster und entschlossen, als sie aus Captain Woofers Büro kamen. Die Drogenfahnder begannen sofort, ihre Krawatten und Jacketts abzulegen, und während der Squadroom zur Tagesroutine zurückkehrte, flüsterten sie ausgesprochen wütend miteinander.

Seit dem Sabotageanschlag auf seine Bruyèrepfeife achtete Captain Woofer ungewöhnlich sorgsam auf das, was er im Dienst rauchte. Tatsächlich hatte Lieutenant Fossback, ein Nichtraucher, auf Empfehlung des Captains tapfer das Pfeiferauchen angefangen. Captain Woofer beobachtete erst mal vorsichtig die Symptome bei Lieutenant Fossback, bevor *er* dann seine eigene Pfeife mit Tabak aus derselben Dose stopfte und anzündete. So gesehen würde deshalb nur Lieutenant Fossback so grün und gelb im Gesicht werden wie seinerzeit der kleine Keksklauer. Alle sagten, Captain Woofer und Lieutenant Fossback würden sich aufführen wie die Borgias beim Essen. Es wäre so gut wie unmöglich gewesen, nochmals eine Ladung Stoff in Captain Woofers Pfeife zu schmuggeln, ohne nicht gleich auch seinen Lieutenant zu treffen.

Aber als Gladys Bruckmeyer sich jetzt beeilte, Captain Woofer mit einer frischen Kanne Kaffee aus seiner schlechten Stimmung herauszuhelfen, kriegte sie plötzlich unerwartet Hilfe von einem freundlichen Frettchen, das die Tasse des Captains abtrocknete und ihr beim Einschenken half.

Gladys Bruckmeyer persönlich brachte dem Captain seinen Nachmittagskaffee und begann sofort zu zittern, als er einen Schluck trank und sagte: »Verdammt, Gladys, dieser Kaffee ist bitter! Ich hab Ihnen gesagt, daß es unwirtschaftlich ist, ihn zu stark zu machen!«

»Tut mir leid, Captain«, sagte die betagte Dame. Sie war noch sechs Monate von ihrer Pensionierung und von Apple Valley entfernt. Sie zitterte inzwischen – und gerade in diesen Tagen – wegen *jeder* Kleinigkeit.

Während der Captain nörgelte und seinen bitteren Kaffee trank, gingen das Wiesel und das Frettchen zu ihren Schränken, schlüpften wieder in ihre Dienstkleidung und kamen dann in den Mannschaftsraum zurück.

Noch bevor die beiden Drogenfahnder den Squadroom betraten, wußten die anderen Detectives, daß mit Captain Woofer irgendwas Schlimmes passiert war. Er hatte in seinem Büro ein sehr lautes und wütendes Gespräch begonnen. Und er war ganz *allein*.

Alle Detectives und Gladys Bruckmeyer hörten auf zu

arbeiten, als der Captain ausgesprochen hysterisch über einen Witz gackerte, den der nichtexistierende Besucher ihm gerade erzählt hatte.

»Dem Captain muß was passiert sein!« schrie Gladys Bruckmeyer.

»Ehrlich gesagt, meine Liebe, interessiert mich das einen Scheißdreck«, sagte das Wiesel, wobei es sich genauso anhörte wie Clark Gable.

»Nehmen Sie die üblichen Verdächtigen fest«, sagte das Frettchen, wobei es sich genauso anhörte wie Claude Rains.

Dann traten das Wiesel und das Frettchen von der Bühne ab und machten sich nicht mal die Mühe, das Finale abzuwarten, das sich damit ankündigte, daß der Captain es satt hatte, mit seinem Phantomfreund herumzustreiten, unsicher schwankend aus seinem Büro kam und mit Pupillen, so groß wie Schrotkörner vom größten Kaliber, in den Raum mit den erwartungsvollen Detectives starrte.

Unmittelbar bevor er dem armen alten Cal Greenberg in den Schoß kippte, der diesmal auf ihn wartete wie ein Catcher auf einen Schulterwurf, zeigte er mit einem drohend erhobenen Finger auf die schlotternde Gladys Bruckmeyer und sagte: »SIE, GLADYS BRUCKMEYER, SIE HABEN DIE MARIENKÄFER IM SCHLOSS LAUFEN LASSEN!«

Diesmal machte sich Gladys Bruckmeyer nicht mal die Mühe, ihre Schuld zuzugeben und um eine letzte Chance zu bitten. Sie setzte sich einfach wieder hin, zitterte und war dankbar, daß sie nicht aus einem Reflex heraus hochgesprungen war und einmal mehr ihre Strumpfhose zerrissen hatte. Immerhin war es ihre letzte. Apple Valley schien noch eine Ewigkeit weit entfernt zu sein.

Raymond Chandler im Diogenes Verlag

Die besten Detektivstories
Aus dem Amerikanischen von Hans Wollschläger. Diogenes Evergreens

Der große Schlaf
Roman. Aus dem Amerikanischen von Gunar Ortlepp. detebe 20132

Die kleine Schwester
Roman. Deutsch von Walter E. Richartz
detebe 20206

Das hohe Fenster
Roman. Deutsch von Urs Widmer
detebe 20208

Der lange Abschied
Roman. Deutsch von Hans Wollschläger
detebe 20207

Die simple Kunst des Mordes
Briefe, Essays, Notizen. Herausgegeben von Dorothy Gardiner und Kathrine Sorley Walker. Deutsch von Hans Wollschläger
detebe 20209

Die Tote im See
Roman. Deutsch von Hellmuth Karasek
detebe 20311

Lebwohl, mein Liebling
Roman. Deutsch von Wulf Teichmann
detebe 20312

Playback
Roman. Deutsch von Wulf Teichmann
detebe 20313

Mord im Regen
Frühe Stories. Vorwort von Philip Durham. Deutsch von Hans Wollschläger
detebe 20314

Erpresser schießen nicht
Gesammelte Detektivstories I. detebe 20751

Der König in Gelb
Gesammelte Detektivstories II. detebe 20752

Gefahr ist mein Geschäft
Gesammelte Detektivstories III. detebe 20753
Alle drei Bände deutsch von Hans Wollschläger

Englischer Sommer
Geschichten, Parodien, Sprüche, Essays. Mit einem Vorwort von Patricia Highsmith, Zeichnungen von Edward Gorey und einer Erinnerung an den Drehbuchautor Chandler von John Houseman. Deutsch von Hans Wollschläger, Wulf Teichmann u.a.
detebe 20754

Außerdem liegt vor:

Frank MacShane
Raymond Chandler
Eine Biographie
Mit vielen Fotos. Deutsch von Christa Hotz, Alfred Probst und Wulf Teichmann
detebe 20960

Dashiell Hammett im Diogenes Verlag

Die besten Geschichten von Dashiell Hammett
Ausgewählt von William Matheson
Diogenes Evergreens

Der Malteser Falke
Roman. Aus dem Amerikanischen von Peter Naujack. detebe 20131

Rote Ernte
Roman. Deutsch von Gunar Ortlepp
detebe 20292

Der Fluch des Hauses Dain
Roman. Deutsch von Wulf Teichmann
detebe 20293

Der gläserne Schlüssel
Roman. Deutsch von Hans Wollschläger
detebe 20294

Der dünne Mann
Roman. Deutsch von Tom Knoth
detebe 20295

Fliegenpapier
Detektivstories I. Deutsch von Harry Rowohlt, Helmut Kossodo, Helmut Degner, Peter Naujack und Elizabeth Gilbert. Vorwort von Lillian Hellman. detebe 20911

Fracht für China
Detektivstories II. Deutsch von Elizabeth Gilbert, Antje Friedrichs und Walter E. Richartz. detebe 20912

Das große Umlegen
Detektivstories III. Deutsch von Walter E. Richartz, Hellmuth Karasek und Wulf Teichmann. detebe 20913

Das Haus in der Turk Street
Detektivstories IV. Deutsch von Wulf Teichmann. detebe 20914

Das Dingsbums Küken
Detektivstories V. Deutsch von Wulf Teichmann. Nachwort von Prof. Steven Marcus. detebe 20915

Außerdem liegt vor:

Diane Johnson
Dashiell Hammett
Eine Biographie. Aus dem Amerikanischen von Nikolaus Stingl. Mit zahlreichen Abbildungen. Leinen